外国文艺理论丛书

别林斯基文学论文选

〔俄〕别林斯基 著

满 涛 译

人民文学出版社
PEOPLE'S LITERATURE PUBLISHING HOUSE

图书在版编目（CIP）数据

别林斯基文学论文选／（俄罗斯）别林斯基著；满涛译. --北京：人民文学出版社，2024
（外国文艺理论丛书）
ISBN 978-7-02-018612-9

Ⅰ.①别… Ⅱ.①别… ②满… Ⅲ.①别林斯基（Belinski, Vissarion Grigorievich 1811-1848）-文集 Ⅳ.①I512.06-53

中国国家版本馆 CIP 数据核字（2024）第 070761 号

责任编辑	李丹丹
装帧设计	黄云香
责任印制	张　娜

出版发行	人民文学出版社
社　　址	北京市朝内大街 166 号
邮政编码	100705
印　　刷	三河市宏盛印务有限公司
经　　销	全国新华书店等
字　　数	531 千字
开　　本	880 毫米×1230 毫米　1/32
印　　张	21.25　插页 1
印　　数	1—3000
版　　次	2024 年 6 月北京第 1 版
印　　次	2024 年 6 月第 1 次印刷
书　　号	978-7-02-018612-9
定　　价	78.00 元

如有印装质量问题，请与本社图书销售中心调换。电话:010-65233595

出 版 说 明

"外国文艺理论丛书"的选题为上世纪五十年代末由当时的中国科学院文学研究所组织全国外国文学专家数十人共同研究和制定,所选收的作品,上自古希腊、古罗马和古印度,下至二十世纪初,系各历史时期及流派最具代表性的文艺理论著作,是二十世纪以前文艺理论作品的精华,曾对世界文学的发展产生过重大影响。该丛书曾列入国家"七五""八五"出版计划,受到我国文化界的普遍关注和欢迎。

进入新世纪以来,随着各学科学术研究的深入发展,为满足文艺理论界的迫切需求,人民文学出版社决定对这套丛书的选题进行调整和充实,并将选收作品的下限移至二十世纪末,予以继续出版。

人民文学出版社编辑部
二〇二二年一月

目　次

文学的幻想 …………………………………………… 1
论俄国中篇小说和果戈理的中篇小说 ……………… 112
《当代英雄》 …………………………………………… 171
《莱蒙托夫诗集》 ……………………………………… 283
诗歌的分类和分科 …………………………………… 294
艺术的概念 …………………………………………… 376
《亚历山大·普希金作品集》（选译）………………… 396
一八四六年俄国文学一瞥 …………………………… 451
尼古拉·果戈理与友人书简选粹 …………………… 508
给果戈理的一封信 …………………………………… 537
一八四七年俄国文学一瞥 …………………………… 548

关于别林斯基 ………………………………………… 654

文学的幻想①

(散文体哀歌)

一

我告诉你一句真话,
真话可比一切谎话都差劲。
老弟,我来介绍:
怎么能更尊敬地称呼这些人?……
——格里鲍耶陀夫②《智慧生痛苦》

你们有好书吗?
——不,可是我们有伟大的作家。
——那么,至少你们有文学?
——相反,我们只有书市。
——布朗贝乌斯男爵③

---

① 本文于一八三四年连续发表在《望远镜》第三十八、三十九、四十一、四十二、四十五、四十六、四十九、五十、五十一、五十二等期上。署名-он-инский。文后附有日期:"一八三四年十二月十二日作于谦姆巴尔。"
② 格里鲍耶陀夫(1795—1829),俄国著名的戏剧家。他的精心杰作《智慧生痛苦》送检未被通过,仅以手抄本传诵于世,作者死后四年,在一八三三年,删削了方得出版。完整的本子是在一八六二年才出版的。
③ 布朗贝乌斯男爵是森科夫斯基(1800—1858)的笔名。他以《读书文库》为机关刊物而发表其大部分文章,自诩博学,主张轻松文体,借庸俗无聊的机智博得一部分读者的欢迎。他对果戈理有宿仇,同时也是别林斯基最猛烈的论战对象之一。

你们还记得那个幸福的时期,当时我们的文学勃发了一些生机,有才能的人一个接一个、长诗一篇接一篇、长篇小说一部接一部、杂志和丛刊一本接一本地陆续出现;你们还记得那个美好的时期,当时我们这样以目前自傲,这样寄希望于未来,并且,夸耀着我们的现实,更夸耀着甜蜜的希望,确信我们有自己的拜伦们、莎士比亚们、席勒们、司各特们? 呜呼! 你,o,bon vieux temps,①到哪里去了,这些可爱的梦想到哪里去了,你,诱人的希望到哪里去了! 一切在这样短促的时间里怎样地改变了啊! 在经过这样强烈、这样甜蜜的诱惑之后,遭遇到的是多么可怕而心碎的失望啊! 文学竞技士们的高跷折断了,庸才们惯于攀登的草台倒塌了,而同时,我们从前这样迷恋过的为数不多的轻才小慧之徒都沉默了,昏昏入睡了,销声匿迹了。我们睡着时,做梦时,是克莱士,醒过来却变成了伊尔②! 呜呼! 一位诗人的这些令人伤感的话,非常适用于我们每一个天才和半天才:

　　没有开花就凋萎,
　　在阴天的早晨!③

　　是的,从前④和如今,那时和现在! 老天啊! ……主要是一位俄国诗人的普希金——在雄伟有力的诗章里首先发散出俄国生活的气息,罗斯⑤如此倾倒并珍爱他活泼而多样的才能,这样贪婪地倾听他嘹亮的音调,并且怀着这样的热爱对之发生共鸣的那个普希金,《波尔塔瓦》和《戈东诺夫》的作者的普希金;和那写了《安琪洛》以及其他死的、无生命的童话的普希金……柯慈洛夫⑥,那讴

---

① 法文:啊,过去的好日子。
② 六世纪里底亚之王克莱士以富著称;伊尔是在拳斗中为奥德赛所败的乞丐。
③ 引自波列查耶夫的诗《晚霞》。波列查耶夫(1804—1838),俄国诗人。
④ 正文中此字体在原文中为斜体,全书同。
⑤ 俄国的古称。
⑥ 柯慈洛夫(1779—1840),俄国诗人和翻译家,于一八二一年失明。

歌赚得无数女读者热泪的《修道士》苦难故事的沉思的歌者，把华美的幻象和谐地传达给我们的那个盲人；和另外那个柯慈洛夫，谣曲和其他发表在《读书文库》上的长短诗篇的作者，关于这些作品，我们只能说一声平稳无疵，正像《杂谈》①上已经指出过的！……多大的差别！……我们可以举出许许多多这样可悲的比较，这样可叹的对照，可是……总而言之，正像拉马丁所说：

Les dieux étaient tombés, les trônes étaient vides!②

哪一些新神占据了老神所遗下的空位呢？呜呼，他们调换了老的，可是没有能够代替老的！在从前，我们的酷评家们，被当时大家都迷恋过的年轻的希望所激动，在幼稚纯朴的陶醉气氛中喊道：普希金是北方的拜伦，现代人类的代表！③ 如今在我们的文学市场上，不知疲乏的传令人们④又在大喊：库柯尔尼克⑤，伟大的库柯尔尼克，库柯尔尼克是拜伦，库柯尔尼克是莎士比亚的勇敢的敌手，向库柯尔尼克致敬！⑥ 现在，巴拉廷斯基⑦们、波多林斯基⑧们、雅寿科夫⑨们、土曼斯基⑩们、奥兹诺比欣⑪们，被季莫菲

---

① 《杂谈》是《望远镜》杂志的每周附刊。
② 法文：群神倒落了，王座空虚了！
③ 主张此说的主要是波列伏依(1796—1846)，俄国批评家，历史家，《莫斯科电讯》杂志的编辑。他在文学上坚持浪漫主义倾向，只能够理解初期的普希金，而不能理解后期的普希金，对于果戈理那种单纯而自然的写法就更无法理解。
④ 主要是森科夫斯基。
⑤ 库柯尔尼克(1809—1868)，俄国诗人，小说家和戏剧家。他的作品专靠绚烂的辞藻和浮夸的英雄引人注意。
⑥ 见《读书文库》和《残废者报文学副刊》。(译者按：原文把名字错写成《Инвалидные прибавленни к литературе》，意为"对文学的残废者的增补"，以表示嘲讽之意。)——原注
⑦ 巴拉廷斯基(1800—1882)，俄国诗人，普希金的友人。
⑧ 波多林斯基(1806—1886)，俄国诗人。
⑨ 雅寿科夫(1803—1846)，俄国诗人，晚年变成斯拉夫派。
⑩ 土曼斯基(1801?—1858)，俄国诗人。
⑪ 奥兹诺比欣(1804—1877)，俄国诗人和翻译家。

耶夫①们、叶尔萧夫②们这些先生调换了下来;在他们暗淡失色的光荣遗迹上,按照那句俗谚:山中无虎,猴子称王,煊赫称雄的是布朗贝乌斯们、布尔加林③们、格列奇④们、卡拉希尼科夫⑤们这些先生。前一种人不是偶或飨我们以老腔老调,就是索性保持谦恭的沉默;后一种人则互相标榜,互称对方为天才,大声疾呼,好让大家快买他们的书。我们在授赠天才桂冠和称颂诗歌宗匠方面常常是漫无节度的:这是我们的一个积重难返的宿弊;至少,这原因,以前是由于天真烂漫的迷恋,那是从高贵的来源——对亲属之爱来的;而现在,绝对是发源于自私的打算;加之,从前还有些值得夸耀的东西,而现在……我们一点不想侮蔑库柯尔尼克君的优美的才能,然而我们毕竟还是可以肯定地说:在普希金和这位库柯尔尼克君之间有着一段不可测量的距离,从库柯尔尼克到普希金,

  遥远如天上的星星!

  是的——克雷洛夫⑥和济洛夫⑦君,札果斯金⑧的《犹里·米洛斯拉夫斯基》和格列奇君的《黑妇人》,拉舍奇尼科夫⑨的《最后的新贵》和马萨尔斯基⑩君的《箭队》和布尔加林君的《玛赛巴》,

---

① 季莫菲耶夫(1812—1883),俄国诗人,《读书文库》的同人。
② 叶尔萧夫(1815—1869),俄国诗人。
③ 布尔加林(1789—1859),原籍波兰,《北方蜜蜂》杂志的编辑,宪兵第三厅的密探。他善于迎合低级读者的口味,在小说里作些庸俗的道德说教。早就是普希金的论敌。
④ 格列奇(1787—1867),布尔加林的同伙,与布尔加林、森科夫斯基等三人,同为别林斯基抨击最频繁、最猛烈的对象,特别是他关于俄国文法的著作。
⑤ 卡拉希尼科夫(1797?—1865),俄国小说家和人种学者。
⑥ 克雷洛夫(1769—1844),俄国著名的寓言作家。
⑦ 济洛夫,俄国寓言作家和诗人,生卒年月不详。
⑧ 札果斯金(1789—1852),俄国历史小说家,官府红人,莫斯科各剧院的监督人。
⑨ 拉舍奇尼科夫(1792—1869),俄国历史小说家,别林斯基读中学时奔萨中学的校长。
⑩ 马萨尔斯基(1802—1861),布朗贝乌斯男爵所激赏的俗流文人之一。

奥陀耶夫斯基①、玛尔林斯基②、果戈理的中篇小说,和布朗贝乌斯男爵的中篇小说——如果这也可以称为中篇小说的话!!!……这一切说明着什么?我们文学如此空虚的原因何在呢?或者难道真的——我们没有文学?……

(待续)

二

(续前)

  Pas de grâce!③

——雨果所著《马里昂·德·洛姆》

是的——我们没有文学!

"这可好!多新鲜!"——我听到有千万个声音答复我的粗鲁的言论。"可是,不屈不挠地为我们探索欧洲文明的我们那些杂志,充斥着未完成的长诗、戏剧、幻想之作的天才片断的我们那些丛刊,塞满着亿万本俄国作品的我们那些图书馆,我们那些荷马、莎士比亚、歌德、司各特、拜伦、席勒、巴尔扎克、高乃依、莫里哀、阿里斯托芬,该怎么说呢?难道我们没有罗

---

① 奥陀耶夫斯基(1803—1869),俄国作家,文学及音乐批评家。普希金的友人。
② 玛尔林斯基是十二月党人别斯土舍夫(1797—1837)的笔名。俄国浪漫主义文学最杰出的代表人物之一。他的小说专写"崇高的人物",富于浮夸的色彩。玛尔林斯基的小说和专注重字面雕琢的别涅季克托夫(1807—1873)的诗同为当时流行的读物,都是由于别林斯基的严正批评而致声名挫败的。
③ 法文:没有宽恕!

蒙诺索夫①、黑拉斯科夫②、杰尔查文③、波格丹诺维奇④、彼得罗夫⑤、德米特里耶夫⑥、卡拉姆辛⑦、克雷洛夫、巴丘希科夫⑧、茹科夫斯基⑨、普希金、巴拉廷斯基,等等等等吗?啊!你对这一点怎么说呢?"

就是这样,亲爱的先生们:虽然荣无男爵之尊,可是我有自己的幻想⑩,因此,我顽强地坚持那种宿命的信念,就是:不管我们的苏玛罗科夫⑪在悲剧方面远远地凌驾乎高乃依君和拉辛君之上,在寓言方面凌驾乎拉封丹之上;不管我们的黑拉斯科夫在竖琴上礼赞俄罗斯人的煊赫的荣誉,跟荷马、维吉尔分庭抗礼,在"弗拉季米尔"和"伊凡"⑫的盾牌下安然无恙地进入了不朽神

---

① 罗蒙诺索夫(1711—1765),俄国历史上第一位大学者。普希金称之为"我们的第一所大学"。
② 黑拉斯科夫(1733—1807),俄国诗人。以叙事长诗《罗西雅达》等驰名,但其价值不高。
③ 杰尔查文(1743—1816),叶卡捷琳娜时代最伟大的抒情诗人。别林斯基在本文中把他列为俄国文学的四大诗人之一,但在以后的文章中没有对他重视,大概因为后来的俄国文学又有了新的进展,果戈理所代表的现实主义潮流把他的光辉夺去了。
④ 波格丹诺维奇(1743—1803),俄国作家,拉封丹的模仿者。
⑤ 彼得罗夫(1736—1799),俄国诗人和翻译家。
⑥ 德米特里耶夫(1760—1837),俄国作家。作有许多讽刺文、短嘲诗和寓言。
⑦ 卡拉姆辛(1766—1826),俄国作家和历史家。受到英国感伤主义作家斯特恩的影响写成的六卷《一个俄国旅行家的书简》和打破古典主义规范而把一个饱受欺凌的村女写入小说的《可怜的丽莎》,在当时引起过极大的反响,许多人竞相仿效,蔚为风气,产生了无数"旅行记""书简"以及"可怜的某某"之类。此外,他又写了一部《俄国国家史》,共十二卷。
⑧ 巴丘希科夫(1787—1855),俄国诗人,普希金的先驱。
⑨ 茹科夫斯基(1783—1852),俄国诗人和翻译家。曾任皇室师傅多年。翻译过荷马的《奥德赛》和席勒、拜伦等人的作品。
⑩ 布朗贝乌斯男爵写过一本《幻想旅行记》,别林斯基这两句话是针对他说的。
⑪ 苏玛罗科夫(1718—1777),俄国最早的古典主义戏剧家。此人特别走运,所以声誉踔腾,被公认为俄国戏剧之父,其实是名不符实的。
⑫ 黑拉斯科夫写过两部长诗《再生的弗拉季米尔》和《罗西雅达》,弗拉季米尔和伊凡雷帝分别为其中的两个主人公。

祇的庙宇①；不管我们的普希金在极短时间奋起与拜伦媲美，成为人类的代表；不管我们多产的法杰伊·威涅季克托维奇·布尔加林，恶习的真正的惩罚者和摧残者，有十年之久，在其作品中证明comme il faut②的人不应该欺诈和诳骗，酗酒和偷窃是不可饶恕的罪恶，通过风俗刻画的和道德讽刺的（称之为警察式的，不是更恰当吗？）长篇小说以及通俗幽默短文，在纠风正俗一点上，把我们好客的祖国③推进了整整一世纪；不管我们年轻的诗歌之狮，我们强大的库柯尔尼克，第一步赶上了气吞宇宙的巨人歌德，第二步才落在了克留科夫斯基④后面一些；不管我们可敬的尼古拉·伊凡诺维奇·格列奇（和法杰伊·威涅季克托维奇遥相呼应）解剖了、零碎分割了我们的语文，把语文的规律归纳在三重文法⑤中——这三重文法是一间真正的圣室，除了尼古拉·伊凡诺维奇·格列奇和他的朋友法杰伊·威涅季克托维奇之外，任何一个凡人都还没有在那里插足过；这位尼古拉·伊凡诺维奇·格列奇整整一生没有犯过文法错误，只有在他那奇妙的诗情创作《黑妇人》里，据敏感的沙里科夫⑥公爵见证，才破天荒第一遭跟文法吵翻，显然被过分飘逸多姿的幻想吸引了过去；不管我们的卡拉希尼科夫君在关于俄国的美洲——西伯利亚那一片广袤无边的荒野的华美的描写方面，在关于它的粗犷之美的描绘方面，使库柏黯然失了光彩；不管我们天才的布朗贝乌斯男爵通过厚厚一本幻想的书，给了无知的欧洲迄今还尊之为伟大学者的那两个江湖术士和骗

---

① 即：进入了卡伊丹诺夫君的《通史》。——原注
② 法文：正派。
③ 布尔加林，波兰人。曾参加拿破仑远征军，事后又恢复俄国国籍，此处系讥诮他无耻善变而仍被俄国收留。
④ 克留科夫斯基（1781—1811），俄国戏剧家。
⑤ 格列奇在他的文法著作中特别喜爱"三"这个数字，名词有三种变格，动词有三种变位等等，所以别林斯基讥讽地称之为"三重文法"。
⑥ 沙里科夫（1768—1852），卡拉姆辛的信徒，《妇女杂志》的编辑。

子香波里翁①和居维埃②以致命的一击,并且在辛辣的机智方面,把世界上第一位隽才和饶舌家伏尔泰踩在脚下;不管对于我们没有文学云云这一愚蠢意见有了确信的、雄辩的反驳,也就是由广博渊深的亚洲批评家久仲集-奥格鲁③在《读书文库》上如此聪慧而有力地申述了的那一反驳,——不管这一切,我还是要重复地说:我们没有文学!唉唉!累坏了!让我透口气吧——简直要噎住了!的确,读了这样冗长的句子,连布朗贝乌斯男爵都会上气不接下气,虽然他自己就是一位写冗长句子的老手……

什么是文学?

有些人说,某一民族的文学,应该指形诸文字的整个灵智活动范围而言。因此,我们的文学,譬如说,就将包括卡拉姆辛的《国家史》和艾明④、谢·尼·格林卡⑤二君的《历史》;希勒哲⑥、艾凡兹⑦、卡倩诺夫斯基⑧的历史研究和森科夫斯基君关于"冰洲古事记"的文章;威尔兰斯基、巴甫洛夫的《物理学》和附有论述臭虫和蟑螂的小册子的《哥白尼体系的崩溃》;普希金的《鲍里斯·戈东诺夫》和满是菜汤和茴香酒的历史剧中的若干场景;杰尔查文的颂诗和斯威庆⑨君的《亚历山德罗伊达》等等。如果这样,那么,我们的确是有文学的,响亮的名字很多,响亮的作品也不少呢。

另外一些人把"文学"这个字眼理解作一定数量的美文学作

---

① 香波里翁(1790—1832),法国埃及古物学家。
② 居维埃(1769—1832),法国自然学家。
③ 森科夫斯基的又一带有亚洲风味的笔名。
④ 艾明(1735?—1770),俄国小说家和杂志编辑。
⑤ 格林卡(1776—1847),俄国诗人和杂志编辑。
⑥ 希勒哲(1735—1809),德国历史家。
⑦ 艾凡兹(1781—1830),德国历史家和法学家。
⑧ 卡倩诺夫斯基(1775—1842),《欧罗巴导报》后期的编辑,莫斯科大学史学教授。
⑨ 斯威庆,俄国保守派文人。生卒年月不详。

品的集合,就是法国人所谓的 chef d'oeuvres de littérature①。在这个意义上说来,我们也是有文学的,因为我们可以自诩有罗蒙诺索夫、杰尔查文、赫姆尼采②、克雷洛夫、格里鲍耶陀夫、巴丘希科夫、茹科夫斯基、普希金、奥泽罗夫③、札果斯金、拉舍奇尼科夫、玛尔林斯基、奥陀耶夫斯基公爵及其他等人的多多少少一些作品。可是,世界上难道有一国语文,没有几部典范的艺术作品,纵然是民歌也罢?俄国面积超过整个欧洲,人口超过任何一个欧洲国家,在这新的罗马帝国里,出现了比塞尔维亚、瑞典、丹麦及其他小国家为数更多的有才能的人,难道有什么可惊奇的吗?一切都是理应如此的,可是由此绝不就说明我们有了文学。

可是,还有第三种意见,和前面两种意见都不相似。根据这种意见,文学是这样一些文艺作品的集合,这些文艺作品是人们自由灵感和协力的(虽然不是约定的)努力的结果;这些人是生而为艺术,仅仅为艺术而生存,离开艺术就无法存在的,他们在自己的优美的创作中充分地表现并复制着他们在其中生活、受教育、共同过一种生活、共同作一种呼吸的那个民族的精神,在自己的创造活动中把那个民族的内部生活表现得无微不至,直触到最隐蔽的深处和脉搏。在这样一种文学的历史中,没有、也不可能有任何跳跃;相反,在这里面,一切都是首尾贯串的,一切都是自然的,没有任何由于外铄影响而生的强迫的或勉强的转变。这样的文学不可能同时又是法国的,又是德国的,又是英国的,又是意大利的。这个意见并不新颖,早已说过不知千万遍了。似乎用不着再重复。可是呜呼!有多少平凡的真理,在我们这里还得每天大声疾呼地重复说给大家听啊!在我们这里,文学意见是脆弱而动摇的,文学问题

---

① 法文:文学杰作。
② 赫姆尼采(1745—1784),俄国寓言作家。
③ 奥泽罗夫(1769—1816),俄国剧作家。刻意模仿法国古典主义的悲剧。

是暧昧而费解的;在我们这里,某人对《浮士德》第二部表示不满,另外一个人却把《黑妇人》读得津津有味,一个人大骂《路克莱斯·蒲琪亚》①的血的恐怖,成千的人却在欣赏布尔加林和奥尔洛夫②二君的长篇小说;在我们这里,公众十足表现着巴比伦的混乱③,

  有人高呼要吃西瓜,
  另一个人要吃腌黄瓜;④

最后,在我们这里,天才桂冠这样地贱卖贱买,只需有一点慧黠,再加上妄自尊大和厚颜无耻,就能给自己博取响亮的声誉,躲在男爵的假面下,把人类一切神圣的和伟大的东西都给骂倒;在我们这里,一张包括整个文学界及其大小天才的买卖契约⑤,就能给某一商业杂志获得千万个订户;在我们这里,一些恢复特列奇亚科夫斯基⑥们和艾明们被遗忘的博学之名的愚蠢梦呓,被大声宣布为将在俄国历史中激起秋风扫落叶的变革的世界性名文⑦!……不:每一个对祖国、对善良和真理有一点公正无私的爱的人,写吧,说吧,喊吧;我不说是有知识的人,因为许多可悲的经验告诉我们,在真理的事业中,知识和博学不一定就是公正和无私……

  那么,我们的文学能不能符合我上面所引的最后一种文学定义呢?要解决这个问题,就必须对于从第一个天才罗蒙诺索夫起到末一个天才库柯尔尼克君为止的我们文学的进程加以匆

---

① 雨果的一个剧本。别林斯基对这个剧本的评价是不高的。
② 奥尔洛夫(1790—1840),俄国俗流文人。
③ 典出《圣经》。昔人欲建高塔于巴比伦,上达天庭,但因上面和下面的人言语混杂不通,终于没有造成。
④ 引自杰尔查文的诗。
⑤ 大概系指某些杂志登出撰稿人名单,企图用名家来增加号召力。
⑥ 特列奇亚科夫斯基(1703—1769),俄国诗人和翻译家。
⑦ 布尔加林曾把森科夫斯基论述冰洲古事记的文章捧为"世界性的名文"。

邂的一瞥。

（下次再续）

三

（续前）

> La verité, la verité! rien
> plus que la verité!①

"这写的是什么？不是概评吗？"惊恐的读者问我。

是的，诸位，虽然这也许不完全是概评，但有点类乎此。所以——silence!② 可是，我看见了什么？你们扮鬼脸，耸肩，异口同声地向我喊道："不呀，朋友，这把戏太陈旧了——你骗不了我们……过去一些概评叫我们吓坏了，余悸在心，现在还没有忘记呢！你将向我们宣讲的一切，我们也许都可以预先背给你听啦。这一切，我们自己知道得并不比你差。现在可不比往时：那时候，你们这一伙儿，自命的概评家，可以轻而易举地愚弄我们可怜的读者，而现在，每一个人都有了点小聪明，都能够谈东说西了……"

对于这一番不可避免的问候的话，我能回答你们什么呢？……的确，我穷于应答了……不过……你们读一下吧，纵然是为了消遣时光——你们知道，现在没有什么东西可读，那么，正可以拿它来应一下急……也许——（命运是常常开玩笑的！）——也许，你们会在我这篇短短的——（听见了吗，短短的！）——概评中找到一些如果不是太巧妙却也不是太愚蠢，如果不是太新颖却也不是太陈旧的东西……同时，真理、公正、善意，总是值得一顾

---

① 法文：真理！真理！除了真理，没有别的！
② 法文：静！

11

的……怎么,不相信吗?你们扭过脖子去啦,摇头,挥手,塞住耳朵?……好啦,随你们便:我不喜欢强求,你们爱读就读,不读就罢;见仁见智,人各有志!……然而,我干吗跟你们要价还价呢?不——请别生气:不管你们高兴不高兴,应该读读这篇文章:读书识字为着何来?那么,我们言归正传吧!

你们,可敬的读者,也许期待我会依据我们博学贤智的酷评家们的可赞美的习惯,从一切始源的始源——勒达①的蛋——来开始写我的概评,以便告诉你们:世界的创始、亚当的堕落,然后是希腊、罗马、大移民运动、亚蒂拉②、骑士、十字军、指南针、火药及印刷术的发明、美洲的发现、宗教改革、三十年战争等等,给予俄国文学以怎样的影响?你们也许真的害怕了,预料我会不拘礼节地抓住你们的领子,把你们拖上"约翰牛"轮船③,像乘了魔法的飞毯一样,一直飞到印度去,飞向那个人类奇妙的祖国,那个喜马拉雅山、象、虎、狮、蟒蛇、猴、金子、宝石和霍乱的灵奇国家;你们也许想,我会讲给你们听《罗摩衍那》和《摩诃婆罗多》的内容,描摹《沙恭达罗》④的无可比拟的美,向你们展示大自在天和湿婆⑤的僧侣们复杂多彩的神话的全部丰美,顺便详述梵文和斯拉夫文的显著的类似之点?不,诸位,别用这美好的希望欺骗自己吧:这希望不会兑现,而这一点,恐怕对于你们倒是幸运的;因为——我得坦白地承认——《吠陀经》的神圣的文字在我是难如读天书,印度的长诗和剧本我连译文都没有见过。你们也别期待我会从神圣的恒河岸边

---

① 希腊神话中的斯巴达王后。宙斯曾化为天鹅和她亲近,她因此怀孕,生下美人海伦。
② 亚蒂拉(卒于453),游牧的匈奴族的首领。
③ 典出玛尔林斯基的一篇文章,其中讲到印度文学,有警句云:"我们到印度去吧,'约翰牛'轮船早已在码头上升火待发了。"
④ 印度大戏曲家迦梨陀婆的名著。
⑤ 湿婆,印度三大神之一,大自在天即他的别称。他的庙宇在印度很普遍,崇奉者极多。

把你们领到底格里斯河和幼发拉底河的百花盛开的岸上去,到那婴儿期的人打倒偶像并崇拜火的地方去;别期待我会举起粗暴的手,从多水的尼罗河边奥西里斯①和伊西斯②的术士或僧侣们的神秘上面把处女面纱揭开;别以为我会顺便把你们带往阿拉伯的荒野,在沙泥的海洋中,潺潺的泉源旁,阔叶的棕榈树的阴影下,给你们讲述七篇优美卓绝的《摩阿拉迦特》。的确,到这些国家去的路程,我知道得并不比其他任何一个概评家差些;可是我害怕跟你们一起走得这样远:你们走得疲乏不堪,或者迷失了路,我会觉得非常抱歉的。你们也不会听见我讲到希腊及其典雅而丰富的文学;同样,我将以宿命的沉默对待那永恒的罗马。不——你们用不着害怕!我不想模仿我们过去、现在、或许还有未来的概评家们,他们的文章总是以同一个调子开始,总是从勒达的蛋讲起,而结束时总是空无所有,他们耐不住长期的谦恭的沉默,于是绞尽脑汁,拼命从脑子里把广博多样的知识的无尽宝藏一股脑儿倾倒出来,填塞在朋友杂志或朋友丛刊的少数篇幅里,——我不想去搅扰荷马和维吉尔、德摩斯梯尼和西塞罗的尸骨;我不这么做,已经够这些可怜虫苦的了。我不仅不想查究最初的诗人们采取哪一种样式开始写作,是赞美诗呢还是祈祷文,我甚至也不想给你们吹奏一支前奏曲,谈谈中世纪和新时代的文学,却只想单刀直入地从俄国文学开始。不仅如此,我甚至也不想议论古典主义和浪漫主义:但愿它们永垂不朽!

那么,请你们自己判断吧,亲爱的读者!我可不成了一个怪人吗?负了概评家的重责,却不抓住这千载一时的机会,炫耀从俄国杂志剽窃来的博学,发表许多光辉的、辛辣的,虽然早已是尽人皆知的、像苦萝菔一样可厌的真理,用对某些事物的讽示,给这杂拌

---

① 古代埃及的水和植物之神。
② 古代埃及的丰收女神。

儿、拼盘加点调料进去,点缀些双关谐语和繁复的万花镜一般的文体,即使违反常识也在所不惜!……诸位,你们惊奇起来了?请少安毋躁,我不是跟你们说过吗:读了再说,也许你们不会后悔的……好好地想一想吧,同时我要重复地对你们说,你们会很不开心,就是:这一类的事情,在我是决不会发生的——至于问到为什么,那么,请你们读下去,出神地惊奇吧。

第一,因为我不想用一连串的呵欠来折磨你们,这种罪我自己也受够了。

第二,因为我不想做一个江湖术士,就是说,狂妄不逊地尽说些自己不知道,即使知道,也知道得非常混乱而模糊的事情。

第三,因为这一切都很恰当,可惜和俄国文学,我这篇概评的题目,是风马牛不相及的:我只想更简单得多地把小箱子打开①。

第四,因为我牢牢地记得我们那位已故的批评家尼柯季姆·亚利斯塔尔霍维奇·纳多乌姆科②的贤明的格言:驾独木舟漂过池塘时打开海洋地图,是愚不可及的。不管你们怎么说,我可以赌咒,死者说的是真话。有过一个时期,大家对于他那抨击当时的天才们的侮慢言论都掩耳不闻,现在大家又都可惜,没有一个人挺身出来给目前的天才们一下当头棒喝:你们瞧,要四面讨好是多么困难呀!不过,我这是 à propos③ 说说的——还是赶快言归正传吧。

法国人把文学称为社会的表现;这定义并不新颖,我们早就知道了。可是,这定义是不是对呢?那就是另外一回事了。如果把社会这个字眼理解作一群特选的教养有素的人,简单点说,就是上

---

① 典出克雷洛夫的寓言《小箱子》,讽刺一种人只会瞎吹,把小箱子说得如何精巧复杂,其实却是非常容易打开的。
② 纳多乌姆科是纳杰日金(1804—1856)的笔名。莫斯科大学教授,《望远镜》的主编、别林斯基的贤师和诤友。他首先反对当时占支配地位的波列伏依,为现实主义批评跨出了第一步,别林斯基受他的影响颇大。此处称他"已故",恐怕是当时他已经停止用这个笔名的缘故。
③ 法文:顺便。

流社会,beau monde①,那么,这个定义就有了重要性和意义,并且还是很深刻的意义,不过仅仅对法国人说来是如此。每一个民族,适应着地区以及形成生活的各种因素的统一或分歧所规定的民族性格,适应着生活所处的历史条件等等,在人类的大家庭中,个个起着上天赋予它的特殊的作用,把自己的一份贡献加到自我完成方面的共同宝库中去;换句话说,每一个民族都表现了人类生活的某一方面。这样,德国人占有思辨和分析的广袤无边的领域,英国人以实际活动见胜,意大利人以倾心于艺术见胜。德国人把一切归源于一般的见解,一切都是从单一的原则发展下来的;英国人航行海洋、铺筑公路、建造运河、和全世界通商、设置殖民地,一切都依靠着经验和计算;在过去,意大利人的生活就是爱情和创作,创作和爱情。法国人偏爱的是生活,实际的、沸腾的、不安的、永远跃动着的生活。德国人创造思想,发现新的真理;法国人则利用它,消耗它。德国人以思想来丰富人类,英国人以生活舒适所必需的发明来丰富人类;法国人给我们带来时髦的法则,制定出礼节、仪式、优美风度的规律。总之,法国人的生活是社交的、镶花地板式的生活;镶花地板是他的用武之地,他在那里展露他的才智、知识、才能、机智和教养的光辉。舞会、集会对于法国人的作用,正犹如广场和奥林匹亚竞技对于希腊人的作用一样,这是一场厮杀,比武,在这里,用的不是刀枪,而是才智、机智、教养和教育,野心报以野心,多少支投枪折断了,多少次仗打胜、又打败了。这便是为什么任何一个民族在礼节上、在优雅的灵巧和亲切上都不能和法国人媲美,而这些又只有用法国话才能够表达的缘故;这便是为什么欧洲各民族要在这一点上和法国人媲美,结果都归于徒然的缘故;这便是为什么一切其他社会曾经是、现在是、并且永远将是以法国社会为范本的可笑的漫画、可怜的效颦之作和恶毒的打油诗的缘

---

① 法文:上流社会。

故;这便是为什么所谓文学是社会的表现云云的这一定义,对于法国人说来,是十分深刻而且正确的缘故。他们的文学永远是社会的忠实的反映和写照,永远和社会手携手地前进,却把人民大众忘置脑后,因为他们的社会就是民族精神、民族生活的最高表现。对于法国作家说来,社会是一所学校,他们在这里面学习语言,吸取思想方式,并把它描写在作品中。其他民族的情形就完全不同。例如,在德国,有学问的不是那些阔人,或能够进入华邸大宅和光彩社会的人;相反,德国的天才们喜爱贫民的阁楼、穷学生的斗室、牧师的破屋。在那里,大家都能读书、写作;在那里,读者数以百万计,作家数以千计;总之,文学不是社会的表现,而是人民的表现。同样,但不是为了同样的原因,其他民族的文学也不是社会的表现,而是民族精神的表现;因为没有一个民族会把生活主要地表现在社会里的缘故,并且可以确信地说,法国是唯一的例外。那么,文学必须是一个民族的内部生活的表现——象征。然而,这绝不就是它的定义,却只是它的一个必不可缺的属性和条件而已。在我讲到俄国在这方面的表现之前,我认为必须在这里申述一下我对于一般艺术的理解。我愿意读者看到,我是从怎样的观点来看我所想评断的问题的,我为什么这样理解,而不是那样理解。

整个无限的美好的大千世界,不过是统一的、永恒的理念(统一的、永恒的上帝的意思)的呼吸而已,这理念表现在数计不清的形式中,正像绝对统一的奇景表现在无边的多样性中一样。只有凡人的火热的心,在其明澈的瞬间,才能够懂得,以庞大的太阳为心、银河为脉、纯粹的以太为血的那个宇宙的灵魂的胴体有多么伟大。这个理念不知道安息,它不断地生活着,就是说,它不断地创造,然后破坏;破坏,然后再创造。它寓形于光亮的太阳,瑰丽的行星,飘忽的彗星;它生活并呼吸在大海的澎湃汹涌的潮汐中,荒野的猛烈的飓风中,树叶的簌簌声中,小溪的淙淙声中,猛狮的怒吼中,婴儿的眼泪中,美人的微笑中,人的意志中,天才的严整的创作中……时代的车轮以不可置信的速率向前奔驰;在茫无涯涘的苍穹中,发光体像死火山一样熄灭,新的发光体重新燃亮;在地面上,一族接着一族,一代接着一代都过去了,新的代之而兴,死亡消灭了生命,生命消灭了死亡,大自然的力量搏斗着,敌对着,被中间力量调和着,于是和谐又统治在这永久的骚乱中,在这元素和物质的斗争中。这样——理念活着:我们凭我们微弱的眼光能够清楚地看到它。它是智慧的,因为它预知一切,使一切保持平衡;继洪水和熔岩之后,赐给我们丰饶,继狂虐的暴风雨之后,带给我们清新的空气,让骆驼和鸵鸟住在阿拉伯和非洲的沙漠,让麋鹿住在冰天雪地的北方。这便是它的智慧,它的物质生活:它的爱情在哪里呢?上帝创造了人,赋予他理智和感情,使他可以凭着理智和知识来认知这理念,在生动而热烈的共鸣中接触它的生活,在无边而富有创造力的爱情中分担它的生活!这样说来,它不仅是智慧的,并且还是有爱心的!人啊,为你崇高的使命骄傲吧,骄傲吧;可是,别忘了:那繁殖了你的神性的理念,是公正的,不偏不倚,它赋予你以理智和意志,使你高出于万物之上,它活在你里面,而生活是行动,行动就是斗争;别忘了:你的无边的最高的幸福就在于把你的我融化在爱的感觉中。这样说来,你就有两条路,只有两条不可逃避的路可走:摒弃自己,克制利己主义,把自私的我踩在脚下,为别人的幸福而生存,为同胞、祖国的利益,为人类的利益牺牲一切,爱真理和善良,不是为了求得酬报,而是为了真理和善良本身,背起沉重的十字架,受尽苦难,然后重见上帝,获得永生,这永生必须包含在你的我的融化中,在无边幸福的感觉中!……怎么?你拿不定主意?这种事迹使你害怕,你觉得力有未逮?那么,你还有另外一条路,这条路宽阔,平稳,容易走;爱你自己,胜于世上的一切;哭泣、行善,都只为利害打算,别怕作恶,如果恶对你有利的话。记住这个规律:为非作歹,到处有福享!如果你处在强者中间,你得把脊梁弯下来,见了老虎学蛇爬,见了羔羊又学老虎似的猛扑上去,暴戾、肆虐,喝别人的血和泪,额上戴着沉重的桂冠,肩上压着名不副实的荣誉和封号。你的生活将是快乐的,灿烂的;你不知道什么是饥寒,什么是欺压和凌辱,一切在你面前都将觳觫战栗,到处看到的是顺从和屈服,听到的是阿谀和赞美,诗人为你撰作献诗和颂诗,把你比作人神,评论家大声疾呼,说你是老弱孤寡的保护神,祖国的独木梁和擎天柱,君主的左右手!你毫不介意在你的灵魂里每时每刻都将展开可怕的血腥的戏剧,你将永远跟自己斗争,你的灵魂太热而心却太冷,被你所迫害的人的号泣,在欢乐的宴会和甜美的梦境里都将追逐你,被你所毁灭的人的幽灵,环绕在你病榻的周围,将作地狱的跳舞,对你最后的临终的受苦发出恶毒的笑声,在你面前将显出精神沦丧和永世苦难的惨景!……啊,我亲爱的,你是对的:人生是一场梦,来不及仔细看一眼,它就过去了!……还是及时行乐的好,你将快乐地过活,畅快地吃喝,安稳地睡觉,暂时统制你的同胞,这都挺不错!——你若是生下地来,大自然在你额上留下天才的烙印,赋予你先知的贤明的嘴唇和诗人的甜美的声音,掌握世界的命运若是注定你做人类的推动者,真理和知识的使徒,那么,你又只有两条不可逃避的路可走。和大自然共鸣,爱它,研究它,忘我地创造,不求酬报地劳作,打开同胞的心灵,使之吸收善良和真实的印象,揭露罪恶和无知,忍受恶人的迫害,吞吃眼泪浸湿的面包,不要从美丽的亲切的天空移开你沉思的视线。困难吗?沉重吗?那么,把你神意的禀赋拿去做买卖,在每一句灵感冲动时上帝赐给你的贤明的言辞上标出价钱,这样,就会找到收买者,出你很高的价钱,而你只需擅长焚香顶礼,把你戴桂冠的额叩倒在尘埃里,把光荣、不朽和后嗣一股脑儿抛到九霄云外,如果市侩评论家把你恭维作伟大的诗人、天才、拜伦、歌德,就引此以自豪!……

　　这便是那永恒理念的道德生活。它的表现就是善与恶、爱与自私之间的斗争,正像物质生活中伸力与缩力的抗争一样。没有斗争,就没有功绩,没有功绩,就没有酬报,而没有行动,就没有生活!人类所表现的,也便是个人所表现的:它无时无刻不在斗争,无时无刻不在改进。从亚洲涌向欧洲来的一大群野蛮人,不但没有压溃生活,反而苏醒了它,使老朽的世界焕然一新;在罗马帝国腐烂的尸体上,兴起了许多强大的民族,成为天惠的容器……亚历山大们的出征,恺撒们和查理们的不息的活动,意味着什么呢?那就是以不断的活动为生命的那永恒理念的运动。

什么是艺术的使命和目标?……用言辞、声响、线条和色彩把大自然一般生活的理念描写出来,再现出来:这便是艺术的唯一而永恒的课题!诗情的灵感是大自然创造力的反射。因此,诗人比谁都需要研究物质的与精神的本性,爱它,对它发生共鸣;比谁都更需要使灵魂纯净而贞洁;因为只有熏香沐浴,具有大丈夫的智力和婴儿的心的人才能够踏入它的圣殿,因为只有这样的人才能够继承天国,因为只有在理智和感情的和谐中才能够达到人的最高的完美境界!……诗人的天才越高,他就越能深刻而广泛地拥抱大自然,越能有效地在最高的因缘和生命中把它表现给我们看。如果拜伦探测了恐怖和苦难,如果他仅仅领悟了、表现了心的痛苦,灵魂的地狱,那么这就是说:他仅仅领悟了宇宙生活的一面,仅仅给我们表现了、显示了它的一面。席勒给我们传出了天上的秘密,仅仅像他自己理解那样地显示了美好的生活,仅仅给我们唱出了他所珍爱的沉思和梦想:在他的笔下,生活的恶,不是写得不真实,就是夸张地被歪曲;席勒在这一点上是和拜伦一样的。可是,莎士比亚,那神通的、伟大的、不可企及的莎士比亚,却领悟了地狱、人间和天堂;他是大自然的主宰,他同样地考察善与恶,在富有灵感的透视中诊断宇宙脉搏的跳跃!他的每一出戏都是一幅世界的缩影;他不像席勒似的有他所爱的概念,所爱的英雄。请看他怎样残酷地嘲笑可怜的哈姆雷特,这哈姆雷特拥有巨人的雄心和婴儿的意志,在力有未逮的事业的重压之下,每一步都要蹉跌！……请问问莎士比亚,问问这位魔法祖师:他为什么使李尔变成一个病弱的半疯狂的老人,却不像杜西①或格涅季奇②那种做法,使他变成慈父的理想;他为什么把麦克佩斯写成一个由于性格软弱,而不是由于嗜恶成癖变成了坏蛋的人,把麦克佩斯夫人写成一个情操上的坏人;他为什么把科第丽霞③写成一个有一颗柔和的女人的心的、富有深情的、可爱的女儿,把她两位姐姐写成嫉妒、虚荣而又忘恩负义的悍妇?他会回答你说,世间便是这样,不可能有别的样子!——是的!诗人的这种公正,这种冷静,他好像对你说:就是这么一回事,我有什么办法!——是艺术完美的极境,是真正的创造,是少数特选的人才能够办到的事,这些人是:

> 他和大自然呼吸同一的生命,
> 　懂得小溪的潺湲,
> 　听出树叶的低语,
> 　感觉小草的滋生;
> 他精通星辰的书,
> 　大海波涛和他密谈。④

真的,难道我们能够断然地说某一现象是美好的,另一现象是丑恶的吗?……难道不是同一个上帝,创造了驯顺的羔羊和凶残的老虎,漂亮的骏马和丑恶的鲸鱼,艳绝尘寰的高加索美女和貌不惊人的黑种人吗?难道他爱鸽子更甚于兀鹰,爱夜莺更甚于青蛙,爱羚羊更甚于蟒蛇吗?……诗人为什么只应该描写给你们看美好的东西,慰娱心灵的东西?如果汉·伊斯兰⑤在大自然中有他一

---

① 杜西(1733—1816),法国人。不识英文,却以窜改莎士比亚剧本著名于时,硬把三一律和感伤趣味加进去,把原作歪曲得面目全非。
② 格涅季奇(1784—1833),俄国诗人。莎士比亚剧本和《伊利亚特》的译者。
③ 《李尔王》里的人物之一。
④ 引自巴拉廷斯基的诗《吊歌德之死》。
⑤ 雨果的成名作《汉·伊斯兰》里的主人公。

席地位,那么,我真的不懂他为什么就比卡尔·摩尔①,或甚至波萨男爵②差些?作为一个人,我爱卡尔·摩尔,作为一个英雄,我崇拜波萨,作为一个残酷无人性的怪物,我憎恨汉·伊斯兰;可是,作为幻想的创造物,作为一般生活的个别现象,他们在我看来,是同样美好的。诗人如果像一位苏舰长③那样,只描写给我们看大自然中可怕的东西,邪恶的东西,这证明他的智力视野是狭窄的,他的创造天才是浅薄的,可是绝不由此就显示他是一个恶劣的不道德的人。可是,他如果在作品中力图使你们从他的观点来看生活,那时他已经不再是诗人,却是一个思想家,并且是一个恶劣的、用意不良的、该咒诅的思想家,因为诗歌除了自身之外是没有目的的。当诗人不由自主地遵循他的想象的瞬息闪烁而写作的时候,他是有德行的,他是一个诗人;可是,只要他一给自己设定目标,提出课题,他就已经是哲学家、思想家、道德家,对我就失去了魔力,不再能魅惑我,如果兼有真实的才能和可赞美的目标,就使我怜惜,如果用有害思想的网罟捕捉我的心灵,那就只会使我唾弃。你们爱读杰尔查文的颂诗《上帝》吗?可是,这同一个杰尔查文写了《磨坊主》④。你们批评普希金在《鲁斯兰与柳德米拉》里有破格之弊吗?可是,这同一个普希金写了《鲍里斯·戈东诺夫》。他们的艺术倾向为什么有这样的矛盾呢?因为他们非常懂得那格言:

> 现在追求奇妙的生活吧,
> 每一瞬间在它里面复活,
> 对它每一个号召的声音

---

① 席勒的悲剧《强盗》里的主人公。
② 席勒的悲剧《堂·卡洛斯》里的主人公。
③ 指法国作家欧仁·苏(1804—1857),《巴黎的秘密》的作者。年轻时在船上当过医生,所以有"苏舰长"之称。
④ 一首情欲的诗。

用响应的歌声去回答吧！①

是的——艺术是宇宙的伟大理念在其无限多样的现象中的表现！我在什么地方看见有一句话说得好：中篇小说是人类命运的无穷长诗中的一个简短的插曲！这一中篇小说的定义，可以适用于一切艺术创作的体裁。诗人的全部本领，应该是把读者放在这样一种观点上，使他们可以从略图中、缩影中看到整个大自然，有如地球在地图中一样，让他感觉到鼓舞宇宙的生命的吹拂、呼吸，给他带来那烘暖宇宙的火。对典雅事物的享受，应该就在于暂时磨灭掉我们的我，跟大自然的一般生活发生热烈的共鸣；而诗人总是会达到这一美好的目标的，如果他的作品是崇高理智和火热感情的结晶，如果这作品自由而且出于本能地从他的灵魂里奔泻出来……

（仍未完）

四

（续前）

啊！如果我们生来一切都要模仿别人，
我们就该学学中国人
排斥异族的贤明的精神！
我们几时才能从媚外学时髦的风气中醒来，
让我们聪明而勇敢的人民
不要根据言语断定我们是德国人！
——《智慧生痛苦》第三幕

---

① 引自韦涅维季诺夫的一首诗。韦涅维季诺夫（1805—1827），俄国浪漫主义诗人，散文家。

那么,我们现在必须解决下面的问题:我们的文学是什么:是社会的表现呢,还是民族精神的表现?这个问题的解答,就将是我们文学的历史,同时也将是彼得大帝①以后我们社会渐次进化的历史。我忠守诺言,在这里不再述及一切民族的文学从什么开始,以及后来怎样发展,因为这对于任何一个读者都是一种陈腐之谈。

每一个民族,根据神意的不变法则,应该通过自己的生活,把整个人类生活的一面表现出来;否则,这民族就不是真正活着,却是碌碌而生,默默而亡,它的存在对人类毫无用处。片面性对于每一个人是有害的,特别对于全体人类是有害的。当整个世界变成了罗马的时候,当一切民族都按照罗马式思想并感觉的时候,人类智慧的过程就中断了,因为它不再有一个目标,因为它觉得在自己的活动范围中已经走到了极限。疲乏不堪的世界盟主安于既得的荣誉而踌躇自满起来;它的生命结束了,因为它的活动结束了,只有在放纵的欢宴中还可以看到一些活动的迹象。它犯了一个严重的错误,认为除了根据征服者的权利承继希腊文化珍宝的罗马之外,就没有世界,没有光亮,没有文明!多么不幸的谬见!这就是这个伟大巨人精神崩解的重要原因之一。要取得人类的复兴,就得在这死亡与腐朽的混乱中响彻人之子的有益的话:"凡劳苦担重担的人,可以到我这里来,我就使你们得安息!"②必须有成群的野蛮人来摧毁这巨大的强权,用剑把它划分成许多强权,接受那有益的话,各自遵循自己独特的道路,走向共同的目标。

是的——只有遵循不同的道路,人类才能够达到共同的目标,只有过各自独特的生活,每一个民族才能够对共同的宝库提出自己的一份贡献。每一个民族的这独特性,表现在什么地方呢?就在于那特殊的、只属于它所有的思想方式和对事物的看法,就在于

---

① 彼得大帝(1672—1725),俄国沙皇。
② 见《圣经·新约·马太福音》第十一章第二十八节。

宗教、语言，尤其是习俗。一切这些条件都非常重要，互相紧密地联系着，互相制约着，并且都来自一个共通的来源——一切原因之原因——气候与地点。在每一个民族的这些差别性之间，习俗恐怕起着最重要的作用，构成着它们最显著的特征。我们不可能想象一个民族没有那采取顶礼膜拜形式的宗教理解；不可能想象一个民族没有为一切阶层所共通的语言；尤其不可能想象一个民族没有一种特殊的、仅属于它所有的习俗。这些习俗，包括着服装的样式，其原因应该求之于这国土的气候；包括着家庭及社会生活的形式，其根源隐藏在这民族的信仰、迷信和理解中；包括着不可分割的国家相互间的交接形式，其浓淡色度是由社会法制和阶层差别所造成的。一切这些习俗，被传统巩固着，在时间的流转中变成神圣，从一族传到一族，从一代传到一代，正像后代继承着祖先一样。它们构成着一个民族的面貌，没有了它们，这民族就好比是一个没有脸的人物，一种不可思议、不可实现的幻象。一个民族越是年轻，习俗就越是鲜明而富于色彩，这民族也越是重视它们；时间和教化把这些习俗引到同一水准上去；可是它们发生变化时，只能够是静静地、不知不觉地，并且是接一挨二地变。这民族必须自愿地废弃一些习俗，然后接受一些新的；可是即使如此，也还须有斗争，决死的激战，还须有老顽固和叛教者，古典派和浪漫派。民族非常珍视习俗，视之为最神圣的财物，如果不获得民族的同意，径自对这些习俗加以突发的决绝的改革，这民族就会认为是侵害它的存在本身。请看中国吧：在那里，人们执信着好几种不同的信仰；最高的阶层，官绅，没有任何信仰，仅仅为了礼节的缘故才举行宗教仪式；可是他们有着怎样的习俗的统一性和共同性，怎样的独立性、特殊性和特征性，他们怎样顽固地依附于这些习俗啊！是的，习俗是一种神圣的、不可侵犯的、除环境和文化进步之外不屈服于任何权力的东西！一个最放荡、痼疾最深、敢于嘲笑一切的人，在习俗面前也得低下头来，纵然在心里还是鄙夷不屑。突然地摧毁它们,而不代之以新的,那就等于是摧毁一切支柱,破坏一切社会关系,总之,就是消灭民族。何以故?那就是由于鱼在水中游、鸟在天空飞、兽在地面走、虫在地底藏的那同一个原因。一个民族被强迫地驱入陌生的领域,就正像一个人被束缚住了手脚,鞭打他,叫他往前跑一样。任何民族都可以从别一民族有所借鉴,可是他非在那些带有模仿的特色的借物上面捺上自己的天才烙印不可。在体现为对本国习俗之爱的这种争取独立性与独创性的努力中,正是包含着幼稚民族互相憎恨的原因。所以,俄国人曾把德国人称为邪教徒,土耳其人直到今天还认为每一个法兰克人都是不洁的,拒绝和他们同桌共食:在这种情况下,宗教并不起独一无二的主要作用。

在欧洲的东部,世界两部分的边疆上,上帝给安排住下一个和西方邻人大不相同的民族。它的摇篮是明媚的南方,亚细亚俄国人的剑赐给了它名字;濒死的拜占庭人传给它救世福音;鞑靼人的镣铐统一了它分裂的各部分,可汗们用鲜血把各部分结合在一起。伊凡三世①教它畏惧、爱戴和服从沙皇,使它看待沙皇有如天神,有如按照自己的意志惩罚和宽赦、在自己之上只承认有上帝的意志的那至高无上的命运。这个民族,当安详地结庐而居时,冷淡而平静,有如它故乡的皑皑白雪;当沙皇手指敌人时,骤速而严峻,有如它短促而炎热的夏日的天上迅雷;当飞觞宴饮时,勇敢而狂乱,有如它冬日的大雪和风暴;当丰衣足食时,缓慢而懒惰,有如它原始森林里的熊;当生活教训它穷而后通时,就伶俐、聪明、机警,有如猫,它那家宅守护神。它坚定地支持上帝的教堂,祖先的信念,不可摇撼地尽忠于正教的沙皇;最得意的格言是:我们一切都属于上帝和沙皇。上帝和沙皇,上帝的意志和沙皇的意志,在它的理解中混而为一。它神圣地保留着祖先的简单而粗野的风尚,真心真

---

① 伊凡三世(1440—1505),莫斯科大公。

意地认为外国习俗是魔鬼的妖术。可是,它的生活的全部诗意就局限于此;因为它的才智沉入了酣睡,从来没有越出过因袭成规的界线一步;因为它没有向妇人屈过膝,它的骄傲而野蛮的力量向妇人要求的是奴隶式的屈从,却不是和谐的互相感应;因为它的生活是单调的,因为只有狂暴的游戏和勇敢的行猎才鼓舞了这生活;因为只有战争才惊醒了它那颗冷冰冰的铁样的心的全部力量,因为它只在浴血的厮杀中才激动起来,尽情欢乐。这是一种独创而有特征但却是片面而隔离的生活。当人类种族老辈代表们①的跃动沸腾的生活带着不可置信的斑驳色彩向前突进的时候,这个民族的齿轮一点也追随不上生活的进程。因此,这个民族非跟总的人类生活合流,构成人类大家庭的一部分不可。接着,在这个民族里,出现了一位睿智的伟大的沙皇②,温和而不荏弱,严峻而不暴戾;他首先指出,德国人不是邪教徒,有许多东西值得他的子民们借鉴,同时也有许多东西对他们是百无一用的。于是他开始礼遇德国人,设宴宠召,叫人民去学习他们的巧思。他造了一只小船,想把它放到海里去,在这之前,海洋对于他的人民还是一种令人生畏的、不可知的东西;他叫外洋的喜剧伶工到内庭来供奉,同时却悬以割鼻法令,严禁正教的俄国人嗅鼻烟,那恶臭的可咒诅的烟草。可以说,在他那个时代,罗斯破天荒第一遭感觉到了外洋的精神,那在从前是闻所未闻、见所未见的。后来,这位善良的沙皇驾崩,继之即位的是他年轻的儿子③,他像弗拉季米尔时代的勇士一样,幼时即能把一百普特重的锤子掷向云霄,赤手空拳把它们拗弯,用双膝把它们夹断。他是俄国民族在其生命最活跃的瞬间内的力量的化身,理想的化身;他是把地球扛在肩上的巨人之一。他

---

① 即指先进的欧洲。
② 指沙皇阿列克赛·米哈伊洛维奇(1645—1676),彼得大帝之父。
③ 即彼得大帝。

那从来不知道障碍的铁的意志,目标只有一个——就是为人民造福。他筹思了一个远大的计划,而对于他说来,思考就是实行。他看到海外许多奇异而可惊的事物,想把它们移植到本国土壤上来,却根本行不通,这土壤对于异国植物还是太硬,俄国的冬天对它们不太适合;他看到千百年来文明的果实,想叫他的人民一刹那间把这些东西据为己有。想了就说,说了就干:俄国人是不喜欢等待的。那么——俄国人,出发吧,按照沙皇的命令,大贵族的要求,按照德国的样式①……去你的,可尊敬的浓密的胡子!再见吧,你简单而高贵的圆顶发样,跟可敬的长胡子是这样配称的!现在用撒满灰粉的巨大的假发代替了你!再见吧,我们大贵族的绣金银花边的长裾外套!现在用长褂和背心,连带着裤子和长统靴,代替了你!再见吧,贵族夫人和贵族小姐的仪态万方的诗情的长坎肩,还有你附有华美袖子的纱衬衣,你高耸的缀有珠子的头巾——这种简单的迷人的服装,跟我们白皮肤蓝眼睛的美女们的高耸的胸部和鲜明的绯红脸色是这样配称的!现在用附有撑箍的裙,宽折襞的衣衫和长长的、长长的后裾代替了你!白粉和胭脂,挤紧些,让点地位给美人痣!再见吧,你忧郁的俄国歌,你高贵而优美的民间舞:我们的美女们不再像鸽子似的啼啭,夜莺似的唱,孔雀似的舞!不,咏叹调和浪漫曲流行起来了,收场总是不变的高音:

　　……我的天啊!
　　到我金碧辉煌的官殿里来呀!②

产生了小步舞如画的姿势,华尔兹舞浓艳的旋转……

　　一切都旋转了,惶乱了,急遽地向前突进。罗斯似乎要在三十

---

①　这几句话引自普希金未完成的小说《彼得大帝的黑人》。
②　引自普希金的长诗《叶甫盖尼·奥涅金》第二章第十二节。

27

年中,把过去几世纪的停滞补偿过来,好像魔术棒一挥,沙皇阿列克赛的小船就变成了彼得大帝的无畏的舰队,刁悍难驯的箭队就变成了纪律严明的正规军。在亚佐夫城下,把手套掷给了土耳其政府:悲哉,你两角的月亮①!在列斯纳雅原野上,伏尔斯克拉河岸上,残酷地报复了纳尔瓦一战的耻辱;感谢缅希科夫②,感谢丹尼雷奇!运河和公路开始贯通俄国的处女地,商业萌动,铁锤震响,织机如梭:工业发达起来了。

　　是的——完成了许多伟大的、有益的和荣耀的东西!彼得是完全对的:他不能够等待!他知道他只能活一辈子,所以他得赶快生活,而在他说来,生活就是创造。可是,民族另有一种看法。它睡得太久了,蓦地里,一只强大的手打断了它酣沉的梦:它勉强睁开沉重的眼睑,却惊奇地看到,外国习俗像不速之客似的闯了进来,靴子不脱,不在圣像面前画十字,也不向主人行礼;这些客人抓住它那比脑袋更宝贵的长胡子,拔个精光;剥掉威风凛凛的装束,给它穿上奇形怪状的衣服,歪曲、玷污它纯洁的语文,骄横不逊地辱骂它祖先的神圣的传统,它珍爱的信仰和习惯;它看到这些,吓得目瞪口呆……手插在口袋里走路,在俄国人是尴尬的,不习惯的,不方便的;走过去亲太太的手,他会跌跤,拖右脚在后面行礼,简直会仰天摔倒。把欧化形式借用过来之后,他只变成了近似欧洲人的貌合神离的效颦之作而已。对于教化,像对于真挚的赎罪的言辞一样,必须以审慎的节度、由衷的信念去接受,不得凌辱神圣的、祖先传下的风尚:这正是天命的法则!……请相信我,俄国人从来不曾是教化的不共戴天之敌,他永远是有志学习的;不过,他必须从字母,而不是从哲学

---

① 土耳其的国徽。
② 缅希科夫(1673—1729),彼得大帝的宠臣和得力助手。丹尼雷奇或丹尼洛维奇,是他的父名。

读起,先得进学校,却不能直接就进大学。长胡子不妨碍他数计星象:这在库尔斯克就被证实了①。

从这一切里面得出了什么结论呢?人民大众顽强地停留在老地方;可是,社会却被天才的强大的手推上了新的道路。这是什么样的社会?我不想对这一点多说什么:请你们读读《纨绔少年》②《智慧生痛苦》《叶甫盖尼·奥涅金》《贵族选举》③,等出书后再读读拉舍奇尼科夫那本新的长篇小说④,你们就会比我更清楚这是什么样的社会了……

那么,至少你得给我们写出俄国文学的概评来呀,那是你在每一期杂志上都预约过,而我们直到现在还没有读到的!照这样滔滔不绝的开场白看起来,这篇文章恐怕会比布朗贝乌斯男爵的《幻想旅行记》更冗长、更枯燥呢。

我自己也不知道,亲爱的读者,这篇文章将有多么长。也许,出现的将是一个滑稽可笑的妖怪:撑在鸡脚上的茅舍、指甲般大的皇帝、一肘长的胡子、大如酒桶的头。⑤ 有什么办法呢,不自我始,也不以我终;我们这里的风气便是这样。然而,如果我的开场白没有把你们想读结论的愿望吓掉,如果你们有足够的耐心,我写多少,你们就读多少,那么,你们就会读到我的概评的开端,甚至结尾的。

(待下次续)

---

① 商人谢苗诺夫,一个业余天文学家,在库尔斯克自设天文台,观察星象。
② 冯维辛(1745—1792)的喜剧。冯维辛作品的特点是在古典主义形式中对现实加以辛辣的讽刺。
③ 作者是克维特卡-亚斯诺伐宁柯(1778—1843),乌克兰作家。
④ 指《冰屋》。
⑤ 这些幻构之物,均常见于俄国民间故事。

五

(续前)

> 前进,前进,我的故事![1]
>
> ——普希金

这样,民族,或者更确切点说,人民大众,和社会,就分道扬镳了。前者依旧保持着往昔的、粗陋的、半野蛮的生活,以及把悲苦的和欢乐的灵魂倾吐在内的沉郁的歌;后者显然是改变了,如果不是改善了的话,忘记了一切俄国的东西,甚至忘记了说俄国话,忘记了祖国诗情的传说和幻构,这些充满着深刻愁思、甜蜜烦闷和青春狂欢的美丽的歌给自己创造了一种正是自己的忠实写照的文学。必须指出,人民大众和社会,特别是后者,分裂成了许多种类,许多等次。前者在那和社会发生直接关系的等级中,即在城市居民、手工业者、小商人和许多制造商中,显示了生命和运动的征象。当利益攸关时,穷困,以及居住俄国的外国人的竞争,使他们变得活跃而富有进取心;使他们摆脱了旧时的懒惰和高卧在暖炕上的停滞,惊醒了他们以前深恶痛绝的对改良和革新的渴望;他们对于德国人的狂热的憎恨一天一天减弱,现在已经完全消失了;他们甚至总算是认识了几个字,比从前更顽强地双手抓住祖先传下的贤明的格言:知识是光,无知是黑暗。这保证了将来有远大的前程,尤其因为这些等级丝毫也没有失掉自己的民族面貌。至于社会的下层,即中等等级,又分成了许多种类和科目,在这中间,按照人数说来,占据最显著的地位的是所谓平民。这个等级最厉害地辜负了彼得大帝的期望:他们只花几个铜子购买学问,把俄国的明智和

---

[1] 这一句引自《叶甫盖尼·奥涅金》第六章。

机灵应用到解释敕谕那不可恕的职业上去;学了鞠躬行礼和亲太太们的手,却并不忘记用自己高贵的手去干毒打妻子的下流勾当。在另一方面,社会的上等等级,则使尽全力去模仿外国人,或者更确切点说,效颦外国人……

可是,问题不在这里。据说缪斯喜欢安静,怕听干戈之声:这简直是胡说! 然而,无论如何,在彼得的治下,有的只是一些为学者所记得、却不能留下在人民的记忆里的说教;因为这种杂色纷呈的镶嵌式的雄辩,或者宁可说是言语的混乱,不过是从西方僧侣的天主教烦琐主义那棵腐朽的树上引来的有害的接种,却不是宗教的神圣真理的生动而且坚信的声音。这一点在我们这里,还没有正当地加以探讨和评价。如果听信了文学教师们的话,那么,我们在宗教美辞方面,恐怕和一切欧洲民族比起来,都是有过之而无不及的。我不想解答这个问题,因为我只是顺便提一提,把它视为和我的概评不发生直接关系的东西;加之,我不大熟悉宗教美辞的文献,那里面当然是不乏美好的例证的。

关于康捷米尔①,我也不想唠叨辞费;我只想说,我很怀疑他的诗的天职。我觉得,他那些声誉卓著的讽刺文,与其说是生动而火热的感情的果实,宁可说是理智和冷淡的观察的果实。他从讽刺文——秋天的果实开始,而不是从颂诗——春天的果实开始,难道有什么奇怪吗? 他是一个外国人,因此,他不能跟人民发生共感,分担他们的悲、欢、苦、乐;他的笑不能击中要害。他不是一个诗人,从他已被人忘却这一点,就可以知道。文体太旧! 并不然! ……即使是英国人,也还得参看注释来读莎士比亚呢。

特列奇亚科夫斯基没有理智,没有感情,也没有才能。这人是生来握犁,或拿斧头的;可是命运,好像开玩笑似的,却叫他穿了燕尾服:他显得这样可笑而丑陋,还有什么可奇怪的吗?

---

① 康捷米尔(1709—1744),俄国最早的讽刺诗人。

是的——最初的试作总是较弱而失败的居多。接着,忽然一下子,借用我们一位同国人的非常恰切的话,罗蒙诺索夫像北极光一样照耀在北冰洋的岸上。这个现象真是美丽而耀眼啊!它证明了:在任何情况和气候下,人终究是人,不管敌意的命运在前面设下多少障碍,天才总能战胜一切,俄国人最后总能完成一切伟大而美好的事物,不下于任何欧洲人;可是同时,必须指出,对我们说来不幸的是,这种令人喜悦的现象也证实了一个无可争辩的真理:学生如果把先生当作一个范本,而不是一个敌手,他就永远不能青出于蓝,民族的天才如果不是独创地、独立地行动,就将永远是怯弱的,缚住了手脚,他的作品将永远像纸花一样:鲜艳、美丽、华贵,但却不馥郁、不芳香、毫无生命。我们的文学从罗蒙诺索夫的时候开始;他是它的父亲和抚育者;他是它的彼得大帝。我们还用得着说他是一个铭刻着天才烙印的伟大的人吗?这是一个毋庸置疑的真理。还用得着证明他把一种纵然是暂时的方向,赋予了我们的语言和文学吗?这更是不待言而自明的。可是,什么样的方向呢?那就是另外一个问题了。关于这一点,我没有什么新鲜的话好说,也许,只能重复一些多多少少为大家所共知的意见而已。

　　可是,我认为首先必须指出下面的事实。正像我已经说过的,到现在为止,我们的文学界仍旧流行着一种可怜的、幼稚的对作家的崇拜,在文学方面,我们也非常重视爵位表,不敢对地位高的人说真话。碰到一位名作家,我们总是只限于说些空话和溢美之辞;不顾情面地说真话,我们就认为是亵渎神圣。如果这是出于真诚的信念呢,那还算好!不,这往往却是由于愚蠢而无聊的礼貌,或者由于害怕被称为出人头地的人、浪漫派。请看外国人遇到这种情况怎样办:在那里,每一个作家都按照功过而受到评价;他们不满足于说,某某君的剧本有许多精辟的章节,虽然有些短诗不光润,不无瑕疵,某某君的颂诗卓然不凡,但哀歌则弱得很。不,他们得把某一作家的全部活动范围加以探讨,断定他对于同时代人及后代的影响的程度,分析他的作品的总的精神,而不是其局部的美点或缺点,考虑他的生活环境,以便知道他是不是可以比已做的做得更好,并且说明他为什么这样做,而不是那样做;把这一切加以考虑之后,就可以断定他应该在文坛上占据怎样的位置,应该享有怎样的名望。《望远镜》的读者应该多多知道一些这一类名作家的批评传记。我们的批评传记在哪里呢?呜呼! ……例如,我们有多少次听说罗蒙诺索夫的《夜思上天之伟大》和《晨思上天之伟大》是超群出众的,他的颂诗的诗句铿锵而又堂皇,他的散文的辞藻丰满、圆润而又华丽;可是断定了他的功绩的程度没有呢,连同光辉的方面,也指出了黑暗的斑点没有呢?不——这可怎么行!这是罪过的,鲁莽的,徒劳无益的! ……以培养口味为己任的批评在哪里?应该比地面上一切权威更可宝贵的真理又在哪里? ……

　　必须有许多知识、经验、劳力和时间,才能够恰如其分地评价像罗蒙诺索夫这样的一个人。缺乏时间和篇幅,也许还缺乏才力,所以我不能作过分周密的探究,而只能略述一般的看法。罗蒙诺索夫是我们文学的彼得大帝:我认为,这便是对他的最正确的看法。真的,难道你们看不见在这两个伟大人物的行动方式以及这些行动方式的后果之间,有着惊人的相似吗?在北冰洋沿岸,在严冬和死亡的王国里,一个贫苦的渔家诞生了一个孩子。一个神秘莫测的魔鬼折磨着这孩子,日夜不给他安静,对他耳朵里轻声说了些奇妙的话,于是他的心跳动得更厉害,血沸腾得更热;这孩子不管看到什么,总想知道:这是从什么地方来的,为什么是这样;无边的问题压迫、折磨着他的年轻的灵魂——却找不到回答!他设法学会了文墨,那个烦扰不休的魔鬼的神秘提示在他灵魂里鸣响着,有如瓦季玛①之铃的诱人的声音,把他引往朦胧的远方……于是他背弃父亲,跑到白砖砌的莫斯科去。奔呀,奔呀,青年!你在那

---

① 茹科夫斯基的谣曲《十二个睡美人》里的闻铃声而入迷的主人公。

边会通晓一切,会在知识之泉旁解除焦渴!可是,呜呼!希望欺骗了你:你的焦渴更厉害——你只是把它加重了。走得更远,更远,勇敢的青年!奔向学识渊博的德国,那里有天堂的花园,花园里有生命的树,知识的树,善与恶的树……它的果实是甜美的——快去尝尝……于是他向前跑去,走进迷人的花园,看见诱惑的树,贪婪地吞吃树上的果实。多奇妙,多迷人!他多么抱憾,不能一下子占有一切,搬到宝贵的祖国、神圣的故土来!……不过……何妨一试?……他不是俄国人吗:因此,他一切都有力量办到,一切都无所不能;舒瓦洛夫①不是在等着他吗:因此,他无须惧怕偏见、敌人和嫉妒者!……于是罗斯响遍了颂诗,争看悲剧,欣赏叙事诗,对童话发笑,倾听西塞罗和德摩斯梯尼,严肃地讨论电力和避雷针:踟蹰不前,尚有何待?彼得自己不是也会满足地喊吗:这正是我们的做法!可是,罗蒙诺索夫所遭遇的也正同彼得一样。他惑于外国教化的光彩,对本国的东西却视而无睹。的确,他幼时能背谢苗·波洛茨基②的不纯正的诗句,可是对于民间歌谣和童话却不屑一顾。他好像没有听到过这些东西似的。你们在他的作品中,能看出有编年史以及一般俄国民间传说影响的微弱痕迹吗?不——一点也没有。据说,他懂得俄国语文的特性非常透彻!我对此不想争辩——他的《文法》实在是奇妙的、伟大的东西。可是他为什么按照拉丁文和德文的范本使俄文怒目瞪眼和做鬼脸呢?为什么他的每一节言辞毫无必要地塞满着这么多从属句,末尾拖一个动词呢?难道这伟大的人所忖度的一个俄国语文天才就要求这样做吗?语文是造不出来的,因为它是人民所创造的;语言学者不过发现它的法则,把法则化为体系,而作家则仅仅根据这些法则

---

① 舒瓦洛夫(1744—1789),伊丽莎白·彼得罗芙娜的宠臣,钦佩罗蒙诺索夫的学问,对他一生事业的支持不遗余力。
② 谢苗·波洛茨基(1629—1680),俄国著名的教会活动家兼作家。

来写作而已。在后一种情况下,罗蒙诺索夫的天才也是令人惊奇不止的:他有好些诗节和整首的诗,照语言的纯正和正确性来说,是非常接近于今天的时代的。因此,这是盲目的模仿害了他;没有人读他,他不被人民所承认,早已被人民所遗忘,只有职业文学家才记得他,其原因也便在此。有些人说,他是伟大的学者,伟大的演说家,但绝对不是诗人;事实上,相反,与其说他是演说家,毋宁说他是诗人;我还要说,他是伟大的诗人,拙劣的演说家。因为什么是他的赞辞呢?不过是集冗言赘语和陈腐之谈的大成而已,一部分从古代辩士那里借来,一部分是他的创意,这是定货生产的结果,充满的只是喧哗和空喊,却绝对不是炽烈的、活跃的、真挚的感情的表露,只有这种感情才是真正的雄辩的源泉。若干用优美文体写成的章节,并不能证明什么:问题还得看整体如何。这有什么可奇怪的吗:即使在我们今天,也不大需要雄辩,那时对它就更不需要;它是毫无必要地仅仅由于模仿而产生的,从而它的失败是无怪其然的。可是,罗蒙诺索夫的诗作却镌刻着天才的烙印。的确,即使在他的诗作中,理智也凌驾乎感情之上,可是这只是因为对知识的渴念吞噬了他的整个存在,成为他的支配的热情的缘故。他总是把他活跃的幻想拘囿在冷淡理智的坚韧的羁绊之中,不让它过分自由驰骋。记得伏尔泰曾撰文述及高乃依,说他写悲剧,很像那冷静地拟订作战计划、热烈地打仗的伟大的康岱①:这便是罗蒙诺索夫!这说明了为什么他的诗作带着演说的特色,为什么透过虹彩的三棱镜,常常可以看到三段论法的枯燥的骨架。这是体系的缘故,却绝不是缺乏诗的天才的缘故。体系和奴隶式的模仿,使他写了散文体的《论玻璃的功效的一封信》,两部冷淡而夸张的悲剧,最后是笨拙的《彼得利亚达》,最后一部作品说明了他强大天才的最可怜的混乱。他生来是一个抒情诗人,当他不被体系所拘

---

① 康岱(1621—1686),法国将军。

束时,他的竖琴之声是和谐的、崇高的、壮伟的……

关于他那位敌手苏玛罗科夫,应该说些什么呢?他写了各种体裁的作品,诗也有,散文也有,以俄国的伏尔泰自居。可是,他有了罗蒙诺索夫的奴隶式的模仿,却丝毫没有他的才能。他的全部艺术活动,不过是可怜亦复可笑的装腔作势而已。他不仅不是诗人,并且对于艺术没有任何概念,没有任何理解,并且最确切地驳倒了布封①的那个古怪的意见,认为天才是最高程度的忍耐云云。然而,这个可怜的劣等文士却坐享了怎样的盛名啊!我们的博学鸿儒对他感激涕零,为了他是俄国戏剧之父。他们为什么不感激特列奇亚科夫斯基,为了他是俄国叙事诗之父呢?的确,他们两人是铢两悉称,分不出高下的。我们不该过分非难苏玛罗科夫,说他是吹牛大王:他被自己所骗,正像同时代人被他所骗一样;山中无虎,猴子称王,因而,这是可以原谅的,尤其因为他不是一个艺术家。可是,今天就不同了。看到有些黄口小儿,在不堪卒读的坏剧本里,硬叫伟大的诗人们预言自己将来的飞黄腾达②,这自然是可笑亦复可怜的。

(请再稍待)

六

(续前)

> 这是在叶卡捷琳娜的时代,
> 恢复了古代罗斯的全部光荣!

---

① 布封(1707—1788),法国博物学家,作家。
② 系讽喻库柯尔尼克在《托尔克瓦托·塔索》里,借意大利大诗人塔索之口把自己大捧特捧。

亚廖格打垮君士坦丁堡，

多瑙河在斯维雅托斯拉夫的船下咆哮；

雷姆尼克，契斯玛，卡古尔之战，

鹫鹰飞临列昂尼德城；

再生的塔夫利达，

伊斯马伊尔的宿命的日子，

血洒普拉格，

报复了莫斯科的耻辱！

——茹科夫斯基

  叶卡捷琳娜二世登了位，对于俄国民族说来，是展开了一个更美满的新生活的时期。她的统治是一首史诗，构思宏阔大胆、行文壮伟勇敢、气势澎湃充沛、陈辞绚烂瑰丽，足以与荷马或塔索的史诗媲美！她的统治是一篇戏剧，结构繁复错综、行动疾速遒劲、人物多样而栩栩如生的戏剧，在主人公们凛然的威仪和无比的力量方面是一出希腊悲剧，在人物的独创性和色彩丰富方面，在景物的多样性及其万花镜一般的变化方面是一部莎士比亚的杰作，此外，这是一篇使人看后忍不住拍案叫绝的戏剧！我们惊奇地，甚至带着几分怀疑地凝望着这时代，它离开我们这样近，有几个代表人物甚至到现在还活着；它离开我们又是这样远，如果不借助于历史的望远镜，我们就难免有眼花缭乱之感；它在世界的编年史中显得如此神妙而惊人，我们简直要把它当作神话时代看待。那时，在沙皇阿列克赛之后，俄国精神还是第一次在全部刚勇的力量中、在全部喧嚣的纵饮中显现了出来，所谓纵情行乐！那时，俄国人民最后总算安于紧窄的罕见的新生活形式，对它们习惯了，几乎打成了一片，好像屈服于顽强而不可避免的命运的裁判——彼得的意志似的，第一次能痛快地呼吸，欣然地微笑，骄傲地往前看——因为没有人再把他赶向那个伟大的目标，一切都遵从自己的意旨和裁决做去，那威严逼人的有言必行之声沉静下去了，代替这个，从王座上响起了一个声音,说道:宁赦十个罪人,不杀一个无辜;我们认为,并且引以为荣地昭示于众,我们活着是为了我们的民族;上帝不容许有别的民族更比俄国民族幸福;因为"等级律令"和"贵族证书"跟门阀观念的不可侵犯性连在了一起;此外,因为罗斯的耳朵里充满着胜利和征服的轰响。那时,俄国的才智才觉醒了起来,于是开办了学校,出版了一切为初等教育所必需的书籍;俄国的剑拔出了鞘,于是许多帝国根本摇撼了,许多王朝瓦解了,和罗斯混而为一!……

你们知道什么是叶卡捷琳娜二世时代,这伟大的时期,俄国民族生活的这一明彻瞬间的显著特点吗?我认为那就是民族性。是的——是民族性,因为那时,罗斯一方面模仿外来的调子,同时却好像跟自己捣乱似的,依旧是一个罗斯。记得那些庄重而恳切的大贵族吗,他们的户闼常开,像大家都能光顾的旅馆一样,不管识与不识,都经常到那儿去,也不向好客的主人招呼一下,就坐到铺着花格子桌布的橡木桌上去,吞吃糖渍食品和蜜酒?还记得那些尊严而骄傲的达官贵人吗,他们喜欢畅怀地过活,他们的府邸像俄国童话中的皇宫一样;他们有自己的一批随从、献媚者和嬖臣;他们用政府债券点放烟火;他们懂得按照祖先的老习惯,用全副俄国精神欢宴和作乐,可是也懂得用宝剑和笔来保卫女皇:你们难道不会说这是一种独立的生活,独创的社会吗?记得这位苏伏罗夫①吗?他不知道战争,可是战争却知道他;波将金②,他在宴席上咬指甲,谈笑之间决定民族的命运;这个别慈包罗德科③,据说他喝得酩酊大醉时,对女皇诵读自己所作的外交公文;还有这个杰尔查文,他虽然竭力模仿贺拉斯④,却违反本意地仍旧是杰尔查文,他

---

① 苏伏罗夫(1729—1800),俄国著名的统帅。
② 波将金(1739—1791),俄国政治家。叶卡捷琳娜二世的宠臣。
③ 别慈包罗德科(1747—1799),俄国大臣,外交家。
④ 贺拉斯(前65—前8),罗马诗人。

像奥古斯都时代的诗人,也犹如强烈的俄国之冬像华丽的意大利之夏而已;你们不会说,大自然把他们每一个人熔铸在特殊的模型里,然后又把这模型毁成粉碎吗?……既然是独创的、独立的,是否可能不是民族的呢?……为什么会这样?我再说一遍,那是因为俄国才智获得了广阔的空地,因为俄国天才开始解松了手脚走路,因为伟大的国母能够接近人民的精神,因为她深深地崇敬民族品格,珍视一切俄国的东西到这样一种程度,自己曾用俄文写过各种各样的著作,办过一个杂志,臣民中凡有轻视祖国语言的,就判以一种可怕的刑罚"捷列马喜达"①……

是的——这真是个神妙而惊人的时代,可是尤其神妙而惊人的是这社会!什么样的错杂、斑斓、多样性!多少异类的,但却被统一的精神结合并鼓舞起来的因素!无神论和宗教狂,粗野和洗练,物质主义和虔信,崇新和迷古,宴会和胜利,豪华和舒适,欢娱和丰功伟绩,伟大的智慧,各种各色伟大的性格,其中包括纨绔少年②们、普罗斯塔科夫③们、塔拉斯·斯科季宁④们和旅长⑤们;教养之高远胜法国朝臣的贵族,和带着家丁出外行劫的贵族!……

这个社会反映到了文学中来;它主要是表现在两个诗人的笔端,虽然他们的天才是非常不同的:杰尔查文的雷鸣般的诗歌是罗斯的强大、光荣和幸福的象征;冯维辛的辛辣而机智的讽刺作品则是当时最有教养的人群的理解和思想方式的喉舌。

杰尔查文——一个什么样的名字!……是的——他是对的,只有约书华才和他匹配得上!画像⑥里他穿的半俄国、半鞑靼的

---

① 《捷列马喜达》是特列奇亚科夫斯基的一首长诗。当时宫廷中曾有一项禁律,凡触犯律条者,须按照犯罪程度的轻重,朗诵或背咏诗中的几行。
②③④ 均系冯维辛的喜剧《纨绔少年》里的人物。
⑤ 冯维辛的另一喜剧《旅长》里的人物。
⑥ 指董奇(1756—1844)所画的画像。

装束,对他是多么相配:手里再拿一根奥白隆①百合王笏,在黑貂皮外套和海狸皮帽之外给他再加上一绺长长的白胡子:你就看到了一个俄国魔法师,吹气能使积雪和河上的冰块消溶,使玫瑰花绽苞怒放,号令一出,能叫大自然俯首帖耳,要它变什么模样就是什么模样!多奇妙的现象啊!一个贫穷的贵族,几乎不认得字,在理解方面与孩提无异;对他自己说来也是一个不可解的谜;他从哪里得来这种震撼心灵、慰娱灵魂的、贤明的、预言的辞句,这种像年轻的兀鹰用利爪抓住战栗的掠获物那样抓住无边的大自然的、深刻而渊博的见解?难道他真的在十字路口邂逅了六只翅膀的天使②?难道如焚的热情真的在某一瞬间能够使凡人毫不费力地和大自然并驾齐驱,大自然顺从地向他打开秘密的腹藏,让他瞥见她的心的跳跃,从她那生活之源的怀抱中汲取赋予金属和顽石以生命的活水?难道如焚的热情真的会给凡人天通眼,在大自然里面消灭他,又在他里面消灭大自然,他、大自然的全能的主宰,独断地支配着大自然,和大自然一起,像普罗岱③一样,任意地化为千百种美丽的景象,幻变成千百种奇怪的形象,后来又把这些形象称为自己的创造物?……杰尔查文是那个具有抒情的气概、对现时的骄傲和对将来的希望、教化和无知、享乐主义和对伟大事迹的热望、花天酒地的怠惰和无尽的实际活动的叶卡捷琳娜时代的充分的表现、生动的编年史、庄严的赞美诗和热情的颂赞!你们不必在他的歌声中寻找像胜利的轰响那样勇敢而意气扬扬的东西,或者像我们老祖父们的絮絮谈话那样的快乐而诙谐的东西,或者像俄国姑娘们的声音那样柔和而甜美的东西,更不必在歌声中寻找像莎士比亚那样对于人物、对于他整个灵魂和心灵的隐微曲折之处

---

① 法国传说里的王。
② 典出普希金的诗《先知》。
③ 希腊神话中变化自如的海神。

的细腻的分析,或者像席勒那样对于天空的甜蜜的渴念和对于神圣伟大的生活的崇高的幻想,或者像拜伦那样发自饫饱但仍不满足的灵魂的疯狂的绝叫:不——我们那时还来不及剖析人类天性,洞察天空和生活的隐秘,因为我们那时耳朵被胜利的轰响震聋了,眼睛被荣誉的光彩迷眩了,正忙于许多新的法制和革新;因为我们那时还来不及饫饱于生活,我们还只是刚刚开始生活,因此是热爱生活的;那么,你们就不必在杰尔查文那里寻找这些东西吧!你们宁可从他那里寻求诗情的信息,讲到这个无与伦比的、上帝一样的吉尔吉斯-卡伊萨克游牧群的费丽察①多么伟大,这肉身的天使怎样到处倾注、播种生活和幸福,像上帝似的从无中变出有来;她的忠诚的仆人、她的热心的顾问多么贤明;北方的英雄、神妙的勇士②怎样把塔掷到云里去,大喝一声,黑暗退避,呵气之间,尘埃远遁,在他的脚下,山岳崩裂,大海奔腾,在他的面前,城市倒塌,王国瓦解,他在雷声闪电之中,在激怒的自然力的凶猛斗争中,怎样摧毁了伊斯马伊尔的要塞或横渡了圣戈达的悬崖;怎样话说从前有过许多俄国达官贵人,还有他们的慷慨好客、俄国式的恣情逸乐和俄国式的智慧;俄国姑娘怎样用热情的睇视和黑色的眉毛软化狮的灵魂和鹰的心,她们的白额怎样被金缎带照亮,她们柔软的胸脯怎样在贵重的珍珠下面起伏呼吸,殷红的血怎样在她们蓝色的脉管里流,爱情把火热的厴印刻在她们的脸颊上!③

杰尔查文作品的数计不清的美点,是不可数计的。它们像俄国大自然一样繁复多样,但都带有共同的彩色:在这些作品里面,想象凌驾乎感觉之上,一切都是用一种夸张的、过甚其词的规模表现出来的。他不用强烈的感情激扰你的胸臆,不从你的眼里引出

---

① 这些字句见于杰尔查文的《费丽察颂诗》;费丽察即暗指叶卡捷琳娜二世。
② 见于杰尔查文颂赞苏伏罗夫的诗《神妙的勇士》。
③ 见于杰尔查文的诗《俄国姑娘们》。

眼泪,可是像老鹰扑向掠获物一样,出乎意外地突然向你急袭,把你载在他强大诗节的翅膀上,飞向太阳,不让你清醒,带着你翱翔在无边无际的太空;地球从你的眼界中消失,你的心由于混合着恐惧的愉快的惊奇而紧缩,你看到自己好像被一阵狂风卷进广阔的海洋;波涛忽而把你掷向深渊,忽而把你抛上天空,你的灵魂在茫无涯涘之中感到怡悦而舒畅。他向上帝唱出的歌,多么嘹亮而雄壮!他多么深刻地谛视大自然的外部光彩,又是多么忠实地在神妙的创作中把它复制出来!然而,他在创作中颂赞的只有上帝的睿智和强力,仅仅暗示了一下神灵的爱,那种爱向人们召唤:"凡劳苦担重担的人,可以到我这里来,我就使你们得安息!"又从可耻的酷刑的十字架上向天父呼吁:"父啊,赦免他们:因为他们所作的,他们不晓得!"①可是别责备他这一点:那时还不像现在,那时是十八世纪。同时别忘了:杰尔查文的才智是正面的、跟神秘主义和玄秘不相合的俄国才智,他的威力和制胜之因在于外部自然,支配的感情则是爱国主义,在这种情况下,他只是忠于他所不自觉的倾向,因此他是非常真诚的。他的颂诗《美且尔斯基之死》多么令人生畏:鲜血会在血管里冻结,用莎士比亚的话来说,头发会像熟睡的军士突然听到警号一般,一根根耸立起来,当你耳朵里响彻着先知的时代之声,眼前闪动着手持利刃的可怕的死神骷髅的时候!《瀑布》里充满着怎样强有力的粗犷的美:这是白发行吟诗人在圣林的深处,在茫茫黑夜,靠近被雷击的燃烧的橡树,在震耳欲聋的瀑布的吼声中唱出的一首阴沉的北方之歌!

  他的献诗和讽刺文表现出一个完全不同的世界,它的美妙和迷人也不下于此。在这些作品里面,可以看出俄国才智的实际哲学;因此,它们最显著的素质就是民族性,这民族性不是汇集村夫俗子的言语或者刻意求工地模拟歌谣和民间故事的腔调,而是在

---

① 见《圣经·新约·路加福音》第二十三章第三十四节。

于俄国才智的隐微曲折之处,在于俄国式的对事物的看法。就这一点说来,杰尔查文是极度民族性的。有人把他尊为俄国的平达①、贺拉斯、阿那克里翁②,这是多么可笑;因为这三人一组的名字本身就显示了他既不是第一个,第二个,也不是第三个,而是合三者于一身,因此是比任何个别的一个都高些!把平达或阿那克里翁称为希腊的杰尔查文,或者把贺拉斯称为拉丁的杰尔查文,不是也同样愚蠢吗?因为他不是任何人的范本,同时,他自己也是没有任何范本可循的。一般应该指出,他的无知是他的民族性的造因,而民族性的价值他是不知道的;这无知把他从模仿中救了出来,他独创而富有民族性,自己对此却毫不觉得。他若有了罗蒙诺索夫那样囊括一切的博学之才,就不会成为诗人了!因为谁知道呢?他也许会写悲剧,更可能是写叙事诗:他在戏剧方面的失败证明这推测是很有根据的。可是命运救了他,于是我们看到杰尔查文是一个伟大的、天才的俄国诗人,这诗人是俄国人民生活的忠实的回声,叶卡捷琳娜二世时代的忠实的反响。

冯维辛是一个拥有非凡的才智和禀赋的人;可是他生来是不是一个喜剧家——对这一点是很难予以肯定的答复的。真的,你在他的剧作中看到有永生的理念吗?用几头牲口的对话叙述出来的一件可笑的趣闻,还不能算是喜剧。喜剧的目的不是纠风正俗或嘲笑社会的某些恶习,不!喜剧应该描写生活与目标之间的悬隔,应该是由贬抑人类尊严所激起的剧烈的愤怒的结果,应该是讥刺,而不是打油诗,是痉挛的大笑,而不是愉快的嘲笑,应该是胆汁,而不是用稀薄的盐写成的,总之,应该在其最高的意义上,即在善与恶、爱与自私的永恒的斗争中拥抱生活。冯维辛是这样的吗?他的傻瓜们非常可笑而又可厌,但所以然之故,是因为他们不是幻

---

① 平达(前522或518—约前443),古希腊抒情诗人。
② 阿那克里翁(约前六世纪),古希腊抒情诗人。

想的创造物,却过分是自然的摹写;他的聪明人不过是些背书似的念叨着道德法则的机器人;而这一切,都是因为作者想教诲和纠风正俗的缘故。这人天生是爱笑的;他在戏院里听到波兰话,笑得几乎透不过气来;他到过法国和德国,在那里看到的只有可笑:这便是他的喜剧性。是的——他的喜剧不过是对一切加以嘲弄的善良的喜悦的结果,机智的结果,却不是幻想和火热感情的结果。它们出现得适逢其时,所以获得了非凡的成功;它们是有教养的人的主要思想方式的表现,所以被大家所喜爱。然而,它们虽然不是名副其实的艺术创作,无论如何,还是不可比拟地高于那时所写的同一类的一切作品之上,只除了《智慧生痛苦》是例外,这个剧本我们以后还要提到。仅仅这一点,就证明了这位作家是才禀卓著的。他的其余作品也许价值更高些,可是他在这些作品里面也只是一个聪明的观察者,一个机智的作家,却不是一个艺术家。嘲弄和诙谐是它们的显著特点。除了富有真正的才禀之外,它们在文体方面也很值得注意,这文体非常接近卡拉姆辛的文体;它们尤其可贵,因为包含着那个奇怪时代的精神的许多鲜明的特征。

怎么能够把波格丹诺维奇忘了呢?他生前享有怎样的盛名,同时代人怎样对他向往,今天还有一些读者怎样对他向往?这种成功的原因何在?请设想你被大言壮语的轰响、爆裂声震得耳朵都聋了,你周围的一切人用独白尽讲些最陈腐的事情,这时你忽然碰见了一个措辞朴素而聪明的人:这样,你不是会对这个人非常向往吗?罗蒙诺索夫、杰尔查文和黑拉斯科夫的模仿者们用轰响的颂诗把大家的耳朵震聋了;人们开始认为,俄文不适于写那种在法国如此风行的所谓轻松诗歌,正在这时,出现了一个人,用朴素的、自然的和戏谑的语言,在当时是惊人地轻松而流畅的文体,来写童话:于是大家都惊奇起来,感到高兴了。这便是《可爱的人》所以会获得非凡的成功之故,虽然这部作品并不是没有优点和才能的。谦恭的赫姆尼采没有被同时代人所理解;如今后代人引他为骄傲,把他跟德米特里耶夫相提并论,是很有道理的。黑拉斯科夫是一个有德的、聪明的、善意的人,就他当时说来,是一个出类拔萃的韵文家,但绝不是一个诗人。他的陈腐不堪的《罗西雅达》和《弗拉季米尔》久已成为同时代人和后代人叹赏的目标,他们把他尊为俄国的荷马和维吉尔,在他那两本冗长而枯燥的长诗的掩护下把他送入不朽神祇的庙宇;甚至杰尔查文也很崇拜他;可是,呜呼!什么也不能使他免被忘川①的波涛席卷而去!彼得罗夫用夸张的文辞补偿真诚感情的不足,不雅驯的语言完全戕害了他。克尼亚日宁②是一个勤勉的作家,在语言和形式方面不是没有才能的,这一点特别显明地表现在他的喜剧中。他虽然完全取法于法国作家,可是值得称道的是,他能够把这些剽窃来的东西变为完备的整体,远远地凌驾于戚友苏玛罗科夫之上。柯斯特罗夫③和包勃罗夫④在当时都是好的韵文家。

　　这些便是叶卡捷琳娜大女皇时代的全部天才;他们都享过盛名,除了杰尔查文、冯维辛和赫姆尼采之外,都早已被人忘却了。可是,作为俄国文学中的先驱者,他们都是值得注意的;就时间和手段来说,他们的成就是巨大的;这些成就主要是由于君主的爱护和奖掖所造成的,她求才若渴,到处总能够找到许多贤智之士。可是在这些人中间,只有杰尔查文才是我们可以骄傲地把他跟一切时代和民族的伟大诗人并举的一位诗人,因为只有他才是他那伟大的民族和奇妙的时代的自由而且庄严的表现。

(待下次续)

---

① 见于希腊神话:冥府有河,饮其水,即浑忘一切。
② 克尼亚日宁(1742—1791),俄国戏剧家。
③ 柯斯特罗夫(1750?—1796),俄国诗人。
④ 包勃罗夫(1760?—1810),俄国诗人。

七

(续前)

Amicus Plato, sed magis amica veritas. ①

文学上的先驱者们从来不会被人忘却,因为不管他们有才或无才,总都是历史的人物。龙沙②们、迦尼叶③们和哈迪④们的名字总是凌驾于高乃依们和拉辛们之上,这现象固不仅限于法国文学史而已。多么走运的人!他们这样便宜地便永垂不朽于后世!我在上一篇文章里犯了一个严重的错误,因为我讲到叶卡捷琳娜二世时代的诗人和作家时,把其中几个人忘记提到了。因此,我现在认为责无旁贷地必须修正我的错误,提一提波波夫斯基⑤,当时一个相当不错的韵文家和散文家;马伊科夫⑥,通过他那些在当时一切诗学中被认为属于滑稽诗一类的作品,大大地促成了恶劣口味在俄国之传布,并使我们一位著名的剧作家沙霍夫斯基⑦公爵写了一首题为《外套被窃》的很不高明的诗;亚勃列西莫夫⑧,他好像由于偶然或失误似的,夹杂在许多坏剧本中间,写了一出卓越的民间通俗笑剧《磨坊主》,一部为我们善良的祖父们所爱读、直到今天还不失去其功绩的作品;鲁邦⑨,由于曩昔我们文学法官们的

---

① 拉丁文:柏拉图是我的朋友,但真理更是我的朋友。
② 龙沙(1524—1585),法国诗人。
③ 迦尼叶(1534—1590),法国剧作家。
④ 哈迪(1560—1630),法国剧作家。
⑤ 波波夫斯基(1730?—1760),俄国作家,翻译家。
⑥ 马伊科夫(1728—1778),俄国诗人,幽默家。
⑦ 沙霍夫斯基(1777—1846),俄国诗人,戏剧家。
⑧ 亚勃列西莫夫(1742—1783),俄国戏剧家。
⑨ 鲁邦(1742—1795),俄国杂志编辑。

宠爱和仁慈,以这样低的代价便获得了不朽之名;涅列金斯基①,他的诗歌在伤感的脂粉中有时透漏出感情和才能的闪光;叶菲米耶夫②和普拉维尔希科夫③,从前被称为第一流的剧作家,可是现在,呜呼!完全被人忘记了,纵然可敬的尼古拉·伊凡诺维奇·格列奇认为他们似乎还不无是处④。此外,叶卡捷琳娜二世时代还标志出一个我们认为是神妙而稀有的,还得等待好久才得见其重演的现象。谁不知道——纵然得自道听途说——诺维科夫⑤的名字呢?多么可怜,我们对于这位非凡的、我敢说是伟大的人物,知道得竟这样少!我们总是这样的:对于苏玛罗科夫、一个庸碌无才的作家不停地叫嚣,可是却忘记了以全部生命、全部活动贡献于一般福利的这样一个人的嘉言懿行!……

亚历山大恩主⑥的时代,和叶卡捷琳娜大女皇的时代一样,是俄国民族生活的明澈的瞬间,在某些方面,可以说是后者的延续。这是一种乐天的、欢快的生活,引目前为骄傲,对未来充满希望。叶卡捷琳娜的贤明的法制和革新深深地扎下了根,变得所谓归化了;年轻仁慈的沙皇的新的有益的措施把俄罗斯的福利巩固起来,迅速地促成其更进一步的繁荣。的确,为教化做了多少事情啊!设立了多少所大学、高等学校、中学、县立的和教区所属的小学!教育开始普及于各阶层的人民,因为它变得多多少少可以被各阶层的人民所接受了。这个不愧为叶卡捷琳娜之孙的开明而有教养的君主,到处找到许多贤智之士,毫不吝惜地给予他们一切机会和

---

① 涅列金斯基(1752—1828),俄国诗人。
② 叶菲米耶夫(1768—1804),俄国剧作家。
③ 普拉维尔希科夫(1760—1812),俄国剧作家、演员。
④ 系讽示格列奇所著的《俄国文学史试稿》;实在说来,那只是一本作家履历表的汇编,其中讲到普希金,只有寥寥十行。
⑤ 诺维科夫(1744—1818),俄国社会活动家,作家,教育家。因富有自由思想,深为叶卡捷琳娜二世所忌,曾被拘囚达十五年之久。
⑥ 亚历山大恩主(1777—1825),保罗一世之子。

资金,来进行他们所选定的事业。在那时,非有自己的文学不可的这一种思想,还是第一次表露了出来。在叶卡捷琳娜治下,文学只存在于宫廷之中;人们器重文学,只是因为女皇器重它的缘故。杰尔查文是会倒霉的,如果他的《费丽察颂诗》和《大臣》不为女皇所喜的话;冯维辛也会倒霉,如果她对冯维辛的《旅长》和《纨绔少年》不是笑得涕泗滂沱的话;人们也不会对《上帝》和《瀑布》的作者①表示敬意,如果他不是机要大臣和佩有各种勋章的骑士的话。在亚历山大治下,大家都从事于文学,于是官爵就同才能分开来了。出现了新的前所未有的现象:作家变成了社会的推动人、指导者和教育者;发生了肇创语言和文学的企图。可是,呜呼!这些企图是不耐久、不坚实的;因为企图就有计算,计算就有意愿,而意愿总是违反环境,和常识的法则参商不合的。才智之士有许许多多,天才却没有一个,一切文学现象都不是由于必需性的结果,自发地、不自觉地发生,不是从事件和民族精神引申出来的。人们不问:我们应该做什么,应该怎样做?人们说:只要像外国人那样做,就会做得好。这样,不管怎样努力要创造语言和文学,我们不仅在当时,就是在今天,也两者全落了空,这还有什么可奇怪的吗!自有文学运动以来,我们有过这样多的文学派别,却没有一个是真正的、坚实的;它们像雨后春笋般产生,又像肥皂泡一样消逝;我们虽然还没有名副其实的文学,却已经摇身一变而为古典派和浪漫派,希腊人和罗马人,法国人和意大利人,德国人和英国人,这还有什么可奇怪的吗?

两个作家迎接了亚历山大时代,被正确地认为这时代开端的最珍贵的瑰宝:卡拉姆辛和德米特里耶夫。卡拉姆辛是我们文学中这样的一个演员,他在处女演出中,第一次踏上红氍毹时,听到了响亮的掌声和响亮的嘘声!这个名字曾经引起了这样多流血的

---

① 即杰尔查文。

激战,这样多猛烈的白刃战,折断了这样多支投枪!争战的喧嚣和武器的铿锵是不是早已沉静多时,争战的双方是不是早已藏剑入鞘,现在正在费力地回想他们为什么而战?读到这几行文字的人,谁不曾目击这些文学的激战,谁不曾听到夸张而无意义的赞美的震耳吼叫,这些公正和愚蠢参半的叱责?今天,在这个永志不忘的豪杰①的墓上,是不是胜负已成为定局,是不是某一方面已获全胜?呜呼!还没有呢!一方面,有人号召我们,作为祖国的忠实子孙,在卡拉姆辛的墓上祈祷,默念他的神圣的名字②,在另一方面,却有人对这召唤发出不信任的嘲讽的笑。这真是一个奇观!的确,认为伊凡庆-皮萨列夫③们、索莫夫④们这些先生获得了胜利,不是很可笑吗?如果认为胜利属于亚尔崔巴谢夫⑤君及其一伙,那将更是不合理的。

　　卡拉姆辛……mais je reviens toujours á mes moutons.⑥你们知道,什么东西曾是、现在是、我认为将来还有很久一段时间将是极度妨碍在俄罗斯传布文学的基本概念以及培养口味的主因?那便是文学中的偶像崇拜!孩子们,我们还老是在向我们人口稠密的奥林波斯山上为数众多的神顶礼膜拜,却没有想到常常去查阅户籍簿,看看我们崇拜的对象是不是真的出身神祇。有什么办法呢?盲目的狂信常常总是幼稚社会的命运。你们记得梅尔兹利亚科夫⑦为了他一篇批评黑拉斯科夫的文章,曾付出多少代价?你们还记得卡倩诺夫斯基为了他对《俄国国家史》的评论,受过多少折磨?老头儿的这些评论,早已把后来青年人们关于卡拉姆辛的历

---

① 即卡拉姆辛。
② 这些话均见于茹科夫斯基的诗《卡拉姆辛墓志铭》。
③ 伊凡庆-皮萨列夫(1795—1849),俄国诗人,历史家,卡拉姆辛的追随者。
④ 索莫夫(1793—1833),俄国诗人,批评家。
⑤ 亚尔崔巴谢夫(1773—1841),俄国历史家。
⑥ 法文:但我常常转向我的羔羊。意即言归正传。
⑦ 梅尔兹利亚科夫(1778—1830),俄国诗人,批评家,莫斯科大学教授。

史所说的话先说尽了。是的——要冒犯几个芝麻大的小权威,我们还得拥有对真理的公正无私的爱以及性格的力量才行呢,大些的权威就更不用说:如果人们当众把你骂成祖国的仇敌、妒贤忌才的人、没有心肝的淑依尔①、精神病患者,难道你会高兴吗?并且,骂你的是些什么人?这些人几乎是目不识丁的,浅薄无学的,对于才智的成功痛恨入骨,执拗地躲在蜗牛角里,而周围的一切却在走着,跑着,飞翔着!他们这样做难道不对吗?例如,像伊凡庆-皮萨列夫君、伏耶伊科夫②君、沙里科夫公爵之流,当他们听说卡拉姆辛不是艺术家,不是天才,或其他诸如此类亵渎神圣的意见的时候,对于自己还能有什么期望呢?他们就是靠这个伟人食桌上掉下来的剩骨头养活的,他们不朽神祇的殿堂就建筑在这些上面!亚尔崔巴谢夫写了批评短文,证明卡拉姆辛常常并且无必要地背离了他用为典据的编年史,常常任意地歪曲编年史的意义。怎么样呢?——你们以为卡拉姆辛的崇拜者们立刻就加以比较,证实亚尔崔巴谢夫君负有诽谤之罪吗?没有这回事。真是些古怪的人!何必谈什么嫉妒和淑依尔,石匠和雕刻家,何必向脚注里的空洞无谓的句子猛扑过去,庸人自扰,跟影子搏斗?让亚尔崔巴谢夫君去嫉妒卡拉姆辛的光荣好了:请相信我,如果卡拉姆辛名副其实,他就怎么也打不倒卡拉姆辛的;让他俨乎其然地去证明卡拉姆辛的文体并不委婉——上帝管它去!——好了,这只显得可笑,却一点也不可气。你拿起一本编年史来,证明亚尔崔巴谢夫君是在诽谤,或者历史家的过错是不重要的,不足重视的,岂不是更好?否则就宁可不发一言?可是,可怜的人,你们无力这样做,你们没有看见过编年史,你们不清楚历史:

---

① 淑依尔是生存于公元前约三四世纪间的希腊酷评家,曾大加妄评于荷马,后人即以淑依尔为酷评家的别称。

② 伏耶伊科夫(1778—1839),俄国诗人,《残废者报》的编辑。衔恨别林斯基甚深。

可是,你们为什么这样愤怒若狂?①

然而,不管怎么说,很不幸,这样的人还是很多。

这便是社会舆论!
世界便靠着它运转!②

卡拉姆辛用自己的名字在我们文学中划出一个时代;他对于同时代人的影响是这样大而有力,从九十年代起到二十年代止,整个我们文学的时期都可以公正地称为卡拉姆辛时期。仅这一点,就足以证明,就教养上说来,卡拉姆辛在同时代人中是出人头地的。卡拉姆辛除了历史家之外,纵然是不巩固,不确定,还以作家、诗人、艺术家、韵文家之名传诵于今日。我们来看看他能不能符合这些称号。卡拉姆辛还是替代乏人的。我们谁在童年不曾被他的小说安慰过,不曾梦寐沉溺于他的作品,为之一洒同情之泪?童年的回忆是这样愉快,这样诱人:我们还能作持平之论吗?然而,我们姑且试试吧。

请设想一个性格繁多的、种类繁多的,可以说是种族繁多的社会;其中一部分人用法文读书、说话、思索和祈祷;另外一部分人爱读杰尔查文,熟极能诵,不但把他跟罗蒙诺索夫并提,并且也把他跟彼得罗夫、苏玛罗科夫和黑拉斯科夫并提;前一种人不大懂俄文;后一种人熏陶于《罗西雅达》和《卡德姆与加蒙尼》的作者③那种夸张而带玄学气的语言;二者的共通特色就是半野蛮和半有教养;总之,这个社会有读书之志,却缺乏对文学的明晰的见解。这时候出现了一个年轻人,他的灵魂容受一切善良的、美好的东西,但虽有幸运的禀赋和巨大的智力,像我们下面所说的,却没有沾惠

---

① 引自《智慧生痛苦》第四幕第四场。
② 引自《叶甫盖尼·奥涅金》第六章第十一节。
③ 即黑拉斯科夫。

到教化和学识。他没有和时代站在同一水准上,但却不可比拟地超出了自己的社会。这个年轻人把生活看成励功伟业,他精力充沛,渴望做一个著作家,做一个促使祖国走上开明之路的推动人,他的整个一生就是一种神圣而美好的苦行。卡拉姆辛岂不是一个非凡的人物,值得我们尊敬,如果不说是膜拜?可是别忘了:我们不应该把人跟作家和艺术家混为一谈。否则,就有一种危险,当然不适用于卡拉姆辛,恐怕连罗楞①之流也会上登于圣贤之列了。企图和执行完全是两回事。现在我们来看,卡拉姆辛是怎样执行他的崇高的使命的。

他看到我们的成绩多么微薄,同行们怎样不懂应该做些什么,上等士绅有理由要蔑视祖国语言,因为文言和口语是分歧的。那时是美辞的时代,寻章摘句,为了强求意义才用思想去凑合语言。卡拉姆辛天生有辨别语言的音乐的耳朵和流畅而雄辩地表达意见的能力,从而,改造语言在他是并不困难的。有人说,他使我们的语文变成了法文的摹本,正像罗蒙诺索夫使它变成了拉丁文的摹本一样:这话只有一部分对。卡拉姆辛大概是要把文章写得明白如话。就这一点说来,他的错误是蔑视了俄文俗语,没有多听老百姓的话,没有一般地去研究本国资料。可是他在《国家史》里把这错误纠正了。卡拉姆辛给自己设定一个目标:——使俄国公众养成读书的习惯。请问:艺术家的天职难道能够容忍预先设定的目标吗?不管这目标多么美好。不仅如此:艺术家难道能够向那只够得到他的膝盖,因而不了解他的公众俯首迁就吗?假定能够吧;那时又有一个问题发生了:在这种情况下,他写起作品来,难道还能够是一个艺术家吗?毫无疑问,不能够。跟小孩说话的人,自己在这时也非变成小孩不可。卡拉姆辛为小孩写作,所以写得很孩子气:小孩长大之后,把他忘掉,又把他的作品留传给自己的小孩,

---

① 罗楞(1661—1741),法国历史家,教育家。

这还有什么可奇怪的吗？这是理所当然的：小孩以狂热的信心，倾听用带子领他走路的老奶妈讲述死人和魍魉的故事，但长大成人之后，对这些故事就要发笑。现在把小孩交托给你：你得注意这小孩会变成大小孩，然后是青年，最后是成人，因此你得注意他的天禀的发展，相应地改变你的教学方法，永远得高出他一步；否则，你就会糟糕：孩子会当面把你嘲笑一通的。教导他，同时更得教导自己，否则他就会超过了你：小孩成长得非常之快。现在你凭着良心，像我们著名学者所谓的 sine ira et studio①，说：以前对《可怜的丽莎》流泪，现在对它发笑，这是谁的错？随便你们怎么说，卡拉姆辛的崇拜者们，可是我宁愿读布朗贝乌斯男爵的中篇小说，却不愿读《可怜的丽莎》和《大贵族之女娜塔里亚》！时代不同了，风尚不同了！卡拉姆辛的这些中篇小说养成了读者读书的嗜好，许多人是从这些上面学会读书的；在这一点上，我们得感谢它们的作者；可是把它们撇开一边吧，甚至得从我们孩子手中把它们夺走，因为它们是有许多弊端的；过分的伤感会腐蚀孩子们的感情。

　　此外，卡拉姆辛的作品的价值在我们今天之所以大大地降低了，还因为他在作品里难得真诚和自然之故。美辞的时代，在我们是已经过去了；按照我们的经验，辞藻应该用来表达思想和感情；而在以前，却搜索了思想和感情来雕琢辞藻。我知道，我们即使在今天，在这一点上也不是纯洁无垢的；可是至少，今天如果还能用金箔蒙混黄金，用理智的高跷和感情的矫饰蒙混理智的跃动和感情的火焰，那也不会长久，魅惑越大，失望就越是沉重，对假的神越崇拜得厉害，欺世盗名者后来所蒙受的耻辱也就越是洗刷不清。一般说来，今天大家变得更为坦白；任何一个真正有教养的人立刻就会承认他不懂作者的某一美点，不会强打起精神来，装出欣慕的模样。所以，今天很难找到一个好心的傻瓜，会相信卡拉姆辛的滔

---

① 拉丁文：没有愤怒和偏爱。

滔不绝的眼泪真的从灵魂和心里流泻出来,却不是他的才能的顾影自怜的撒娇,他的作家身份的习以为常的高跷。作者如果是一个有才能的人,这种感情的虚伪和矫揉造作就更显得可怜。譬如说吧,谁都不会以此去责备善感的沙里科夫公爵,因为谁都不会读他的感伤的作品。这么说来,权威不但不是辩解,并且还是双重的罪恶。的确,看到一个大男人,纵然这个人是卡拉姆辛本人吧,为了文法伟人①的斜眼,为了卡莱四周的茫无涯际的风沙,或者为了小草、花瓣、甲虫、螳螂之属而泫然泣下,不是古怪至极吗?有诗咏道:

> 为了天灾人祸,
> 我们不能老是泪流成河。②

这种凄婉,或者更正确点说,好流眼泪,常常把他那部历史的最好的篇幅糟蹋了。有人会说:那个时候便是那样的时代。这话不尽然:十八世纪的特色绝不仅仅限于好流眼泪;加之,常识比一切年代更为古老,它不准许需要笑时流眼泪,需要哭时却哈哈大笑。这简直是可笑而又可怜的幼稚病,古怪而难于索解的狂热。

现在还有另外一个问题:他是尽其所能了呢,还是做得还不够?我敢确定地回答:不够。他出外旅行,他有一个多么好的机会,可以把几世纪来的教化成果以及人类高贵代表们文化和社会教育的成绩的伟大诱人的图画展开在国人面前啊!⋯⋯他很容易做到这一步。他的笔是这样地雄辩!他在同时代人中的名望是这样高!可是,结果他做了些什么呢?充满在他的《一个俄国旅行家的书简》里的是些什么呢?我们从大部分这些书信中,只知道他在什么地方进午餐,什么地方进晚餐,吃了些什么菜,饭馆老板

---

① 卡拉姆辛写过一本书,叫作《俄国文法的伟人》。
② 引自卡拉姆辛的《伊里亚·摩罗密茨》。

要了他多少钱;只知道Б君怎样向И夫人献媚,一只松鼠怎样抓了他的鼻子;太阳怎样升起在一个瑞士村子的上空,一个胸前佩玫瑰花的牧羊女从那村子里走出来,赶着一头牛……单单为了这,值得跑这么远的路吗?……在这一点上,请把《一个俄国旅行家的书简》跟以前冯维辛的《致大臣书》比一比:多大的差别!卡拉姆辛遇见了许多德国名流,他从和他们的谈话中知道了些什么?知道他们全是好人,心平气和,灵魂安谧。他和他们的谈话,多么平淡,多么陈腐!就这一点来说,他在法国比较幸运些,那是由于尽人皆知的原因:你们该记得俄国西锡亚人和法国柏拉图①的那次会见。为什么会这样?因为他在旅行之前没有好好准备,学识不够充分的缘故。可是虽然如此,他的《一个俄国旅行家的书简》不值得一观,与其说是由于所知不多,毋宁说是由于他的个人性格所造成。他不十分熟知俄国在灵智方面的需要。关于他的诗,用不着多说:这是同样的一些话,不过押了韵罢了。在这些诗里面,像在别处一样,卡拉姆辛是一个语文改革家,但绝不是一个诗人。

这些便是卡拉姆辛作品的缺点,这说明了他为什么很快就被人忘却,为什么晚年几乎名声一落千丈。为了立论公正起见,应该指出:在他那些没有沉溺于感伤而是打心坎里说话的作品中,是充满着真诚的温暖的;这在他讲述俄国的章节中表现得尤为显明。是的,他爱善良,爱祖国,尽力地为祖国服务;他的名字是不朽的,可是他的作品,除了《国家史》之外,都死去了,不会再活过来,不管伊凡庆-皮萨列夫和奥列斯特·索莫夫君之类的人怎样大声疾呼!……

《俄国国家史》是卡拉姆辛的一大重要建树;在这里面,他,连同他全部的缺点和优点都反映了出来。我不打算像学者似的来批判这部作品,因为我得坦白招认,这一工作是我力量所不逮的。我

---

① 系指卡拉姆辛和法国考古学家巴岱勒姆的会见。

的意见(一点也不新颖)将是爱好者的意见,却绝不是专家的意见。我们把卡拉姆辛以前在系统化历史方面所做过的一切加以考虑之后,不得不承认他的劳作是一种伟大的建树。这部作品的主要缺点,是在于他那常常是幼稚的、至少永远是没有丈夫气概的对事物和事件的看法;雄辩家的夸夸其谈;事实足以说明一切时仍旧致力于说教和教诲的那种不适宜的愿望;对于故事中显出作者徒有心灵而理智不足的那些人物的偏爱。它的主要优点在于叙述的生动和事件记载的引人入胜,还有性格的艺术刻画,尤其是卡拉姆辛特别拿手的文体。就最后一点来说,我们直到今天还没有写出类似的东西。在《俄国国家史》里,卡拉姆辛的文体主要是一种俄国文体;只有普希金所著《鲍里斯·戈东诺夫》里的诗句足以与之媲美。这完全不是他小本作品中的那种文体;因为在这里,他是从本国源泉中吸取精华,充满着历史文献的精神;在这里,除了最初四卷大部分只是修辞学的炫饰,但语言已臻精练之外,他的文体带着威严、壮伟和踊跃的特色,常常变为真正的雄辩。总之,用我们一位批评家的话说,《俄国国家史》给我们的语文树立了这样的一块丰碑,时间会在上面折断它的刀斧。我重复说一遍:卡拉姆辛的名字是不朽的,可是他的作品,除了《国家史》之外,都已经死了,永远不会复生!……

  差不多和卡拉姆辛同一时期,德米特里耶夫开始了文学生涯。他在某些方面是诗的语言的改革者,他的作品,在茹科夫斯基和巴丘希科夫没有出现之前,被公正地奉为典范。然而,他的诗的禀赋是不会遭到任何怀疑的。他的才能的主要因素是机智,因此《窃人牙慧》是他的一部最好的作品。他的寓言是卓越的:只要再有些民族性,就更臻于完美。在童话方面,德米特里耶夫是没有敌手的。此外,他的才能有时还提高到抒情的高度,最好的证明是他那部优秀的作品《叶尔马克》,尤其是歌德的剧本的翻译、模仿、或者说是改编(随便你们怎样称呼)《雷鸣时的沉思》……

克雷洛夫把我们的寓言提升到了完美的 nec plus ultra①。我们需要不需要证明这是一位天才的俄国诗人,他不可测量地超越了一切敌手?似乎谁都不会怀疑这一点。我只想指出,正像前人已经说过,寓言所以会在俄罗斯获得无限的成就,因为它产生得并不偶然,而是我们如此爱读故事和隐喻的那种民族性的结果。这便是最有力的证据,说明文学如果想变得巩固而永久,非具有民族性不可!你们记得外国人尝试翻译克雷洛夫,遭受过多少次的失败。因此,若有人认为只有奴隶式地模仿外国人,才能够引起外国人的注意,那是大错而特错的。

奥泽罗夫一向被视为俄国戏剧的革新者和创始人。当然,他既不是前者,也不是后者,因为俄国戏剧是我们善良爱国分子的激动的想象的结晶。这是的确的,奥泽罗夫是我们具有真正的、纵然是不大的才能的第一个剧作家;他没有肇创戏剧,而是把法国戏剧给我们介绍过来,就是说,他首先用法国悲剧女神的真实的语言说了话。然而,他不是一个名副其实的戏剧家,他不懂得人。你试把一个没有见识、没有教养,但有天赋的智慧和承受典雅事物印象的能力的人,领去看莎士比亚或席勒的戏剧:他不知道历史,却会清楚地懂得是怎么一回事,不知道历史的人物,却会了然于人性的人物;可是,他如果去看奥泽罗夫的悲剧,就根本一点也看不懂了。也许,这是所谓古典主义悲剧的共通的缺点吧。可是奥泽罗夫还有别的一些缺点,那是从他个人性格上来的。他赋有柔和但不深刻、易感但不激越的灵魂,所以不擅于刻画强烈的热情。这说明了为什么他的妇人总比他的男子有趣;为什么他笔下的坏蛋不过是一般恶习的拟人化;为什么他把芬迦尔写成一个浑浑噩噩的牧童,让他用情歌跟莫英娜谈话,这些情歌出于奥丁②的崇拜者之口,还

---

① 拉丁文:极限,极点。
② 北欧神话中的主神。

不如由某一个艾拉斯特·契尔托波洛霍夫唱出,更为适合些。他的最好的剧本,无疑是《俄狄浦斯》,最坏的则是《德米特利·顿斯科依》,这篇用对话体写成的夸张的、雄辩的演辞。今天没有人再怀疑奥泽罗夫的诗才,可是同时,也没有人再读他,向往于他的人就更不会有。

茹科夫斯基的出现惊动了俄国,这不是没有原因的。他是我们祖国的哥伦布:他给祖国发现了德国和英国文学,那是她以前从来没有知道过的。此外,他改革了诗的语文,在散文方面比卡拉姆辛迈进了一步①:这便是他主要的功绩。他自己的作品不多;他的著作,不是外国作品的翻译,就是改编或仿作。大胆的、激越的、虽然不常和感情相符的语言,片面的、据说是他生活环境所造成的幻想性,便是茹科夫斯基作品的特色。有人认为他是德国人和英国人的模仿者,那是错误的:即使不熟知他们,只要他想忠实于自己,也不可能写成另外的样子。他不是十九世纪的儿子,而是一个所谓新皈依者;再加上他的作品也许真是从他的生活环境里出来的;这样,你就会明白,为什么它们里面没有世界性的思想,人类的思想,为什么卡拉姆辛思想常常潜伏在他最华美的形式下面(例如《我的朋友、守护者、我的天使!》等等),为什么在他最优秀的作品(例如《给俄国军营的歌手》)里会遇见纯粹的美辞丽句。他锁闭在自身里面,这便是他的片面性的造因,而这片面性,在他就是一种高度的独创性。照他译品的广博来说,茹科夫斯基跟我们文学的关系,正犹如福斯②或希勒格尔③之于德国文学一样。专家们断言,他不是翻译,而是把席勒、拜伦和其他等人的作品据为俄国文学所有;这一点,我觉得是毋庸置疑的。总之,茹科夫斯基是拥有

---

① 我此处指的是卡拉姆辛的小作品。——原注
② 福斯(1751—1826),德国诗人,翻译家。
③ 希勒格尔(1767—1845),德国批评家,诗人,莎士比亚剧本的译者。

非凡激越的才能的诗人，一个对俄国文学作了不可估量的贡献的诗人，一个永远不会被人忘却、永远不会没有人诵读的诗人；可是同时，也绝不是可以称之为真正俄国诗人的诗人，可以在民族的荣誉互相竞胜的欧洲竞技场上把他的名字喊出来的这样的一个诗人。

关于茹科夫斯基所说的许多话，也可以适用于巴丘希科夫。后者确然是站在两个时代的边界上，忽而迷恋、忽而又憎厌过去的时代，不承认、同时也不被将临的时代所承认。这是一个并非天才，但却拥有巨大才能的人。多么可惜，他不懂得德国文学：他在完美的文学处理方面还差着一点。试一读他论述以宗教为基础的道德的文章，在欣赏充满在他和谐的作品里的那种逸乐气氛之余，就会懂得灵魂的苦闷及其对无限的渴求。他描写了生活和一个诗人的印象，夹杂在幼稚的思想中间，也闪烁着似乎属于我们时代所有的思想，同时他又写了"轻松的诗"，仿佛还有沉重的诗似的。他不完全属于任何一个时代，难道不是事实吗？巴丘希科夫，正同茹科夫斯基一样，是诗的语言的改革者，就是说，用纯粹的、和谐的语言写作；他的散文也比卡拉姆辛的小作品的散文好。照才能说，巴丘希科夫应该属于我们第二流的作家，我认为他比茹科夫斯基还差；把他与普希金并提，想想也是可笑的。我们文人把茹科夫斯基、巴丘希科夫和普希金列为三人执政，这只有二十年代的人才会信以为真……

我现在只需再举出梅尔兹利亚科夫，就可以结束我们整个卡拉姆辛时期的文学，数尽它的全部著名之士、全部贵族了：剩下来的是一些平民，那是没有许多话可说的，除非只是借此证明我们久享盛名的权威的脆弱而已。梅尔兹利亚科夫是一个拥有非凡诗情天赋的人，是时代精神的最动人的牺牲者之一。他阐述美学理论，可是这理论对于他一生是一个不可解的谜；他被认为我们批评界的至圣先师，可是他连批评的基础是什么也不知道；此外，他在整整一生中把自己的才能估计错了,因为他写过一些不朽的歌,但同时也写了许多颂诗,有些地方辉耀着强大才能的闪光,那是烦琐哲学所无法熄灭的,余下的就干脆是华丽的辞藻而已。不管这一点,我还得重说一遍:这是强大的、生气勃勃的才能;他的歌中充满着多么深刻的感情,多么无法估量的苦闷!他在这些歌中怎样热切地同情着俄国人民,怎样忠实地把人民生活的抒情的一面表现在诗意的音响里面!这不是杰尔维格①的歌,不是故意模仿民间调子的赝品——不:这是感情的生动自然的吐露,一切都是不矫饰的,自然的!读了或者听了他的任何一首歌之后,你不是情不自禁地会高喊吗:

> 啊,那歌是真挚的——
> 愁闷把白皙的胸撕裂,
> 可是还想听下去,
> 旋律永远在耳畔袅袅不绝!②

这个精通德国语文和德国文学的人,这个拥有诗情的灵魂、深刻的感情的人,写了庄严的颂诗,翻译了塔索,从讲台上高喊,只有奇妙的德国天才才喜欢把绞架搬到舞台上,认为苏玛罗科夫是天才,一边耽读歌德和席勒,一边又醉心、沉溺于法国人那些伪作的涂脂抹粉的诗……他生来是诗的实践家,命运却使他变成了一个理论家;火热的感情吸引他去作歌,体系却迫使他写颂诗和翻译塔索!……

现在要提到卡拉姆辛时期其余一些在才能或威望方面杰出的文学家了。

卡普尼斯特③经历过三个朝代。他曾经一度被称为拥有非凡

---

① 杰尔维格(1798—1831),俄国诗人,他的歌喜欢模仿民间歌谣。
② 引自拉舍奇尼科夫的《黄莺甜蜜地唱》。
③ 卡普尼斯特(1757—1823),俄国诗人,戏剧家。

才禀的诗人。普列特尼约夫①君甚至某时在某处说过,卡普尼斯特有拉马丁所缺少的东西:le bon vieux temps!② 现在卡普尼斯特完全被人忘却了,大概因为他按照好的课题作文的规则在诗中哭泣,尤其因为他仅有的一点才能的闪光还不能救他,使他免被吞噬一切的忘川的波涛席卷而去的缘故。他靠《毁谤》造成了一时的轰动;可是,这部声誉卓著的《毁谤》不过是用在当时也是野蛮的语言写成的闹剧而已。

格涅季奇和米隆诺夫③是两个真正的诗人:如果他们今天不大为人所读,这是因为他们生得太早的缘故。

伏耶伊科夫君(根据格列奇君那本题名为《俄国文学史》的文学"人名录",全名是亚历山大·菲约陀罗维奇)曾是我们文坛上的一个名流。他翻译过得里爱④(他认为得里爱不仅是一个诗人,并且是一个大诗人);自己打算过写一部教训长诗(当时大家都相信教训长诗是无条件地可能的);翻译过(尽其可能地)古代的东西;后来从事于出版各种期刊,在这些期刊中,以一种不知疲乏的热诚,揭穿过格列奇和布尔加林这些著名的朋友的把戏(不用说——一种多么崇高的使命!);现在,到了晚年,他交替地,或者更正确点说,一期隔一期地忽而辱骂布朗贝乌斯男爵,忽而屈膝拜倒在他面前,尤其常有的是夸赞亚历山大·菲里波维奇·斯米尔金⑤给作者们的钱给得多;在自己所办的杂志上登载一八六一年份《杂谈》上的一些旧诗和旧文章。有什么办法呢?从伟大到可笑,相差只有一步,如拿破仑所说的!……

---

① 普列特尼约夫(1792—1862),俄国诗人,批评家,普希金死后到一八四七年为止是《现代人》杂志的编辑。
② 法文:过去的好日子!
③ 米隆诺夫(1792—1821),俄国诗人。
④ 得里爱(1738—1813),法国诗人。
⑤ 亚历山大·菲里波维奇·斯米尔金(1795—1857),俄国出版家,书商。

维雅赛姆斯基①公爵,俄国的查理·诺地埃②,就一切题材写过诗和散文。他的批评文章(即对于各种出版物的序),在当时是一种非凡的现象。在他的无数诗作中,有许多显出真诚而独创的机智的闪光,有些甚至含蕴着深厚的感情;但也有许多是矫揉造作的,例如《那也难说》及其他。可是一般说来,维雅赛姆斯基公爵是我们杰出的诗人和文学家之一。

(待下次续)

八

(续前)

有一个时候!……

——民间俗谚

我在前一篇文章里综述了我们文学的卡拉姆辛时期,一个持续达四分之一世纪之久的时期。整个文学时期,整个四分之一世纪,标志着一个才能、一个人的影响,对于还需五年工夫才跨入第二世纪的文学③说来,四分之一世纪是太长久了!这时期产生了些什么伟大而结实的东西呢?这时期曾经如此炫耀而自夸的那些

---

① 维雅赛姆斯基(1792—1878),俄国诗人,批评家,普希金的友人。
② 查理·诺地埃(1780—1844),法国作家。
③ 我们的文学,无疑是从一七三九年罗蒙诺索夫从国外寄来第一首颂诗《占领霍丁》的时候开始的。需要不需要重复说,我们的文学不是从康捷米尔,不是从特列奇亚科夫斯基,更不是从谢苗·波洛茨基开始的呢?需要不需要证明《伊戈尔远征记》、《顿河大战稗史》,富有辩才的《瓦西安致伊凡三世的献诗》及其他历史记载、民谣、玄学的宗教美辞,对于我们文学的关系,正犹如洪水期以前的文学——如果发现的话——对于梵、希腊或拉丁文学的关系一样呢?这样的真理只有格列奇和普拉克辛(1796—1869,文学教科书的作者。——译者按)君才需要证明,我却不想跟他们进行学术讨论。——原注

天才,而今安在呢？在这些人里面,只有一个人毫无疑问是伟大而不朽的,而这一个人并没有服膺过卡拉姆辛,虽然卡拉姆辛甚至使别的在才能和教养方面胜过他的人都服膺了他:我讲的是克雷洛夫。我再说一遍:这一时期里成就了些什么不朽之业？一个人片面地稍微向我们介绍了些德国和英国文学,另外一个人介绍了法国戏剧,第三个人是十七世纪的法国批评,第四个人是……可是文学在哪里？别去寻找它:你们找也是枉费心机;移植过来的植物活不长久:这真理是颠扑不破的。我说过,在这一时期的开端,我们第一次有了关于文学的概念:结果是出版了一些杂志。可是,这是些什么样的杂志呢？消遣光阴,无事找事,有时是赚钱的法门。没有一种杂志留心注意教育的进步,没有一种杂志给本国人带来人类在自我完善方面所获得的成就。我记得在一份善感的杂志上,似乎是在一八一三年,登载着说,英国出现了一位新诗人叫比伦①,用浪漫主义的样式写作,最著名的是一首长诗叫《希尔德·哈罗尔德》②:这些不是够瞧的了吗？当然,当时不仅在俄国,甚至一部分在欧洲,人们都不是通过纯净的理智的玻璃,而是通过晦暗的法国古典主义的水泡看文学的;可是运动已经在那边开始了,法国人经过王政复古之后,镇静下来,比从前聪明得多了,甚至令人有洗心革面之感。同时,我们的文学观察家们却在打瞌睡,直到敌人闯进了屋子,作威作福时,他们才蓦地惊醒,大声喊道:救命！杀人啦！抢劫啦！浪漫主义！……

继我们文学的卡拉姆辛时期之后,是持续了几乎整整十年之久的普希金时期。我说普希金时期,因为谁不同意,普希金是这十年的领袖,当时一切都环绕他而生发？然而我并不是说,普希金对于他的时代,完全具有像卡拉姆辛对于他那个时代一样的意义。

---

① 拜伦之误。
② 《恰尔德·哈罗尔德》之误。

他的活动是艺术家的不自觉的活动,却不是作家的实际而预谋的活动,仅仅这一点,就已经说明了他和卡拉姆辛之间的巨大的区别。普希金卓绝一时,只是靠了才能的力量以及他是自己时代的儿子这一事实;近来卡拉姆辛的称雄,则是植基于人们对他的权威的盲目尊敬。普希金没有说过,诗歌是一种什么东西,科学又是一种什么东西;不,他通过自己的作品供给了前者以尺度,在某一程度上显示了后者在当时的意义。在那时,即在二十年代(一八一七——一八二四),我们这里隐约地传出了正在欧洲进行着的智能革命的回声;在那时,纵然是胆怯而模糊地,人们开始诉说,喝醉酒的野蛮人①莎士比亚是不可测量地高出于古板的拉辛之上,希勒格尔对艺术知道得比拉·哈尔普②更多些,德国文学不但不逊于、并且不可比拟地超出法国文学,可敬的布瓦洛③、巴岱④、拉·哈尔普和马蒙特尔⑤诸君无耻地污蔑了艺术,因为他们自己对艺术就知道得不多。当然,现在谁都不会对此加以怀疑了,试图证明这一类的真理,只会授人以笑柄;可是在当时,真不是玩笑的事;因为当时,甚至在欧洲,如果发表这样大胆的意见,就难免要受异教裁判的火刑之灾;如果在俄国,有人胆敢断言苏玛罗科夫不是诗人,黑拉斯科夫有些沉重之感,等等,他会受到怎样的处罚呢?由此可见,普希金的极大的影响,是因为他在对俄国的关系上,是名副其实的自己时代的儿子,因为他跟祖国并驾齐驱,因为他是祖国智能生活的发展的代表;从而,他的称雄是合法的。反之,卡拉姆辛像我们上面已经说过,生在十九世纪,却是十八世纪的儿子,甚

---

① 伏尔泰曾在附在悲剧《塞米拉米达》前面的《论古代及现代悲剧》一文里称莎士比亚为"喝醉酒的野蛮人"。
② 拉·哈尔普(1740—1803),法国作家,批评家,伏尔泰的弟子。
③ 布瓦洛(1636—1711),法国诗人,古典主义文学理论家。他的诗体论文《诗的艺术》是法国古典主义的法典,拉辛、莫里哀等人的实践的总结。
④ 巴岱(1713—1780),法国哲学家,美学家。
⑤ 马蒙特尔(1723—1799),法国作家,教育家。

至在某种意义上,连这精神也没有充分地表现出来,因为就思想来说,他甚至还没有提高到这个水准,从而,他的影响只有在茹科夫斯基和巴丘希科夫出现之前才是合法的,从这以后,他的强大的影响只有使我们文学的成功受到桎梏而已。普希金的出现是一个令人感奋的现象;年轻的诗人受到那位行将就木的、准备把戴桂冠的头躺下的、涂敷神油的老人家杰尔查文的祝福①;老诗人横过在道德意义上划分两个世代的整整一世纪的悬隔,向他伸出了手;最后,跟他并肩站在一起,在我们文学的荒凉的地平线上构成了光芒万丈的双星座!……

　　古典主义和浪漫主义——这便是在我们文学的普希金时期里哄传着的两个词儿;这便是我们以此为题写了许多书、论文、杂志文章,甚至诗歌,睡觉和醒来时都念叨着,为此打得死去活来,在教室里、客厅里、广场上、街上争吵得落泪的两个词儿!现在,这两个词儿变得有些平庸而可笑了;如果出现在书本里,或者在谈话中听到,会显得是古怪而荒谬的。可是,这个那时是不是早已结束,这个现在是不是早已开始了呢?这样看来,你怎么不会说,岁月不居,万物流转呢?只有在达吉斯坦,人们才会一本正经地谈论这两个逝去的殉教者——古典主义和浪漫主义——像传播新闻似的竞相走告:拉辛过分甜腻,百科全书派有点胡说八道,莎士比亚、歌德和席勒伟大不可企及,希勒格尔说了真话,诸如此类。而这是毫不足怪的:达吉斯坦正是在亚洲呀!②……

　　在欧洲,古典主义就是文学上的天主教。已故的亚里士多德,不让他自己知道,也不经过他同意,被未经公认的教派选举会议选做了它的教皇;这天主教的异教裁判是法国批评;伟大的裁判官是

---

① 普希金在皇村学校肄业时,有一次举行公开考试,杰尔查文也出席了,普希金朗诵了他的诗《皇村回忆》,得到了杰尔查文的赞赏。
② 系讥诮玛尔林斯基所作的一篇批评波列伏依的文章,文末叙明该文是在达吉斯坦写的。

布瓦洛、巴岱和拉·哈尔普之流；崇祀的对象则是高乃依、拉辛、伏尔泰及其他等人。不管愿与不愿，这些裁判官先生把古人也包括在名册之中，其中有永生的老人荷马（和维吉尔在一起）、塔索、阿里奥斯托①、弥尔顿，这些人（除了括号中的之外），不管灵魂上或是肉体上，对于古典主义都是毫不知情的，因为他们在作品中都表现得非常自然。到十八世纪为止，情形便是这样。终于一切颠倒过来了，白变成黑，黑变成白。虚伪的、腐朽的、过分甜腻的十八世纪透了最后的一口气，随着十九世纪的来到，才智和口味都获得了新的更好的生命。在十九世纪的开端，像可怕的陨星一样，出现了赋有全部令人战栗的威力的命运之子，或者更确切点说，命运化身成了拿破仑，那个成为我们沉思的主宰②，只要一谈到他凡庸就会提高为诗情的拿破仑。时代取得了巨大的规模，隐藏在壮伟的气氛中；法国自惭形秽起来，带着辱骂的笑声，遥指着往时的可怜的废墟，这往时好像无视眼前经过的大变革似的，即使在横渡别列静纳河的宿命的一刻，依旧还是栖息在树梢上，用僵硬的手拈着鬈发，撒上传统的发粉，这时在周围，却骚动着复仇的北方的冬日风暴，成千上万的人由于饥寒而麻木地倒下去……这样，法国人被这些伟大的事件吓倒了，变得更稳重，更沉着，不再用一只脚蹦跳；这是他们转向真理的第一步。后来他们才知道，他们的邻人，常常被指为恶劣美学口味的典型的笨拙的德国人，有着文学，值得加以深刻而彻底的研究的文学，才知道过去那些声名煊赫的诗人和哲学家绝对没有给人类天才划下极限。大家都知道这是怎样发生的，因此我不想赘述夏多勃里昂③是法国年轻的浪漫主义的教父，斯太尔夫人④是它的产婆。我只想说，这浪漫主义不过是复归于艺

---

① 阿里奥斯托（1474—1533），文艺复兴时期的意大利诗人。
② 普希金在《致大海》一诗里曾这样称呼拿破仑。
③ 夏多勃里昂（1768—1848），法国浪漫主义文学大师。
④ 斯太尔夫人（1766—1817），与夏多勃里昂同为法国浪漫主义文学运动的推动人。

术中的自然性,从而也是复归于独创性和民族性,把思想看得比形式重要,以及推翻古代的紧窄而不相称的形式,这些形式适用于新艺术作品,正像希腊紧身衣和罗马外衣适用于敷粉的假发、绣花背心和剃光的下巴一样。可见所谓浪漫主义是一件陈旧的新鲜事,绝不是十九世纪的子息;可以说是欧洲新的基督教的世界的民族性。德国从最早起,就施政的封建形式和灵智活动的唯心论倾向来说,主要就是一个浪漫主义的国家。宗教改革在德国击败了天主教,同时也击败了古典主义。这同一个宗教改革,纵然以稍微不同的形式,也解松了英国的束缚。莎士比亚是一个浪漫主义者。显然,浪漫主义只有对于法国,还有那些完全没有文学的国家诸如瑞典、丹麦等国,才是一件新鲜事。法国以全部活力扑向这陈腐的新鲜事,吸引了一些没有文学的国家跟在她后面。年轻的文学①不过是对旧的东西的反拨;社会生活和文学既然在法国是携手并进的,那么,他们现今的文学有过剩之感,是无怪其然的:反拨从来不会是有节度的。现在在法国,大家仅仅由于学时髦,都想变得像法拉居斯②一样深刻而顽强,正像在过去,大家仅仅由于学时髦,都想变得轻浮、随遇而安、轻信和恬淡一样。

然而,多么奇怪啊!在欧洲,从来没有表现过这样一致而强烈的冲动,要摆脱掉古典主义、烦琐主义、玄学主义或者愚蠢主义(都是同一件东西)的桎梏。拜伦(另一个我们沉思的主宰)和司各特,通过他们的创作,压倒了蒲柏③和休·勃莱尔④一派,给英国恢复了浪漫主义。在法国,出现了雨果以及一大群其他的了不起的人才,波兰出现了密茨凯维支,意大利出现了孟佐尼,丹麦出现了厄楞士雷革,瑞典出现了特格纳。难道只有俄国命里注定没有

---

① 即指法国浪漫主义文学。
② 法拉居斯是巴尔扎克的长篇小说《十三人传记》里的主人公。
③ 蒲柏(1688—1744),英国诗人。
④ 休·勃莱尔(1718—1800),苏格兰美学家。

自己文学上的路德吗？

在欧洲，古典主义不过是文学上的天主教：它在俄国是什么呢？这问题是不难置答的：在俄国，古典主义不过是欧洲回声的微弱余响，要说明这一点，是用不着坐着"约翰牛"轮船到印度去的。普希金不浮夸，他的感情永远是真诚而恳挚的，为思想而创造形式：这便是他的浪漫主义。在这一点上，杰尔查文也是一个差不多像普希金一样的浪漫主义者；我再说一遍，这原因便包含在他的无知之中。若使这个人有了学问，我们就会有两个黑拉斯科夫，其间很难加以区别。

这样说来，十九世纪的第三个十年标志着普希金的影响。关于这个人，我有什么新鲜的话好说呢？我得招认：我这还是第一次在从事评论俄国文学的时候，使自己陷入了进退维谷的窘态；还是第一次抱憾，大自然没有赋予我以诗的才能，因为大自然中有一些东西，如果用卑下的散文去谈到它们，简直是罪过！

比之卡拉姆辛时期是慢慢地、踌躇地跑着，或者更确切点说，跛行着，普希金时期却是迅速而敏捷地跑着。可以肯定地说，直到过去十年，在我们文学中才出现了生活，并且是怎样的生活啊！骚乱的、沸腾的、跃动的生活！生活是行动，行动就是斗争，而人们在那时是进行了决死的斗争。在我们这里，人们往往攻击论辩，特别是杂志的论辩。这是十分自然的。难道对智能生活处之淡然的人能够懂得，一个人可以把真理看得比礼貌更重要，为了爱真理，情愿受到敌视和迫害吗？呵，他们永远不会懂得，这是多么愉快、多么痛快的事：告诉一个不穿制服的退伍天才，他幼稚地以伟大自命，是可笑亦复可怜的，让他认识到，他享到盛名，不是由于他自己，而是大声叫嚣的评论家所造成的；告诉一位宿将，他是由于旧时的记忆或者旧时的习惯，才维持威望于不隳；给一个文学教师证明，他目光近视，落在时代后面，他必须再从字母学起；告诉一个天知道打哪儿钻出来的怪物、老狐狸和维多克①,一个文学贩子,他侮辱了他所从事的文学和信赖他的善良的人们,告诉他,他嘲弄了神圣的真理和神圣的知识,使他的名字蒙受耻辱,剥掉他的假面具,纵然是男爵的也罢,叫他赤条条地站在世人面前②!……我跟你们说,在这一切里面,是有着不可描摹的愉快,无边的痛快的!当然,在文学的对垒中,礼貌和礼遇的法则有时难免受到蹂躏;可是聪明而有教养的读者会忽视那些庸俗的讽示:精神病患者、鸭鼻子、神学校学生③、劣等酒、商人和小商人④,总能从虚谎中区别真理,从弱点中区别人,从迷茫中区别才能;无知的读者也不会因此变得更愚蠢些,或更聪明些。如果天下平静无事,到处都是溢美和逢迎,那么,无耻、欺诈和愚昧将更有滋长的余地了:没有人再揭发,没有人再说苛酷的真话!……

这么说来,普希金时期标志着高度的生活运动。在这十年中,我们重新感觉了、重新思索了和重新体验了欧洲整个智能生活,这回声是经过波罗的海传达给我们的。我们重新判断了、重新争论了一切,把一切据为己有,但自己却没有培养、抚育、创造出什么。人家替我们忙过了,我们只是坐享现成:这便是我们的成功无比迅速、同时又是无比脆弱的原因。我认为,这也可以说明下面的事实:在这样生动活跃的、充满着这样多才能和天才的十年中,只有普希金一个人完整无缺地保存下来,他现在孤零零地看到,当年和他一同升起在我们文学的地平线上的许多名字,怎样一个接一个地消失在浑忘的深渊中,像没有说完的话消失在空气中一样……真的,我们曾经引为骄傲的这些年轻的希望,而今安在?我们曾经传诵一时的这些名字都到哪里去了?为什么忽然都听不见人提起

---

① 维多克是一个法国侦探。系指布尔加林。
② 系指布朗贝乌斯男爵。
③ 这些都是纳杰日金的绰号。
④ 这些都是波列伏依的绰号,因为他开办过酿酒厂。

69

了？不管你们怎么说，我觉得这里总有点事情出了岔子！或者真的时光是最严格、最真实的酷评家吗？……呜呼！……难道奥泽罗夫或巴丘希科夫的才能，譬如说，就低于巴拉廷斯基和波多林斯基君吗？如果卡普尼斯特、华·伊兹梅洛夫和亚·伊兹梅洛夫①、华·普希金②，在青春时代，跟普希金同时出现，那么，真的，即使大自然吝于赋以才能，他们也不会显得这样可笑。为什么会这样呢？因为这些才能成与不成，是视环境而定的。

像卡拉姆辛一样，普希金也同时遭受到响亮的彩声和嘘声，这些彩声和嘘声还是不久之前才停止追逐他的。俄国没有一个诗人生前获得过这样大的支持，博得过这样大的名望，同时也没有一个诗人这样残酷地被人侮辱过。并且，被哪些人侮辱呢？就是那些开始时对他佩服得五体投地，后来却大喊 chûte complète!③ 的人。就是那些当众宣布他们的小指头比所有的文学家的脑袋有更多的智慧④的人；这些奇妙的小指头倒真值得看看哩。可是问题不在这上面。请回想一下二十年代以前我们文学的情况。茹科夫斯基那时已经完成了他大部分的事业；巴丘希科夫永远沉默了；根据梅尔兹利亚科夫的演讲，杰尔查文连同着苏玛罗科夫和黑拉斯科夫一起被人欣赏。没有生命，没有任何新的东西；一切在旧轨道上勉强地拖着；蓦地里出现了《鲁斯兰与柳德米拉》，这部无论在诗句的和谐上、形式上或者内容上都是没有匹敌的作品。凡是不以学者自命的人，相信自己的感觉而不相信诗歌作法，或者至少是熟悉现代欧洲的人，都被这个现象所陶醉了。手擎批评棍子的文学法

---

① 华·伊兹梅洛夫(1773—1830)，卡拉姆辛的追随者。亚·伊兹梅洛夫(1779—1831)，俄国寓言作家。
② 华·普希金(1767—1830)，大诗人普希金的舅父。
③ 法文：完全的没落！这句话是布尔加林论及《奥涅金》第七章时说的。
④ 格列奇曾说过，布尔加林"一只小指头比所有的文学家的脑袋有更多的智慧"，后来普希金在一篇题为《略论布尔加林君的小指头及其他》的杂文里作了严正而辛辣的驳斥。

官们,一本正经地打开拉·哈尔普《Лицей》①(在马尔廷诺夫的译本里,作《Ликей》)和奥斯托洛波夫②君的《古今诗歌大全》,看到新的作品竟不适合于任何一个已知的范畴,在拉丁文和希腊文里没有范本可循,于是就庄严地宣称,它是诗歌的私生子,才能的不可恕的迷失。当然,不是每一个人都相信这些话。这样,闹得可好玩了。古典主义和浪漫主义互相抓头发,打起架来。可是我们把它们撇开一边,来谈谈普希金吧。

　　普希金是他那时代的完善的表现。他赋有崇高的诗的感觉,赋有接受并反映所有各种情绪的惊人的能力,尝试过他那时代的一切音调、一切调式、一切谐音;他公平看待一切伟大的当代的事件、现象和思想,当时俄国所能感受到的一切,这时候,俄国已经不再相信睿智本身从伟大天才的作品中引出的古老法则③的不可怀疑性,她惊喜交加地知道还存在着别的一些法则、别的思想和理解,以及关于早已熟知的事情和事件的她所迄今未知的新的理解。如果说普希金模仿谢尼埃④、拜伦和其他等人,那是不公平的:他把拜伦看成不是范本,而是一种现象,时代思想的主宰,我说过普希金是公平看待每一个伟大的现象的。是的——普希金是他同时代的世界的表现,是他同时代的人类的代表;但这是俄国的世界,俄国的人类。有什么办法呢?我们都是自学的天才;我们没有学过而知道一切,不流一滴血,快活而嬉戏地就获得了一切;总之:

　　　　我们全懂得不多,

----

① 这本书的法文原名是 Lycée,又称 Cours de littérature ancienné et moderne,可译作《学院》或《古今文学讲义》。是拉·哈尔普在大革命前与大革命后在学院的讲义。
② 奥斯托洛波夫(1782—1833),俄国批评家,圣彼得堡各剧院的监督人。
③ 此句引自纳杰日金的一篇文章。
④ 谢尼埃(1762—1794),法国诗人。

> 随随便便学了点什么。①
>
> 普希金从放荡的青春的欢宴移向了严峻的工作,
>
> 在教化上与时代并驾齐驱;②

从工作再回到年轻时的宴会、甜蜜的闲荡和飘飘然的微醺。他只欠缺一点德国艺术教养。他,大自然的骄子,顽皮而又嬉戏,从她那里窃取了迷人的形象和形式,另一方面,她宠爱这孩子,给了他大量的色彩和音响,那是别人牺牲了青春的享乐才换得的,付出了摒弃生命的代价才从她那里买来的……像魔法师一样,他同时引发出我们的笑声和眼泪,任意地操纵我们的感情……他唱着歌,俄罗斯听他的歌,听得怎样地发呆啊:这是不足怪的,她从来还没有听过这样的歌;她怎样贪婪地听着啊:这也是不足怪的,她整个生活的神经在这里面战栗着!我记得那个时候③,那个幸福的时候,在偏僻的外省,在偏僻的小县城里,在夏天,这些歌声从敞开的窗口流进来,像波涛的喧声或小溪的潺湲……

要评述他的全部作品并断定每一部的特色,是不可能的:这就等于说要把亚尔米达花园④里的奇花异葩一一列举和描写出来。普希金很少写短诗,非常之少;他的作品大部分都是长诗:他那关于伟人尸灰瓮的诗的唁辞,就是说,他的《安德烈·谢尼埃》,还有他和大海的强力的谈话,他关于拿破仑的预言的沉思,都是长诗。可是,他的诗歌王冠上最宝贵的两颗宝石,无疑是《叶甫盖尼·奥涅金》和《鲍里斯·戈东诺夫》。我要是开始谈起这些作品来,就会永远谈不完。

普希金统治了十年:《鲍里斯·戈东诺夫》是他最后一个伟大

---

① 引自《叶甫盖尼·奥涅金》第一章第一节。
② 引自普希金的诗《致恰达耶夫》。
③ 作者那时住在故乡边查,读了普希金的一些诗,受到极大的感动。
④ 典出塔索的长诗《解放了的耶路撒冷》。亚尔米达是一个美丽的女巫。

的建树;在他诗集的第三部里,和谐的竖琴的声音死寂了。我们现在再也认不出普希金来:他死了,或者只是暂时昏厥了。到底他已经不存在了,或者还会复活过来;这个问题,这个哈姆雷特式的生存还是毁灭,包藏在未来的烟雾中。至少,从他的一些童话、长诗《安琪洛》以及其他登载在《新居》①和《读书文库》上的作品看来,我们应该痛悼这可悲的无可挽回的损失。这些忽而显出大胆的宴乐、忽而显出由衷的愁思的音响现在到哪里去了,这些炽烈而深刻的、震撼心灵、压缩并激动胸臆的感情的闪烁,这些细腻而苛刻的机智——又尖刻又悲哀、借戏谑来震惊灵智的讥刺的闪烁,到哪里去了;这些使生活和大自然逊色的生活和大自然的描绘,现在到哪里去了?……呜呼!代替这些,我们现在读到的尽是一些这样的诗,带着正确的抑扬顿挫,丰富和不很丰富的韵律,以及亚波洛斯②主教和奥斯托洛波夫君如此长久地、圆满而又深奥地讨论过的诗学的特权③!……真是怪事,不可解的事!难道身受热心人的疯狂赞美、商贩的歌颂、论敌的严厉的有时不乏公正的攻击和叱责而毫无损伤的这普希金,竟被斯米尔金君的《新居》扼死了吗?然而,我们的结论不要下得太仓促而轻率;还是让时间去决定这个繁复的问题吧。判断普希金是不容易的。你们一定读过《读书文库》十月号上他的《哀歌》吧?你们一定被充满在这作品里的深刻的感情所震动了吧?上述的《哀歌》,除了给普希金带来聊慰人意的希望之外,还包含着作为艺术家的普希金的真实的特征:

    有时我沉醉于谐音,
    为动人的故事流泪。④

---

① 《新居》,斯米尔金所出版的一种文集。
② 亚波洛斯(1745—1801),俄国教会作家。
③ 即谓作诗时,因为韵律束缚,可以有文法破格的特权。
④ 引自普希金的哀歌《狂放年代的逝去的欢乐》。

是的,我绝对地相信,他完全分担黑眼睛高加索女郎的失恋之苦,他的幻想的最优秀和最可爱的典型、迷人的达吉雅娜的抑郁的痛苦;他跟阴沉的吉列伊①一同焦灼于充满欢快,但一直不知道欢快是什么的灵魂的渴望;他跟查列玛②和阿乐哥③一同燃起猛烈的妒火,陶醉在真妃儿④的野蛮的爱里面;他为他的典范悲哀和高兴,他的诗的潺湲跟他的号啕和笑声混为一体……有人会说,这是偏爱、偶像崇拜、幼稚、愚蠢,可是我宁可相信普希金蒙骗了《读书文库》,却不相信他的才能已经绝灭。我相信,我认为,并且是非常高兴地相信并认为,普希金将给我们写出比以前更好的新的作品来。

和普希金同时,出现了许多人才,现在大部分已被忘却,或者即将被忘却,可是从前是拥有过祭坛和钦慕者的;现在,他们——

> 有的不在了,有的远行了,
> 像萨迪曾经说过的一样!⑤

巴拉廷斯基君和普希金齐名过;他们的名字曾经是分不开的,甚至有一次,这两位诗人的两部作品,被收录在同一封面的同一本书中。在讲述普希金的时候,我忘记指出,直到现在,人们才开始对他加以恰如其分的评价,因为反拨已经结束了,派别之争已经冷淡了。因此,现在即使是开玩笑,也再没有人把巴拉廷斯基君的名字和普希金并提。那样,将是残酷地嘲弄前者,同时也是不知道后者的真价值。巴拉廷斯基君的诗才是毫无疑问的。诚然,他写了坏的长诗《飨宴》、坏的长诗《艾达》(用诗体写的《可怜的丽莎》)、坏的长诗《嬖妾》,可是同时,他也写了一些洋溢着真实感情的优美的哀歌(就中,《吊歌德之死》可称为示范之作)和以机智见称的

---

①② 均系普希金所著长诗《巴赫契萨拉依的喷泉》里的人物。
③④ 均系普希金所著长诗《茨冈》里的人物。
⑤ 引自《叶甫盖尼·奥涅金》第八章。萨迪(1203—1292),波斯诗人。

献诗。从前,把他捧得过高;现在,似乎又把他毫无根据地压得过低了。我还得指出,巴拉廷斯基曾以赋有批评才能自命;现在,我想,连他自己也不这样想了。

柯慈洛夫是普希金时期的杰出人才之一。按作品的形式说,他常常是普希金的模仿者,按主要的感情说,则是受了茹科夫斯基的影响。大家都知道,不幸唤醒了柯慈洛夫的诗才;因此,某种忧郁感、对天意的屈从以及对死后酬报的期待,构成了他作品的显著的特点。他那本引得好心肠的女读者为之流泪的、以拜伦的《邪教徒》为范本的《修道士》,特别显出这片面的特点;后来的一些长诗就渐渐趋于软弱。柯慈洛夫的短篇作品以真诚的感情、绚烂如画的刻画、嘹亮而和谐的语言见称。多么可惜,他竟写了谣曲!没有民族性的谣曲,是虚伪的东西,是不会引起同情的。加之,他花了许多力气要创作一种斯拉夫的谣曲。斯拉夫人住在太古时代,我们对于他们知道得太少;那么,为什么硬要把德国化了的甫谢米拉们和奥斯坦们搬到舞台上来呢?柯慈洛夫伤害了自己的艺术威望,尤其是因为他有时好像由于排遣烦闷才从事写作似的:这话特别适用于他目前的一些作品。

雅寿科夫和达维陀夫①有许多共通之点。他们两位都是我们文学中杰出的现象。一个是学生诗人,随遇而安,沸腾着过多的年轻感情,歌唱的是在生活节日里寻欢作乐的青年人的欢娱,美人的红唇、俊眼、酥胸和细眉,热情如焚的夜和难忘的景象,

> 那里喧嚣地、喧嚣地飞过
> 他的勇敢的青春。②

另外一个是军人诗人,带着全部武人的坦率,不因时间和工作而冷

---

① 达维陀夫(1784—1839),俄国诗人。
② 引自雅寿科夫的一首诗。

却的全部热情,在气势磅礴的诗句中,给我们讲述青春的遐想、粗野的行乐、勇敢的袭击、骑兵的酣饮、他对某一个傲慢的美人的爱。两位诗人,常常从竖琴上弹出强烈、嘹亮而又堂皇的音调,常常借生动而炽烈的感情的吐露来撼动读者。他们的片面性也就是独创性,没有了独创性,是不成其为真正的才能的。

波多林斯基显示出无限的希望,不幸的是没有把希望付诸实现。他拥有诗的语言,也不缺乏诗的感觉。我觉得,他之所以失败,是因为他没有认识自己的天职,没有走上自己的路。

菲·尼·格林卡①……可是,我关于他将说些什么呢?你们知道,他的诗歌之花多么芬芳,他的艺术倾向多么道德而圣洁:这就够叫人折服了。可是,一方面我们充分认识到他的诗的禀赋,同时也不得不看出,这禀赋是非常片面的;道德固然是道德,可是老是讲道德,就难免令人产生沉闷之感。格林卡写得很多,因此,夹杂在许多好作品中间,也有许多是非常平庸的。这原因,我觉得,是因为他把创作看成一种职业,看成消磨时间的方法,却不是一种崇高的天职,总之,他看待许多事物不免失之鄙陋。他的一些最好的诗,完全依靠了宗教灵感之力。他的长诗《卡列丽亚》包含着许多美,但也许包含着更多的缺点。

杰尔维格……可是雅寿科夫给杰尔维格写过一首美丽的诗的安魂曲,普希金也认为杰尔维格是一个拥有非凡才禀的人;我怎么敢和这些权威争论呢?杰尔维格曾被认作一个希腊化了的德国人:真是这样吗?De mortuis aut bene, aut nihil②,因此,关于这个诗人,我不想披沥自己的意见。《莫斯科导报》③上,关于他的诗,曾经记载过这样的话:"可以带着轻快的满足来读它们,如此而

---

① 菲·尼·格林卡(1786—1880),俄国诗人,作品具有神秘倾向。
② 拉丁文:对死者隐恶扬善。
③ 《莫斯科导报》,自一八二七年至一八三〇年间出版的一种半月刊。

已。"这样的诗人,在过去的十年中是并不少见的。

(还没有完)

九

(倒数第二篇)

　　　　岸!岸!……
——陈腐的句子

　　普希金时期最显得突出的一点是拥有着为数非常之多的韵文诗人:这绝对是一个作诗已经成了狂的时期。且不说那些浅薄无才的作诗匠,"吉尔吉斯的""莫斯科的"及其他等地的"俘虏"①的作者,"维尔斯基"和其他各种姓氏的"叶甫盖尼"②的作者,这个时期充斥着多少对于韵文(如果不是对于诗)拥有惊人的能力(如果不是才能)的人啊!众多的杂志和丛刊泛滥着诗以及长诗的断片,书店里泛滥着诗论、诗集和长诗。这一切的造因,都得归罪于普希金一个人:这恐怕就是他对俄国文学所犯的唯一的、纵然不是故意的罪行!这样,我们不必谈及这些浅薄无才的劣等文士;叱责他们也大可不必:复仇的忘川之神已经把他们惩罚得够了。我还是来谈谈显出若干程度的才能或至少是能力的一些人吧。他们为什么这样快就名湮没而不彰?他们难道是才尽了吗?绝对不是!许多人现在还在写,或者至少现在还能写得像从前一样地好;可是呜呼!他们不再能用自己的作品引发读者过去的那种热忱。为什

---

① 当时有人竞相模仿普希金的《高加索的俘虏》,以此为蓝本,写了《吉尔吉斯的俘虏》《莫斯科的俘虏》等等。
② 另一类的仿作以《叶甫盖尼·奥涅金》为蓝本,《叶甫盖尼·维尔斯基》即其中的一种。

么呢？我再说一遍，因为他们能生存也能毁灭，因为他们把青春的烈焰认作灵感的燃烧，把承受典雅印象的能力认作用典雅印象感染别人的能力，把通过和谐的诗句，以某种模仿的构思描写任何特定材料①的能力认作在字句中复制大自然一般生活现象的能力。他们向普希金借来了和谐而铿锵的诗句，还有一部分是诗的表现的美，这些都是构成普希金作品外在一面的东西；可是，却没有从他那里借来深沉而痛切的感情，这是充溢在他的作品中，并且成为艺术作品唯一的生命源泉的。因此，他们仿佛从自然和生活的现象上面滑过去，正像冬天太阳的苍白光线滑过地面一样，而不是以全部生命浸润在里面；因此，他们仿佛只是描写事物，或议论事物，而不是感觉事物。所以，你读他们的诗，有时会感到愉快，如果不是欢乐的话；可是，它们永远不会在你的心里留下不可磨灭的印象，不会永存在你的记忆里。再加上它们的倾向的片面性以及它们真挚的梦想和沉思的单调性，这便是这些曾经俘获过你的诗所以不再感动你的心的原因。现在可比不得从前了：现在只有镌刻着高度才能——如果不是天才的话——的烙印的诗，才能够使人诵读。现在人们要求的是受尽痛苦的、从中可以听出受了非人折磨而发出的灵魂绝叫的诗；总之，现在是——

　　不自然的哭泣令人生厌，
　　做作的号啕可笑……②

我们一位年轻而又卓越不凡的文学家谢维辽夫③君，早年起就献身于科学和艺术，早年起就从事为共同利益服务的高贵的行动，他太明白、也太感觉到这个为同辈和同行们所共有的缺点。他

---

① 参阅亚波洛斯的《作诗规则》。——原注
② 引自巴拉廷斯基的诗《给模仿者们》。
③ 谢维辽夫（1806—1864），俄国批评家，文学史家，《莫斯科人》的创办人。拥护专制和正教，经常与别林斯基进行笔战。

赋有诗才,这一点可以证实于他所翻译的席勒的作品,其中有许多篇,茹科夫斯基都会不耻于认为出诸自己的手笔;学识又渊博精深,熟知世界文学史,这一点可以证实于他的许多批评文章,特别是他担当莫斯科大学教授之职的这一事实,——从他富有创见的作品可以看出,他决心要给当时文学的一般倾向带来一种反拨。在他每一首诗的根柢里,有着深刻而诗情的思想,可以看出是以席勒式见解的广阔和感情的深刻自律的,并且,必须说实话,他的诗常常以气势跃然的简练、遒劲和富于表情见长。可是,目标是危害诗歌的;加之,给自己设定了这样一种崇高的目标,就得具备充足的资力,才能够顺利地达到目标。因此,谢维辽夫君的大部分作品,除了极少数显出真诚的感情之外,虽然拥有许多优点,却总显得是理智的努力,而不是热烈的灵感的流露。只有韦涅维季诺夫一个人能把意见与感情、思想与形式融合在一起,因为在普希金时期的年轻诗人中,只有他一个人不是用冷的理智,而是用火热的同情和爱的力量拥抱大自然,能够深入大自然的圣殿,能够

> 看透她隐蔽的胸怀,
> 像看透朋友的心。①

然后把他从难于接近的祭坛上窥探到的崇高秘密表现在作品里。韦涅维季诺夫是我们唯一的一个诗人,连同时代的人都能理解他,并恰如其分地加以评价。这是预示将有花团锦簇的一天的美丽的晨霞;各派对于这一点都是同意的。公正的责任感还要求我提一提波列查耶夫,他的才能固然是片面的,但同时也是杰出的。谁不知道这人是他青春迷惘的可怜的牺牲?是时代精神的不幸的牺牲?——在那个时代里,有才能的年轻人骑着驿马在人生的旅途

---

① 引自浮士德的独白,俄文译本是韦涅维季诺夫翻译的。

上飞驰,沉醉于生活,却不去研究生活,把它看成喧闹的宴乐,却不是艰苦的业绩。别读他那些不能进入灵魂的翻译,除了拉马丁的 *L'Homme(à Lord Byron)* ①是例外;别读他那些带着太多酒店宴饮味道的打趣的诗,别读那些遵命而作的诗;却须从他的作品中选读那些多少和他的生活有些关系的诗;读读《海岸上的沉思》、他的《晚霞》、他的《天命》——你就会在波列查耶夫身上看出才能,看出感情的踊跃!……

现在我还得讲到一位跟上述几个人都不同的诗人,一个独创而又独立、不承认有普希金的影响、几乎跟普希金并驾齐驱的诗人:我讲的是格里鲍耶陀夫。这人把太多的希望一同带进了棺材。他注定要做俄国喜剧的创始人,俄国演剧的创始人。

演剧!……你们是不是像我一样地爱好演剧,就是说,以你们全部心灵的力量、全部热诚、只有迫切渴求典雅印象的为热情所驱的青年才能有的全部挚忱来爱好它?或者,宁可说,你们能不能爱好演剧,甚于除德性和真理之外的世上的一切?真的,美学艺术的一切妩媚、一切魅惑、一切魔力不是都荟萃于此吗?它不是我们感情的唯一全能的主宰,准备随时地把这些感情激发、煽动起来,像暴风在茫无涯际的阿拉伯平原上激起飞沙走石一样吗?……在所有一切的艺术中,还有哪一种艺术拥有这样强大的感应并操纵灵魂的力量?……抒情诗、叙事诗、戏剧:你们是特别爱好其中的一种呢,还是一视同仁地爱好这一切?很难抉择?是吗?在勇士杰尔查文的强大的诗章和普罗岱似的普希金的多样的旋律中,描写的不就是拜伦的长诗或司各特的长篇小说中的同一个大自然,而后者描写的不就是莎士比亚和席勒的戏剧中的同一个大自然吗?然而,我宁舍其他而更爱好戏剧,并且我认为,一般人的偏爱都是如此。抒情诗是朦胧地、是所谓音乐性地表现大自然;它的对象是

---

① 法文:《人(给拜伦爵士)》。

整个无边际的大自然;戏剧的对象则只有人和他的生活,这里面展开着一般宇宙生活的崇高的、精神的一面。戏剧在艺术中所占的地位,正像历史在科学中所占的地位一样。人,对于人来说,曾是、并且永远将是最有兴趣的现象,而戏剧就是表现这个人,在跟我以及跟自己的使命所进行的永恒的斗争中,在以争取为他所难于认知,尤其是难于达成的朦胧幸福理想为职志的永恒的活动中,表现这个人。叙事诗本身也是从戏剧里面吸取了优点的:缺乏戏剧性的长篇小说,是生气索然而沉闷的。在某种意义上说,叙事诗只是戏剧的一种特殊形式而已。这样,我们假定说,戏剧,如果不是最好的,那么就是最接近于我们的一种诗歌体裁。这演剧到底是什么——在这里,这强有力的戏剧从头到脚包围在新的强力之中,和一切艺术结成联盟,叫它们给自己帮忙,向它们取得一切手段,一切武器,这些手段和武器个别地就已经强大到足以把你从狭窄的繁华世界中拖出来,走进崇高、优美事物的无穷世界?请问,演剧到底是什么东西?……呵,这是真正的艺术的神庙,当你走进这神庙时,你刹那间就会超脱地面,从日常生活关系中解脱!这些乐队调整丝弦时发出的声音,使你的灵魂为了等待神奇的东西而焦灼,使你的心为了预感不可描摹的甜蜜的幸福而紧缩;这些挤塞在广大戏院里的人分担着你的焦躁的期待,你和他们交融在同一种感情中;这辉煌而壮丽的帷幕,这光的海,向你默示那散见于美好的万有之中而又集中在狭窄的舞台面上的许多神奇美妙的东西!接着,乐队轰然奏响了——你的灵魂在这音响中预感到即将使你惊奇的印象;接着,幕升起来了——展开在你眼前的是人类情欲和命运的无穷的世界!温柔可爱的苔丝德蒙娜的祈求的绝叫和嫉妒的奥瑟罗的疯狂的绝叫混糅在一起;深夜里出现了袒胸露臂、头发蓬松的麦克佩斯太太,徒然要拭掉她良心苛责下所想象的手上的血痕;可怜的哈姆雷特发出他那苦恼的问题:生存还是毁灭;你面前走过神奇的幻想者波萨和两朵天堂里的花——马克斯和得克拉①——连同他们天上的爱情;总之,莎士比亚们、席勒们、歌德们、魏纳②们的丰饶幻想所创造的整个辉煌的无穷的世界……你在这里过的不是自己的生活,悲悼的不是自己的愁苦,欣悦的不是自己的幸福,战栗的不是自己的危难;在这里,你的冷冰冰的我消失在爱情的火热的以太之中。如果你为了想到生活的重负和力量的脆弱而痛苦,你在这里会忘怀一切;如果你的灵魂渴望过爱情和狂喜,如果你的想象中,像飘忽的夜的幻景一样,闪动过早已幻梦似的被你忘却的迷人的形象,——在这里,这种渴望会带着新的不可驯服的力量重新燃烧,这个形象又会出现在你面前,你会看到他的眼睛带着企慕和爱情直望着你,陶醉在他的迷人的呼吸里面,碰到他的火热的手而震颤……可是,演剧的一切魅力,它对人类灵魂所发生的一切魔术的力量,是不是能够描写得尽呢?……如果我们能够有自己民族的、俄国的演剧,该多么好啊!……真的,在舞台上看到整个俄国,连同她的善与恶、崇高与可笑,听她那些借强大的幻想之力从坟墓里唤出的勇敢的英雄说话,看见她蓬勃的生命的脉搏……去吧,到戏院里去吧,生在那里,死在那里,要是可能的话!……

可是呜呼!这些都是诗,不是散文,是幻想,不是实在!在那里,就是在那个叫作俄国戏院的大房子里,我告诉你,你会看到一些模仿莎士比亚和席勒的效颦之作,可笑而又丑陋的效颦之作;在那里,人们把想象的痉挛给你冒充作悲剧;在那里,招待你看的是颠倒过来的生活;总之,在那里

  ……狂热的悲剧女神
  拖长声音发出狂叫,
  她曳动俗艳的衣衫

---

① 马克斯和得克拉是席勒的历史剧《华伦斯坦》里的两个人物。
② 魏纳(1768—1823),德国诗人和戏剧家。

>在冷淡的群众面前！①

我告诉你：别到那里去；这是非常乏味的消遣！……可是，别对演剧律之过严：它糟到这种地步，这不是它的过错。我们的戏剧文学在哪里，戏剧才能在哪里？我们的悲剧家和喜剧家在哪里？他们为数非常之多；他们的名字是大家知道的，因此我不想一一列举，我的颂赞对于他们应享的盛名不能有所增益。那么，我回过来谈谈格里鲍耶陀夫吧。

格里鲍耶陀夫的喜剧或戏剧（我不大清楚这两个字眼之间的区别；悲剧这个字眼的意义我根本不懂）早就以手抄本传诵于世。格里鲍耶陀夫像一切杰出的人物一样，引起过许多议论和争辩；我们的有些天才羡慕他，同时又倾倒于卡普尼斯特的《毁谤》；随便倾倒于 AB,CD,EF 以及其他诸君的人，不想给他公正的评价。但公众有另外的意见：早在出版和上演之前，格里鲍耶陀夫喜剧的手抄本就像洪流似的泛滥在俄国了。

在我看来，喜剧也像通常叫作悲剧的一样，是一种戏剧；它的目标，是在和生活概念的矛盾中表现生活；它的因素，不是仅仅由于想嘲弄而善良地揶揄一切的那无邪的机智；不，它的因素是苦辣的幽默，严厉的愤怒，不作诙谐的微笑，而作刻毒的大笑，不以打油诗而以讥刺来追击卑琐与自私。格里鲍耶陀夫的喜剧是一部真正的 divina comedia②！这完全不是用对话叙述出来的可笑的插曲，完全不是把登场人物呼作杜勃略科夫们、泼鲁托瓦丁们、奥比拉洛夫们③及其他等等的喜剧；它的人物是你在大自然中熟知了的，在你未读《智慧生痛苦》之前就看见过他们，认识过他们，然而他们还是像崭新的现象一样吸引你：这便是诗情构思的最高的真实！

---

① 引自《叶甫盖尼·奥涅金》第七章第五十节。
② 意大利文：神曲。
③ 这些名字的语根分别含有"善良""欺诈""掠夺"等意。

格里鲍耶陀夫笔下的人物,不是虚构的,而是整个儿从大自然描画下来,从现实生活底层里吸取来的;他们的额上没有写明善与恶;可是在他们身上,却镌刻着卑琐的烙印,这是艺术家执刑吏的复仇的手镌刻上去的。格里鲍耶陀夫的每一行诗,都是在愤怒的烈焰中,打胸臆里榨出的讥刺;他的文体 par excellence① 是口语的。最近,我们一位过分熟知社会的、最杰出的作家指出过②,只有格里鲍耶陀夫一个人能把我们社会的谈话写进诗里:毫无疑问,这在他是不费吹灰之力的;可是无论如何,这总是他的一大功绩,因为我们喜剧家们的口语……可是我答应过不提到这些喜剧家……当然,这部作品,就整体说来,不是没有缺点的,可是这是格里鲍耶陀夫才能的初次试作,第一部俄国喜剧;加之,即使有许多缺点,这些缺点也不妨碍它成为不仅限于俄国文学的一部典范的天才的作品,俄国文学丧失了格里鲍耶陀夫,等于是丧失了一位写喜剧的莎士比亚……

关于写诗的诗人,说得够多了,现在我们要谈谈写散文的诗人。你们知道,在普希金时期的文学中,谁的名字在他们中间占着首位?那是布尔加林君,诸位。这也是无足怪的。布尔加林君是一个先驱者,而先驱者,像我已经给你们证明过的,总是不朽的,因此我敢于正告你们,布尔加林君的名字在俄国长篇小说的领域中,正像莫斯科居民马特威·柯马罗夫③一样不朽。彼得堡的司各特——法杰伊·威涅季克托维奇·布尔加林的名字和莫斯科的司各特——亚历山大·安菲莫维奇·奥尔洛夫的名字在一起,将永远在我们文学的地平线上构成灿烂的双星座。机智的柯西契金④

---

① 法文:主要。
② 奥陀耶夫斯基在中篇小说《咪咪公爵小姐》里说过这样的话。
③ 《波里齐昂》《英国老爷》和其他诸如此类著名作品的作者。——原注
④ 这是普希金的笔名。普希金用这个笔名在一篇题为《友谊的胜利还是亚历山大·安菲莫维奇·奥尔洛夫的辩解?》的杂文里竭力挖苦布尔加林,比之于当时的俗流文人奥尔洛夫。

已经如实地把这两位名作家评价过了,对照地显示了他们各自的优点,因此,我不再重复柯西契金的话,只想就布尔加林君,说一些现在为大家所共有,但还没有书面地记述出来的话。难道布尔加林君真的和奥尔洛夫君完全相等吗?我可以肯定地说,不相等;作为一个作家,他不可比拟地超出后者,但作为一个艺术家,他不免逊于后者。你们想知道,什么是我们这两位文学大家之间的主要差别吗?一个见多识广,博览群书,到处都到过;另外一个,可真可怜啊!不但没有到过西班牙①,甚至也没有出过俄国国境;虽然懂得拉丁文(但这方面的知识不是附有自己以及别人的注释出版一本贺拉斯的书就能确证的②),却不十分精通祖国语言,这是不足怪的:他没有机会听到有教养的人的语言。因此,问题在于:一位的作品平匀、光滑得像客厅里的地板,而另外一位的作品则带着旧货商场的味道。然而,真奇怪!虽然两个人是为不同阶级的读者写作,却在同一个阶级中找到了自己的读者。我们应该设想,公众更会偏爱亚历山大·安菲莫维奇些,因为他更加是诗人,法杰伊·威涅季克托维奇则更加是哲学家,而诗歌总是比哲学更被一切阶级所接近的。

差不多和普希金同时,玛尔林斯基君也开始了文学生涯。这是我们最杰出的文学家之一。他现在无条件地拥有很大的权威:大家现在都拜倒在他面前;如果大家还没有异口同声地称他为俄国的巴尔扎克,那么,只是因为害怕这样会辱没了他,还在等法国人把巴尔扎克称为法国的玛尔林斯基呢。当等待这奇迹出现的时候,让我们更冷静地来看看他是否有权拥有这样大的权威。当然,跟社会舆论进行战斗,明目张胆地反对它的偶像,是一件非常可怕的事;可是,我胆敢这样做,与其说是因为有勇气,毋宁说是为了对

---

① 布尔加林曾参加拿破仑远征军,到过西班牙等国,故云。
② 普希金讲到布尔加林出版的《贺拉斯颂诗选》时,曾指出他不懂拉丁文。

真理的无私的爱。然而，更加鼓舞我这样做的是因为，可畏的舆论，在受到玛尔林斯基君《俄国中篇及短篇小说》全部出版这迎头一击之后，也慢慢地清醒了过来；开始含混地讲到什么矫揉造作，什么沉闷的单调，诸如此类的话。因此，我就决定做新舆论的喉舌了。我知道，这新舆论还会遇到太多的论敌，可是，无论如何，真理要比世界上一切的权威更为可贵。

因为我们文学中缺乏真才能之故，玛尔林斯基君的才能当然是一个很杰出的现象。他天赋真正的机智，拥有生动而引人入胜的说故事的本领，往往能从大自然摄取美不胜收的图景。可是同时，我们不得不承认，他的才能非常片面，他以热情自命是十分可疑的，他的作品中没有任何深度，任何哲学，任何戏剧性；结果，小说中所有一切的主人公们都从一个模子里刻出来，差别仅在姓名而已；他在每一部新作品里都重复着自己；辞藻多于思想，大言壮语的叫嚣多于感情的流露。我们很少有作家写得像玛尔林斯基君一样多；可是，这多产，不是由于才禀的卓越，不是由于创作活动的过剩，而是由于写作的熟练和习惯。只要你有一些才禀，读书养性，积聚了些概念，给这些概念加上性格的烙印，那么，你就提起笔来，从早写到夜好了。最后你就会学得这样一种本领：能在任何时候，任何心情下，写任何你所想写的东西；如果你想到了几段浮夸的独白，你就不难把长篇小说、戏剧、中篇小说凑合上去；不过，得留心一下形式和文体：它们必须是独创的。

辨别东西好坏，莫如比较。如果两个作家写同一类东西，相互间有类似之点，那么，只有两相对照，才能够分辨出高下来：这是最好的试金石。请看巴尔扎克：他写过多少东西，可是在他的中篇小说中，有没有一个性格、一个人物是雷同的呢？把具有全部个性的浓淡色度的性格刻画出来，这是多么不可企及的本领啊！这费拉居斯的峻严而冷酷的脸难道没有追逐过你，他难道没有日日夜夜烦扰你，像执拗的影子似的跟在你背后？你在千百个人中间也能把他认出来;然而,在巴尔扎克的中篇小说里,他不过是一个陪衬,是顺便轻轻地勾勒几笔,被长诗主要内容所环绕的一些人物掩盖了的。为什么这个人物还会引起读者这样大的兴趣,深印在读者的想象中呢?因为巴尔扎克不是虚构他,而是创造了他,因为在未动笔之前,他就萦回在脑际,折磨着艺术家,直到艺术家从自己灵魂的世界里把他拉出来,变成大家都能接近的现象时为止。现在,我们看到十三人中的另外一个①出场了:费拉居斯和蒙脱里伏显然是同一型的:都是拥有海一样深的灵魂、命运一样捉摸不定的意志力的人;然而请问,他们相互间有什么雷同,有什么共通之点吗?在巴尔扎克多产的画笔下,产生过多少妇女的画像,可是这些画像有没有一个是重复的?……在这一点上,难道玛尔林斯基的作品也是这样的吗?他的阿马拉特-别克、他的 B 上校、他的《可怕的占卜》里的主人公、他的普拉文大尉,都是血肉兄弟,连父母都不容易把他们分别出来,这里面只有第一个,在带有亚洲色调的一点上稍有别于余者。创作云乎哉?并且,是多么矫揉造作啊!可以说,矫揉造作是玛尔林斯基君的一匹胯下之驹,他一刻也离不开它。他的小说中没有一个登场人物说话是简单的,他们老是装腔作势,说些警句、双关语之类;总之,玛尔林斯基君的每一句话都想出奇制胜,都是绕着弯说出的。必须说实话:大自然充分地赋予他这种快乐而善良的机智,这机智叮你,但不刺痛你,搔痒你,但不噬咬你;可是,即便如此,他也过火了一些。他写了篇幅浩繁的中篇小说,例如《突袭》,那简直是集矫揉造作之大成。他有才能,但这才能不大,被永远的束缚弄得委顿乏力,在苦心孤诣的机智的木桩上碰得头破血流。我认为,长篇小说不是他的擅长,因为他一点也

---

① 巴尔扎克《十三人传记》三部曲中的第一部题名为《费拉居斯》,以费拉居斯的活动为中心,所以俄译本曾改题为《十三人中的一个》。此处所说的"十三人中的另外一个"系指第二部中出现的蒙脱里伏。

不懂人心，一点也没有戏剧的节奏。例如，他为什么叫那个认为吃牡蛎是天地间一大快事、一席华筵比妻子和名誉更为重要的公爵去对玷污床榻的人说出一段激情的独白，一段出诸普拉文之口倒是很合适的独白呢？这简直是矫揉造作，后台耍的花招；作者想追步布尔加林君后尘，为道德说教。一般说来，他不善于把小说枢纽所在的那后台机关掩藏起来；这些机关总是暴露在外面。然而，在他的小说中，有时也会遇见一些真正优美的章节，真正圆熟的素描：譬如说，俄国民间的靡非斯特①的描写和《可怕的占卜》里整个乡村生活的场景便是这样；许多从大自然摄取的画面便是这样，只除了一些高加索的素描是例外，这些素描矫揉造作到了令人作呕的程度，到了极点。我认为，他的最优秀的中篇小说是《忧患》和《别洛佐尔中尉》：在这里面，读者可以尽情地欣赏他的才能，因为他在这方面是能应付自如的。他嘲笑自己的韵文，可是我却觉得，他在《阿马拉特-别克》里翻译的山民之歌比小说本身好：这些歌词包含着这样多的感情，这样多的独创性，连普希金都不耻于认为它们出诸自己的手笔。在他的《安德烈·彼列雅斯拉夫斯基》里，特别是在第二章里，也可以遇见一些真正诗情的段落，虽然整个作品显得过分幼稚。最奇怪的是，玛尔林斯基君最近以惊人的谦恭承认了一件无论在灵魂或是肉体上都跟他完全无干的罪过：就是他靠了中篇小说之力给俄国文学打开了民族性的门。这完全不对！这些中篇小说是他最失败的尝试，在这里面，他不比卡拉姆辛更富于民族性一些，因为他的俄罗斯，强烈地带着他所珍爱的里文尼亚的味道。时间和篇幅不允许我征引玛尔林斯基君的作品，来证实我对他的才能所持的意见：然而，这是很容易做到的。我不想谈他的风格。风格这个词儿现在开始丧失了它从前广泛的意义，因为它不再能和思想分开。总之，玛尔林斯基君是一个不乏才能

---

① 歌德所著《浮士德》里的魔鬼。

的作家,如果更自然些,更不矫揉造作些,就更会好得多。

普希金时期是我们文学的最繁盛的时期。必须按照年代次序历史地加以综述;我没有这样做,因为我的目的不在此。可以肯定地说,我们那时曾经有过,如果不是文学,就至少是文学的征兆;因为那时,在文学里面有过运动、生命,甚至稳步的发展。出现过多少新现象,多少才能,多少各种各样的尝试啊!我们的确由衷地相信,我们有文学,有自己的拜伦、席勒、歌德、司各特、汤玛斯·穆尔;我们高兴而又骄傲,像小孩子穿新衣过年一样。惊醒我们的迷梦的是谁,谁是我们的靡非斯特?谁是使我们的喜悦冷静下来的强有力的、严酷的反拨?你们还记得尼柯季姆·亚利斯塔尔霍维奇·纳多乌姆科吗?还记得他怎样举起黏土做的脚走到台上,用善良而狡猾的笑驱散我们甜蜜的梦想:嘿!嘿!嘿!① 还记得我们大家怎样贴近那些大大小小的权威,手脚齐举地保护他们,不让受到严厉的酷评家的攻击吗?不知道你们怎样,我却记得很清楚,大家都恨他入骨;我也非常恨他。可是怎么样呢?他的大部分不祥的预言都应验了,现在再不会有人生死者的气了……是的!尼柯季姆·亚利斯塔尔霍维奇是我们文坛上一个最杰出的人物:他激起了多少骚动,打了多少次流血的仗,战斗得多么勇敢,用他那种直到细微末节都是独创但总是辛辣而尖锐的文体,坚实的三段论法,纯朴而又致命的嘲笑,多么残酷地打击了论敌……

  勇士啊,哪里是你的尸灰?
  哪里是你的坟墓?……②

我对于当时的杂志将说些什么?我将不赞一词吗?它们当时在公众看来是这样重要,赢得过这样多的同情,起过这样重大的作

---

① "黏土做的脚"和"嘿!嘿!嘿!"均见纳杰日金(即纳多乌姆科)的一篇文章。
② 引自茹科夫斯基的诗《给俄国军营的歌手》。

用!……我敢说,自愿与不自愿地,有意与无意地,它们都推动过新的理解和见解在我国的传布;我们从它们里面吸取教训,教育自己。它们已经尽力做了一切。哪一个做得最多?关于这一点,我不能肯定地答复;因为由于一些特殊的,但只对我一个人是重要的原因,我不能把一切想说的话说出来。我清楚地记得蒙田①的贤智的格言,把许多真理紧紧地捏在拳头里。主要的一点是,我太不会随风转舵,愚蠢到珍视自己那些不是作为文学家和作家(尤其因为我既不是前者,也不是后者),而是作为正直而有良心的人所表示的意见,并且我觉得给某一个杂志写颂词而不给另外一个杂志公正的评价,是很过意不去的……有什么办法!照理解上说来,我还是一个天真淳朴的人!……那么,对于杂志不要赘一词吧!现在,我看到在我那张大书桌上躺着一堆堆的死者,像躺在棺材里一样,由于我的懒惰和房间里的杂乱无章,好像互相和好了起来似的,一个重叠在一个上面——我带着沉思的微笑望着他们,说道:

一切都好,皆大欢喜!②

(尚未完)

+

(续完)

再写最后一段稗史,
我的年代记就写完了!③

——普希金

---

① 蒙田(1533—1592),法国哲学家。
② 引自杰尔查文的诗《晨》。
③ 引自《鲍里斯·戈东诺夫》。

一八三〇年这发生霍乱症的一年,对于我们文学真是一个凶年,一个决定命运的时期,打那时候起,开始了自有文学以来一个崭新的时期,一开头就显著地不同于前一时期。可是,在前后两个时期之间,一点过渡也没有;代替过渡,却有着强制的间断。这种不自然的跳跃,依我看来,最有力地证明了我们没有文学,从而没有文学史;因为在这里面,没有一个现象是另一现象的结果,没有一个事件是从另一事件引申出来的。我们的一部文学史,不过是通过盲目模仿外国文学来创造自己的文学的这种失败尝试的历史而已;可是文学不是被创造的;它创造自己,正像语言和习惯在人们不知不觉间创造自己一样。因此,一八三〇年结束了,或者更确切点说,突然打断了普希金时期,因为普希金自己,连同他的影响,都一齐结束了;打那时候起,就几乎没有再从他的竖琴上弹出一个熟悉的音调来。他的伙伴们,从事艺术活动的同行们,唱出了古老的歌,惯例的幻想,可是不再有人听他们。老调子令人生厌,新腔又一点也没有,因为他们老站在开始所站的地点,不肯向前移动寸步。杂志统统死了,好像中了风,猝然昏倒,或者真的罹了霍乱急症似的。这骤死或疫疠的原因,和我们没有文学这件事的原因正复相同。它们几乎都是毫无必要地、因为无事可做或者想凑热闹而产生,因此,没有性格,没有独立性,对于社会没有力量,没有影响,过早地走进坟墓而没有人悼哭。其中只有两个是例外;只有两个对于观察者说来是一种珍贵的、有益的和丰富的成绩。一个是老者,曾经用带子带领年轻的社会走路,享名已久,独断地统制过文坛上的意见;另外一个是拥有火热的灵魂和对社会福利的高贵的渴望的青年,它有达成美好目的的一切手段,却始终没有达成。《欧罗巴导报》经历了好几代,教育了好几代,其中最后被它所抚育的一代曾起来剧烈地反叛它;可是它始终屹立不变,一直战斗到用尽最后一点力气,这是一种高贵的、值得敬重的战斗,不是由于个人琐屑利害打算,却是由于心爱的血肉相连的意见和信仰而来的战斗。战胜它的是时间,却不是论敌,因此,它的死是自然的,不是强制的①。《莫斯科导报》拥有很大的优点,许多智慧,许多才能,许多热忱,可是却少有——非常少有——锐敏和洞察力,因此本身就是它夭折的原因。它处于生活的时期中,思想和意见的斗争与冲突的时期中,妄想保持心平气和的精神,避免作苛刻的判断,所以虽然充斥着剀切中肯的、学术性的文章,却欠缺构成一份杂志的生命的评论和论战,缺少为一份俄国杂志成败所系的中篇小说,尤其可怕的是,没有作详尽而确切的时装编年史,没有附赠时装图样,没有这些东西,一份俄国杂志是很难获得订户的。有什么办法?不作微小的、显然是无关宏旨的让步,就不能有圆满的结果。《莫斯科导报》缺少时代性,现在还可以把它当成一本永远不会丧失价值的好书读,可是它却从来不是一本名副其实的杂志。

---

① 真有趣,卡倩诺夫斯基君,作为一个文学活动家和裁判人,曾引得普希金一代反对自己,成为最残酷的追逐和攻击的目标,可是作为一个学者,作为一个祖国历史的研究家,却在下一代里找到了热心的追随者和辩护者。然而这是不足怪的:一个人不能在自身中包括一切;囊括万有的才智和多方面的才能只能求之于特选的少数人。因此,去读果戈理君的美丽的故事,而对于卡倩诺夫斯基君,则读他所写的,或在他的影响和指导之下所写的关于俄国历史的文章,并且得记住一句拉丁俗话:suum cuique(译者按:各宜得其所应得。),尤其是我们伟大的寓言家的贤智的格言:
  那真糟,如果鞋匠烘糕饼,
  糕饼师傅缝皮靴。
         (译者按:见克雷洛夫的寓言《梭鱼和猫》。)
我不是学者,对于历史懂得非常少;我不是作为专家,而是作为爱好者来略抒己见;可是,公众不就是由爱好者组成的吗?因此,爱好者的任何诚恳的意见都应该值得加以一些注意,如果它是普遍的、即占优势的意见的反响,那就更应该如此。我们现在有两个历史学派:希勒哲和卡倩诺夫斯基君。一个依赖着成规、习惯、对创立人的权威的敬重;另外一个,如我所理解的,是依赖着常识和渊博的学问。我对于后者虽然不敢僭越,但前者自问是有一些的,因此,我觉得,目前的一代人,没有旧时的回忆和对权威的偏爱,热烈地接受了卡倩诺夫斯基君的历史见解,是很自然的事。然而,学术不是我的本行;我只是信笔写来,à propos(拉丁文:顺便。——译者)这样说说。——原注杂志编辑,和诗人一样,是天生的,按天职便是这样的人。我没有想纵谈杂志,却被感情所驱,谈了开去;因此,当讲到死者的时候,我对于一个活着的也要说两句话,然而不用提起它的名字,这是不难猜想而知的。它早就存在着:最初是一个,两个,后来化成了三个①,总是以一种特殊的无性格而有别于侪辈。当《欧罗巴导报》坚持神圣的古老传统,和可恨的新奇事物搏杀到最后一息的时候,当年青一代的新杂志,在另一方面,和沉闷可厌的古老传统进行决死斗争,以高贵的自我牺牲精神升起时代的圣旗的时候,我所讲到的这个杂志,却发挥了一种新的美学,根据这美学,只有拥有广大发行额的、畅销的书才是崇高的、优美的;采取了一种新的策略,根据这策略,一个作家今天超出拜伦,明天就会遭到 chûte complète。由于这种明达的策略之故,我们的一些司各特们写了小说来谈《犹太人》《偷儿》等等诗篇的作者尼康德尔·斯维斯土希金们。②总之,这个杂志是我们文学中一个唯一的、空前的现象。

这样,文学的新时期临到了。谁是我们未成年的文学的这个新时期、第四期的首领呢?谁像罗蒙诺索夫、卡拉姆辛和普希金一样,掌握着社会人士的注意和意见,尤其是独断地统治着后者,给时代的作品刻上天才的烙印,赋予时代以生命,为同时代有才能的人制定出方向来呢?谁是这新的世界体系的太阳呢?呜呼!一个也没有,虽然许多人都僭望得到这个崇高的称号。这还是破题儿第一遭,文坛上竟如群龙无首一般,一个大的王国分裂成无数独立的、互相嫉视而敌对的小国。有许多首领,可是他们很快就跌倒,正像他们很快地升起一样;总之,这个时期是我们文学陷于混乱,

---

① 系指格列奇和布尔加林所办的几种刊物:《祖国之子》《北方文存》和《北方蜜蜂》。
② "司各特"系讽示布尔加林。他写过一篇杂文攻击普希金,其中提到的尼康德尔·斯维斯土希金,就指的是普希金,《犹太人》和《偷儿》是用来影射普希金所著的《茨冈》和《强盗兄弟》的。

帝位虚悬,僭望帝位者蜂起的一个青黄不接的时期。

目前的时期和普希金时期对立着,正像普希金时期和卡拉姆辛时期对立着一样。活动和生命结束了;武器的铿锵声静下来了,疲累的战士们宝剑入鞘,安于既得之名,每个人都认为胜利非己莫属,实际上却没有一个人真正赢得了胜利。诚然,在开始时,特别是在最初两年,人们还是奋勇搏战着,可是这已经不是新的战争,却是旧的战争的尾声:这是古斯塔夫-亚道尔夫①和华伦斯坦②死后的三十年战争。现在这浴血的战争结束了,但对文学说来,却没有威斯法里亚和约,没有满意的结果。普希金时期以对于韵文的狂热著称;新的时期一开始就显出对于散文的断然的爱好。可是,呜呼,这不是向前跨进一步,不是革新,却是创作活动的退化、枯竭。真的,情势竟到了这种地步,大家都确信地说,在我们的时代,就是最优秀的诗也不能获得任何成就。这是一个荒谬的意见!显然,它像一切别的意见一样,不属于我们所有,而是对于我们欧洲邻人的意见的任意的模仿。他们曾经一再申说,叙事诗不能存在于我们的时代,现在似乎又认为,连戏剧也不行了。这样的意见是非常奇怪而没有根据的。诗歌在一切民族,一切时代,本质上都是同样的东西:只有形式,才一般地适应全体人类的、个别地适应各个民族的精神、倾向和进步,而发生变化。诗歌的分类不是任意而定的:那理由和必要性包含在艺术的本质之中。诗歌的体裁有三种,不可能再多。任何一部作品,不管属于哪一种体裁,只要在精神和形式方面镌刻着时代烙印,满足时代的一切要求,那么,它在任何时候都是好作品。不知有人在什么地方说过,歌德的《浮士德》是我们时代的《伊利亚特》;这个意见是不能不首肯的!的确,难道司各特在叙事诗人的意义上,不是我们的荷马吗,即使不是时

---

① 古斯塔夫-亚道尔夫(1594—1632),瑞典皇帝。
② 华伦斯坦(1583—1634),弗里德兰公,三十年战争中帝国军队的统帅。

代精神的充分的表现者的话？我们现在的情形亦复如是：如果出现了一个新的普希金，不是一八三五年的普希金，而是一八二九年的普希金，俄国又会吟哦起诗篇来了；可是，除了不幸的 ex officio① 读者之外，谁高兴对我们那些新的韵文家如叶尔萧夫、斯特鲁戈夫希科夫②、马尔科夫③、斯涅吉辽夫④诸君的制品加以一顾呢？……

　　浪漫主义是普希金时期喊出的第一个字眼；民族性则是新时期的基本内容。正像当时每一个粗制滥造的劣等文士拼命冒充作浪漫主义者一样，今天每一个文坛小丑也都争夺着民族作家的称号。民族性是一个奇怪的字眼。你们的浪漫主义，和它比起来，算得了什么呢！的确，这种对于民族性的追求，是一个非常值得注意的现象。且不说我们的长篇小说家和一般的新作家，请看我们文坛上可敬的巨匠们在做些什么吧。茹科夫斯基，这位永远把天才锁住在多雾的亚尔比昂⑤和梦幻的德国的诗人，忽然忘掉了他那些满身披挂甲胄的勇士、美丽而忠诚的公主、巫婆和迷人的古堡，写起俄国童话来了……需要不需要证明，这些毫无俄国精神在内的俄国童话不适合俄国精神，正同希腊和德国的六音步诗不适合俄国童话一样？……可是，我们对于被时代精神所迷惑的这强大才能的迷妄，不想责之过严：茹科夫斯基充分地完成了自己的事业和功绩：我们不应该对他再有所奢求。普希金却是另一回事：我们觉得奇怪，这位非凡的人物，当他不使劲成为民族性的时候，毫不费事就有了民族性，而现在，当他竭力想成为民族性的时候，却一点也不是民族性的；我们觉得奇怪，他现在郑重其事地交给我们

---

① 拉丁文：职业的。
② 斯特鲁戈夫希科夫(1808—1878)，俄国诗人，翻译家。
③ 马尔科夫(1810？—1876)，俄国作家，诗人。
④ 斯涅吉辽夫(1763—1866)，俄国考古学家。
⑤ 英国的古称。

的,正就是从前他当作多余之物或奢侈品随手抛掷出来的。我认为,所以会有这对于民族性的追求,是因为大家痛切地感到我们那种模仿的文学的单薄,想创造民族性的文学,正像从前努力要创造模仿的文学一样。那么,又是目标,又是企图,又是老调新唱吗?可是,难道克雷洛夫因为努力要成为民族性的,才是极度民族性的吗?不,他从来没有想到过这一点;他是民族性的,因为他不能不是民族性的缘故;他是不自觉地成为民族性的,恐怕还不知道这民族性的价值,那是他不费什么力气就让作品获得的。至少,他的同时代人没有能充分地赏识他这个优点:他们常常责备他品性卑贱,把他和其余一些不可比拟地低于他的寓言家一视同仁。因此,我们的文学家们,处心积虑地斤斤于民族性,结果却是枉费心机。真的,我们一般关于民族性有着怎样的理解呢?所有的人,绝对是所有的人,都把它和平民性,并且一部分是和庸俗性混同起来了。可是,这种谬见是有原因、有根据的,不应该对它加以猛烈攻击。我还要更进一步说:从对待俄国文学的关系上说来,我们对民族性不能作别样的理解。文学中的民族性是什么?那是民族特性的烙印,民族精神和民族生活的标记;可是我们有自己的民族特性没有?这是一个很难解答的问题。我们的民族特性保存在下层人民里面最多;因此,我们的作家们,当然是有才能的作家们,当在小说或戏剧中刻画庶民的风俗、习惯、观念和情操的时候,是民族性的。可是,难道仅仅庶民就能够构成民族吗?绝没有的事。正像头颅是人体最重要的部分一样,民族主要是由中层和上层所构成。我知道,人在任何状态中都是人,平民百姓也有情欲、才智和感觉,正像贵人一样,因此,也像他一样值得加以诗的分析;可是一个民族的高级生活主要是表现在它的上层中,或者更正确地说,在民族的整个概念中。因此,你把它的一部分选为灵感的对象,就会陷于片面性之弊。同样,如果把彼得大帝以前的一段时期划分给自己的创作活动,你也不能避免趋于极端。我们民族的上层还没有获得固定样式和性格;他们的生活对诗歌贡献极少。别慈格拉斯内①的卓越的中篇小说《咪咪公爵小姐》不是有些浅薄而委顿吗?你们还记得它的题铭吗?——"我的颜色惨白,"画家说,"可是我有什么办法?我们城里没有更好的颜色!"——这便是诗人最好的辩解,同时也是一个最好的证明,可见他在这中篇小说里是极度民族性的。那么,难道我们文学中的民族性只是空想而已吗?恐怕是的,可是又不尽然。我们一些以民族性著称的作品的主要因素是什么?不是古代生活(彼得大帝以前),就是平民百姓生活的素描,从而是不可避免的对于编年史或民间歌谣的腔调的仿作,或者是对于我们平民百姓的语言的仿作。可是,在编年史中,在这早成陈迹的生活中,蕴蓄着表现为千百种形式之一的一般人类生活的呼吸;你必须能够用理智和感情捕捉它,然后凭着幻想把它复制在你的艺术作品里。一切力量和要点都在这里。可是,你必须是一位天才,才能够使你的作品颤动着俄国生活的概念:这是一条最艰险的道路。彼得大帝时代把我们和祖先的生活隔开得这样远,或者更确切点说,切成了两截,在你写作品之前,非先对这生活加以深入的钻研不可。这样,你必须量力而行,不要自恃过甚地这样写:"某年某年的俄国人"②。同时,还必须注意,彼得大帝以前的俄国生活太嫌平静而片面,或者更确切点说,它以自己独特的方式出现:你如果遵循司各特的写法,就会很容易把它毁损了。一个作家把小说的结构放在爱情上面,以赢得美人青睐作为主人公努力的目标,这就显然可见他不懂得俄罗斯。我知道,我们的大贵族逾墙而逐处子也是常有的事,可是这是对于庄严的、威仪的、沉静的俄国生活的凌辱和歪曲,却不是它的正常表现;这样的偷香窃玉的

---

① 奥陀耶夫斯基公爵的一个笔名,意为"无声字母"。
② 此处系讽示札果斯金的长篇小说《犹里·米洛斯拉夫斯基》或称《一六一二年的俄国人》,以及《罗斯拉夫列夫》或称《一八一二年的俄国人》。

骑士,会挨到嫉妒的丈夫一顿毒打,却不是用高贵的决斗来解决纠纷;这样的美人被人视为妖姬荡妇,却不是热情之下的值得同情和怜悯的牺牲者。我们的祖先凭着合法的准许做爱,或者把这视为逢场作戏;不是掏出心来,跪在情人的脚旁,却预先把软鞭子拿给她看,确乎不变地遵循那贤明的格言:爱妻子像爱灵魂,摇她像摇梨树,或者打她像打大衣。一般说来,我们直到今天还没有完全像骑士式地做爱,少数例外是什么都不能证明的。

至于讲到平民百姓生活场景的生动而逼肖的刻画,那么,你们不要过分地被它们所迷惑。我很喜欢《罗斯拉夫列夫》里面旅店的场景,可是这是因为里面把我们人民中的一个阶级的特征、在祖国生死存亡关头所显出的特征成功地刻画了出来的缘故;格言、俗谚和不连贯的语言,本身是没有什么了不起的。根据上面所说,可见我们的民族性暂时包含在对俄国生活画面的忠实描绘中;却不在俄国活动的特殊精神和倾向中,这些东西应该在一切作品中表现出来,不问对象和内容如何。大家知道,法国古典派在悲剧中把希腊和罗马的英雄们法国化了:这是真正的民族性,即使在歪曲中也还是忠于自己! 它包含在为某一民族所特有的思想和感情方式中。我坚信歌德是一位天才,虽然我因为不懂德文,对他认识得非常不够;可是,我得承认,我很难相信他那部《伊斐格尼》的希腊主义;越是大天才,他就越是他的时代的儿子,他的世界的公民,他想表现完全和他不相干的民族性的这种尝试,常常会化为或多或少是失败的仿作。那么,我们有没有这种意义上的文学的民族性呢? 我们没有,并且,不顾开明的爱国分子们的高贵愿望,我们暂时还不可能有。我们的社会还太年轻,还没有确定下来,还没有从欧洲的庇荫下解脱;它的特色还没有显露,还没有形成。任何一个欧洲诗人都能够写《高加索的俘虏》《巴赫契萨拉依的喷泉》《茨冈》,可是只有俄国诗人才写得出《叶甫盖尼·奥涅金》和《鲍里斯·戈东诺夫》。绝对的民族性只有摆脱了不相干的异国影响的人才能够懂得,这便是杰尔查文所以是民族性的缘故。那么,我们的民族性包含在对俄国生活场景的忠实描绘中。我们现在来看,我们文学新时期的诗人们在这方面有了些什么成就。

这文学中的民族性倾向,早在普希金时期就开了端;不过,它在那时没有表露得这样显著罢了。首倡者是布尔加林君。可是,他不是一个艺术家,关于这一点,除了他的朋友们之外,现在再没有人怀疑了,所以,他的长篇小说只对社会有好处,却不能嘉惠于文学,就是说,每一部都证明了一种实际的生活真理,即:

一、《伊凡·维齐庚》:证明以家庭教师、管家、有时是作家的身份作一点唯利是图的服务的那些外国移民和善于钻营者,给俄国带来怎样的危害;

二、《冒名为王者德米特里》:证明擅写骗子和小偷的人,万勿尝试描写巨奸大憝;

三、《彼得·维齐庚》①:证明过了夏天,别到森林里去采覆盆子;换句话说:打铁趁热。

我再说一遍:法杰伊·威涅季克托维奇不是诗人,而是实际的哲学家,现实生活的哲学家。他的创作的诗情一面,仅仅表现在对小偷和骗子的忠实刻画中。公正的责任感要求我指出,他通过长篇小说的非凡的成功,就是说,通过它们的非凡的畅销,大有助于重振我们的文学活动,诱发了无数的长篇小说。亚历山大·安菲莫维奇·奥尔洛夫能够出现于文坛,俄国读者也得感谢他的诱发之功。

波戈金②君大大地促进了民族性倾向。在一八二六年,出版了他的短小的中篇小说《乞丐》,一八二九年,又出版了《黑病》。

---

① 《彼得·维齐庚》是《伊凡·维齐庚》的续编,出版后销路不佳。
② 波戈金(1800—1875),先是《莫斯科导报》编辑,后与谢维辽夫一同创办《莫斯科人》。

前后两篇小说,在对俄国平民百姓风俗的忠实刻画上,感情的温暖上,圆熟的叙述上,后者并且在那隐伏在根柢里的美好的诗情概念上,都是很卓越的。波戈金君如果在自己的小说中继续前进,俄国文学终会把他视为值得骄傲的作家。然而,在小说中首倡民族性的光荣,并不只属于他一个人:在或多或少的程度上,其他卓越的才能也和他一同分担着这光荣。

《犹里·米洛斯拉夫斯基》是第一部很好的俄国长篇小说。它虽然缺乏艺术的完备性和完整性,却显出描写我们祖先生活的一种非凡的本领,而这生活是跟我们目前的生活相似,并且浸润着异常的感情的温暖的。再加上叙述的生动,它所选定的那既无古人又无借镜的范围的新颖,你就可以懂得它制胜的原因了。《罗斯拉夫列夫》以同样的美点和同样的缺点著称:缺乏完备性和完整性,但刻画平民百姓生活则是生动的。

乌沙科夫①君的《吉尔吉斯-卡伊萨克》是一个惊人而意外的现象:它以深刻的感情和一部真正艺术作品的其他优点见称,可是这同一个作者也写了《猫儿布尔莫塞克》,和一些关于演剧、关于波兰文学及其他等等的冗长而沉闷的文章,显出了无力的机智和自命为富有批评才能及学问的狂态。有什么办法?《吉尔吉斯-卡伊萨克》在这方面不是我们文学中唯一的现象;难道亚勃列西莫夫没有写过——可以说是无心地——《磨坊主》,伏耶伊科夫君没有写过《疯人院》吗?……

最后一个时期引人注意的是两个卓越的新才能的出现:威尔特曼②和拉舍奇尼科夫二君。威尔特曼君也写诗,也写散文,在任何方面都显示出真正的才能。他的长诗《逃亡者》和《摩罗姆森

---

① 乌沙科夫(1789—1838),俄国作家,晚年在《读书文库》上撰写中篇小说《庇尤莎》诋毁别林斯基。
② 威尔特曼(1800—1860),俄国小说家,考古学家。

林》不免有时代错误之嫌,所以是失败了的。然而,后者虽然有许多缺点,却不乏光耀夺目的美点;谁不记得强盗的歌:明媚的朝霞,为什么黯淡?《朝圣者》除了过多的不自量力之外,充分流露着机智,那是威尔特曼君最主要的因素。然而,机智还发展到了最高峰:《伊斯康德》是我们文学的最可贵的珍宝之一。威尔特曼君的最优秀的作品是《长生不死的吝啬老人》:由此可见他曾在编年史和童话中深刻地钻研了古老的俄罗斯,作为一个诗人,带着感情了解了俄罗斯。这是一连串迷人的图画,叫人永远欣赏不尽。一般说来,威尔特曼君把他的才能已经玩弄得太多、太久了,这才能的存在,除了《读书文库》之外,是谁都不怀疑的。现在他该不再矜才傲物了,该写出公众有权期望于他的作品来了:威尔特曼君有着这样多的才能,这样多的机智和感情,这样多的独创性和独立性!

拉舍奇尼科夫君不是一个新作家:他早就以《一个军官的行军日记》闻名了。这部作品给他带来了文学的盛名:可是因为这是在卡拉姆辛的影响下写的,所以虽然有一些优点,却早已被忘却了,连作者自己也称之为青年时代的过失①。可是,虽然如此,拉舍奇尼科夫君到底因而在文坛上驰名,所以大家都热烈地盼待着他的《新贵》。拉舍奇尼科夫君不仅没有辜负这期望,甚至还超出了一般的期待,公平地被称为第一个俄国长篇小说家。的确,《新贵》是一部镌刻着高度才能的烙印的、非凡的作品。拉舍奇尼科夫君拥有长篇小说家的一切手段:才能、教养、火热的感情、年龄和生活经验。《新贵》的主要缺点在于它是作者这一类作品中的第一部:这就造成了兴趣的双重性,有时是多余的饶舌和太明显的对外国范本影响的依附。然而,我们看到多么大胆而丰富的想象,多

---

① 同时,我请求可敬的《新贵》的作者宽恕我对他的出于无心的冒渎。我很清楚,那支美丽的歌《夜莺甜蜜地歌唱》是他写的,因为我有幸听他亲口说过;我的全部错误在于说得不够详尽。——原注

么真实的人物和性格的刻画,多么繁复的画面,叙述中包含着多么魅人的生命和运动啊!作者所选定的时期,是我们历史上一段最罗曼蒂克和最富有戏剧性的插曲,给诗人提供了丰富的收获。可是,我们一方面给予拉舍奇尼科夫君的诗才以充分公正的评价,同时也必须指出,他没有充分地利用他所选定的时期,这似乎是因为对这时期持有不完全正确的见解的缘故。这特别可以从他的长篇小说的主要人物身上获得证明,在我看来,这是小说中写得最坏的一个人物。请问,在他身上有什么是俄国的或至少是个性化的东西呢?这简直是一个没有特色的形象,与其说是十七世纪的人,宁可说是我们时代的人。一般说来,《新贵》里有许多主人公,可是主要的却一个也没有。比一切其他人物更显著而令人注意的是巴特库尔:他整个儿凸现出来,并且是用圆熟的画笔画成的。可是,他的幻想的最有趣、最可爱的宠子却似乎是那个瑞士女人罗查;这是连巴尔扎克都会自叹弗如的创造物之一。时间和篇幅不允许我对《新贵》作充分的剖析,虽然还有许多话可说!总之一句话:它显出作者拥有高度的才能,第一位俄国长篇小说家的尊号是可以当之无愧的;我认为,它的缺点一部分是因为没有完全从直接的观点来看彼得大帝时期,主要的则是因为《新贵》是他的第一部作品。照他新的长篇小说①的片段看来,我们可以希望,它将远远地超过第一部,充分符合公众对他的才能所寄予的信任。

我现在还得讲到我们文坛上一个非常卓越的人物:就是那个用别慈格拉斯内和ъ. ь. й.②这两个名字写文章的作者。人们说这是……可是,作者的名字与我们何干,尤其当他自己不愿为外人所知的时候?他最近既然自己声明过,他既不是A,也不是B,也不是C,那么,我就管他叫O吧。这个O写作过很久了,可是最近

---

① 系指《冰屋》。
② 均系奥陀耶夫斯基的笔名。ъ. ь. й.是俄文中的无声字母。

他的艺术才能特别旺盛起来。这个作家在我们这里还没有得到恰如其分的评价,必须加以详尽的考察,而现在,篇幅和时间都不允许我这样做。在他的一切创作中,可以看到强大而踊跃的才能,深刻而痛苦的感情,充分的独创性,关于人类心灵的知识,关于社会的知识,高度的教养和善于观察的智力。我说关于社会的知识,我还得补充说明一下——特别是关于高级社会的知识,我认为,在这种情况下,他是一个叛徒……呵,这是一个可怕的、复仇的艺术家!他多么深刻而真实地测量了他那样无情、那样不屈不挠地加以追击的阶级的不可测量的空虚和猥琐!他痛骂他们的猥琐,给他们捺上耻辱的烙印,像奈密赛斯①一样地鞭挞他们,严责他们不该丧失人形,用灵魂的宝藏换取镀金的渣滓,舍弃活的神而崇拜尘世的偶像,用陈规俗礼代替了才智、感情、良知和正直!……他……可是为什么跟你们谈到他这样多呢?你们如果理解我对他的热烈的赞赏,你们就会更好地理解并欣赏这个艺术家;否则,我说得舌敝唇焦也是白费……我想你们一定读过他的《舞会》、他的《旅长》、他的《幽灵的嘲笑》、他的《姑娘们在涅瓦大街走多危险》?……

如此可爱地托名为养蜂人的果戈理君,是一个非凡的人才。谁不知道他的《狄康卡近乡夜话》?这里面有着多少机智、快乐、诗歌和民族性?天保佑他会充分地符合他所约许的希望……

我要不要讲到我们其余的长篇小说家和童话家:马萨尔斯基、卡拉希尼科夫、格列奇等等?他们几乎都被我们当成天才看待!上面刚才讲过的 O 君怎么是他们的对手呢?我只有敬畏、惊讶、默而无言,因为我觉得没有力量恰切地赞扬他们。

这样,我列举了我们文学的四个时期:罗蒙诺索夫时期、卡拉姆辛时期、普希金时期和散文-民族性时期;剩下来我还得提到第五个时期,那是从《新居》第一册问世以后开始的,可以称之为斯

---

① 希腊神话中司报应的女神。

米尔金时期。是的,诸位,我一点也不开玩笑,我得重复地说,这个文学时期非称之为斯米尔金时期不可;因为斯米尔金是这一时期的首领和策士。一切环绕他而生发;他用通用货币的迷人的声音赞许、鼓励年轻的和老朽的才能;他给这些天才和半天才制定方向,指示道路,不让他们懒惰——总之,在我们文学中诱发了生机和活动。你们记得可敬的斯米尔金怎样激于一般福利感,以一颗高贵的心的全部坦率宣称,我们杂志编辑之所以失败,因为他们只依赖自己的认识、才能和活动,而不依赖流动的资本,那才是文学的灵魂;你们记得他怎样对那些天才大声疾呼、嘟哝、摇响钱袋,给一切文学制作品定出价格,制造者们又是怎样成群结队地到他的公司里来应募;你们记得他怎样慷慨而热忱地收买了我们整个文学和它的代表人物的整个文学活动!他得到天才们格列奇、森科夫斯基、布尔加林、布朗贝乌斯男爵诸君以及那声名赫赫的一伙里其他成员的帮助,把我们整个文学都集中在他那本厚厚的杂志里面。从这一伟大的、爱国兼做买卖的企业中得出了什么结果来呢?有些人断言,斯米尔金君杀害了我们的文学,利诱了才能卓越的代表人物们。需要不需要证明,这些人对于任何旨在振兴各部门民族生产的大公无私的企业都是仇视而怀有恶意的呢?我不属于这一类人,例如我真心地为《百科辞书》欢呼,虽然我知道编纂人里面有格列奇、布尔加林诸君及其他等人,虽然我读到罗蒙诺索夫的履历表,冒充作这个伟大人物的传记。我有一种惊人的本领,能在一切东西里面只看见好的一面,而不发觉坏的一面,无论看到什么,我总是重复着得意的诗句:

  一切都好,皆大欢喜!

因为我违反森科夫斯基教授先生的意思,真心而诚意地、神圣而不可摇撼地相信,由于在我们头上巡视的垂爱我们的上帝的意志,人类一直走向完满之境,不管是狂信、愚昧、恶意,甚至是布朗贝乌斯男爵也罢,都不能阻止这人类的进路,因为阻止善的人,其实正是善的真正的推动者而已。消灭了恶,也就消灭了善,因为没有斗争,就没有业绩。那么,我完全是从另外一种角度来看《读书文库》:它没有增高我们文学一分地位,也没有减少它一分光彩。无中生有,只有上帝一个人才能够办到,却不是《读书文库》;我们可以使一个行将就毙的人复生,却不能叫根本不存在的东西诞生。才能不是可以用金钱叫它生,也不是用金钱可以叫它死的。不管格列奇、布尔加林、马萨尔斯基、卡拉希尼科夫、伏耶伊科夫这些先生在什么地方撰稿,制作品发表在什么杂志上,由此可以得到多少钱,他们将永远还是他们;可是 O 君,不管在《新居》上或者在《读书文库》上,都不会背叛自己。因此,照我看来,《读书文库》是实际地,a posteriori①,从而是无疑地证明了我们没有文学:因为虽然拥有一切必需的条件,它却是毫无成就的。这不是它的错,因为

  冬天的冷气
  怎么能够变成火焰?②

  为金钱而写作,却不是为了压制不住的写作冲动而写作的那种艺术家,是糟不可言的!可是,艺术家如果真是从自己的灵魂世界里把苦恼和折磨过他的无形的形象勾勒出来,如果真是尽情地叹赏自己的创作,那么他为什么不能够卖它?

  作品不出卖,
  但可以卖掉手稿。③

  图画是另外一回事:一旦卖掉,艺术家就永别了他的创作,失

---

① 拉丁文:后验地。
② 引自罗蒙诺索夫的颂诗《夜思上天之伟大》。
③ 引自普希金的诗《书商和诗人的谈话》。

去了他所珍爱的幻想的宠儿；可是文学作品，由于谷登堡①的智巧的发明，永远留在艺术家身边：那么，为什么不用大自然的禀赋来抵偿命运的不公平呢？英国和法国的一些杂志难道不是用金钱来达到我们现在所看见的完美之境吗？因此，《读书文库》的过错不在于付给俄国作家一大笔稿费，而在于它想，当然是为了丰富自己的钱袋，用金钱来制造大批才能。俄国杂志的主要责任之一，是介绍俄国公众去认识欧洲文明。《读书文库》是怎样介绍我们认识欧洲文明的呢？它把从外国杂志译出的文章削短、裁剪、拉长、照自己的意思改作，还自豪有独得的秘诀，可以使这些文章变得格外有趣。它根本没有想到，公众想知道的是欧洲方面关于某些问题怎样想，而不是《读书文库》关于某些问题怎样想。所以，《读书文库》上的译文是毫无价值的。例如，它翻译的是些什么小说？都是些米特福德②女士以及像故世的杜克莱-杜美尼尔③和奥古斯特·拉芳登④之流一样写作的人们的制作品。再说它的批评怎么样？你们大概知道它关于布尔加林、格列奇、卡拉希尼科夫诸君以及霍米亚科夫⑤、威尔特曼、捷普里亚科夫⑥等诸君作品的意见？当分析《黑妇人》的时候，《读书文库》的批评家叙述了解剖学、生理学、电学、磁学的一切体系，而在这部被论到的长篇小说里，这些东西连提也没有提及过：我敢说这真是奇妙的批评呀！

斯米尔金时期文学有哪一些天才？那是布朗贝乌斯男爵、格列奇、库柯尔尼克、伏耶伊科夫、卡拉希尼科夫、马萨尔斯基、叶尔萧夫诸君以及其他许多人。关于他们，说些什么好呢？我惊讶，敬

---

① 谷登堡(1397？—1468)，德国人，印刷术的发明者。
② 米特福德(1786—1855)，英国末流女作家。
③ 杜克莱-杜美尼尔(1761—1819)，法国末流诗人，小说家。
④ 奥古斯特·拉芳登(1758—1831)，德国作家，专写一些无聊的感伤小说。
⑤ 霍米亚科夫(1804—1860)，俄国作家，斯拉夫派领袖之一。
⑥ 捷普里亚科夫(1804—1842)，俄国诗人。

畏,然后是瞠目不知所对!关于第一个人,我只想说,在《望远镜》上登出那篇著名的文章《常识与布朗贝乌斯男爵》①之后,可敬的男爵始而沉默,继而学布尔加林君的样,侈谈道德,从"年轻文学"的模仿者一变而为写作维齐庚们的人②的模仿者。布朗贝乌斯男爵是一个愤世嫉俗者,即憎恶人类的人:是卢梭和保尔·德·柯克③以及布尔加林君的混合物;他嘲笑、挪揄一切,尤其是攻击文明。憎恶人类的人有两种:有些人憎恨人类,正因为他爱人类太深;另外一些人因为有自卑感,好像复仇似的,把怨气向一切比他稍高一筹的人发泄……毫无疑问,布朗贝乌斯男爵属于第二类憎恶人类的人……

最近一年,即一八三四年,值得注意的只有威尔特曼君的两部长篇小说和霍米亚科夫君的《冒名为王者德米特里》;一切其余的都不值得提起。霍米亚科夫君属于普希金时期卓越的才能之列。不过,他的剧本,对于作者说,是往前迈进了显著的一步,对于俄国文学说,却未必尽然。它拥有许多值得称颂的抒情之美,却很少有戏剧性。

这样,我向你们讲述了我们文学的全部历史,列举了从它的第一个天才罗蒙诺索夫起到最末一个天才库柯尔尼克君为止全部著名的人物。我在文章一开头就说过我们没有文学:我不知道是否能使你们信服我的评论;我只知道这一点:如果我没有能说服你们,那是因为我的无能,却绝不是因为我所证明的论点是错误的。的确,杰尔查文、普希金、克雷洛夫和格里鲍耶陀夫——这便是它

---

① 这篇文章是纳杰日金写的。
② 指布尔加林。
③ 保尔·德·柯克(1794—1871),法国小说家。善于用轻松、机智而带点淫猥的笔调刻画巴黎社会的淫乱,因此博得一般读者的爱好,成为当时法国甚至全欧洲的流行读物。他的作品几乎全部都被译成俄文。

的全部代表;目前还没有其他的,也不必去寻找。可是在不同的时期出现的这四个人是不是就能构成整个文学呢?再说,难道他们不都是偶然的现象吗?请看看外国文学的历史。在法国,紧接在高乃依之后,出现了拉辛、莫里哀、拉封丹和别的许多人;后来,在伏尔泰的时代,又有过多少煊赫的文学名家!现在则有:雨果、拉马丁、德拉维纳、巴比埃①、巴尔扎克、仲马、詹南②、欧仁·苏、贾柯白·德·比勃里奥菲尔和许多别的人。在德国,莱辛、克罗卜史托克、赫尔德、席勒、歌德都是同时代人。最近在英国,拜伦、司各特、汤玛斯·穆尔、柯勒律治、骚塞、华兹华斯和别的许多人都在同一时候出现。我们这里也是这样的吗?呜呼!……《读书文库》证明了一个巨大而悲痛的真理。除了 O 君的两三篇文章之外,你们在里面读过些什么值得注意的文章没有?一点也没有。这样说来,我们全部文学家的共同努力没有产生过任何超乎中庸以上的东西!请问,文学在哪里?我们有许多大大小小的才能,可是太少负有天职的艺术家,就是说,把写作和生活、生活和写作视为同一件事,离开艺术就无法生存,不需要恩宠,不需要栽培,或者宁可说有了栽培反而会灭亡,不管是金钱、优遇或者不公平都打不倒他,直到最后一息都忠于神圣天职的人。我们有过烦琐主义的时期,有过哭泣的时期,有过韵文的时期,长篇小说和中篇小说的时期,现在来到了戏剧的时期;可是我们还不曾有过艺术的时期,文学的时期。韵文的风气结束了;长篇小说的流行显然过去了;现在轮到了戏剧遭殃。这一切都是没有原因的,一切都是出于模仿:在我们这里,什么时候真正的艺术的时期才会来到呢?

它会来的,你们对于这一点可以深信不疑!可是,为了达到这一步起见,首先必须形成我们的社会,在里面表现出强大的俄国民

---

① 巴比埃(1805—1882),法国诗人,谢尼埃的弟子。
② 詹南(1804—1874),法国戏剧批评家,杂文家。

族的面貌,必须有用我们的劳力所创造的在我们自己土壤上培养起来的文明。我们没有文学:我欣喜而满足地重复这句话,因为我在这个真理里面看到我们未来成功的保证。仔细看看我们社会的进程,你们就会同意我的话是对的。请看看新的一代,在对于我们文学作品的天才性和不朽性感到失望之余,他们不再把不成熟的作品拿来仓促问世,却贪婪地埋头研究学问,从泉源里汲饮文明的活水。幼稚的时代显然正在过去!上帝保佑它快些过去吧!可是更求上帝保佑快别相信我们文学的丰富吧!高贵的贫穷比幻想的富有好些!这一天总会来到,文明将以波涛汹涌之势泛滥俄国,民族的智能面貌将鲜明地凸现,到了那时候,我们的艺术家和作家们将在自己的作品上镌刻俄国精神的烙印。可是我们现在需要的是学习!学习!学习!请告诉我,看在上帝的分上,一个一知半解的孩子,纵然天赋着智力、感觉和才能,在我们的时代是不是还能吸引人的注意?永生的老人荷马,若是他的确存在过的话,当然没有在学士院,也没有在讲学回廊里用过功;这是因为那时人们都从大自然和生活的大书里学习的缘故;然而荷马,若是我们相信传说的话,曾经热诚地研究过大自然和生活,几乎走遍当时已知的世界,把全部当代的学识萃于一身。歌德——这便是荷马,现代诗人的原型!

这样说来,我们需要的不是文学,那不用我们的努力就会在适当的时机来到,我们需要的是教育!而这教育,在贤明的政府的不倦监护下,是不会衰疲的。当我们的父、沙皇指示出这个目标,他的庄严的声音发出号召的时候,俄国民族对于一切善良美好的东西是聪慧而又敏捷、诚恳而又热烈的。当政府在教育普及的监护方面是这样一个独一无二、史无前例的典范的时候,当它花这样大一笔钱开设学校,用堂皇的褒赏奖励教师和学生的劳作,为教养高超的才智和才能打开获得一切优遇和利益的门径的时候,我们能不达到这个目标吗!有没有一年白白地过去,不倦的政府没有为教育立下新的功绩，没有对有学问的人士施以德政和恩典？单单设立家庭教师和教师制度一件事，就必然会给俄国带来数不尽的好处，因为可以使她避免受到外国教育的有害的后果。是的！我们不久就将有自己的、俄国的、民族的教育；我们不久就将证明，我们用不着外来的才智方面的庇护。我们很容易做到这一点，当著名的大臣、掌握国政枢机的沙皇的左辅右弼们，在俄国教育的中央神殿里，站在一群富于知识欲的青年面前，向他们宣布君主的神圣意志，以正教、专制和国粹性的精神指出通往教育的道路的时候①……

我们的社会也在走近最后教化之境。高贵的贵族们终于相信，必须给孩子一种富有信念、忠诚和民族性等精神的巩固的、基本的教育。我们那些除了用法文讲讲空话之外一无所知的年轻人，纨绔子弟，现在变成了可笑亦复可怜的时代错误。同时，难道你们没看见商人阶级也迅速地受了教育，在这方面跟上层阶级接近起来了吗？请相信我啊，他们牢牢地保住可敬的飘拂的长髯、长裾的袍子和祖先的许多风俗习惯，不是徒然的！他们身上保持的俄国特色最多，他们受了教育之后，不会丧失它，而是把它变成民族的东西。请再看一看，我们的神父们也开始在祖国教育的神圣事业中起了怎样积极的作用……是的！未来的新芽在今天成熟着！它们将成长、开花，在慈爱的君主的号召下茂密而华丽地开花！到了那时候，我们将有自己的文学，我们将不是欧洲人的模仿者，而是他们的劲敌……

于是我不仅靠近岸边，并且实际是登岸了；我站在岸上，带着骄傲和满足，回顾我已经走过的路程。不用说，真是一段不近的距

---

① "正教、专制和国粹性"是当时教育大臣乌瓦罗夫所提出的反动口号，一贯是别林斯基所反对的，他当然不会在文章里颂扬这些东西。据文学史家们推测，这段文章里的有些字句可能是为了避免检查官的挑剔而由《望远镜》的编者窜改的。

离!并且,我是多么疲乏,多么精疲力竭啊!事情是生疏的,而道路是艰苦的。可是,亲爱的读者,在我同你们告别之前,我还想跟你们说两句话。凡是批评别人的人,自己会受到更严格的批评。加之,作家的自尊心比一切其他各种自尊心都更为敏感,更为仇念深重。当我执笔草此文时,原想嘲笑一下我们的现代文学,却不料写了这么许多。我始以祝福,终以哀悼。这在生活事件中是常有的。因此,我坦白地招认:别在我这篇散文体的哀歌里寻找严格的逻辑程序。哀歌作者们从来不以正确的思维见称。我志在说明一些真理,一部分前人已经说过,一部分是我自己见到的;可是我没有时间深思熟虑,再来推敲修润我的文章;我有对真理的爱,对一般福利的愿望,可是也许没有切实的知识。有什么办法呢?这两种品质常常不能兼备于一身。然而,我从来没有说过一句超出我理解之上的话,因此,我没有涉及我们的学术文献。我认为,并深信,为了促进学术和文学的成就起见,每一个人都可以勇敢而坦白地申述自己的意见,尤其是如果这些意见——不管对或错——是他的信念的结果,而不是出于利害打算的话。因此,如果你们发现我错了,就请书面地发表你们的意见,把我对事物的错误的看法加以揭发:我请求你们这样做,是为了证明你们对真理的爱,以及把我当成一个人看待而表示的尊敬;可是,如果不同意我的意见,请你们也别生气。那么,亲爱的读者:祝福你们新年快乐如意……再见!

论俄国中篇小说和果戈理的中篇小说[①]

(《小品集》和《密尔格拉得》)

一

俄国文学尽管微不足道,甚至尽管其存在是可怀疑的,现在被许多人认作空中楼阁,却受到过无数外来的与固有的影响,以倾向的纷繁复杂见称。这和我这篇文章的题目有着直接关系,所以我要简明扼要地把一些最主要的影响和倾向指明出来。我们的文学从烦琐主义时期开始,因为它伟大的奠基人[②]的倾向,与其说是艺术的,毋宁说是学术的;这种倾向,作为他对艺术的错误理解的结果,也反映在他的诗歌里面。他的庸碌无能的追随者们,主要是苏玛罗科夫和黑拉斯科夫这两个人的强大的威望,支持了、持续了这种倾向。这两个人丝毫没有罗蒙诺索夫之才,却享有不少于他,或者比他更多的威望,给年轻的文学染上了浓厚玄学的色彩。甚至杰尔查文不幸也太迁就这种倾向,因此,大大地伤害了他的独创性,成为他的盛名之累。由于这种倾向的结果,文学被划分为"颂诗"和"叙事诗或称英雄诗"。特别是后者,被人尊为诗才的煊赫的表现,创作活动的王冠,一切文学的基调,每个民族和全体人类的艺术活动的终

[①] 本文于一八三五年发表在《望远镜》上,署名维·别林斯基。
[②] 系指罗蒙诺索夫。

极目标①。《彼得利雅达》产生了和自己很配称的孩子——《罗西雅达》和《弗拉季米尔》，这两篇东西又产生了一些冗长的描写彼得之类的诗，此外是臭名昭彰的《亚历山德罗伊达》……后来只听得说，我们的抒情诗人怎样醉心于写颂诗，借用他们之中一个人的说法，在响亮的颂诗里面争先恐后地使得河跳，山奔……这是主要的、具有特征的倾向；那时和在那以后，还有一些别的倾向，虽然没有这样强大：克雷洛夫产生了无数寓言作家，奥泽罗夫产生了悲剧作家，茹科夫斯基产生了谣曲作家，巴丘希科夫产生了哀歌作家。总之，每一个杰出的才能总会使一群庸碌的作家闻笛声而起舞。浓重烦琐主义的时期还没有结束，还在它的极盛时代，卡拉姆辛创立了新的学派，给文学制定了新的倾向，这种倾向开始时把烦琐主义加以约制，后来就彻底击溃了它。这便是这倾向的主要的和最大的功绩，作为一种反拨，是必要而且有益的，但作为错误的倾向，却是有害的，所以在完成任务之后，反过来又要求另外一种强有力的反拨。由于卡拉姆辛的巨大而独断的影响及其多方面的文学活动，这种新倾向长久地支配着艺术、科学以及思想和社会教育的进程。这倾向的特色是感伤主义，这是十八世纪欧洲文学特色的片面反映。当这感伤主义倾向正在绚烂繁盛的时候，茹科夫斯基倡导了文学的神秘主义，那特点就是和虚妄的幻梦结合在一起的空想，但事实上不过是稍微提高了的、改良了的、革新了的感伤主义罢了，虽然产生了许多庸碌的模仿者，但到底是向前迈进了一大步②。从十九世纪二十年代中叶起，创作活动倾向中的这种单调性完全结束了：文学沿着

---

① 这种可笑亦复可怜的倾向，是这样强大，并且持续得这样长久，竟有许多文学家在一八一三年劝告写过镂字琢句的《波罗金诺原野上的题铭》的伊凡庆-皮萨列夫去写——你们想是什么？——叙事长诗！……——原注
② 我讲到茹科夫斯基，考虑的是他给文学带来的倾向，却不是评价他的文学功绩，是指他的谣曲和少数创作，却不是指我们文学应该引以为荣的他的一般译品而言。——原注

繁复的道路奔驰前进。虽然普希金的强大的影响（顺便提到一下，他在我们文坛荒凉的地平线上，跟杰尔查文、格里鲍耶陀夫一起，构成永垂光辉于万世的唯一的诗歌星座），也曾赋予我们这一时期的文学某种一般的特征，可是第一，普希金本身，在作品的色调和形式方面就是太多样的；其次，旧权威的影响还没有失掉它的作用；以及此外，在和欧洲文学接触之后，我们熟悉了艺术的新的体裁和新的特色。跟普希金的长诗一起，出现了长篇小说、中篇小说、戏剧；哀歌加强了；同时，谣曲、颂诗、寓言甚至牧歌和田园诗也没有被忘记。

今天完全不是这样：今天，整个我们的文学都变成了长篇小说和中篇小说。颂诗、叙事长诗、故事诗、寓言，甚至所谓，或者更确切点说，从前所谓的浪漫主义长诗，泛滥过、淹没过我们文坛的普希金风的长诗——这一切，现在都不过是给人提醒那快乐的早已逝去的时代的遗物罢了。长篇小说打倒了一切，吞没了一切，而和它一同来到的中篇小说，却把这一切的痕迹也给铲平了，连长篇小说也恭敬地让开路，让中篇小说走到前面去。什么书最被人爱读和争购？长篇小说和中篇小说。什么书使文学家旦夕间致富，获得房屋和田产①？长篇小说和中篇小说。我们的一切文学家，有天禀的和没有天禀的，从最高的文学贵族直到旧货市场上骚扰不停的骑士们，写的是些什么书？长篇小说和中篇小说。真是怪事！可是这还没有完呢：什么书记述着人类生活、道德规律和哲学体系，总而言之，所有一切学问？长篇小说和中篇小说。

这种现象是什么原因造成的呢？谁，什么天才，什么强大的才能，形成了这种新倾向呢？……这不能归罪于某一个特殊的人：原因是在于时代精神，在于一种一般的、可以说是全世界的倾向。

---

① 布尔加林曾用稿费买过田产。

固然,这里也可以看到外国文学的影响,这是非常自然的,因为凡是参与教养有素的人类生活的人,不可能置身于一般的心智运动之外。至少,这不是某一个人的成功或强大威望的结果,而是一般需要的结果。固然,我们还没有忘记——纵然只限于书名——我们长篇小说的鼻祖《伊凡·维齐庚》;可是它只是因为出版的时间,而不是由于内部优点,才成为长篇小说的鼻祖。并不是由于它的成功,才引得大家都来写长篇小说,可是它反映了一般的需要。总得有一个人带头的。加之,问题不在于:长篇小说能不能在俄罗斯获得成功?这问题早已解决了,因为那时司各特长篇小说的译本已经像洪流一样地流遍了俄国。问题在于:用俄文写并且从俄国生活撷取题材的俄国长篇小说,能不能在俄罗斯获得成功?布尔加林君恰巧比别人先解决了这个问题:这便是一切。

长篇小说在今天还是有力量的,也许,将长期或永久地保持从许多艺术体裁中获得的,或者更确切点说,征服来的可敬的地位;可是,今天在所有一切文学中,中篇小说是一切欣赏者和写作者注意和活动的独一无二的对象,我们日常不可缺少的食粮,我们废寝忘食地耽读的必备之书。此外还有第三种诗歌体裁,应该在我们时代中跟长篇小说和中篇小说鼎足而三;那就是戏剧,虽然它的成功是被长篇小说和中篇小说的成功所掩蔽的。作为这一般倾向的结果,长篇小说和中篇小说在我们文学中也变成了占优势的诗歌体裁;我再说一遍,这与其说是盲目模仿、某一强大天才的优势,或者对某一创作的非凡成就的迷恋的结果,毋宁说是一般需要和时代支配精神的结果。

把一切文学引到长篇小说和中篇小说形式里面来的这一般需要和时代支配精神,是怎样形成的呢?

诗歌,可以说是用两种方法,来概括和再现生活现象的。这两种方法互相对立,虽然引向同一个目标。诗人或者根据全靠他对事物的看法、对生活在其中的世界、时代和民族的态度来决定的他那固有的理想,来再造生活;或者忠实于生活的现实性的一切细节、颜色和浓淡色度,在全部赤裸和真实中来再现生活。因此,诗歌可以说是分成两个部门——理想的和现实的。我们来说明一下。

任何民族的诗歌,开始时总是和生活协调,但和现实性冲突的,因为对任何一个幼年的民族说来,正像对幼年的人说来一样,生活常常是和现实性敌对的①。生活的真实,无论对于幼年的民族或者幼年的人说来都是不可理解的;生活的高度的朴素和自然不能使他的头脑明白,也不能使他的感情满足。成年的民族和成年的人认为是庄严的生活和最崇高的诗的东西,在他看来,就会是一种痛苦的、凄凉的幻灭,人在感到这种幻灭之后,再活下去也没有味道了。把虚假的颜色剥光了、赤裸了之后,在他看来,生活就是枯燥的、沉闷的、萎靡的和苍白的散文,仿佛真实与现实不能跟诗歌并存似的;仿佛太阳如果只是一个简单的黑暗的圆球,而不是腓勃斯②的华美的马车,就不会这样堂皇和灿烂;仿佛蔚蓝的天穹如果不是星光荧荧的奥林波斯山,不朽众神的居处,而是我们视线所不能及、容载着大千世界的一片广阔无边的空间,就不会这样美丽;最后,仿佛地球,人类的居处,如果不躺在阿特拉斯③的双肩上,而是栖息、运动在空气的海洋里,不是被什么人的手支撑着,而是服从简单的引力规律,就不会这样神妙!……以希腊人为代表的原始的人类,就是这样充沛着沸腾的力量,尽量发挥着新鲜而生动的感情和年轻而旺盛的想象,用崇高的神秘的力量的影响解释了物质世界的现象。他也就是这样解释了道德的现象,使这些现

---

① 此处把"生活"和"现实性"分开来说,前者是指表面的生活现象,后者则是生活的真实。
② 太阳神,亦即阿波罗之别名。
③ 阿特拉斯是希腊神话中的巨神,因反抗宙斯失败,被罚在世界极西处用头和手撑住天。

象屈服在不可抗拒的力量的影响之下,他把这种力量叫作命运。对于希腊人说来,没有大自然的法则,也没有人类的自由意志。这说明了为什么他认为平凡生活圈子里的一切,用简单原因所能解释的一切,够不上称为诗,是艺术的贬低,总之,是卑劣的本性——这是十八世纪法国人愚蠢地理解、荒唐地加以采用的一种说法。对于他说来,具有自由意志、情欲、感情和思想、苦痛和欢乐、希望和失望的人是不存在的,因为他还没有感觉到自己个性的存在,因为他的我消失在民族的我里面,这民族的概念在他的诗中颤动着,呼吸着。他的抒情诗并不带有对世界的看法的烙印,探试世界秘密的努力的痕迹,里面没有阴暗的沉思,忧郁的梦想:干脆只是庄重的感激的赞美诗,或者是热烈的欢乐的颂诗,不自觉的"哈拉"①的表现,因为他看大自然,用的是情人的眼光,不是思想家的眼光,爱它,却不加以研究,完全对它满足,被它所诱引。他在注视自然时,交错在他心头的不是问题,却是喜悦,他把这喜悦倾吐在感激的赞美诗、疯狂的颂赞或者庄严的颂诗里面。这是他的抒情诗;现在再来看看他的叙事诗和戏剧。某一个个别的人的生活和命运——这样朴素而又平凡的长篇小说,对他算得了什么呢?给他皇帝、人神、英雄吧!私生活的画面,连同它的忧虑和繁忙、高贵和可笑、悲哀和快乐、爱情和仇恨——这样琐屑、详尽而又庸俗、卑贱的中篇小说,对他算得了什么呢?在他面前展开民族与民族斗争的画面,给他看有天国居民参加在内、按照独断的命运之神的意图和计划而收场的战斗和流血吧!长篇小说和中篇小说,在他看来是平庸的,——给他庞大的、壮美的、充满奇迹的长诗,他的具有一切浓淡色度的全部生活反映、显现在里面,像蓝天和白云反映、显现在无边海洋的澄清平静的镜子里一样的长诗吧,——给他《伊利亚特》吧!……可是神妙的时代正在过去,人自愿与不自愿地

---

① 出自希腊文;意为"抚爱"。

和现实生活接近起来,代替长诗,他要求着戏剧。可是即使在这时,他也不背叛自己:他仅仅是离开一下过去,却没有忘怀于它,没有对它冷淡,没有和它斩断牵绊。他已经开始注视生活,可是对它不能满足,不想把它移植到诗歌里面,而是想把诗歌移植到它里面。他把现时置之不顾,到过去里面去给自己的戏剧寻找灵感;因此,他的戏剧不是我们的、不是莎士比亚风的戏剧,现实生活、热情和人的意志斗争的表现,——不:这是一种神秘的宗教仪式,阴郁的宗教剧,命运的僧侣和先知,总之,这是悲剧,具有帝王和英雄的壮伟气魄的、崇高而高贵的悲剧,戴面具和穿厚底靴的悲剧。它的角色必须是皇帝、人神、英雄,头上戴着王冠、花冠或钢盔,手里拿着王笏、剑或盾牌,身上穿着波浪一样披垂的长袍;内容必须是和某一民族的命运或某一伟大事件密切相关的整整一代皇帝、人神和英雄的宿命,因为平民百姓的命运和私生活的细节会凌辱它的帝王的壮伟气魄,损毁它的宗教的特色;因为民族想在舞台上看到自己,自己的生活,而不是人,人的生活。他写戏剧,也正像写长诗一样,从生活中仅仅汲取崇高的高贵的东西,把一切平凡的、普通的、日常的东西统统抛开,因为他的生活是在广场、战场、神殿、法庭,那里才是他的诗歌,却不是在家庭圈子里;他的悲剧的人物必须用崇高的、高雅的、诗的语言说话,因为他们都是皇帝、人神、英雄;他的合唱队必须用神秘的、阴郁的、同时是庄严的语言来表现,因为它是可怕命运的意志的喉舌、注释者。

原始民族的诗歌的特色便是这样;希腊人的诗歌便是这样。

可是,幼年对于人不是永久的,对于民族不是永久的,对于人类也不是永久的;跟在后面的是青年,然后是成年,于是老年就来到了。诗歌也有它的生长,那总是和民族的生长并行着的。理想诗歌的时期以民族生长的幼年和青年阶段而告终,到了那时,艺术必须改变自己的特色,否则只有死灭。我们新人类的艺术,像下面所要看到的,发生的是第一种情形;古代人类的艺术,则发生的是后一种情形,因为一个民族,如果诗歌开始时是理想的,是它的理想生活的结果,它就无法转变到现实诗歌方面去。它顽强地、反乎天性地、在精神上和形式上执着于过去,它像一个永远丧失对神妙事物的信心的老于世故的人那样,竭力给诗作加上理想的色调。可是,它的诗歌既然和生活不协调,这种现象无论如何是不应该有的,那么,它为了矮小而装高跷,为了没有青年人的天然颜色而涂抹胭脂,为了声音不洪亮而拼命鼓气,神妙变成冷淡的讽喻,英雄主义变成堂吉诃德式的行为,这还有什么可奇怪的吗?希腊诗歌,当它结束了自己的行程,还在亚历山德里闪动着苍白的影子的时候,便是这样。可是,经常发生这种情况的是这样的一些民族,他们的诗歌不是从生活里发展出来,而是模仿的结果:这些诗歌总是对标本加以模拟的效颦之作;它们的壮伟、高贵和理想性,好比是在杂耍场门口俨然摆来摆去的穿俗艳的花边袍子和戴纸冠的小丑。拉丁文学和法国古典文学(主要是戏剧)便是这样。法国古典悲剧的虚假的高贵和壮美,不过是像小市民混进贵族社会,仆人穿老爷的衣服,乌鸦披上孔雀毛,对希腊人作猢狲的效颦而已,因为这些东西和生活是不调和的。可是,这一点,在长诗里面表现得特别显著。《伊利亚特》是民族所创作的,里面反映着希腊人的生活,它对于他们是一部神圣的书,宗教和道德的源泉——所以,《伊利亚特》是不朽的。可是请问,看在老天爷的分上,这些《埃涅阿斯纪》①《解放了的耶路撒冷》②《失乐园》③《梅西亚达》④,是些什么东西呢?这不是表现出或多或少强大的才能的迷失途径,或多或少把崇拜者引入迷途的智力的滥用吗?今天谁在读它们,被它们所迷醉?它们不就像老迈龙钟的老兵,人们尊敬他,不是为了

---

① 作者是罗马诗人维吉尔。
② 作者是意大利诗人塔索。
③ 作者是英国诗人弥尔顿。
④ 作者是德国诗人克罗卜史托克。

技能高超,不是为了功勋卓绝,却是为了他是个衰龄老翁?它们不就像想象所造成的偏见一样,人们相信时加以尊敬,不相信时加以怜惜,而怜惜是因为向往古老,或者由于积习,或者由于懒惰和忙碌,不能最后一次细察它们,把它们击成粉碎?……可是这是个枝节的问题:让我们言归正传吧。

  古代世界的幼年结束了;对于神和奇妙事物的信念死灭了;英雄主义的精神消失了;临到了现实生活的时代,诗歌不可能再凌空虚构:它里面已经没有这种崇高的直率,这种朴素的、高贵的、平静的和庞大的壮伟,以前所以有这些东西,那原因是在艺术与生活的和谐里面,诗的真实里面。世界起了大变化,焕然一新的、精神充沛的人类走上了另外一条路。产生了人的概念,这是一种和民族分离的、独自成趣的个别的存在……行吟诗人的描写爱情的痛苦、忧闷的村女或者被囚的公主的哀怨的阴郁之歌,凯旋与胜利的歌,爱、仇、正直行为的故事——这一切都得到了响应……长诗变成了长篇小说。固然,这长篇小说是骑士风的,空想的,是曾有的和未曾有的事物、可能的和不可能的事物的混合,可是这已经不是长诗了,里面成长着真正的长篇小说的种子。终于在十六世纪,完成了艺术方面最后的改革:塞万提斯用无与伦比的《堂吉诃德》击败了诗歌的虚伪理想倾向;莎士比亚则使诗歌和现实生活永远调和、结合了起来。他那广无涯际的、包含万有的眼光,透入人类天性和真实生活的不可探究的圣殿,捉住了它们隐藏的脉息的神秘跳动。他是一个不自觉的诗人思想家,依照道德天性永久的不可动摇的法则,依照它的最初的计划,在庞大的作品中复制了道德天性,好像他也参与制定这些法则,草拟这个计划似的。他是一个新的普罗岱,能够把活的精神吹进死的现实;他是一个深刻的分析家,能够在显然非常细末的生活环境和人的意志的行动中找出解决道德天性最高心理现象的秘诀。他在戏剧的进程中从来不借助于什么弹簧或垫脚架子;戏剧的内容,在他是按照不变的必然法则,自由地、自然地从本质里面发展出来的。真实,最高的真实——这便是他的创作的显著特点。他没有一般所理解的那种理想;他的人物,是真正的人,像他们实际的那样,应该的那样。他的每一部剧本都是一个象征,通过想象的焦点集中在艺术作品狭隘的框子里、缩图似的表现出来的世界的一部分。他没有同情,没有习惯、嗜好,没有心爱的思想、心爱的典型;他无情,有如

  一个在衙门里白了头发的沉思的录事,

这老人

  静静地凝视被告们的脸,
  把善与恶看得十分平淡。①

他是真正的新艺术时期的明媚的曙光和庄严的黎明,他在新时代的许多诗人中间得到了响应,他们把被法国古典作家所贬低、凌辱的优点交还了艺术。早在十八世纪末叶,他们以歌德和席勒(两位从研究莎士比亚开始其文学生涯的伟大天才)为代表,就追步他的后尘。在十九世纪初,出现了一位渗透着他的精神的新的伟大的天才,以历史为媒介,完成了艺术与生活的结合。就这一点说来,司各特是莎士比亚第二,是那今天变成一般性和全世界性的伟大学派的首领。谁知道呢?也许,有一天,历史会变成艺术作品,取长篇小说而代之,像长篇小说取叙事诗而代之一样?……今天难道大家还不公认:神的创造物高于一切人的创造物,它是我们所想象的最神妙的长诗,高超的诗歌不是要去装饰它,而是要十足真实和正确地把它再现出来?……

  这便是诗歌的另一面,这便是现实的诗歌,生活的诗歌,现实性的诗歌,最后,也就是我们时代真实的、真正的诗歌。它的显著

---

① 引自普希金的诗剧《鲍里斯·戈东诺夫》中朱陀夫修道院的一场。引文与原文略有出入。

特点,在于对现实的忠实;它不再造生活,而是把生活复制、再现,像凸面玻璃一样,在一种观点之下把生活的复杂多彩的现象反映出来,从这些现象里面汲取那构成丰满的、生气勃勃的、统一的图画时所必需的种种东西。诗作的伟大性和天才性,必须被这图画内容的容量和限度所决定。为了充分说明我所谓现实的诗歌的特性起见,我还要补充说:永生的英雄,那诗歌灵感的不变的目标,是人,自由行动的个性化的独立存在,世界的象征,世界的终极现象,为自身而存在的有趣的谜,才智的最终的问题,才智的追求的最后的谜……探究这个谜,答复这个问题,解决这个课题,必须借助于充分的自觉,这自觉便是他的生活的秘密、目标和原因!……

既然这样,那么,这现实诗歌的倾向,艺术与生活的密切的结合,主要在我们的时代里得到了发展,难道还有什么可奇怪的吗?一般说来,新作品的显著特点在于毫无假借的直率,把生活表现得赤裸裸到令人害羞的程度,把全部可怕的丑恶和全部庄严的美一起揭发出来,好像用解剖刀切开一样,难道还有什么可奇怪的吗?我们要求的不是生活的理想,而是生活本身,像它原来的那样。不管好还是坏,我们不想装饰它,因为我们认为,在诗情的描写中,不管怎样都是同样美丽的,因此也就是真实的,而在有真实的地方,也就有诗。

这样说来,在我们的时代,理想的诗歌是不可能的了?不,正是在我们的时代,它才是可能的,正应该由我们的时代来加以发展,不过不是古代人所说的那种意义罢了。古代人的诗歌,由于他们理想生活的结果,所以是理想的;我们的诗歌是由于我们时代精神的结果而存在的。当我讲到现实的诗歌的时候,我只提及了叙事诗和戏剧,却一点也没有讲到抒情诗。我们时代的抒情诗和古代的抒情诗有什么不同呢?我已经说过,在从前,这是欢乐的出于本能的倾吐,而这种欢乐是由于内心生活的充盈和过剩而造成,被生存的自觉和对外部世界的观照所激起,并且表现在祈祷和歌唱中的。在我们,和一般生活的概念不发生关系的外部自然,是没有任何意义、任何价值的,与其说被它所陶醉,宁可说我们要去理解它;我们的生活,我们对生存的自觉,与其说是我们急于加以利用的天惠,宁可说是我们所要迫切解决的课题。我们熟视生活,突入生存;生活已经不是快乐的筵席,节日般的欢腾,而是工作、斗争、穷困和苦难的经历。这苦闷,这惆怅,这沉思,同时还有我们抒情诗所浸染的这思想力,便是从这里产生的。我们时代的抒情诗人,与其说是神往和欣喜,宁可说是忧思和诉苦,与其说是恣情地欢呼,宁可说是质询和研究。他的歌是怨诉,他的颂诗是问题。如果他歌唱外部自然,他也不是被外部自然所震惊,不是赞美它,而是在里面探索自己的存在、使命和苦难的秘密。由于这一切,他觉得古代颂诗的范围太狭窄,于是把抒情诗的成分放到叙事诗和戏剧里面去。在这种情况下,自然性,和现实法则相适应的谐和,对于他都是枝节的;他仿佛早和读者约好,必须相信他的话,别在他的作品中寻求生活,而是去寻求思想。思想是他的灵感的目标。正像在歌剧中为音乐作词,构思主题一样,他也是根据幻想,为他的思想创造形式。在这种情况下,他的前程是不可限量的;他面前展开着整个现实的和设想的世界,整个想象的丰饶王国:过去与现在,历史与寓言,传说,民族的迷信与信念,地面与天空与地狱!毫无疑问,这里有他的逻辑,他的诗的真实,他所矢志不渝的可能性与必然性法则,可是问题在于:他是自己创造这些条件的。这新的理想的诗歌渊源于古代的诗歌,因为它从古代诗歌借来了高雅之美,壮伟之美,跟平凡的会话式语言十分不同的诗意的高扬的语言,以及对一切琐屑的俗世事物的回避的态度。为了免得絮聒起见,我只想指出,例如歌德的《浮士德》、拜伦的《曼弗雷德》、密茨凯维支的《先人祭》、汤玛斯·穆尔的《拉腊·路克》、让·保尔的《神奇幻象》、歌德和席勒模仿古代的几部作品(《伊斐格尼》《梅辛的新娘》)等等,都属于这一类作品。现在我想,我已经把我所谓理想的和现实的诗歌之间的区别解释得很明白了。

然而,有一个接触点,诗歌的两种因素在那里遭遇、汇合在一起。属于这一类的,首先是拜伦、普希金、密茨凯维支等人的长诗,在这些长诗里面,人的生活被表现得尽可能地真实,但仅仅限于最庄严的场面,最抒情的瞬间;其次,是一切年轻的、不成熟的,但沸腾着过多的精力的作品,这些作品以现实生活为对象,可是这种生活好像是被改造或改变了似的,其原因是因为作者被某种心爱的恳挚的思想所左右,或者由于他具有片面的、纵然是强大的才能,或者由于具有过分的热情,不能更深刻而彻底地渗入生活,像它原来那样,在全部真实性上理解它。席勒的《强盗》(这篇好像从年轻的精力充沛的灵魂深处喷射出来的熔岩似的火热的粗犷的颂诗)便是这样;事件、性格和情势,仿佛都是为了表现思想和情绪而构思出来似的,这些思想和情绪如此强烈地激动了作者,使他不得不嫌抒情诗的形式太狭窄了。有些人在席勒的早期作品中发现许多辞藻:例如,他们指出,卡尔·摩尔向一伙强盗讲到父亲时的大段独白①,另外一个人处于相同的状况下,只需讲两三句话就可以。照我看,他连一句话也不用讲,只需默默地指一指父亲就够了,可是到了席勒笔下,摩尔却说了许多话!然而在他的话里,却一点玩弄辞藻的影子也没有。问题在于:在这里说话的,不是人

---

① 卡尔·摩尔:这老头儿的话还不能惊醒你们吗?长年昏沉的梦也会被这些话打破!啊,看哪,看哪!天性法则成了恶人手里的玩具,天性的索绊荡然无存!儿子杀了自己的父亲!
强盗们:头目怎么说?
卡尔·摩尔:不!这些话还减轻了他的罪恶!不!他不是把人杀死的:他糟蹋人,折磨人,用车轮碾死人——可是所有这些话都还不够——连地狱都会在这些罪恶面前发抖。——儿子……把自己的父亲!……啊,看哪,看哪!他丧失了感情!儿子把自己的父亲掷在这地窖里——寒冷,赤裸,饥渴!——看哪,看哪!这是我的父亲!……
凯契尔君译《强盗》第167页。——原注

物,而是作者;在这整部作品里,没有生活的真实,但却有感情的真实;没有现实,没有戏剧,但却有无穷的诗;情势是虚伪的,情节是不自然的,但感情是真实的,思想是深刻的;总之,问题在于:我们必须不把席勒的《强盗》看成戏剧,生活的表现者,而是看成寄托于戏剧形式的抒情长诗,火炽的、沸腾的长诗。我们必须不把卡尔·摩尔的独白看成处在特定状况下人物感情的自然的平凡的表现,而是看成一种颂诗,这颂诗的意义和目标就在表现那对于亵渎做儿子的神圣责任的逆子的愤怒。根据这种看法,我认为,一切辞藻应该会在席勒的这部作品里消失,而让位于真实的诗。

　　一般说来,几乎席勒的全部作品或多或少都是类乎此的(除了《玛丽·史都华》和《威廉·退尔》),因为与其特别指出席勒是一个伟大的戏剧家,宁可说他一般是一个伟大的诗人。戏剧应该是极度平静而公正的现实的反映,作者的人格应该在里面消失,因为戏剧主要是现实的诗歌。可是,席勒甚至在《华伦斯坦》里也现身说法,只有在《威廉·退尔》里才是一个真正的戏剧家。可是,请别责备他缺乏天才或有偏颇之病;有这样一些才智之士,他们独创而又神妙,跟其余的人迥不相同,所以这个世界对他们感到陌生,同时,他们也对这个世界感到陌生,他们不满足它,给自己创造了一个独特的世界,仅仅生活在那里面:席勒便是这样一个人。他顺从时代精神,想在创作中成为现实的,可是由于他的天才的趋向之故,理想性仍旧是他诗歌的主要特色。

　　这样说来,诗歌可以分为理想的和现实的两种。应该对哪一种更看重些,这是很难决定的。也许,彼此都不分轩轾,当它满足着创作条件的时候,就是说,当理想的诗歌和感情一致,现实的诗歌和诗歌所表现的生活的真实一致的时候。可是,后者作为我们积极的时代精神的结果而产生,似乎更能满足时代精神的支配的需要。然而,个人口味在这里是很起作用的。可是无论如何,在我们这个时代,无论哪一种诗歌都是同样可能的,同样能被大家所理解和领会的;可是,尽管如此,后一种诗歌更是我们时代的诗歌,更能被大家所理解和领会,更符合我们时代的精神和需要。现在,席勒的《梅辛的新娘》和《贞德》可以得到同情和响应;可是时代的真诚的、心爱的作品,总还是那些忠实而正确地反映着生活和现实的作品。

我不知道,为什么戏剧在我们的时代不能获得像长篇小说和中篇小说一样巨大的成功?是不是因为戏剧一定要求莎士比亚,至少也得是歌德和席勒,来写天地间罕有的名文,或者因为一般说来,戏剧才能是特别稀有的缘故?我不能解答这个问题。也许,长篇小说更适合于诗情地表现生活吧。的确,它的容量,它的界限,是广阔无边的;它比戏剧更不矜持,更不苛刻,因为它吸引人的不是局部和片段,而是整体,包容着这样的细节,这样的琐事,它们在分开看时似乎是不足道的,但和整体联系起来看,在作品的全体性上看时,却有着深刻的意义和无边的诗意;至于戏剧,它那直接或间接、或多或少总是屈服于舞台条件的狭窄的界限,却要求着行动进展的特别的迅速和活泼,不能容纳大段的细节,因为戏剧和一切其他诗歌体裁比较起来,主要是在最崇高和最庄严的形态上来表现人类生活。这样说来,长篇小说的形式和条件,用来诗情地表现一个从其对社会生活的关系中所看到的人,是更方便的,我以为它的异常的成功,它的无条件的支配权的秘密,便在这里。

可是中篇小说呢?它的价值,今天这种专横的、任性的、唯我独尊的支配权的秘密,究竟何在呢?没有它,杂志就像是一个人在大庭广众间不穿鞋子,不打领带一样,今天大家都在写它,读它,它占据着上流妇女的闺房和著名学者的书桌,最后,似乎连长篇小说都要给排挤掉——这中篇小说究竟是个什么东西呢?从前有人说过一句很精辟的话:"中篇小说是人类命运的无穷长诗中的一个插曲。"这话很对;是的,中篇小说便是分解成许多部分的长篇小说;是从长篇小说中摘取出来的一章。我们是实事求是的人,我们终日不停地奔跑、忙碌,我们时间宝贵,没有工夫读大本的卷帙浩繁的书——总之,我们需要中篇小说。我们的现代生活太纷繁、复杂、零碎;我们希望它反映在诗歌中,像反映在磨光的有棱角的水晶中一样,用一切可能的形象重复出现千万次,于是我们要求有中篇小说。有一些事件,一些境遇,不够拿来写戏剧、长篇小说,但却是深刻的,在一瞬间集中了这么多的生活,在一世纪里也过不完:中篇小说抓住它们,把它们容纳在自己的狭隘的框子里。它的形式可以包罗万象——轻松的风俗素描、对于人和社会的尖刻的讽笑、灵魂的深刻的秘密,以及激情的残酷的嬉戏。简短的和迅速的、轻松的和深刻的混杂在一起,它从一个对象飞渡到另外一个对象,把生活压成碎块,从这本生活的大书里扯下几页来。试把这些页张放在同一个装帧下面,这些页张会构成一部多么广阔的书,多么规模宏大的长篇小说,多么错综复杂的长诗!你那无穷无尽的《一千零一夜》,富于插曲的《摩诃婆罗多》和《罗摩衍那》,怎么能够和它相比啊!给这本书加上一个标题:"人与生活",该是多么适合啊!……

中篇小说在俄国文学中还是一个客人,但却是像刺猬一样把从前的和现在的主人从合法的住所赶出去的这样一个客人。我在本文开始时说过,现在还要再说一遍,长篇小说和中篇小说是我们文学中并非作为模仿的结果,而是作为需要的结果而出现的唯一的体裁。我想,上述的论断,对于它的产生和成功的原因已经给了足够令人满意的解释。现在,我们来看看它在我们文学中发展的进程。

二

我们的中篇小说开始得不久,真是不久,即从本世纪的二十年代起。在这之前,它是由于奇想和时髦而从海洋彼方搬来、强制地移植在本国土壤上的异邦植物。也许,正因为这样,所以它没有扎下根。卡拉姆辛得马卡罗夫①之助,首先招呼这位客人,这客人打扮入时,涂脂抹粉,有如俄国商妇,哭哭啼啼,涕泗滂沱,有如被溺爱的神经质的孩子,浮夸而傲慢,有如古典悲剧,板起脸说教而又带着道德的腐臭,有如伪善的信女,襄理斯夫人②的女学生、好心肠的弗洛连安③的教女。一切写于二十年代之前的中篇小说,都属于这一类,幸而写得不多:茹科夫斯基的《马尔英丛树》,已故的伊慈马伊洛夫的若干中篇小说,还有……真的,我不记得还有些什么。

在二十年代中,创作真正中篇小说的最初的尝试陆续出现了。这是一般文学改革的时期,这文学改革是认识德国、英国和新法国文学以及正确理解创作法则之后的结果。虽然中篇小说在当时还没有博得真正的成功,但是至少,已经因为新颖和史无前例而吸引了普遍注意。为了不多絮聒起见,我只需指出:玛尔林斯基君是我们第一个小说大家,是俄国中篇小说的作者,或者更确切点说,它的首倡者。

我已经有机会对这个作家发表过意见了,事后思索,再考虑到一般舆论,发觉不仅没有理由放弃从前的意见,反而更加确信起来,所以现在还是想重复一下我以前说过的话。玛尔林斯基君拥有不可剥夺的显著的才能,生动的、机智的、引人入胜的叙述的才能,但他没有估计自己的力量,没有认识自己的倾向,因此,虽然才能焕发,却几乎毫无成就。在艺术活动中,有着良心这东西,许多作家会陷入极大的惶乱,如果你请他们讲讲作品的历史,就是说:促成写作这些作品的冲动,作品问世时随伴而来的状况,特别是作

---

① 马卡罗夫(1765—1804),卡拉姆辛的追随者。
② 襄理斯夫人(1746—1830),带有感伤主义倾向的法国女作家。
③ 弗洛连安(1755—1794),法国寓言诗人。

者写作时的精神的、心理的状态。灵感是一种痛苦的、可以说是病痛的精神状态,它的征候现在已为大家所熟知。遭罹热病的人,毫不费力、也毫无损害地可以举起千钧重担来:这在医学界,叫作精力,或者生命活动的紧张状态。一个健康的人,可以强制地把这种精力激发到某种程度,困难的是,他对此一定得花很大的代价。就这个意义上说来,灵感是一种灵魂的精力,那不是被人的意志,而是被与此无关的某种影响所唤起的,因此,它是从容不迫的,自由的。还有另外一种灵感——这种灵感是被意志、期望、目标、企图所增强的,像吃了鸦片一样。这种灵感的成果,有时在外表上显得很光彩,可是它们的光辉是金箔的光辉,却不是纯金的光辉,是时间久了会发暗的光辉。的确,凡是没有才能的人,连紧张的欢乐状态也是不能进入的,因为我们只能够把存在着的、肯定的、纵然有些软弱的东西紧张起来;要把感情、幻想——总之,要把才能紧张或抽紧起来,这个人首先必须在某种程度上具备这一切才成,而玛尔林斯基君正是在某种程度上具备这一切,努力要把这一切激发到最高的程度的。他的作品,除了矫揉造作之外,也夹杂有真实的纯正的美,可是谁高兴作化学的分析,而不沉醉于诗情的综合?加之,当看到许多不纯正的东西的时候,即使发现了真实的美,谁还能深信不疑地鉴赏它呢?……可是,这是就局部来说;至于讲到玛尔林斯基君作品的全体、整体,那就更难替他辩解。这不是现实的诗歌——因为里面没有生活的真实,没有像实际那样的现实,因为里面一切都是虚构的,一切都是按照或然性的估计安排的,好像是用机器制造出来似的;因为在那里面,可以看到贯串行动的线,可以看到推动行动的滑车和绳索:总之——这是戏台的内部,人工照明和白昼的光搏斗着,终于被后者所战胜。这不是理想的诗歌,因为里面没有深刻的思想,烈焰似的感情,没有抒情风格,即使有那么一点,也是被强迫的挣扎所抽紧、夸大的,甚至华美的辞藻也可以作为这一点的证明,因为那绝不是深刻的、痛苦的和激越的感情的结果。

玛尔林斯基君以写作俄国的、民族的,也就是从俄国生活圈子撷取内容的中篇小说来开始他的活动。作为尝试、探索,这些小说是好的,在当时应该受到人们的重视;可是因为作品不是创造,而是制造的,所以现在早已失去了价值。里面没有现实的真实,从而也就没有俄国生活的真实。它们的民族性,就在于填嵌俄国人名以免显然触犯事件和风俗的真实性,仿造俄国语言,滥用成语和俗谚等等,如此而已。玛尔林斯基君小说中的俄国人,说话和行动都像德国骑士;他们的语言是铿锵动听的,好像古典悲剧的独白一样,从这方面再看看普希金的《鲍里斯·戈东诺夫》——难道是这样的吗?……可是,玛尔林斯基君的中篇小说虽然对俄国诗歌的总和没有加添什么,却给了俄国文学许多好处,对于俄国文学说来,是向前迈进了一大步。当时,在我们文坛上,还存在着十八世纪、俄国的十八世纪的十足支配权;当时,一切中篇小说还都是以大团圆收场的;当时,读者会津津有味地欣赏那个出身低贱的人、吉尔·布拉斯[①]的第一千零一次的模仿者[②]的冒险经历——这人是一个无赖,从小卑劣无耻,行骗,自己受骗,勾引妇女,自己也做她们的玩物,后来突然从无赖一变而为正人君子,盘算周详地用情,幸福而又阔绰地结了婚,钱囊累累,于是宣扬起那种在茅舍屋檐下、晶莹泉水旁和茂密白桦树荫下怡然自乐的恶俗道德来了。在玛尔林斯基君的中篇小说中,有着最新的欧洲的手法和特色;到处可以看出智慧、教养,到处可以发现以新颖和真实令人吃惊的个别的优美思想;再加上他的虽然不无矫揉造作、堆砌辞藻之弊,却也有独创而辉煌的文体——这样,你对于他的无限成功就不会觉

[①] 吉尔·布拉斯是法国人勒·萨日(1668—1747)一部同名的长篇小说里的主人公。

[②] "吉尔·布拉斯的模仿者"系指布尔加林所写的人物伊凡·维齐庚。

得惊奇了。

差不多正当俄国读者惊异地从一个新奇转移到另外一个新奇,往往把新奇视为优点,同样地激赏普希金、玛尔林斯基和布尔加林的时候,开始出现了奥陀耶夫斯基公爵的各种文学作品。这些作品大部分是讽喻,它们的表现手法是与众不同的。它们的基本因素是教诲,特点则是幽默。这教诲不表现在格言中,却总是一种 arrière pensée①,看不见但又感触得到的概念;这幽默不是使人善良天真地嘲笑一切看到的事物的那种愉快心情;而是对各种人类卑琐深恶痛绝的深刻的感情,以爱为泉源的隐秘而凝聚的憎恶的感情。因此,奥陀耶夫斯基的讽喻充满着生活和诗,虽然讽喻这两个字本身就是和诗南辕北辙的。记得他的第一篇中篇小说是《艾拉季》:可惜我现在手边没有这篇东西,更不敢凭过去的印象来妄下判断!我不知道它那时对我们读者发生过什么影响没有,甚至也不知道它被读者注意到没有;可是,我却知道,就当时说来,这篇中篇小说是文学意义上一个奇妙的现象;尽管它也有一切为早期作品所通有的缺点,尽管有些地方因为才能欠缺不能把迸发的情愫加以凝聚和压缩,以致有赘冗漫衍之弊,那里面却有着思想和感情,特点和形象;在那里面,第一次辉煌着俄罗斯的新客人——十九世纪的道德概念;第一次对那在神圣的俄罗斯作客太久、获得了自己独特的更为丑恶的特点的十八世纪发动了攻击。后来,由于才能的成长和成熟,奥陀耶夫斯基公爵给艺术活动开辟了另外一个方向。艺术家,这个奇妙的谜,变成了他的观察和研究的对象,这些观察和研究的成果,他并不表现在理论的判断中,却表现在活生生的幻想创造中,因为在他看来,艺术家是理智的谜,同时也是感情的谜。艺术家生活的至高无上的瞬间,艺术家存在的显著的现象,奇妙而悲痛的命运,这些都被他无比真实地掌握

---

① 法文:言外之意。

住,表现在深刻的诗情的象征中。后来,他抛弃了讽喻,用浸润着温暖的感情、深刻的思想和辛辣苛刻的嘲笑的纯诗的幻想代替了它。因此,别在他的作品里面寻求现实生活的诗情的表现,别在他的中篇小说里面寻求中篇小说,因为小说在他不是目的,却可以说是一种手段,不是本质的形式,却是便利的框架。所以,这是不足为奇的:生在我们的时代,连玉外纳①都会不写讽刺文,而写中篇小说的,因为如果有时代思想,那么,就一定也有时代形式。可是,关于这一点,我前面已经说过了;问题在于:奥陀耶夫斯基公爵不是理想世界的诗人,而是现实世界的诗人。可是,奇怪的是:有若干事实,竟不容许我们把他的艺术活动范围加以绝对的局限。我们文学界有一位别慈格拉斯内君和一位伊里涅②老公公,他们完全不是理想的人,而是过分深入地浸润在现实生活中,把它在诗情的素描里面复制出来的人;你们大概没有忘记一篇叙述尔席夫市可敬的市长的脑袋里生了怪病,市里的医生想替他割治的奇怪的故事,和一篇同样奇怪的题为《咪咪公爵小姐》的故事——我们庞杂社会的这两幅忠实的图画吧?你们猜怎么着?我觉得,这些人好像是在奥陀耶夫斯基的影响下执笔的,甚至简直就是由他口述的:不论在手法、色调和许多方面,他们之间有着这么多的共同之处……然而,这只是推测,请别以为是确断之论;也许,我也会像许多人一样弄错……

按照编年次序,我现在该讲到波戈金的中篇小说了。这些中篇小说没有一篇不是历史的,但全部都是民族的,或者更确切点说,是平民百姓的。我这么说,不是责备作者,也不是开玩笑,而是因为事实上,他的诗歌世界,是平民百姓的世界,是商人、小市民、小地主和农夫的世界,我们必须说实话,这些地方他描写得非常成

---

① 玉外纳(约60—140),古罗马讽刺诗人。
② 均系奥陀耶夫斯基的笔名。

功,非常真实。他非常熟悉他们的思想与感情方式,他们的家庭与社会生活,他们的习惯、风俗和关系,并且是带着特别的爱心,出色地描写了他们。他那自然、忠实、朴素地讲述自己的爱和受难的《乞丐》,可以算是情操高贵的平民百姓的典型。在《黑病》里,中等阶级的生活,连同他们半野蛮、半人性的教养,一切浓淡色度和与生俱来的胎记,用圆熟的画笔刻画了出来。一个商人严格管束妻子和儿子;虽有巨万家财,日子却过得像一个土里土气的乡下人;夸耀财富,像愚蠢的老爷夸耀门第;看了妆奁单之后,说:"老天爷的祝福少了一点";由于亲子之爱,反把亲生的儿子杀死;他害怕任何人性的思想,任何人性的感情,像害怕魔鬼的诱惑一样,只求不要触犯乃祖乃父百年来所恪守的"纯洁道德"。一个愚蠢而肥胖的商人老婆,害怕可敬的丈夫的拳头和鞭子,不敢随便跨出大门一步,不敢在他面前说一句多余的话,甚至当他面连对儿子的母爱都得隐瞒起来。一个神父老婆,忽而在地窖里发号施令,大骂长工,忽而被好奇心所驱策,在锁眼里偷听丈夫和商人老婆的谈话,忽而在商人老婆带给她的草包上挖一个洞,想知道里面是什么东西。媒婆萨维希娜是全世界人的过房亲家、饶舌家和拉皮条的人,俄国人没有了她,好像就不能生、不能婚娶,也不能死亡似的,她贩卖别人的幸福和命运,像贩卖缎带、袖扣和羊毛袜一样;她用粗俗的双关话让胡子满面的富翁这一伙大人先生们开心。一个新娘,"矮矮的,但非常胖,腮帮鼓起,涂脂抹粉,满身珠光宝气,被各样的珍宝盛装着的姑娘"。此外,说亲啦,关于妆奁的争吵啦,一切这些卑劣的、丑恶的、肮脏的、野蛮的、非人性的生活,都以惊人的真实性被刻画了出来。还得加上这个神父,他根据布尔吉耶夫修辞学法则来表达他的最神圣、最人性的感情,漂亮的言辞中间插入一段话,大骂那个卖给他坏灯油的狡猾的掌柜,他又爱用手擤鼻涕和揩鼻涕;还有这个出身贵族、命里却注定是平民的青年,他是狼群中的一只绵羊,——这样,你就连同正面的和例外的东西一起,看到了俄国生活主要一面的一幅完整的图画。这篇小说的语言本身,像《乞丐》一样,并没有那种使这作家别的小说变得丑化的琐屑之病。因此,《黑病》是一篇十足民族的、诗情的风俗描绘的中篇小说,可是,优点也就到此为止。作者的主要目的,是要描写一个天才的、神意所指派的青年,跟命里注定的卑劣的动物性的生活进行斗争;这个目的,他没有充分地完成。可以看出,某种感情激动了作者,他有着某种心爱的恳挚的思想,可是同时,他却没有足够的才能把它复制出来;就这一点来说,读者仍旧是不满足的。原因很明显:波戈金君的才能,是描写我们下层社会风俗的才能,因此,当他忠于自己的倾向时,是引人注目的,越出范围时,立刻就失败。《市集上的新娘》好像是《黑病》的续篇,好像是第二个戴尼埃①风的画卷,这些画不断地通过低级社会生活的各个阶段显示出来,但一接触到文明的或高尚的生活,就突然中断了。总之,《乞丐》《黑病》和《市集上的新娘》,是我认为值得注意的波戈金君的三部作品;关于别的,我就不说了。

在我们的中篇小说家(然而人数是不多的)里面,波列伏依君占据着一个最重要、最卓越的位置。他的作品的显著特点是那惊人的多方面性,我们很难把它们放在一般的看法下面来衡量,因为他的每一篇中篇小说都表现着一个完全个别的世界。在《谢苗·基尔佳巴》和《画家》之间,《一个俄国兵的故事》和《爱玛》之间,《一袋金子》和《疯人福》之间,有什么共同和类似之处呢?固然,这些中篇小说为数不多,它们的优点也不一律,可是我们可以确信地说,每一篇都镌刻着真正才能的烙印,有些将永远成为俄国文学的装饰。在《谢苗·基尔佳巴》这用遒劲豪放的画笔画出的往昔的图画里,俄国古代生活的诗歌还是第一次在其全部真实性上被反映出来,在这篇作品里,历史学家和诗人混成了一体。其余的中

―――――――
① 戴尼埃(1610—1690),佛来米画家。

篇小说,也都是以感情的温暖、优美的思想和对现实的忠实见长的。事实上,仔细一看,你就会看到常常能在生活里遇见却很少能在作品里遇见的撷自生活的特征,就会看到性格的一贯性和独创性,以及情势的忠实性;这些特征不是根据可能性的估计,却仅仅是根据作者对于自己也许从来没有参加过、也不可能参加在内的各种情势的理解能力。门外汉,不懂得艺术秘密的人,常说:"是的,这写得很逼真,不可能是另外一种样子——作者吃了这么许多苦,因此,他是根据经验,却不是借别人的声音来写作。"这是一种荒谬的意见!如果有些诗人忠实而深刻地复制了他自己亲身经历的情欲和感情的世界,他自己的痛苦和欢乐——这并不就是说,诗人只有当自己恋爱时,才能够火热而动人地描写爱情;只有当自己万事顺利时,才能够描写幸福;诸如此类。相反,这表示着才能的片面性与局限性,却不是才能的真实性。构成、做成一个真实的诗人的显著特征,是他具有一种由于饱受痛苦而获得的旺盛的能力,常常能和自己的思想方式无关地去理解任何人类情势。这说明了为什么诗人常常在自己的作品中自相矛盾,今天颂赞放荡的伊壁鸠鲁式的生活的魅力,明天又歌唱活跃的劳动、生活的丰功伟绩、对世俗幸福的拒斥。巴尔扎克在燕尾服上缀着金纽扣,手持包金头的手杖(穷奢极欲达于极点),生活过得像一位王子,可是同时,他关于贫穷和不幸的刻画,却以可怕的忠实性令人不寒而栗。雨果从来没有被判处过死刑,可是在他的《囚徒的末日》里,有着多么可怕的、撕裂心肺的真实啊!当然,诗人本人的生活环境,对他的作品不可能不或多或少发生一些影响;可是,这影响是有限度的,并且多半似乎是一般通则的例外。这理解生活现象的能力,波列伏依君是毫不缺乏的。在他的《画家》和《爱玛》里,有着多少真实!画家的童年,他的不自觉的对艺术的追求,对空虚的女孩子的爱,对自己作品的不满,愚蠢顽劣的俗众批评他优秀真诚的作品时他的无言的痛苦,当他发觉他的理想人物不过是跟他玩弄爱情的孩子时所感到的绝望；其次是那个老父亲，终身不满于爱子的疯癫行为，也许出于真心地诅咒他对绘画的爱好和绘画本身，最后，在临死前激动地谛视他的末一幅画，号哭着，不能够了解它；还有这个空想的女市民，神圣的、纯洁的，但在我们俄国生活中却没有任何意义和价值的人，这是一个可怜的姑娘，阔绰而显贵的伯爵夫人谄媚她，她用整个生命恢复疯子的生命，反过来也要求他的整个生命来救活自己，可是结果，从他那方面只看到冷淡的尊敬，从伯爵夫人方面也只看到忘恩负义的虚礼，施惠者的口吻，这对于高贵的心灵是比最残酷的胁迫更要难受的——这一切都不是虚构的，估计好的，而是直接从心里倾吐出来的。《疯人福》有些地方以感情的温暖见长，但同时，也显出思想太占优势，好像作者给自己提出了一个心理学课题，想在诗的形式里面来解决它似的。因此，这里面总觉得有些欠缺；然而，个别的优异之处还是不少的。

其次，在《圣诞故事集》和《一个俄国兵的故事》里面，有着多少叫作民族性的东西，这是我们作家如此渴求而毫无所获，但一个具有真正才能的人却得来全不费力的！这是一个完全个别的世界，一个充满着热情、痛苦和欢乐的世界，一切都是人性的，但却是独特地表现在别种形式里。这里没有一句詈骂，没有一句平庸的话语，没有一点庸俗的描绘，可是却有着这么多的诗，我认为，正因为作者努力忠于真实，胜过忠于民族性，更多寻求人性的东西，而不是只寻求俄国的东西，所以结果，这民族的与俄国的东西反而不招即至。

在讲述果戈理君的小说，我这篇文章的主要题目之前，我还得讲到一个不久才引起普遍注意的小说作家——巴甫洛夫君，因为他的中篇小说是一种可喜的现象，同时也因为别处从来还没有对此发表过意见。关于《读书文库》的评论，我不想多说；《蜜蜂》对它们讲过些什么没有，我不知道；《杂谈》几乎只限于纯粹书报述评之类的说明,而从《观察家》①的意见中只能看到,巴甫洛夫君的中篇小说是用我们空前未有的优美的语言写成的,作者在人类心灵的繁复的大书桌里打开了许多新抽屉——一种东方式的过实喻法的说法。

我们很难评定巴甫洛夫君的中篇小说,很难断言它们是些什么东西:是聪慧而多感的人的沉思?想象的瞬息即逝的闪烁的果实?作者生活中一个幸福瞬间、一个顺利时期的产物?环境的后果?深印在艺术家的灵魂或作品中的一种思想的结果?无条件的独立的产物?还是以创作为天职的心灵的自由吐露?⋯⋯假使我说,这些中篇小说还只是巴甫洛夫君在他完全新异的园地上的初步尝试,你们就会明白我的意思;在我们的文坛上,继起的长篇小说和中篇小说把第一部作品的名誉给毁掉,是多么常见的事啊!⋯⋯巴甫洛夫君的写作活动才刚刚开始,可是开始得这样好,使我们不愿相信将来会有坏的收场⋯⋯可是让时间来决定这个问题吧,现在却要根据少数已有的材料,率直而公正地表示我们的意见。

巴甫洛夫君的三篇中篇小说,都标志着一个共通的特色,仅仅内容才给了它们外表上的极度的差异。不知道是不是因为它们是初次试作,带着一切初次试作的缺点呢,还是因为别的缘故,我觉得,它们没有被太多的深刻的生活真实所浸润;里面有着这种真实性,使人不得不说:"好像是从自然抄袭下来的。"可是这真实性并不表现在整体中,而是表现在局部和细节中,是由于勤勉缜密地研究他所描写的世界而得来的观察的结果。在《长剑》里,有着十分逼真地被掌握住的特征:这个善良、正直但理智和感情都很偏狭的

---

① 全名是《莫斯科观察家》,是自一八三五年到一八三九年间出版的一种杂志,先为谢维辽夫主编,从一八三八年起,由别林斯基接编,成为当时最有影响的刊物之一。

上校,打算跟公爵小姐结婚,无意中想起军役的困苦,结婚生活的幸福,公爵的房子和花园多么好,在花园里跟娇妻挽臂同行多么愉快,诸如此类;这个公爵小姐跟她心爱的兵士坐在一起,仆人进来报告上校来到时,慢吞吞地回答一声"嗯?"她这样圆滑地应付着上校,不给他任何希望,同时也不剥夺他的希望——这一切细腻的特征,明确的浓淡色度,证明作者用炯锐的眼光注视了生活,仔细地研究了它,看过许多,注意过许多,理会过许多;但同时,这些章节又证明它们是观察、理智和高度教养的结果,而不是才能的结果;是从现实抄袭下来的,而不是想象所创造的。因为这真实,这整体的忠实性(在细节中看来是十分显著、突出的)在哪里呢?这些不仅证明熟悉社会,并且也证明熟悉人类心灵的个别的和典型的性格在哪里呢?……找不到这些性格,或者更正确点说,它们不过被简单地勾勒出来,却没有画上阴影,因此差不多失掉了任何个性。我十分同情那个骑兵旗手的不幸,但那同情的程度,不过像我同情任何一个处于相同情势下的人,甚至一个我从来不会看见、不会认识、只听说是善良而富于高尚思想的人。请告诉我,这骑兵旗手有什么性格,有什么面貌?请告诉我,他有着怎样的思想方式,有着怎样的热情、愿望、情操、追求——总之,构成一个人、使我们能够全面地看清楚他的一切?他的行动和言语都是最一般的;从这上面可以看到等级,却看不到人、个体。公爵小姐也是同样没有性格的,因为在她身上,只看到一个具有细腻的本能的礼仪感觉的上流社会女郎,却看不出是一个能够按照自己的方式爱人的人,在一千个人里面可以把她认出来的一种人。一般说来,《长剑》是一则叙写圆熟的,在艺术方面不是以整体,而是以局部见长的逸话;我觉得,作者好像是从什么人那里听到一段逸话式的故事,就把它写成中篇小说,可是,若不直接地认识它的登场人物,就无法忠实地把他们的肖像描画出来。可是局部的章节,个别的思想,个别的描绘和刻画,是出色的,是充满诗意的;我已经指出过,许多特征被非常忠实地掌握住,偶或还闪耀着感情,特别是当作者被事实本身的诗意诱动着的时候。一般说来,《长剑》是一篇局部有着巨大的优点、巨大的美点的中篇小说;可是,它所设定的目标却显示出作者具有说故事的才能,而不是创作的才能。如果特别在和其余两篇相比时,它被许多人爱好,那么,原因是在于内容本身的诗意,这种内容即使诉诸口述也会产生强大的效果。

《命名日》比《长剑》更显出了艺术的优点。在这篇中篇小说里,有着深刻感情的辉煌的闪光,性格的鲜明的特征(特别是主要人物),有着许多情势方面的真实。这个平民音乐家,他说:"你懂得以粗暴来回答殷勤的谈吐,当人家客气地脱帽时,你稍微点一点头,当着矜持的贵公子和讲究礼貌的大财主高踞圈椅而坐的那种愉快吗?"或者说:"我已经相当敢出现在大庭广众之间。我说'相当敢',这是意味着,我已经稳步走路,我的脚不再慌乱,虽然还没有那种美妙的姿势,像我现在在把一条腿搁在另一条腿上,弯曲着,踏着地板那样……我已经能够当着众人从房间的一头走到另外一头,大声地答话;可是,我总觉得还是躲在角落里安心些;我想应对如流,却还是在每一句话后面加添'您哪'";接着是音乐家的绝望,他"躺着,凝视着耶稣受难像,想揣摩出这是什么意思",——在这一切里面,有着诗意,有着真诚的创作。

《拍卖》是一篇用潦草但却坚实老练的笔墨写成的生动如画的素描。在这里,作者特别挥洒自如,好像比在别处更能得心应手。《命名日》是一篇美好的作品,但好像是出于偶然,好像是一阵感情的迸发;《长剑》是高级社会的素描,作者愿意或者打算在里面找到诗意;《拍卖》是这社会生活的一段生动的转瞬即逝的插曲,他在这社会里面找到了诗意,因为他是从更真实的观点来看它的。在这里,这种世俗的、华美的、外表朴素但却有点矫饰的叙述,似乎更配称些;在这里,这种巧妙、绮丽、典雅,即使潦草也带着几分推敲锤炼味道的长复合句,也更为合宜些。一般说来,我应该指出，文体并不像一般所设想的重要：当和内容和谐时，形式总是优美的。举例不必很远：就拿登载在《观察家》(第二期)上的巴甫洛夫君的两篇近作的句子来看吧："她是镶嵌在奇装艳服的豪华框子里的一颗宝石"；或者是"星星是天空的金刚钻"。这些有什么好呢？前者是对于莎士比亚述及亚尔比昂时所用的句子的勉强的仿作，关于这个句子，我是在谢维辽夫君发表第一篇演讲以后才知道的；后者简直没有任何意义，如果有，也只是俗不可耐。至于讲到语言的精确、流畅、纯洁、明了和匀称，那么，这些特质虽然密切依赖于概念，却也依赖于习惯、实习和努力，确实可以把它们算作作者的功绩。就这一点说来，巴甫洛夫是我们极少数杰出的散文家之一。结论是：巴甫洛夫君的才能带给人无限的希望，可是它的发展以及威力的程度现在还是一个疑问，那是将由他将来的作品来决定的。

这样说来，玛尔林斯基、奥陀耶夫斯基、波戈金、波列伏依、巴甫洛夫、果戈理——这些便是俄国中篇小说史的全部历程。是的——全部，也许是十足的全部；可是，我在这里讲的是任何一点上值得注意的全部中篇小说，所谓值得注意，不仅限于艺术性，并且也考虑到那出现的时期，给文学带来的或好或坏的影响，或多或少的才能的程度，此外便是特色和倾向。我所列举的这些作家，就所有这些方面来说，都应该在俄国中篇小说史里提到，他们是中篇小说的真正的代表者。别的作者还有许多，非常之多，关于他们，我就不说了，因为他们虽然各有自己的优点，却和我这篇文章的题目无关，因此，我接着就要讲到果戈理君了。我将用他来结束俄国中篇小说史，用他来结束我这篇违反我的意志和愿望而写得太长了的文章。

当着手分析果戈理君的作品的时候，我并非无意地赘述了一般的诗歌，作为体裁看的中篇小说以及俄国的中篇小说：只要我能发挥我的意见，读者就会看到，这一切题目相互间都有着本质的关系。我觉得，要给予任何一个杰出的作者以应得的评价，就必须确定他的创作的特点,以及他在文学中应占的位置。前者只能用艺术理论来说明(当然是和判断者的理解相适应的);后者必须把作者跟写作同一类东西的别的作者作一比较。我们看到,我们还没有真正的中篇小说。玛尔林斯基君是杰出的,因为他首先暗示我们中篇小说是什么东西;奥陀耶夫斯基公爵只把中篇小说看作一种形式;波戈金君的两三篇卓有成就的作品还不能树立权威,因为它们的优点是片面的,同时也因为它们是作者的副业,研究学问之余的消遣。那么,剩下来的就只有巴甫洛夫君和波列伏依君了;可是,巴甫洛夫君还刚刚开始他的写作活动,不管开头多么好,却还不能由此对作家遽下确切不移的断语;因此,诗人小说家的首位舍波列伏依君莫属。可是,在他的中篇小说里面,或者更正确点说,在他大部分的中篇小说里面,有一个重大的缺点,关于这缺点,我曾经在应该述及的地方,故意略而未谈。这个缺点就是:在这些中篇小说里,也像在他的长篇小说里一样,虽然有着许多真诚创作、真诚艺术性的显著征兆,却可以看出理智的大量渗入,这是一种明锐的、澄清的和多方面的理智,它在艺术活动中寻求休息,对于它说来,连幻想也好像是研究人的天性和生活的工具似的。这大抵是对生活所进行的分析性观察的综合检定。让我们来看看,在我们中间是否有这样一种诗人小说家,在他看来,诗歌构成人生的目的,科学则是人生的休息,认为中篇小说是体裁,而不是形式,是一种必要而绝对的体裁,正像中篇小说之于巴尔扎克,诗歌之于贝朗瑞[1],戏剧之于莎士比亚一样,他只能够是诗人,不是别的什么人,是以此为天职的诗人,不得不是诗人的诗人。我觉得,在这些条件下,就是找遍近代作家[2],我们也找不到一个像果戈理君一样的

---

[1] 贝朗瑞(1780—1857),法国讽刺诗人。
[2] 我此处并不把普希金包括在内,他已经完成了自己的艺术活动的历程。——原注

人,我们能很有把握,并且毫不犹豫地称之为诗人。

我已经说过,批评的任务和对诗人作品的真正评价,非具有两个目的不可:确定被分析的作品的特点,和指出它们使作者有权在文学代表者行列中占据的位置。果戈理君小说的显著特点在于:构思的朴素、民族性、十足的生活真实、独创性和那总是被深刻的悲哀和忧郁之感所压倒的喜剧性的兴奋。这一切素质,都产生于同一个根源:果戈理君是诗人,现实生活的诗人。

你们知道我们批评界一般存在着怎样的缺点吗?它不大能够适应需要。批评家和读者是两个对谈的人:他们必须事先对于谈话所选定的对象有所约定和同意。否则,他们就很难互相了解。你分析一部作品,郑重其事地讲述创作的法则,把它们应用到作品上去,像二乘二等于四一样地证明这作品是卓越的。结果怎样呢?读者神往于你的批评,完全同意你的意见,看到美学法则的要点被你征引得的确很精当,作品是无懈可击的。可是糟糕的是:读者往往在忘记你的批评之前,早把你所颂赞的作品忘记了。怎么会这样呢?因为你所分析的作品,是精巧的搔首弄姿之作,却不是典雅的创作,也许空具美学的形式,却没有美学生活的精神。我们关于典雅的理解还是这样摇摆不定,鉴赏力还是停留在这样幼稚的阶段,我们的批评在处理方法上势非落后于欧洲不可。虽然我们有几个有闲的批评家发挥谠论,仿佛典雅法则已被我们用数学的精确性确定了似的,我却认为不然,因为一方面,这些美学家本人的作品就是以粗制滥造出名的,根本和用数学的精确性所确定的典雅法则背道而驰,另一方面,典雅法则从来不可能显出数学的精确性,因为它们以感情为根据,在那些没有典雅感受力的人看来,永远仿佛是不合法则的。加之,如果不是从典雅创作中产生的话,典雅法则更应该从什么地方产生呢?这样的典雅创作我们已经有了许多了吗?不,让每一个人各是所是地去解释创作的条件,用事实去证实这些条件吧,这是发展典雅理论的最好的方法。一个俄国批评家的目的,与其说是扩大人类关于典雅事物的理解,毋宁说是把有关这一题目的已知的、固定的理解在祖国加以传布。别害怕、也别羞于重复陈腐之谈,不说一句新话。这个新,不像一般设想的那么轻而易举:它是在旧的结节上一点一滴积累起来的。如果你是一个具有卓见而深信自己所说的话的人,那么,旧的在你也会变成新的:你的个性和表现方法会给你的陈旧带上新颖的特点。

所以,照我的意见,亟待批评家解决的首要的和主要的问题是:这作品的确是典雅的吗?这作者的确是诗人吗?解决了这个问题,关于作品的特点和重要性自然就有了解答。

创作的能力,是自然的伟大的禀赋;创作者灵魂里的创作行为,是伟大的秘密;创作的瞬间,是伟大的圣务执行的瞬间;创作是无目的而又有目的,不自觉而又自觉,不依存而又依存的:这便是它的基本法则。如果从创作行为中把这些法则引申出来,它们将是十分明显的。

艺术家感觉到创作的要求。这要求是突然地、出乎意外地、不得许可并且完全跟他的意志无关地临到他身上来的,因为他不能指定哪一天、哪一小时、哪一分钟来进行创作活动:这便是创作的自由,便是创作对创作者的独立!创作的要求引来一种概念,它隐藏在艺术家的灵魂里面,占据它,压迫它。这概念,也许是早已熟知的一般人类概念之一;可是,艺术家不是有所抉择地,而是不由自主地摄取它,不是作为思辨理智的对象摄取它,而是对它那深刻神秘的意义充满着战栗的预感,通过自己的感情来承受它。这种行为,可以用无法移译的法国字 concevoir 出色地表达出来。艺术家感觉在自身里面有一种被他所感受(conçue)的概念,可是如一般所说,不能够明显地看到它,由于要使它对己、对人变得可被触知而感到十分痛苦:这便是创作的第一步。假定这概念是嫉妒,那么,我们来看它在诗人的灵魂里怎样发展起来吧。他关切而痛苦地把它保持在自己感情的幽秘殿堂里,像母亲肚子里怀着胎儿一样;这概念逐渐显现在他的眼前,化为生动的形象,变成典范,于是他仿佛在浓雾里看见有着肤色黝黑、满布皱纹的前额的热情的非洲人奥瑟罗,听到他的爱、恨、绝望和复仇的粗野的号叫,看见温柔可爱的苔丝德梦娜的迷人的容貌,在寂静的深夜听到她的徒然无益的祈祷和呻吟。这些形象,这些典范,挨次地怀胎、成熟、显现;最后,诗人已经看见了他们,和他们谈话,熟知他们的言语、行动、姿态、步调、容貌,从多方面整个儿看见他们,亲眼所见,清楚得如同白昼迎面相逢;在笔尖赋予他们形式之前就看见了他们,正像拉斐尔在用画笔把玛董娜的形象移置于画布之前,先已看见了这个天上的神造的形象一样,也正像莫扎特、贝多芬、海登在用笔把音符移写到纸上之前,先已听到了这些从灵魂里激发出来的神妙的音响一样。这便是创作的第二步。然后,诗人再把一切人都能看见并了解的形式赋予创作;这便是创作的第三步,也是最后一步。这一步不十分重要,因为它是前两步的结果。

这样说来,创作的主要的显著的标志,就是神秘的灼见,诗的梦游病。当艺术家的创作对于大家还是一个秘密,他还没有拿起笔来的时候,他已经清楚地看见他们,已经可以数清他们衣服上的褶襞,他们额上的犁刻着热情和痛苦的皱纹,已经熟识他们,比你熟识你的父亲、兄弟、朋友、母亲、姐妹、爱人更清楚些;他也知道他们将说些什么,做些什么,看见那缠绕他们、维系他们的全部事件的线索。他在什么地方看见这些人物,听到这些事件?他的创作是什么东西?是长期的多方面的经验、精细的观察、抓取类似性并揭示其鲜明特征的深刻的本领的结果吗?他的典范是些什么?难道像过去高贵而可敬的美学家们所设想和宣扬的那样,是散处自然界、为了按照预定的尺度构成特定的典型才收集在一起的各种特征吗?……呵,不是的,完全不是的!……他从来没有见过他所创造的人物,没有抄袭现实,或者可以换一种方法说:他在先知的预言的梦里看到了这一切,在诗的启示的明澈瞬间,在这只为天才所知的瞬间,用感觉的无远弗届的眼睛看到了他们。这说明了为什么他所创造的性格是这样真实、均匀、始终如一;为什么他的小说或戏剧的结构、结局、关节和进程是这样自然、逼真、自由;为什么你读了他的创作,恍惚置身于一个像神的世界一般美丽而和谐的世界;为什么你会跟它相得无间,深刻地了解它,把它牢固地保存在记忆里面。这里没有自相矛盾之处,没有虚假和推敲锤炼;因为这里不曾有或然性的估计,不曾有考量,不曾有弥补漏洞的努力,因为这作品不是制作、捏造出来的,而是在艺术家的灵魂里面,像受了存在于他内部和外部的某种崇高神秘力量的感应而创造出来的;因为在这方面说来,他本人像是一片土壤,承受着不可知的手所撒播的丰美的种子,发芽滋长,变成一棵苍郁茂密的大树……无论是哪一种体裁的作品——理想的、现实的——它总是真实的,诗情地真实的,莎士比亚的《暴风雨》是一部荒唐的作品,是作者的古怪的遐想;在里面行动着人和无形的精灵,行动着卡列班,这个怪异的创造物,魔鬼和巫女的恋爱的结晶;可是,这部作品也是真实的,诗情地真实的;因为当你读它的时候,你会相信一切,认为一切都是自然的;因为当你读完之后,你永远忘不了它,在你眼前将永远浮现普洛士丕罗、密兰达、爱丽儿等奇妙的形象,这些用夜雾织成、浴着紫色的霞彩、被月光照耀成银色的虚无缥缈的形象。无论是哪一种体裁的作品,它总是完美而没有缺点的。可是,为什么在最富有天才的诗人的作品中,也可以看到大的优点与缺点并存呢?那是或者因为这些作品没有在灵魂里怀胎,没有瓜熟蒂落地生下,而是不足月地流产出来的,或者因为作者对艺术抱有错误的理解,抱有目的和算计,因而耍弄花巧,空谈哲理,或者因为有时在冷淡的、散文的瞬间写成,而诗的概念和理想——这些天上的秘密——却是应该在天启的明澈瞬间,可以称之为灵感的、艺术喜悦的瞬间表达出来。总之,当创作中止而劳作开始的时候,才有缺点存在。

现在，什么叫作无目的而又有目的，不自觉而又自觉，似乎很容易解释了。当诗人创作的时候，他想在诗的象征中表现某种概念，因而他是有目的，并且自觉地行动着的。可是，不管是概念的抉择或是它的发展，都不依存于他那被理智所支配的意志，因而他的行动是无目的的和不自觉的。

现在要问：什么叫作创作依存而又不依存于创作者？——诗人是他的对象的奴隶，因为不管是对象的抉择或是它的发展，他都无权过问，因为如果没有那绝对不依存于他的灵感，无论是命令、订货或是本人的意志，都不能使他创作：因而创作是自由而不依存于作者的，后者在这里既主动而又被动。可是，为什么艺术家的创作里面也反映着时代、民族和他自己的个性呢？为什么里面也反映着艺术家的生活、意见和教养的程度呢？因此，创作岂不是依存于他，他岂不既是创作的奴隶，同时又是它的主人吗？是的，创作依存于他，正像灵魂依存于有机体，性格依存于气质一样。关于这一点，最好用梦来解释。梦是一种自由但同时又依存于我们的东西。忧郁的人做可怕的、怪诞的梦；迟钝的人在梦里也在睡眠和吃东西；演员听见鼓掌，军人看见打仗，衙门书吏见人行贿，等等。艺术家也便是这样在作品中表现自己。拜伦笔下的英雄是具有非人间的热情、愿望和痛苦的傲慢的典型；霍夫曼的作品则是怪诞不经的梦，等等。

把果戈理君的作品应用到这一切上面去，如同把事实应用于理论一样，是并不困难的。我并不是说，这位诗人和莎士比亚、拜伦、席勒及其他等人是并驾齐驱的。可是在这里，问题不在于程度，不在于才能的大小，而是在于才能本身：对于天才和才能说来，尽管他们有一切不同之点，法则是相同的。请问：果戈理君的每一篇中篇小说首先给你产生一种什么印象？它不是会使你这样说吗？——"这一切是多么朴素、平凡、自然和真实，同时又是多么独创和新颖啊！"你不是会奇怪，为什么你自己不能想到这同样的概念，不能构思这些十分普通、为你所熟悉、为你所常见的同样的人物,用这些平淡、陈腐、在实际生活中使你生厌,但在诗的表现中又是赏心悦目而迷人的同样的环境来包围他们?这便是真正艺术性的作品的第一个标志。再则,你不是跟他小说中的每一个人物十分熟识,好像你早已认得他,和他相处了许久吗?你不是可以用想象去补充那幅本来已经被作者描绘得惟妙惟肖的肖像画吗?你不是可以给它加添一些仿佛被作者忘掉的新的特征,不是可以讲一些仿佛被作者遗漏掉的有关这个人物的逸话吗?你不是会相信那些话,断言作者说的全是实话,没有虚构混杂其间吗?这是什么缘故呢?这是因为这些创作镌刻着真才能的烙印,它们是根据不变的创作规律创造出来的。这构思的朴素、情节的率真、戏剧性的缺乏、作者所描写的事件的琐屑和平凡,都是创作的真实可靠的标志;这是现实的诗,是我们所熟悉的现实生活的诗。我丝毫也不像有些人那样惊奇,果戈理君善于无中生有,用空洞琐屑的细节使读者感到兴趣,因为我在这里根本看不到有什么手腕:手腕必须先有算计和劳作,有了算计和劳作,就没有创作,不管怎样缜密而忠实地抄袭现实,一切也都是虚假而不忠实的。一篇引起读者注意的中篇小说,内容越是平淡无奇,就越显出作者才能过人。当庸才着手描写强烈的热情、深刻的性格的时候,他可以奋然跃起,紧张起来,念出响亮的独白,侈谈美丽的事物,用辉煌的装饰、华美的形式、内容本身、圆熟的叙述、绚烂的辞藻(这些都是博学、智慧、教养和生活经验的结果)来欺骗读者。可是,他如果描写日常的生活场面,平凡的、散文的生活场面,——请相信我呵,这对于他将成为一块真正的绊脚石,他那萎靡而冷淡的无精打采的作品会叫你不断地打呵欠。的确,使我们热烈地关心着伊凡·伊凡诺维奇和伊凡·尼基福罗维奇①的吵架,使我们通过这两个人对人类充满

---

① 果戈理的中篇小说《伊凡·伊凡诺维奇和伊凡·尼基福罗维奇吵架的故事》里的两个人物。

147

活力的讽刺的这种愚蠢、卑琐和痴傻笑得流泪——这是很惊人的；可是,后来又使我们可怜这一对白痴,真心真意地可怜他们,使我们带着深深的惆怅和他们分手,和作者一同喊道："诸位,活在这世上真是沉闷啊!"——这才是足堪称为创作的、神化的艺术；这才是一个艺术天才,在他看来,有生活,也就有诗歌!你把果戈理君的几乎全部的中篇小说拿来看：它们的显著特点是什么？差不多每一篇都是些什么东西？都是些以愚蠢开始,接着是愚蠢,最后以眼泪收场,可以称之为生活的可笑的喜剧。他的全部中篇小说都是这样：开始可笑,后来悲伤! 我们的生活也是这样：开始可笑,后来悲伤! 这里有着多少诗,多少哲学,多少真实! ……

在每一个人身上,都应该区别出两方面来：一般的、人类的,和特殊的、个人的；任何一个人,首先必须是人,然后才是伊凡、西多尔等等。同样,在艺术作品中也应该区别出两种特点：为一切典雅作品所共通的创作的特点,和作者的个性所带来的色调的特点。我已经约略提到了果戈理君中篇小说的第一种特点,现在要把它更详尽地考察一下；其次,我将谈到他作品的个别的特点；最后,对于他那些将来可能再单独论及的中篇小说作一粗略的瞥视,以此结束我的这篇文章。

我已经说过,果戈理君作品的显著特征,是构思的朴素、十足的生活真实、民族性、独创性——这些都是一般的特征；其次是那总是被悲哀和忧郁之感所压倒的喜剧性的兴奋——这是个别的特征。

现实诗歌中的构思的朴素,是真正的诗歌、真正而又成熟的才能的最可靠的标志之一。拿莎士比亚的任何一个剧本,例如拿他的《雅典的泰门》来看吧：这个剧本是这样朴素、简单、缺少事件的纠葛,我们简直无法讲述它的内容。人们欺骗了一个热爱人类的人,侮辱了他的神圣的感情,剥夺了他对人类尊严的信心,于是这人就憎恨起人来了,诅咒起他们来了：这便是一切,再没有别的什么。怎么样？根据我的话，你能对这位伟大天才的伟大作品有什么理解吗？呵，一定什么都不会有！因为这概念太平常，太为大家所熟知，从索福克勒斯①的菲洛克特被乌里斯所欺而诅咒人类起，以迄于季洪·米赫维奇②被失节妇和坏亲戚所欺骗为止，在几千篇好的和坏的作品中，都早已被用滥了。可是，用以表现这概念的形式，剧本的内容和细节怎样呢？细节是这样琐屑，无聊，同时又为大家所熟知，如果我把它们复述出来，是会把你气闷死的。然而，在莎士比亚写来，这些细节却是这样隽永有味，会使你爱不忍释；这些细节的琐屑和无聊准备着可怕的灾变，会使你毛骨悚然——森林中的一场戏，泰门在疯狂的诅咒中，在辛辣的刻毒的讽刺中，带着凝聚的平静的郁愤，来跟人类算账。再则，怎么给你形容关于一个人间零余者的噩耗在灵魂里所唤起的感觉呢！这一切可怕的、纵然不流血的悲剧，甚至在朴素和平静中也是可怕的悲剧，是用愚蠢的喜剧、可厌的图画构成的：描写人们怎样把主人公吃光，帮他把家产败完，然后忘掉他，这些人是：

耻于爱情，赶走思想，
出卖自己的自由，
在偶像面前低头，
祈求金钱和锁链。③

这便是伟大诗人所创造的生活，或者更确切点说，生活的原型，这里没有效果，没有场面，没有戏剧性的矫饰，一切都是朴素而平凡的，像一个农夫所过的日子一样，平时吃饭、睡觉、耕地，节日

---

① 索福克勒斯（约前497—前406），古希腊三大悲剧家之一。
② 见乌沙科夫的中篇小说《匹尤莎》，载《读书文库》。——原注（译者按：《匹尤莎》是借小说形式对别林斯基的恶意攻讦，里面那个坏亲戚就是影射别林斯基的。）
③ 引自《茨冈》。

是吃饭、喝酒、喝得烂醉。可是,现实诗歌的任务,就是从生活的散文中抽出生活的诗,用这生活的忠实描绘来震撼灵魂。果戈理君的诗在外表的朴素和琐屑中是多么有力和深刻啊!拿他的《旧式地主》来看吧:里面有些什么?两个不像人样的人,接连几十年喝了吃,吃了喝,然后像自古已然那样地死掉。可是,这迷人的力量是从哪里来的呢?你看到这动物性的、丑恶的、谑画的生活的全部庸俗和卑污,但你又是这样关心着小说里的人物,你嘲笑他们,但是不怀恶意,接着你跟腓利门一起痛哭他的巴甫基达①,分担他的深刻的非人间的哀伤,对那把两个蠢物的财产挥霍殆尽的无赖承继人感到无限的愤恨!接着,你这样生动地给自己想象出这出愚蠢的喜剧的演员们,这样清楚地看见他们的全部生活,虽然你从来没有到过小俄罗斯,没有见过这样的景象,没有听说过这样的生活!这是什么缘故呢?因为这是非常朴素的,因而也是非常忠实的;因为作者在这庸俗而愚蠢的生活里面也找到了诗,找到了推动并鼓舞他的主人公们的感情:这感情就是习惯。你知道什么是习惯?——关于这个奇怪的感情,普希金说过:

  习惯得自天赋:
  它是幸福的代用物!②

你能设想一个丈夫,伏在四十年来跟他像猫狗一样争吵不休的妻子的棺材上号啕痛哭吗?你懂得,对于一幢住过多年,习惯得像灵魂依附于肉体一样,使你联想起简单的单调的生活、紧张的劳动和甜美的休息,甚至若干恋爱与欢乐的场面的简陋的房子,当用它来调换富丽的皇宫的时候,你也会感到黯然神伤吗?你懂得,对那条

---

① 腓利门和巴甫基达是古代一对以敬爱驰名的夫妇,此处即指《旧式地主》里的两个人物亚芳纳西·伊凡诺维奇·托夫斯托古勃和普尔赫里雅·伊凡诺芙娜·托夫斯托古比哈。

② 引自《叶甫盖尼·奥涅金》第二章第三十一节。

用锁链拴了十年,十年来你走过时就向你摇尾乞怜的狗,你也会感到黯然神伤吗?……呵,习惯是伟大的心理学课题,人类灵魂的伟大的秘密。对于冷漠的凡夫俗子、拘泥于世俗烦虑的人说来,习惯代替了被天性和生活环境所剥夺的人类感情。对于这种人,它是真正的至福,真正的神意的禀赋,他的欢乐和(真奇怪!)人类的欢乐的唯一的源泉!可是,对于一个真正的人,习惯是什么呢?不是命运的嘲笑吗?然而,他迁就着它,他迷恋于无聊的事物和无聊的人,当失去这些时,就感到无限的痛苦!此外,还有什么呢?果戈理君把你那深刻的人类感情,崇高的火炽的热情,和可怜的劣等人的习惯感情加以比较,说道:他的习惯感情比你的热情更有力、更深刻、更持久,你站在他面前,会瞠目不知所答,像答不出功课的学生站在老师面前一样①!……我们卓越的行为,优美的感情的原动力,往往就隐藏在这些地方!呵,不幸的人类!可怜的生活!然而,你无论如何还是会可怜亚芳纳西·伊凡诺维奇和普尔赫里雅·伊凡诺芙娜的!你会为他们哭泣,他们只是吃、喝,然后就死掉!呵,果戈理君是一个真正的魔术家,你设想不出我是怎样生他的气,因为他差一点也使我为他们哭了,他们只是吃、喝,然后就死掉!

果戈理君中篇小说中的十足的生活真实,是和构思的朴素密切地关联着的。他对生活既不阿谀,也不诽谤;他愿意把里面所包含的一切美的、人性的东西展露出来,但同时也不隐蔽它的丑恶。在前后两种情况下,他都极度忠实于生活。在他写来,生活是一幅真正的肖像画,十分逼真地抓住一切,从人物的表情直到他脸上的雀斑;从伊凡·尼基福罗维奇的各色衣服,直到穿长统靴、身上涂满石灰、在涅瓦大街上溜达的俄国农夫;从嘴衔烟斗、手持马刀、不怕世上任何人的勇士布尔巴②的巨大的脸,直到嘴衔烟斗手擎酒

---

① 这些话和谢维辽夫关于习惯的意见是针锋相对的。
② 《塔拉斯·布尔巴》里的主人公。

杯时不怕世上任何人,甚至也不怕妖魔鬼怪的坚忍学派哲学家霍马①。"伊凡·伊凡诺维奇真是一个妙人!他很爱吃甜瓜。这是他心爱的食品。刚一吃完饭,穿着一件衬衫走到廊檐下面,他立刻吩咐加泼卡拿两只甜瓜来。自己动手切瓜,把瓜子收集在一张特备的纸上,于是开始大嚼。然后,吩咐加泼卡拿墨水来,亲手在包瓜子的纸上题字:此瓜食于某月某日。如果有一个客人同座,就写:与某人同食……""伊凡·尼基福罗维奇非常喜欢洗澡,当他齐脖子坐在水里的时候,就叫人把桌子和茶炊放在水里,他喜欢在这样清凉的境界中喝茶。"请问,看在老天爷的分上,还能比这更毒辣、更恶毒,同时也更善良和更可爱地嘲笑不幸的人类吗?……这一切都是因为太忠实了!再看腓利门和巴甫基达的生活:"看到他们相互间的爱情而无动于衷,是不可能的。他们彼此从来不说你,总是称您:'您,亚芳纳西·伊凡诺维奇;''您,普尔赫里雅·伊凡诺芙娜。'——'是您把椅子压坏的吗,亚芳纳西·伊凡诺维奇?'——'没什么,您别生气,普尔赫里雅·伊凡诺芙娜,这是我……'"或者:"这之后,亚芳纳西·伊凡诺维奇恢复了平静,走近普尔赫里雅·伊凡诺芙娜的身边,说:'普尔赫里雅·伊凡诺芙娜,也许该吃点什么了吧?'——'现在吃什么呢,亚芳纳西·伊凡诺维奇?要就是猪油饼,罂粟包子,或者腌蘑菇!''就拿点蘑菇或者包子来好了。'亚芳纳西·伊凡诺维奇答道,于是在桌子上忽然铺上了桌布,摆出了包子和蘑菇。午饭前一个钟头,亚芳纳西又吃了一次,用旧式的银杯喝了一杯伏特加酒,吃了蘑菇、各种晒干的鱼等等下酒。十二点钟吃午饭。吃饭时,通常总是讲些和吃饭最有关系的事情。'我觉得,'亚芳纳西·伊凡诺维奇常常说,'这盆粥有点煳了;您不觉得吗,普尔赫里雅·伊凡诺芙娜?'——'不,亚芳纳西·伊凡诺维奇;您多加点油,粥就没有焦味了,或者把这

---

① 《维》里的主人公。

香菌汁子和到粥里去。'——'好吧,'亚芳纳西·伊凡诺维奇说着,把盆子递了过来,'让我来尝尝它是什么味道……''您尝尝,亚芳纳西·伊凡诺维奇,这是多么好的西瓜。'——'您别以为,普尔赫里雅·伊凡诺芙娜,红瓤的就是好瓜,'亚芳纳西·伊凡诺维奇拿起一大片来说道,'也有红的并不好吃。'"你在这里有没有注意到亚芳纳西·伊凡诺维奇的细腻委婉,他想用各种迂回曲折的借口不让老伴看出连他自己也仿佛引以为耻的可怕的食量?可是,我们再来看看他的更多的事迹吧。"这之后亚芳纳西·伊凡诺维奇又吃了几只梨,和普尔赫里雅·伊凡诺芙娜一起到花园里去散步。回到家里来,普尔赫里雅·伊凡诺芙娜去做自己的事情,他就坐在廊檐下面……等了不多一会儿,叫人去请了普尔赫里雅·伊凡诺芙娜来,说:'有什么东西给我吃吗,普尔赫里雅·伊凡诺芙娜?'——'有什么吃的呢,'普尔赫里雅·伊凡诺芙娜说,'要不要我去叫人给您拿点果馅饽饽来?那是我特意给您留下的。'——'也好。'亚芳纳西·伊凡诺维奇答道。'或者,您还是吃麦粉浆?'——'也行。'亚芳纳西·伊凡诺维奇答道。这之后,两样即刻拿了来,照例被吃得精光。在晚饭之前,亚芳纳西·伊凡诺维奇又吃了些什么……九点半钟吃晚饭……晚上,亚芳纳西·伊凡诺维奇有时在卧室①里走着,呻吟着。那时普尔赫里雅·伊凡诺芙娜问道:'您哼哼些什么,亚芳纳西·伊凡诺维奇?'——'天知道,普尔赫里雅·伊凡诺芙娜,好像肚子有点痛。'亚芳纳西·伊凡诺维奇说。'也许你吃点东西就好了,亚芳纳西·伊凡诺维奇?……'——'不知道这好不好,普尔赫里雅·伊凡诺芙娜!可是,有些什么吃的呢?'——'酸牛奶,或者有梨干的果汁。'——'好吧,反正只要尝尝。'亚芳纳西·伊凡诺维奇说。

---

① 因为详细的摘录会比本来已经够长了的本文还要长,所以我容许自己作了若干脱漏,并且为连贯起见,变动了一些字句。——原注

睡眼惺忪的女仆到食橱里去搜寻了一下，于是亚芳纳西·伊凡诺维奇又吃了一盘子。这之后，他通常总是说：'现在好像松动了一些。'"

你以为如何？照我看来，在这段素描里，表现了整个的人，他的整个生活，同着它的过去、现在与未来！两个老年人的夫妇之爱，亚芳纳西·伊凡诺维奇就家里突然起火一事，更可怕的是就企图投军一事对他老伴所作的一番嘲弄；善良的普尔赫里雅·伊凡诺芙娜的恐惧、抗辩、轻微的愤慨，最后是亚芳纳西·伊凡诺维奇想到居然能把妻子耍弄了一番时所体验到的踌躇自满之感！呵，这些描绘，这些特征，是如此可贵的诗的珍珠，相形之下，我们土产的巴尔扎克们的华丽辞藻简直成了豌豆！……这一切都不是虚构的，不是得自道听途说，或从现实抄袭的，而是在诗的启示的瞬间用感情揣摩到的！假如我想把一切章节摘录出来，证明果戈理君抓住了并忠实地复制了所描写的生活的概念，我就非逐字逐句重录他的全部中篇小说不可。

果戈理君的中篇小说是极度民族性的；可是我不想对它们的民族性多加赘述，因为民族性算不得是优点，而是真正艺术作品的必备的条件，假使我们应该把民族性理解为对于某一民族、某一国家的风俗、习惯和特色的忠实描绘的话。任何民族的生活都表露在只被它所固有的形式之中，因而，如果生活描绘是忠实的，那就也必然是民族的。要在诗的作品中反映民族性，并不要求艺术家像普通设想的那样作深刻的钻研。诗人只需顺便看一看某种生活，它就被他摄取到了。作为一个小俄罗斯人，果戈理君从小熟悉小俄罗斯生活，可是他的诗歌的民族性并不限于小俄罗斯①。在

---

① 这些话是针对森科夫斯基的议论而发的，森科夫斯基认为果戈理的才能只能够写些小俄罗斯的笑谈。

他的《狂人日记》里,《涅瓦大街》里,一个哈哈儿①也没有,全是些俄罗斯人,此外还有德国人;这些俄罗斯人和德国人被他描写得多么好啊!什么样的席勒和霍夫曼②啊!我顺便要在这里指出一下:我们实在不应该再操心什么民族性了,正像没有才能就不要再写作一样;因为这民族性很像克雷洛夫寓言里的影子③:果戈理君不以它为意,它却自己找上门来,许多人竭力追逐它,得到的却只是琐碎凡庸而已。

几乎同样的话也可以应用到独创性上面:正像民族性一样,它也是真正才能的必备的条件。两个人可能在一件指定的工作上面不谋而合,但在创作中决不可能如此,因为如果一个灵感不会在同一个人身上发生两次,那么,同一个灵感更不会在两个人身上发生。这便是创作世界为什么这样无边无际、永无穷竭的缘故。诗人从来不会说:"我写什么好呢?都被人写光了!"或者:

　　　　天啊,我生也何迟?

创作独创性的,或者更确切点说,创作本身的显著标志之一,就是这典型性,如果可以这样说的话,这就是作者的纹章印记。在一位具有真正才能的人写来,每一个人物都是典型,每一个典型对于读者都是似曾相识的不相识者。你不必说:这是一个具有壮阔灵魂、强烈情欲、渊博智慧,但理性偏狭的人,他爱妻子爱到疯狂的程度,只要有一点不忠贞之嫌,就会用手去扼死她——你可以简短扼要地说:这是奥瑟罗!你不必说:这是一个深刻地懂得人的使命和生活的目的,努力为善,但丧失了灵魂的活力,做不成一件好事,

---

① 小俄罗斯人的绰号。
② 《涅瓦大街》里的两个人物。
③ 见于寓言《影与人》:一个淘气家伙想捉影子,无论跑得多么快,也还是捉不到影子,可是等到他反身走时,影子却自己追上来了。

由于感到自己的无力而痛苦着的人——你可以说:这是哈姆雷特!你不必说:这是一个信念卑劣,善意地作恶,诚实地犯罪的官吏——你可以说:这是法穆索夫①!你不必说:这是一个由于贪图好处而谄媚,仅仅由于灵魂的吸引而无私地谄媚的人——你可以说:这是莫尔恰林②!你不必说,这是这样的一个人:他终生不知道有任何人类思想,任何人类感情,不知道人除了寒冷、失眠、臭虫、虱子、饥渴之外还有痛苦和悲哀,除了酣睡、饱食、品茗之外还有欢乐和喜悦,人的生活中还有比吃瓜更重要的事,除了每天视察钱柜、仓库和畜栏之外还有职务和责任,还有比相信他是某处穷乡僻壤的第一流人物更远大的野心;呵,请别浪费这么许多句子,这么许多字眼——你可以简单地说:这是伊凡·伊凡诺维奇·彼列列平科③,或者:这是伊凡·尼基福罗维奇·杜甫果契洪④!并且,相信我,大家更快地就会明白你的。事实上,奥涅金、连斯基⑤、达吉雅娜⑥、扎列茨基⑦、列彼季洛夫⑧、赫辽斯托娃⑨、屠果乌霍夫斯基⑩、普拉东·米哈伊洛维奇·戈利奇⑪、咪咪公爵小姐⑫、普尔赫里雅、伊凡诺芙娜、亚芳纳西·伊凡诺维奇、席勒⑬、庇斯卡辽夫⑭、庇罗果夫⑮,一切这些专有名词现在不都成了普通名词了吗?并且,我的天!其中每一个都包含着多少意义啊!这是中篇小说、长篇小说、历史、长诗、戏剧、卷帙浩繁的书,简短点说:整个世界包含在一个字眼里面,只包含在一个字眼里面!较之

---

① ② 均系格里鲍耶陀夫的喜剧《智慧生痛苦》里的人物。
③ ④ 均系《伊凡·伊凡诺维奇和伊凡·尼基福罗维奇吵架的故事》里的人物。
⑤ ⑥ ⑦ 均系《叶甫盖尼·奥涅金》里的人物。
⑧ ⑨ ⑩ ⑪ 均系《智慧生痛苦》里的人物。
⑫ 奥陀耶夫斯基的同名中篇小说里的人物。
⑬ ⑭ ⑮ 均系《涅瓦大街》里的人物。

每一个这些字眼,你所珍爱的名句:"Qu'il mourût!""Moi!"①"我是俄狄浦斯!"②算得了什么呢?果戈理君构思这种字眼是怎样的能手啊!我不想絮述许多人已经说过多次的话,我只想讲到他的这样一个小小的字眼——庇罗果夫!……老天爷!这就是整个等级,整个民族,整个国家!呵,独一无二的、无可比拟的庇罗果夫,典型之典型,原型之原型!你比夏洛克③更广阔无边,比浮士德更意味深长!你是一切"喜欢谈论文学,赞美布尔加林、普希金和格列奇,带着轻蔑和俏皮的讽刺讲到奥尔洛夫"④的人们的文化和教养的代表。是的,诸位,真是一个不可思议的字眼——庇罗果夫!这是象征,玄秘的神话,一件剪裁得十分奇妙、一千个人穿来都合身的长袍!果戈理君构思这样的字眼,说出这样的 bons mots⑤来,真是一位能手啊!为什么他是这样的能手?因为他独创!为什么会独创?因为他是诗人。

　　可是,还有另外一种从作者个性发出的独创性,这是作者用有色眼镜看世界的结果。我在前面已经说过,果戈理君的这种独创性,表现在那总是被深刻的悲哀之感所压倒的喜剧性的兴奋里面。在这一点上,俄国的一句俗谚"始以祝福,终以哀悼"可以移赠给他的中篇小说作为题铭。事实上,当你遍阅了这一切无聊、猥琐、赤裸裸、丑恶至极的生活画面之后,尽情地对这生活大笑大骂之后,你还剩下些什么感情呢?我已经讲过了《旧式地主》——这一部名副其实的含泪的喜剧。再拿《狂人日记》来看吧,这丑陋的奇景,这艺术家奇特的怪诞的幻梦,这对于生活和人、可怜的生活、可怜的人的温厚的嘲笑,这洋溢着无穷的诗、无穷的哲学的讽刺画,

---

① 法文:"让他死!""我!"这两句分别引自高乃依的剧本《贺拉斯》和《美迭亚》。
② 引自奥泽罗夫的剧本《俄狄浦斯在雅典》。
③ 莎士比亚喜剧《威尼斯商人》里的人物。
④ 引自《涅瓦大街》。
⑤ 法文:妙语。

这用诗的形式陈述的、在真实性和深刻性方面十分惊人的、足与莎士比亚媲美的心理的病症历史:你仍旧会对这个蠢物发笑,可是你的笑已经消溶在悲哀之中;这笑是针对一个说昏话、招人笑、引起怜悯的疯子而发的。在这一点上,我关于《伊凡·伊凡诺维奇和伊凡·尼基福罗维奇吵架的故事》也说过同样的话;我还得补充说,就这方面说来,这篇中篇小说是最为惊人的。你在《旧式地主》里看到一些无聊的、猥琐的和可怜的人,但至少是善良的,诚实的;他们相互间的爱情仅仅建立在习惯上面:但习惯总还是一种人类感情,任何爱情,任何依恋,不管建立在什么上面,总是值得同情的,因而,为什么可怜这两个老人,还是可以理解的。可是,伊凡·伊凡诺维奇和伊凡·尼基福罗维奇却是十足无聊的、猥琐的,同时又是道德上肮脏而可厌的家伙,因为在他们身上,根本没有一点人性的东西;那么,请问,当你一直读到那悲喜剧的结局的时候,为什么会那么悲痛地微笑,那么忧郁地叹息呢?这里便是诗歌的秘密!这里便是艺术的魔力!你看见的是生活,看见了生活,就不得不叹息!……

果戈理君的喜剧性或幽默,具有着特殊的特点:这是一种纯粹俄国的幽默,平静的、淳朴的幽默,作者在这里装扮成傻子的模样。果戈理君郑重其事地谈着伊凡·伊凡诺维奇的一件毛皮袄,有的傻子会认真地想到,作者真的为了没有这样一件漂亮的毛皮袄而在懊丧着呢。是的,果戈理君装扮得妙极了;虽然除非太愚蠢的人,才会不懂得他的讽刺,可是这种讥刺实在是对他非常适合的。然而,这只是一种手法,而果戈理君的真正的幽默,还是在对生活的真实的看法上面,我还得补充说,这绝对不是依靠他所表现的生活的漫画性来决定的。他甚至当沉迷在所描写的现象的诗意里面的时候,也总是一贯的,从来不背叛自己。公正是他的偶像。关于这一点的证据就是《塔拉斯·布尔巴》,这部用勇敢豪放的画笔写成的瑰丽的叙事诗,这幼年民族英雄生活的清晰的素描,这足与荷马媲美的装在狭小框子里的巨大的图画。布尔巴是一个英雄,布尔巴是一个具有铁的性格、铁的意志的人:作者描写他的血仇的业绩,高扬到了抒情的境界,同时又成为一个最高度的戏剧家,而这一切,却并不妨碍他偶或用主人公来使你发笑。你看到那个冷酷地从母亲身边夺走孩子、亲手杀死亲生子的布尔巴,会害怕得发抖,看到他在孩子死时举行血祭,会大大地吃惊,可是看到他跟儿子斗拳,跟孩子们一起喝酒,颇以他们在此道中不让于父亲为乐,高兴他们在神学校里结结实实挨了揍,这时候你又会发笑的。这喜剧性的原因,描写的漫画性的原因,倒不在于作者具有在一切里面发掘可笑的能力和倾向,而是在于生活的真实性。如果果戈理君时常也故意地嘲弄一下他的主人公们,那也是不怀怨毒,不怀仇恨的;他懂得他们的猥琐,但并不对此生气;他甚至还喜爱它,正像成年人喜爱孩子游戏,觉得这游戏天真得可笑,但并不想参与在里面一样。可是,无论如何,这依旧是幽默,因为他不宽恕猥琐,不隐藏也不粉饰它的丑恶,因为一方面迷醉于描写猥琐,同时也激发人们对它的厌恶。这幽默是平静的,也许这样就更容易达到目的。我得顺便指出,这里便是这一类作品的真正的道德性所在。作者在这里不插入任何箴言,任何教训;他只是像实际那样描写事物,它们究竟怎样,他管不着,他不抱任何目的地去描写他们,只为了享受描写时的愉快。继《智慧生痛苦》之后,我不知道有任何一部用俄文写成的作品,能像果戈理君的中篇小说那样具有纯洁的道德性,对世道人心发生强烈而有益的影响。呵,在这样的道德性前面,我是随时准备屈膝下跪的!的确,凡是懂得伊凡·伊凡诺维奇·彼列列平科是何等样人的人,如果有人称呼他伊凡·伊凡诺维奇·彼列列平科,他一定会生气的。作品中的道德性,应该表现在作者对于道德的或不道德的目的毫无奢求这一点上面。事实比空谈更为响亮;忠实地描写精神的丑恶,比一切攻击它的话要有力得多。然而,不要忘记:这样的描写,只有当它是无目的的时候,被创造出来的时候,才是忠实的,而只有灵感才能够创造,而灵感又只有有才能的人才能够获得,因而,只有有才能的人方才能够在自己的作品中是道德的!

这样说来,果戈理君的幽默,是一种平静的、在愤怒中保持平静、在狡猾中保持仁厚的幽默。可是,在作品中,还有另外一种严峻而露骨的幽默,它咬得你出血,刺透你的皮骨,直言无隐,用毒蛇编织的鞭子前后左右地抽打你,一种苦辣的、恶毒的、无慈悲的幽默。你们想看看它吗?我来指点给你们——请看:这里是一个跳舞会,一群徒负虚名、自命不凡的名流,为了消磨时间,他们那个永久的敌人、凶手,集合在这里,这是一群苍白的、可怕的、不像人形的人,人类和畜类的耻辱;这里就是那个跳舞会:"各色各样人物在人群中徘徊着,千百种阴谋和罗网在四组舞的欢快的旋律下纠缠着、展开着;成群谄媚的陨石,围绕着倏忽一现的彗星旋转;变节者向自己的牺牲品卑贱地行礼;在这里,可以听到依附于长期深远计划的无意义的闲话;在这里,轻蔑的微笑从壮丽的脸上滑下,冻住对方恳求的脸色;在这里,黑暗的罪恶悄悄地爬行着,庄严的卑劣骄傲地带着抗拒的烙印……"可是,忽然跳舞会陷入了骚乱,人们喊道:"大水!大水!""在跳舞会的另外一端,音乐还在演奏着,那里还在跳着舞,那里还在谈论未来,那里还在想着昨天做过的和明天该做的卑劣事情,那里还有人什么也不想……可是不久传来了可怕的消息,音乐打断了,一切纷乱了……为什么这些人脸都发白了?……怎么,诸位,除了你们日常的阴谋、奸策、算计之外,这世上还能有别的东西?不对!废话!一切都会过去的!明天的日子又会降临!一切又会像先前一样继续下去!打倒敌对者,欺骗朋友,爬到新的位置上去!……可是,你们不听,你们战栗着,冷汗浸透着你们,你们害怕!真的——水一直在漫涨着——你们打开窗子呼救,回答你们的只是怒涛的呼啸,滚滚白浪像许多只激怒的猛虎一样,向光亮的窗口直扑!——是的!真是可怕呀!再过一分钟,你们妇人们的豪华的烟色的衣装全要湿透了!再过一分钟,你们胸前的夸耀的饰物会加添你们的重累,把你们拖到冰冷的水底!——可怕!可怕!嘲弄自然力的万能的科学方法在哪里呢?——诸位,科学在你们的长吁短叹之下麻痹了。驱除烦恼的祈祷的力量在哪里呢?——诸位,你们丧失了这个词儿的意义。——你们还剩下些什么?——死!死!可怕的死!缓慢的死!可是,放勇敢些吧,死是怎么一回事呢?——你们这些贤智的、思虑周密的、蛇一样的人呀!难道你们在深思中从来没有想到过的这件事,真会是那样重要的吗?你们还是求助于自己的洞察力吧,用你们惯用的手段去对付死吧:试试看,是不是可以收买它,诽谤它?它难道不怕你们的冷酷的威吓的眼色?……"[1]

我不想来断定,这两种幽默哪一种更为重要。提出这样的优越性的问题,是愚蠢的,正像提出颂诗优于哀歌、长篇小说优于戏剧的问题一样,因为典雅这东西,不管采取什么形象出现,就其本身说来,总是一样的。有些事物是这样恶劣,只需显示它们的原形或提起它们的名字,就能令人对它们发生无限的厌恶;可是还有一些事物,虽然本身是丑陋的,却会用光彩的外表来蒙人。有一种猥琐是粗野的、低劣的、赤裸的、无掩盖的、龌龊的、奇臭的、衣衫褴褛的;还有一种猥琐是骄傲的、自满的、豪华的、壮丽的,是会使最纯洁热烈的心灵对于真正的福利发生怀疑的,这种猥琐驾轻车,蔽金饰,巧辞令,娴礼仪,使你在它面前显得低微,你甚至会以为它才是真正的伟大,它才懂得人生的目的,你却是受了骗,追逐幻影而不自觉。对付任何一种猥琐,都需要一条特殊的、坚硬的鞭子,因为任何一种猥琐都是穿着三重铠甲的。对付任何一种猥琐,都需要一个奈密赛斯,因为人们有时应该从麻木不仁的昏睡中惊醒,记起人类尊严;霹雳有时应该在他们头上轰响,使他们记起造物主;在宴

---

[1] 引自奥陀耶夫斯基的中篇小说《幽灵的嘲笑》。

会时,在酒酣耳热之余,在谢肉节如痴如狂的尽情纵乐中,应该有一阵沉郁的庄严的钟声突然打破他们的疯狂迷醉,使他们记起神的殿堂,大家应该怀着忏悔之心,口唱赞美诗,向那里走去!……

果戈理君以《狄康卡近乡夜话》一书著名于世。这是小俄罗斯的诗的素描,充满着生命和诱惑的素描。大自然所能有的一切美好的东西,平民乡村生活所能有的一切诱人的东西,民族所能有的一切独创的典型的东西,都以虹彩一样的颜色,闪耀在果戈理君初期的诗情幻想里面。这是年轻的、新鲜的、芬芳的、豪华的、令人陶醉的诗,像爱情之吻一样……你读读他的《五月之夜》吧,在冬夜,围着火光熊熊的炉子读它,你就会忘掉冬天,连同它的严寒和风雪;你将惊叹这幸福南方的充满奇妙与神秘的、辉煌的、透明的夜;你将惊叹这年轻的苍白的美女,凶恶继母的仇恨的牺牲物,这敞开一扇窗的空寂的房屋,这荒凉的湖,月光投照在平静的水面,几排影踪缥缈的美女在绿色的岸边舞蹈……此情此景,宛如莎士比亚的《仲夏夜之梦》在你的想象中所留下的印象。《圣诞节前夜》是民族的家庭生活、他们的小欢乐与小愁苦的一幅完整而充分的图画,总之,这里包含着他们生活的全部的诗。其次,《可怕的复仇》是《塔拉斯·布尔巴》的 pendant[①],这两幅巨大的图画一致显示出果戈理君的才能可能发扬到什么程度。可是,要叫我分析起《近乡夜话》来,我会永远分析不完!《小品集》和《密尔格拉得》带着成熟的才能的一切标志。在这两本书里面,迷醉和抒情的放纵比较少,可是生活描写方面的深度和逼真就更多了。加之,他在这里扩大了活动范围,一方面并不把可爱的、美丽的、百看不厌的小俄罗斯弃置不顾,同时更到俄国中等阶层的风俗中去寻找诗。我的天,他在那里找到了多么深刻的强有力的诗啊!我们,

---

① 法文:对称物。

莫斯卡尔①,连想都想不到的! ……《涅瓦大街》是一篇深刻而又迷人的作品;这是同一种生活的两个极端,崇高和可笑紧挨在一起。在这幅图画的一面,是这位穷苦的、无忧无虑和天真得像孩子一样的画家,他在涅瓦大街看到一个天仙般的女子,一个只有他的艺术想象才能够设想的神妙的创造物;他追踪她,他战栗,他不敢呼吸,因为他还不认识她,可是已经崇拜了她,而任何崇拜总是胆怯的、战战兢兢的;他看见她善意的一笑,于是"他觉得马车全不动了,桥拉长,在拱门的地方折断,房屋倒立,岗亭和哨兵的戟,连同金字和画着的剪刀,仿佛在他的眼睫毛上发亮"。他由于陶醉和对幸福的战栗的预感,气都喘不过来,一直跟她走到一幢大厦三层楼②上,于是他看见了什么? ……她还是那么美丽,那么迷人,她愚蠢而无耻地望着他,好像对他说:"喂! 你要怎么样?……"他飞快地就逃走了。我不想复述他的梦,这是我们诗歌中的一颗奇妙而宝贵的珍珠,它仅次于普希金的达吉雅娜的梦;在这里,果戈理君是一个最高度的诗人。对于初次读这篇中篇小说的人说来,在这个奇妙的梦里,现实和诗、实际和幻想是这样紧密地糅合在一起,当他知道这不过是一场梦之后,一定会惊奇不止。你想象一个穷苦的、褴褛的、肮脏的画家③,在一群星章、十字勋章和各种参议官中间惶惑不知所措! 他厕身其间,自惭形秽,他要走近她,他们却不断地挡住去路,这些佩戴星章和十字勋章的人毫不迷醉、毫不战栗地把她看待得有如金制鼻烟匣一样……经过这场梦之后,将是怎样的觉醒! 经过这样的觉醒之后,怎么再能够活下去? 他的确不再生活在现实中,他整个儿沉醉在幻梦里了……终于,他的灵魂里闪出一线虚妄的、然而像虹彩一样的希望之光:他决定了

---

① 大俄罗斯人的绰号。
② 根据果戈理原作,应为四层楼。
③ 即指庇斯卡辽夫。

忘我献身，他甚至不惜为她牺牲自己的荣誉，像为莫洛赫①牺牲一样……"我现在刚睡醒，是早上七点钟人家把我送回来的，我真喝醉了。"——她对他说，还是那么美丽、迷人……这之后，甚至在幻梦里，他还能够活下去吗？……画家不复存在，他走进了黑暗的墓窟，没有人为他流泪，世人也不知道在这颗有罪的痛苦的灵魂里演了怎样崇高而可怕的戏剧……

在这幅画图的另一面，你们看到庞罗果夫和席勒，庞罗果夫我已经谈过了，这席勒想把鼻子割掉，好节省买鼻烟的耗费；这席勒骄傲地说，他是斯瓦比亚的德国人，不是俄国猪，他在德国有一个国王；这席勒"从二十岁起，从俄国人还糊里糊涂过日子的时候起，已经把一生估量定了，规定在十年中攒聚五万卢布本钱，这已经像命运一样地确定而不可抗拒，因为叫德国人自食其言，是比叫官吏忘记张望上司的传达室更要困难的"；最后，这席勒"规定一昼夜亲妻子的嘴不得超过两次，为了不多亲一次起见，从来不在汤里放过一勺以上的胡椒"。你们还需要什么呢？这里是整个的人，他的生活的全部历史！……那么，庞罗果夫呢？……呵，关于他一个人就可以写上整本的书！……你记得他对那个跟他正是天造地设一对的愚蠢的金发女郎的追逐，他跟席勒的争吵以及二人之间的关系；你记得他受了冷漠无情的奥瑟罗②何等可怕的毒打，记得在陆军中尉③的心里，沸腾着怎样的愤怒，怎样如焚的仇恨，记得他吃了蜜饯糕饼，读了《蜜蜂》之后，满腔的郁怒多么快地就烟消云散了？……奇妙的糕饼！奇妙的《蜜蜂》！庞斯卡辽夫和庞罗果夫——什么样的对照啊！他们俩在同一天，同一小时，开始追逐各自的美女，可是他们追逐的结果是多么不同啊！呵，这对照

---

① 古代腓尼基人所信奉的以人身为祭品的火神。
② 即谓妒忌的丈夫。
③ 即指庞罗果夫。

中蕴蓄着怎样的意义！这对照产生了怎样的影响！庞斯卡辽夫和庞罗果夫，一个黄土长埋，另外一个却愉快而幸福，甚至在追逐失败和挨了一顿毒打之后！……是的，诸位，活在这世上真是沉闷啊！……

《肖像》是果戈理君在幻想体裁方面的一篇失败之作。在这里，他的才能衰落了，可是他即使在衰落时，也还是才能焕发的。这篇中篇小说的第一部，读后是不能不令人心醉的；的确，在这幅神秘的肖像里面，甚至有些可怕的、宿命的、奇谲的东西，有些不可遏制的魅力，使你虽然觉得可怕，却还是不由自主地要去看它。再加上无数果戈理风的幽默的图画和素描；你记得那个谈论绘画的巡长；其次是那个把女儿领去见恰尔特科夫、要他给画一张肖像的、咒骂跳舞而向往大自然的母亲，——这样一想，你就不会否认这篇中篇小说也是有优点的。可是，第二部却绝对地一无是处；在这里面，根本看不到果戈理君。这是理智在起作用，毫无想象掺杂其间的显然的蛇足。

一般说来，果戈理君是不大擅长写幻想作品的，我们完全同意谢维辽夫君的意见，他说："令人生畏的东西不能写得太详尽；幽灵只有在扑朔迷离的时候，才是可怕的；你如果能看出幽灵是一个黏液质的圆锥体，有着代替脚用的下巴和长在头顶上的舌头，那就没有什么可怕了，可怕就变为丑陋了。"可是，同时却可以看到小俄罗斯风俗的图画[1]、神学校的写照（不过，有点令人想起纳列日内[2]的神学校来），神学校学生们，特别是哲学家霍马的肖像，这个霍马不是神学校某一年级里的哲学学生，而是精神上、性格上、生活见解上的哲学家！不可比拟的 dominus[3] 霍马啊！你除了烧酒

---

[1] 以下讲的是果戈理的另一篇中篇小说《维》。
[2] 纳列日内（1780—1825），俄国作家。
[3] 拉丁文：先生。

之外对一切尘世事物保持禁欲主义的冷淡,这是多么伟大!你尝够了愁苦和恐怖,差一点落到魔鬼的爪子里去,可是在深而且广的酒瓶后面你把一切都忘记了,在那瓶底里埋葬了你的刚勇和你的哲学;有人问起你所经验到的情欲,你挥挥手答道:"这世上什么卑劣的事情都会有的!"你在一夜之间白了一半头发,却还跳着特列巴克舞,那股劲儿使人见了会吐一口唾沫,喊道:"这人跳得多么长久啊!"让各人照自己的意见去判断好了,在我看来,哲学家霍马是足与哲学家斯柯伏罗达①媲美的!其次,你还记得哲学家霍马的出于无奈的旅行,记得酒店里的狂饮,这个陀罗希灌饱了黄汤之后,忽然想知道神学校里教些什么(开玩笑!),这个爱发议论的人赌咒说,"一切应该照老样子继续下去,上帝知道应该怎样安排",最后,这个白胡子哥萨克因为自己是个举目无亲的孤儿而痛哭起来……还有厨房里这些富有教益的谈话,那里"往往无所不谈,谈到谁裁了一条新裤子,地底下有些什么,谁看见了狼?"还有这些聪明人关于大自然奇景的意见?还有百人长老爷的画像?谁能把好处说尽呢?……不,尽管这篇中篇小说在幻想方面是失败的,却仍旧不失为一篇奇妙的作品。可是,就是里面的幻想部分,也只在描写幽灵的时候才显出了软弱,其他如霍马在教堂里读经、美女的复活、维的出现,都是优美绝伦的。

我还很少谈到《塔拉斯·布尔巴》,也不想加以赘述,因为否则,我就得再写一篇和小说一样长的文章……《塔拉斯·布尔巴》是整个民族生活的伟大叙事诗中的一个片段、插曲。如果在我们的时代能够产生荷马式的叙事诗的话,这就是它的最高的标本、典范和原型!……假使人们说,《伊利亚特》反映出英雄时代希腊人的全部生活,那么,上世纪的诗学和修辞学难道就能阻止我们,就其对十六世纪小俄罗斯的关系上,对《塔拉斯·布尔巴》说同样的

---

① 斯柯伏罗达(1722—1794),乌克兰哲学家。

话吗?……事实上,这不就是全部的哥萨克生活,连同他们奇异的文化,勇敢放荡的生活,他们的无忧无虑与懒散,坚忍与活动,粗暴的宴饮与血的袭击吗?……请问,这幅图画里面还缺什么?还有什么不足之处?这一切不都是从生活底层抓取到的吗,这里不是有整个生活的巨大脉搏在跳动吗?这勇士布尔巴同着他的孔武有力的儿子们;这群查波罗什人,一起在广场上跳着特列巴克舞;这个哥萨克,躺在水洼里,来显示对于身上所穿的华贵衣服的蔑视,只要谁敢动他一根毫毛,就不惜向之挑战;这个团长,不由自主地说着娓娓动听、辞藻华美的话,讲到必须跟伊斯兰教徒打仗,为的是"许多查波罗什人在酒店里欠了犹太人和自己哥儿们不少的钱,现在没有一个鬼再相信他们";这个母亲好像是顺便出现的,为了活着来恸哭自己的孩子,像那时的许多哥萨克妇人和母亲一样……还有犹太人和波兰人,安德烈的爱情和布尔巴的血仇,奥斯塔普的受刑,他对父亲呼吁以及布尔巴回答他"我听着呢"①,以及最后,年老的狂信者的英勇的死,他不曾感受可怕的折磨,因为他只感觉到对于敌对民族的复仇的渴望?……这不是叙事诗吗?……否则,什么才是叙事诗呢?……多么豪迈、奔放、锋利和奋疾的画笔!多么激越、强力的诗歌,像查波罗什营地一样,从那里"跃出狮子一样骄傲而顽强的人,向乌克兰全境泛滥出哥萨克

---

① 然而,我并不把这"我听着呢"当作果戈理君太大的功绩,不像有些人那样认为,除了这著名的"我听着呢"之外,即使果戈理君不再琢磨出别的什么,仅此已经足够使恶意的批评趋于沉默;因为第一,美学作品不能使恶意的批评解除武装,关于这一点,被有些善意的批评尊为保罗·德科克的果戈理本人就是一个证明;其次,如果和整篇小说孤立起来,不发生联系,这著名的"我听着呢"是没有任何意义的;最后,例如把"Qu'il mourût""Moi!""啊,我是俄狄浦斯,我是罗司"之类视为崇高的话的那个时代,现在已经过去了;为什么要用新的"崇高句法"的例子来给学究装潢门面呢?——原注(译者按:这一段话是有所指的:谥果戈理以"俄国的保罗·德科克"尊号的是布尔加林和森科夫斯基;对"我听着呢"大加赞赏的是谢维辽夫。)

人的意志和气度!……"

再对你们说些什么呢?也许,你们对于我所说的不大满意:有什么办法?感受并理解美好的事物,比使别人去感受并理解它,要容易得多!如果有一些读者,读了我的文章之后,说"这是对的",或者至少说"这里面也有些道理";如果另外一些读者,读了它之后,想把它里面所分析的作品找来读一遍,——这样,我的责任就算尽了,目的就算达到了。

可是我从上面所说的一切里面将引出怎样的一般的结论来呢?果戈理君在我们的文学中是个什么样的人物?他在里面占据怎样的位置?对于刚刚开始写作的他,作为一个刚刚开始写作的人,我们应该期待什么?我的任务不在于给诗人戴上不朽的花冠,评定文学作品的生死;如果我说过,果戈理君是一位诗人,那么,我已经把一切都说完了,已经无权对他下判词了。现在,在我们这里,"诗人"这个字眼已经丧失了它的意义:人们把它跟"作家"这个字眼混同起来。我们拥有许多作家,有些甚至是才禀卓著的,但诗人却没有。诗人是一个崇高而神圣的名词;这里面包含着不灭的光荣!可是,才禀是有高下之分的;柯慈洛夫、茹科夫斯基、普希金、席勒:这些都是诗人,可是他们是平等的吗?不是直到今天还在争论谁高吗?席勒还是歌德?不是一般都认为莎士比亚是独一无二、无与伦比的诗人之王吗?批评的任务便在这里:判定一个艺术家在其同辈中的高下程度。可是,果戈理君还只刚刚开始写作;因而,我们的任务,是就他的处女作以及处女作所带来的将来的希望来发表我们的意见。希望是大的,因为果戈理君拥有强大而崇高的、非凡的才能。至少目前,他是文坛的盟主,诗人的魁首;他站在普希金所遗下的位置上面。我们将留待时间去决定果戈理君怎样结束他的写作,现在只希望这位光辉灿烂的奇才长久地闪耀在我们文学的地平线上,他的活动能够和他的能力不相上下。

《小品集》里登载了两则长篇小说的片段。我们不能把这两则片段当作个别而完整的作品来判断;可是我们可以说,它们完全可以充作我上面所说的希望的保证。诗人有两种:有一些人只是能够懂得诗,并且诗歌对于他们与其说是禀赋或才能,宁可说是技能,依赖于外部生活环境之处颇多;在另外一些人来说,诗才却是积极的、构成其存在的不可分割的一部分的东西。前一种人,有时在整整一生中只会有一次表露出某种美好的诗的幻想,于是就仿佛被自己所完成的功绩的重荷压倒似的,在以后的作品中趋于衰弱、没落;这说明了为什么他们最初的作品大抵写得很出色,可是以后的作品就渐渐使已得的英名摧毁殆尽的缘故。另外一种人,却每有一部新的作品问世,就愈益提高和巩固起来;果戈理君属于后一类诗人:这就很够了!

我还忘了提到他作品的一个优点:这便是他描写心所向往的事物时洋溢着的一种抒情气质。假使他描写可怜的母亲,这个崇高而受难的人物,这个神圣的爱感的化身,在他的描写里面有着多少烦闷、忧愁和爱情!假使他描写青春的美,在他的描写里面有着多少沉醉和欢乐!假使他描写血肉相连的、他所爱慕的小俄罗斯的美,这就像一个儿子去爱抚敬爱的母亲一样!你们记得他关于第聂伯河流域广袤无垠的草原的描写吗?多么豪迈奔放的画笔!什么样的感情的放纵!在这些描写里面,有着什么样的华美和朴素!真了不起,草原,你在果戈理君笔下是多么出色呀!……

有一个杂志表示过一个非常古怪的愿望①,要果戈理君在刻画上等社会方面试试笔力:这个意见,发生在我们的时代,简直是一个可怕的时代错误!怎么!难道一个诗人能够对自己说:让我去写这个或那个,去试试这类或那类的作品?……再说,难道主题能够对作品的优点有所增减吗?难道这不是公理吗:有生活的地方,就有诗歌?可是,我的"难道"将永无穷尽,如果我想毫不遗漏

---

① 谢维辽夫曾表示过这种愿望。

地把它们全部说出来。不,让果戈理君去描写灵感所命令他描写的东西吧,让他害怕描写他的意志或批评家先生们所命令他描写的东西吧。一个艺术家的自由,是在他本人的意志和某种外部的、不依存于他的意志的东西的和谐上面,或者更确切点说,他的意志就是灵感!……①

---

① 我很高兴,本文的题目和内容,使我可以摆脱分析《小品集》里果戈理君的学术论文的那个不愉快的责任。我不懂他怎么能够不假思索地玷污自己的文名,一至于此。难道从密勒的历史里翻译,或者更确切点说,转述、模仿几段,把自己的句子和它混杂在一起,就算是学术论文吗?……难道关于建筑的幼稚的空想,是学术吗?难道把无法相提并论的希勒哲、密勒和赫尔德拉扯在一起,也算是学术吗?……如果这样的劣作也算是学术,那么,老天爷让我们别有学术吧!这样的东西我们本来就嫌太多了。我们一方面对于诗人果戈理君的优秀才能给予充分公正的评价,同时,被同样的公正、同样的大公无私的精神推动着,也希望有谁来详细分析一下他的学术论文。——原注(译者按:后来别林斯基对于自己的这种意见有了修正,认为《小品集》里的学术论文也自有其不可磨灭的价值。)

《当代英雄》①

(莱蒙托夫的作品。圣彼得堡,一八四〇年出版。共分两部。)

我们文学的显著特点在于:它的许多现象是截然相反,背道而驰的。试举任何欧洲文学为例,你就会看到,随便哪一国的文学都没有从伟大作品一降而为陈腐作品的飞跃:两者之间被许多级的梯子联系着,下降或上升的次序全看你从哪一头看它来决定。紧接在天才艺术作品之后,你会看到许多出自艺术隽才之手的作品;在它们之后,又有无数卓越的、高明的、相当不坏的以及诸如此类的美文学作品②,因此,你不是突然地,而是逐渐地、不知不觉地接触到普通的平庸作品。外国美文学中即使是最平庸的作品,也显露出作者带有或多或少教养有素、熟悉社会,或者至少是具有相当学识的迹象。因此,一切欧洲文学是这样多产而又丰富,一刻也不让读者缺乏精神享受的充足储藏。就连艺术性作品寥寥无几而又无足轻重的法国文学,在美文学作品方面也恐怕还是比其他国家丰富些,法国就是靠了这些美文学作品对欧洲读书界保持独一无二的统治权的。反之,我们的年轻文学可以当之无愧地以数量可观的伟大艺术性作品来自豪,可是好的美文学作品却非常少,按

---

① 本文于一八四〇年发表在《祖国纪事》上,未署名。
② "美文学作品"指的是仅以渊博和精巧见称,而缺乏深刻内容的作品,它和下面讲到的"艺术性作品"是两个不同的概念。

说，后者在数量上应该远远超出前者。在叶卡捷琳娜时代，我们文学拥有过杰尔查文——可是，勉强能与之相比的人却一个也没有；现已半被遗忘的冯维辛以及完全被遗忘的赫姆尼采、波格丹诺维奇，则是当时绝无仅有的卓越的美文学家。克雷洛夫、茹科夫斯基和巴丘希科夫是亚历山大一世时代的诗坛巨擘；卡普尼斯特、卡拉姆辛（我们不是把他当作历史家来讲）、德米特里耶夫、奥泽罗夫和其他少数人则大力地支持了当时的美文学。从本世纪的二十年代到三十年代，我们的文学活跃了起来：克雷洛夫和茹科夫斯基还远远没有结束他们的诗歌写作活动，普希金接着又出现了，他是第一个伟大的、民族的俄罗斯诗人，一位十足的艺术家，伴随和围绕他的是一大群或多或少值得注意的才能卓越之士，他们的无可争辩的优点得不到赏识，只能怪他们不该做普希金的当代人。可是，普希金时期却非常富有（和以前以及以后的时期比较起来）辉煌的美文学才能，其中有些人在作品中达到了诗意的高度，虽然另外一些人现已不再被人记得，但在当时，他们曾经引起过公众的极度注意，那些大部分是篇幅短小的、发表在杂志和丛刊上的作品，曾经使公众感到兴趣。第四个十年的开端，是以大量的长篇小说和剧本以及未能实现的灿烂希望作为标志的：《犹里·米洛斯拉夫斯基》①带来了巨大的希望，《托尔克瓦托·塔索》②也带来了巨大的希望……还有许多作品也给人带来了无限的希望，不过是现在才觉得毫无希望罢了……可是，伟大创作才能的一颗灿烂明星也在这充满希望和失望的时期里发出光芒——我们讲的是果戈理，可惜他在普希金逝世之后一点东西也没有发表，俄国公众还是在一八三六年的《现代人》上读到他的最后几篇作品的，虽然关于他

---

① 系札果斯金所作的长篇历史小说。
② 系库柯尔尼克所作的剧本。

的新作品①的传闻始终并未停息过……三十年代对于我们的文学说来是非常不幸的:杂志相继停刊了②,丛刊使公众感到厌烦,也陆续停刊了,《读书文库》在一八三四年把几乎所有著名的和不著名的诗人和文学家的著作一网打尽,仿佛故意要显示他们的活动的狭隘和俄国文学的贫乏似的……可是,我们不久将在一篇专文③中谈到这一点;这一次我们要直截了当地发表我们的主要意见,那就是:俄国文学的显著特点在于:强大的甚至伟大的艺术才能突然闪露光芒,并且除了少数例外,证实了读者的那句永恒的谚语:"书出版得很多,但没有什么可读的……"莱蒙托夫君的才能,便是在空虚包围中意外地出现的这些强大的艺术才能之一。

《读书文库》在一八三四年刊登了普希金和茹科夫斯基的几首(寥寥几首)诗;在这以后,俄国诗歌在《现代人》上找到了自己的避难所,在那上面,除了刊登出版人自己的诗以外,还常常发表茹科夫斯基和其他少数人的诗;曾经刊登过普希金的《上尉的女儿》,果戈理的《鼻子》《马车》和他的喜剧中的一场戏《一个干练官员的早晨》,更不要说一些卓越的美文学作品和批评文章了。虽然这本半似杂志半似丛刊的东西,由普希金主编只有一年,可是因为长时期刊登它的创办人④的遗作,所以《现代人》长时期仍旧是《读书文库》创办以后从期刊上消失不见的诗歌的唯一的避难所。在一八三五年,出版了柯尔卓夫的一小本诗集,自从那以后,他就不断地在各种期刊上发表抒情诗,直到如今。柯尔卓夫引起

---

① 系指《死魂灵》第一部。
② 在一八三〇年这一年中间,《斯拉夫人》《俄罗斯观众》《欧罗巴导报》《雅典尼》《莫斯科导报》等杂志纷纷停刊,《祖国纪事》和《加拉捷雅》暂时停刊;《欧罗巴人》于一八三二年被禁止出版;《莫斯科电讯》于一八三四年,《望远镜》和《杂谈》于一八三六年相继被禁止出版。
③ 专文系指《一八四〇年的俄国文学》。
④ 即指普希金。《现代人》于一八三六年创刊,由普希金主编,一共出版了四期。诗人逝世后,他的遗作仍在该刊陆续发表。

了普遍的注意,但其所以引起注意之故,与其说是由于他的作品的优点和实质,宁可说是由于他是一个无师自通的诗人,是一个出身于牲畜贩家庭的诗人。离开了他的个人情况,当作一个诗人来说,他直到现在也不被人理解、赏识,只有少数人才感觉到他那才能的全部深度、广度和强大威力,认为他不是期刊文学中那种虽然出类拔萃,但却是昙花一现的人物,而是一位崇高艺术的真诚的献身者。几乎在柯尔卓夫发表最初一些诗作的同时,别涅季克托夫君也出版了诗集。可是,他的诗歌与其说是丰富了我们的文学,宁可说是在公众中间引起了议论和感叹。别涅季克托夫君的诗集是一种卓越的、有趣的和富有教益的现象:它从反面说明了艺术的秘密,同时证明了这一条真理:任何一个外部的才能,以艺术的外表使人眼花缭乱,不是从灵感出发,而是从容易振奋的天性出发,他就一定会悄悄地、无声无息地退出舞台,正像他喧嚷地、辉煌地出现在舞台上一样。由于克拉索夫君的诗以别尔涅特君的名字被刊登在《读书文库》上这样一个奇怪的机缘,从前只在莫斯科的刊物上投稿的克拉索夫君,就此博得了普遍的声誉。的确,他的抒情作品的特点,常常是热烈、但却不深刻的感情,有时是优美的艺术形式。紧接在克拉索夫君之后,具有一个—θ—①商标的一些诗也是值得注意的;它们的特点是哀痛的、饱经忧患的、病态的感情,某种单调的独创性,在诗里面经常占支配地位的忏悔以及和解等思想的巧妙的表现,有时则是令人心醉的诗的形象。熟悉诗里面所表现的精神状态的人,永远不会无动于衷地等闲看待它们;处于同一精神状态的人,自然要夸大它们的优点;不熟识这种苦难的人,或者精神过分正常的人,就可能不会对它们作出公正的评价:作品中的普遍事物过分地被个性所遮掩的一些诗人,影响就是这样,命运就是

---

① 克留施尼科夫(1811—1895)的笔名。克留施尼科夫是诗人,斯坦凯维奇小组的参加者,别林斯基的大学时代的同学。

这样。无论如何,—θ—的诗是他同时代的文学的一种值得注意的现象,它们的历史价值是不容丝毫怀疑的。

也许,许多人会觉得奇怪,我们竟没有一句话讲到库柯尔尼克君,这位如此多产、如此被《读书文库》所激赏①的诗人。我们完全承认他的优点,那优点是不容丝毫怀疑的,可是,关于这一点没有什么新鲜话可说。诗意的章节不能抵偿整部作品的渺小,正像两三段漂亮的独白不能构成一个剧本一样。在一个长达三千行诗的剧本中,即使你可以找到三十行,或者再多些,五十行好的抒情诗,可是如果里面没有事件,没有性格,没有真实,那么,剧本也是不会因此变得不枯燥些,不令人厌烦些的。某一个人写了许多剧本,这也还不能算是优点和功绩,尤其是如果所有的剧本都互相类似,毫无差别的话。才能是不在话下的,就算有吧;可是才能有高低之别,这就是一个问题了!如果才能没有足够的力量,足以跟他的意图、他的事业相称,那么,他就只能产生不结实的花,可是,你所期待于他的却是果实。——为了使人不要怀疑我们有所偏爱起见,看来我们还得提一下别尔涅特君,在他的许多诗里,有时闪露出诗歌的灿烂闪光;可是不管是长的还是短的,其中没有一首可称是整体的、完整的东西。并且,别尔涅特君的才能每况愈下,他最近的几首诗挨次地比最初的诗作越来越差,所以现在连最初的几首也没有人再提起了。也许,我们还漏掉了几个具有才能闪光的作诗匠;可是,谈论只有一年生命的植物,难道是值得的吗?它们是这样不稀奇,这样普通,开花只不过一刹那!纵然是花朵,不是枯草,谈论它们难道是值得的吗?不——

---

① 森科夫斯基曾经在《读书文库》上撰文赞赏库柯尔尼克的剧本《托尔克瓦托·塔索》,他说:"在我看来,文学中没有什么典范:凡是卓越的东西,都是典范,当我读到塔索显身和鲁克莱齐亚逝世的时候,不禁叫道:'伟大的库柯尔尼克!'正像读到拜伦作品的许多章节时叫道'伟大的拜伦!'一样。"

175

> 让已死的静静酣睡,
> 让活着的享受生活!①

因此,我们掉过笔头来谈谈活着的吧。可是,在他们中间,只有一个柯尔卓夫预示着不畏惧死亡的生命力,因为他的诗歌不是当代重要的现象,但却是一种无条件地卓越的现象。和他同时出现的,以及在他以后出现的,没有一个人能和他并驾齐驱,他长时期把一切其余的人远远地抛在后面,可是这时候,忽然在我们诗歌的地平线上升起了一颗灿烂的新星,并且一出现就是颗光华夺目的一等星。我们讲的是莱蒙托夫,当时默默无闻的他,在一八三八年的《俄罗斯残废者报文学副刊》上发表了长诗《沙皇伊凡·华西里耶维奇、青年近卫军和勇敢商人卡拉希尼柯夫之歌》,从一八三九年起,又不断地在《祖国纪事》上继续发表作品。他的长诗尽管具有伟大的艺术优点、十足的独创性和独特性,结果并没有引起全体公众的特别注意,而只是被少数人所赏识;可是,他的每一篇短小作品却激起了普遍的、强烈的喜悦。大家在它们里面看到了一种崭新的、独特的东西;使大家感到震惊的是那灵感的强大,感情的深度和威力,幻想的丰富,生活的丰满,以及包含在艺术形式中的显然可以捉摸得到的思想的存在。我们暂且不作比较,现在只想指出一点:柯尔卓夫在思想的深度、表现的强烈、内容的复杂多样方面几乎找不到任何敌手,可是,他的诗的形式,尽管具有艺术性,却总是单调的,总是不加修饰的。柯尔卓夫不仅是民间诗人:不,他站得更高,因为如果说他的歌谣是每一个平民都能懂得的,那么,他的哀歌却不是任何人所能理解的;可是同时,他却不能被称为民族的诗人,因为他的强大才能始终不能超出民族直感的魔术圈子之外。他是一位这样的天才平民:他的灵魂里产生出只有被科学和教养加以发展的人才会有的问题,并且他用民间诗歌的形式把

---

① 引自茹科夫斯基所翻译的席勒的故事诗《胜利者的凯旋》。

这些深刻的问题表露出来。因此,他的作品不能被翻译成任何一种语文,只能够在本国被自己的同胞所理解。《沙皇伊凡·华西里耶维奇、青年近卫兵和勇敢商人卡拉希尼柯夫之歌》显示出莱蒙托夫善于用俄国生活的直感现象所独具的民间诗歌的形式,复制这些现象;而他其余的充满俄国精神的作品,则采取了全世界性的形式,这种形式是从自然形态过渡到艺术形态的诗歌所固有的,它一方面仍旧不失为民族性的东西,同时又能为一切时代和一切民族所理解①。

当刊登在一八三九年头两期《祖国纪事》上的某两首诗②使公众对莱蒙托夫发生极大的兴趣,承认他是一位前途远大的诗人的时候,莱蒙托夫忽然发表了用散文体写成的中篇小说《贝拉》。这件事使大家欣慰而且惊奇,因为这篇作品更加显示出年轻才能的力量,证明他的才能是多种多样的,多方面的。莱蒙托夫在写中篇小说的时候,正像他写诗的时候一样,同样是一位创造者。一眼就可以看出:这部中篇小说不是从用公众特别喜爱的文学体裁唤起他们的兴趣这个愿望出发,不是从大家怎么做就怎么做的盲目模仿出发,而是从产生他的诗的同一个源泉——从那除了灵感之外不知道有其他任何冲动的深刻的创作天性出发。抒情诗歌和描绘现代生活的中篇小说在同一个才能身上结合了起来。看来是背道而驰的各种文学体裁的结合,在我们的时代不是罕见的。席勒和歌德是抒情诗人、小说家和戏剧家,虽然抒情因素在他们的作品中永远是支配的、主要的东西。《浮士德》本身就是一部采取戏剧形式的抒情作品。我们时代的诗歌主要是长篇小说和戏剧;可是,抒情风格毕竟是诗歌的共同因素,因为它是人类精神的共同因素的

---

① 莱蒙托夫的诗不久就将出版单行本,所以我们决定在相当的时候再写专文详细论述。(译者按:这里所说的"专文"即指《莱蒙托夫诗集》一文)——原注
② 系指《沉思》和《诗人》。

缘故。几乎每一个诗人都是从抒情诗开始的,正像每一个民族都从它开始一样。华尔特·司各特本人就是从抒情长诗转到长篇小说来的。只有北美合众国的文学是从库柏①的长篇小说开始的,这种现象,也正像产生这种现象的社会一样,是很奇怪的。也许,这是因为北美文学是英国文学的延续的缘故。我们的文学也是一种完全特殊的现象:我们突然间经历了欧洲生活的一切因素,而这些因素在西方是顺序地发展起来的。只有在普希金之前,我们的诗歌才主要是抒情的。普希金限于写抒情诗体裁的作品,为时并不长久,很快就转移到长诗方面,从长诗又转移到戏剧方面。作为时代精神的十足的代表人物,他也尝试过写长篇小说:在一八三七年的《现代人》上发表过他的题为《彼得大帝的黑人》的未完成的长篇小说中的六章(连同第七章的开端),其中的第四章最初曾经发表在一八二九年的《北方之花》上。普希金在他短短一生的最后几年已经开始写中篇小说了。然而非常明显,他最擅长的体裁是抒情诗、诗体小说(长诗)和戏剧,因为他的散文作品是远不能和他的诗作相抗衡的。他的最好的中篇小说《上尉的女儿》虽然有许多巨大的优点,但无论如何也不能跟他的长诗和剧本相比拟。这不过是一部具有诗意的,甚至艺术性的细节的卓越的美文学作品罢了②。他的其余的中篇小说,特别是《别尔金故事》,完全属于美文学范围。上述的长篇小说动笔了许久而终于未能完成,其原因也许就在这里。莱蒙托夫无论在散文方面,或是在诗歌方面,工力是同样深厚的,我们相信,随着他的艺术活动的迅速发展,他一

---

① 库柏(1789—1851),美国小说家。
② 别林斯基在其他文章中也曾对普希金的散文作品作过相当高的评价。他在《文学纪事》(一八三八年)里这样讲道《彼得大帝的黑人》:"什么样的朴素和深度,多么遒劲的笔力,多么绚烂的色彩啊! 如果普希金把这部长篇小说写完,那么,俄国文学界就能庆幸产生了一部真正富有艺术性的长篇小说。"后来,他又在论述普希金的第十一篇论文里把《上尉的女儿》称为类似"散文方面的奥涅金"的杰作。

178

定会发展到戏剧方面的①。我们的推测不是任意作出的:这是因为在莱蒙托夫的小说中可以看出丰满的戏剧变化,并且因为目前的时代精神特别有利于把一切诗歌形式集中在一个人身上的缘故。后一个情况非常重要,因为每一个民族的艺术都各有其历史发展的特点,诗人的活动的性质和体裁就是由历史发展所决定的。如果普希金出现得迟些,并且有像他那样的先驱者的话,他也许也会变成一位伟大的小说家,正像他是抒情诗人和戏剧家一样。

《贝拉》包含着一篇自成起讫的中篇小说的意义,但同时又仅仅是一部大作品的片段,正像后来发表在《祖国纪事》上的《宿命论者》和《塔曼》一样。现在这三篇作品和别的几篇作品,《马克西姆·马克西梅奇》《毕乔林笔记的序言》以及《梅丽公爵小姐》放在一起,用《当代英雄》这个总标题出版了。这个总标题不是出于作者的奇思遐想;同样,根据这个标题也不应该得出结论,认为这两本②小说是作者叫他担当说故事的任务的那个人所讲的故事。这几篇故事里贯串着一个思想,这个思想表现在一个人身上,而这个人便是一切故事的主人公。在《贝拉》里,他是某一个隐姓埋名的人物。这篇小说的女主人公整个儿在你的眼前暴露无遗,可是男主人公却好像用一个虚构的名字出现,为的是使人不要把他认出来似的。从他对待贝拉的关系上,你不禁会猜想到另外一篇诱人的、隐秘的和阴暗的故事。接着,作者立刻在他和那给他讲述贝拉故事的马克西姆·马克西梅奇相见的时候,把他给你描写出来了。可是你的好奇心没有得到满足,却反而被激发得更加厉害了,贝拉的故事对于你仍旧是一个谜。终于作者得到了毕乔林的笔记,作者在给笔记写的序言里对小说的概念作了暗示,可是这暗示只是

---

① 在别林斯基执笔写本文时,莱蒙托夫已经写了《假面舞会》等剧本,但当时没有发表。

② 《当代英雄》分上下册出版,故称"两本"。

使你更加迫不及待地想认识一下小说的主人公。在富有高度诗意的故事《塔曼》里，小说的主人公自述生平，可是这样一来，谜变得更加扑朔迷离起来，谜底却还是没有揭晓。终于你读到了《梅丽公爵小姐》，浓雾才消散开来，谜得到了解答，小说的基本概念化作刹那间占据你整个存在的痛苦的感情，纠缠着你，追逐着你。你最后读到了《宿命论者》，虽然毕乔林在这篇故事里不是主人公，只是他所目击的一件事情的讲述人，虽然你在他的身上找不到任何一点新的特征可以给你补充"当代英雄"的肖像，可是真奇怪，你却因此更加懂得他，更加想念他，你的感情变得更加忧郁，更加悲伤……

丰满的印象是怎么形成的呢？——由于这种丰满的印象，在你阅读长篇小说时激动过你的所有各种各样的感情会汇合成统一的共同感情，所有的人物（每一个按其本身说来都是十分有趣的，教养有素的）都环绕在一个人物的周围，以这个人物为中心而形成一个集团，跟你一起注视着他，有些人怀着爱情，有些人怀着憎恨。这原因就在于具有统一的思想；这思想表现在长篇小说中，并且决定了局部和整体之间的和谐的适应，一切人物所分担的严格相称的作用，以及整体的完备性、丰满性和锁闭性。

任何一部艺术作品的本质，都包含在它从存在的可能性显现为存在的现实性这一有机的过程中。思想像一颗看不见的种子，落在艺术家的灵魂中，在这块富饶、肥沃的土壤上发芽，滋长，成为确定的形式，成为充满美和生命的形象，最后显现为一个完全独特的、完整的、锁闭在自身内的世界，在这个世界中，一切部分都和整体相适应，每一个部分独自存在着，构成一个锁闭在自身内的形象，同时又作为必不可少的一部分，为整体存在着，来促成整体的印象。一个活人同样也是一个独特的、锁闭在自身内的世界：他的有机体是由无数器官构成的，每一个器官表现出惊人的整体性、完整性和独特性，是活的有机体的活的一部分，并且一切器官形成着统一的有机体,统一的不可分割的存在——个体。一切大自然的产物,从低级组织的矿物,一直到高级组织的人为止,既没有不足备的东西,也没有多余的东西,每一个器官,甚至每一根肉眼看不见的血管,都是必要的,适得其所的;同样,艺术作品也不应该有任何未臻完善的东西,欠缺的东西,多余的东西,每一个特征,每一个形象,都是必要的,适得其所的。在大自然中,由于组织的未臻完善,有一些产物是不完备的,丑陋的;如果尽管如此,它们还是存在着,那么,这就是说明:发育反常的器官并不构成有机体的重要部分,或者它们的反常对于整个有机体说来是不重要的。同样,在艺术作品中也可能有这样的一些缺陷,这些缺陷的原因并不包含在它们完全合理的显现过程中,也就是说,艺术家的意志和理性或多或少参与在内的显现过程中,也不包含在下面一点上,即:艺术家没有在灵魂中把作品的概念酝酿成熟,没有使概念形成明确而且完整的形象。即使有了这些缺点,这些作品也不会丧失其艺术的实质和价值。可是,正像在大自然产物中,器官的过分不正常的发展会产生畸形儿,一生下来立刻就死亡一样,在艺术范围中,也有一些作品是转瞬即逝,活不长久的。正是这样的一些作品,可以拿来改作,使之适应不同的机缘和环境;人们正是对于这些作品可以说:它们有美点,也有缺点。可是,真正的艺术作品却既没有美点,也没有缺点:在理解它们的整体性的人看来,它们仅仅有美点。只有不能领会艺术作品的整体而在它的局部中迷失方向的、在美学感觉和鉴赏力方面眼光短浅的人,才会在作品里面看到美点和缺点,把自己固有的偏狭归咎于作品。

现实中的一切东西,都是生活的普遍精神在局部现象中的特殊化。每一种组织都证明精神是存在的:哪里有组织,哪里就有生活;哪里有生活,哪里也就有精神。因此,正像每一个大自然产物,从矿物、小草以迄于人,都是生活的普遍精神在局部生活中的特殊化一样,每一部艺术作品也都是普遍的世界性的概念在锁闭在自身内的局部形象中的特殊化。组织，是一切活的、非人力所能造的东西、因而也是一切大自然产物和艺术作品借以显现的那个过程的本质。因此，无论是大自然产物或是艺术作品，都是十分完整的，完备的，完美的，总之，是锁闭在自身内的。

可是，终于有人会问我们："锁闭性"是什么东西呢？我们回答说：这是个简单而又复杂的东西，对这个问题给予满意的答复，是容易而又困难的。精神是什么东西？真实是什么东西？生活是什么东西？人们怎样经常地提出这些问题，又是怎样经常地对这些问题作了回答！整个人生不是别的，正是这一类要求解决的问题。结果怎么样呢？——是不是许多人已经解答了这个谜，找到了言语来表达它？为什么会这样呢？因为一切问题都是通过言语来提出和解答的，可是言语可能是思想，也可能是空话：如果有人在自己的天性中，在自己的内心，在自己灵魂的隐秘殿堂里，具有解答这些问题的可能性，被叫作预觉、预感、感觉、内在观察、对真理的内在神视力、天赋的概念等等的可能性，对他说来，言语就是思想，听到言语，就能够理解包含在它里面的意义。这种颖悟性的原因在于认识的主体和被认识的客体之间的共同性，或者更正确点说，二者之间的同一性。可是，这同一性也需要大大地加以发展；否则，颖悟性就会变得迟钝起来，问题仍旧得不到解答。可是，如果有人没有这种他和被认识的客体之间的同一性，那么，对他说来，言语就是空话；他的耳朵虽然听到言语，他的理智却仍然毫无所闻。这说明了为什么我们所讲的问题是简单而又复杂，回答这些问题是容易而又困难的缘故。然而，我们尝试在这里向读者解释一下我们在自然界和艺术界称之为锁闭性的这一概念吧。请看一棵开着花的植物：你看到它有自己确定的形式，这种形式使它不仅有别于其他自然界的东西，并且甚至也有别于和它不是同一类、同一科的植物；它的叶子分布得十分对称，十分匀整，每一张叶子都被精密地、细致地、无限完美地修饰过，直到细枝末节都经过匠心装饰……它的花朵多么鲜艳夺目,花朵上面有着多少脉纹,多少浓淡色度,多么柔和而又艳丽的花粉……还有多么使人陶醉的香味!……可是,这包括尽了一切吗?啊,不!这只是外部形式,只是内在事物的表现:奇妙的色彩是从植物内部透露出来的,迷人的香味是它的带有香膏质的呼吸……在它的茎里面,有一个完整的新世界:那里是一所生命的独立的实验室;那里,通过整齐得出奇的细致的脉管,流动着生命的液汁,泛滥着精神的看不见的以太……这种现象的根源和原因何在?就在于现象本身:当还没有植物而只有种子的时候,这种现象就早已存在了。在这颗种子里,就已经包含着根、茎、美丽的叶子以及雍容华贵的、芬芳馥郁的花朵!你看,这朵花里面包含着它所需要的一切:生命、生命的本源、现象、现象的原因、植物、植物的一切手段、器官和脉管;然而你在什么地方可以发现所有这一切的起源和结束呢?你看到这植物是完备的,完全独立的,没有任何它所欠缺的东西,也没有任何多余的东西,它是活生生的,个别的;可是,它的生命的推动力,它的个性的起点,在什么地方呢?在什么地方呢?这些东西都锁闭在它里面,因此它是完全完整的,完美的,总之——是锁闭在自身内的有机体。可是,植物和土地联系着,它一开始就在土地里发展着,从土地里面吸取营养,取得发展并维持生存的原料。请再看动物:它赋有随意移动的本领,它自己包含着整个自己:它既是从土壤里面以及在土壤上面生长的植物,同时又是它从里面以及在上面生长的那块土壤。从外面看它,我们看到的是现象;剖开它的有机体,我们就可以看到现象的根源:在那里,骨头用干的筋脉连接着,四肢关节涂满着在特殊的分泌腺中培养成的淋巴液,肌肉布满着神经……可是你还是没有看到一切:你把一个放大一百万倍的显微镜拿来——于是,这无穷细致奥妙的组织就会使你惊奇得目瞪口呆:你就会发现,仅仅为了历数这些充满着大自然原始力量的最为精致的纤维,你就是活上一千次也是数不完的——每一根纤维,每

183

一根脉络,对于整体都是必不可少的,都不能加以删削或代替,而不致损伤整体的形式;在细微的器官之间,连容纳肉眼所看不见的一个原子的空隙地位都没有;一切内在事物跟外部形式紧密而不可分割地融合为一,以致一方包含着另一方,而整体则是一个锁闭在自身内的实体……就这一点来说,人是一种无比高超的、令人惊异的现象:人跟整个大自然以及大自然的生命的秘密相沟通,相融合——他在一切里面,在自己身外,看到被实现了的理性法则;而那伟大的一切,则把他当作代言的机关,通过他,跟自己分隔开来,以便于谛视自己,认识自己。普遍的和无差别的事物在他身上变成了局部的和特殊的事物,以便通过这局部性和特殊性,重新再回到普遍性上来,并对之有所认识。普遍事物在局部现象中的特殊化和锁闭性,是世界生活的基本法则!……这个法则在艺术中,像在大自然中一样,十足有力地显露出来:懂得了特殊化这一法则的秘密,那么,对于艺术的秘密也就找到了解答。创作思想,深深地印入艺术家的灵魂之后,就有机化成为丰满的、完整的、完备的、特殊的和锁闭在自身内的艺术作品。请你们特别注意"有机化"这个词儿:只有有机的东西,才是从自身里面发展出来的;只有从自身里面发展出来的东西,才是完整的、特殊的东西,其中包含着匀称而且生动地联结在一起,并仅仅从属于普遍性的各个局部。举例说,这说明了为什么华尔特·司各特的长篇小说充满着这么许多毫不相似的登场人物,发生着这么许多纷纭不一的事件、冲突和变故,却只是以普遍的印象打动你的心,使你洞察到某种统一的东西,而不是以千变万化的性格和事件使你眼花缭乱,茫然失措。由于同样的原因,长篇小说里的每一个人物对于我们都是独立地存在着;你看到他整个儿出现在你的面前,显出他全部显著的特点,你永远不会忘记他,如果忘记了,那么,即使过了二十年,只要再把长篇小说翻阅一下,你立刻就会发觉这个人物是你所熟识的,你已经在什么地方看见过他。可是,你对于长篇小说的整体,它的色调,它所独具的特性,它的不可言喻的某物,记得比任何一句个别的话更为清楚:一切长篇小说中的人物及其内容已经在你的记忆中消失,可是只要一提起《拉曼莫亚的新娘》《艾文荷》《苏格兰的清教徒》①等等,你决不会不联想到各种各样的概念……每一部长篇小说的带有个性的普遍性都将隐隐约约呈现在你的眼前,就像朦胧的幻象一样,像蓦地在高处传出的和音一样,像刹那间在你身边吹过的芬芳馥郁的香气一样……

我们以上所说的一切,是不难应用到莱蒙托夫君的长篇小说上去的。为了达到这一点起见,我们必须在这部长篇小说的早已为读者所熟知的内容中仔细考察其基本思想的发展。

小说一开始就叙述作者从梯比里斯出发,经过卡伊沙乌尔盆地。他向我们介绍地方上的风物,却毫不纠缠于枯燥的细节,使人感到厌倦。他的素描简短而又鲜明,主要的一点是——仿佛是随手写成似的。当六头牛和几个沃舍梯人把他的大车拉上山去的时候,他看见在他的大车后面,还有另外一辆四头牛拉的大车向前移动,它的主人跟在大车后面,吸着一根细小的烟斗。这是一位军官,五十上下年纪,有着黝黑的脸和早白的胡子,这胡子跟他坚定的步伐和那股精神气儿是不相称的。作者走近他,行了一礼;那人默默地回了一礼,吐出一大团烟来。

"似乎咱们是同路的?"

他又默默地行了一礼。

"您大概是去斯塔甫罗保尔的吧?"

"正是,我押送……一些公家的货物。"

"请您告诉我,为什么四头牛能不费力气地拖动你那辆沉重的大车,可是六头牲口,再加上这些沃舍梯人帮忙,还不大能够拖得动我的这辆空车子呢?"

---

① 均系司各特的长篇小说。

他狡狯地笑了笑,对我意味深长地看了一眼。

"您大概来到高加索还不久吧?"

"一年光景。"我答道。

他又笑了。

"您问这干什么?"

"问题就在这儿!这些亚洲人真是些坏蛋!您以为他们叫呀喊的,是在帮忙?鬼才知道他们吆喝些什么!牲口可懂得他们的话;驾上二十头牛也是白搭,只要他们这么一吆喝,这些牛就一步也不肯动了……狡猾的骗子!你拿他们有什么办法呢?……他们就爱敲诈过路人的钱财……这些骗子让人给惯坏了!您瞧吧,他们还会向您要酒钱呢!他们这一手我都知道,他们可骗不了我!"

"您在这儿当差已经很久了吗?"

"是呀,打从阿列克赛·彼得罗维奇①那时候起,我就在这儿当差,"他摆出庄严的神态来,答道,"当他老人家驾临前线的时候,我是陆军少尉,"他加添说,"为了征讨山民有功,升过两次官。"

"您现在是在……"

"现在在第三常备营供职。请问您是在……"

我把我的服务地点对他说了。

这样,作者便和长篇小说中一个最有趣的人物马克西姆·马克西梅奇交上了朋友,这是一个在危险、艰苦和战斗中千锤百炼的高加索老兵的典型,他的脸晒得黝黑,显出严峻的威光,他的举止愚钝而又粗鲁,可是他有一个美丽的灵魂,一颗黄金样的心。这是一个纯粹的俄罗斯典型,它的艺术塑造的优点令人想起司各特和

---

① 阿列克赛·彼得罗维奇·叶尔莫洛夫,从一八一七年起到一八二七年止,任格鲁吉亚总督。

库柏等人的长篇小说中的一些最奇特的性格来,可是就其新颖、独创和纯粹的俄罗斯精神来说,它又是和任何一个这样的性格都不相似的。诗人的本领应该是在实际上阐明这个问题:大自然所赋予的性格应该怎样在命运把它卷入的环境中形成。马克西姆·马克西梅奇从大自然承受了慈爱的灵魂,慈爱的心,可是这灵魂、这心是在特殊的形式中铸成的,这种特殊的形式向你说明:他曾经长期担任过困难的、艰巨的职务,参加过流血的战斗,在深山要塞中度过隐遁的、单调的生活,在那里,除了部下的士兵和跑来交换货物的契尔克斯人之外看不到另外的活人。他不是把这一切表现在"去他妈的"之类粗野的口头禅中,一再重复的"毙了他"之类军队的叫喊声中,宴饮和吸烟中;而是表现在对事物的看法(这是通过习惯和生活方式取得的)中,举止和谈吐(这应该是对事物的看法以及习惯的必然的结果)中。马克西姆·马克西梅奇的智力视野非常狭隘;可是,狭隘的原因不能求之于他的天性,而须求之于他的发展过程。对他来说,"生活"就等于是"当差",并且是在高加索当差;"亚洲人"是他的天生的敌人:他凭经验知道他们都是些狡猾的骗子,连他们的勇敢也是被劫掠愿望所煽动的强盗式的,无法无天的蛮横;他决不受他们的骗,如果他们欺骗新来的人,还要勒索小费,他就气得不得了。这完全不是因为他吝啬的缘故——决不!他只是贫穷,却不是吝啬,并且他似乎也不懂得金钱的价值,可是他不能无动于衷地眼看这些"亚洲人"骗子欺骗好人。这几乎就是他在生活中看到的一切,或者至少是他谈得最多的事情。可是,你别急于对他的性格下结论吧;你再跟他熟识一下,你就会看到,在这个看来冷酷的人的坚硬如铁的胸膛里,跃动着一颗温暖的、高贵的,甚至是温柔的心;你就会看到他怎样凭着某种本能,理解一切人性的东西,对之表示深切的关心;他的灵魂怎样不由自主地渴望着爱和同情——于是你就会打心坎里爱上这个朴直的、善良的、举止粗鲁而又说话不多的马克西姆·马克西梅奇了。

饱经世故的上尉没有弄错：沃舍梯人果然把没有经验的军官包围住了，大声地向他要酒钱。可是马克西姆·马克西梅奇厉声申斥他们，把他们赶开。"这帮人可真是糟透了！"他说，"俄国话连面包都不会讲，倒已经学会了对人家说：'军官先生，赏个酒钱！'……我还是喜欢鞑靼人一些，他们至少不喝酒……"

我们的旅客们终于到达了驿站，走到一幢平顶的土屋里去，那屋子的前半间挤满着牛和羊，后半间挤满着人，围坐在地上升起的柴火旁边。烟贴着地面弥漫开来，洞隙里吹进一阵风，把烟吹回到天花板上。我们的旅人们倾听着开水壶的亲切的咝咝声，吸着烟斗。

"可怜的人！"我指着那些目瞪口呆、默默地望着我们的肮脏的主人，对上尉说。

"愚蠢透顶的人！"他答道，"信不信由您：他们什么事都不会干，也不配受任何教育！卡巴尔达人和车臣人虽然是强盗，穷光蛋，可到底是一些胆大包天的汉子，可是这些家伙呢，连武器也不喜欢碰一下：你在随便什么人身上都不会看到一把像样的武器（匕首）。真是地地道道的沃舍梯人！"

"您在车臣待过许久吗？"

"是呀，有十来年，我带了一连人驻扎在要塞里，在石滩——您知道那个地方吗？"

"听说过。"

"这些亡命徒真叫我们厌烦死了，朋友；谢天谢地，现在总算是安分些了，可是有过一个时候，只要你从堡垒里走出一百步，就会有一个长毛鬼躲在什么地方，偷偷地盯着你：你一不留神，不是绳索套住你的脖子，就是一枪打在你后脑勺上。都是些好汉！……"

"您一定有过许多冒险经历吧？"我被好奇心怂恿着，禁不住问。

"怎么没有呢!有过……"

于是他开始捻左边的胡子,低下头,沉思起来。

马克西姆·马克西梅奇,连同他对事物的看法,他的独特的语法,一下子就完全暴露在你的眼前了!你还很少看到他,很少熟悉他,可是出现在你面前的,已经不是被作者迫使去做故事的环节或者去推动故事进展的一个幻影似的东西,而是典型人物,独特的性格,活生生的人!真正的艺术家便是这样实现他的典范的:只要两三笔,一个特征鲜明的人物,就栩栩如生、非常逼真地出现在你的面前,你再也不会忘记他……"于是他开始捻左边的胡子,低下头,沉思起来。"这几句简单、朴素的话说明了多少东西,在马克西姆·马克西梅奇的面貌上划出了多少鲜明的线条,预约了多么丰富的内容,多么强烈地打动了读者的好奇心!……

马克西姆·马克西梅奇接过了递给他的一杯茶,呷了一口,自言自语似的说:"是呀,有许多经历!"可是,我们还是应该借用作者自己的话来说明一下:

> 这一声叫喊给了我极大的希望。我知道老高加索人都喜欢聊天,摆龙门阵;他们很少有跟人聊天的机会,经常有这种情况:带着一连人在什么偏僻地方住上五年,在整整五年里面,谁都不会对他说一声您好(因为对官长总是说祝长官好)。要扯的话可多啦:周围的野蛮人①,每天遭遇的危险,许多稀奇古怪的事情……你不由得要惋惜:我们把这些事情记录得太少了。
>
> "不想加一点甜酒吗?"我对我的对谈者说,"我有一瓶梯弗里斯的白甜酒;现在天气冷得很。"
>
> "不,谢谢,我不喝。"

---

① 莱蒙托夫原文中为:周围的古怪的野蛮人。

"怎么啦?"

"就是这样。我戒酒了。我还在当陆军少尉的时候,有一次,您知道,我们喝了点酒,可巧这一夜发生了警报;我们醉醺醺地跑去集合,结果被阿列克赛·彼得罗维奇知道了,挨了一顿臭骂:天保佑,可别叫他那样生气啊!我们差点受了军纪处分。事情就是这样:有时候,你一年到头不看见一个人影,可是刚一喝上酒,人就完蛋了。"

听了这些话,我几乎失掉了希望。

"就拿契尔克斯人来说吧,"他继续往下说,"只要在婚礼或者丧事中一灌饱了布札酒,他们就要跟人家动刀动枪地闹起来。我有一次好容易才算活着命逃出来,虽然我是被一位跟我们友好的王爷请去作客的。"

"这是怎么一回事?"

以上便是《贝拉》的富有诗意的故事的开端。马克西姆·马克西梅奇按照自己的方式,用自己的言语讲述这个故事;可是这个故事并不因此而有所损失,相反,却得到了许多便宜。善良的马克西姆·马克西梅奇自己也莫名其妙就变成了诗人,因此,在他的每一句话里,每一个词儿里,都包含着无限的诗意。我们不知道,在这里应该对哪一点更表示惊叹才好:我们应该惊叹诗人使马克西姆·马克西梅奇仅仅做他所讲述的事件的目击者,把他的个性和这事件如此紧密地糅合在一起,仿佛马克西姆·马克西梅奇本人就是事件的主人公似的;还是应该惊叹他善于用马克西姆·马克西梅奇的眼睛,这样富有诗意、这样深刻地观察事件,用朴素的、粗鲁的,但永远生动如画、纵使滑稽也永远令人感动和震惊的语言,把这事件讲述出来?……

当马克西姆·马克西梅奇驻扎在捷列克河对岸的要塞里的时候,忽然有一个被调到要塞来的军官找他来了。

"他叫……格里高利·亚历山德罗维奇·毕乔林,我敢说,他是一个好小伙子;不过有点儿怪。譬如说,下雨天或者大冷天,他整天在外面打猎;大家冻坏了,筋疲力尽了,可是他一点也不在乎。有时候,他在屋里待着,只要一刮风,他就说是着了凉;百叶窗一响,就害得他浑身发抖,脸色发白,可是我看见他一个人出去打过野猪;往往花上整整几个小时,也逼不出他一句话来,可是他一讲开了头,就要笑痛你的肚子……是呀,这个人真是怪,并且显然很有钱:他屋里有各种各样贵重的小玩意……"

"他跟您在一起待得久吗?"我又问道。

"差不多有一年。这对于我是值得记忆的一年;这一年给我带来了许多麻烦,这且不说吧!的确有这样一种人,他们命里注定要遭遇许多不平常的事情!"

"不平常的事情!"我带着好奇的神气喊道,给他斟上一杯茶。

"我来讲给你听。"

离开要塞不远,住着一位跟我们友好的王爷,他的儿子大约有十五岁,常常骑马到要塞来玩。毕乔林和马克西姆·马克西梅奇很喜欢这孩子,把他宠得不得了。可以毫不夸张、毫不歪曲地说,这是一种契尔克斯人的原型。用马克西姆·马克西梅奇的话来说,他是一个干随便什么事情都眼明手快的亡命徒:他能在驱马疾驰时从地上把帽子拾起来,打起枪来是一等的能手,同时又爱钱如命。要是有人嘲弄了他,他的眼睛就充满着血,伸手去拔匕首。"喂,亚札玛特,"马克西姆·马克西梅奇常常对他说,"留神你的脑袋:你会倒霉的!"

有一次老王爷到要塞里来,请马克西姆·马克西梅奇和毕乔林去参加他女儿的婚礼。当他们到达山村的时候,妇女见了他们都躲藏起来,毕乔林觉得她们长得并不美。"'您先别忙,'我(马克西姆·马克西梅奇)笑着说,'我早已胸有成竹了。'"

从马克西姆·马克西梅奇的这一段叙述里,我们对于野蛮的契尔克斯人的风俗习惯就可以得到一种正确的理解,虽然他没有为了描写这些东西,加上什么插笔。主人的小女儿,一个约莫十六岁的美丽姑娘,把毕乔林当作贵宾,走到他跟前来,向他唱……

"该怎么说才好呢?……赞辞一类的东西。"

"您不记得她唱的什么词儿?"

"是呀,仿佛是这样的句子:'咱们年轻的骑手们多么英俊,长襟外衣镶着银边,可是年轻的俄罗斯军官比他们更英俊,他的衣服饰有金流苏。他站在他们中间,像一棵白杨树;不过这棵白杨树不会在咱们的花园里生长、开花。'"

毕乔林站起身来,把手放在额上和胸口,而马克西姆·马克西梅奇就把毕乔林的答词翻译给她听,因为他很会讲他们的方言。"怎么样?"他低声对毕乔林说。——"真美呀!她叫什么名字?"——"她叫贝拉。"

"她实在长得漂亮(马克西姆·马克西梅奇说):身材苗条,有一双像羚羊似的黑眼睛,一直照彻你的灵魂。"毕乔林出了神,眼睛一刻也不离开她,可是凝望着她的不止他一个。客人中间有一个契尔克斯人卡慈比奇。他有时驯顺,有时不驯,要看情况来决定;他有许多形迹可疑之处,虽然他没有在任何一次捣乱中被人发现过。可是我们认为有必要把这个人物充分地描绘一番,并且是借用马克西姆·马克西梅奇的话来描绘他。

据人家说,他喜欢跟山贼们一起到库班那边去游荡,说实话,他那副长相可真像个强盗:矮矮的个子,态度冷冰冰的,宽肩膀……他可机灵啦,机灵得像个鬼!短棉袄老是破破烂烂的,打着补丁,手里的武器却是银光闪闪的。他的那匹马在整个卡巴尔达是远近闻名的——说实话,你再也想象不出有比它更好的马了。无怪所有的骑手都眼红这匹马,不止一次想把它偷走,不过没有成功罢了。我现在仿佛就看见这匹马:毛像漆一样黑,腿像绷紧的弦一样直,眼睛不比贝拉的差些;并且,它是多么带劲儿啊!一口气就能奔驰五十俄里;要是把它训练训练,它就能像狗一样跟着主人跑,连他的声音也听得出!他从来不把马拴好。真是一匹强盗的马呢!……

这一天晚上,卡慈比奇比往常更加阴沉,马克西姆·马克西梅奇看见他在短棉袄里面穿着一层锁子甲,立刻就想到,这样的打扮一定不是没有道理的。屋子里闷热得很,他走出去凉爽凉爽,顺便想去看看那些马。在篱笆后面,他听见有人谈话的声音:亚札玛特竭力夸赞卡慈比奇的马,他对这匹马早已垂涎欲滴了;卡慈比奇被这一番话煽起了兴致,讲到这匹马的优点,以及它如何给他立下功勋,曾经不止一次从九死一生中救了他的性命。这一段故事使读者充分认识了作为一个种族来看的契尔克斯人,以强有力的艺术画笔描绘了亚札玛特和卡慈比奇这两个鲜明的契尔克斯民族典型。"如果我有一千匹母马,我情愿把它们都给你,来换你的卡拉乔慈。"亚札玛特说。"约克①,我可不愿意。"卡慈比奇冷冷地答道。亚札玛特谄媚他,奉承他,答应给他偷来父亲的最好的毛瑟枪或者军刀,那把军刀锋利无比,只要你把手放到锋口上,它自己就会切进肉里去,你就是穿着铠甲也挡不住它……他的话透露出野蛮人和天生的强盗的狂热的、痛苦的激情;对于这种人说来,世上再也没有比武器更贵重的东西,愿望对于他们就是用文火烧烤的慢性的苦刑,为了使愿望得到满足,即使牺牲自己的性命,牺牲父亲、母亲、兄弟的性命,也算不了什么。他说,他第一次看见那匹马在卡慈比奇的胯下打转,蹦跳,张大鼻孔,蹄子踢得火星直冒,他的灵魂里就产生了一种不可理解的东西,他对一切都感到无精打采……你会想,

---

① 当地的土话:不。

他是在讲到恋爱或者嫉妒,这些感情对于教养有素的人常常会产生非常可怕的影响,而对于野蛮人,那影响就更加可怕。"我连我父亲的最好的千里驹都看不上眼(亚札玛特说),我觉得骑了这种千里驹出去是怪不好意思的,苦闷笼罩了我;我烦恼着,一连好几天坐在悬崖上,我的脑子里每时每刻总离不了你那匹步伐坚定、有着光滑的、箭一般直的脊梁的黑色千里驹;它用一双奕奕有神的眼睛直望着我,好像要对我说话似的。我就要死了,卡慈比奇,你要是不把它卖给我!"他用发抖的声音说出这一番话之后,开始哭了起来。至少,马克西姆·马克西梅奇觉得他是哭了,马克西姆·马克西梅奇知道亚札玛特是一个十分倔强的孩子,即使当他比现在更年轻的时候,随便什么事情也都不能逼得他落下眼泪。可是,回答亚札玛特的眼泪的,却仿佛是一阵哄笑。"听我说!"亚札玛特用坚决的声音说道,"我什么事情都愿意为你去干。你要不要我把我的姊姊偷来给你?她舞跳得多么好!歌唱得多么动听!绣得一手好针线——绝妙的手艺!就是土耳其皇帝也没有娶过这么一个好妻子……贝拉还抵不过你那匹千里驹吗?……"

卡慈比奇沉默了许久,最后,代替回答,他低声唱起一支古老的歌,这支歌简单明了地表达了契尔克斯人的全部哲学:

  咱山村里有许多美人儿,
  眼睛像星星闪耀在夜空,
  爱上她们是鸿运高照,
  可是年轻人的自由更可珍宝。
  黄金能买四个妻子,
  骏马却是无价之宝:
  它在原野上碰上旋风也不退却,
  它不会变心,也不会叫你上当。

亚札玛特向他苦苦哀求,哭泣,奉承,结果都是枉费心机。

"'滚开,你这孩子疯了吗!你怎么能骑我的马呢!走不上三步,它就会把你摔下来,在石头上砸碎你的后脑勺!''把我摔下来!'亚札玛特疯狂地喊,孩子的匕首碰在铠甲上,叮当发响。"卡慈比奇使劲把他一推,使他摔了一跤,脑袋碰在篱笆上。"这下子可有热闹看了!"马克西姆·马克西梅奇想道,给马戴上嚼环,把它们领到后院去。这当口,亚札玛特跑到屋里,短棉袄被扯破了,嚷着说,卡慈比奇要杀死他。大伙儿骚动起来,发出了枪声,可是卡慈比奇已经骑着马冲到街上,消失得影踪全无了。

"有一件事我永远不能宽恕自己:真是鬼迷了心啦,回到要塞以后,我把我蹲在篱笆后面听到的话一五一十向格里高利·亚历山德罗维奇复述了一遍;他笑了,——狡猾的家伙!——心里却打定了另外的主意。"

"怎么一回事?您说呀。"

"没法子,既然说开了头,就得继续说下去。"

大约过了四天,亚札玛特骑马到要塞里来了。毕乔林开始向他极口赞扬卡慈比奇的马。小鞑靼人的眼睛发亮了,可是毕乔林却好像没有觉察到似的;马克西姆·马克西梅奇讲到另外一件事,可是毕乔林又把话题拉回到马的事上面来。这样继续了大约三个星期;亚札玛特显然是脸发白,虚弱了。长话短说:结果是毕乔林答应设法把那匹马弄来,换他的姊姊;亚札玛特沉思了起来,不是因为怜悯姊姊,而是因为想到父亲的报复,才使他感到心乱如麻;可是毕乔林刺痛了他的自尊心,管他叫小毛孩子,(所有的孩子听了这个称呼都会感到十分受辱的!)并且卡拉乔慈又是这么一匹好马!……有一次卡慈比奇来到要塞里,问他们要不要公绵羊和蜂蜜;马克西姆·马克西梅奇叫他第二天把东西送来。"亚札玛特!"毕乔林说,"明天卡拉乔慈就会落到我的手里;今天晚上贝拉要是不上这儿来,你就别想见着那匹马了!""好,"亚札玛特说完话,就骑着马直奔山村去了,当天晚上,毕乔林和亚札玛特一起回到要塞里来,亚札玛特的马鞍上(据哨兵看到)横放着一个女人,手脚捆绑着,头上缠着披纱。第二天,卡慈比奇带着货物到要塞里来;马克西姆·马克西梅奇请他喝茶,因为(据他说)卡慈比奇虽然是个强盗,"但究竟是我的朋友"。忽然卡慈比奇向窗口望了一眼,浑身直打哆嗦,脸色发白,喊道:"我的马!马!"一个劲儿往外冲出去,越过了哨兵用来挡住他去路的枪。亚札玛特骑着马在远处奔驰;卡慈比奇从皮套中拔出枪来,开了几枪,知道没有命中,就尖声喊叫,在石头上把枪砸得粉碎,滚倒在地上,像孩子般痛哭起来。他这样一直躺到深夜,躺了一整夜,马克西姆·马克西梅奇叫人把卖羊得到的钱放在他的身边,他连碰都不去碰一下。第二天他从哨兵嘴里打听到偷马的人是亚札玛特,他的眼睛顿时发亮,接着就出发去寻他去了。贝拉的父亲这时没有在家,等到他回到家里,女儿和儿子都影踪不见了⋯⋯

马克西姆·马克西梅奇一知道契尔克斯少女在毕乔林那里,他就戴上肩章,佩好剑,跑到他那里去。接下来是一个精彩纷呈的场面,我们克制不住不借马克西姆·马克西梅奇的嘴把它复述出来:

> 他躺在外间屋里的床上,一只手枕在后脑勺下面,另外一只手拿着一个已经熄灭的烟斗;通里间屋子的门关上了,锁眼里的钥匙没有了。我立刻就注意到这一切⋯⋯我开始咳嗽,用靴后跟把门槛踏得咯咯响,可是他只装没听见。
>
> "准尉先生!"我尽可能厉声地说,"您难道没看见我到您这儿来了吗?"
>
> "啊,您好,马克西姆·马克西梅奇!不抽一袋烟吗?"他身子连抬也不抬,答道。
>
> "对不起。我不是马克西姆·马克西梅奇;我是上尉。"
>
> "那也一样。不喝茶吗?您不知道我心里多么烦啊!"

"我全都知道。"我答道,走到床前去。

"那就更好了,我没有心情聊天。"

"准尉先生,您犯了一个错误,我对这件事也可能有责任的……"

"得啦!有什么了不起的事?再说,咱们哥儿们早就是有福同享,有祸同当。"

"开什么玩笑!请缴出您的剑来!"

"米蒂卡,把剑拿来!"

米蒂卡把剑拿来了。我尽了自己的责任之后,就挨近他坐到床上去,说:"听我说,格里高利·亚历山德罗维奇,你得承认,这很不好。"

"什么不好?"

"那就是:你把贝拉抢了来……亚札玛特真是一个骗子!……那么,你承认吧。"我对他说。

"可是,假使我喜欢她呢?……"

你说我对这一点该怎么回答呢?我狼狈不知所措了。可是,沉默半晌之后我对他说,如果父亲提出要求,就应该把她交出去。

"完全不需要那样做!"

"可是他知道人在这儿!"

"他怎么会知道呢?"

我又狼狈不知所措了。

"听我说,马克西姆·马克西梅奇!"毕乔林稍微欠起身子,说,"您可真是个好人,我们要是把女儿交还这个蛮子,他就会把她杀死或者卖掉的。事情已经做了出来,可不要过分热心,反而坏了事;把她留给我,您保留我的剑吧……"

"让我看看她。"我说。

"她待在这门里;连我自己要见她,也见不着:她坐在角

197

落里,裹着一条白布,不说话,也不抬头望一眼:怯生生的,像只野羚羊一样。我雇用了小饭庄的老板娘:她会说鞑靼话,我让这老板娘去照顾她,教她认识到这一点:她是我的人,因为除了我,她不会属于任何别的人了!"他补充说,用拳头捶了一下桌子。我对这一点也只能表示同意了……您叫我怎么办呢?有这么一种人,你总是不得不对他们表示同意的。

再没有比叙述一部艺术作品的内容更困难、更麻烦的事了。叙述的目的不在于显示优美的章节;不管一部作品的章节好到如何程度,它总是在对整体的关系上看来才是好的,因此,叙述内容时必须抱有这样一个目的——仔细探究整部作品的概念,以便于显示这个概念是被诗人多么忠实地实现出来。怎么能够做到这一点呢?重抄整部作品是办不到的;可是,从卓越的整体中选取一部分章节,而删弃另外一部分章节,为的是不要让摘录超过应有的限度,这怎么行呢?其次,用枯燥乏味的故事,把摘录联结起来,让神情和色彩、生命和灵魂留在书中,而仅仅抓住死的骨架,这又怎么行呢?我们现在特别感觉到我们所负的责任的重大和困难了。在这以前,我们已经对于无数优美的局部章节觉得茫无所措了,而现在,当我们开始讲到故事中最重要的部分的时候,我们更是想逐字逐句地把作者的整段叙述抄录出来,其中的每一个字都是含意深长,回味无穷,充满着浓烈的诗意,闪烁着绚烂、华美的色彩;然而,我们还是像先前一样,不得不用自己的方式加以复述,同时,尽可能地保持原书的句法,摘录一些章节。

贝拉冷淡地看待毕乔林每天给她送来的礼物,不屑地把它们推开。他长时间毫无效果地向她献着殷勤。在这中间,他学会了说鞑靼话,而她也逐渐懂得俄国话了。她开始偶尔也瞧他一眼,但总是皱着眉头,斜目而视,并且总是悒郁寡欢,低声哼着自己的歌,"所以就连我(马克西姆·马克西梅奇说),当听到她在隔壁屋里唱歌的时候,也不禁变得惆怅起来。"毕乔林在劝说她爱自己时,曾问她是不是爱上了什么车臣人,并且还补充说,如果那样,他立刻就放她回家。她几乎是觉察不出地颤动了一下,摇了摇头……"或者是你恨透了我?"她叹了一口气。"或者你的信仰禁止你爱我?"她脸色发白,一句话也不说。然后他对她说,真主对于所有的种族只有一个,如果真主容许他钟情于她,那么,为什么要禁止她报答他的爱情呢?这个论点似乎使她大吃了一惊,她的眼睛里表示出信服这个论点的愿望。"你要老是这样发愁,"他对她说,"我真要死了。你说,你是不是会快乐一些?"她沉思起来,一双黑眼睛一刻也不从他的身上移开,然后莞尔一笑,点了点头表示同意。他握住她的手,开始进行劝说,要她来吻他;她软弱无力地抗拒着,只是重复地说:"我请求您,不要,不要!"①这是多么优雅、同时又是多么忠实于天性的性格特征啊!大自然从来不会自相矛盾,而深刻的感情,坦率胸怀所表现出的美质和优雅,在一个粗野的契尔克斯女人身上,如同在一个雍容华贵、教养有素的女人身上一样,有时也是能够打动人的。有一些这样优美的姿态,有一些这样芬香的语言,只要把其中的任何一鳞半爪描写出来,就足以表现出整个的人物,把隐藏在他内部的一切都给显示出来。事实不是这样吗:你先听到可爱的、纯朴的喊声:"我请求您,不要,不要!"然后你就看到这个具有一双黑眼睛的迷人的贝拉,自由山谷的半开化的女儿,站在你的面前,她的这种柔和,这种构成女人的全部魅力和魔力的女性特点,是这样令人神往地打动你……

他一定要她吻他,于是她就浑身打哆嗦,哭起来了。"我是你的俘虏,你的奴隶,"她说,"当然,你可以强逼我。"——接着又是眼泪直流。"魔鬼,不是女人!"他对马克西姆·马克西梅奇说,"不过我向您保证,她将是我的人……"

有一次,他穿着契尔克斯人的装束,携带武器,走进她的屋里,

---

① 此处用的是发音不正确的俄语。别林斯基加了着重标志。

对她说,他对她感到抱歉,他把所有的东西留下来交给她掌管,放她自由,而自己要去浪迹天涯,也许不久就会中了枪弹……

"他转过脸去,伸手和她道别。她没有握他的手,沉默不语。不过我站在门外,可以从门缝里望见她的脸:我觉得很难过,这样一种死一样的苍白笼罩在这张可爱的脸上啊!毕乔林没听到回答,就往门口走了几步;他发着抖,——我该怎么对您说呢?——我想,他真是会把他开玩笑所说的话付诸实行。天知道他的这种脾气,他便是这样的人!可是,他刚要碰到门,她便跳起来,痛哭着,扑过来抱住他的脖子。您相信吗?我在门外边,也哭了,您知道,我也不是什么哭,而是,嗐,反正是出了洋相!"

上尉沉默了。

"是的,我承认,"他后来捻着胡子说,"我觉得怪伤心的,因为从来没有一个女人像这样爱过我。"

幸运的毕乔林不久就知道,贝拉第一眼看到他时就爱上了他。是的,她是这样一种感情深刻的女性性格:看到男人时,立刻就会相爱,可是,却不会立刻向他承认爱情;她不会很快就委身于人,可是一旦委身于人之后,就再也不可能属于任何别的人,甚至也不可能属于她自己……关于这一点,诗人一句话也没有谈到,可是,他之所以是诗人,正因为他不说什么别的话,却使人能够感觉到一切……

他是幸运的,可是读者,你们不要羡慕他吧!谁能指望在这种生活中保持永久的幸运呢?……得欢乐时且欢乐,不必寄希望于未来……你的幸福也是不会持久的,可怜的、娇媚可爱的贝拉!……

不久,毕乔林和马克西姆·马克西梅奇探悉贝拉的父亲被卡慈比奇杀死了,因为怀疑他参与了盗窃卡拉乔慈。当贝拉还没有习惯自己的处境的时候,人们长久地把这件事瞒过了她;当人们把这件事告诉她之后,她痛哭了两天,后来就把它忘掉了。

四个月平安度过了,毕乔林这样热爱贝拉,竟然为了她,把打猎也给忘掉了,一步也不走出要塞的围墙。可是他忽然沉思起来,双手抄在背后,在屋里踱来踱去。有一次,他没有嘱咐任何人一句话,就出发打猎去了,整整一个早晨就连影子都不见,以后又出去了一次,接着,出去的次数越来越多了。"这可不好(马克西姆·马克西梅奇想):这两口子大概是闹别扭啦!"一天早晨,他去找毕乔林,看见贝拉脸色苍白,神色凄惨,叫人见了简直要吓一跳。他开始安慰她。她把自己的恐惧和忧虑告诉他,对他说:

"现在,我觉得他并不爱我。"

"说实在的,亲爱的,你不该尽往坏处想!"

她哭了起来,然后骄傲地抬起头,擦干眼泪,继续说下去:

"他要是不爱我,那么,他为什么不把我送回家去呢?我不是逼着要他收留我的。事情要是再这么继续下去,那么,我就自己走开:我不是他的奴隶,我是王爷的女儿!……"

马克西姆·马克西梅奇安慰着她,告诉她,她要是再这样发愁下去,那只会使毕乔林更快地厌烦的。

"对,对,"她答道,"我要快乐起来!"她大笑着,拿起了羯鼓,在我身边唱歌、跳舞、蹦跳起来;不过,就连这也没有持续多久,她又投到床上,用手遮住了脸。

我拿她有什么办法呢?您瞧,我从来没有跟女人打过交道;我想了又想,想法子安慰她,可是一点主意也想不出来;有一刻工夫,我们两人都沉默着……真是一种非常不愉快的处境啊!

马克西姆·马克西梅奇陪她一块儿到要塞外边去溜达溜达,看见一个契尔克斯人忽然骑着马从森林里蹿出来,离开他们将近有一百俄丈远,开始像疯子似的不断地打转:贝拉认出他是卡慈比奇……

最后,马克西姆·马克西梅奇同毕乔林谈到他对待贝拉的态度的冷淡,可是从他嘴里得到的答复是这样:

"'听我说,马克西姆·马克西梅奇:我有一种不幸的性格:是教育把我变成这样,还是上帝把我造成这样,这我可不知道;我只知道,如果我是造成别人不幸的原因,那么,我自己也并不稍微幸运一些。当然,这对于他们是一种不好的安慰,不过事实如此,我也没有办法。在我很年轻的时候,自从离开了双亲的监护,我就开始纵情享受一切用金钱所能买到的欢乐,当然,这些欢乐使我感到了厌烦。后来我进入上流社会,可是,上流社会不久也使我心灰意冷;我爱上了交际场中的美人们,也被她们所钟爱,可是她们的爱情只是刺激了我的幻想和自尊心,而我的一颗心却还是空虚的……我开始读书、学习,可是学问也使我厌倦了;我看到,无论是名誉或是幸福,都和学问毫无关系,因为最走运的人都是不学无术之辈,而名誉是侥幸得来的,要得到它,只要机灵圆滑就行。那时候,我便感到厌烦起来……不久,我被调到高加索:这是我一生中最幸福的时期。我本来希望在车臣人的子弹下不会再感到厌烦——结果是徒然:过了一个月我就对子弹的飕飕声和死亡的临近这样习惯,说实话,倒是蚊子的骚扰更能引起我的注意,我于是变得比以前更加厌烦起来,因为我几乎连最后的一点希望也丧失了。当我在自己屋里看到贝拉,第一次把她抱在膝上,吻她的漆黑的鬈发的时候,我这个傻瓜,真以为她就是老天爷可怜我,给我送来的安琪儿啦……我又弄错了:蛮女人的爱情比名门闺秀的爱情只是略胜一筹;蛮女人的无知和忠厚也和名门闺秀的媚态一样令人生厌。如果您愿意,我还是可以爱她,我感谢她给我带来十分甜美的片刻,我可以为她献出生命,可是我和她待在一起时,我就感到厌烦……我是傻子还是恶棍,这我不知道;可是有一点是千真万确的,我也是同样值得怜悯的,也许比她更值得怜悯一些:我的灵魂已被尘世所毁,思想骚乱不安,心灵永远得不到满足;我觉得一切都是不圆满的:我能够习惯于悲伤,正像习惯于欢乐一样容易,我的生活变得一天更比一天空虚;我只剩下一个办法,那就是旅行。只要做得到,我立刻就启程——不过决不是到欧洲去!我要到美洲,到阿拉伯,到印度去,也许我会半途在什么地方死掉!至少,我相信,靠了暴风雨和泥泞道路的帮助,这最后的一种安慰不会很快就失掉作用的。'他这样诉说了许久,他的话深深地印入我的心里,因为我还是第一次从一个二十五岁的人嘴里听到这样的话,但愿上帝保佑,这也便是最后的一次……真是怪事!您说,"上尉转向我,继续说下去,"您恐怕不久以前还在京城待过,难道那边的年轻人都是这样的吗?"

我回答说,有许多人都说着同样的话;大概也有一些人说的是真话;然而那种幻灭的情绪,像一切时髦风气一样,先从社会的上层开始,然后传到下层去;在那里被人袭用,现在,那些真正比大家都感到厌烦的人,却竭力掩盖这种不幸,就像掩盖恶习一样。上尉不懂得这个奥妙,摇了摇头,诡谲地笑了一笑说:

"我想,这都是法国人把厌烦变成风气的吧?"

"不,是英国人。"

"啊哈!原来如此!……"他答道,"怪不得他们都是一些坏透了的酒鬼呢!"

这样,毕乔林就对可怜的贝拉冷淡起来了,而贝拉却更厉害地钟情于他。他自己也不知道冷淡的原因,虽然他是竭力要探知原因所在。是的,再没有比剖析自己感情的语言,以及认识自己更困难的事了!作者的解释不能够使我们满意,也正像不能够使他向之倾吐衷肠的马克西姆·马克西梅奇满意一样。也许,无论对于作者说来,或者对于我们说来,原因都是同样的:再没有比认识和

203

理解自己更困难的事了！……然而，我们对于在现代社会里特别经常发生并且令人吃惊的这种普遍的、同时也是可悲的人类心灵现象，还是要提出我们的解答，或者更正确点说，我们的臆断。毕乔林很快就对贝拉感到冷淡的原因之一会不会是这样：对于契尔克斯少女的不自觉的、纯粹自然的，但却是深刻的感情，毕乔林给予了充分的满足，远远超出了她的最大胆的要求之外；而毕乔林的精神却不能在一个半开化女人的自然的爱情里面得到满足。更何况光是欢乐，还不足以构成爱情的全部需要；然而，除了欢乐，爱情还能给予毕乔林什么呢？他能和她谈些什么？她的身上还剩下什么东西，是他猜不透的呢？爱情需要合理的内容，正像熊熊烈火需要油来维持一样；爱情是两个相似的天性在无限感觉中的和谐的交融。贝拉的爱情里包含有力量，但不可能有无限性：跟情人含情脉脉地相对而坐，爱抚他，也接受他的爱抚，窥测并领会他的愿望，被他吻后欢喜得忘其所以，在他的怀抱里茫然无所措手足——这便是贝拉的灵魂所要求的一切；过着这种生活，即使是永恒，在她看来也显得不过是一瞬。可是，这种生活至多只能够吸引毕乔林四个月，并且如果他对贝拉的爱情能够持续到这么长久，我们还得惊异他的爱情的力量之大呢。如果有爱情能够对之发挥作用的对象，那么，强烈的爱情要求常常就会被认作是爱情本身；障碍把这要求变为情欲，而满足则把它连根消灭。贝拉的爱情，对于毕乔林说来，是一满杯甘美的饮料，他接过来一饮而尽，不剩一滴在杯子里；可是他的灵魂所要求的却不是一杯饮料，而是整个海洋，他可以从中时时刻刻汲取，却永远不会穷竭……

有一次，毕乔林和马克西姆·马克西梅奇一起出去猎打野猪。他们一大早出去，一直到十点钟，也没有猎到一只；马克西姆·马克西梅奇劝朋友回去，可是毫无结果：尽管天气又热，人又疲倦，对方却总是不愿意空手回去。"他就是这样的一种人：想到什么，就一定要做到；显然他在小时候被妈妈宠坏了。"然而，过了中午，他们什么东西也没有猎到就回到要塞来了。忽然传来一声枪声:他们互相望了一眼,就飞快地往枪声响处赶去。士兵们成群地聚在围墙上,遥指着旷野那边,只见一个骑马的人拼命往前飞奔,马鞍上放着一个什么白色的东西。这是卡慈比奇,他趁疏忽大意的贝拉走到要塞外的河边的时候,把她抢走了。毕乔林一枪开过去,打伤了他的马腿。卡慈比奇举手要刺杀贝拉,马克西姆·马克西梅奇开了一枪,仿佛把他的肩膀打伤了;烟雾飘散了开来——地上躺着一匹受伤的马,马的旁边是贝拉,而卡慈比奇像一只猫一样,攀登到悬崖上,很快就消失不见了。他们跑到贝拉身边——她负了伤,血像小河一样从伤处汩汩流出……

"贝拉死了吗?"

"死了;不过她受了长久的折磨,我们陪着她也累坏了。大约晚上十点钟,她的神志清醒了过来;我们坐在床边;她一睁开眼睛就叫唤毕乔林。'我在这儿,在你的身边,我的珍涅奇卡(用我们的话来说,就是宝贝)。'他握着她的手答道。'我要死了!'她说。我们开始安慰她,说医生答应一定把她治好的;——她摇了摇头,把脸转向墙那边去:她不想死啊!……

"夜里,她开始说胡话;她的头发烧,有时浑身发出热病似的寒战;她上句不接下句地讲到父亲和弟弟:她想到山上去,回家去……然后她又讲到毕乔林,称呼他各种各样温柔的名字,或者责怪他不再爱他的珍涅奇卡了。

"他默默地听着,把头伏在手上;可是,我始终没有看见他的睫毛上沾过一滴眼泪;他真的哭不出呢,还是使劲憋住了,这我不知道;至于讲到我,我还从来没有见过比这更凄惨的事情。"

快到早晨,当一阵谵语过去了的时候,她开始诉说自己不是一个基督徒,担心死了以后,在阴间,她的灵魂永远不能和毕乔林的灵魂相遇,另外一个女人将在天堂里成为他的伴侣……马克西姆·马克西梅奇表示愿意给她施洗礼;她默然许久,拿不定主意,终于回答说,她要怀着生下来时所怀的信仰死去。一天便是这样过去了——痛楚把她的一张美丽的脸很厉害地改变了。当疼痛平息下来,不再呻吟的时候,她就劝毕乔林去睡觉,吻了他的手……

"天亮前,她开始感觉到了死亡的痛苦,开始辗转反侧,扯开绷带,于是血又流了出来。当人家给她扎好伤口的时候,她安静了片刻,开始请求毕乔林来吻她。他跪在床边,把她的头从枕头上稍微抬起一下,把自己的嘴唇贴紧她那变得冰凉的嘴唇;她用发抖的双手紧紧地搂住他的脖子,好像要在这一吻中把自己的灵魂交给他似的……不,她还是死了好!如果格里高利·亚历山德罗维奇遗弃了她,她会遭到什么结果呢?而这是迟早一定会发生的……"

临终之前,她用嘶哑的嗓子喊道:"水!水!"

"他的脸变得白如布帛,抓起一只杯子,斟满水,递给了她。我用手掩住眼睛,开始诵读祈祷文,我不记得是哪一段了……是的,老弟,我经历过许多事情,看见过人们怎样死在医院里和战场上,可是一切都跟这不一样,完全不一样!……还得承认一点,我觉得难受的是:她在临死前一次也没有想起过我;可是,我觉得,我倒像父亲爱女儿一样地爱她……唉,上帝原谅她吧!……说实在的,我算是什么人,一定要她在临死前想起我?

"她喝过水,立刻觉得舒服了一些,过了约莫三分钟,她就去世了。我们把一面镜子放在她嘴唇上,上面已经看不出有一点水气……我把毕乔林引到屋外去,我们在要塞的围墙上走着;我们一句话也不说,把手抄在背后,并排来来回回地踱了许久;他的脸上一点特别的表情也没有,这使我非常恼火。我要是处于他的地位,早就痛不欲生了。他终于坐在地上,树荫底下,开始用一根短棒在沙上画些什么。您知道,我更多是为了礼貌的缘故,想去安慰他,就开始说起话来;他抬起头,笑了起来……这笑声使我浑身发冷。我就跑去订购棺材。

……………………

"第二天一大早,我们把她安葬在要塞后面,围墙的旁边,就是她最后一次坐过的地方;她的坟墓周围,蔓生着白色金合欢和接骨木的灌木林。我想立一个十字架,可是您知道,这不合适:她毕竟不是一个基督徒……"

"可是毕乔林怎么样呢?"我问。

"他有许久一直感觉不舒服,人消瘦了,这可怜虫!不过我们从那时起就再也不谈到贝拉:我知道他听了会感到不愉快,那么,何必提起这件事呢?——大约过了三个月,他就被派到C……兵团去了。我们从那时起就没有见过面……是呀,我记起来了,有人最近告诉我,他回到俄罗斯去了,可是,在向兵团发布的命令里面却没有看到他的名字。不过,消息传达到咱们弟兄这里来总是很慢的。"

话到此处,他发挥了一段长篇大论,说是听到明日黄花的消息是多么不愉快云云——显然是为了要驱除悲惨的回忆。

我不打断他,也不去听他。

我们要请求作者和那些在未读小说之前先读这篇论文的读者原谅我们摘录得太多了,因为这样一来,初读时的诱惑力,第一次印象的力量和魅力,对于他们都将永远丧失殆尽。然而,恐怕未必有人会没有读过《贝拉》;它早在去年就已经发表在《祖国纪事》上,并且小说的单行本也早已问世了。至于讲到那些读过小说后再读这篇论文的读者,那么,他们经过这一来,是几乎什么东西也不会被剥夺掉的;相反,只要我们把我们的工作做得好,他们又会重新感觉到已经体验过的快乐,并且那印象只会更加深刻。无论如何,我们不可能避免这些摘录。我们希望,在我们叙述故事内容的过程中,可以显示出登场人物的性格,并保持故事的内在生命力以及色调;然而,仅仅叙述一下内容的骨架或者它的抽象思想,是不能做到这一点的。再说,什么是故事的内容呢?一个俄国军官偷走一个契尔克斯女人,起初热烈地爱她,可是不久就对她感觉冷淡了;后来,一个契尔克斯男人把她带走了,可是发觉自己有被擒的危险,就打伤了她,把她扔下了,她因此受伤而死去:这便是一切。且不说这里包含的东西很少,这里还没有任何一点诗意的、特殊的、引人入胜的东西,一切都是极为普通的,庸俗透顶的,陈腐不堪的。可是,譬如说,即使在莎士比亚的《奥瑟罗》的内容里,有什么不平常的或是诗意的东西呢?一个摩尔人由于嫉妒杀死了他所热爱的妻子,那嫉妒的念头是一个狡猾的坏蛋故意在他的心里激起来的:这难道不也是陈腐不堪,庸俗透顶的吗?难道没有写过成千上万的中篇小说、长篇小说、剧本,其内容都是描写一个丈夫或者情人由于嫉妒而杀死一个无辜的妻子或者情妇吗?可是在这成千上万的作品当中,世人只知道有一部《奥瑟罗》,并且只对这一部作品表示惊佩。可见内容不在于外部形式,不在于许多偶然情节的凑合,却在于艺术家的意图,在于他执笔之前就仿佛已经感觉到的那些形象以及色彩的浓淡与变幻,总之一句话,在于创作构思。一部艺术作品必须在艺术家执笔之前先在他的灵魂里酝酿成熟:对于他说来,写作已经是次要的劳作了。他必须首先看到许多人物出现在自己的面前,他的剧本或者小说就是由这些人物的相互关系所形成的。他不穷思竭虑,不精打细算,更不想入非非:一切在他都是自然而然发生,像应有那样地发生的。事件从概念中展开,正像植物从种子中展开一样。因此,读者在他那些人物身上看到的也是活生生的形象,而不是幻影,读者以他们的欢乐为欢乐,以他们的痛苦为痛苦,思索着、议论着、相互争论着他们的意义,他们的命运,仿佛这些都是实际存在而又为自己所熟知的人一样。如果先想出抽象的内容,也就是某种情节和结局,然后再捏造一些人物,不管他们愿意或不愿意,迫使他们扮演与虚构的目标相适应的角色,那就无法达到这种境界。这就说明了内容的叙述为什么对于批评家是非常困难的,并且他非加以摘录不可;因此,叙述必须简短,让被考察的作品自己为自己说明一切。

《贝拉》给人留下了深刻的印象:你感觉到抑郁难当,可是,你的惆怅是轻淡的,明净的,甜美的;你的幻想飞翔于美人的坟墓之上,但这坟墓不是阴森可怕的:太阳照亮着它,湍急的溪水冲洗着它,溪水的潺湲和微风吹过接骨木和白色金合欢的树叶时的簌簌声合在一起,向你讲述某种神秘和无穷的事物,而在坟墓上空,在晴朗的天际,一个美丽的幻象飞翔着、飘荡着,她有着苍白的双颊,一双黑眼睛透露出责备和宽恕的表情,带着惆怅的微笑……契尔克斯女人的死亡,不会用凄凉的、沉痛的感觉来搅扰你,因为她不是一具由作者任意安排的可怕的骨架,而是你早已预感到的合理必然性的结果,并且是一位欢快的调解天使。不谐和音变成了谐和的和音,于是你不禁大为感动地重复着善良的马克西姆·马克西梅奇的简单、动人的几句话:"不,她还是死了好!如果格里高利·亚历山德罗维奇遗弃了她,她会遭到什么结果呢?而这是迟早一定会发生的!……"

并且,销魂夺魄的契尔克斯少女的优美形象被描绘得多么富于艺术性啊!她说话和行动的机会不多,可是你看见她以一个活人的全部明确性栩栩如生地出现在你的眼前,你看透她的内心,渗入她内心的每一个隐秘角落……

还有这个善良的莽汉马克西姆·马克西梅奇(他根本没有猜想到自己的天性是多么深刻和丰富,是多么崇高而又高贵)呢?他是一个粗鲁的军人,他把贝拉当作美丽的孩子一样来欣赏,当作亲爱的女儿一样来爱怜——这是为什么？——你要问他，他就会这样回答你："这不是爱，这不过是——发傻劲！"他觉得怪伤心的，因为没有任何一个女人像贝拉爱毕乔林那样地爱过他；他觉得难受，因为她在临死前没有想起过他，虽然他自己也承认，从他这方面说来，这是一个不完全正当的要求……我们是不是需要对这些充满着无限性的特征加以说明呢？不需要。它们自己就为自己说明了一切；而对于那些无所感受的人说来，你是不值得去向他们多费唇舌，糟蹋时间的。朴素的美，亦即唯一真正的美，不是所有的人都能够理解的：大部分人的眼睛不辨真伪，因此，只有绚烂，花哨，浓艳的大红大紫的颜色才能够对他们的眼睛发生作用……

亚札玛特和卡慈比奇是这样的一种典型，可以同样被英国人、德国人、法国人所理解，正像被俄国人所理解一样。这就叫作全面地描绘人物，使之具有民族面貌，穿上民族服装！……

请再注意一下这叙述的自然性：顺流而下，毫无牵强之弊；舒畅自如地展开，却无须作者加以穿凿。一个军官从梯比里斯回到俄国去，在山中遇见了另外一个军官；旅途的寂寞使一个人有权利去和另外一个人交谈，于是很自然地就交上了朋友。一个人请另外一个人喝搀了甜酒的茶，另外那个人谢绝了，说是从前发生过一件事情，从此以后他就发誓戒酒了。这是非常自然的，旅客坐在烟气弥漫的、肮脏的土屋里，就会和伙伴谈论土屋里的居民：这位伙伴是一个上了年纪的军官，他在高加索待过许多年，当然，他是很高兴谈论这个题目的。年轻军官问道："您有过许多冒险经历吗？"上了年纪的人答道："怎么没有呢！有过……"一问一答是同样自然的。可是，这还不是故事的开场白，却像理所当然那样，不过是让人感觉可以听到故事的一点微弱的希望：作者不像赶马那样把情节驱赶着往前跑，却是听任这些情节自己去发展。他请马克西姆·马克西梅奇喝搀了甜酒的茶：对方谢绝喝甜酒，说是已经发誓戒酒了。年轻军官所说的"为什么"这一句问话，正像一个人被呼唤时的应声一样,是不能被认为有牵强之处的。马克西姆·马克西梅奇回答说,从前发生过一件事情,从此以后他就发誓戒酒云云,这个回答也早已在读者意料之中。这件事情纯粹是高加索式的:军官们正在大吃大喝,忽然发生了警报。可是马克西姆·马克西梅奇这时发起议论来,说是有时待上一年也遇不到一次警报,"可是刚一喝上酒,人就完蛋了",他这么一岔开去,又把说故事的希望完全给打消了;随后,他忽然谈起契尔克斯人一喝上布札酒,就要行凶打架,于是他很自然地就想起一件事情来。他有心要讲这件事情,可是又好像不愿意硬要讲给人听,惹人讨厌似的。而年轻军官呢,他的好奇心是早已被剧烈地煽动起来了,可是他善于用礼貌把好奇心抑制下去,带着假装的平静,问道:"这是怎么一回事?"——您听我说,是这么一回事……——于是故事就展开了。作为故事的起点的,是一个契尔克斯孩子想占有一匹骏马的热烈的愿望,并且你们记得发生在亚札玛特和卡慈比奇之间的这出戏剧的一个奇妙场面。毕乔林是一个坚定果断的人,他渴盼着警报和风暴,甚至愿意为满足自己的癖好而甘冒一切风险,而这里所发生的问题,比癖好要大得多。这样说来,一切都是根据严格的必然性而不是根据作者的好恶,从登场人物的性格里面发展出来的。可是,当故事还仅仅是一段插曲,而新朋友已经参加到有关这段插曲的议论中来的时候,马克西姆·马克西梅奇的记忆忽然苏醒过来,唤起了一种要向别人诉说的要求,他好像自言自语似的加添说:"有一件事我永远不能宽恕自己:真是鬼迷了心啦,回到要塞以后,我把我蹲在篱笆后面听到的话一五一十向格里高利·亚历山德罗维奇复述了一遍;他笑了——狡猾的家伙!——心里却打定了另外的主意。"有什么东西能够比这一切更自然、更朴素呢?这样的自然和朴素绝不是算计和考虑所能够做到的:这是灵感的结果。

这样,贝拉的故事便结束了;可是,长篇小说还刚刚开始,我们只是读了一篇导言,然而单独讲起来,这篇导言本身就是一部艺术作品,虽然它只是构成整体的一部分而已。可是,我们继续再读下去。在弗拉季高加索,作者又跟马克西姆·马克西梅奇遇见了。他们吃午饭的时候,一辆漂亮的马车驰进院子里来,马车后面跟着一个仆人。尽管这个"懒惰老爷的纵容惯了的仆人"粗里粗气,马克西姆·马克西梅奇还是向他打听清楚了这辆马车是毕乔林所有的。"什么?什么?毕乔林?……啊,我的老天爷!……他不是在高加索当过差吗?"马克西姆·马克西梅奇的眼睛里闪烁着快乐的光芒。"好像是的,我新近才给他当差。"仆人答道。"是嘛!……是嘛!……格里高利·亚历山德罗维奇?……人家是不是这样叫他的?我跟你东家是朋友。"他补充说,友好地在仆人肩上拍了一下,拍得他摇摇晃晃起来……"对不起,先生,您妨碍我干活了。"那人皱着眉头说。"你这傻家伙!……没告诉你说吗?我跟你东家是好朋友,在一块住过……他现在待在哪儿?"仆人回答说,毕乔林在 H 上校家里吃晚饭,还要在那儿过夜。"他晚上不上这儿来吗?"马克西姆·马克西梅奇说,"再不然,朋友,你会不会有什么事情要去找他?……要是去的话,就给我带个口信,说是马克西姆·马克西梅奇在这儿;你这么说一声就成了……他就知道了……我给你一枚八十戈比银币喝酒……"仆人听说赏他这么少的酒钱,脸上就露出一副鄙夷不屑的神气,然而,还是向马克西姆·马克西梅奇保证一定完成他所委托的事情。"他立刻就会赶来的!……"马克西姆·马克西梅奇得意扬扬地对我说,"我到门口等他去……唉,可惜我不认识 H!"

这样,马克西姆·马克西梅奇就在门口鹄候着。他起先谢绝喝茶,后来喝了一杯,可是请他喝第二杯的时候,他又跑到门外去了。他身上表现出一种激动不安的情绪,显然可以看出,毕乔林的冷淡使他很恼火。他的新朋友打开窗户叫他进去睡觉:他不知道嘟囔了几句什么,等到第二次再邀请他,他就不答一言了。深夜他才走进屋里来,把烟斗往桌上一扔,开始踱来踱去,扒了扒炉灶,最后躺下睡了,可是长久地咳嗽,吐痰,辗转反侧……"不是有臭虫咬您吧?"新朋友问他。"是啊,臭虫……"他回答说,深深地叹了一口气。

第二天早晨他坐在大门外面。"我要上司令官那儿去一趟,"他说,"要是毕乔林来了,就派人去找我。"可是,他刚一离开,使他不安的对象就出现了。我们这位作者好奇地望着他,他的注意观察的结果,就是当我们讲到毕乔林时要回过来提到的那幅工笔肖像画,而现在,我们却要专门谈到马克西姆·马克西梅奇。必须交代一下:当毕乔林来到时,仆人禀告他,立刻就会把马车套好。在这里,我们又必须摘录一长段引文。

马已经都套好了;铃铛不时在轭下叮当发响,仆人已经两次跑到毕乔林跟前来禀告说,一切都已齐备,可是还不见马克西姆·马克西梅奇的影踪。幸而毕乔林眺望着高加索蔚蓝的层峦叠嶂,浸没在沉思中,好像并不急于上路。我走近他的身边。"如果您愿意再等一会儿,"我说,"那么您就会有和一位老朋友相见的愉快……"

"啊,对的!"他迅速地回答说,"昨天他们对我说过了,——可是他在哪儿呢?"我回过头去对广场那边望了一眼,看见马克西姆·马克西梅奇拼命往这边跑过来了……过了几分钟,他已经站在我们身边;他几乎喘不过气来;脸上汗流如雨;几绺湿漉漉的白头发从帽子下面露出来,粘在他的额上;他的双膝直打哆嗦……他想扑上去抱住毕乔林的脖子,可是对方虽然脸上浮着和蔼的微笑,却是冷冰冰地把手伸给他。上尉一刹那呆住了,可是后来贪婪地用双手抓住了对方的手:他依旧说不出话来。

"我是多么高兴呀,亲爱的马克西姆·马克西梅奇!您一向好吗?"毕乔林说。

"你呢?……呃,您呢?……"老头儿眼睛里噙着眼泪喃喃地说,……"真是好久没见面了……好久没见面了……这一回上哪儿去?"

"上波斯去——还要往远处走……"

"现在就走?……等一等吧,亲爱的!……真的现在就分手?……咱们有多少日子没见面了……"

"我该走了,马克西姆·马克西梅奇。"这是回答。

"我的老天爷,我的老天爷!干吗这么急呀?……我有多少话要对您说……有多少事情要问问您……怎么样?退伍了吗?……近况好吗?……干些什么活计?……"

"无聊透了!"毕乔林微笑着答道……

"还记得我们住在要塞里的日子吗?……那儿真是打猎的好地方!……您是最喜欢打猎的……还有贝拉!……"

毕乔林的脸有点发白,把头扭了过去……

"是的,记得!"他说,几乎立刻就很不自然地打了个呵欠……

马克西姆·马克西梅奇要他留下来一块儿再待上一两个钟头。"咱们好好地来吃一顿,"他说,"我有两只野鸡;这儿的卡赫齐亚葡萄酒也不坏……当然不及格鲁吉亚的好,但在这儿算是最好的一种了……咱们要好好地谈一谈……您给我讲讲您在彼得堡过的生活……啊?……"

"真的,我没有什么话可以说,亲爱的马克西姆·马克西梅奇……我得向您告别了,我该走了……我要赶路……谢谢您没有忘记我……"他加添了一句,拿起了他的手。

老头儿皱紧了眉头……他又伤心,又气恼,虽然竭力要把这种感情掩盖起来。"忘记!"他埋怨道,"我可什么也没有忘记……好吧,上帝保佑您!……我没有想到我们见面会是这样……"

"够了,够了!"毕乔林说,友爱地拥抱了他,"难道我不是老样子吗?……有什么办法?……各人有各人的道路……我们还能不能见面,那只有天知道了!……"说着,他已经坐到马车里,车夫已经提起了缰绳。

"等一等,等一等!"马克西姆·马克西梅奇抓住车门,突然喊起来,"我完全给忘掉了……您的稿纸还留在我身边哪,格里高利·亚历山德罗维奇……我一直把这些稿纸带在身边……我想在格鲁吉亚找到您,可是老天爷偏偏叫我们在这儿见面……我应该把它们怎么办?……"

"您爱怎么办就把它们怎么办吧!"毕乔林答道,"再见……"

"那么您是到波斯去?……多咱回来?"马克西姆·马克西梅奇跟在后面喊……

马车已经走远了;可是,毕乔林打了一个手势,那意思可以解释成这样:未必还会回来!并且,有什么必要呢!……

铃铛的叮当声和车轮碾过沙砾路的辚辚声早已听不见了,可怜的老头儿却还是站在原处,沉浸在沉思中……

够了!我们将不再摘录那段很长的、不连贯的独白,当痛心欲碎的老头儿说出这段独白时,装出一副冷静的神气,虽然愤激的眼泪不时在他的睫毛上闪亮着。够了:即便是这样,马克西姆·马克西梅奇也已经整个儿显露在你的眼前……如果你遇见他,跟他交上了朋友,跟他一起在同一个要塞里住上二十年,你也不会认识他更清楚些。可是我们再也不会看见他了,而他是这样有趣,这样可亲,我们觉得,很快就和他分手是一件令人难受的事,因此让我们再来看看他,但这是最后一次了……

"马克西姆·马克西梅奇,"我走到他跟前,说,"毕乔林留给您的是些什么稿纸?"

"天知道!笔记一类的东西……"

"您打算把它们怎么办呢?"

"怎么办？我要叫人把它们做成弹药包。"

"您还是把它们交给我吧。"

他诧异地望望我，在牙齿缝里咕噜了些什么，开始去翻手提箱；他翻出了一本练习簿，轻蔑地把它扔在地上；接着是第二本，第三本，一直到第十本，所有这些练习簿都遭到了同样的命运：他的愤慨里面有一种孩子气的东西：我感到又可笑，又可怜。

"它们全在这儿啦，"他说，"祝贺您捡到了宝贝……"

"我能照我的意思随便处理它们吗？"

"您拿到报上去发表，我也管不着。这跟我有什么相干？……难道我是他的朋友或者亲戚不成？……不错，我们在同一个屋檐底下住了许久……可是我跟别的许多人不是也在一起住过吗？……"

我们这位作者把稿纸抓到手中，唯恐马克西姆·马克西梅奇要后悔，然后就准备启程；他已经戴上了帽子，可是这时，上尉走了进来……不，这么走可不行！必须跟马克西姆·马克西梅奇彬彬有礼地道别，这也就是说，必须先听他一番临别赠言……有什么办法呢？有这么一种人，你跟他一旦交上了朋友，就一辈子再也不能离开……

"马克西姆·马克西梅奇，您不走吗？"

"不走。"

"怎么啦？"

"我还没有见着司令官呢，我得把一些公家物件交给他……"

"您不是去找过他了吗？"

"找过了，当然，"他支吾地说，"可是他没在家……我没有等他……"

我懂得他的意思；可怜的老头儿恐怕是生平第一次，用文绉绉的话来说,*因私而忘公*,玩忽了职务,并且他是受到了什么样的报偿啊!

"真遗憾,"我对他说,"真遗憾,马克西姆·马克西梅奇,我们必须这么快就分手。"

"我们这些不学无术的老头子怎么高攀得上你们哥儿们呢!……你们是社交界养尊处优的年轻人:目前在契尔克斯人的枪林弹雨下面,你们还能勉强凑合着跟我们交个朋友……往后再见面,你们就会不好意思跟我们握手啦。"

"我可不应该受到您的这种责备,马克西姆·马克西梅奇。"

"我只是顺便说说;不过,我祝您万事如意,一路平安。"

这以后,他们冷淡无情地分手了;可是你,亲爱的读者,一定不会和这老小孩冷淡无情地分手的吧?他是这样善良,这样和蔼可亲,这样合乎人情,在对待一切超出他的理解和经验的狭窄范围之外的事情方面又是这样毫无经验。你不是已经和他相处得非常习惯,深深地爱上了他,永远不会再忘记他了吗?如果你碰见一个人,在粗鲁的外表下面,在困苦贫乏的生活所形成的冷酷外壳下面,有一颗热烈的心,在朴素的、小市民式的言辞背后,有一颗温暖的灵魂,你不是一定会说"这是马克西姆·马克西梅奇"吗?……愿老天爷保佑在你生活的旅程上会碰见更多的马克西姆·马克西梅奇啊!……

我们在上面探讨了长篇小说的两部分——《贝拉》和《马克西姆·马克西梅奇》:每一篇故事都有其自己的特殊性和锁闭性,因此,每一篇都在读者的心里留下了这样完备、完整而又深刻的印象。我们看到,无论哪一篇里面的主人公们都是处在他们生活的最为庄严的情势之中,我们非常熟悉他们。第一篇交代的是故事;第二篇是性格的草图;每一篇都是同样完备而又令人满意的,因为在每一篇里面,诗人能够汲尽其全部内容,并且用典型的特征,把作为可能性而隐藏在其中的一切内在的东西表现出来。第二篇里面没有悲欢离合的内容,它所表现的不是一个人的生活,而是生活中的一个片段,我们何必管这一点呢?如果在这个片段里面表现了整个的人,那么,我们就不必再苛求其他了。诗人企图描绘性格,他在这一点上做得非常成功:他笔下的马克西姆·马克西梅奇足以和奥涅金、连斯基、查列茨基、伊凡·伊凡诺维奇、尼基福尔·伊凡诺维奇①、亚芳纳西·伊凡诺维奇、恰茨基、法穆索夫等等媲美,不是被当作专有名词,而是被当作普通名词看待。我们在《贝拉》里就已经认识他,以后就再也见不到他了。可是,我们在这两篇中还看到了一个人物,虽然我们跟他是素昧平生的。这个隐秘的人物不是这两篇故事中的主人公,可是如果没有他,就不可能有这两篇故事:他是整部长篇小说中的主人公,而两篇故事仅仅是长篇小说的部分而已。现在应该是我们认识他的时候了,并且不是引用先前的方法,通过别的人物来认识他,因为如我们所看到,他们都不理解他;同样,也不是通过诗人来认识他,因为虽然是诗人把他写出来的,可是写出来以后诗人就和他了无关系了;而是要通过他本人来认识他:我们准备阅读一下他的笔记。诗人以自己的名义仅仅给毕乔林的笔记写了一篇序言。这篇序言等于是构成长篇小说中的一章,是它的最重要的部分,可是,尽管如此,我们还是要在讲到毕乔林的性格时再来讲这一篇序言,现在就直截了当地来谈"笔记"。

笔记的第一篇叫作《塔曼》,像前面的两篇一样,是一篇独立的故事。虽然它是整部长篇小说的主人公的生活中的一段插曲,可是主人公照旧对于我们是一个隐秘的人物。这段插曲的内容如下:毕乔林到了塔曼以后,逗留在海边一幢简陋的小茅屋里,他在屋子里只找到了一个十四岁的瞎眼男孩,然后找到了一个神秘的

---

① 显然是"伊凡·尼基福罗维奇"之误。

姑娘。他无意中发现,原来这些人是走私犯。他勾搭那个姑娘,开玩笑地威胁说,他要去告发他们。这一天晚上,她像个女妖精似的跑来找他,用缠绵的情话诱惑他,约定夜里和他在海边幽会。他当然是如约而到,可是少女一言一行的古怪和神秘早已引起了他的猜疑,所以他随身带着手枪。神秘的少女邀他坐到小船里去——他犹豫不决,可是后退已经来不及了。小船顺流疾驶而下,姑娘搂住他的脖子,一件什么沉重的东西掉到水里去了……他伸手去摸手枪,可是手枪已经没有了。这时他们中间展开了一场剧烈的搏斗:男的一方终于获胜了;他用半截桨划着,勉强靠近了岸边,在月光下,看见那个神秘的女妖精死里逃生,爬上岸来之后正在拧干她的湿头发。过了几分钟之后,她和杨柯走远去了,看来这汉子是她的情人,并且是走私犯中的主要活动分子之一;外人既然已经识破了他们的秘密,他们继续再留在这个地方,就有落网的危险。瞎子也失踪了,偷去了毕乔林的小匣子、镶银边的军刀和达吉斯坦制的匕首。

我们不打算从这篇故事里摘录些什么,因为这篇故事绝对是不容许摘录的:它好比是一首抒情诗,只要不经过诗人之手而任意删削或者改掉一行,它就会变得面目全非,魅力尽失;这魅力整个儿包含在形式里面;要摘录,就得逐字逐句把它全部摘录出来;内容的复述只能给人一种粗浅的概念,正像狂热地颂赞女人的美色,但你自己到底没有看见过她一样。这篇故事带有一种特殊的色调:尽管它以平淡无味的现实为内容,但它里面所包含的一切都是神秘的,人物都好像是在黄昏的朦胧中,在晨光熹微或者月色昏暗时隐约闪动的虚幻的影子。那个姑娘是特别令人迷醉的:这是一个粗野的、光芒四射的美女,像女妖精一样迷人,像碧波仙子一样不可捉摸,像人鱼一样令人触目惊心,像美妙的影子或者波涛一样瞬息万变,像芦苇一样婀娜多姿。你无法爱她,也无法恨她,却只能够既恨她,同时又爱她。当她站在自己家里的屋顶上,头发披散着,用手掌挡着眼睛,聚精会神地凝望着远方,一会儿笑起来,自言自语着,一会儿唱出一支充满辽阔豪迈之感的嘹亮的歌的时候,她是多么美艳绝伦啊:

> 仿佛靠着自由意志,
> 在绿色的海上,
> 所有的海船
> 　　扯起白帆前进。
> 在这些海船当中,
> 有我的一只小船,
> 设备不全的
> 　　双桨的小船。
> 暴风刮来时——
> 古旧的海船
> 鼓动翅膀,
> 　　在海上翻滚。
> 我开始悄声地
> 向海洋哀告:
> "凶恶的大海啊,
> 　　你可别碰我的小船:
> 我的船上载着
> 贵重的物品,
> 一个狂暴的汉子
> 　　驾驶它在黑夜中前进。"

至于讲到整部长篇小说中的主人公,那么,和前面两篇故事所描写的一样,依旧是一个隐秘的人物。你看到的是这样的一个人,他具有坚强的意志,勇气十足,遇到随便什么危险都决不低头,愿意迎接风暴和突变,即使是从事毫无目的的活动也不要紧,只要能找些事情,使自己被它所占据,使深不可测的精神空虚能够得到充实就行。

我们终于读到了《梅丽公爵小姐》。序言我们已经读过了,现在,长篇小说对于我们是真正开始了。这篇故事,在内容方面,比其余几篇更为多种多样,丰富多彩,可是在艺术形式方面,却比以前的几篇大为逊色。它所刻画的人物性格,仅仅是素描或者剪影,只有一个人物性格才称得上是肖像。可是,它的缺点同时也就是它的优点,反之亦然。进一步的详细考察会把我们的意见解释明白。

我们从第七页说起。毕乔林来到了五岳城,伊丽莎白矿泉地区,在这里遇见了熟人,士官生格鲁希尼茨基。就艺术手法来讲,这个人物可以跟马克西姆·马克西梅奇媲美:和他一样,这是一个典型,一类人物的代表,这是一个普通名词。格鲁希尼茨基是一个理想的年轻人,他炫耀理想,正像自命风流的花花公子炫耀时装,"油滑少年"炫耀顽劣的愚蠢一样。他穿一件厚呢子的士兵外套;他有一枚士兵佩戴的圣乔治勋章。他喜欢人家不把他看成是一个士官生,却看成是一个降级的军官:他认为这是非常耸人听闻,饶有趣味的。一般说来,"耸人听闻"是他的爱好。他用奇巧精致的词句说话。总之,他是特别能够俘获多愁善感、缠绵悱恻、富有浪漫情调的外省小姐的心的一种男人,借用笔记作者的优美的话来说,他是这样的一种男人,"单纯美好的事物不能够打动他们,他们妄自尊大地装扮出罕见的情怀、崇高的热情和超凡脱俗的痛苦"。他补充说:"在他们的灵魂里,常常有许多善良品质,但是没有丝毫诗意。"可是,笔记作者对这种人所作的最好的、最充分的分析是这样:"到了老年,他们若不是变成和善的地主,就是变成酒鬼——有时两者兼而有之。"我们只想对这幅素描补充一点:他们非常爱读玛尔林斯基①的作品,只要一谈到并非世俗的事物,就

---

① 玛尔林斯基是当时一位名噪一时的小说家,别林斯基时常在文章中批评他那种伪浪漫主义的倾向。

力求用他的小说中的辞句来说话。我们现在完全和格鲁希尼茨基熟识了。他很不喜欢毕乔林,因为对方看透了他。毕乔林也不喜欢格鲁希尼茨基,觉得什么时候他们会冲突起来,其中一个人一定会倒霉的。

他们像老朋友似的遇见了,开始聊起天来。格鲁希尼茨基攻击那些今年到温泉来玩的人。他说:"今年从莫斯科来的,只有李果甫斯卡娅公爵夫人和她的女儿;可是,我不认识她们;我的这件士兵外套是耻辱的烙印。它所唤起的同情,像施舍一样令人难受。"这时,两位淑女从他们身旁擦过,走到井边去,据格鲁希尼茨基说,那就是李果甫斯卡娅公爵夫人和她的女儿梅丽。他不认得她们,因为"这些骄傲成性的显贵并不在乎一个戴军帽的人有没有头脑,一个穿厚外套的人有没有良心"。他高声用法文说出铿锵响亮的词句,引起了公爵小姐的注意。毕乔林对他说:"这位梅丽公爵小姐长得真美。她有一双天鹅绒似的眼睛——正是天鹅绒的;我劝你讲到她眼睛的时候要采取这种说法;上下睫毛是这样长,连阳光也射不到她的瞳仁里去。我爱这双眼睛——不是亮光闪闪的;它们是这样柔软,好像抚摸你似的……不过,她脸上似乎没有一处不美……她的牙齿白不白?这是很重要的!可惜她听了你的花言巧语之后没有冲你笑一笑!"——"你谈到一个漂亮的女人,就像谈一匹英国马一样,"格鲁希尼茨基愤愤地说。他们就分手了。

毕乔林回来时又走过那个地方,他隐藏在一旁,目击了下面的这个场面。格鲁希尼茨基受了伤,或者是想装成受伤的样子,因此一条腿一瘸一拐地走着。他失手把一只杯子掉在沙地上,使劲要把它拾起来,结果是白费。公爵小姐比鸟儿更轻快地飞到他的身边,体态轻盈地拾起了杯子递给他。这就造成了许多对于格鲁希尼茨基说来收场是并不佳妙的可笑场面。他想入非非地粉饰现实——毕乔林对他这一点大肆嘲弄。他想证明给格鲁希尼茨基看:公爵小姐的举动中看不出一点可以使格鲁希尼茨基狂喜或者仅仅感到快慰的理由。毕乔林把这一点归因于他对于对抗的偏爱;他说,他跟热肠快肚的人相处在一起,只会使他感到彻骨的寒冷,可是跟冷酷无情的人交往,倒会使他变成一个热情的梦想家。他的这种责备是大可不必的!这种对于对抗所抱有的感情,在任何一个具有深刻灵魂的人身上都是可以理解的。幼稚的,特别是虚假的粉饰现实,使人感到被凌辱到这种程度,以致情愿在这时承认自己一点感情也没有。完全没有感情,的确,要比有这种感情好些。反之,一个人完全缺乏生活,就会使我们不自禁地产生一种愿望,要对下面的一点深信不疑,即:我们跟他不相似,我们拥有许多生活,并且会给我们带来某种欢乐。我们把毕乔林性格中这种虚伪的自谴自责的特征指出来,目的是证明他由于不理解自己而使自己跟自己对抗起来,至于他为什么不理解自己,那原因我们留待后面去解释。

现在出现了一个新的人物——魏纳医生。就美文学的意义来讲,这个人物写得很好,可是就艺术的意义来讲,却是苍白无力的。我们更多看到的是,诗人想使他变成什么,而不是诗人确实使他变成了什么。

遗憾的是,限于篇幅,我们无法摘录毕乔林和魏纳的一段谈话:这一段谈话是优美戏谑和意味无穷的俏皮话的标本(第二八至三七页)。魏纳告诉他到温泉场来玩的人们的消息,主要是李果甫斯基一家人的消息。"李果甫斯卡娅公爵夫人对您说了我一些什么话?"毕乔林问。——"您很有把握,这是公爵夫人……不是公爵小姐吗?"——"很有把握。"——"为什么?"——"因为公爵小姐问起过格鲁希尼茨基。"——"您的判断力不坏呀。"魏纳答道。后来他又说,公爵小姐以为格鲁希尼茨基是一位军官,为了决斗而被降级为士兵。"我希望您没有纠正她这种愉快的错觉吧?"——"那是自然。"——"这下子有热闹看了!"毕乔林高兴得喊了起来,"我们现在要看看这出喜剧怎样收场。命运显然要我日子不至于过得太无聊。"接着,魏纳告诉毕乔林,公爵夫人认识他,因为曾经在彼得堡遇见过他,他在那边发生的事件(什么事件,这一点在小说里没有交代)一度闹得满城风雨。公爵夫人在讲这事件的时候,除了社交界的流言蜚语之外,又添枝添叶地加上一些自己的东西,女儿在一旁聚精会神地听着;在她的心目中,毕乔林(借用魏纳的说法)变成了现代风味的长篇小说里的一位男主人公。魏纳自告奋勇,要把他引见给公爵夫人。毕乔林回答说,从来没有听见过男主人公被人引见的,男主人公总是把爱人从千钧一发的处境中搭救出来而后跟对方认识的。在他的笑谑中,依稀透露出一种意图。我们不久就会知道这是一种什么意图:它是由于无事可做而开始的,可是它结束……可是,关于这一点,留待以后再说吧。魏纳讲到公爵小姐,说她喜欢谈论情操、激情等等。然后,毕乔林问他,有没有在他们家里看见过什么人,他回答说,看见过一个金发女人,有一副肺痨病似的面容,右颊上有一颗黑痣。看来,这些特征是激动了毕乔林,他不得不承认他从前爱过这个女人。然后,他请求魏纳不要跟她提起他,要是她问起,那么,就说一些他的坏话。"好吧!"魏纳答道,耸耸肩就走掉了。

独自一人留下来之后,毕乔林想起即将到来的会见的一刻,心里感到骚动起来。很明显,他的冷静和讥讽只是社交界的习惯,却不是性格特征。"世界上再也找不到第二个人(他说),过去对他拥有的权力能够有像对我所拥有的那样大。每一回想到已逝的悲伤或是欢乐,我的灵魂就会隐隐作痛,会从灵魂里激起同样的声音……我这人生来真愚蠢啊!什么事情都忘不了,忘不了!"

傍晚,他走到林荫道上去。他遇见两个熟人,开始跟他们讲些什么可笑的事情;他们高声大笑起来,好奇心把几个围绕在公爵小姐周围的人吸引到了他这一边来。像他自己所说,他继续使听众心醉入迷,直到太阳落山。公爵小姐好几次和母亲一起走过他的身边,她的眼光虽然竭力表示平静,但结果却仅仅表示了懊丧。从此以后,他们之间展开了毫不掩蔽的斗争:不论当面或是背后,他们都用讥诮、冷言冷语来伤害对方。占上风的总是毕乔林,因为他沉着地进行斗争,一点也不动声色。他的冷淡把公爵小姐气疯了,但仿佛故意跟她为难似的,结果反而使他在她的眼中变得更加动人了。格鲁希尼茨基像一头野兽似的盯着她,毕乔林刚刚预言此人不久要和李果甫斯基一家人结识,他真的就找到了机会跟公爵夫人聊天,并且向公爵小姐说了一番恭维话。为此,他开始跟毕乔林纠缠不清,问他为什么不结识一下这一家,温泉场上最有趣的这一家?毕乔林对这个理想化的小丑说,公爵小姐爱着他:格鲁希尼茨基害起臊来,说:"开什么玩笑!"接着,踌躇满志地笑了。"毕乔林,我的朋友,"他说,"我没有法子祝贺你;她对你可没有什么好印象……说实在的,这真是遗憾!因为梅丽长得可漂亮啦!……"——"是的,她长得不坏!"毕乔林神气傲慢地说,"不过,你得小心,格鲁希尼茨基!"接着,他扮出一副见多识广的专家面孔,给格鲁希尼茨基提出了忠告,并作出了预言。这些忠告和预言的含义是这样:公爵小姐是这样的一种女人,她们谈情说爱,是为了消愁解闷;只要她跟格鲁希尼茨基在一起,接连有两分钟感到寂寞无聊,那么,他就要完蛋;她向对方卖弄够了风骚之后,就会听母亲的话,去嫁给一个丑八怪,然后就会说服自己相信,她是一个不幸的女人,她只爱过一个男人,那就是格鲁希尼茨基,可是只怪老天爷不肯成人之美,因为格鲁希尼茨基穿了一件士兵外套,尽管在这件灰色厚外套下面搏动着一颗热烈的、高贵的心……格鲁希尼茨基用拳头在桌子上打了一下,开始在房间里踱来踱去。"我心里忍不住要笑(毕乔林说),甚至已经微微笑了两下,可是幸亏他没有注意到。显然,他是堕入了情网,因为他比先前更加轻信了;他甚至戴了一只本地工匠打的镶嵌黑合金的银戒指……我开始仔细察看它,你猜怎么样?……原来在戒指的里层用小字刻着梅丽的名字,旁边还刻着她拾起可纪念的杯子的那一天的日期。我不去说穿这个秘密;我不想逼他招认;我要他自己把心里话向我倾吐——那样我就可以好好地作乐一番了!"

第二天,他在两旁栽种葡萄树的林荫道上散步,一路想念着那个有黑痣的女人,后来在岩窟里和她邂逅了。可是,在这里,我们必须摘录一段,以便使人了解他们之间的关系。

"维拉!"我不禁叫了一声。

她突然哆嗦一下,脸色发白。"我知道您在这儿。"她说。我在她的身旁坐下,拿起了她的一只手。一听见她的可爱的声音,一种早已被遗忘的寒栗又通过了她的全身①;她用一双深沉的、宁静的眼睛直望着我——眼光里流露出猜疑和类似埋怨的神情。

"我们好久不见了。"我说。

"是呀,大家都变了许多。"

"由此可见你是不爱我了?……"

"我出嫁了!……"她说。

"又出嫁了?几年以前,你也提出过同样的理由,可是……"

她把手从我的手里缩回去,脸蛋唰地绯红了。

"也许,你爱你的第二个丈夫?"

她不回答,把头扭了过去。

"再不然,他是个非常嫉妒的人?"

默不作答。

"怎么样?他年轻,漂亮,一定很有钱,而你是害怕……"我一瞧她,把我吓了一跳:她脸上表现出深刻的绝望,眼睛里闪动着泪珠。

"告诉我,"她终于嗫嚅说,"难道你这样高兴折磨我吗?

---

① 按莱蒙托夫原文,应为:通过了我的全身。

我应该恨你才是。自从我们互相认识之后,除了痛苦之外,你什么东西都没有给过我……"她的声音发抖,她弯身凑近我,把头靠在我的胸口。

"也许,"我想,"这就是你爱我的原因:欢乐容易被忘记,可是,悲伤永远不会被忘记!……"

我紧紧地搂住她,我们就这样待了许久。后来,我们的嘴唇紧贴在一起,融成了热烈的、令人心荡神怡的一吻;她的手冰凉,脑袋发烧。这时候,我们之间展开了这样的一场谈话,这种谈话无法形诸笔墨,无法重复第二次,甚至无法回忆:因为声音的含义代替了、并且补充了文字的含义,正像意大利歌剧一样。

维拉说什么也不愿意把毕乔林介绍给她的丈夫;可是,她的丈夫是李果甫斯卡娅的远亲,维拉常常上她家里去串门,所以她取得毕乔林的同意,要他去跟公爵夫人结识。

毕乔林的"笔记"既然是他的自传,若不采取摘录的办法,就无法充分说明他的情况,然而,若不是把大部分故事重抄一遍,摘录也是无从做到的。因此,我们不得不省略掉许多最富有特征的细节,而仅仅注视情节的发展。

有一次,毕乔林穿着契尔克斯装束,骑着马在五岳城和舍列慈诺伏茨克之间遛弯,走到灌木丛生的幽谷中去饮马。忽然,他看见一群骑马的人过来了:走在前头的是格鲁希尼茨基和梅丽公爵小姐。他穿着灰色士兵外套,显得很可笑,外套外面还挂着一把军刀和两把手枪。这样全身武装的原因,(据毕乔林说)是由于温泉场上的淑女们都还相信会遭到契尔克斯人的袭击之故。

"您愿意一辈子待在高加索吗?"公爵小姐说。

"俄罗斯对我算得了什么?"她的骑士答道,"在那里,千千万万人因为比我阔,就可以轻蔑地看待我,可是在这里,这件厚外套并不妨碍我和您认识……"

"事情正相反……"公爵小姐说道,把脸涨得通红。格鲁希尼茨基的脸上露出了满意的神情。他继续说下去:

"在这里,我的生活在野蛮人的枪林弹雨下喧闹地、不知不觉地、飞快地过去,只要上帝每年赏赐我女人的明眸一瞥,就像那样的一瞥……"

这时候他们已经走到和我并辔的地位了;我扬鞭打了一下马,从灌木丛中蹿了出来。……

"Mon dieu, un circassien!…"①公爵小姐惊得大叫。

为了使她的疑惧冰释起见,我稍微弯了弯身子,用法文答道:

"Ne craignez rien, madame,——je ne suis pas plus dangereux que votre cavalier."②

公爵小姐听了这个回答,窘住了。这一天晚上,毕乔林在林荫道上遇见了格鲁希尼茨基。

"打哪儿来?"——"从李果甫斯卡娅那儿来。"他非常神气地答道。"梅丽唱得多么好听啊!"——"你知道吗?"我对他说,"我敢打赌,她一定不知道你是个士官生;她还以为你是个降级的军官呢。"

"也许是吧!这与我有什么相干!……"他漫不经心地说。

"我不过是随便说说……"

"你知道不知道,你刚才的行为使她气得不得了。她认为这种狂妄不逊的态度是空前未有的;我费了好大劲儿才能

---

① 法文:"我的天,一个契尔克斯人!……"
② 法文:"一点也不用害怕,女士,我不比您的骑士更危险些。"

够使她相信你不会是有意侮辱她；她说你有一种蛮横无理的眼神，你一定以为自己很了不起。"

"她没有说错……可是，你是想为她辩护吗？"

"可惜我还没有这种权利……"

"哦！"我心里想，"可见他已经怀有希望了……"

"不过，对于你就更加不利，"格鲁希尼茨基继续说下去，"现在你很难和她们认识了，这可真是可惜！就我所知，她们是最令人感到愉快的一家……"

我心里不禁暗自好笑。"对我说来，最愉快的一家，现在就是我自己的家。"我打着呵欠说，站起身来要走。

"不过你承认，你对这件事感到后悔了？"

"胡说！只要我愿意，明天晚上我就可以到公爵夫人家里去……"

"那我倒要看看。"

"为了使你满意起见，甚至我还可以去追逐公爵小姐。"

"好嘛，只要她愿意跟你交谈。"

"等到你的谈话使她感到厌烦的时候，你就瞧我的……再见！……"

"我要去遛个弯，现在说什么也睡不着觉……听我说，咱们还是到饭馆里去坐一会儿吧，那儿可以赌钱……我现在需要的是强烈的刺激。"

"我希望你输个精光。"我就回家去了。

有一次，在饭馆的舞会上，毕乔林遇到一个胖女人，她被公爵小姐碰了一下之后，咒骂她骄傲无礼，希望有人把她教训一顿，旁边就有一个殷勤效劳的龙骑兵大尉，胖女人的男朋友，对胖女人说："这件事交给我去办好了。"毕乔林请公爵小姐跳华尔兹舞，——公爵小姐好不容易才勉强抑制住嘴唇上浮起的胜利的微笑。他跟她跳了几圈之后，用一个忏悔的罪人的口气和她谈起话

229

来。哄笑声和私语声打断了他们的谈话。——毕乔林回过头去一看,只见离开他几步远的地方,麋集着一群男客,龙骑兵大尉也在里面,高兴地搓着手。忽然,一个留胡髭的、红脸盘的醉汉冲到人堆里来,晃晃摇摇地走到公爵小姐跟前,手抄在背后,一双浑浊的灰眼睛盯住这位狼狈不堪的姑娘,用嘶哑的最高音对她说:"Permettez①……嗐,扯什么废话!……干脆,我是要您陪我跳一个玛祖卡舞……"公爵小姐的母亲恰巧不在近旁;公爵小姐的处境窘透了,她简直要晕过去了。毕乔林走近那个酩酊大醉的先生,请他离开,说公爵小姐已经答应了跟他跳玛祖卡舞。当然,这一场交涉的结果,是毕乔林和李果甫斯基一家人正式结识了。在玛祖卡舞持续的期间,毕乔林一直和公爵小姐谈着话,他发觉她谈笑风生,她并不以机智自命,但她的谈话却是机智的,生动的,流畅的;她的意见有时是很深刻的。他用含义复杂的话向她暗示说,他早就爱上她了。

她低垂了头,脸蛋稍微有些羞红了。"您是一个古怪的人。"她后来说,抬起一双天鹅绒般的眼睛望着我,勉强地笑起来。

"我过去不想跟您结识,"我继续说,"是因为有一大群爱慕者包围着您,我担心恐怕会被这群人完全吞没。"

"您用不着担这份心!他们都是些毫无趣味的人……"

"都是!难道他们都是这样的人吗?"

她目不转睛地望着我,仿佛竭力要想起什么似的,然后又稍微红了一下脸,最后才决绝地说:都是!

"连我的朋友格鲁希尼茨基也是?"

"他是您的朋友?"她微露几分狐疑地说。

"是的。"

---

① 法文:请容许我。

"他当然不能列入毫无趣味的一类人里去……"

"但他是列在不幸的一类人里。"我笑着说。

"当然！您觉得好笑吗？我倒愿意您处在他的地位试试……"

"那又有什么？我自己也曾经当过士官生，并且那实在是我一生中最好的一段时刻！"

"难道他是个士官生？……"她很快地说，然后又补上一句，"我还以为……"

"您以为什么？"

"没有什么！……那位太太是谁？"

这段谈话，是毕乔林在里面扮演着出于无事可做的诱惑者角色的那长期持续的阴谋的纲领；公爵小姐像小鸟似的在巧妙撒下的罗网里转动着，格鲁希尼茨基则照旧继续扮演他那小丑角色。他越是使公爵小姐感觉到厌烦和难忍，他的期望就反而越是加剧起来。维拉看到毕乔林对梅丽所采取的新的态度，感觉不安起来，深深地痛苦着；可是，只要对方稍微责备一下，或者有什么暗示，她就又屈服于他的魅力之下，一声不响了，而他，就是凭着那股魅力紧紧把她掌握住的。可是，毕乔林怎么样呢？难道他是爱上了公爵小姐吗？——并不。那么，他是想勾引她吗？——并不。也许是想和她结婚吗？——也并不。下面便是他自己关于这一点所说的：

我时常问自己，我为什么要顽强地去获得一个我完全不想勾引、并且也永远不会和她结婚的年轻姑娘的爱呢？我为什么要像女人似的卖弄风情？维拉爱我，更甚于梅丽公爵小姐任何时候会爱上我的程度；如果我觉得她是一个不可征服的美女，那么，难于克服的障碍也许就会引动我……我这么忙忙乱乱的，为的是什么？为了嫉妒格鲁希尼茨基吗？可怜虫！他是完全不值得嫉妒的。或者这是一种恶劣，但却不可遏制的感情的结果,它使我们要破坏别人的甜蜜的错觉,以便得到一点小小的满足,当他绝望之余来求教我们的时候,可以对他这样说:"我的朋友,我也发生过同样的事情!可是你瞧,我吃饭,睡觉,都很好,我还希望我能一声不哼、不流眼泪地死去呢!"

然后,他继续说下去,——这段话特别显示了他的性格:

可是,要知道,占有一个年轻的含苞欲放的灵魂,是一种无边无际的快乐!这好像是一朵在朝阳下散发着芳香的鲜花;你必须在这时候摘取它,恣情地把它嗅个够,然后扔在路边:也许有人会把它拾去!我在自己身上感觉到这种压倒一切的不知餍足的贪欲;我仅仅从自己的角度来看别人的痛苦和欢乐,把它们看成是支持我的精神力量的营养料。至于本人,我是再也不会在情欲的影响下变得如疯如癫了;我的虚荣心被环境所压制,但它采取另外的形式出现了,因为虚荣心不过是对于权力的渴望,而我的最大的快乐就是使周围的一切都屈服于我的意志之下;使人们对自己产生爱戴、忠诚和敬畏的感觉,这不是权力的重要的征兆和伟大的胜利吗?虽然自己对此没有任何实际的权利,但却成为某一个人痛苦和欢乐的原因,这不是支持我们的骄傲的最好的营养料吗?什么叫作幸福?那就是骄傲得到了满足。如果我认为自己比世界上一切人更好,更强大,我就是幸福的;如果大家都爱我,我就会在自己身上找到爱情的永无穷竭的源泉。邪恶产生邪恶;第一次的痛苦使人认识到折磨别人会得到多么大的满足;一个人如果不想把邪恶应用于实际,那么,邪恶的概念就不可能进入他的头脑;有人说,概念是一种有机的东西:它们一旦产生出来,就已经有了形式,这形式也就是行动;一个具有更多概念的人,一定比别人行动得更多；因此，天才如果蛰伏在办公桌上，就一定不是死亡，就是发疯，正像身强力壮的人，如果坐着不动，洁身自好，就会中风死掉一样。

原来这便是可怜的梅丽必须付出这样高的代价的原因！……这个毕乔林是一个多么可怕的人啊！因为他的骚乱不安的灵魂要求活动，他的一股子活劲儿要求得到营养料，他的心灵渴求着生活的兴趣，所以可怜的姑娘就必须为他受痛苦！严格的道学家也许会异口同声地喊道："利己主义者，恶棍，坏蛋，不道德的家伙！……"你们说得对，诸位；可是，你们这样大惊小怪，为的是什么？为什么生这么大的气？说实在的，我们觉得你们是走到不应该来的地方来了，你们坐到桌子旁边，桌子上却没有摆上你们的餐具……你们别太挨近这个人，别这样声势汹汹地攻击他：他对你们看看，笑一笑，你们就会受到谴责，大家都会在你们惶恐不安的脸上看出对你们的裁判。你们诅咒他，不是为了他的恶习——恶习在你们身上还要多些，在你们身上，恶习还要肮脏些，可耻些——而是为了他讲到恶习时那种肆无忌惮、直率无隐的态度。你们容许一个人做一切他愿意做的事情，随便他要怎样就怎样，你们心甘情愿地宽恕他的狂妄、卑贱和腐化；可是正像要做买卖先得纳税一样，要求他必须先说一些道德格言，说明一个人应该怎样想和怎样做，而他实际上是不这样想，也不这样做……可是，另一方面，你们却为每一个下面这样的人准备好了宗教裁判的火刑，这人有一种高贵的习惯，不低下眼睛而敢于正视现实，不饰词而敢于直言无隐，不穿舞会服装，不穿制服，而是穿着宽袍，在自己的房间里，把自己显示于众人之前，当他独自向自己的灵魂倾吐衷曲的时候，当他深夜扪心自责的时候……你们是对的：只要有一次，如果不修边幅，穿着家常便服，戴着污渍斑斑的睡帽，披着褴褛破烂的宽袍出现于众人之前，人家就会厌恶地躲开你，社会就会把你排除于自己的队伍之外。可是，这个人是无所畏惧的：他心中有一种隐秘的自觉，觉得他不像自己所设想的样子，他只有在这一刹那才显出了自己的真面目。是的，这个人有一种精神力量和强大意志，是你们所没有的；即使是他的恶习，也显示出一种伟大的东西，像闪电穿过乌云一样，即使当众人对他加以谴责的时候，他也是美丽的，充满着诗意……他和你们负担着不同的使命，走着不同的道路。他的情欲，是扫荡精神领域的暴风雨；他的迷误不管多么骇人听闻，是年轻人身体上足以锻炼他过长期健康生活的急性疾病。这是寒热病和热病，而不是你们这些可怜虫为之徒然受尽痛苦的关节炎，风湿病，痔疮……让他去诋毁理性的永恒法则，把得到满足的骄傲视作至高无上的幸福；让他去诋毁人类天性，认为人类天性里面仅仅包含着利己主义；让他去诋毁自己，把精神的暂时表现看成它的完美发展，把青年和成年混为一谈——随他去好了！……胜利的一刻终会到来，那时矛盾就会得到解决，斗争就会结束，零星散漫的灵魂之声就会融成一片和谐的和音！……即使现在，他也是信口开河，自相矛盾，用这一页的话取消了前面许多页的话：他的天性是这样深刻，他的理性是这样得自天赋，他的追求真理的本能是这样强烈！请听一听吧，紧接在那一段一定会使道学家十分愤慨的话之后，他立刻说了些什么：

> 情欲不是别的，而是处于初步发展阶段的概念：它们是年轻心灵的属性，而有人以为一生都可以被它们所打动，那才是十足的傻瓜：许多平静的河都是从喧闹的瀑布开始，可是没有一条河是汹涌澎湃，飞溅着浪花，一直流入海洋的。但这种平静常常是伟大的、虽然是潜藏的力量的标志；感情和思想的丰满以及深刻是不能容忍剧烈冲动的；灵魂在痛苦和欢乐的时候，充分理解一切，并且知道应该如此；它知道，如果没有雷雨，太阳的恒久的热力会把它灼干；它渗透在自己的生命中，抚爱和惩罚自己，像母亲对待爱子一样。一个人只有处于这种自我认识的最高状态中，才能够

领会神的裁判。

可是(我们要补充说明一下),当一个人还没有达到这种自我认识的最高状态(如果他命定要达到这一步的话)的时候,他就必须替别人受痛苦,并且也使别人受痛苦,爬起来又跌倒,跌倒又爬起来,从迷误移转到迷误,从真理移转到真理。所有这些后退都是意识领域中的必要的运动:要达到一个地方,常常必须绕个大弯,长途迂回,从原路上倒退回去。真理王国是天国,通往天国之路是阿拉伯沙漠。可是,请你们告诉我,别人为什么必须由于这些热情和错误而毁灭呢?我们自己不是有时就由于自己和别人的热情和错误而毁灭吗?有人从忧患的锻冶炉里出来时,炼得纯洁、明净有如金子一样,他的天性是用贵重金属做成的;有人被活活烧毁,或者没有炼得明净,他的天性就是用木头或者废铁做成的。如果许多具有高贵天性的人物往往成为偶然性的牺牲品而赍志以殁,那么,这个问题的解决只能求之于宗教。对于我们说来,有一点是明显而肯定的:没有暴风雨就没有富饶,大自然就会贫瘠不毛;没有热情和矛盾,也就没有生命,没有诗歌。只有在这些热情和矛盾中,才包含有理性和人性,它们引申出来的结果,才会把人引向目标,——我们无力进行裁判:对于每一个人说来,裁判包含在他的行动及其后果中!我们必须要求艺术如实地把现实表现给我们看,因为不管什么样的现实,它总比道学家们的一切虚构和说教能够告诉我们更多的东西,教导我们更多的东西……

可是,议论家们也许会说:为什么要描写令人愤懑的情欲的画面,而不是用关于大自然和爱情的柔和情感的刻画来激发想象,震撼心灵,教导理智呢?——这是老调子了,诸位,老得像《我要到河边去》[①]一样!……十八世纪的文学主要是道德的和议论的文

[①] 当时一支古老的流行歌曲。

学,除了 contes moraux① 和 contes philosophiques② 之外没有别种小说;然而这些道德的和哲学的书籍并没有矫正过什么人,十八世纪毕竟主要还是不道德的、淫乱的世纪。这种矛盾很容易理解。道德法则包含在一个人的天性中,一个人的感情中,因此,它们和他的行动是并不矛盾的;凡是按照自己的感情而感觉、而行动的人,一定说话较少。理性不捏造、也不虚构道德法则,而只是认识它们,当作资料,当作事实,从感情那方面把它们接受过来。因此,感情和理性不是背道而驰的、互相敌对的,而是相似的——或者更正确点说——同一的人类精神因素。可是,如果一个人生而并不具有道德感觉,或者他的道德感觉是被不良教育和放纵生活所糟蹋了,那么,他的理智就会设想出自己的道德法则来。我们说理智,而不说理性,因为理性是认识了自身的感情,这种感情为他提供思索的对象和内容;而理智由于缺乏实际内容,必然要乞助于任意作出的体系。这便是道德之由来,同时,也便是积习难改的道学家们往往言行不一致的原因。对于他们说来,现实是毫无意义的:他们一点也不注意实有的东西,也不预感到它的必要性;他们所关心的,只是应该有什么,和应该怎样做。这种错误的哲学原则,远在十八世纪以前,就产生出了错误的艺术,这种艺术专门描绘某种未曾有过的现实,创造某些未曾有过的人物。实在说来,难道高乃依和拉辛悲剧的行动场地是在土地上,而不是在空气中,其中的登场人物是人,而不是傀儡吗?这些国王、英雄、婢人和报幕人难道是属于什么时代,什么国家的吗?自从开天辟地以来,有人用类似这样的语言说过话吗?……十八世纪把这种理智艺术发挥到了荒谬悖理的极致:它所关心的只是怎样使艺术和现实完全背道而驰,把现实变作幻想,而这幻想在我们今天某些好心肠的老头儿中间

---

① 法文:道德小说。
② 法文:哲学小说。

还可以找到热诚捍卫它的拉曼却的勇士①。那时候,人们想做诗人,因而竭力歌颂穿鲸骨箍裙子、脸上点美人痣的赫洛雅们、菲拉达们、杜丽莎们,穿绣花长襟外衣的美纳尔克们、达美特们、季季尔们、米孔们、米尔季里斯们和美里别侬们;他们赞赏溪旁茅舍的安谧生活,赞赏拉东及其可爱的女友,那个天真烂漫的牧羊女,事实上,他们自己却住在金碧辉煌的高楼大宅里,在树木整齐的林荫道上徜徉漫步,不是拥有一个牧羊女,而是拥有无数温柔的人儿,并且为了得到这些幸福,他们不惜付出任何代价……

我们的时代唾弃这种伪善。它大声地说明自己的罪恶,但并不把这些罪恶引以为荣;揭露自己的鲜血淋漓的疮疤,而不是用一件伪装的破衣把疮疤掩盖起来。它懂得,认识自己的错误,是走向补救之道的第一步。它知道,真实的痛苦比虚假的欢乐好些。在它看来,效用和道德仅仅包含在真实中,而真实是包含在确实的东西,也就是实有的东西中的。因此,我们时代的艺术是合理现实的再现。我们艺术的任务,不是按照预定的目标在中篇小说、长篇小说或者戏剧中把事件表现出来,而是按照合理必然性的法则把事件加以发展。如果做到这一点,那么,不管一部诗情作品的内容怎样,它给读者的灵魂带来的影响总会是美满的,因而,道德目标自然而然就会达到。有人会对我们说:把恶习描写成安然无恙,无往而不胜利,是不道德的。我们不想对这一点有所争辩。可是,即使在现实中,恶习也仅仅在表面上获胜而已:它本身就是对自己的惩罚,不过仅仅用傲慢的微笑来抑制其内心的痛苦罢了。新时代的艺术也正是这样:它显示出,对一个人的裁判,包含在他的行动中;它可以把在和谐的道德精神中所引起的不谐和音当作必要的东西包含在自身之中,但目的是显示:怎样从不谐和音中又产生了和音——这就得看:各种音阶的弦索是否能够重新协调,或者还是由

---

① 即堂吉诃德之别称。

于杂然并作之故,变得互相抵触。这是生活的普遍法则,因而,也就是艺术的普遍法则。如果一个诗人想在作品中证明善与恶对于人的影响是无分轩轾的,这就是另一回事了——这部作品将是不道德的,可是那时它也就不成其为艺术作品了——并且,两极总要殊途同归,因此,它和道德说教作品一样,都会属于按照某种目标来写出的并非诗意的作品之列。我们在后面还要以我们所考察的作品来证明,它不属于上述两类作品之列,并且从根本上说来,它是非常道德的。可是,我们现在应该回过来谈它本身了。

格鲁希尼茨基来了,扑上来搂住我的脖子——他被提升为军官了。我们喝了香槟酒。魏纳大夫随后也进来了。"我不向您道贺。"他对格鲁希尼茨基说。——"为什么?"——"因为士兵外套对您很合适,您得承认,在这儿温泉浴场裁制的那件步兵军官外套是不会给您增添什么光彩的……您瞧,您直到现在是一个引人注意的例外人物,以后您就会变得非常普通了。"

"您尽管闲扯吧,闲扯吧,大夫!您不会打断我的兴致的。他不知道,"格鲁希尼茨基凑近我的耳朵补充说,"这些肩章给我带来了多少希望啊……噢,肩章,肩章!你们的星星是指路的明灯……不!我现在简直幸福极了。"

在距离五岳城一俄里远的玛苏克斜坡上,有一处山坳。有一天,决定在那里举行郊游和露天跳舞会。毕乔林问格鲁希尼茨基到不到山坳那儿去,格鲁希尼茨基回答说,在制服没有裁好前,他说什么也不愿意出现在公爵小姐的面前,并且恳求毕乔林不要向她提起他升职的事情。

"你倒是告诉我,你跟她的事怎么样了?……"

他窘住了,沉思了起来:他想吹牛,撒谎,可是他良心有愧,同时又不好意思承认真相。

"你以为她爱你吗?……"

"爱?得了吧,毕乔林,你想到哪儿去了?怎么能够这么快呢?……就算她爱,一个正派女人也说不出口来呀……"

"好!照你说,一个正派男人大概也应该对自己的热情保持沉默啦?……"

"唉,老兄!做随便什么事情都得讲究个方法;许多事情是不便言传,只能意会的……"

"这是真的……不过,你在女人眼睛里看到的爱,是作不得准的,但话要是说出口来,那就……你得小心啊,格鲁希尼茨基,她在哄骗你……"

"她?……"他抬起眼睛来望望天空,踌躇满志地笑了笑,答道,"我可怜你,毕乔林!"

众人在傍晚时分出发到山坳那儿去。爬山时,毕乔林把手伸给公爵小姐扶着,在整个散步的过程中她没有放开这只手。他们的谈话是从诽谤开始的。毕乔林的愤怒被煽动了起来——开始时说着玩玩,结果却变成了真正的愤恨。起初,这把公爵小姐惹得乐不可支,后来却使她觉得害怕起来。她对他说,她情愿死于凶手的刀下,而不愿意被他的舌头所糟蹋。他沉思了一会儿,然后显出深深被感动的样子,开始抱怨自己的命运,据他说,他从小就是非常苦命的:

大家在我脸上看出那些实际并不存在的恶劣品质的特征;可是人家假定有,于是它们就有了。我谦逊,可是,人家却责备我狡猾——我就变得畏首畏尾了。我深刻地感觉到善恶之分;没有一个人爱抚我,大家都凌辱我——我就变得挟嫌记仇了;我郁郁寡欢,别的孩子却都快乐而且多嘴;我觉得自己比他们高明,人家却把我看得比他们低劣,我就变得喜欢嫉妒了。我愿意爱全世界的人,可是没有一个人懂得我,于是我就

239

学会了憎恨。我的灰暗的青春是在对自己和对社会进行斗争中消磨掉的;我怕人嘲笑,就把我最好的感情埋葬在心底——它们就在那里死掉。我说真话,可是人家不相信我——于是我就开始欺骗;我深深懂得世态人情之后,就精通了人生的学问,并且看到,别人不精通此道,居然也过得很幸福,白白地享受着我如此费力去求得的好处。这时候,我的心里就产生了绝望——不是那种可以用手枪来医治的绝望——而是一种用殷勤和媚笑掩盖起来的冷淡的、无可奈何的绝望;我变成了一个精神残废者:我的一半灵魂已经不存在,它萎缩了,干涸了,死灭了,我把它切断了,扔掉了,而那另外的一半却颤动着,活着,愿意为每一个人效劳,可是没有人注意到这一点,因为没有人知道死灭的另一半的存在;可是,您现在在我心中唤醒了对它的回忆,并且我向您念了它的墓志铭。一般说来,许多人认为所有的墓志铭都是可笑的,可是我并不觉得可笑,特别是当我想到安息在墓志铭下面的东西的时候。然而,我并不要求您赞同我的意见:如果您觉得我的议论可笑,就请您笑吧——我预先告诉您,我一点也不会因此而气恼。"

毕乔林是不是打心坎里说出这一番话来,或者还是装模作样?——很难明确地断言:因为似乎两种情况都有。永远同外部世界、同自己进行斗争的人,总是不满足的,总是愁眉苦脸和暴跳如雷的。愁眉苦脸是他们生存的不变的形式,不管他们看见些什么,一切都提供给他们用以充实这种形式的内容。他们不但清楚地记得自己的真实的痛苦,并且还会层出不穷地臆想出种种根本没有的痛苦来。你如果想安慰他们一下,他们会生起气来;如果告诉他们造成悲愁的真正的原因,他们会觉得自己受了侮辱。如果你帮助他们辱骂他们自己,把实际上没有的生活方面的凌辱加于他们身上,在他们的性格中寻求实际上没有的缺陷和恶习,你倒会讨得他们的欢心,赢得他们的好感。如果你碰到一个不够深刻和坚强的人,你必须小心为妙:你可能若不是伤害他的自尊心,使他憎恨你,就是扑灭了他的任何一点自信,从而产生了绝望,那时候你就势必扮演一个痛苦而又非常乏味的安慰者的角色,对他加以慰抚,听他不断地作同样的诉苦。如果他是一个深刻而又坚强的人,你就用不着害怕对他以及对他的生活攻击得过于厉害:他有摆脱困难的借口:"我固然不好,可是大伙儿都是这样的。"俗话说得好,与人结伴,就是灾难也不足惧,——不管你觉得自己多么坏,可是只要最好的人也不比你更好些,你的自尊心就不会受到伤害了。这说明了这些人为什么喜欢永无穷尽地自怨自艾的缘故:这变成他们的习惯了。他们在欺骗别人的时候,首先欺骗了自己。不管他们诉苦的原因是真的还是假的,在他们都是一样的,他们的带有愤懑的悲愁是同样真诚的,坦率的。不仅如此,他们只要一开始自觉地撒谎或是开玩笑,他们继续和结束时就一定也是真诚的。连他们自己也不知道,什么时候是撒谎,什么时候是说真话,什么时候他们所说的话是发自灵魂的绝叫,什么时候是空洞的辞藻。在他们说来,这同时是灵魂的病症,又是习惯,又是疯狂,又是卖弄风情。在毕乔林的全部乖常行为中,你可以看到他的自尊心受到了伤害。他为什么会产生绝望呢?——那是因为他清楚地懂得人情世态,精通人生的学问,并且看到,别人不精通此道,居然也过得很幸福,白白地享受着他拼命求之而不得的好处。这是一种多么浅薄的自尊心啊!你们会这样喊道。可是,请别轻易下断语:要知道,他诋毁自己;请相信我,他是不肯白白地接受他羡慕别人占有着,而他正在努力追求的这种幸福的。可是,公爵小姐并不因此而变得轻松些:她把一切情况都认以为真。毕乔林说他身上有两个人,这句话并没有说错:当一个人凭空痛苦地诉苦的时候,另一个人却仔细观察着自己和公爵小姐,下面就是他在公爵小姐身上所观察到的东西:

在这一刹那,我看到了她的眼睛:眼睛里饱含着泪珠;她的胳膊靠在我的胳膊上,颤抖着,双颊发着热;她觉得我可怜! ——同情,这种使所有女人都容易屈从的感情,把它的爪子刺进她的毫无经验的心里去。在散步的整段时间中,她一直心不在焉,没有向任何人卖弄风情——这是一个重大的标志啊!……

可怜的梅丽!凶神恶煞是多么按部就班、筹算周详地把她一步步引向毁灭之路!当走到山坳的时候,所有的淑女们都离开了自己的骑士,可是她没有放开毕乔林的手;本地纨绔子弟们的俏皮话没有引得她发笑;她所站立的陡峭的悬崖,没有吓住她,可是别的小姐们都尖声叫唤起来,遮住眼睛不敢往下望。在归途中,她一直是心神不定,悒悒寡欢。"您恋爱过没有?"毕乔林问她;她目不转睛地望着他,摇摇头,又沉思起来了……她似乎想说些什么,可是千言万语不知从哪里说起;她的胸脯起伏波动着。——"我今天显得很可爱,不是吗?"她分手时强颜欢笑地说。毕乔林代替她来回答自己道:"她不满意自己,她责备自己不应该冷淡……这是第一次重大的胜利啊!明天她就会想酬报我。这老一套,我不用想就可以猜出来了——这就是我所以感到无聊的原因!"——可怜的梅丽!……

话分两头。维拉由于嫉妒而痛苦着,同时,又用这嫉妒来折磨着毕乔林。她要他答应动身到基斯洛伏茨克去,靠近她旁边租一间屋子住下,而她和丈夫则住在隔壁一幢房子的楼上,李果甫斯卡娅公爵夫人预备再过一星期搬过去,住在那幢房子的楼下。这一天,毕乔林是在李果甫斯卡娅家里度过夜晚的,他注意到公爵小姐的心被自己赢得了,感到非常开心。维拉把这一切都看在眼里,痛苦得不得了。他为了要安慰她,就高声讲述他跟她之间的一段恋爱经历,不用说,全部都是用假名字给掩饰起来的。他说:"我绘声绘形地描绘了我的柔情,我的不安和喜悦;我把她的行为,性格,说得那么好,看来使她不由得不宽恕了我对公爵小姐的献媚。"

第二天,在饭馆里举行跳舞会。在举行跳舞会之前半点钟,格鲁希尼茨基穿着光彩夺目的军官制服走到毕乔林跟前。——"听说,你这几天在拼命追求我的公爵小姐?"他漫不经心地说,也不对毕乔林望一眼。"癞蛤蟆怎么敢吃天鹅肉!"毕乔林答道。后来,格鲁希尼茨基向他借香水用,不管毕乔林对他说,他头上玫瑰发油的味道本来就已经够浓了;他在领带上、手帕上和袖子上倒了足有半瓶,最后他表示担心:他恐怕必须跟公爵小姐首先跳一个玛祖卡舞,而他连一个花样都还没来得及学会。毕乔林问道:"你请过她跳玛祖卡舞没有?"他答说没有,赶紧就到门口等她去了。不用说,由于毕乔林的缘故,可怜的格鲁希尼茨基在舞会上扮演了一个非常可笑的角色。公爵小姐心不在焉地听着他,用嘲笑来回答他的令人啼笑皆非的议论。他说:"我还是一辈子穿那件被人轻视的士兵外套好些,也许,我正是因为穿了那样的外套,才蒙受您的青睐的……"——"真的,您穿那件外套要合适得多。"公爵小姐答道,她看到毕乔林走到他们这边来,就问毕乔林对这个问题意见如何。"我可不同意您的意见,"毕乔林答道,"他穿了军官制服显得更年轻了。"格鲁希尼茨基本来要人家在他的脸上看出强烈情欲的痕迹,现在听到这种暗示他还是一个毛孩子的恶意嘲讽,简直要气疯了:他跺了跺脚,走开了。剩下来的全部时间,他一直是追逐着公爵小姐:若不是跟她一起跳舞,就是跟她 vis-à-vis①,长吁短叹,不断地用恳求和埋怨使她感到厌烦。跳了第三次卡德里尔舞之后,她已经把他恨得要死。

"我真没有料到你会这样。"他走到我的跟前,抓住了我的胳膊说。

"怎样?"

"你要跟她跳玛祖卡舞?"他用一种庄严的声音问道,"她

---

① 法文:面对面。

已经向我承认了……"

"承认了又怎样?这难道是秘密吗?"

"当然……我料到那个毛丫头……那个骚货会给我来这一手……我一定要报仇!"

"这只能怪你那件外套跟那些肩章,你怎么能够责备她呢?她不再喜欢你,这能算她的错吗?……"

"她为什么要让我有点希望呢?"

"谁叫你去痴心妄想呢?"

毕乔林达到了自己的目的:格鲁希尼茨基说着类似威胁的话离开了他。这件事使他感到高兴而又有趣,可是激怒一个善良的、空虚无聊的小伙子,为此而扮演一个考虑周详的角色,根据考虑周详的计划行动,这算是什么快乐呢?这是头脑空闲的结果?还是灵魂浅薄的结果?下面便是他自己在准备赴舞会时关于这一点所想的:

我慢慢地往前走去;我心里觉得很悲伤……我想:我唯一的使命难道就是毁坏别人的希望吗?自从我开始生活和行动以来,命运不知怎么就总是使我牵涉到别人的悲剧结局中去,仿佛如果没有我,就谁也不可能死去,谁也不可能陷于绝望似的!我是第五幕中一个必不可少的人物;我不由自主地总要扮演刽子手或者叛徒的角色①。在这一点上,命运到底怀有什么目的呢?……难道命运注定要我做小市民悲剧和家庭小说的著述者,或是例如刊登在《读书文库》上的那些中篇小说的供应者吗?……谁知道呢?……在出生的时候,本来打算像亚历山大大帝或者拜伦勋爵那样结束一生,结果却一辈子当上个九品文官,这样的人难道还少吗?……

---

① 莱蒙托夫原文为:刽子手或叛徒之类的次要角色。

我们故意把这一段摘录出来,算作是毕乔林的双重性格的最显著的特征之一。他身上的确表现了两个人:一个人行动着,另一个人却看着前一个人的行动,议论它们,或者更正确点说,谴责它们,因为它们的确是值得谴责的。这种分裂、这种自我斗争的原因,是十分深刻的,在这里面包含着同一个人的深刻天性和可怜行动之间的矛盾。我们在后面要涉及这些原因,目前只想指出一点:毕乔林的行动固然错误,可是他对自己的判断尤其是错上加错。他把自己看成是一个已经获得充分发展并已确定方向的人:他对人的看法一般是阴暗、狠毒和虚妄的,这还有什么值得奇怪的吗?……他仿佛不知道,一生中有这么一个时期,一个人会觉得非常苦恼:为什么傻瓜是那么愚蠢,恶汉是那么卑劣,群众是那么庸俗,在许多空虚无聊的人中间很难碰到一个正人君子……他仿佛不知道,有这么一些具有热情如炽的、强大的灵魂的人,在这一家庭生活的时期中,会在对自己的优越性的认识中求得不可言喻的乐趣,为了庸才的琐屑无聊而对之大兴问罪之师,干预庸才的盘算和行为,千方百计地加以破坏和阻挠……可是,不仅如此:他还仿佛不知道,这些人会进入另外一个生活时期——这是第一个时期继续发展的结果,这时候他们若不是冷静地看待一切,不同情善,也不对恶感到气愤,那么,就是确信在生活中,恶和善是同样必要的,在人类社会的大军中,普通士兵总比军官多一些,愚蠢必然应该是愚蠢,因为它本身就是愚蠢的缘故,卑劣也必然应该是卑劣,因为它本身就是卑劣的缘故,而他们如果看不到这些东西有什么恶,或者看不到有阻止恶的可能,他们就听任这些东西去自然发展,他们一会儿带着欢乐的微笑,一会儿又带着忧愁的苦笑,一再地自言自语道:"一切都很好,都使人感到幸福[①]!"唉,要花多少代价才能够领会这些最简单的真理啊!毕乔林还不知道这一点,而他所以不知道,正是

[①] 引自杰尔查文的诗《晨》。

因为他以为他知道一切的缘故。

他把格鲁希尼茨基取乐一番之后,又把公爵小姐拿来取乐,虽然采取的是完全不同的方式。

"我两次紧握了她的手……第二次握的时候,她把手缩了回去,一句话也没有说。

"我今天晚上会睡不好觉。"跳完了玛祖卡舞的时候,她对我说。

"这都怪格鲁希尼茨基不好。"

"啊,不!"她的脸变得那么沉郁,那么愁闷,我下定决心,这天晚上一定要吻一吻她的手。

大家开始散去了。当我搀扶公爵小姐坐上马车的时候,我迅速地把她的小手拿来贴紧我的嘴唇。天色昏暗,谁都没有能够看见这一点。

我踌躇满志地回到大厅里去。

从这时候起,故事就急转直下,从喜剧一变而为悲剧了。从前毕乔林是在播种,现在他开始要收割果实了。我们认为,一部诗情作品的真正的道德性应该包含在这里面,而不是包含在庸俗的箴言里面。

最后,格鲁希尼茨基知道自己被愚弄了,可是他认为受辱的原因不在于自己,却在于毕乔林。龙骑兵大尉和其他一切被毕乔林的优越地位所凌辱的人都愿撑他的腰,开始组成一个敌视毕乔林的小集团;可是毕乔林并不害怕,反而因为有闲生活找到了新的营养料,而感到分外快乐……"我很高兴;我喜爱敌人,虽然不是按照基督教精神去喜爱。他们解除我的愁闷,激动我的热血。永远保持警戒,搜索每一个眼光,每一句话的意义,猜测意向,假装受骗,然后突然把整幢千辛万苦缔造成的阴谋诡计的大厦一下子推翻——这便是我所谓的生活!"——"把这叫作生活,是错误

246

的!"——你们会说——我们同意你们的意见;可是力量永远还是力量,永远将充满诗意,永远将使你们欢欣和惊奇,纵然这种力量所使用的是木头制的剑,而不是纯钢的宝剑……有这么一些人,一根普通棍子捏在他们手里,也比别人拿着宝剑更危险些:毕乔林便是这样的人……

第二天,维拉和她的丈夫动身到基斯洛伏茨克去了。她埋怨毕乔林,可是毕乔林却认为只能怪她自己不好,因为她不该拒绝和他单独会面。他说:"也许,嫉妒会做到我的祈求所不能做到的事情。"晚上,他到李果甫斯基家里去,没有看到公爵小姐——她病了。在回家去的时候,他觉得好像缺少了点什么。"我没有看见她!她病了!莫非我真的爱上她了吗?……废话!……"——请看,这种热情游戏是多么引人入胜,当迷惑别人的时候,自己也是多么容易入迷啊!……不管毕乔林怎样千方百计要把自己形容成为一个不抱任何目的,而仅仅由于无事可做才来谈情说爱的冷淡的诱惑者,然而,在我们看来,他的冷淡是非常可疑的。当然,这还不是爱情,可是,要知道,一个人的感觉原是很难加以分析和辨别的:各人自己的心灵,都是一所最为错综曲折、最为扑朔迷离的迷宫……

第二天,他碰见她一个人在家里。她脸色发白,神思恍惚。"您是在生我的气吗?"她哭起来,用手遮住了脸。"您怎么啦?"——"您不尊重我!……"她答道。他对她说了一些类似抱歉,以及有关自己性格的颇为自负的谜语一类的话,走掉了;可是,在离开的时候,听见她在嘤嘤啜泣。可怜的姑娘!箭已经深深地射入她的胸膛,因此,事情再也不会有好收场……同一天,毕乔林从魏纳嘴里得知,外面到处传说他要跟公爵小姐结婚……

最后,事件转移到了基斯洛伏茨克。有一次,一大群人骑马去观光指环——这是距离基斯洛伏茨克大约有三俄里远的一座峭壁,这座峭壁恰巧形成一道天然的门户。归途中,当大家涉水经过波德库莫克河的时候,公爵小姐因为望了一眼那湍急的河流,忽然感到一阵头晕。——"我觉得不好过!"她用微弱的声音说。毕乔林伸过胳膊去抱住了她的柔软的腰,她的脸颊几乎碰到了他的脸颊,可以感觉到她身上发出一股热气……"您这是干什么?我的天!……"她说;可是他不去理睬她——他的嘴唇贴紧了她的脸颊……上岸以后,大伙儿纵马疾驰起来,公爵小姐使自己的马停住了一会儿,于是他们又落在大家的后面了。毕乔林故意沉默半晌之后,她终于用一种含有眼泪的声音说:

"您若不是轻视我,那就一定是非常爱我!也许,您想嘲弄我,扰乱我的灵魂,然后抛弃我……这是卑鄙而又下贱的,别说真的做出来,就是想一想也是……啊,不!"她用一种温柔的、推心置腹的声调补充说下去,"难道在我身上有什么东西不配受到尊敬吗?您那种粗鲁的行为……我必须、我必须原谅您这种做法,因为这是我允许您这样做的……您回答我,您倒是说话呀,我要听您讲呢!……"在最后几句话里面可以感觉出一种女性的急躁,这使我禁不住微笑了;幸亏天已经开始暗下来……我一句话也没有回答。

"您不说话?"她继续说,"您也许要我先对您说,我爱您?"

我沉默不语。

"您要我这样做吗?"她继续说,迅速地向我转过身来……在她坚定的眼光和声音中表现出一种什么可怕的东西……

"何必呢?"我耸耸肩膀说。

她用马鞭打了一下自己的马,就飞快地沿着狭窄的、危险的道路跑去了;这一切发生得这么快,使我一时很难赶上她,等到我赶上的时候,她已经和其余的人混杂在一起了。在回家去的路上,她一刻不停地谈着,笑着;她的动作中表现出一种狂热的东西;她连一眼都不望我。大家都看出了这种异乎寻常的欢乐。公爵夫人看着自己的女儿,不由得打心里高兴;可是,女儿不过是在经历着一场神经性的发作:她会一夜睡不着觉,哭个不停的。这个念头使我得到莫大的愉快:有这么一些瞬间,我懂得了什么叫作吸血鬼!……可是我仍然以好少年闻名,并且我努力要获得这个称号。

这整个场面说明了什么?我们只能把它理解为一种论据,证明经常不断的自我矛盾,永远得不到满足的对于真正生活、真正幸福的渴求,会把一个人弄到多么残酷无情和不道德的地步;可是,关于这个场面里的最后两句话,我们是绝对不能理解的……我们觉得这是一种夸张,是对于自己的蓄意诽谤,是装模作样,矫揉造作;总之,我们觉得毕乔林在这里一变而为格鲁希尼茨基了,虽然和格鲁希尼茨基比较起来,他不是可笑,而是可怕……如果我们下的结论不错的话,那么,这是非常可以理解的:自我矛盾状态必然会造成或多或少处境方面的装模作样和矫揉造作……

毕乔林经过村子回家去的时候,从一家人家屋子里听到了杂乱的人语声和吵闹的喊叫声。他翻身下马,开始在窗外偷听。人家是在谈论他。龙骑兵大尉大声喊道:必须把他教训一顿,这些彼得堡新角色如果鼻子上不挨一拳,就要自高自大起来;毕乔林自以为只有他一个人才是上流社会的士绅,为的就是他经常戴着干净的手套,穿着擦亮的皮靴;他一定是一个懦夫。格鲁希尼茨基证实最后一点假设是确凿可信的,他虚构了一件故事,把毕乔林形容得仿佛在他面前扮演过一个不太光彩的角色似的。周围的人们给格鲁希尼茨基火上加油——提到了公爵小姐的名字。然而,龙骑兵大尉只是想把毕乔林捉弄一场,使他显露出懦怯的丑态来。他建议格鲁希尼茨基去向他要求决斗,由自己充任监场人,安排他们保持六步远的距离,不把实弹纳入枪膛。

我战栗地等待着格鲁希尼茨基的答复;要不是机会凑巧

被我听到了,我就会成为这些傻瓜嘲笑的目标,我一想起这个,一阵冷冷的憎恶之念就袭上了我的心头。如果格鲁希尼茨基不答应,我会扑上去搂住他的脖子。可是沉默片刻之后,他从自己的座位上站起来,把手伸给大尉,非常傲慢地说:"好吧,我同意。"

一清早,毕乔林在水井旁边遇见了公爵小姐。这次会见是一出空虚而又无聊的戏剧的可怕收场,紧接下来的是另外一出实质上同样空虚而又无聊的戏剧,但其收场是更为可怕的。

"您不舒服吗?"她说,目不转睛地望着我。

"我一夜没睡觉。"

"我也没睡觉……我责怪您来着……也许,我责怪错了?——可是,您要是把事情说清楚,我会原谅您一切……"

"一切?"

"一切……不过得说真话……得快着点……您瞧,我已经想过许多,竭力要解释您的行为,为您的行为辩护:也许,您是害怕我家属方面的阻碍……这没有关系:他们如果知道了……(说到这里,她的声音发抖了)我会恳求他们。再不然您是在考虑您自己的处境……可是您知道,我能够为我所爱的人牺牲一切……啊,快回答我,可怜可怜我吧:您并不轻视我,是吗?"

她抓住了我的手。

公爵夫人跟维拉的丈夫走在我们前面,什么也没有看见;可是,散步的病人们可能看见我们,他们是一切富有好奇心的人中间最富有好奇心的造谣生事者,于是我迅速地从她热情的掌握中把我自己的手抽了出来。

"我将把全部真实的情况向您和盘托出,"我回答公爵小姐说,"我不想辩解,也不想对我的行为进行解释:我不爱您。"

她的嘴唇稍微有些发白。

"离开我。"她用低得听不大清楚的声音说道。

我耸耸肩膀，转过身去，走开了。

这一次毕乔林对待我们似乎是宽容了些：他把遮盖他那魔王似的壮伟面貌的覆布稍微揭开了一些，虽然用美丽的散文，但却是非常简单地解释了造成这个场面的原因，好像想在这个场面中为自己辩解似的。他说，不管他多么热烈地爱上一个女人，可是，只要她一让他感觉到他必须和她结婚，那么，爱情就烟消云散了！……他把唯恐丧失令人厌恶的、对他丝毫也不需要的自由的这种恐惧，归因于一个老妇人的预言，当他还是个婴孩的时候，这老妇人曾经在他母亲面前为他占了一卦，说他将来要死于毒妇之手……不然！事实并不是这样！……毕乔林并没有爱上公爵小姐，如果把他由于卖弄风情和妄自尊大所引起的轻浮的感觉叫作爱情，那么，他就会是凌辱了自己。其次，结婚是爱情的现实。只有充分成熟的灵魂才能够真正地爱，并且，在这种情况下，爱情会把结婚看作最高的奖赏，并且即使在灿烂的花冠辉映之下，爱情也不会相形逊色，却会像在阳光照拂下一样，开放出它的芬芳馥郁的花朵来……作为暂时精神状态的表现，任何一种感情，对它自己说来都是现实的：一个少年生命伊始时所产生的初恋具有着它自己的诗意和自己的真实；可是，虽然在本质上说来是现实的，在形式上却是完全虚幻的，和成人的爱情相比，就正像婴儿的不连贯的牙牙学语和成人的条理清楚的发言相比一样。这与其称之为爱情，还不如称之为爱情的要求更妥当些。因此，这种爱情只要碰到一个对象，和它的理想有某些或真或假的类似之点，因而打动了年轻的幻想，它就会把这个对象紧紧抓住不放；并且，这种爱情熄灭掉，也正像它发作时一样快。这种爱情可能在人的一生中重复许多次；它若不是憎恨结婚，把结婚当作亵渎理想内容的概念而加以摈斥，就是把结婚设想成最高的幸福而趋之若鹜,直等到结婚用审视周详、煞费猜疑的眼光看待它才肯罢休:到了那时候,可怜的爱情就要在结婚的面前垂下眼睛,像孩子捣蛋时猝然遇见严厉的家庭教师一样……是的,结婚正是这种恋爱的坟墓。这也说明了为什么有这么许多不幸的自由结婚的缘故……只有现实的感情才不会惧怕它自己的显现,才不会因为必须通过检定而担惊害怕;只有现实才敢正视现实,而不垂下自己的眼睛……难道这个如此深刻而强大的人,毕乔林,能够认为自己对公爵小姐的感情是现实的,并且会对下面一点表示惊异:她提到结婚时这么容易地扑灭掉他的感情,正像鞭笞扑灭掉孩子的活泼一样?……不!从这一切里面仍然只能看到一点:毕乔林自称喝干生活的苦杯,为时还嫌过早,其实他连杯中的泡沫都还没有吹散哩……我们再说一遍:他还没有认清自己,如果当他为自己辩解的时候,我们不应该经常听信他,那么,当他责备自己,或者把多种多样残忍品性和恶习妄加在自己头上的时候,我们就更不应该听信他。可是,能不能为了这一点而责怪他呢?如果你认为年轻人因为年轻就有罪,老头儿因为年老就有罪,那么,你去责怪他吧!有这么一些人,他们对生活的要求是这样强烈,当它得不到满足的时候,就永远成为他们痛苦的根源,——也有这么一些人,长久地活着,郁郁不得志地死去,因为只有要求才是现实的,要求能否得到满足,却要看情况来决定,而情况是可能发生,也可能不发生的。当这些人到处乱闯,寻求满足而不可得的时候,他们的绝望就引起了对理性现实的永恒法则的诽谤;可是,在进行诽谤的时候,他们对于自己说来是对的,对于现实说来却是不对的。难道能够因为他们不幸而责怪他们吗?难道能够因为他们贪婪地扑向一切借托幸福幻影而出现的激动他们灵魂的东西而责怪他们吗?并不是所有的人生下来就有这种冷淡无情的明哲精神,而这种明哲精神的根源就是腐朽的、僵死的天性……

有一个魔术家到基斯洛伏茨克来了。不用说,在温泉浴场上是没有理由轻视任何一种娱乐的,第一次演出的时候,大家都争先恐后地想去一睹为快。连李果甫斯卡娅公爵夫人也顾不得女儿害病,弄到了一张票子。毕乔林接到维拉一张便条,约他晚上九点钟去幽会,并通知他说,她的丈夫到五岳城去了,第二天早晨才回来,她已把票子分给自己家和李果甫斯基家的仆人。他到演出的场子里去绕了个弯,看见维拉和公爵夫人的男女仆人们坐在后排的座位上,随后就去赴约会了。外边天色漆黑。忽然毕乔林觉得有人跟在他后面。为了谨慎起见,他绕着房子走,好像散步一样。当经过公爵小姐窗口的时候,他又听见背后有脚步声——一个裹着外套的人从他身边跑过去。毕乔林急忙走上黑暗的楼梯——门打开了,一只纤手抓住了他的手……

半夜两点钟左右,毕乔林把两条肩巾系在一起,爬出窗口,从楼上的露台攀缘而达楼下的露台。公爵小姐房间里亮着灯火,有一种什么力量推动毕乔林凑近窗口。窗幔没有完全拉上,他从窗幔缝隙里看见了如下的情景:

> 梅丽坐在自己的床上,双手交叠在膝盖上;她的浓密的头发束紧在花边睡帽下面;一块大的鲜红的头巾覆住她雪白的双肩,一双纤足藏在五色斑斓的波斯拖鞋里。她一动不动地坐着,头垂在胸前;她面前的小桌上,放着一本打开的书,可是她的停滞不动、充满不可言喻的哀愁的眼睛,仿佛已经在同一页上掠过一百遍,而她的思想却飞得老远……

这寥寥几行简单的文字说明了多少东西!这几行文字叙述了关于被凌辱的女性尊严、被凌辱的女性爱情、深藏在心底的痛苦以及说不出是冰冷还是灼热的绝望等等的多么漫长而又折磨人的故事!……可怜的梅丽!……

这时,有什么人在灌木丛后面蠕动了一下;毕乔林从露台跳到地上,一只看不见的手抓住了他的肩膀。"啊哈!"一个粗暴的声

253

音说,"这下子可逮住了!……你还敢夜晚来找小姐们幽会!……"——"别让他跑了!"另外一个声音喊道。毕乔林听出了说话的是格鲁希尼茨基和龙骑兵大尉。他在龙骑兵大尉头上重重地打了一拳,把他摔倒在地上,立刻就溜进了灌木丛。"有贼啦!救命呀!"追捕者们喊道;一声枪响,冒烟的填弹塞几乎落在毕乔林的脚边。一分钟之后,他已经回到家里,脱掉衣服,在自己的床上躺下了。他的仆人刚把门上好锁,就听见龙骑兵大尉和格鲁希尼茨基把门打得咚咚响,喊道:"毕乔林!您睡了吗?您在这儿吗?"——"我已经睡了。"他生气地回答他们。——"起来吧——有贼……契尔克斯人……"——"我有点儿伤风,再着凉可吃不消。"

他们走开了。这时候,警报响了。一个哥萨克从要塞里骑马飞驰而出。周围闹得乱哄哄的;人们开始分头去搜寻契尔克斯人。到了第二天,大家都相信昨夜曾经有契尔克斯人到这里来偷袭过。

第二天一清早,毕乔林在水井旁边遇见了维拉的丈夫,跟他一起到饭馆里去吃早饭。好心肠的老头儿告诉他,昨夜妻子怎样吓坏了。"可巧这种事刚好发生在我离开家的时候!"他说。他们在位于一角的那个房间的门口占了个座位,坐下来吃早饭,隔壁房间里有十来个年轻人,格鲁希尼茨基也在其内。这样,命运又使毕乔林有机会偷听到了格鲁希尼茨基的谈话。格鲁希尼茨基当作一件秘密来告诉大家,说是昨夜鸣警报的原因不是因为契尔克斯人,而是因为另外一个人,这个人的姓名他秘不宣布,他曾经偷入公爵小姐的闺房。"这位公爵小姐有多么厉害?"他最后说,"啊?我得承认,这些莫斯科小姐可真有两手!天下还有什么事情可以信呢?我们想把那男人抓住,可是他挣脱了出去,像兔子似的溜到灌木丛里去了;这时候,我对他开了一枪。"格鲁希尼茨基看到没有一个人相信他,他就赌咒发誓地说,他讲述的都是真话,最后,他甚至表示愿意说出祸首的名字来。

"说呀,说呀,他是谁?"大家一齐起哄。

"毕乔林。"格鲁希尼茨基答道。

这时候他抬起了眼睛——我在门口面对他站着;他的脸涨得通红。我走到他跟前,缓慢而清楚地说:

"非常遗憾,我进来时您已经赌咒发誓地证实了一个最可憎恶的诽谤。我要是早一点在场,就可以使您免除掉多余的卑劣。"

格鲁希尼茨基从自己的座位上跳起来,要想发作。

当然,毕乔林要求他取消前言。格鲁希尼茨基站在他的面前,低垂眼睛,心里十分激动;可是良心和自尊心的斗争是短暂的,尤其因为龙骑兵大尉拼命用胳膊肘推他:他不抬头望毕乔林一眼,再一次肯定他的责备是有真凭实据的。毕乔林把大尉引到一旁,和他商量了一下。在饭馆的台阶上,维拉的丈夫怀着类似狂喜的感情抓住他的手,把他称作最高贵的人,把格鲁希尼茨基称作下流东西,并且说,他幸亏没有女儿,这是值得高兴的……可怜的丈夫!……

毕乔林打这儿就跑去找魏纳,把事情一五一十讲给他听,并且请他做自己的监场人。一个钟头之后,魏纳来找他,魏纳已经把事情跟龙骑兵大尉谈妥了。"的确有人在布置阴谋陷害你哩。"魏纳对他说。当魏纳在穿堂里脱套鞋的时候,听见大尉和格鲁希尼茨基在进行一场热烈的争论,格鲁希尼茨基不同意愚弄毕乔林,可是他受到了凌辱,所以断然要求决斗。魏纳和大尉商量的结果,决定把决斗的地点选定在距离基斯洛伏茨克大约五俄里远的一处荒凉峡谷中,时间是第二天早晨四点钟,双方相隔六步开枪射击,被打死的算作是契尔克斯人手下的牺牲者。接着,魏纳说出了自己的猜测,疑心大尉企图只把子弹装在格鲁希尼茨基的手枪里,他问毕乔林,是不是应该让他们知道,他们的诡计已经被识破了。毕乔林斩钉截铁地不同意这一点,认为即使不这样做,也可以使他们的计划陷于土崩瓦解。

傍晚，一个仆人来通知毕乔林，说公爵夫人请他过去，他称病辞谢了。他整夜没有睡着觉，他的头脑里闪过千百种思想。他先是斥责格鲁希尼茨基，估计对方一定是自己手下的牺牲者；随后，又想到幸福的变幻无常，而以前，幸福一向是追随着他的。"那有什么呢，"他想，"死就死吧！这对于世界不是一个了不得的损失；何况我自己也早已活得腻烦了。我好像是一个在舞会上打呵欠的人，不回家睡觉，仅仅因为马车还没有来接他罢了。可是，现在马车准备好了……再见吧！……"

然后，他想起自己的整个一生，不知不觉就想到了生活目的的问题。"我为什么活着？我生到世上来为的是什么目的？目的一定是有的，我所担负的使命一定是崇高的，因为我感觉到自己灵魂里有一股无边无际的力量……可是我却猜不透这个使命是什么，我被空幻而毫无成效的情欲的诱饵吸引了去；我从情欲的锻冶炉里出来，变得像铁一般又硬又冷，但也永远失去了那些高贵渴望的热焰——那是人生的最美丽的花朵！……"

一个明天准备不是自己被杀死就是杀死别人的人的默默无言的内心独白，是非常富有教益的！……念头不由得落到自己的身上，穿过偏见和故意搬弄的诡辩论的迷雾，闪现出可怕的真实的一线光芒……可是形势已成定局，再也无法挽回：社会一方面把流血勾当看作是不道德的行为，但另一方面，又自相矛盾，通过嘲笑而又轻蔑的眼光，通过对牺牲者的责难，拼命阻止从这种形势上面挽回过来……流血的结局使社会有可能进行说教，对别人下判词，并提出为时已晚的忠告；而临阵退却，就会使社会丧失有趣的奇闻逸事，借别人来消遣作乐的绝好机会。那么，怎么办呢？当然，牺牲者只能毫不犹豫地前进，为了防止不要因为探究事情本质而挫折勇气起见，只能闭眼不看真实，双手紧紧抓住随便想到的任何一种诡辩论，那种理论的错误是不言自明的……毕乔林就是这样做了；他决定不必再吃力地活下去了，他这种想法对于自己说来是对的，至少对于那些议论别人行为的严格的法官说来是不错的,这些法官自己不参与生活,却爱冷眼旁观别人,像观众看待演员一样,一会儿拍手叫好,一会儿喝倒彩……

尽管毕乔林心里翻腾着千思万虑,他却不但有力量使自己拿起华尔特·司各特的长篇小说《苏格兰的清教徒》来阅读,并且还居然被迷人的情节吸引住了。

天亮的时候,他照了一下镜子:在他那残留着痛苦不眠的痕迹的脸上,蒙上一层暗淡的苍白色;可是那一双眼睛,虽然四周围着褐色的晕圈,却闪露出骄傲而且坚定不移的光辉。他说:"我对自己还是感到满意。"他在矿泉里洗了一回澡,变得完全神清气爽了。

洗好澡回到家里,看见魏纳已经在等他。他们跨上马出发了。这里插入了一段关于高加索美丽晨景的简短的、充满诗意的描绘。

"我记得,"毕乔林说,"这一次,我比以前任何时候都更热爱大自然;我是多么好奇地凝视着在宽阔的葡萄树叶上抖动着并且反射出无数道虹彩的每一滴露珠啊!我的视线是多么贪婪地想穿透那烟雾迷蒙的远方啊!在那边,路越来越窄,悬崖变得更加苍翠而险峻,最后似乎连成了一道不能穿透的城墙。"

他们默默地策马前进。

"您写好了遗嘱没有?"魏纳忽然问道。

"没有。"

"您要是被打死了怎么办?"

"继承人会自己找来的。"

"难道您不想对什么朋友作最后的诀别吗?"

我摇了摇头。

"难道没有一个女人,①您想留下什么东西给她做纪念品吗?……"

---

① 莱蒙托夫原文为:难道世上没有一个女人。

"大夫,"我回答他说,"我要不要把我心里的想法向您和盘托出?……您知道,有人临死时要念叨情人的名字,还要把一缕涂香油或未涂香油的头发遗赠给一位朋友,可是,我已经经历过这种年龄了。当我想到临近的、可能的死亡的时候,我关心的只是自己;有些人连这一点也做不到呢。朋友们明天就会忘记我,或者更坏,还要为我编造天知道什么谣言;女人们在拥抱别人的时候,会嘲笑我,以免人家对死者产生嫉妒——不要管这些人啦!我只从生活的风暴中得出几个概念,感情却一点也没有。我早就是靠头脑,而不是靠心灵活着。我怀着严格的好奇心,但却毫不怀有同情心地估量着、考虑着自己的情欲和行为。我身上表现出两个人:一个名副其实地活着,另外一个就来思考他,评论他;前一个人也许再过一个钟头就要跟您、跟世界永别,可是另外一个人呢?……另外一个人呢?……"

这一段自白把整个毕乔林显示出来了。他没有空洞的辞藻,他的每一句话都是真诚的。毕乔林是不自觉地,但却正确地说明了整个自己。这不是个容易冲动的少年,专门追逐暂时印象,只要看到随便什么东西,当它的印象还没有磨灭,灵魂还没有要求其他新的东西的时候,他就能把整个自己献身给它。不,他已经完全脱离了少年时期,那是一个对生活怀有浪漫主义看法的时期:他已经不想为情人而死,嘴里念叨着她的名字,把她的一缕头发遗赠给一位朋友,他已经不把言语当作行动,不把感情的冲动(即使是最崇高、最高贵的)当作一个人的实际精神状态。他感受过许多,爱过许多,根据经验知道,一切感情、一切眷恋都是十分短暂的;他对生活想过许多,根据经验知道,一切结论和推论,对于敢于勇敢地正视真实、不用自己不相信的信念来安慰自己、欺骗自己的人,是多么不可靠……他的精神已经成熟到可以接受新感情和新思想,心灵要求着新的眷恋:现实——这便是整个这种新事物的本质和特点。他对新事物已经作好准备；可是命运还没有让他得到新经验，因此，他虽然鄙视旧经验，却毕竟还是必须根据旧经验来评断生活。由此就产生了这种对于感情和思想的现实性的怀疑，这种对于生活的冷淡，他在生活中所看到的若不是欺骗视觉的假象，就是黑影幢幢、毫无意义的影子戏。——这是一种过渡的精神状态；在这一时期中，在一个人看来，一切旧事物都已被破坏无遗，而新事物却还没有确立起来，一个人在将来仅仅是某种现实事物的可能性，而在现在则是十足的幻影。于是在他身上就产生了一种东西，用普通的语言来说，可以称之为"忧郁""疑病""神经过敏""疑惑"，以及其他远远不能表达现象的本质的许多说法，用哲学的语言来说，就是所谓反省。我们不想解释这个名词的语源学的或是哲学的含义，我们只想简单地说明一点：一个人在反省状态中会分裂成两个人，其中一个活着，而另外一个则观察他，评论他。这时候，根本谈不上有任何感情、任何思想、任何行动的丰满性：一个人只要一产生感情、意图、行动，潜藏在他身上的敌人立刻就会来考察、分析这种幼芽，研究一下：思想是不是正确和真实，感情是不是合乎实际，意图是不是合理，它们的目的是什么，它们会导致什么结果——这样一来，感情的芳香的花朵没有抽蕊就要凋谢，思想就会四分五裂，像阳光射在多面体的水晶上一样；一只手举起来要挥动，可是骤然硬化了，停在空中，再也挥不动了……

> 理智使我们变成了懦夫，
> 决心的赤热的光彩，
> 被审慎的思维盖上了一层灰色，
> 伟大的事业在这一种考虑之下，
> 也会逆流而退，
> 失去了行动的意义……①

---

① 引自《哈姆雷特》第三幕第一场。

莎士比亚笔下的哈姆雷特,这反省的诗意结晶,说了上面这样的话。这是一种可怕的状态!甚至在爱情的拥抱中,在欢乐的陶醉和生命的充实感中,也会听到这种敌对的内心声音,使一个人不得不去思索,

> ……当任何人
> 都不在思索的时候,①

并且从他手中夺去迷人的形象,代之以令人厌恶的骨架……

可是,这种状态一方面是可怕的,另一方面也是必要的。这是精神的伟大时机之一。生命的充实包含在感情中,可是,感情还不是精神再也不能向前发展的最后阶段。光有感情,那么,人就是自己感觉的奴隶,正像动物是自己本能的奴隶一样。不朽人类精神的价值包含在人的理性中,理性的最终极的、最崇高的行为则是思想。获得思想之后,人就可以从自己的情欲和模糊感觉中摆脱出来。当一个人怒气冲冲地举起手来想致敌人死命的时候,他遵循的是使他振奋的感情;可是,只有关于人类尊严和对仇敌的兄弟情谊的理性思想,才能够抑制愤怒的发作,并解除举起来想杀人的那只手的武装。可是,从直感到理性自觉的这一过渡,必然要通过反省来达到,反省总是或多或少痛苦的,痛苦的程度要看个人的本性如何来决定。一个人只要感觉到自己和人类有相通之处,只要通过精神、并且在精神中认识自己,他就不可能没有反省。只有具有纯粹实际性格的人或者浅薄无聊的人才是例外,这些人完全和精神利益漠不相关,他们的一生仿佛是一场麻木的昏睡。我们的时代主要是反省的时代,因此,无论是那些把宁静以及凝敛的平静同深刻性结合在一起的和睦、幸福的人也好,那些具有纯粹实际性格的人(只要他们还没有丧失深刻性)也好,都不能免于反省。整个

---

① 引自普希金所作《浮士德一景》。

德国文学的意义就在于此:几乎在每一部德国文学作品的根柢里都存在着道德的、宗教的或是哲学的问题。歌德的《浮士德》是对于我们时代的反省的诗意颂赞。这是很自然的,这种人类精神的状态必然也要在我们这里得到反映;可是,由于我们社会经过彼得大帝的伟大改革之后,勉强脱离了直感阶段,而处于一种朦胧阶段,所以,这种状态是以特殊的方式反映在我们的生活中的。普希金的高度艺术作品《浮士德一景》,是反省(我们时代许多人的病症)的崇高形象。它的特点是:由于不可能全心全意地信赖生活福利,而对生活福利采取麻木的冷淡态度。由此产生了下面这些东西:令人苦恼的停滞无为,对一切事情的厌恶,灵魂中兴趣的贫乏,愿望和憧憬的不明确,无端的苦闷,随着内心生活的过剩而来的病态的幻想。我们所考察的这部长篇小说的作者,在他那充满高贵愤怒、强大生命力和非常真实的概念的奇妙诗情作品《沉思》[1]里,把这种矛盾表现得淋漓尽致。为了证明这一点起见,只要回想一下下面的四行诗就够了,这四行诗比某一位"作家先生"[2]的十二卷皇皇巨著说明了更多的东西:

> 我们憎或爱都出于偶然,
> 不管对于憎,对于爱,都一点也不肯牺牲,
> 灵魂中主宰着一种神秘的寒冷,
> 虽然热血在沸腾!……

毕乔林便是特别适用高贵诗人的这些刚毅有力的言词的一个人,正是由于这个事实,诗人才把长篇小说的主人公称为当代英

---

[1] 载《祖国纪事》一八三九年第一期。——原注
[2] 系指玛尔林斯基。别林斯基在《论期刊》(一八四〇年)一文中,曾和《祖国之子》展开论战,说过下面的一段话:"当然,玛尔林斯基写过十二本小小的但却是排得紧密的书;可是,他的作品已经转到这样一批读者手中去了,他们把诗人们称作'作家先生们',他们的爱顾已经是作者完全堕落的标志。"

雄。也正由于这样,关于这个人物的描写就缺乏明确性,缺乏艺术鲜明性,然而对于并非仅仅由于生卒年月而属于我们时代的一切人说来,也就因此而产生了对这个人物的崇高而诗意的兴趣,以及他给他们带来的那种强烈的、无法抗拒的忧郁的印象……可是,等我们叙述完毕长篇小说的内容之后,我们还要回过来谈到这个问题。

作者把敌对双方在宿命地点会见的细节描写得非常逼真,并且带有诗意。为了打乱敌人们的图谋,造成格鲁希尼茨基的懦怯心理起见,毕乔林向他建议,要在悬崖峭壁的一块狭长空地上射击,从上到下约有三十俄丈深,下面尽是锋利的岩石。"我们每个人(他对格鲁希尼茨基说)都要站在空地尽靠边的一头:这样,就是受点轻伤也会致命的;这应该正合您的愿望,因为您自己指定六步作为距离。谁受了伤,准会摔下去,粉身碎骨;大夫会把子弹取出来。那时就很容易说明这是不慎失足坠崖而死。我们抽签来决定谁先开枪吧。最后,我要向您说明,您要是不同意这样安排,我就不决斗……"格鲁希尼茨基陷于左右为难的困境,他的脸色每时每刻都在变化着。现在,他不能使对方受一点轻伤,或者自己受一点轻伤,就算完事。相反,他现在不得不开空枪,或者使自己成为一个凶手,再不然就是放弃卑劣的阴谋。大尉回答毕乔林的挑战说:"就这样办吧!"格鲁希尼茨基也不得不点点头表示同意。不过,他把大尉拉到一旁,跟他热烈地争论起来。毕乔林看到他的发青的嘴唇怎样颤动着,听见大尉怎样轻蔑地扭过脖子去,相当大声地回答他说:"你是个傻瓜!什么都不懂!"

他们登上了那块几乎形成三角形的空地。双方讲定了挨第一枪的人要背朝着深渊站在空地的犄角上;如果他没有被打死,对方就跟他调换位置。抽了签——格鲁希尼茨基第一个开枪。站好位置之后,毕乔林对格鲁希尼茨基说,格鲁希尼茨基如果射不中,那么,不要希望他也会射不中。格鲁希尼茨基的脸涨得通红:在他心里,杀死手无寸铁的人的念头,和承认卑劣阴谋的羞耻心搏斗着。大夫又一次劝毕乔林揭穿对方的阴谋,连他自己都想这么做了。"千万不行,大夫!……"毕乔林拉住他的膀子答道,"您会把一切事情都弄糟的,您向我答应过不加干涉……这跟您有什么相干呢?也许,我情愿被打死……"——"噢!那是另外一回事了!……可是,到了阴间别埋怨我……"魏纳惊讶地望着他答道。

大尉装好了手枪,把一把交给格鲁希尼茨基,附着他耳朵说了些什么,再把另一把递给毕乔林。毕乔林身子往前冲出,一只手撑住膝盖,为的是万一受到轻伤,不至于摔到深渊中去;格鲁希尼茨基脸色苍白,膝盖直打哆嗦,举起手枪,对前额瞄准着;可是,这时候发生了由于格鲁希尼茨基性格软弱而必然要发生的情况,格鲁希尼茨基是既不能做真正的善事,也不能做真正的恶事:他把手枪放了下来,脸色死一样地发白,转向自己的监场人,用喑哑的声音说:"我不能!"——"懦夫!"大尉答道。枪声响了,子弹轻轻地擦过毕乔林的膝盖,他不由自主地往前迈了几步,尽快地离开峭壁的边缘。——这是多么正确的人类天性的特征啊!不管是自尊心的冲动,或是强大的意志力,都无法扑灭自卫的本能!……

现在轮到毕乔林开枪了。大尉扮演了一场跟格鲁希尼茨基诀别的戏,忍不住要笑出来。毕乔林看到对方现在平静而且傲慢地望着他,似乎在抑制着微笑,但在一分钟以前,却打算像杀死一条狗那样地杀死他,他这时心里怎样地激动,是可以想象得到的……仿佛要安慰一下良心似的,他建议格鲁希尼茨基只要请求他的宽恕,他就可以中止决斗;可是当他听到了傲气十足的拒绝之后,他就从容不迫地、响亮而又清楚地说出了下面的一段话,像读死刑判决书一样:"大夫,这几位先生大概百忙中忘记给我的手枪装子弹了;请您给我重装一下——好好地装!"大尉故意装出受冤屈的样子,硬说这不是事实;可是,毕乔林说,如果是这样,那么他也要用同样的条件跟大尉决斗,这样就使大尉哑口无言了。格鲁希尼茨基坚决主张让他们重装手枪。"你真是个傻瓜,老弟,"大尉吐了口唾沫,顿了顿脚,说,"一个不可理喻的傻瓜!……既然信赖了我,就应该一切都听从我才是……你这是活该!你去寻死去吧,像一只苍蝇那样地死掉!……"毕乔林再一次建议格鲁希尼茨基承认自己说的话是诽谤,答应只要他认错就可以不记前仇,甚至还提到了他们先前的友谊。在这当口,作者明明有一个好机会,可以描写仇敌握手言和,误入歧途的人及时回头的令人感动的场面,这样就可以使道学家和爱好俗艳效果的人得到许多安慰;可是,向诗人不自觉地揭示出人类天性隐藏秘密的那种面向真实的深刻的艺术本能,却促使他描写了完全另外一种场面,这个场面具有崇高的朴素美和自然美,同时又以可怕的无情的真实性和深刻的效果使人拍案叫绝……格鲁希尼茨基的脸涨红了,眼睛闪闪发光。"开枪吧!"他答道,"我蔑视我自己,我憎恨您。如果您不杀死我,我就要在夜晚暗害您的性命。在这世上,有您就没有我……"

是的,这是天才卓著的特征,艺术家的神来之笔!……别忘记,格鲁希尼茨基只是没有性格而已,他的天性也不是绝对没有某些善良的方面的:他既不能做真正的善事,也不能做真正的恶事;可是,他所处的庄严的、悲剧的情势(他的自尊心在这种情势中一定会毫无顾忌地发挥作用),必然会在他身上引起他热情的刹那间的勇敢的迸发。自尊心使他把他对于公爵小姐的虚幻的爱以及公爵小姐对于他的爱信以为真;自尊心使他把毕乔林看成自己的对手和敌人;自尊心使他布置阴谋来败坏毕乔林的名誉;自尊心不让他听从良心的呼声,被善良的原则所吸引,承认曾经布置过阴谋;自尊心使他向一个手无寸铁的人开枪;同样的自尊心又使他在生死存亡的关头把全部灵魂的力量集中起来,使他情愿一死,不愿认错而保全性命。这个人是浅薄自尊心和性格软弱的结晶:他的全部行为都是由此产生的,他的最后一次行为尽管表面上看来似乎很有力量,但毕竟还是直接由他性格的软弱产生的。自尊心是一个人灵魂中的伟大的杠杆;它会产生奇迹!世界上有这么一些人,他们面对敌人的枪口像喝茶时一样毫不在乎,可是打起仗来,却要躲到货车底下去……

沿着小径走下山去,毕乔林看见悬崖的裂罅间横躺着格鲁希尼茨基的血肉淋漓的尸体,不由得闭上了眼睛。在回到基斯洛伏茨克去的路上,他放松了缰绳,让马缓步前行。等到他人困马乏地回到家里的时候,太阳已经落山了。家里有两封短简等着他,一封是大夫写来的,另外一封是维拉写来的。

大夫通知他尸体已经搬走了,多亏他们预先采取措施,所以毫无一点滋人疑窦之处,他可以高枕安眠……假使能够的话……

他很久都决定不了要不要打开第二封短简;沉重的预感折磨着他——并且,这预感并没有欺骗他。

维拉的信一开始就向他表示要永别了。丈夫把毕乔林和格鲁希尼茨基吵架的事情讲给她听了,这使她又惊奇,又激动,她竟不记得自己回答了一些什么,只能猜想,大概在他的面前承认了私情,因为丈夫接着用可怕的字眼侮辱她,从房间里走出去,吩咐套马车。想到就要永别,这个念头引动她要说明自己对毕乔林的态度,下面便是这封信里面的最值得注意的一段:

我们要永别了;可是,你可以相信,我永远不会再爱别人:我的灵魂已经在你身上耗尽了所有它的宝贵的东西,它的眼泪和希望。爱过了你,就不能不带着几分轻蔑来看别的男人,这倒不是因为你比他们高明,啊,不!可是,在你的天性中,有某种特殊的、只属于你一个人所有的东西,某种骄傲的、深奥莫测的东西;不管你说什么,在你的声音里,有一种不可征服的力量;任何人都不能像你那样经常希望被人所爱;任何人身上的恶都不能那样迷人;任何人的眼光都不能带来那么多的幸福;任何人都不能像你那样充分利用自己的优点;任何人都不能像你那样真正地不幸,因为任何人都不像你那样竭力要

265

使自己相信相反的情况。

这封信的结尾,对于他是否不爱梅丽,不会跟她结婚一点,表示将信将疑。"听我说,你必须为我忍受这种牺牲:我已经为你丧失了世上的一切……"

毕乔林叫人把那匹疲惫不堪的马重新牵出来之后,骑上马背,就像发了疯似的往五岳城疾驰而去了。在可能失去维拉的情况下,对于他说来,她就变得比世上的一切东西——生命、荣誉、幸福都宝贵了!命运的冲击,激发了在平静和安谧中感到疲惫乏力的强大的天性,惊醒了他的昏睡的感觉。在这里,人们不由得要想起普希金的这几行诗句来:

> 人啊!你们全都像
>
> 那位女祖先夏娃:
>
> 无论给你们什么东西都吸引不住你们;
>
> 蛇不断地招呼你们
>
> 走近那棵神秘的树:
>
> 给你们禁果吧,
>
> 否则,即使天堂你们也不觉得是天堂。①

他拼命地疾驰,无情地踢着马,后来发觉这匹马困难地喘着气,颠蹶起来。离开哥萨克村落叶森土基还有五俄里,到了那里,他可以换另外一匹马。只要再支持十分钟就行了,可是马跌倒了,断了气……毕乔林打算继续步行,可是因为白天的惊惶和夜晚的失眠,累得他筋疲力尽,他就倒在濡湿的草地上,像婴孩似的哭了……强作的骄傲,冷酷的决断(这是无情的绝望和社交界哲学的诡辩术的结果)都消逝了,隐退了;被情欲所激动、被内心矛盾的斗争所震动的人,不复存在了,你们看到的是一个可怜的、无力的孩子,

---

① 引自《叶甫盖尼·奥涅金》第八章第二十七节。

用眼泪洗刷着自己的罪孽,在这一刹那完全没有虚伪的羞耻心,不埋怨命运,不埋怨人们,也不埋怨自己……

我一动不动地躺在那里许久,痛苦地哭着,也不设法抑制一下眼泪和哭泣;我想我的胸膛就要裂开了;我的全部决断,全部冷静,都像一缕烟似的消逝了;我的灵魂疲弱无力,我的理智沉默无语;如果有人在这当口看见我,他准会轻蔑地掉头而去。

当夜露和山风使他发热的头脑清醒过来的时候,他认识到痛苦的离别之吻不会给他的回忆增添许多东西,而吻后的离别只会变得更加难受,于是他就在早晨五点钟回到基斯洛伏茨克,投身在床上,昏昏沉沉地一直睡到傍晚。

这时候魏纳到他这里来了,告诉他李果甫斯卡娅公爵小姐患了神经衰弱症;上级猜想出了格鲁希尼茨基致死的真正的原因,他必须采取措施才是。果不其然,他在第二天早晨就接到了上级的命令,叫他动身到 N 要塞去,命运安排他在那里遇见了马克西姆·马克西梅奇。

出发之前,他到李果甫斯卡娅公爵夫人那里去辞行。她接待他,像接待一个跑来请求同意跟她女儿结婚的人一样。接下来是一个精彩纷呈的喜剧性场面:公爵夫人暗示毕乔林说,她是知道他和梅丽的关系的,并且让他知道,她不会反对他们的结合,愿意宽恕他在对待她女儿的态度方面的一些离奇的表现。她好几次用长吁短叹来打断自己的长段独白,最后哭了起来。毕乔林请她允许跟她的女儿单独谈一谈,她对这一点不得不同意了。

五分钟过去了;我的心剧烈地跳动着,可是我的思想很镇定,头脑也很冷静;不管我怎样竭力要在我的心中搜寻出对这娇媚可爱的梅丽的一星半点的爱情,结果我的努力也还是徒然。

门开了,她走了进来。天哪!自从我上次见了她以后,她的样子变得多么厉害啊——并且,从那时候到现在,难道已经过了许久了吗?

她走到房间当中,身子摇晃了一下;我赶紧走到她身边,把手伸给她,搀她到一把圈手椅旁边坐下。

我面对她站着。我们沉默了许久;她那一双充满着说不出的哀愁的大眼睛,仿佛要在我的眼睛里寻找一些类似希望的东西;她的发青的嘴唇欲笑又止;她的娇嫩的手交叠在膝盖上,是那样瘦弱而又滑润,使我忍不住要哀怜她。

"公爵小姐,"我说,"您知道我戏弄了您!……您应该看不起我。"

在她的两腮上,出现了病态的红晕。

我继续说下去:"因此,您不能爱我。"

她转过脸去,把臂肘支在桌上,一只手掩住眼睛,我觉得她眼睛里有泪珠在闪动。

"天哪!"她说,声音低得使人难以听清。

这情况已经变得使人难于忍受:只要再过一分钟,我就会扑倒在她的脚边。

"这样,您自己可以看到,"我尽量用坚决的声音,强颜欢笑地说,"我是不能跟您结婚的。就算您现在愿意,不久也会后悔;我跟您母亲谈话之后,使我感到有必要,这样直率、这样粗鲁地跟您把话说清楚;我想她一定是搞错了:您是很容易使她醒悟过来的。在您看来,我是扮演了一个最可鄙、最卑劣的角色,甚至这一点我也承认:这便是我能为您做的一切。不管您对我有怎样恶劣的看法,我都准备接受……您瞧,我在您面前是多么下贱……即使您爱过我,从这一刻起,您也一定轻视我了,不是吗?……"

她向我转过脸来,脸色白得像大理石一样,只有一双眼睛却闪耀着奇异的光彩。

"我恨您……"她说。

我谢过了她,恭恭敬敬地鞠了一躬,走了出来。

在这个场面中,脸色惨白的梅丽由于感情被欺骗、自尊心和女性尊严受到凌辱而形成的痛苦,达到了包含无限诗意的庄严收场,她的每一个举动、每一个声音都带有一种不可抗拒的魅力和真实,她的处境是这样令人感动,激起人们这样强烈而又悲伤的同情……对这个场面还需要说什么话吗?不,如果有人觉得这个场面还不能说明一切,那么,我们随便什么东西也都无法向他解释清楚了……

一个钟头以后,他坐上一辆特别快的三套马车从基斯洛伏茨克出发了,在路上看见了自己的那匹马;马鞍已经被弄走了,现在有两只乌鸦栖息在马背上原先放马鞍的地方……他叹了一口气,把脸转过去……

现在,在这寂寞的要塞里,当我缅怀过去的时候,我常常讯问自己:我为什么不愿踏上命运为我开拓的有安谧的欢乐和精神的平静等待着我的那条道路呢?……不,我不会安于这样的宿命!我好像一个在强盗船上出生并成长的水手,他的灵魂已经习惯于暴风雨和搏斗,一旦被抛到岸上,那么,不管绿荫如盖的丛林怎样引诱他,和煦的阳光怎样照耀他,他都会感到寂寞和苦闷;他将整天徘徊在海滨沙滩上,倾听滚滚波涛的单调吼声,向烟雾弥漫的远方眺望:在那划分蔚蓝大海和灰色云层的苍茫地平线上,是不是闪动着盼待已久的帆影,它起初像海鸥的翅膀,但逐渐就同浪花分离,稳定不移地推向荒凉的码头……

毕乔林的笔记,便是用这样一段充满着无穷诗意、并且显露出这个人的全部深度和力量的抒情议论来结束的。无论在贝拉的故事中也好,在他跟马克西姆·马克西梅奇的会晤中也好,在有关自己在塔曼所遭遇的冒险经历的故事中也好,这个神秘人物都曾经强烈地挑动过我们的好奇心,现在他整个儿出现在我们的眼前了。我们通过他本人,认识了他的心灵的全部隐微曲折之处,他的生活的全部事件,现在,他自己已经无法告诉我们关于自己的什么新的东西了。可是尽管如此,我们读了《梅丽公爵小姐》之后,还是没有和他分手,在他叙述一桩他所目击的事件的时候,我们又一次遇见了他。我们不想详细叙述这篇故事①的内容,也不想从中作一些摘录。一群军官掀起了一场关于东方宿命论的争论,一个年轻军官符里奇打赌赞成定数之说,他从挂在墙上的许多手枪中间随便拿下一把,把火药装到火药池里去,然后把手枪瞄准前额,一拉扳机——没有发火!……有人想知道手枪到底装上了火药没有,于是朝一顶制帽开了一枪,当硝烟消散的时候,大家看见这顶制帽已经被打穿了。还在射击之前,毕乔林就从符里奇的脸孔和声音上感觉到一种奇怪的、神秘的东西,他不由自主地相信这个人不久一定要死于非命,并且向他预言了死亡。果不其然,符里奇一离开这群军官,就在这个镇的一条街上被一个喝醉酒的哥萨克杀死了。宿命论万岁!我们用寥寥几行字加以复述的这一切,在整部长篇小说中,构成着充满优美细节描写的绘声绘影的精彩片段。主人公的性格写得特别好——你们看见他活龙活现地出现在你们的面前,何况他竟同毕乔林非常相像。毕乔林在这里也是一个登场人物,并且他险些要比故事中的主人公占据更重要的位置。无论是他在故事进展过程中所起的作用的性质也好,当他抓住那个发狂的哥萨克时所表现的不顾死活的、宿命式的勇敢也好,如果不能给他的性格增添任何一点新的资料,那么,毕竟能够对我们已经知道的资料有所补充,这样,就更加加

---

① 即《宿命论者》。

深了整部长篇小说(它是一个人的传记)的阴沉的、撕裂灵魂的统一印象。——这种印象的加深,特别表现在故事的基本概念中,那基本概念就是宿命论,对于定数之说的信仰。这是人类理性的最阴暗的迷误,这种迷误剥夺了一个人的精神自由,使盲目的机缘变成必然性。偏见显然是从毕乔林的处境产生出来的,他不知道应该相信什么,应该依据什么,于是就特别入迷地抓住一些最阴暗的信念,只要这些信念能够给他的绝望添上诗意,能够在他自己的心目中为他辩护。

这毕乔林是个什么样的人呢?——我们在这里就必须讲到长篇小说作者给毕乔林的笔记所写的那篇《序言》。

> 现在我必须稍微解释一下促使我把一个素昧平生的人的内心秘密公之于众的理由。我如果是他的朋友,那倒还犹可说,因为知心朋友的不守信义的泄露机密是人人共知的;可是我有生以来,只在大路上见过他一次;因此,我不可能对他怀有那种不可言喻的仇恨,躲藏在友谊的假面具下,只等所爱的人一死或者遭到不幸,便把责难、箴戒、嘲笑和悼惜的冰雹倾倒在他的头上。

尽管这一段沉痛议论带有全部诡辩式的虚伪性,可是它的充满愤怒的调子本身就证明它包含着真实的一面。友谊确实也像爱情一样,是具有绚烂颜色、扑鼻香味但又带有伤人的刺的玫瑰花。每一个个人,仿佛就天性来说,必然要和另外一个个人敌对,并且力图按照自己的样子来改造对方,而且,当两个人相遇的时候,他们确能通过相互之间的摩擦,截长补短,互相适应,互相影响。这种友谊中的互相监督,这种要把责难、嘲笑和悼惜的冰雹倾倒在朋友头上的欲望,便是由此而产生的。自尊心在这里起着作用;可是,如果友谊不是建立在幼稚的迷恋或者某种外部关系上,那么,真正的迷恋,内部的人类感情,也是永远会在这里起作用的。作者仅仅把友谊看成刺——他的错误不在于看法的虚妄,却是在于看法的片面性。他显然是处于这样一种精神状态,在这时候,每一个思想在我们的头脑中都要四分五裂,一直等到我们的精神成熟起来,完成对立物在同一个对象中得到合理调和的那一伟大过程为止。总之,虽然作者装作一个完全与毕乔林无关的人,可是他非常同情毕乔林,他们对事物的看法有着惊人的相似之处。《序言》的下面一段更加证实了我们的见解:

也许,有些读者想知道我关于毕乔林性格的意见。我的回答便是这本书的题名。——"可是,这是恶毒的讽刺呀!……"他们会说。我可不知道。

这样说来,"当代英雄"——这便是长篇小说的基本思想。的确,这样一解释,整部长篇小说就可以被认为是恶毒的讽刺,因为大多数读者一定都会喊起来:"这样的英雄可真了不起呀!"——可是他到底坏在什么地方呢?我们请问。

你们为什么
这样厌恶地议论他?
是不是因为我们不停地
寻找机会,要评断一切?
因为热情思虑的一时疏忽
凌辱了或是逗乐了
自私自利的小人?
因为有才智的人爱好自由,逼人太甚?
因为我们常常喜欢
把清谈当作行动?
因为蠢货轻狂而又狠毒?
因为正人君子爱把废话奉为圣旨?
还是因为只有平庸

才配合我们的脾胃,不以为可怕?①

你们齐声反对他,说他没有信仰。好得很!可是要知道,这正像责备一个乞丐,说他没有金子一样:他很高兴有金子,奈何他不能得到。并且,难道毕乔林高兴自己没有信仰吗?难道他以此自豪吗?难道他没有为此而饱受痛苦吗?难道他不准备牺牲生命和幸福,去换得这种对于他说来是时机尚未成熟的信仰吗?……你们说他是一个利己主义者?——可是,难道他不因为这一点而轻蔑、憎恨他自己吗?难道他的心灵不渴望着纯洁无私的爱情吗?……不,这不是利己主义:利己主义是不会感觉痛苦,不会责备自己,却会对自己感到满意,感到高兴的。利己主义不知道有苦恼这回事:痛苦是仅仅有爱心的人才会感受到的。毕乔林的灵魂不是多石土壤,而是被火热生活的炎热所烧枯了的土地:只要痛苦使它变得松软一些,让豪雨灌溉它,它就会开出天国爱情的绚烂花朵来……这个人看到所有的人都不爱他,就变得痛苦和惆怅起来,这"所有的人"是些什么人呢?就是那些不能宽恕他对他们占有优势的空虚无聊的人。何况他只要格鲁希尼茨基,这方才向他开过一枪而现在却厚颜无耻地等待他回敬以空枪的人,肯承认对他进行诽谤,就愿意宽恕一切,准备扑灭自己心中虚妄的羞耻心、上流社会的名誉观念以及被伤害的自尊心?何况他在荒凉的旷野上,在咽了气的马尸旁边,痛哭失声,流下了痛苦的眼泪?——不,这一切都不是利己主义!可是,你们会说,他为什么要审慎周密地、处心积虑地诱惑那个可怜的少女,而实际上并不爱她,其目的仅仅为了嘲弄她,借以排遣自己的愁闷呢?——事实是如此,可是我们不想为他的这些行为辩护,也不想把他说成是纯洁道德的标本和崇高典范:我们只想指出,在一个人身上只应该看到一个人,道德典范仅仅存在在古典悲剧和上世纪的道德教诲的、感伤的小说中。

---

① 引自《叶甫盖尼·奥涅金》第八章第九节。

当判断一个人的时候,应该把他的发展情况,以及命运把他安排在内的生活环境加以考虑。毕乔林的观念中包含有许多错误的东西,他的感觉也有不少歪曲之处;可是,所有这一切,都被他丰富的天性弥补过来了。他的在许多方面都是很坏的现在,约许着美好的将来。你们不是欣赏轮船的迅速的行驶,把它看成是精神战胜大自然的伟大胜利吗?——可是后来,当它把不慎落到它轮下的东西,像磨盘碾碎谷子那样压得粉碎的时候,你们又想否定它的全部优点,这不是自相矛盾吗?轮船所产生的危险是它迅速行驶的结果;因此,它的缺点是从它的优点引申出来的。有这么一些人,他们的行为虽然无懈可击,却还是使人厌恶的,因为他们的行为无懈可击,是他们精神萎靡和软弱的结果。缺点发生在伟大人物的身上,固然也是令人愤慨的;可是,缺点一旦受到惩罚之后,就能使你的灵魂为之感动。只有当惩罚不是来自外部,而是缺点本身引申出来的结果,而是对于个人自己的个性的否定(以证明被凌辱的道德观的永恒法则的正确)的时候,这种惩罚才是道德精神的胜利。我们所考察的这部长篇小说的作者,当他描写他同毕乔林在大路上相遇时所见到的毕乔林的外貌的时候,有这么一段话讲到他的一双眼睛:"当他笑的时候,它们并不笑……你们不曾有机会看到有些人的这种奇怪表情吗?这若不是邪恶性格的标志,就是深刻的不断的忧郁的标志。它们从半闭的睫毛下面发出磷火般的光辉,如果可以这样说的话。这不是精神温暖或者想象丰富的表现;这是平滑的钢板般的光辉,闪耀夺目,但却是冷冰冰的;他的眼光飘忽不定,但却是炯锐的,咄咄逼人的,给人一种向你单刀直入提问题的不愉快的印象,如果不是这样冷淡而平静,那么,还会使人觉得是肆无忌惮的。"——你们会同意,无论是这双眼睛也好,毕乔林和马克西姆·马克西梅奇会晤的整个场面也好,都证明了一点:如果这是缺点,那么,这缺点也不是踌躇满志的,只有生而为善的人,才能够为了恶而受到这样残酷的惩罚!……道德精神对高尚性格所取得的胜利,比对恶徒所取得的胜利更要显著得多……

然而,这部长篇小说绝对不是恶毒的讽刺,虽然它是很容易被认为是讽刺的;这是这样一些长篇小说中的一部,

> 它们里面反映了时代,
> 惟妙惟肖地刻画了
> 现代人,
> 连同他那自私而又冷酷的
> 不断沉溺于幻想的
> 不道德的灵魂,
> 他那在空虚的活动中沸腾着的
> 愤激的心情。①

"现代人可真了不起呀!"——一位描绘风俗习惯的"作家[②]"在评论,或者宁可说是辱骂《叶甫盖尼·奥涅金》第七章的时候,曾经这样喊道。在这里,我们认为有必要指出:每一个现代人,作为他那时代的代表人物,不管怎样坏,都不能说是坏的,因为没有坏的时代的缘故;并且,没有一个时代是比另外一个时代更坏,或者更好的,因为每一个时代都是人类或者社会的发展过程中的一个必要阶段的缘故。

普希金曾经就他笔下的奥涅金这样自问过:

> 忧伤而且危险的怪人,
> 地狱或是天堂的造物,
> 这天使,这傲慢的魔鬼,
> 他是个什么东西? 难道是个仿制品,

---

① 引自《叶甫盖尼·奥涅金》第七章第二十二节。
② 即指臭名昭著的布尔加林。他在一篇文章里论到这同样的几行诗,说道:"这几行诗写得非常好。老实说,这是关于现代人的非常可怜的理解,——可是,有什么办法呢? 只能顺从命运!"

> 是个不足道的幻影,还是个
> 披着哈罗尔德式斗篷的莫斯科人,
> 异国奇癖的诠释,
> 充满时髦语汇的辞书——
> 他莫非是貌合神离的效颦之作?①

他提出这些问题,就已经解答了谜,找到了谜底。奥涅金不是模仿,而是反映,不过,这不是诗人幻想的反映,而是诗人通过诗情长篇小说的主人公加以描绘的那个现代社会的反映。和欧洲日益接近起来的这一点,应该会特别鲜明地反映在我们的社会中,而普希金是凭着伟大艺术家的天才本能,通过奥涅金这个人物,抓住了这种反映。可是,奥涅金对于我们说来已经是过去了,而过去的东西是一去不复返了。如果他在现在出现,你们就有权利和诗人一起问道:

> 他还是那样呢,还是驯顺了?
> 或者仍然装成个怪人?
> 请告诉我,他回来时变成了什么模样?
> 他这回要给我们扮演什么?
> 他现在是一副什么样子? ——梅尔摩特,
> 世界主义者,爱国分子,
> 哈罗尔德,战栗教徒,伪君子,
> 或者戴上了别的假面具,
> 或者干脆是个好少年,
> 像你和我,像整个世界一样?②

莱蒙托夫笔下的毕乔林是对所有这些问题的最好的答复。这

---

① 引自《叶甫盖尼·奥涅金》第七章第二十四节。
② 引自《叶甫盖尼·奥涅金》第八章第八节。

276

是当代的奥涅金,当代英雄。他们相互之间的差异比奥涅加和毕乔拉①之间的距离要小得多。有时候,在一位真正的诗人给他笔下的主人公所起的名字里面,就包含着合理的必然性,虽然这种必然性也许是诗人本人所没有看到的……

从艺术表现这方面来说,毕乔林是无法和奥涅金比拟的。可是,正像奥涅金在艺术上比毕乔林高明一样,毕乔林在概念上却要比奥涅金高明。然而,这种优越性应该归因于我们的时代,而不是归因于莱蒙托夫。奥涅金是个什么样的人?——长诗前面的一段法文题词可以作为对于这个人物的最好的剖析和诠释:"Pétri de vanité il avait encore plus de cette espèce d'orgueil qui fait avouer avec la même indifférence les bonnes comme les mauvaises actions suite d'un sentiment de supériorité, peutêtre imaginaire."②我们认为,奥涅金的这种优越感决不是想象出来的,因为他"即使在一边旁观,却也尊重别人的感情","他心里有骄傲,也有真正的荣誉"。他出现在长篇小说里,是这样一个人:教养和社交界的生活把他摧毁了,他对什么都厌倦了,腻烦了,欣赏够了,他的全部生活就是:

   他在时髦的或是古老的客厅里,
   同样是呵欠连连。③

毕乔林却不是如此。这个人不是冷淡地、漠不关心地忍受着自己的痛苦:他疯狂地追逐生活,到处寻找它;他沉痛地谴责自己的迷误。在他的心里,连续不断地发生许多内在的问题,这些问题烦扰着他,折磨着他,他在反省中寻求对这些问题的解答:他窥探着自

---

① 奥涅加和毕乔拉是俄国两条靠近的河流。
② 兹将大意译出如下:"他充满着虚荣,并且还具有特别的骄傲,这种骄傲使他以同样的冷静态度来承认自己好的和坏的行为,这是由于一种也许是虚妄的优越感的结果。"
③ 引自《叶甫盖尼·奥涅金》第二章第二节。

己心灵的每一个活动,考察着自己的每一个思想。他把自己变成自己观察的最有趣的对象,在自白中尽量要做到更真诚些,不但坦率地承认自己真正的缺点,并且还要虚构一些实际并不存在的缺点,或者错误地解释自己的非常自然的活动。正像在普希金对现代人所作的分析里表现出整个奥涅金一样,莱蒙托夫也用下面的几句诗表现了整个毕乔林:

> 我们憎或爱都出于偶然,
> 不管对于憎,对于爱,都一点也不肯牺牲,
> 灵魂中主宰着一种神秘的寒冷,
> 虽然热血在沸腾。①

《当代英雄》是关于我们时代的惆怅的沉思,正像另外那首诗一样,诗人在那首诗中如此高贵、如此有力地重新展开了他的诗歌写作活动,我们也便是从那里面摘引这四行诗句的……

可是,从形式方面来说,有关毕乔林的描写并不完全是富有艺术性的。然而,这原因不在于作者缺乏才能,而是像我们已经略微指出过的,在于他所描写的性格和他如此接近,以致他无法和这性格分离开来,用客观的态度去描写他。我们相信,任何人听了我们的话,不会认为我们想把莱蒙托夫君的长篇小说说成是自传。对人物加以主观描写,并不等于是自传:席勒不曾做过强盗,虽然他在卡尔·摩尔身上却表现了自己所设想的人的典范。范哈根②发表过一种精辟的意见,他认为可以把奥涅金和连斯基看成是让·保尔·李希特③笔下的符尔特和华尔特两兄弟④,就是说,看成是

---

① 引自《沉思》。
② 范哈根(1785—1858),德国批评家。
③ 让·保尔·李希特(1763—1825),德国作家。
④ 让·保尔·李希特所著长篇小说《淘气的年代》里的两个人物。前者是现实主义者,后者是理想主义者,幻想家。

诗人天性的分解,他也许是把自己内心实体的二重性体现在这两个活生生的人物中了。这个意见很对,可是,要在这些人物的生活和诗人本人的生活之间寻找相似之点,是愚不可及的。

这便是造成毕乔林的不明确,以及描写这个性格时常常纠缠不清的那些矛盾的原因。要忠实地描写某个特定的性格,就必须完全和他分离开来,凌驾于他之上,把他看作一个业已完成的东西。可是,我们重复说一遍:这一点,在创造毕乔林这个人物的过程中却是看不到的。他离开我们时,也像在小说开头出现在我们面前时一样,是一个同样不完备的和猜不透的人物。因此,长篇小说虽然以感觉的高度统一性令人惊叹叫绝,却一点也不能以思想的统一性令人惊叹叫绝;并且不能使我们看到任何远景,而远景是读了一部艺术作品之后必然会在读者的想象中浮现,他的视线必然会被吸引住,沉浸在里面的。这部长篇小说具有着惊人的锁闭性,不过不是那种通过诗情概念而赋予作品的高度的、艺术性的锁闭性;这部长篇小说的锁闭性是从诗情感觉的统一性产生出来的,这部长篇小说就是凭着诗情感觉的统一性深刻地打动了读者的灵魂。它像歌德的《维特》一样,包含有某种猜不透的、仿佛是未尽欲言的东西,因此,它就不免给人一种沉重的印象。可是,这个缺点同时也就是莱蒙托夫君的长篇小说的优点,因为表露在诗情作品中的一切现代社会问题往往总是这样的:它们是痛苦的绝叫,但也是减轻痛苦的绝叫……

这种感觉的,而不是概念的统一性,把整部长篇小说结合了起来。在《奥涅金》里,一切部分都是有机地连接在一起的,因为普希金在他所选取的小说的框子里汲尽了他全部的概念,因此,任何一部分都是不能加以变更或是代替的。《当代英雄》是把好几个框子套在一个大框子当中,那大框子就是长篇小说的题名和主人公的统一性。这部长篇小说的各部分是按照内在的必然性而安排的;可是,它们既然只是同一个人的生活中的个别事件,那么,就可以用别的事件来代替它们，例如不写在要塞中跟贝拉发生的纠葛或是在塔曼的一段惊险情节，可以描写在别的地方，跟别的人发生类似的惊险情节，主人公尽管是同一个人。可是，尽管如此，作者的基本思想却给予这些事件以统一性，它们所造成的印象的共同性是非常显著的，更不要说《贝拉》《马克西姆·马克西梅奇》和《塔曼》，单独地说来，都是高度艺术性的作品了。并且，贝拉们、亚札玛特们、卡慈比奇们、马克西姆·马克西梅奇们、塔曼的姑娘们——都是一些多么富有典型性的、多么富有神妙艺术性的人物啊！什么样的充满诗意的细节，所有一切上面笼罩着什么样的诗意的色调啊！

可是，《梅丽公爵小姐》，作为一篇单独的故事来看，艺术性要比所有别的故事差一些。在人物当中，只有一个格鲁希尼茨基是真正艺术性的创造物。龙骑兵大尉是精妙绝伦的，不过他是作为一个次要人物，模糊地出现一下罢了。可是，写得最弱的是女性人物，因为在她们身上特别反映出作者的主观看法的缘故。维拉的面貌是特别不可捉摸、暧昧不明的。这与其说是女人，宁可说是女人的讽刺画更适当些。你对她刚刚发生一点兴趣，感到一点迷恋，作者立刻用某种完全不相干的反常行为破坏了你的同情和迷恋。她对待毕乔林的态度近于是谜。有时，你觉得她是一个拥有无穷的爱和忠诚、能够作出英勇的自我牺牲的深刻的女人；有时，你看到她只有软弱，再没有别的什么。在她身上特别可以感觉到缺乏女性的骄傲和女性尊严的感觉，这些感觉不妨碍一个女人热烈而且忘我地爱，但却决不容许一个真正深刻的女人去忍受爱情的虐待。她爱毕乔林，但居然会再一次改嫁别人，并且还是嫁给一个老头子，因而是按照算计（不管是什么样的算计）而嫁人的；她为毕乔林曾经对一个丈夫不忠，又不忠于第二个，其所以要这样做之故，与其说是由于感情的迷恋，宁可说是由于软弱。她崇拜毕乔林崇高的天性，在她的崇拜中有一种奴性的东西。由于这一切，所以她不能唤起作者的强烈的同情,却只能像影子似的,在作者的想象中闪现一下。梅丽公爵小姐写得比较成功些。这个少女相当聪明,但也并不空虚无聊。她略微带有一些理想的倾向,如果我们把理想这个字眼作幼稚的理解的话:她不光爱一个能吸引她的感情的人就够了,她所爱的这个人还必须是一个倒霉蛋,而且非穿着厚厚的灰色士兵外套不可。毕乔林很容易诱惑她:只要显得不被人理解,莫测高深,粗犷大胆就够了。她的倾向中有一种和格鲁希尼茨基共通的东西,虽然她不可比拟地比他高明。她受愚弄咎由自取;可是,一旦发现自己受了愚弄,她,作为一个女人,就深深地感到自己所受的凌辱,变成他的顺从的、默默忍受痛苦的牺牲品,但却不是自卑自贱——她跟毕乔林最后会见的场面使人对她发生强烈的同情,给她的形象涂上了诗意的光辉。可是,尽管如此,在她的身上还是有一些仿佛未尽欲言的地方,其所以然之故,又是因为没有第三者来判断她和毕乔林之间的是非,而这第三者,应该是由作者来担当的。

然而,尽管有这些艺术性方面的缺点,整篇故事却洋溢着诗意,充满着十分浓烈的兴趣。它里面的每一个字眼都是这样意义深远,连奇谈怪论都是这样富有教益,每一个情势都是这样饶有兴味,描写得这样生动逼真,惟妙惟肖!故事的文体,有时像电光闪闪,有时像宝剑的挥舞,有时像珍珠撒在天鹅绒上!基本概念是这样贴近每一个思索着和感觉着的人的心,因此,每一个这样的人,不管他的情势和故事所描写的情势怎样迥然不同,还是会把它看成是自己心灵的自白。

作者在毕乔林笔记的《序言》里顺便讲到:

> 我在这本书里只发表了和毕乔林逗留高加索时期有关的那一部分。我手边还有一厚本笔记本,他在里面讲述了他的一生。总有一天要把它公之于世,可是目前,我不能负起这个责任。

我们感谢作者作出令人快慰的诺言,可是我们怀疑他会把诺言付诸实现:我们确信,他是跟自己笔下的毕乔林永别了。歌德的自白更是证实了我们这个想法,他在笔记中说,他写完了《维特》(这是他精神苦闷状态的果实)之后,他从里面解脱了出来,离开这部长篇小说的主人公是这样遥远,因此,当他看到热情的青年们为他神魂颠倒,竟觉得非常可笑了①……诗人的高贵的本性便是这样的,他靠着自己的力量,从一切局限性的阶段中挣脱出来,飞向新的、生动的世界现象,成为光辉灿烂的创造物……他用客观态度来观察自己的痛苦,这样,就从里面解脱了出来;他把自己精神的不谐和音翻译成诗歌的韵律,因此,重新进入了他所感觉亲近的那永恒和谐的领域……如果莱蒙托夫君把他的诺言付诸实现,那么,我们确信,他所表现的一定不是那个陈旧的、我们已经熟悉的毕乔林(他在这方面已经把一切话都说完了),而是一个完全崭新的毕乔林(他在这方面还有许多话可以说)。也许,他会把他写成一个改邪归正的、承认道德法则的人,但一定不会给道德家们以安慰,却只会使他们大大地恼火;也许,他会使他承认生活的合理和幸福,但这是为了使人对下面一点深信不疑:这一切不是为他安排的,他在可怕的斗争中耗尽了许多力量,变得残酷无情了,不可能把这合理和幸福变成自己的财富……也可能是这样:他把他写成生活欢乐的参与者,把生活的恶魔踩在脚下的踌躇满志的战胜者……可是,不管哪一种情况,赎罪总都要通过某一个女人来完成,而毕乔林,并非根据内心洞察,而是根据贫乏的生活经验,固执地不相信这种女人是可能存在的……普希金也就是这样对待他笔下的奥涅金的:那个被他所抛弃的女人,使他为了美好的生活,从致命的昏睡状态中惊醒过来,但不是为了给予他幸福,而是为了惩罚他不相信爱情和生活的秘密,不相信女人的尊严……

---

① 见歌德的《诗与真实》。

《莱蒙托夫诗集》

(短评)①

(圣彼得堡,伊里雅·格拉崇诺夫印刷所承印。共一六八页。)

这本冠有朴素而简短的题名的美丽的小书,对于优秀人物,也就是对于最富有教养的一部分俄国公众说来,应该是一份最令人高兴的礼物。虽然莱蒙托夫君的一大半的诗已经发表在《俄罗斯残废者报文学副刊》(一八三〇年)上,特别是在一八三九到一八四〇年间的《祖国纪事》上,可是,且不说其中三分之一的诗,是随便什么地方都没有发表过,为公众所完全不知道的,谁不高兴能把这位才禀卓著的诗人的全部诗作包罗在一本小书里,免得费力在这一本和那一本杂志或者报纸上去寻找它们呢?尽管莱蒙托夫君正是在一八三七年②才开始他的诗歌写作活动,可是,他的名字早已响遍了神圣的俄罗斯,他的年轻的、强大的才能不但找到了真诚的钦慕者和热情的捍卫者,并且也找到了残酷无情的敌人——只有具有真正优点和无疑才禀的人,才有获得这种荣誉的幸运。莱蒙托夫的才能这样快就获得了许多热烈的崇拜者,这是一点也不足为奇的:在繁星密布的天空里也可以看见火红色的天狼星,而莱蒙托夫才能的明星却几乎是在荒凉的天际闪耀着,在大小和光亮

---

① 本文于一八四〇年发表在《祖国纪事》上,未署名。
② 莱蒙托夫在一八三七年以前还曾用"L"笔名发表过一些作品。

方面没有敌手,甚至周围连用难以数计的数量来补偿其极为微小的存在、纠合多数来减弱主要星球的灿烂光辉的那些星星也没有。固然,莱蒙托夫的才能并不是完全孤单的:在他的旁边,柯尔卓夫的天赋的才能奇伟而壮美地辉耀着;克拉索夫①的优雅的、诗意的才能闪亮着,变幻着千百种色彩……继他们之后,还可以举出两三个名字:一个人感情丰富,另外一个人偶得佳句,第三个人曾经显示过无限美好的前途;可是,一个人不免陷于片面,常常显得突兀古怪,另外一个人一共只写了两三首诗,还有许多人不久以前还在吵吵闹闹,现在却已经声息全无,仿佛他们根本没有存在过似的……结果毕竟还是:天际是荒凉而又寂寞的!……在这里,我们必须附有一个保留条件,因为考虑到有这么一些人,是专门喜欢抓住别人说话半吞半吐的破绽,来勉强对付着过日子的:当讲到莱蒙托夫的时候,我们指的是从普希金逝世迄今的现代俄国文学;我们认为在现代俄国文学中找不到莱蒙托夫才能的敌手,这是专指艺术家诗人而言,而不是指艺术家散文家而言。莱蒙托夫在散文家中间的地位,仍旧是像天狼星处在群星中间一样,仅仅因为俄国文学中的首要的、伟大的艺术家散文家②(莱蒙托夫还没有获得与他媲美的权利),自从普希金逝世以后,还没有发表过任何作品:读者懂得我们讲的是什么人……

至于莱蒙托夫的才能在这样短短的时间里就给自己招来了残酷无情、不共戴天的敌人③,这一点是很容易明白的。不用说,这些敌人构成着那样的一部分公众,那是应该被称为"俗众"的;这些先生的憎恨是很可以明白的:在他们看来,莱蒙托夫的诗歌是过分柔弱、娇嫩的果实,因此,不能够适合他们粗俗的口味,而只有蜜

---

① 克拉索夫(1810—1855),俄国诗人,别林斯基和斯坦凯维奇的朋友。
② 系指果戈理。
③ 首先指的是布拉巧克(1800—1876),他在《灯塔》上撰文攻击《当代英雄》,称之为"美学和心理学的蠢话"。

一般过分甜、腌黄瓜一般过分酸、鳀鱼肉一般过分咸的东西,才会使他们觉得够味。这些先生,对于那些颂扬莱蒙托夫才能的人甚至感到不可遏止的憎恶,还要把他们骂作主人的奴仆,而主人是宁要牡蛎,却不喜欢吹撒胡椒的臭杂拌汤的。在所有的人类情欲中,最强烈的是自尊心,自尊心一旦受到损伤,就永远不肯宽恕。可是,除了承认自己无法理解他那头脑所不能理解的东西这一点之外,还有什么事情更能损伤一个偏狭的人的自尊心呢?除了承认自己愚昧和偏狭之外,还有什么事情更令人难受和苦恼呢?……在这里,我们可以顺便指出一下:正是由于这同一个原因,所以《祖国纪事》甚至在一边辱骂它、一边毕竟还是要从头到底阅读它的每一期的那些人中间,也找到这样为数众多、这样残酷无情的敌人。《祖国纪事》的批评以及批评中出现的不可理解的字眼特别引起这些先生的不满……的确是如此,我们可不是开玩笑。虽然许多这类字眼,无论在《姆涅莫辛娜》上,在《莫斯科导报》上,在《电讯》上,甚至在《欧罗巴导报》上(大家知道,这些杂志是在莫斯科出版的),都并不是新奇突兀的,可是,在这里,在彼得堡,却不但使普通的读者,并且甚至使著名的文学家,美学理论家,特别是雄辩术作者们①惊慌万分,不知所措……我们再来谈莱蒙托夫。除了我们刚才谈到的那种读者之外,他的才能在文学家中间找到更多的敌人,这更是非常容易明白的:一个人②已经老朽了,他不很懂得一八三四年以前写的诗,更完全不懂得这一年以后写的诗;另外一个人③生来根本没有美学感觉器官,不懂得诗歌为何物,认为它只适用于"推销空虚而又妄诞的思想";还有一些人④

---

① 首先是指自命为文法专家的格列奇,他一再撰文攻击《祖国纪事》上批评文章的用语滞重,呆笨,不可理解。
② 系指波列伏依。他所主编的《电讯》于一八三四年停刊。
③ 系指森科夫斯基。
④ 系指布尔加林之流。

更加关心的是生财有道,而不是关心文艺事业;所有这些人合在一起,都因为在他们商号出版的书页上找不到莱蒙托夫的诗作而感觉受到了凌辱……至于那些为杂志写短诗,甚至也写大作品和非常大的作品的先生(其中有些人,据一份著名报纸报道,跟外国文坛巨擘们进行搏战,结果战胜了他们①),我们用不着多说什么:他们读了莱蒙托夫的诗之后感到不舒服,这是很有理由的。代替开药方,我们奉劝他们常常读一读下面几句诗:

> 请看这个*布屠索夫*:
> 他用牙齿咬嚼卡拉姆辛的半身像;
> 直咬得唾沫喷溅,
> 胸口被鲜血染红,
> 但他还是不能把大理石吞下——
> 蜉蝣撼大树,可笑不自量!
> 他无论用牙齿,还是用笔,
> 都不能损伤卡拉姆辛分毫。②

可是,莱蒙托夫的才能不仅仅限于拥有朋友和敌人而已:情况还要向前发展——现在已经出现了假朋友③,他们利用莱蒙托夫的名字来投机,以便用虚伪的公正(类乎收买得来的公正)在群众的心目中挽救自己的不好的名誉。例如,不久以前,有一份杂志(然而,这份杂志更关心的是小型制造业的成就,而不是文学;更懂得的是雪茄烟的质量,洗涤机的优点,而不是艺术作品),宣称《当代英雄》是一部天才卓著的、伟大的作品,同时又责备某些主

---

① 此处系指布尔加林,他在《北方蜜蜂》上撰文大捧波列伏依的剧本《乌果林诺》,把它跟莎士比亚和席勒的剧本相提并论。
② 引自伏耶伊科夫的讽刺作品《疯人院》。
③ 此处系指布尔加林之流,他曾经于一八四〇年在某一期《北方蜜蜂》上发表一篇小品文,赞扬《当代英雄》。

观兼客观的杂志有偏袒徇私之嫌,对莱蒙托夫的这部实在是卓越至极的作品作了漫无节度的夸赞。滑稽的事情还在后头:当议论莱蒙托夫长篇小说的细节的时候,该报还要从《祖国纪事》的批评中选取一些见解,当然是按照自己的主张把它们歪曲了,并且把有关这篇被剽窃的批评的笨拙的俏皮话填塞到自己的文章里去……噢,这样的公正真是可以休矣!……

顺便讲到公正:我们不止一次读到责备我们的文章,说我们仿佛是过分偏袒在《祖国纪事》上发表作品的人们。例如,有一次,一份杂志上发表议论,说《祖国纪事》把在诗下面署上—θ—笔名的人称为伟大的诗人。这真是奇怪的责难!如果在自己主编的杂志上发表某几首诗,不是为了出清稿件存货,而是为了认识到,这些诗是值得公众加以注意的:公开地承认它们大部分包含有真诚和并非做作的热情,有时还有丰满的感情,在有几首里面,除了这些因素之外,在一定的程度上还有诗句的和谐与美;此外,还指出它们比这一个或者那一个令人怀疑的才士的偶然得名的诗好得多,虽然跟它们比较起来,享有着较少的名望,——仿佛这样做,就等于是把它们的作者称为"伟大的诗人"似的?……至于讲到其余的人,譬如说,讲到柯尔卓夫和克拉索夫,那么,他们的才能,特别是前者的才能,早已被公众所公认了,如果《祖国纪事》颂扬他们的作品,那么,这也完全不是因为他们的诗发表在这份杂志上,而是因为这些诗可以被它高声赞美。正好像常常听见人家说:"您赞美他,因为他是您的朋友!"——真是一些奇怪的人!情况恰恰相反,他是我的朋友,因为我有可以赞美他的地方!——您要倒因为果,那就只能随您的便!……同样,《祖国纪事》对莱蒙托夫表示惊佩,是因为他的才能使每一个拥有审美鉴赏力的人都不由自主地感到惊讶,如果莱蒙托夫在另外一个期刊上,夹杂在关于从巴黎重新莅临的裁缝师傅们的消息和报道中间,发表他的文章,那时候,《祖国纪事》也仍旧会同样地赞美莱蒙托夫的。为什么不这样做呢？难道《祖国纪事》会等待别的杂志去议论莱蒙托夫吗？啊，决不！《祖国纪事》不习惯于采取这种过分谦虚的态度；相反，它倒是经常在一些别的杂志上找到对于自己的意见和字眼的重复，而这些意见和字眼却正是这些杂志曾经如此残酷无情地攻击过的……它不要等待公众的评判吗？——恰恰相反，《祖国纪事》之所以出版，正是为了要让公众在它里面找到用以作出自己的评判的准则；如果有许多读者，事前没有经过核对、协议、鉴定，就跟《祖国纪事》的鉴赏口味不谋而合，那么，这对于双方面说来都是更好的，特别对于真理是有利的。总之，为了《祖国纪事》发表尖锐的和——主要的是——新颖而又独创的意见，而责怪它有偏袒徇私之嫌，这是下面的原因所造成的：意见是为社会写的，但社会是由公众和俗众所组成的。公众是一定数量（一般说来，数量是非常有限的）的教养有素的、能够独立思考的人的集合；俗众是按照传统生活着、根据权威进行论断的一些人的集合，换言之，这些人

> 不敢有
> 自己的意见。①

这些人在德国是被称为"斐里斯特尔"②的，暂时在俄文中不能为他们找到尊敬的称号，我们就权且用这个名字来称呼他们。在公众看来，因为作品而伟大，而不是因为文学界老资格而伟大的人，就可以称得起是一位伟大的作家；公众有时把刚刚开始写作不过三天、在这一刻之前谁都没有听见过他的名字的一个年轻人宣布为伟大的才士，可是，有时又怀着执拗的蔑视，对于三十年来到处发表文章、写过堆积如山的荒唐书籍、几乎早就被俗众认为天才的

---

① 引自《智慧生痛苦》第三幕第三场。
② 德文 Philister 之音译，意为：庸夫俗子。

一个人,根本不屑一顾。可是,俗众——啊,这就完全是另外一回事了!俗众,除了白纸和黑字,除了标题、人名和韵脚之外,在书本上什么也看不见。出现了一部新的长篇小说之后,他们不去读它,却先要等一等看他们的先知——某一杂志或者某一报纸会对它说些什么。俗众,按其天性来说,是迟钝不灵的,再没有比要他们改换裁缝,改换点心铺,用新的权威和新的名流来代替旧的权威和旧的名流,更麻烦的事了。新的文学界著名人物,新的名流,在俗众看来,等于是天大的灾祸,因为这个著名人物,这个名流,把他们贫乏意见的贫乏的贮藏库整个儿翻了个转。俗众甚至愿意承认他们按照庸夫俗子的本能不喜欢加以阅读的普希金拥有杰出的才能,但他们承认这一点,不是为了他们狭隘的头脑所不能理解的天才内容,而是因为他们至少在二十二年的期间内,已经自愿地或者不自愿地听惯了普希金的声音。当有人忽然对这些俗众说,譬如,果戈理是一位伟大的作家,他的《钦差大臣》是一部天才作品,莱蒙托夫是一位异乎寻常的、将来会写出天才卓著的伟大作品来的才士,你怎么能够要求他们不颦眉蹙额,气愤地挥动他们那丑角的纸糊尖顶帽呢?这些先生把昏昏沉沉的瞌睡视作生活,习惯于睡眼蒙眬地把维包依金、特略皮奇金和普罗依多兴①当作最最伟大的小说家、戏剧家、文人和批评家,仅仅因为他们利用文学做买卖已经有许久了,并且自己也一向自命为天才,——你对这些先生有什么办法?如果有人对他们说,维包依金、特略皮奇金和普罗依多兴等先生不过是一些文理欠通的劣等文人,他们自己大吹大擂地喊道,他们的本领了不起,普希金在他们看来不值一文钱,华尔特·司各特和他们平起平坐,称兄道弟,他们比一切人都更聪明,更有才华,更为意图善良,一切俄国文学家加在一起,头脑里的智慧还

---

① 维包依金和普罗依多兴是布尔加林的小说中的人物,特略皮奇金是果戈理所著《钦差大臣》中的一个人物。

不及他们的一只小手指头①……他们听了这一番话,难道心里会觉得好受吗?为了把俗众分析得更加完备起见,我们必须指出:庸夫俗子和闭关自守、刚愎自用的人不是同一回事,但却互相类似,互相接近;然而,关于这两者之间的类似性和雷同性,我们在别的时候还要谈到。"庸夫俗子"到处都有,并且数量总是比公众的组成人员为多。可是,在别的国家里,这些人比较可以忍受些,因为他们不由自主地屈服于公众的影响,其危害不像这样显著。因此,在那些国家里,有着独立的见解;权威的兴废不是偶然的,而是合理的;一切才能卓著的人物立刻会被某种本能所赏识,而一切不合法的、陈腐的权威就会自然而然地像一缕青烟似的消逝不见。

《祖国纪事》经常加以考虑的总是公众,而不是俗众。它相信真理总会占上风,因此,在进行评断的时候,将既不遵循发了霉的文坛名人录,也不遵循半文盲式的俗众的流言,而是遵循以被评断对象作为基础的自己的感觉和理解。因此,当此之际,《祖国纪事》要比以前更为高声地把自己深刻的信念昭告于众:莱蒙托夫的初次试作预言了将来还会写出某种宏伟壮丽的东西。譬如说,我们且不要作为完整的作品,谈到他的长诗《童僧》(第一二一至一五九页),我们只从它里面摘引两处地方,让读者在还没有读完我们的评论之前,就能够判定莱蒙托夫诗句的金刚钻般的坚实及其光辉,他的诗意描绘的惊人的准确和无穷无竭的华美:

> 你想知道,我在自由时
> 干了些什么?我生活过了——而我的生活,
> 如果没有这幸福的三天,

---

① 此处系指布尔加林和格列奇的一段公案。格列奇在《祖国之子》上发表文章说:布尔加林用不着别人写文章为他辩护,因为"他的一只小手指头比所有的文学家的脑袋有更多的智慧"云云。普希金曾写过一篇短文《略论布尔加林君的小手指头及其他》,予以驳斥。

就会比你衰颓的暮年，
更加悲伤和凄惨。
许久，许久以前，我就想
看一看辽远的原野，
想知道大地是不是美丽①——
于是，在深夜，可怕的时刻，
当雷雨吓坏了你们，
你们挤在圣坛前，
磕头膜拜的时候，
我跑掉了。啊，我真愿意
像兄弟一般跟暴风雨拥抱在一起！
我两眼望着乌云，
伸手去捕捉闪电……
告诉我，在这萧条四壁内，
你们能给我什么东西，代替
狂热的心和雷雨这两者之间的
短暂但却温存的友谊？……
　　………………

像烧烤它一样，无情烈日的火焰
也烧烤了我。
我徒然地把疲累的脑袋
藏到草丛里去：
枯焦的草的叶子
像荆棘的冠冕一样

---

① 当时沙皇书报检查机关把这一句以下的两句诗删节了。原诗应该有下面的两句：
　　想知道我们生到这世上来，
　　是为了自由还是牢狱。

缠绕着我的前额,而大地,
向我脸上吹来火一般热的气息。
火花般的光点闪耀着,在高空
迅速地盘旋;从白色岩壁上
冒出了热气。仿佛在沉寂的冬眠期,
大千世界沉入了绝望的迷梦。
哪怕是秧鸡的啼声,
蜻蜓的活泼的颤鸣,
或者小溪的孩童般的喃喃细语,
都可以听得见!……只有一条蛇,
沙沙地在干枯的莠草中蠕动,
黄色的背脊闪闪发亮,
像从上到下
刻满黄金题字的刀刃,
把松散的沙土划开一道沟,
小心翼翼地向前滑动;然后,
玩耍着,在沙土上逍遥自在,
盘成三个小圆环;
忽然像被灼痛了似的,
折腾着,往旁边一蹿,
钻到远处灌木丛中去了……
天空里的一切
都显得明亮而又安静……

　　这样的诗句有如纯钢的宝剑一般;如果有人拿起这把宝剑,像手杖一样转动它,那他就是一位勇士。可是,下面是天鹅的告别之歌,这天鹅离开它惯居的河边,飞到另外一处辽远的、陌生的,但也许是更为广阔自由的河边去:

天上的乌云，永恒的流浪者！
你们，如同我一般的亡命徒，
像一片浅蓝色草原，像一条珠链，
从可爱的北国匆匆地奔向南方。

谁在追逐你们：命运的判决？
秘密的嫉妒？公开的仇恨？
还是罪行沉重地压在你们心头？
还是朋友们发出恶毒的诽谤？

不，荒瘠不毛的田地使你们厌烦……
你们没有情欲，也没有苦难；
永远冷淡，永远自由，
你们不知道祖国，你们不知道流放！……①

是的！除了普希金之外，我们这里还没有任何一个人用这样的诗句来开始他的诗歌写作活动，把那有关在孩提时、在摇篮里就把两条毒蛇扼死的赫拉克勒斯的神话传说，这样妙到秋毫地加以拟人化……

然而，暂时到此搁笔：《祖国纪事》希望不久在"批评栏"里发表一篇专文②来谈莱蒙托夫的诗作；请读者把这里所说的一切当作简单的书刊报道看待，当然，篇幅稍微长了一些，——可是，像这样的文学现象，总是会使人情不自禁地饶舌起来的……

---

① 莱蒙托夫的诗《乌云》。
② 指《莱蒙托夫诗集》一文。

诗歌的分类和分科①②

诗歌是最高的艺术体裁。一切其他艺术,在其创作活动中,或多或少总要被它赖以显现的素材所束缚,所局限。建筑物之所以

---

① 本文于一八四一年发表在《祖国纪事》上,署名维·别林斯基。
② 尽管我们的文学很年轻,俄国社会的文学教养很幼稚,可是早在二十年前,在我们这里就已经产生了一种日益壮大的强烈的批评运动。在杂志上(以前甚至还在丛刊上),不断地发表过,并且还在发表着或多或少值得注意的具有批评的体裁、精神及倾向的文章。在我们的文学界,可以列举出几个人的名字,他们以批评家的身份享有盛名。在公众方面说来,他们在杂志上阅读批评和评论,几乎像阅读中篇小说以及其他美文学作品一样地感到津津有味。总之,批评构成了我们杂志和文学的生命。这是一个令人欣慰的事实:它显示了社会对于美学教养的一种迫切需要,对于理性地认识美学法则,理性地认识祖国文学作品的价值以及每一位文学家的优美程度的迫切要求。可是,这一切暂时还不等于说:需要已经得到满足,而仅仅是标志着需要的存在,这种需要还导向另外一种更重要的需要——就是有系统地认识美学法则,以及以此为基础而有系统地认识祖国文学史的需要。然而,尽管这方面有了一些尝试,我们这里竟还没有任何一本书,能够稍微满足一下这种需要。我们这里以前出版过的这些作品之所以不能满足需要,其主要原因是在于思维力的不足,系统的欠缺,见解和看法的任意专断和陈腐落后。

　　一位青年文学家,别林斯基君,愿意尽力弥补俄国文学界的这个重要缺陷,决定把一个早已使他感兴趣的计划付诸实现——那就是:写作一部俄国文学的批评史。他热爱祖国文学,并且很早以来就一直细心观察它的发展过程,在这方面积累了充分的知识,因此,他显然可以指望写出一部未必会完全失败的著作来,虽然这将是俄文方面这一类著作的最初的创举。除了上述的一些原因之外,还有一个原因促使他着手写作这部著作:他愿意在一部专书中,用系统的叙述,向读者说明他零散发表在各种杂志上的文章中的关于美文学和俄国文学的意见,至少是独创的、同以前流行于我们文学(接下页)

294

使我们叹赏折服,是因为它的各部分匀称一致,构成一个优美的整体,或者因为它具有巍峨壮丽的外形,它的尖顶消失在天空里,使我们的精神兴奋昂扬而引向天上。可是,它的感人的手段也就局限于此。这还只是从程式化的象征主义向绝对艺术的过渡;这还不是名副其实的艺术,而只是对于艺术的追求,走向艺术的第一步而已:这还不是体现在艺术形式中的思想,而是仅仅暗示思想的艺术形式。雕塑的范围比建筑广阔些,它所利用的手段也更丰富些:它已经表现人体的形式的美,人的脸上的思想的浓淡色度;可是,它仅仅抓住脸上的思想的一个瞬间,肉体的一个姿势(attitude)。并且,雕塑的创作活动范围并不扩展到整个人,而是仅仅局限于人

(接上页)界的一切意见完全不同的意见。他的这部书将冠以《俄国文学的理论和批评教程》的总标题,包含由于基本思想的统一性以及系统的叙述而紧密地联系在一起的以下几个部分:*绪论*;*美学(一般艺术概念,特别是诗歌理论的发展)*;*俄国作诗法理论*;*一般文学理论(演说术理论和对于所谓美文学的,或者说是文学本身的——而不是艺术的——以及阐明教义的作品的看法,这些作品既不属于严格的艺术范围,也不属于学术著作范围)*;*对于一般民间诗歌的看法*;*对于俄国民间诗歌口头流传文学(《伊戈尔远征记》以及具有叙事和抒情内容的俄国歌谣)的批评性考察*;*对于自有文字以来到彼得大帝为止的俄国古代文献的历史概评*;*从康捷米尔和罗蒙诺索夫起到卡拉姆辛为止、从卡拉姆辛起到普希金为止,以及从普希金起到一八四一年为止的俄国文人文学的历史*;*俄国文学一瞥,展望将来*,*结论*。除了对于艺术性作品,甚至不管怎样总有些值得注意之处的美文学的作品进行详细的批评考察之外,在《俄国文学的理论和批评教程》一书中,还将充分注意到对于文学具有或多或少、或好或坏的影响、享有应得或不应得的声誉的一切定期刊物的历史——从杂志评论的开端起到卡拉姆辛创办的《莫斯科杂志》和《欧罗巴导报》为止,再从这些刊物起到我们今天为止。

本文是《美学》中的一个片段;在某些方面说来,它可以作为全书的范例。我们也将从文学史中选择一两个片段,陆续刊登在《祖国纪事》上。

该书将于明年,一八四二年年初出版(译者按:该书终于没有写成),约有三十多张印刷纸,分双栏,用中、小号字体印成八开的缩印版。一个彼得堡的书商自告奋勇,表示愿意承印该书。——《祖国纪事》编者注。(译者按:这个注解虽然附有"编者注"字样,但很可能是别林斯基自己写的。)

的肉体的外部形式，仅仅描写男人的勇敢、雄伟和力量，女人的美艳和娇媚。绘画可以表现整个人，甚至还可以表现他的内心世界；可是，即使是绘画，也只能局限于抓住现象的一个瞬间。音乐主要是内心世界的表达者；可是，它所表现的概念离不开音响，而音响诉于内心者多，却一点也不能清楚而且明确地诉于头脑。诗歌用流畅的人类语言来表达，这语言既是音响，又是图画，又是明确的、清楚地说出的概念。因此，诗歌包含着其他艺术的一切因素，仿佛把其他艺术分别拥有的各种手段都毕备于一身了。诗歌是艺术的整体，是艺术的全部机构，它网罗艺术的一切方面，把艺术的一切差别清楚而且明确地包含在自身之内。

一、诗歌通过外部事物来表现概念的意义，把内心世界组织在完全明确的、柔韧优美的形象中。一切内在事物在这里都深深地渗入外部事物，这两个方面——内在事物和外部事物——互相分开了就都无法看见，只有直接结合在一起时，才能够成为明确的、锁闭在自身内的现实性——事件。在这里，诗人是看不见的；柔韧优美而又明确的世界是自然而然地在发展着，诗人只是那个自然而然地完成着的事物的一个普通的讲述者罢了。这是叙事诗歌。

二、在一切外部现象发生之前，必先有动机、愿望、企图，总而言之——思想；一切外部现象都是内在的、隐秘的力量的活动的结果：诗歌渗透到事件的这第二个方面，内在的方面去，渗透到外部现实性、事件和行动赖以发展的这些力量的内部去；在这里，诗歌变成了一种新的、截然相反的体裁。这是主观性的领域，这是内在的世界，停留在自身内而不表露于外的肇端的内在世界。在这里，诗歌始终是一种内在的因素，一种能感觉、能思维的沉思；在这里，精神从外部的现实性渗入自身里面，赋予诗歌其内在生活的千差万别的细微变化和浓淡色度，这种内在生活把一切外部事物都化成了自己。在这里，诗人的个性占着首要地位，我们只能通过诗人的个性来接受一切，理解一切。这是抒情诗歌。

三、最后,这两种不同的体裁结合成为一个不可分割的整体:内在事物不再停留在自身内,而形之于外,表现为行动;内在的、理想的(主观的)东西变成了外部的、现实的(客观的)东西。正像在叙事诗歌中一样,在这里,也发展着从各种主观和客观力量引发出来的明确的、现实的行动;但这种行动已经不具有纯粹外部的性质了。在这里,行动,事件,在我们看来,不是突如其来的,现成的,从我们所不能见的产生万物的力量中引发出来,在自身内自由地成长,并在自身里面得到满足的,不,在这里,我们看到这种行动从个人意志和性格中肇端并产生出来的过程。从另一方面说来,这些性格并不停留在自身内,而是不断地显露出来,在实际利益中发掘自己精神的内在方面的内容。这是最高的诗歌体裁和艺术的皇冠——戏剧诗歌。

现在,我们对这三种诗歌体裁中的每一种作了概括的、简短的叙述之后,再来把它们互相比较,更进一步阐述它们的十分深远的意义。

叙事诗歌和抒情诗歌是现实世界的两个完全背道而驰的抽象极端;戏剧诗歌则是这两个极端在生动而又独立的第三者中的汇合(结晶)。

叙事诗歌,无论对其自身来说,对诗人及其读者来说,主要都是一种客观的、外部的诗歌。叙事诗歌表现着对于世界和生活的直观,这世界和生活是独自存在的,无论对于自己,对于观察它们的诗人或者对于读者说来,都是完全冷淡无情的。

反之,抒情诗歌主要是主观的、内在的诗歌,是诗人本人的表现。让·保尔·李希特说过:"在抒情诗歌中,画家变成了图画,创作者变成了他自己的作品。"我们可以把叙事诗歌比作造型艺术——建筑、雕刻和绘画;我们只可以把抒情诗歌比作音乐。甚至有这样的一些抒情作品,其中诗歌和音乐的分界线几乎消失了。例如,许多俄国民谣保留在人们的记忆中,不是靠了内容(因为它们里面几乎毫无内容),不是靠了构成它们的那些单字的意义(因为这些单字的组合几乎没有任何意思,虽然具有文法上的意义,却没有任何逻辑上的意义),而是靠了单字组合所形成的音响的音乐性,诗句的节奏,歌唱时的旋律,或者像老百姓所说,靠了"腔调"。另外一些抒情作品本身并不含有特殊的意义,虽然不乏普通的意义;它们仅仅靠了诗句的音乐性,无意中表现了十分重大的意义,例如发疯的莪菲莉霞的歌中的这两句:

> 他躺在棺材里,脸上没有一点遮盖,
> 一张未遮盖的露出的脸。①

"未遮盖"就是"露出",而"露出"也就是"未遮盖";可是,同一类词的重复,加上一点无关紧要的文法变化,却给予人多么深刻的印象啊!你会感觉到,这些诗句不应该读,却是应该唱的!下面是由柯慈洛夫翻译或者改写的苔丝德梦娜的一首歌:

> 可怜的她坐在浓荫下沉思,
> 唉声叹气,愁肠百结:
> "你给我歌唱杨柳,青青的杨柳!"
> 她手抚胸膛,
> 头安详地垂向膝头。
> 寒波喧嚣而奔腾,
> 流水吐出她悲惨的呻吟。
> "杨柳呀杨柳,青青的杨柳!"
> 热泪像泉涌,
> 顽石也被眼泪所软化。
> "杨柳呀杨柳,青青的杨柳!"
> 青青的杨柳将给我做花冠。

---

① 此处引文系根据符隆青科的俄译本。莎剧原文没有这两句诗。

>   "杨柳呀杨柳,青青的杨柳!"①

请问:在这里,杨柳跟诗的描写对象——苔丝德梦娜的痛苦有什么关系呢?难道这是因为:苔丝德梦娜唱着歌的时候,设想自己坐在杨柳树下,悒郁寡欢,仿佛要对杨柳倾吐她的万斛愁思,她那不可避免的命运的全部哀怨,要从杨柳得到安慰?……不管怎么样,"杨柳呀杨柳,青青的杨柳"这句诗虽然并不表达任何明确的意义,却包含着深刻的思想,这思想离开了无力表达它的言语,已经转化为一种感觉,一种带有音乐性的音响……因此,这句诗深深印入人心,用无限忧愁的痛苦而又甜蜜的感觉来激动人……普希金的一首著名的抒情诗,完全是另外一种境界,但也可以归入这些音乐性的诗歌之列:

>   夜的微风,
>   　使气流飘荡。
>   　　喧闹着,
>   　　　奔腾着,
>   　　　　瓜达克维维尔河。
>   金黄色的月亮升起来了……
>   轻点声……你听……吉他的声音……
>   一个年轻的西班牙女郎
>   凭靠在露台上。
>   　夜的微风,
>   　　使气流飘荡。
>   　　　喧闹着,
>   　　　　奔腾着,
>   　　　　　瓜达克维维尔河。

---

① 引文与莎剧原文不尽相同。原词见《奥瑟罗》第四幕第三场。

把披肩除掉吧，我的亲爱的，
　　像晴朗白昼一样露出你的脸来吧！
　　从铁栏杆里
　　伸出你美丽的纤足来吧！
　　　夜的微风，
　　　使气流飘荡。
　　　　喧闹着，
　　　　奔腾着，
　　　　瓜达克维维尔河。①

　　这是什么东西？——这是令人心醉神迷的图画？光怪陆离的幻象？还是从高空传出而盘旋在迷人西班牙女郎的充满柔情和欲望的头上的富有音乐性的和音？……这是响彻在华美的、令人陶醉的南方之夜的神秘而且透明的黑暗中的情歌的声音？美丽西班牙女郎漫不经心地凭靠在露台上，一边贪婪地呼吸着迷人的夜的芳香的空气，一边懒洋洋地倾听着那充满苦闷和热情的情歌的声音？……在这些奇妙诗句的谐婉的音乐中，不是可以听到微风吹动气流，奔腾的瓜达克维维尔河的银波在哗哗地发响吗？……这是什么东西？——是诗歌？是绘画？还是音乐？或者还是这三者混合为一，图画用音响说话，音响构成图画，而言语则闪耀着色彩，勾勒出形象，响彻着和声，表达出合理的议论？……中间重复一次、最后又用来结束整首诗的第一节联句，是什么东西？这不就是华彩经过句（Roulade）——比一切言词都更有力的无言之声吗？……

　　叙事诗歌用形象和图画来表现存在于大自然中的形象和图画；抒情诗歌用形象和图画来表现构成人类天性的内在本质的虚无缥缈的、无定形的感情。让·保尔·李希特说："叙事诗描写从

---

　　① 普希金在皇村高等法政学校时代写的一首诗《夜的微风》。

过去里面发展出来的事件;抒情诗描写包含在现时里面的感情。"甚至当抒情诗人表现显然完全超出他的个性之外的、从他所感觉陌生的世界里借来的感情的时候,他也是主观的:因为他所表现的一切感情,在创作的一刹那间,变成了他自己的感情,通过他的个性而被翻译出来。让·保尔·李希特说:"历史的东西,在叙事诗中被叙述;在戏剧中被预见或者被创造;在抒情诗中则是被感觉或者被体验。"根据这位著名的德国诗人思想家的意见,抒情诗产生于一切诗歌形式之前,因为"它是一切诗歌之母,是引发一切诗歌的星星之火,正像普罗米修斯窃来的无形的火种使一切形象活跃起来一样。"①从历史的意义来说,我们不能赞同让·保尔·李希特认为抒情诗产生于其他诗歌体裁之前的这种说法。希腊艺术,对于我们应该是典范、模型和最高的权威,因为世界上没有任何一个民族,其艺术曾经发展得像希腊人那样独特而且正常,而希腊人的丰富而又充实的生活正是主要表现在艺术里面的。因此,希腊艺术的历史发展的事实对我们说来应该具有全部名副其实的权威力量。在他们那里,叙事诗产生于抒情诗之前,而抒情诗又产生于戏剧之前。这种艺术的发展过程也可以从思辨本身得到证实:对于幼年民族说来,把大自然和生活看作独自存在的对象的这样一种客观见解,以及作为过去传说来看的这样一种思想,必然是产生于内心观察以及作为独立意识来看的思想之前。然而,由此决不能得出结论说:一切民族的艺术发展必须按照同样的次序来完成。不应该忘记:希腊人的整个丰满的生活主要是表现在艺术中,因而,他们的民族历史主要也便是艺术发展的历史;而其他民族的艺术,却是生活的附带因素、次要兴趣,是从属于社会生活的其他方面的。例如犹太人的宗教诗歌主要只是抒情的,就是说,或者是纯粹抒情的,或者是叙事兼抒情的,或者是抒情兼阐明教义的。阿拉

---

① 引自李希特的《美学入门》。

伯还不是民族,而是部族,并且是散处于沙漠的、远离社会的游牧部族,他们只有抒情的,或者抒情兼叙事的诗歌,可是,戏剧的诗歌是从来不曾有过,也不可能有的。罗马人是征服他人的、发号施令的、对纯粹政治方面和民政方面的事情深感兴趣的民族,他们的诗歌是对于希腊的艺术典范作品的黯淡失色的模仿。欧洲的各个新民族,由于其生活内容无限丰富,社会活动包含着无穷尽的多种多样的因素,并已获得高度的发展,所以一切诗歌体裁都存在着;可是,它们在每一个民族里面都是按照特殊的次序,或者宁可说是完全混杂在一起而出现的。例如在英国,以莎士比亚为代表,首先发展了戏剧;过了两个世纪之后,以拜伦、汤玛斯·穆尔、华兹华斯及其他等人为代表,抒情诗歌获得了高度的发展,以华尔特·司各特为代表,在起源和语言方面和英国素有渊源关系的北美合众国则是以库柏为代表,和抒情诗歌一起,叙事诗歌也获得了高度的发展。

至于让·保尔·李希特认为抒情诗歌是一切诗歌的基本力量的这个意见,却是完全正确的,十足有根据的。抒情诗是一切诗歌的生命和灵魂;抒情诗主要是诗歌,是诗歌之诗歌——让·保尔·李希特把它叫作一切诗歌的共同因素,巧妙而又正确地把它比作整个诗歌领域中的血液循环。因此,抒情诗作为个别的诗歌体裁,独自存在着。同时又作为一种力量,渗入到其他诗歌体裁中去,使它们活跃起来,像普罗米修斯的火种使宙斯的一切创造物活跃一样。这说明了为什么莎士比亚的戏剧——这主要是具有高度创造力量的戏剧作品——是这样富于抒情性,而这抒情性是通过戏剧性流露出来的,并且赋予戏剧性以变幻莫测的生命之光,像赋予美丽少女的脸以鲜艳的红晕,赋予她的迷人的眼睛以金刚钻般的亮度和光彩一样。如果没有抒情性,长篇史诗和戏剧就将是过分平淡乏味的,对待自己的内容将是冷淡无情的;同样,如果抒情性成为叙事诗和戏剧的压倒因素,那么,叙事诗和戏剧也将变得缓慢,停滞,缺乏行动。

　　叙事诗的内容是事件;抒情作品的内容则是震撼诗人灵魂犹如微风吹动风神琴一般的瞬息即逝的感受。因此,不管抒情作品所包含的概念如何,它总不应该过分冗长,却大部分必须是非常短小的。叙事诗歌的规模要看事件本身的规模来决定,如果事件虽然冗长,却叙述得有趣而且熨帖,那么,我们的注意力不会因此而感到疲倦;注意力甚至还能中断,转向别的事物,然后再回到它上面去:我们可以把《伊利亚特》以及华尔特·司各特或者库柏的任何一部长篇小说读上好几天,把它扔开一边,然后再拿起来阅读,在这中间,却致力于完全别样的事情。总之,在规模方面说来,叙事诗比其他诗歌体裁给予诗人的自由要大得多。像我们在下面要谈到的,戏剧的规模和篇幅具有或多或少明确的界限;可是,抒情作品在这方面总是非常紧凑的。如果戏剧的篇幅太长,我们的注意力和感受印象的活动还能够被戏剧中所展开的情节的不断变化长时期地保持下去;可是,抒情作品仅仅表现感情,仅仅对我们的感情发生作用,既不激发我们的好奇,也不用客观事实来保持我们的注意,而这些客观事实,不但在诗歌中,甚至即使在现实中,也是使我们非常感兴趣,对我们的感情发生作用的。抒情作品虽然内容十分丰富,但却仿佛没有任何内容似的——正像音乐作品用甜美的感觉震撼我们的整个身心,但它的内容是讲不出的,因为这内容是根本无法翻译成人类语言的。这说明了为什么常常不但可以把一部读过的长诗或者戏剧的内容讲给别人听,甚至还可以多多少少用自己的复述来对别人发生作用,然而,却绝对无法掌握一首抒情作品的内容。是的,它是无法复述、无法说明的,却只能让读者自己去感觉,并且只有像出于诗人笔下那样读它,才能够感觉它:如果把它用言语复述出来,或者改写成散文,它就变成了无定形的、死的幼虫,色彩绚烂的蝴蝶倒是刚刚从里面飞走了。这说明了为什么假抒情的和充满虚伪"思想"的作品,由诗体改写成散文的时候，几乎一点东西也不失掉，而一些发自创作精神深处的伟大作品，如果改写成散文或者翻译得稍稍走一点样，就常常会失掉一切意义。这是非常自然的：你如果不把你所听到的音乐的曲调唱一遍或者在乐器上演奏一遍，你怎么能够让别人体会到它呢？你如果说，某一篇音乐作品很成功地表现了爱情和妒忌的概念，那你对这篇音乐作品等于是什么也没有说；你如果把它唱一遍或者演奏一遍，那么，它自己就为自己说明了一切。

当然，抒情作品和音乐作品并不是同一个东西，但它们的基本实质是共通的。在抒情作品中，正像在一切诗歌作品中一样，思想是用言语来表达的；可是，这思想隐藏在感觉后面，唤起我们的冥想，而冥想是很难翻译成清楚、明确的自觉语言的。这件事显得尤其困难，因为纯粹抒情的作品看来像是图画，但主要的问题却不在于图画本身，而是在于图画在我们身上所引发出来的感情——正像在歌剧中，登场人物的戏剧情势之所以重要，并不由于戏剧情势本身，而是由于戏剧情势从登场人物的灵魂深处所激发、所碰击出来的音乐。例如普希金的抒情作品《乌云》便是这样的：

  消散的风暴的最后一朵乌云啊！
  只有你飘荡在蔚蓝的晴空，
  只有你投射出惨淡的阴影，
  只有你使欢腾的白昼变得凄冷。

  你不久前把天空团团环抱，
  闪电严厉地把你盘绕；
  你发出神秘的雷声，
  让贪婪的大地把雨水吸饱。

  够啦，躲开吧！时间已经过去，
  大地苏生，风暴消散，

微风抚弄树叶,

从安静的天空把你赶走。

世间有多少人读了这首诗,因为在里面找不到道德箴言和哲学教条,就说:"这算是什么东西呢?——这是一首无聊透顶的诗!"可是,也有一些人,大自然的风暴在他们的心灵中得到响应,神秘的雷声能够用明白易懂的言语对他们说话,使欢腾的白昼变得凄冷的消散的风暴的最后一朵乌云使他们感到沉痛,像在欢乐时想到一个忧愁的念头一样——他们会把这首短诗看成是一篇伟大的艺术作品。

虽然戏剧是叙事的客观性和抒情的主观性这两种相反的因素的调和,可是它既不是叙事诗,也不是抒情诗,而是从这二者引发出来的完全崭新的、独立的第三者。因此,希腊人的戏剧仿佛是叙事诗和抒情诗的结果似的,因为我们知道,它出现在叙事诗和抒情诗之后,并且是希腊诗歌的最后一朵华美的花。尽管在戏剧中,也像在叙事诗中一样,有着事件,但戏剧和叙事诗在本质上是南辕北辙的。在叙事诗中,占优势的是事件,在戏剧中,占优势的是人。叙事诗的主人公是变故;戏剧的主人公是人的个性。叙事诗中的生活是某种独自存在的东西,就是说,像它实际那样的、不以人为转移的、自己不知道其所以然的、对人和对自己都保持冷静的东西。叙事诗是永远不变其巍峨壮观的、永远冷静地散发出美艳光辉的那大自然本身。在戏剧中,生活就已经不仅是独自存在,并且是作为理性自觉,作为自由意志,为自己而存在的。人是戏剧的主人公,在戏剧中,不是事件支配人,而是人支配事件,按照自由意志赋予事件这种或那种结局,这种或那种收场。为了把这一点更清楚地加以发挥起见,我们且举古代世界和新世界的著名伟大艺术作品为例。

在《伊利亚特》里主宰一切的是命运。命运不但控制着人们的行动,并且也控制着众神的行动。诗人刚刚揭起那块把我们同他所讲述的故事的场面隔开的幕,我们就已经预先知道,伊利昂①必定会陷落于阿开亚人之手。帕特洛克罗斯阵亡,这不是出于偶然,不是由于浴血奋战的机遇而造成的,不,这是早就被命运所注定的。当涅斯托耳的儿子安提罗科斯赶到阿喀琉斯那里去报告帕特洛克罗斯阵亡的悲痛消息时,阿喀琉斯正被忧愁的预感折磨着,坐在自己的帐篷前面,他这样独自寻思:

噢,老天是不是实现了胆战心惊的灾祸,
那是我母亲早已预言过的;她说:
在特洛伊,在我还活着时,战场上最勇敢的密耳弥多涅斯人,
必定要倒在特洛伊人手下而离开人世。
不朽的众神啊!墨诺提俄斯的高贵的儿子是死了。
(第十八歌,第八行至第十二行)

阿喀琉斯必定要向杀死他的朋友帕特洛克罗斯的凶手复仇;可是,杀死了凶手之后,他也必定要死于腓勃斯②派来的巴里斯的箭下:阿喀琉斯自己知道这一点,因此,他就这样对他的母亲,银脚的忒提斯,海洋的不朽女妖说:

现在必须告诉你一件无限伤心的事,
你将失去你的儿子,你再也不能看见
他回转老家!因为我不想再活下去,
不再留恋这人间,如果赫克托耳
不在我的枪下一命呜呼,
偿还他杀死我好友帕特洛克罗斯的那一笔血债!
(同上,第八八行至第九三行)

母亲劝阻他不要这样做,预言赫克托耳如果死在他的手里,他

---

① 伊利昂即特洛伊城。
② 即阿波罗之别名。

就要面临覆灭的危险:

> 按照你预感到的看来,你不久就要死去,我的儿子,
> 为了普拉姆的儿子,你的末日也安排定了!

(同上,第九五行至第九六行)

阿喀琉斯甚至也不问她为什么情况会是这样,却仅仅表示出为了取得复仇的愉快而屈服于命运的一种英勇的决心:

> 噢,让我立刻就死好了!他远远、远远地离开家乡,
> 死在这里了;他一定叫唤过我,救他免于死亡!
> 我还要留恋什么生命!我再也看不见故乡,
> 已经救不活帕特洛克罗斯,也无法卫护
> 死于强大的赫克托耳之手的其他高贵的朋友们。
> 我无所事事地坐在船边,徒然作为大地的无益的负担,
> 还算得是什么男子汉!在所有穿铠甲的阿开亚英雄中间,
> 作战时是最骁勇的一个,虽然在会议中人家比我高明!
> ....
> 我要去摘下我那可爱的毁灭者
> 赫克托耳的脑袋!我准备一死,
> 不管万能的宙斯和众神指定我在什么时候死!
> 不管掌管雷电的克洛诺斯之子宙斯多么喜欢他,
> 最威武的赫拉克勒斯还是不能避免死亡;
> 命运和赫拉的仇恨终于把他打到地下去了。
> 如果同样的命运等待着我,我就也要奔赴
> 那注定的地方;可是,我先要争得辉煌的荣光!
> 我先要使无数胸脯丰满的特洛伊妇人
> 唉声叹气,痛苦地用双手
> 从娇嫩的脸颊上擦去眼泪!
> 好教她们知道,我已经罢战了多少日子!

>我要去作战;母亲,你别拦阻我,你无论如何也拉不住我!
>
>（同上,第九八行至第一二六行）

阿喀琉斯的宿命的惨死,连赫克托耳也是预先知道的:他临死时恳求自己的仇敌,不要让他的尸体任人凌辱,可是,他听到的答复不是帮助,却是诅咒:

>临断气时,头盔闪亮的赫克托耳对他说:
>我认得了你;我预感到,你不会
>被我的恳求所打动:你胸膛里有一颗铁铸的心。
>可是你也要三思而行,免得轮到你在斯开亚门前,
>被巴里斯和箭手腓勃斯打倒的时候,
>那些愤怒的神要记着你怎样对待我!
>
>（第二十二歌,第三五五行至第三六○行）

不但如此,就连万能的宙斯,不管对赫克托耳怀有怎样的好感,不管怎样同情他的命运,也不能依靠那使众神慑服的最高的神权,来对他有所帮助,却只能取决于其他更高的权力:

>万能的宙斯就把金天秤拿出来,在它上面
>放上两支永远沉睡的死亡的签:
>一签给阿喀琉斯,一签给普拉姆的儿子。
>他拿住秤杆的中心把它擎起来:赫克托耳的签沉了下去,
>倒向冥王一边;阿波罗就离开了他。
>
>（同上,第九行至十三行）

由此可以清楚地看出,长诗的主人公不是阿喀琉斯:因为他仿佛是毫无自由意志,不是按照自己的意志行动,而只是执行另外一种高出于自己之上的不可抗拒的意志而已。那就是命运的意志!使人不寒而栗,并且连众神都毫不抗辩地对之俯首听命的这个"命运",到底是个什么东西呢?希腊人所谓的命运,就是我们新时代的人称之为合理必然性、现实法则、原因与结果之间的关系的

东西,总而言之,就是客观的行动,这客观的行动像蒸汽机一样,被自己的合理性的内在力量推动着,独自前进,它决不半途而废,或是转入歧途,如果路上遇到人,它就把他踩死,如果遇到巉岩,它就自己被撞得粉碎……

有些人责备华尔特·司各特,他的许多长篇小说中的主人公,虽然把整部作品的情节集中在自己身上,可是同时,他们却具有如此平淡无奇的性格,以致不能吸引我们的全部注意,相形之下,长篇小说中的第二流人物反而写得更为独创而且栩栩如生,喧宾夺主地吸引了我们的注意。说实在的,例如骑士艾文荷——华尔特·司各特一部最优秀的长篇小说①中的主人公,是个什么人物呢?——不过是一个具有当时普遍精神的勇敢而且高贵的骑士而已。跟狂暴的白拉恩、迷人的吕贝伽,甚至撒克逊人凯特立克以及阿特尔斯坦比较起来,艾文荷只是一个苍白的影子,几笔潦草的速写,没有面目的形象而已。他行动得少,对长篇小说进程发生的影响也很少。他一会儿受伤,一会儿奄奄待毙,一会儿被俘虏,而其余的人则在首要的地位上行动着和卖弄着。尽管跛脚骑士白拉恩兽性地暴露出粗野的情欲,尽管他的行为是不道德的,罪孽深重的,他却要比艾文荷好上千万倍,更能唤起读者的同情,因为他是一个典型人物,一个强大而且独特的性格。然而,白拉恩毕竟是长篇小说中的一个次要人物,而长篇小说的全部线索是交集在主要人物、长篇小说的主人公艾文荷的个人命运上面的。可是,尽管如此,对天才小说家提出的这种责备,仅仅在表面上看起来是公允的,但在实际上却是完全错误的:在长篇小说中看来似乎是缺点的东西,只是长篇史诗的本质罢了。例如,《盖·曼纳令或称星相家》可以提供作为这方面的更为显著的范例,长篇小说的主人公只有在第三部里才登场,并且还只是作为某一个神秘的人物而出

---

① 这部长篇小说的题名即叫作《艾文荷》(一译《撒克逊劫后英雄略》)。

现,你一直要到长篇小说结尾时才认出他是主人公,虽然从故事的第一页,他还刚刚出世的时候起,他就已经把长篇小说的全部情节集中在自己身上了。这在纯粹叙事性质的作品中正应该是这样,那里的主要人物只能作为发展着的事件的外部中心,他只能带有值得我们同情的一般人类特征:因为长篇史诗的主人公是生活本身,而不是人。在长篇史诗中,事件压倒人,它以其宏伟和巨大遮盖住人的个性,以其自身的兴趣,描绘的多样性和繁复性,使我们不去注意人的个性。

在戏剧中,事件是作为"冲突",或者作为主人公心灵的自然趋向和他对责任的理解这两者之间的抵触、碰撞而显示其力量和重要性的,而这种"冲突"、抵触或者碰撞,不是由他的意志来决定的,他既不能产生它们,也不能防止它们,然而它们的解决却不是由事件来决定,而是仅仅由主人公的自由意志来决定的。事件把主人公推到十字路口,使他必须在完全背道而驰的两条道路中间选择其一,以便摆脱同自己的斗争;可是,道路的抉择是由戏剧的主人公来决定,而不是由事件来决定的。不但如此,戏剧的灾变可能由于主人公犹豫不决的动摇而加速地促成;可是,即使是这种犹豫不决,也不是包含在事件的本质和力量中,而是仅仅包含在主人公的性格中。莎士比亚笔下的哈姆雷特为我们提供了这方面的最好的例证:他从父亲的亡魂口中探知父亲死得很惨:这个事件不是哈姆雷特准备下的,而是从先王的背信弃义的兄弟的腐败意志中引发出来的;这个事件使哈姆雷特必须扮演复仇者的角色;可是,既然这个角色完全不符合他的天性,因此,他就陷入了同自己的内心斗争中,这个斗争是由两种敌对力量——促使他为父亲的死亡复仇的责任感和他不善于复仇的个性——的抵触所产生的:这就是悲剧冲突!关于父亲死亡的秘密的可怕发现,并没有使哈姆雷特充满着一种感觉,一种想法——每时每刻都准备付诸行动的那种复仇的感觉和思想,这个可怕的发现没有使他从自身里面摆脱出来,反而使他逃避到自身里面去,集中在自己精神的内在活动上面,在他心中唤起关于生与死、瞬息与永恒、责任感与意志软弱等问题,使他注意到自己的个性,个性的微不足道及其可耻的无力,使他产生对自己的憎恨和蔑视。哈姆雷特不再相信美德和道德,因为他看到自己既不能惩罚罪恶和淫乱,也不能叫自己不再成为具有美德和道德的人。不但如此,他也不再相信爱情的现实性,女性的优点;他像个疯子似的,把自己的感情放在泥泞里践踏,残酷无情地扯断他同那个纯洁的、美丽的女性的神圣联系,她是这样奋不顾身地、天真无邪地整个儿献身于他,并且是被他这样深情厚意地、柔情缱绻地爱过的;他残酷而且粗暴地凌辱这个完全是用以太、光亮和悦耳的音响做成的温存、柔和的人,仿佛赶快要抛弃世上一切令人想起幸福和美德来的东西似的。很显然,哈姆雷特的天性纯粹是内在的、直观的、主观的,生来是为感情和思想而存在的;可是,惊心动魄的事件要求他的却不是感情和思想,而是事业,召唤他从理想世界走向实际世界,跟他的精神状态格格不入的行动世界。这是很自然的,在哈姆雷特的内心里,会由于这种处境而引起可怕的斗争,而这斗争构成着任何一部戏剧的本质。如果这部戏剧的结尾似乎带有叙事性质,不是从哈姆雷特意志的自由决定中引发出来,而是从偶然性(哈姆雷特和勒替斯的无意的互换宝剑,母后代替儿子误饮毒酒的无意的错误)中引发出来的,那么,尽管如此,《哈姆雷特》也绝不是叙事的,却主要是戏剧的作品:因为这部悲剧的内容及其发展的本质包含在它的主人公同自己进行的内心斗争中。超出于这斗争之外,《哈姆雷特》就甚至不能对我们具有任何次要的意义,因为就连深深感动我们的莪菲莉霞的命运,也是这个斗争的结果。此外,弑兄篡位的国王的死亡,既是他的罪行的必然结果,也是跟哈姆雷特的意志有关的,他的意志在他生命临终时突然勃发成为强有力的决定,正像摇摇欲灭的油灯突然勃发出更为明亮的火焰一样……《麦克佩斯》和《奥瑟罗》是作为戏剧本质看的冲突的最好范例。麦克佩斯是一位扬扬得意的统帅,著名的显贵,那善良而高贵的老王的亲属,他听见自己心里发出一种深深隐藏着的,但却是强烈而迫切的功名心的呼声。在强大的,但却没有被爱情和真诚的甜蜜温暖所渗透的灵魂中显得是如此惊心动魄而又带有毁灭性的这种情欲,在他面前显现为对于三个女巫的可怕的颂赞。她们的立刻就会实现的神秘预言,没有搅扰他多久,因为他很快就知道,这些预言就是他自己灵魂中的已经实现的深沉而又阴森的计谋。他的功名心在他面前显现为新的、更为骇人听闻的颂赞——那就是他的妻子,这个化身为女人的撒旦式的人物。她扑灭了他最后一点良心的呼声,以其撒旦式的做坏事的决心作为榜样,来唤起他的虚伪的羞耻,最后推动他去干下了该诅咒的事情。在这里,事件几乎不起任何作用:它是被麦克佩斯本人的意志所准备的,而一些促成暴行的情况的宿命汇合只是帮助暴行的完成,却没有产生暴行。我们看见麦克佩斯处在同自己进行的斗争中,处在悲剧的冲突中:他可以克服自己心里的犯罪的动机,也可以遵从这个动机行事。他遵从了恶念的吸引,这是他的意志的过错;他的意志产生了事件,而不是事件赋予了他的意志以趋向。这部戏剧的其余部分已经是麦克佩斯从宿命的斗争中自由地摆脱出来的结果:要改变紧接弑君而来的事件,已经不是他随意所能决定的了;罪行把他交给福利雅①掌管,福利雅拉住他的手,像带领瞎子似的,把他从暴行引向新的暴行。是不是不失体面地死去,这只能由他的意志来决定——而他死去,是被打倒,却没有被征服,正像一个犯了罪的,但即使犯罪也不失其为伟大的汉子所应该做的那样。事件使奥瑟罗处于嫉妒的状态。这个事件当然不是从他的意志或者认识中引发出来的,然而,他却以其火山般的气质、狂热的情欲(这些情欲霎时间像阿拉伯沙漠的夹

---

① 古罗马神话中的复仇女神。

着沙土的旋风一样吹卷起来,并且不听从理智的呼声)、幼稚的轻信的性格、令人想起他那东方的非洲出身的迷信的想法,来促成了事件的完成。他如果在宿命的一刻,能够在对待无辜受过的苔丝德梦娜的关系上抑制住自己的兽性,真理就会使他睁开眼睛来看到生活的欢乐和幸福;可是,他却不想,也不能抑制住动物性的复仇的冲动,于是真理的光照亮他的眼睛,犹如爱伦尼手中灯火的地狱般的光芒,为的只是让他可以测量那个他笔直掉落进去的深渊的深度……

虽然所有这三类诗歌,都是作为独立的因素,彼此分离地存在着,可是,当出现在个别的诗歌作品里的时候,它们相互之间不是经常划着明显的界限的。相反,它们常常混杂在一起而出现,因此,有的按照形式看来是叙事的作品,却具有戏剧的性质,反之亦然。当戏剧因素渗入到叙事作品里的时候,叙事的作品不但丝毫也不丧失其优点,并且还因此而大有裨益。这些话特别适用于一些基督教的艺术作品,在这些作品里,没有任何东西高出于具有内在的、主观的方面的人类个性之上,因此,戏剧因素理所当然地应该渗入到叙事因素中去,并且会提高艺术作品的价值。被戏剧因素所渗透的叙事作品的一个卓越例子,是果戈理的中篇小说《塔拉斯·布尔巴》。这篇奇妙而具有艺术性的作品包含着两个悲剧冲突,其中每一个都能构成一部伟大的戏剧作品。在饿殍载道、惨不忍睹的敌城被围困的时期中,布尔巴的儿子安德烈遇见了早已使他迷魂失魄的敌族的姑娘。他不能够献身于她而不遭到父亲的诅咒,不背弃自己的同胞和信奉同一信仰的人,然而,他也不能够离开她,因为他既是一个小俄罗斯人,也是一个人:这便是冲突。充沛着过剩的青春精力的丰满天性,毫无反顾地委身于心灵的吸引,为了一刹那的无限幸福,不惜忍受凶狠的刑罚,那就是亲生父亲加于他的死亡,这死亡是他的意志在冲突中的抉择的必然结果,也是摆脱虚伪的、不自然的处境的唯一出路!另外,父亲的处境已经不是可能,而是必须当亲生儿子的刽子手:这是什么样的悲剧处境,多么可怕的冲突,半野蛮的查波罗什人的钢铁意志又是多么惊心动魄地从冲突中摆脱了出来!……果戈理的这部中篇小说无论如何总不失为一部卓越的艺术作品,可是,因为它彻底渗透着大量的戏剧因素,所以更应该在伟大作家的第一流创作中占有一席可敬的地位。戏剧因素给普希金的《波尔塔瓦》带来了多少内在生命,多少运动!光是玛赛帕和玛丽亚中间的一场戏,这用莎士比亚的画笔绘成的一场戏,就使人感到一种多么不可抗拒的魅力,多么深刻地震撼了我们的整个存在!玛丽亚被一颗珍爱别人的女性心灵的嫉妒折磨着,追问玛赛帕关于他的冷淡以及神秘行动的原因:

噢,我的亲爱的,
你将做祖国的沙皇!
沙皇的皇冠
跟你的白发将会是多么配称!

玛赛帕　住嘴,
一切还未定。风暴就要来啦;
谁能知道,什么东西在等待着我?

玛丽亚　我在你身边就不知道恐惧——
你是这样强大!噢!我知道:
皇位在等待着你。

玛赛帕　可要是断头台呢?……

玛丽亚　如果这样,我就同你一起上断头台。
唉!你死了,我难道还能够活下去?
可是不,你带有权位的标志。

玛赛帕　你爱我吗?

玛丽亚　我吗!我爱不爱你?

玛赛帕　你讲:谁对你更为珍贵,

父亲还是丈夫?

玛丽亚　亲爱的朋友,
　　　　问这做什么? 他的事
　　　　用不着我来担心。我呀,
　　　　我竭力要忘掉我的家。
　　　　我玷辱了它;也许,
　　　　(多么可怕的想法!)
　　　　我的父亲正在咒骂我,
　　　　这都为的是谁?

玛赛帕　那么,我比父亲
　　　　对你更为珍贵? 你不吭声……

玛丽亚　噢,老天爷!

玛赛帕　怎么? 回答我。

玛丽亚　你自己解答吧。

玛赛帕　听着:如果他或是我,
　　　　我们必须死掉一个,
　　　　而你是我们的法官:
　　　　你将要把谁当作牺牲,
　　　　你将要袒护谁的性命?

玛丽亚　哎呀,够了! 别再扰乱我的心!
　　　　你这诱惑者。

玛赛帕　回答我!

玛丽亚　你脸色发白;你的言词严厉……
　　　　噢,别生气! 一切,一切,
　　　　我都准备牺牲给你,请相信我!
　　　　可是这些话使我觉得害怕。
　　　　够了。

玛赛帕　记住,玛丽亚,

315

你现在对我说的话。

难道能够更深刻地探察奋不顾身地献身于自己所热爱的人的一个女人的心灵吗？正像孩子欣赏漂亮的玩具一样，玛丽亚早已就在欣赏着情人的白发上的皇冠了；她爱他，因此，在他身边就不知道恐惧；在她看来，他是"这样强大"，以致她不愿意相信他有遭受危殆之虞，虽然他自己就预先警告她，他难免要遭到危险！……如果他注定必须灭亡，对她也还不是一切都完结了：对她说来，还残留着一种欢乐——那就是跟他一道死在断头台上！……在这里，焕发着爱情光彩的整个女人被活生生地描画了出来，就连莎士比亚也不可能再给我们诗人的这一奇妙艺术描绘加添任何一笔了！玛丽亚一想到要在父亲和情人中间作可怕的抉择，就感到非常恐惧，这恐惧里面包含着多少现实的真实性和正确性！她想避免对这个以死样的寒冷冻僵她的心的问题作出肯定的、必不可免的答复，这是多么自然！她作出对情人有利的答复，仿佛病痛的呼号似的从她的灵魂里强制地压榨出来，这表现了什么样的女性天性的胜利！用来结束这场奇妙的戏的玛赛帕的阴森森的话，飘荡着什么样的坟墓般的寒冷：

记住，玛丽亚，
你现在对我说的话。

还有奥立克拷问柯楚贝时这两人之间的戏；玛丽亚和她的母亲之间的戏；波尔塔瓦战役以前玛赛帕和奥立克之间的戏，以及逃跑的玛赛帕和发疯的玛丽亚之间的戏：每一场戏都是一出悲剧，在悲剧这个字眼的全部无穷无际的意义上！……

在华尔特·司各特和库柏的大部分长篇小说里，有一个重要的缺点，虽然谁都没有指出过这一点，谁都没有对此表示过不满（至少，在俄国的杂志上没有表示过）：那就是叙事因素占着绝对优势，内在的、主观的原则完全付诸阙如。由于这种缺点，这两位伟大的作家在对待自己作品的关系上都显得是冷淡的、无个性的人,在他们看来,现有的东西都是好的,不管看到善、恶、美、丑,他们的心房都不会加快搏跳,他们仿佛根本不会猜想到内在的人的存在似的。当然,这只有在我们今天才被认为是缺点,可是,无论如何,它毕竟是缺点:因为现代性是艺术家身上的一个伟大优点。然而,这两位小说家仿佛有时已经不自觉地迁就了新艺术的精神,我们引证他们的作品,为的是要说明:其中最优秀的、最崇高的,就是那些或多或少被戏剧因素所渗透的作品。《拉曼莫亚的新娘》甚至对最普通的读者也会产生非常深刻的印象,这部作品之所以会博得这样大的成就,当然是由于:它不外是采取长篇小说形式的悲剧而已。这说明了为什么艾德加·拉文伍德已经不仅仅是把长篇小说的兴趣集中在自己身上,并且名副其实地是长篇小说的主人公,独创的人物,典型的性格,起作用的而不是被动的人。因此,他的高贵的个性吸引住了我们的全部注意,而他的不幸的命运痛苦地震撼了我们的整个存在。然而,长篇小说之所以会使人产生无限强烈的印象,不但是由于它的内容,并且也由于形式的朴素(那形式是紧缩而又凝练的,在叙述事件的经过和发展时,毫无冗长啰唆、纠缠不清之弊)和情节的严格的统一,我们觉得非常可惜的是,作者更多是从外部来刻画他的主人公,却没有更深刻地探察他的灵魂,没有把那在他心灵隐秘深处展开的戏剧为我们揭示出来。他如果做到了这一点,那么,他的《拉曼莫亚的新娘》就会成为一部真正莎士比亚式的戏剧,它对读者所产生的作用就会千百倍地增强。在《圣·罗南河》里,弗兰茨·梯勒同克拉拉·莫勃拉依的爱情和悲剧关系,以及他同那贪淫好色的兄弟艾特林顿的可怕关系,直到灵魂深处被发掘了出来。梯勒同克拉拉在山上会晤的场面,后来梯勒同犯罪的兄弟派来的全权调停人吉基尔大尉会晤的场面,都渗透着这样的真实,以深识人心和探知热情与苦难的秘密深度见称,使莎士比亚的任何一部剧作都会因为有这样的描绘而生色。读了一遍之后，就再也不能忘记：那个更多是由于习惯和轻率，而不是由于天性才变得品行不端的吉基尔大尉，抱着狡猾的企图来见梯勒，离开他时，却低头不语，陷于沉思，仿佛还是第一次被他所不习惯的无限爱情、无限苦难和无限自我牺牲的景象所震动似的……总之，就这一点说来，我们把《圣·罗南河》看得比《拉曼莫亚的新娘》不可比拟的更高，并且所谓是更富有人性。如果在这一点上，不是所有的人都同意我们的意见，那么，这原因是在于《圣·罗南河》错综繁复，故事无限丰富而又千头万绪，有性格的典型的人物为数极多之故。在对梯勒和克拉拉的处理上，这部长篇小说比《拉曼莫亚的新娘》更像是戏剧；可是，从从属的人物看来，这是一部纯粹的长篇史诗，并且长篇史诗或多或少是把其中所包含的戏剧给掩盖住了。吕贝伽对骑士艾文荷的被摈弃的、未被承认的爱情，虽然对于整部长篇小说说来似乎是一个插曲，但却仿佛是它的基本概念，赋予它以完整性，使它生气勃勃，使它温暖起来，正像阳光照耀大自然一样，大自然即使在阴天也是壮伟的、美丽的，可是在阳光底下，更要以焕然一新的面目出现。长篇小说结束时吕贝伽同鲁温娜夫人的会晤，给人的灵魂产生万种哀愁的，但却又是无穷欢乐的印象，为我们揭示了一个深刻女性的未被承认的爱情的痛苦秘密，这个女性充分值得人们的爱慕，可是，由于命中注定出生在被排斥、被蔑视的种族中间，因而在自己看来，就丧失了获得一个基督徒和骑士的爱情的一切权利和一切希望……接着，这个高贵的、美丽的犹太女人跑到她的情敌那里去，要送给对方贵重的礼物，像乞求恩典似的恳求揭开覆布，露出一下迷惑她破碎的心的那个偶像的俏脸蛋来……这本身就已经是一幅多么生动的图画，并且这图画还要在背景的深处，给读者沉醉于爱情和哀愁的眼光展示出多么无穷无尽的远景啊！……

可是，比所有这一切都更为不可比拟的崇高的戏剧性长篇小说的范例,是库柏的《拓荒者》。有这么一个人,他拥有深刻的天性和强大的精神,肩上背着猎枪,在未开垦的、一望无际的美洲森林里度过了自己的青春年华,自愿抛弃舒适和文明生活的诱惑,来接触雄伟大自然的辽阔境界,在大自然的庄严寂静中跟上帝作崇高的谈话;他在别人已经衰退的年龄,还刚刚把肉体和精神的全部力量焕发起来,活到了四十岁,还保持着感情的清新和火焰,一颗婴儿般善良的心灵的童贞的纯洁;他在野外,在同危险进行的不断的斗争中,同凶猛的野兽和残暴的明哥人进行的不断的搏斗中,成长起来;他的干瘦的身体上有的是钢筋铁骨,狮子样的胸膛里有一颗鸽子样的心——这个人在人生的途中遇上了女性世界里一个美丽而又优雅的人物——不知不觉之间,爱情就占有了他整个的存在……他的朋友,一位军士,那美丽姑娘的父亲,早就答应把自己的女儿嫁给他了。有一个年轻俊美的贾斯泼跟他们一起,伴送着美柏尔①。拓荒者②的朴实浑厚的心灵,没有预感到贾斯泼是自己的危险的情敌。拓荒者以父亲的慈爱和朋友的挚情来爱他;爱他那坦荡的灵魂,高贵而又刚毅的性格,爽朗而又勇敢的性情,爱好劳动的习惯和那股机灵劲儿。拓荒者不放过任何一个机会,向美柏尔夸赞贾斯泼,把他的优点展露在她的眼前。接着,他向美柏尔表白爱情的一刻来到了,于是他的全部幻想都被残酷的现实击得粉碎:只有这个人才使他的心跳动起来,他只能以深刻天性的全部力量爱这一个人,他把关于至今是孤独而且粗野的全部生活的欢乐和幸福的最可珍贵的幻想跟这个人联系在一起,就是这个人,深深地、虔诚地尊敬他,可是,却不能做他的妻子……他用铁硬的指头痉挛地抓紧自己的脖子,脸上痛苦地浮起一抹微笑,重复地说:"是呀,军士错了,军士搞错了!"噢,他遭受到多么深刻的痛苦,他

---

① 美柏尔即美丽姑娘的名字。
② 即书中男主人公的绰号。他的姓名是纳蒂·彭波。

的苦难又是带有多么高贵的、人性的特点:没有任何一点兽性的东西,凶残的东西;他的一双粗野的眼睛被眼泪所润湿了,他微笑着握紧美柏尔的一只手——从此以后,他虽然把爱情留在心里,却永远和爱情的对象分手了,并且勇敢地把沉重的十字架背在自己身上!……他最后知道贾斯泼是情敌的那一刻,是十分可怕的;可是,他也经受住了这个考验:他把她托付给对方,祝贺他们的快乐和幸福,而他自己是再也得不到快乐和幸福了,他请求贾斯泼要珍惜他生活中的伴侣,不要用男人的粗野天性去凌辱她那温柔的女性心灵——于是就永远从他们的眼前消逝了……我们写的不是关于这部优秀作品的批评①,并且担心不要全神贯注在它的局部性上面,因此,我们仅仅指出一下一般的特征:凡是读过并懂得这部长篇小说的人,一定会记得那许多奇妙而富有艺术性的场面,那些场面用如此震撼人心的正确性描绘了探险者的感情的斗争及其灵魂的风暴,因此,要显示它们的优点,一定得挨次顺序地探索它们的全部细节,并且,有些细节还非完全摘引出来不可。再说一遍:读过并能理解这部长篇小说的人,就会懂得我们,我们只想指出:整部长篇小说是自我摈弃(Resignation)的颂赞,苦难的伟大宗教神秘剧,对于人类心灵的最深刻、最高贵的秘密的揭露。在这里,我们觉得库柏正像莎士比亚一样,是一个深刻通识人心的人,是灵魂世界的伟大的描绘者。他把无法形容的东西明确而清楚地表现了出来,使外部的和内部的东西调和起来,把两者融为一体——因此,他的《拓荒者》是一部采取长篇小说形式的莎士比亚式的戏剧,是这一类体裁中没有任何东西可以与之媲美的独一无二的作品,是新艺术在叙事诗歌范围里所取得的胜利。这部长篇小说之所以会获得所有这些成就,除了归因于作者的伟大创作天才之外,

---

① 《祖国纪事》借此机会向读者重复一下它的许诺——不久将对《拓荒者》作一详尽的评论。(译者按:这个许诺后来没有实现)——原注

还应该归因于深刻的戏剧因素,这种戏剧因素,透露在字里行间,犹如阳光穿透棱状水晶体一样……

正像长篇史诗中包含有戏剧一样,戏剧中也包含有长篇史诗。对于希腊人说来,一切体裁的诗歌,甚至包括抒情诗,都带有或多或少叙事的性质,这是因为这个民族的全部生活主要是表现在具有姿态优美的直观里。希腊人的悲剧特别具有叙事的性质,在这一点上是跟新时代的、基督教的、莎士比亚式的戏剧完全背道而驰的。希腊悲剧的主人公不是人,而是事件;它的兴趣不是集中在个人的遭遇上,而是集中在通过其代表人物表现出来的民族的命运上。因此,希腊悲剧的主要人物经常总是半神、皇帝、英雄,而跟他相对抗的次要人物,就是在悲剧里作为合唱队而出现的民族,民族对于剧本的进程不发生直接的、积极的影响,可是,却仿佛在观察着它的发展,说出自己对于这种发展的认识。希腊悲剧在自己的主人公身上肉身化了民族生活和社会生活的一般的力量及因素。例如在索福克勒斯的最高贵的作品《安提戈涅》里,通过悲剧中的女主人公,体现了家庭关系中的自然法的概念,通过克莱翁,则体现了国家法、法律力量的胜利。克莱翁以死刑为威胁,禁止埋葬波里尼克的尸体,把波里尼克视作祖国的敌人;可是,按照希腊人的宗教和社会理解看来,不埋葬尸体这件事,无论对于死者,或是对于他的活着的亲属说来,都是奇耻大辱和灾难。波里尼克的姊姊安提戈涅,劝说自己的妹妹伊斯美娜,偷偷地把她们不幸的兄弟的尸体埋葬起来,胆怯而软弱的伊斯美娜拒绝了这个建议,于是慷慨大度的安提戈涅就一个人把这件高贵的事情担当下来。当克莱翁闻悉后,问她曾否犯下这个罪行,知道不知道她为这件事将受到死刑处分,安提戈涅对此给予了肯定的回答,并且加添说,如果她的兄弟有罪,那么,她毕竟"不是为了憎,而是为了爱而生的"。她毫无恐惧地听完了凶暴的死刑的宣判,并不乞求饶恕。克莱翁的儿子,也就是她的未婚夫,爱蒙,为了乞求赦免自己的未婚妻,跟倔强的父亲争吵起来,结果是怀着绝望离开了他。祭司蒂列齐劝告克莱翁把波里尼克的尸体埋葬起来,威胁他说,众神因为他破坏了亲属法,已经有了不祥的震怒的表示。通过合唱队表现出来的人民的声音,显然是支持高贵的安提戈涅的。克莱翁还是刚强不屈,可是,怀疑已经使他感到不安:他也许已经准备宽恕高贵的女罪人了,可是,他却很难削弱法律的力量,贬低国家法的优点。最后,用来增强蒂列齐威胁的力量的那合唱队的声音,说服了克莱翁赦免安提戈涅,虽然他是万分不得已而出此下策的。可是,为时已经太迟:她被人送到山洞里,准备饿死她,她已经在那里吊死了,而爱蒙,当着父亲的面,也在她的尸体旁边自戮身亡。克莱翁的妻子,即爱蒙的母亲,阿芙莱狄卡,得悉儿子死亡后,也剥夺了自己的生命。克莱翁咒骂自己的残酷,对那些被他杀害的同族人的可爱的亡灵绝望地痛哭起来。悲剧按照朴素的古代精神,庄严地用合唱队的道德箴言来结束。这样,国家法受到了亲属法的凌辱,为此而向亲属法实行报复;可是,由于复仇的可怕的结果,国家法又引起了被它所凌辱的亲属法的复仇;而人民从这一事件中所吸取到的智慧,就作了两个极端之间的调和……正像在长篇史诗中一样,在希腊人的悲剧中,占优势的也是他们的基本的世界观——命运。俄狄浦斯[①]毫无任何犯罪的企图而成了可怕的罪人,他为此挖掉了自己的眼睛,来惩罚自己……多灾多难的帝王后裔的死亡,使地下精灵跟他和解起来——于是根据众神的决定,他的坟墓就成了那个收容他饱受苦难的尸灰的国家的繁荣昌盛的保证……每一部希腊悲剧的情节都是在外部进行的;人物的内心世界是观众所看不见的。情节是简单的,不复杂的,在一瞬间完成的:因为即使是纯粹客观的、抽象的内容,也不可能构成一部大作品。机构是千篇一律的,弹簧总是同样的那一些。登场人物好像雕像一样,这些雕

[①] 俄狄浦斯是索福克勒斯的另一部悲剧《俄狄浦斯》里的主人公。

像具有美丽的,但几乎是不变的面貌,具有显著的表情,但眼睛却没有瞳仁和活泼的光辉。

在新艺术中,以叙事诗的性质著称的,有时仅仅是那些从高级国家生活的范围中汲取其基本概念的真正具有历史内容的戏剧作品。例如,莎士比亚的《麦克佩斯》或者《理查二世》就是。在《奥瑟罗》里,发挥了每个人或多或少都能够接受和理解的感情;在《李尔王》里,更是表现了即使在俗众中也是每个人都感觉到相近和可能的情势——因此,这些作品对所有的人都产生出强烈的印象。可是,《麦克佩斯》和《理查二世》的兴趣,是纯粹客观的,因此是仅仅为非常少数的人所能够接受并感觉到亲近的。然而,这两部戏剧只有在这一点上才能够被称为叙事的:它们的发展却是高度戏剧性的,因为这发展充满着运动,每一个人都在其内在兴趣的范围中充分而完整地表露了自己。可是,普希金的《鲍里斯·戈东诺夫》是一部具有纯粹叙事性质的悲剧。戈东诺夫的罪行,还在戏剧开始之前就已经完成了,诗人没有在悲剧性冲突的斗争中给我们把主人公显示出来。我们看到他怎样狡猾而又巧妙地让人民恳求自己接受皇冠,其实,他早已认为这皇冠非己莫属了;可是,我们却看不到他的内心发生些什么情况,弑君的罪行在他的内心激起些什么反响。我们的注意立刻转向新的主人公,未来的僭王——他是被历史的复仇女神选来为那横遭蹂躏的国家法进行报复的工具。只有当复仇者已经在舞台上出现的时候,诗人才把使我们跟戈东诺夫的内心状态隔开的那块帷幕稍微揭起一点,使我们成为他那内心独白、可怕的良心谴责的目击者。在普希金的悲剧里,有两个主人公,或者其实是一个也没有:它的主人公是事件,而事件的概念则是历史的复仇女神为那被凌辱的国家法实行报复。这说明了为什么普希金的这部伟大作品能为少数人所接受,而在我们公众的大多数人中间却不能享有它应得的荣誉:它的概念和性质并不具备为大家都能感觉到的兴趣。除此之外,还应该考虑到戈东诺夫的性格本身：普希金的写法过分拘泥于历史，因而是对作品有害的，他把戈东诺夫描写成不过是一个非常聪明的沽名钓誉之徒，而没有给他加上任何个人的宏伟气魄，以及仅仅为英雄历史人物所固有的任何天才式的精神力量。因此，人们虽然懂得悲剧中某些局部细节（例如编年史编纂人毕敏在禅室里一个人独处以及跟未来的僭王对谈的精彩场面）的价值，但却不能够掌握住这整部进展得缓慢，并带有雄伟的叙事风格的巨大作品的概念。

许多介乎悲剧和喜剧之间的戏剧作品，是属于叙事戏剧之列的。例如以生活本身作为主人公的莎士比亚的《暴风雨》《辛白林》《第十二夜》（或称《称心如意》），均属之。试举《第十二夜》为例：这里没有男主人公或者女主人公；在这里，每一个人物都同样地吸引我们；甚至整部作品的外部兴趣也是集中在两对情人身上，这两对情人同样地使读者感觉兴趣，他们的结合构成了戏剧的结局。

无论是在长篇史诗或者戏剧中，也常常会有过量的抒情因素。拜伦和普希金的长诗都属于抒情长诗之列。在这些长诗中，不像长篇史诗中那样，占主要地位的是事件；而是像戏剧中那样，占主要地位的是人；或者，事件和人这两方面是势均力敌，互相渗透的。它们的主要特点在于：在它们里面，只选取并集中事件的诗情瞬间，并且把生活的散文加以理想化和诗意化。普希金的《叶甫盖尼·奥涅金》也应该归属于抒情长诗这一类。虽然生活的散文几乎构成着《奥涅金》的大部分内容，可是，这散文是用生动的、隽永的、明快的、谐婉的诗句描写出来的，这种诗句甚至闪耀着讥嘲的火花，被哀愁（这是一种纯粹抒情的因素）所融合。诗人的插笔，以及他对自己的呼吁，是这部独一无二、出类拔萃的艺术作品中的最宝贵的抒情珍品。

席勒的《奥里昂女郎》和《梅辛的新娘》主要是抒情戏剧，其中的情节仿佛不是为自己而完成的,而是具有着歌剧歌词的意义;并且是由那表露出每一部戏剧的基本概念的抒情独白来构成其本质的。这是对于高贵热情、崇高意图和伟大现象的诗情颂赞——上面的话特别可以用来说明《奥里昂女郎》。拜伦的《曼弗雷德》和歌德的《浮士德》也是抒情戏剧,虽然具有着不同的性质:这是对于通过反省来争取业已丧失的丰满生活的一个内倾的人的堕落天性的诗情颂赞。关于主观的、直观的精神的问题,关于生活和永恒的秘密,关于个别的人的命运、他跟自己以及普遍事物的关系等等的问题,构成着这两部伟大作品的本质。就其特性说来,抒情戏剧可以不顾外部现实的条件,把精灵唤到台上来,赋予热情、愿望、思维以生动的形象和面貌。抒情戏剧的缺点也许是:倾向于象征主义和讽喻——以这一点来责备《浮士德》第二部,或多或少是公正的①。

至于讲到抒情作品本身,那么,例如抒情情诗和短篇故事诗,有时是带有叙事性质的——关于这一点,下文还要详细谈到。它们从戏剧那里借来的不是本质,而仅仅是形式,这形式有助于强烈地表达思想,所谓是激发起感情的力量。这一类采取戏剧形式的抒情作品的卓越范例,有下面的一些作品:普希金的《诗人和俗众》和《书商和诗人的谈话》,韦涅维季诺夫的《诗人和朋友》,莱蒙托夫的《杂志评论家、读者和作家》。

通过定义和比较,把每一类诗歌的普遍意义加以发挥之后,我们再来谈谈其中每一类的特点,并把它们细分为科。②

---

① 别林斯基在一八三九年八月十九日给巴纳耶夫的信里谈到《浮士德》第二部,曾经指出:它"不是诗歌,而是干巴巴的、僵死的、恶劣的象征和讽喻"。
② 别林斯基反对古典主义者认为各类诗歌之间划有严格界限的说法(黑格尔在他的《美学》中也主张这种说法);他认为各类诗歌之间的界限是相对的,而不是绝对的,它们可以混杂在一起,也可以互相转换;又认为希腊的戏剧以叙事性质著称,而"新时代的戏剧"则以抒情因素见长。

叙事诗歌

叙事诗,故事,传说,通过外部的形象来表达事物,通常是讲述:这是什么事物,以及事物是处于怎样的情况。叙事诗的始源是一切格言,格言简明扼要地掌握住某一特定事物中最主要的东西,一切构成它本质的东西。古代的题词(作为碑铭用的)就具有这种性质。属于这一类的还有古代的所谓格言诗,亦即道德的箴言,这些东西有点相当于我们的谚语和寓言,然而,所不同的是:它们具有崇高的、诗情的,有时甚至是宗教的性质,而又缺乏滑稽性和散文性。属于这一类的还有一大批训言——这些幼年民族的清新的作品,当诗歌和散文还没有在他们的生活中分道扬镳之前,幼年民族在这些训言里面,用直率的、生动的直感形式,叙述了他们对世界的看法,对大自然的各个部分的看法,等等。后来的、从生活的散文中产生的所谓教诲诗决不能跟这些训言混为一谈。

站在叙事诗发展阶梯的更高一层的是古代的宇宙起源论和神谱学。前者所设想的是宇宙怎样从原始的本质的力量中产生出来,而后者所设想的,则是这些力量怎样在各个神灵身上得到个性化。最后,叙事诗歌达到了发展的顶峰,达到了把自己充分表现出来的程度,挖掘到了事件的活生生的源泉——人,把这一切表现在所谓长篇史诗中。

长篇史诗经常被认作是崇高的诗歌体裁,艺术的皇冠。其原因是在于:希腊人,随后是我们时代以前的其他民族,对《伊利亚特》怀有深厚的敬意。这种对于古代的伟大作品(在它里面,表现了希腊人生活的全部丰富性,全部丰满性)所怀抱的无穷尽的、不自觉的敬意,竟扩展到了这种程度,人们不把《伊利亚特》看作一部具有其时代和民族的精神的叙事作品,而是看作叙事诗歌本身,也就是说,把作品同它所隶属的诗歌体裁混为一谈。人们认为,一切接近《伊利亚特》的形式的作品,一切跟它相似的作品,都必须是叙事长诗,每一个民族都必须有自己的长篇史诗,并且还必须是像希腊人那样的。人们甚至根据《伊利亚特》得出了叙事长诗的定义,按照这个定义,叙事长诗变成了歌颂对民族命运具有影响的伟大历史事件的诗歌。因此,别人只要到自己祖国的历史中去找出类似的事件,一开头就呼唤缪斯,用惯用的"我歌唱"的冒头开始唱下去,一直唱到嗓子嘶哑为止,就行了。例如,维吉尔想起了埃涅阿斯遭受到数计不清的灾难之后,从特洛伊来到台伯河沿岸的传说,就拿来写成作品,因为他是用"cano"①这个字开始的,就自己认为,并且也使别人相信,仿佛他写了一部叙事长诗。他这部匀整服帖的、精雕细琢的、华而不实的修辞作品,出现在违反诗情的时代,古代艺术已经趋于死亡的时代,很久以来,一直跟《伊利亚特》争夺着第一名的荣位。西欧的天主教僧侣几乎要把维吉尔列为圣者;违反诗情的法国批评家拉·哈尔普几乎要把《埃涅阿斯纪》评价得比《伊利亚特》还高②。这样,《埃涅阿斯纪》产生了《解放了的耶路撒冷》③《泰雷马克历险记》④《失乐园》《梅西亚达》⑤《亨利亚达》⑥《柯尔杜安的贡萨里夫》⑦《捷列马喜达》⑧《彼得利亚达》⑨《罗西雅达》⑩以及其他的许多"亚达"。西班牙人把

---

① 拉丁文:"我歌唱"。
② 拉·哈尔普在《学院》(又名《古今文学讲义》)一书中认为,维吉尔在长诗的"总和"方面稍逊于荷马,但在"若干部分的美以及一切细节中的卓越口味"方面,则凌驾于荷马之上。
③ 意大利诗人塔索(1544—1595)的长诗。
④ 法国作家费奈隆(1651—1715)的长篇小说。
⑤ 德国诗人克罗卜史托克(1724—1803)的长诗。
⑥ 法国作家伏尔泰(1694—1778)的长诗。
⑦ 法国诗人弗洛连安(1755—1794)的长篇小说。
⑧ 特列奇亚科夫斯基把《泰雷马克历险记》加以改作而成的长诗。
⑨ 此处系指罗蒙诺索夫的英雄长诗《彼得大帝》。
⑩ 黑拉斯科夫的长诗。

自己的《阿拉乌卡纳》①引以自豪,葡萄牙人把自己的《鲁齐亚德》②引以自豪。只要一般对长篇史诗的本质和条件,然后再对《伊利亚特》的特点投以一瞥,就可以看到这些"叙事的"和"英雄的"长诗的无条件优点扩展到了如何程度。

　　叙事诗是刚刚觉醒的民族自觉在诗歌方面结出的最初的成熟果实。长篇史诗只可能出现在一个民族的幼年时期,那时,它的生活还没有分裂成为两个对立的方面——诗歌和散文,它的历史还仅仅是传说,它对世界的理解还是宗教的假想,它的力量、强力和朝气蓬勃的活动仅仅显现在英勇的丰功伟绩中。在《伊利亚特》里,生活的诗歌和生活的散文是如此不可分割地融成一体,普通的工艺竟被称为艺术,仙人赫菲斯托斯③根据创作构思,为众神和英雄们创造着(而不是制作着或者制造着)盾牌和武器,还有金的三脚架,还有木头的踏脚凳(干脆说,就是长凳)让众神在飞觞饮宴时搁脚,还有装有在铰链上开闭自如的门并附有厚实的门闩(而不是锁——怎么会是锁呢!连众神的艺术也还远远及不上德国匠人那样巧妙哩)的建筑物。在《伊利亚特》里,众神参与着被情欲和偏见推动着的人的行动;众神在会议上互相争吵,党同伐异,加入阿开亚人和达耐人的队伍互相厮杀;他们的直接的影响决定着事件的命运。在《伊利亚特》里,宗教还没有和其他社会生活因素分离开来:举凡人民的法权,政治理解,公民以及家庭的关系——一切都是直接从宗教中引发出来,一切又都是回复到宗教上面去的。机智巧妙的奥德修斯跟阿亚克斯·捷拉莫尼德赛跑,看到对方要赶过自己了,就去求救于帕拉达:艾吉奥赫的蓝眼睛的女儿④听从了自己情人的话,于是阿亚克斯在牛粪上滑跌了一跤,奥德修

---

① 西班牙诗人爱尔西里雅(1533—1594)的英雄叙事长诗。
② 葡萄牙诗人卡蒙伊斯(1524—1580)的长诗。
③ 在希腊神话中,赫菲斯托斯系火神,打铁业的护神。
④ 即指帕拉达。

斯获得了头奖,一只有六斗容量的银杯子,"西陀人的优美的工艺品",而阿亚克斯也很高兴自己获得了第二奖,"一头膘肥肉壮的小牛"。你看:普通的偶然事故也不能算是偶然事故,而是暗中保护情人的女神故弄玄虚的结果。就连阿亚克斯自己也对这一点深信不疑:

　　　　他一只手抓住阉牛的角,
　　　　吐出一口屎来,这样对阿尔吉维人说:
　　　　"朋友们,雷神的女儿弄伤了我的腿,雅典娜啊!
　　　　她永远像母亲一样赶来救护奥德修斯!"
　　　　　　　　　(第二十三歌,第七八〇至七八四行)

　　奥德修斯是人类智慧的颂赞;可是,他的智慧包含在什么地方呢?包含在常常是粗野的、平淡无奇的狡猾中,在我们用普通的语言称之为"欺诈"的行为中。然而,在幼年民族看来,这狡猾不能不显得是绝顶的智慧。由此就造成了荷马最崇高的以及最简单的思想的幼稚性质,不管这些思想所表达的是民族的世界观也好,或者仅仅是实际的观察,人生世故的秘诀也好。人们假定荷马生存于薛西斯①入侵希腊的六百年前,那正是希腊民族完全脱出了幼年状态并获得精神生活和市民生活的充分发展的时期。因而,荷马正是出现在他的《伊利亚特》里的那种人物——一个老小孩,一位朴实浑厚的天才,他真心诚意地相信,他所描绘的东西可能正是像他在富有鼓舞力的预见中所设想到的那样;总之,他跟自己的作品打成一片,他的作品是他最神圣的信仰和最深刻的信念真诚而又素朴的表现。然而,荷马不是出现在特洛伊战争的当时,而是在那以后大约二百年。如果他是目睹这一事件的人,他就不可能把它写成一部长诗:事件必须变成幼年民族的活泼而又华美的想象

---

① 薛西斯(在位时间前485—前465),古代波斯王。

的诗意传说;事件的主人公必须看来好像是处在遥远的前景中,笼罩在过去的迷雾中,这样一来,就会把他们的自然的身材扩展得非常高大,使他们穿上厚底靴,从头到脚沐浴着荣誉的光辉,并且会使旁观的人看不到一切不匀整之处和平淡无奇的细节,可是这些破绽在当时看来,是显而易见的。现时不可能是幼年民族的诗意作品的对象,古代圣哲赫西俄德在他那本带有神话性的诗神颂赞里说出了后来在德国人的思想中自觉地得到发挥的诗歌的全部本质,他说:"诗神们把神奇的歌注入他里面去,他对未来和过去加以颂扬",可是,诗神们自己却"在奥林波斯山上用歌声来娱乐父亲狄亚的伟大心灵,讲到现在有、将来有、过去有过的一切"①:只有众神的诗歌,除了过去和未来之外,也囊括现时,因为众神的生活本身就是幸福,诗歌②……可是,荷马生存的时代,跟发生他所歌颂的事件的时代,不是截然分开的:一切都还令人记忆得起来,大家把有关这个时代的传说看作历史一样,信以为真,而看不到过去和现时之间有着巨大的差别,因此,荷马虽然不是特洛伊战争的那个时代的人,但耳畔却还是充满着圣伊里昂城陷落的轰响……

　　现在,可以清楚地看到《埃涅阿斯纪》的优点。当然,它的机智横溢的作者取材于过去,抓住了传说,可是,这过去、这传说之使他感兴趣,其程度一点也不比可疑的奥列格进军查烈格勒③一事使我们俄国人感兴趣更厉害些。作为几乎已经完成生命历程并已濒于危亡的民族中的一分子,作为丧失了一切信仰,表面上尊敬神,但实际上却嘲笑神的这样一种老朽、衰颓的文明的子孙,维吉尔怎么能够虔敬(pius④),而又不做一个伪君子和假仁假义的人,怎么能够不从旁窃笑,却怀着景仰之心和诗情的热忱,来讲到没有

---

① 引自赫西俄德的《神谱》。
② 参阅谢维辽夫的《古今各民族诗歌理论之历史发展》一书第17页。——原注
③ 即今土耳其之伊斯坦布尔。
④ 拉丁文:虔敬。

引起他的衷心同情、没有震撼他的心灵的全部弦索、没有成为他的宗教信仰的东西呢？……他的长诗不是从独特的思想中产生的，而是被《伊利亚特》的存在所唤起的自觉行动的结果；他的《埃涅阿斯纪》不是一部独创的作品，而是对于伟大范本的盲目模仿——光是这一点，就是对于它的最好的批评和最终的宣判。这不过是用美丽的（从外部装潢方面来说）拉丁六音步诗写成的《泰雷马克历险记》而已。

新民族在长篇史诗方面的最好的尝试，无疑是《解放了的耶路撒冷》《失乐园》和《梅西亚达》。这些作品确是充满着卓越的诗意细节，并且显示出它们的作者具有伟大的诗情才能；可是，要赋予它们以跟它们的内容以及时代精神格格不入的形式的那种努力，千方百计要把它们变成《伊利亚特》的那种努力，自然要使它们在整体上被歪曲，被丑化；它们在整体上不能成为严整的艺术作品，就是因为它们不是从直接的创作行为中引发出来，而是从自觉的，并且是错误的思想中引发出来。中世纪的欧洲骑士精神跟英勇的希腊生活之间，有什么共通之处呢？十字军远征跟特洛伊战争之间，有什么共通之处呢？——一点共通之处也没有，因为外部的相似是不值得加以考虑的！然而，塔索①一定要把自己的作品写成《伊利亚特》，把自己的长诗改作了好几次，以适应学院式的老一套的做法……虽然阿里奥斯托的 *Orlando Furioso*② 远远没有博得像《解放了的耶路撒冷》那样大的名望，可是，它却比塔索的臭名远扬的作品更要千百倍的是一部骑士风的长篇史诗。五光十色、千变万化的人物和事件，交织在一起的偶然性和冲突的花团锦簇般的结构，渗入长诗中的、那根据时代精神和时代条件而分裂为诗歌和散文的生活的喜剧因素本身，爱情和战斗，魔术和奇迹，插

---

① 《解放了的耶路撒冷》的作者。
② 意大利文：《疯狂的奥兰多》。

笔、插曲——这一切,在阿里奥斯托的这部没有丝毫自命不凡之处、一点也不牵强、不玩弄辞藻的作品里,较之在塔索的长诗里,更要多得多地表现出欧洲骑士生活的精神和色调,更要多得多地满足骑士风长篇史诗的要求。

《失乐园》是一部闪耀着伟大才能光辉的作品;可是,这一类长诗,只能够是圣经时代的一个犹太人所写的,而不能够是克伦威尔时代的一个清教徒所写的,在克伦威尔时代,已经有自由的思维的(并且还是纯粹理智的)因素渗入到信仰中来了。因此,这部长诗的形式是不自然的,虽然其中有许多显示出巨大幻想力的个别卓越章节,但也有着许多跟对象的宏伟不相适应的丑陋的细节:只要指出天使用人间的武器跟堕落精灵打仗,堕落精灵的轻盈缥缈的身体居然会受伤,并且视受击之轻重而定,多则一昼夜,少则一小时,伤口会霍然痊愈,还有天使夜间从山间弄到大炮,用来射击这些罪恶的精灵……

《梅西亚达》也并不缺乏诗情的细节……

关于我们俄国的"伊达""亚达""雅达",没有什么话可说,除非是下面的一句话:"亲爱的尸灰,永眠吧"①……

如果不是所有的,那么是几乎所有的民族,在其幼年时,都曾经有过叙事式的故事;可是,并不是所有这些故事都能够从艺术的观点来加以考察的:因为它们里面必须包含无限的概念。如果民族的状况,它的实体,构成着一部叙事诗的主要内容,那么,这个民族还必须包含有概念,精神,它还必须是一个具有全世界历史意义的民族。这说明了为什么只有少数作品才能够被引来作为长篇史诗的范本,例如印度的两部长诗《摩诃婆罗多》和《罗摩衍那》,但主要是荷马的两部叙事诗《伊利亚特》和《奥德赛》。印度的长诗纵然内容十分丰富,但却不能跟后两部作品匹敌,而是属于这样的

---

① 引自卡拉姆辛的《碑铭》(作于一七九二年)。

艺术发展阶段的产物,这时候艺术还仅仅努力争取自己的实现,因而,还不能满足诗歌的全部要求。另外一些就民族方面说来是十分重要的叙事诗作品,例如德国人的 *Nibelungenlied*①,还不具备囊括万有的人类意义,还没有显示出艺术的丰满性来。

这样说来,生活的本质、实体的力量、还没有跟自己生活的个别源泉隔离开来的那个民族的状况和风习,应该构成长篇史诗的内容。因此,民族性是叙事长诗的基本条件之一:诗人本人还是用自己民族的眼光来看待事件,没有把自己的个性跟这事件隔离开来。可是,要使长篇史诗一方面是高度民族性的东西,同时又是一部艺术性的作品,那么,个别民族生活的形式就非包含有全人类的、世界性的内容不可。希腊人的个别生活便是这样——因此,甚至他们那些宇宙起源论式和神谱式诗作的幼稚的喃喃低语,也都包含有后来成为全体人类的财富的概念。再说一遍:在我们前面已经征引过的赫西俄德的诗神颂赞里,包含有新时代的美学的内核和本质,这种美学理论充满着被我们当代的德国人的直观思维所发展了的有关典雅事物的哲学。这说明了为什么《伊利亚特》和《奥德赛》一方面是民族性的、希腊的作品,同时又属于全体人类,同样地为一切时代和一切民族所理解,或多或少适合于译成世界上的一切语言和文字。希腊人作为人类幼年时期的充分的、无愧的代表,通过自己的幼年时期,表现了全体人类的幼年时期——在荷马的长诗中,人类怀着激动想起了他们的(不仅仅是希腊人的)光辉的幼年时期。譬如说,在俄国人的歌谣和叙事传说里,也包含有许多诗歌,可是,这诗歌仅仅局限在民族个性的狭隘的魔术圈子里,而缺乏全人类的内容,因此,仅仅为俄国灵魂所理解,仅仅诉诸俄国灵魂,却不能为任何其他民族所理解,也不能翻译成任何其他语言。正因为这样,所以我们的民间歌谣和叙事传说缺乏任

---

① 德文:《尼伯龙根之歌》。

何艺术性,虽然有些地方闪耀着诗歌的鲜艳光彩,但同时也充满着平淡无味的章节;思想常常在它们里面找不到精确的表现,却只能含混不清地用暗示和象征表示出来。只有全人类的、世界性的内容,才能够显现在艺术性的形式中。

民族的实质的生活必须表现在事件里面,然后才能够赋予长篇史诗以内容。在一个民族的幼年时期,它的生活主要是表现在豪迈、大无畏和英勇精神中。因此,唤醒、激发并鼓起一个民族的全部内在力量、在它的(还是神话式的)历史中构成一个时代并对其以后的全部生活发生影响的这样一种战争,主要是叙事式的事件,它为长篇史诗提供了丰富的素材。对于希腊人说来,令人难以置信的特洛伊战争正是这样一种事件,它给予了《伊利亚特》和《奥德赛》以内容,而这两部长诗又给予了索福克勒斯和欧里庇得斯的大部分悲剧以内容。长篇史诗的登场人物必须是民族精神的十足的代表;可是,主人公主要必须是通过自己的个性来表现出民族的全部充沛的力量,它的实质精神的全部诗意。荷马笔下的阿喀琉斯便是这样的。你喜爱赫克托耳,这垂危的民族和家室的擎天柱,温柔的丈夫和父亲,仅次于阿喀琉斯的勇敢的、强有力的勇士;你痛苦地哀悼他的死亡,仿佛责怪命运和众神不该为了主持公道而保护阿喀琉斯;可是,你再仔细审视一下,你就会看到,勤奋的、愤怒的、勇迈的和诗情的彼里德①有权对赫克托耳占上风。他主要是一位从头到脚沐浴着荣誉的无法逼视的光辉的英雄,是希腊精神的一切方面的十足的代表,是值得赞许的女神之子。赫克托耳比阿喀琉斯更富有人性,可是,阿喀琉斯比赫克托耳更富有神性。阿喀琉斯要比所有其他的英雄高出一头;阿亚克斯跟他力量匹敌,但跑起来却没有他快。年高德劭、头发全白的议会活动家涅斯托耳,是对于积累起长时期生活经验而智慧陡增的老年人的颂

---

① 即阿喀琉斯之别名。

赞,是对于圣洁而又温暖的心灵以及老年人的温和慈祥的颂赞。奥德修斯是政治方面的智慧的结晶。阿亚克斯充满着勤奋精神、粗犷的勇气和充沛的体力。各民族的牧人,阿伽门农,以庄严雄伟见胜。总之,《伊利亚特》里的每一个登场人物都表现出希腊民族精神的某一个方面;可是,阿喀琉斯是这个民族的实质力量的总和。他无敌于天下,仅仅在议会中才自愿地向有些人表示让步。阿喀琉斯是对于英雄的希腊的诗意颂赞;这是长诗中的名副其实的主人公;他的伟大的、英雄的灵魂寄寓在美丽的、神灵般的肉体中;在他的脸上,英勇和美丽融而为一;他的动作显出壮伟、优雅和体态匀称之美;他的语言显出高贵和毅力。众神和命运本身在暗中保护他,这是毫不奇怪的;他虽然手无寸铁,只要一出现在土墙上,大喝三声,就能使特洛伊军队溃不成军,弃甲遗兵而走,这也是毫不奇怪的。他是整部长诗的中心:他对阿伽门农生气以及跟他和解,赋予了长诗以开场和结局,开端、中部和结尾。他怒气冲冲,一动不动地坐在自己的帐篷里,弹着金线做弦的竖琴,不去参加战争;可是,他无时无刻不是长诗里的主人公:在这部长诗里,一切都从他那里引发出来,一切又都回到他那里去。可是,这是因为他不是用自己的名义,而是用民族的名义,作为民族的代表,参加在长诗里……

　　长篇史诗必须具有完整性,情节的统一,各部分的配合——这一点,构成着每一部艺术作品的必要的条件,而并不是长篇史诗的独有的属性。

　　我们时代的长篇史诗是长篇小说。长篇小说包含着叙事诗的一切类的、本质的特征,差别仅仅在于:笼罩在长篇小说里的是另外一些因素和另外一种色调。在这里,已经没有像神话中出现的那种规模的英勇生活,没有高大的英雄形象,在这里行动着的不是众神,可是,在这里,却把日常的、平淡无奇的生活现象加以理想化,归结成为普遍的典型。长篇小说或者可以采用历史事件作为内容,并在历史事件的范围内展开某一个人的事件,像在叙事诗里那样;差别在于这些事件本身的性质,因而是在于发展和描绘的性质;或者,也可以采用具有积极现实性的、处在目前状态中的生活作为内容。总之,这是新艺术的权利,在新艺术中,个人的命运不是由于其对社会的关系,而是由于其对人类的关系,才显得是重要的。日常生活虽然有永久的实质力量作为自己最后的基础,但其显现却是偶然的,被毫无意义的外部事物所压倒的。历史虽然在实际的显现中展示了永恒的法则和合理的必然性,但在其显现中,事实却缺乏自觉,因而具有外部事件的外貌,并且这些事实永远是跟日常生活的偶然性纠缠在一起,交织在一起的。作为艺术作品来看,长篇小说的任务,就是要从日常生活和历史事件中剔除一切偶然的东西,渗透到它们的隐秘的核心——那生气蓬勃的概念中去,使表面的和分散的东西成为精神和智慧的容器。长篇小说的艺术性之高低,就靠基本概念的深度,以及长篇小说形成个别的特点时所显示的力量来决定。长篇小说完成了这一任务之后,就能和其他一切自由幻想的作品并驾齐驱,在这个意义上说来,应该跟那些满足公众的眼前要求的朝生暮死的美文学作品严格地区别开来。理查逊①们、菲尔丁②们、拉德克里夫③们、刘易士④们、杜克莱-杜美尼尔们、拉封丹们、施比斯⑤们、克拉梅尔⑥们、保罗·德科克们、马利耶特⑦们、狄更斯们、勒萨日们、米邱伦⑧们、雨果们、特·维尼们的名字,都具有相对的重要性,享有着或者享有过应得

---

① 理查逊(1689—1761),英国感伤主义小说家。
② 菲尔丁(1707—1754),英国小说家。
③ 拉德克里夫(1764—1823),英国专写神怪小说的女作家。
④ 刘易士(1773—1818),英国怪异小说家。
⑤ 施比斯(1755—1809),德国冒险小说家。
⑥ 克拉梅尔(1758—1817),德国专写强盗路劫的小说家。
⑦ 马利耶特(1792—1848),英国专以海员生活为题材的小说家。
⑧ 米邱伦(1782—1825),伊朗诗人,小说家。

的名望；可是，绝对不应该把它们跟作为小说家的塞万提斯、华尔特·司各特、库柏、霍夫曼和歌德等人的名字相提并论①。

长篇小说的范围要比叙事长诗无可比拟地广阔得多。像它的名称本身所显示的，长篇小说是从基督教民族的新文明中产生出来的，那是人类的这样一个时代：在这个时代中，一切民政的、社会的、家庭的和一般人类的关系，都变得无限繁复，充满着戏剧性，生活分裂成为无限多样的因素，向深里和广里发展开去。除了意义重大和内容丰富之外，长篇小说即使作为艺术作品来看，也不稍逊于叙事长诗。人们也许会反驳我们，我们自己只承认两部长诗是典范之作，而光是华尔特·司各特一人，就写了三十多部长篇小说。的确，叙事长诗要求天才的力量有更大程度的凝练，天才把叙事长诗看成自己整个生活的丰功伟绩；可是，这完全不是因为长篇史诗比长篇小说优胜，而是因为新民族的生活和古代希腊人的生活比较起来，有着异常丰富、异常优胜的内容。古代希腊人的历史生活整个儿表现在一个事件中，一部长诗中（因为《奥德赛》似乎是《伊利亚特》的继续和结束，虽然它也表现了希腊生活的另一个方面）。他们中间如果出现了一位新的荷马，就再也找不到像特洛伊战争这样的另外一个事件，可以供他作为写作长诗的内容；假定可以找到这样的事件，那么，他的长诗也还是会成为《伊利亚特》的重复，因而不会有任何优点。可是，试举十字军远征为例：华尔特·司各特写了整整四部有关这一时期的长篇小说（《巴黎的罗伯特伯爵》《吉斯特的康奈泰布尔》《护身符》《艾文荷》）——如果他写出一千部这一类的小说，也不会把这一事件的全部丰满内容汲取净尽。此外，长篇小说还有一个巨大的好处，那就是：个

---

① 别林斯基把菲尔丁和狄更斯归入美文学家的范畴，相反，却把霍夫曼归入古典作家之列，这证明：别林斯基在写这篇文章的时候，对十八世纪的现实主义文学传统有估价不足之嫌，而对浪漫主义的影响也还未能完全予以克服。他对狄更斯的看法，后来有所改变：请参阅《一八四三年的俄国文学》。

人生活也可以充作它的内容,然而却是绝对不能充作希腊长篇史诗的内容:在古代世界里,存在着社会、国家、民族,可是人,作为个别的、特殊的个性,却并不存在,因此,在希腊人的长篇史诗以及他们的戏剧中占有地位的,只能够是民族的代表——人神、英雄、皇帝。对于长篇小说说来,生活是在人的身上表现出来的,举凡人的心灵与灵魂的秘密,人的命运,以及这命运和民族生活的一切关系,对于长篇小说都是丰富的题材。在长篇小说里,吕贝伽①完全不必一定要是一位皇后或者像犹狄菲一样的女英雄:对于长篇小说说来,只要她是一个女人就够了。

  长篇小说之所以有高度的艺术发展,必须归功于华尔特·司各特。在他以前,长篇小说仅仅满足它在其中出现的那个时代的要求,并且跟这个时代一同消亡。例外只有西班牙人米古埃尔·塞万提斯的不朽作品《堂吉诃德》,还有歌德的几部长篇小说(《少年维特之烦恼》、《威廉·迈斯特》、*Die Wahlverwandschaften*②)。然而,后几部是反省的作品,而不是直感的作品,具有着虽然伟大但却是特殊的意义。华尔特·司各特可以说是创造了在他以前没有存在过的历史小说。天生缺乏美学感觉,用理智而不是用心灵和精神来理解诗歌的人,挺身出来反对历史小说,认为历史小说是历史事件和私人事故的非法结合③。可是,难道在现实本身中,历史事件不是跟个人的命运交织在一起,反之,难道个人不是有时也参加在历史事件中的吗?除此之外,难道每一个历史人物,纵然他是皇帝也罢,岂不同时也不过是一个人,像所有的人一样,又爱又憎、又痛苦又欢乐、又祝愿又期望吗?再说,难道他的私生活情况不是

---

① 《艾文荷》里的女主人公。
② 德文:《亲合力》。
③ 主张此说的有森科夫斯基和格列奇,例如前者曾说过:历史小说"是历史和想象通奸后所生的产物";后者也说过:在一部历史小说里,"作者拘囿在历史的框子里,而历史却被诗歌的虚构和奇想所歪曲"。

会对历史事件发生影响,反之亦然吗?历史从舞台的正面,把事件表现给我们看,却不肯稍微揭起一下遮住后台的帷幕,而它所表现的事件在日常平凡生活的范围内的产生及其完成,就是在幕后进行的。长篇小说不叙述历史事实,只有和构成其内容的个人事件联结在一起时才采用历史事实作为描写的对象;可是,这样做时,长篇小说就把历史事实的内在的方面,所谓内幕,揭露在我们的眼前,引导我们走进历史人物的书斋和寝室,使我们目睹他的家常生活、家庭秘密,不但在他穿着富丽堂皇的历史性制服的时候,并且也在他穿着宽袍、戴着睡帽的时候,把他显示给我们看。国王和时代的色调,当时的风俗和习惯,表露在历史小说的一字、一句中,虽然这并不构成它的目的。因此,历史小说仿佛是一个点,作为科学看的历史,在这个点上和艺术融合为一了;它是历史的补充,是历史的另外一个方面。当我们阅读华尔特·司各特的历史小说的时候,我们就感觉到自己也变成了小说事件在完成着的那个时代的当代人,那个国家的公民,在生动的直观形式里,对那时代和国家获得了比任何历史可能给我们的更为正确的理解。

就其长篇小说的艺术优点来说,华尔特·司各特足以跟一切时代和一切民族的最伟大的作家并驾齐驱。他是基督教欧洲的真正的荷马。跟他并肩齐立的还有北美合众国的长篇小说家,天才卓著的库柏。他的长篇小说完全是独创一格的,除了具有高度的艺术优点之外,跟华尔特·司各特的长篇小说没有任何共通之处,虽然就新文学的顺序的历史发展说来,它们是华尔特·司各特的长篇小说的结果:开创新小说的这份光荣,属诸华尔特·司各特。

中篇小说也就是长篇小说,不过规模小一些罢了,而规模是由内容本身的实质和规模所制约的。在我们的文学中,这一类小说以一位真正的艺术家——果戈理作为代表。他的最优秀的中篇小说有:《塔拉斯·布尔巴》《旧式地主》和《伊凡·伊凡诺维奇和伊凡·尼基福罗维奇吵架的故事》。在艺术成就方面与之相似的有普希金的中篇小说《上尉的女儿》，而他的未完成的长篇小说《彼得大帝的黑人》则显示出：如果诗人不是过早夭折的话，那么，俄国文学将会由于拥有一部艺术性的历史小说而增光不少。除了他们以外，还有一位不久才在我们文坛上崭露头角的年轻才士——莱蒙托夫君，他对于中篇小说，甚至对于长篇小说，将来都是大有作为的。在德国文学中，中篇小说以天才卓著的霍夫曼作为代表①，他可以说是开创了一种特殊体裁的幻想诗歌。其他各国的中篇小说没有获得过这样丰富的发展；甚至在英国文学中②，也没有什么中篇小说家的名字可以列在华尔特·司各特和库柏的名字后面。华盛顿·欧文是一个天赋不凡的讲故事的人，然而，也不过如此而已。

虽然以拜伦和普希金的长诗作为范本的、在初出现时被称为浪漫主义长诗的新长诗，由于显然含有抒情因素之故，应该被称为抒情长诗，可是它们却还是属于叙事类：因为它们每一篇的基础都是事件，并且它们的形式也纯粹是叙事式的。然而，这已经是我们时代的长篇史诗，一种混杂的、彻底渗透着抒情性和戏剧性的，并且常常借用抒情诗和戏剧的形式的长篇史诗。在这种长篇史诗里面，事件并不把人遮蔽起来，虽然事件本身也可以有其独立的意义。

属于叙事类的还有田园诗或者牧歌，十八世纪曾经使它们成为一种特殊的诗歌体裁——田园情调的或者牧人情调的诗歌。当时，人们一定要田园诗颂扬人类社会形成以前一段时期的牧人生活，那时候的人（仿佛）是像羔羊一样天真，像绵羊一样善良，像鸽子一样温柔。甜得发腻的、肉麻当有趣的感伤情调，缺乏任何精力

---

① 别林斯基对霍夫曼评价过高，是由于他在这时期还未能完全克服浪漫主义的影响之故。
② 别林斯基在这里把华尔特·司各特、库柏和欧文都归入"英国文学"，实际上应该说"英文文学"。

的、堕落的、腐朽的爱情感觉,构成着这种田园情调的诗歌的显著特点。人们是在古代人的基础上,借托忒俄克里托斯①的名义,把它臆造出来的。为了要显示这种对于古代人以及忒俄克里托斯的粗俗诽谤荒谬到了如何程度,并要让人得到一个关于田园诗的正确的理解,我们在这里要介绍一下著名的格涅季奇关于这个题目所发表的意见,他是一位浸透着古代艺术精神、充满着古代神圣声音的古代事物的深刻的鉴识家,就心灵和才能说来,是一位真正的诗人。下面便是他在他从希腊文译出的忒俄克里托斯的田园诗《锡腊库札女人们》(或称《阿多尼斯的节日》)的序文里所讲的几段话:

"在我们这里,正像在欧洲各国的新文学中一样,田园诗歌仅仅局限在*牧人情调的诗歌*这个狭窄的定义中。从这个定义就引出了另外一种同样毫无根据的意见,那就是认为:牧人情调的诗歌(亦即田园诗,牧歌)在我们的文学中是不可能存在的,因为我们没有像古代那样的牧人,云云,云云。

"按照原字本身的含义说来,希腊人的'田园诗'应该解作*风景*,*画面*,或者是我们称之为*场景*的东西;可是,生活的场景有牧人情调的,也有公民的,甚至也有英雄的。这由忒俄克里托斯的田园诗可以得到证明,他是首屈一指的——或者更正确点说,独一无二的诗人,他的这种特殊的诗歌体裁成为西欧一切民族的范本。虽然不是他首先创立这个体裁,可是他改进了这个体裁,使之更加接近于自然。——他从创始于他故乡西西里的民间歌舞剧中借来了形式写作田园诗,同时又用繁复多样的内容丰富了它们;可是,他选取的大部分是平民生活的题材,为的是用平民的、民间的思想来对照他所生活的亚历山得里的豪华王朝,并通过这个对照来迷住和大自然

---

① 忒俄克里托斯(约公元前三世纪),古希腊诗人,牧歌的创始者。

隔离得很远的读者。普特勒密的朝廷根本不熟悉西西里牧人的世态人情;从题材的新颖,以及跟当时娇生惯养、纸醉金迷的风气的对照说来,他们的生活画面应该对于田园诗的读者有着双重的魅力。人们被豪华奢侈的、熙熙攘攘的生活印象压得喘不过气来,就必然要去追求一种更为安谧、甜美的生活,从中获得喘息。大自然从来不会对人类心灵失去其强大的威力。

"在人类社会发展到埃及人那种境界的任何地方,诗人们都会试图作这一类的对照写法。可是,只有希腊人才能够写得又自然又独创。一切其他的民族都想改善,或者按照自己的意思改动一下大自然本身:他们用多情善感代替了感情,用精雕细琢代替了朴素。罗马人曾经好几次企图把乡村生活的画面表现给市民们看。维吉尔以写作田园诗开始其文学创作活动;可是,尽管他的诗句写得婉转动人,但他却远远地落在忒俄克里托斯的后面,他笔下的牧人大部分都是擅长辞令的演说家。卡尔蒲尼和其他的罗马人竞相仿效维吉尔,而不是仿效大自然。

"在新时代的文学中,特别是在意大利文学中,当一切诗歌体裁都被尝试过之后,许多田园诗就出现在荒淫无度的人们中间;可是,桑纳查罗①多么缺乏自然之趣,瓜利尼②是多么粉雕玉琢!法国人就更不用说了。在路易十五王朝曾经被人广泛诵读的盖斯纳③,也经受不住时代的考验:他按照自己的样式,创造了一种富有感伤情调的大自然,把自己笔下的牧人们加以理想化,尤其糟糕的是,把希腊神话引进了田园诗。他

---

① 桑纳查罗(1458—1530),意大利诗人。
② 瓜利尼(1538—1612),意大利诗人。
③ 盖斯纳(1730—1788),用德文写作的瑞士诗人。

的一个最重大的谬误就在这一点上：女妖，牧神，半人半仙的神，对于我们说来，都已经死去了，不可能出现在我们时代的诗歌中而不带来一阵彻骨的寒冷。——这样，忒俄克里托斯就像荷马一样，始终是一座明亮的灯塔，每次我们迷失了路途，就要回到它那里去。

"到目前为止，只有和我们同时代的德国诗人才透彻地懂得忒俄克里托斯：福斯①、勃隆纳②、盖倍尔③写作了真正民间的田园诗；他们的迷人的描绘引导读者进入那种甜美的生活，沉浸到今天的社会环境使我们远远离开的大自然的怀抱里去；他们甚至使读者对这种生活发生热爱。这种成就不仅仅是由于作家的才禀所造成的：桑纳查罗和盖斯纳也是卓有才华的。德国诗人懂得：田园诗的体裁比任何其他的体裁更需要有民间的、本国的内容；不但是牧人，并且还有凡生活方式和大自然接近的一切阶层的人，都可以作为这种诗歌的题材。这便是他们所以获得成就的原因。"④

下面便是忒俄克里托斯的《锡腊库札女人们》的内容：锡腊库札女人们带着她们的家眷到亚历山得里来，一家一家络绎而至；她们想见识见识阿多尼斯节日，就跑到普特勒密·斐拉岱尔夫的宫廷里来，普特勒密的妻子阿尔辛诺雅在那里安排着盛大的庆祝。这首田园诗一方面描写普通人民的风习，他们的日常生活、家庭关系；另一方面，描写普通人民跟崇高的、实体的民族生活的关系，使普通的妇女因为听到著名歌手、一个阿尔吉夫的姑娘所歌唱的高雅的、诗意蕴藉的阿多尼斯赞歌而感到欢欣鼓舞。普通老百姓的

---

① 福斯(1751—1826)，德国诗人，荷马作品的翻译者。
② 勃隆纳(1758—1850)，德国诗人。
③ 盖倍尔(1760—1826)，德国诗人。
④ 引自《格涅季奇诗集》，圣彼得堡，一八三二年出版，第39—42页。

生活的两个方面,亦即散文和诗歌这两个方面,甚至在一个锡腊库札女人果尔戈的结束语中,也可以看得出来:

啊,普拉克西诺雅,歌唱得真好! 阿尔吉夫的姑娘禀赋高超,更其幸运的是她有一条好歌喉!

但是该回家啦:我的狄奥克里德还没有吃饭,

我那当家的可凶啦,饿了肚子就要发脾气。

亲爱的阿多尼斯,再见! 希望你再回来,让我们一道快乐遨游!

茹科夫斯基所翻译的盖倍尔及其他德国诗人们的诗,也可以作为田园诗的范本,计有:《红宝石》、《两个再加一个》、《意外的会见》、《诺尔曼风俗》、《旅行家和女农民》(歌德)、《燕麦羹》、《乡村守卫人》、《易腐性,晚间在通巴则尔的路上,在烈特勒城堡的废墟前进行的谈话》、《乡村中的一个星期天早晨》①。俄文中曾经有过许多创作的田园诗②,可是按照那句俗谚:"君子不念旧恶",我们就不提它们了。格涅季奇的一首卓越的田园诗《渔夫们》是一个光辉的例外。其中登场人物的生活以及表达方式都被理想化了,但不是那种装腔作势、涂脂抹粉的伪古典主义的理想化,而是这样一种理想化:浸透着浓厚的抒情情调,并且尽管采用了许多俄罗斯语法,却还是洋溢着古希腊诗歌的精神。总之,华美的色彩、深刻的内心生活、巧妙的概念和美丽的诗句,使格涅季奇的田园诗成为我们文学中的真正精美的、虽然不幸还未被赏识的杰作。普希金的《骠骑兵》《布德雷斯和他的儿子们》,也是田园诗。

属于叙事诗歌的还有寓意故事和寓言,在它们里面,生活的散文方面和俗世的、实用的、日常的智慧被诗意化了。这种诗歌体裁

---

① 以上各诗,除歌德的一首以及《诺尔曼风俗》系乌兰德所作外,其他均系盖倍尔所作。

② 系指巴纳耶夫等人的田园诗。

只有在两个国家——法国和俄国——的新文学中才获得了高度的发展。在法国,寓言的代表作家是拉封丹;我们文学界拥有几位才能卓著的寓言作家①,但只有克雷洛夫才是民间寓言的真正的创作者,在他的寓言里,表现了俄国人民的全部丰满的实际智慧,机智,看来是浑厚的但却是尖刻的讥讽。

还有所谓训诫诗也应该归属于叙事诗歌之列;可是,我们以后还要谈到它。

抒情诗歌

在叙事诗中,主体被对象所淹没;在抒情诗中,主体不但把对象包含在自身之中,溶解它,渗透它,并且还从自己的内心深处吐露出那些和对象发生冲突时所激起的感受。抒情诗赋予默默无声的感受以言辞和形象,使这些感受不再锁闭在狭窄的闷塞的胸膛中,而暴露于艺术生活的光天化日之下,使它们获得特殊的存在。因此,抒情作品的内容已经不是客观事故的发展,而是主体本身,以及通过主体而产生的一切东西。抒情诗的分散性便是被这一点所决定的:个别的作品不可能包括完整的生活,因为主体不可能在同一刹那成为一切东西。个别的人,在各种各样的时刻,充满着各种各样的内容。虽然全部丰满的精神都能为他所理解,但这种理解却不是一蹴可及的,而是通过个别的情况,在多到不可胜计的各种各样的时刻中累积而成的。一切普遍事物,一切实体的东西,一切概念,一切思想——世界和生活的基本推动力,都可以构成抒情作品的内容,可是,有一个条件:普遍事物必须化为主体的血肉般的所有物,浸透到他的感觉中去,不是跟他的某一个方面,而是跟他的整个存在结合起来。一切使主体感觉兴趣、感到激动、感到高

---

① 系指赫姆尼采、德米特里耶夫、伊兹梅洛夫等。

兴、感到悲伤、得到快乐、受到折磨、得到安慰、感到担忧的东西,总而言之,一切构成主体的精神生活的内容的东西,一切浸透到他里面去、在他里面兴起的东西——所有这一切,都作为合法的财富而被抒情诗所容纳。题材在这里没有什么独立的价值,一切都要看主体赋予题材以什么意义来决定,一切都要看题材通过幻想和感觉,被什么思潮,什么精神所贯串来决定。譬如说,诗人在书本中找到一朵枯萎的花,这能算是什么题材呢?——可是,这个题材却促使普希金写出了他的一篇最好的、最芬芳馥郁而又富有音乐性的抒情作品①。

抒情作品激发于一刹那的感受,因此,篇幅不可能也不应该过分漫长;否则,它就将是冷淡而又牵强的,不能给读者带来快感,却只能使读者感到厌倦。为了要激起我们的感情,并使感情长时期维持下去,我们就需要对某种客观的内容进行观察;否则,感情越是深入地展开,越是像鲜花般含苞怒放,它就越是迅速地冷淡下去。这说明了为什么歌剧是最长的音乐作品的缘故;在它里面,音乐跟客观的情节牵连在一起,尽管它具有统制一切的基调,可是,戏剧性更赋予它以生动的多样性。同样的一出歌剧,如果是根据想象的而不是实在的脚本来写作的话,就会显得是令人厌倦的。根据同样的原因,抒情长诗,或者抒情戏剧,在篇幅方面也是没有固定的界限的。可是,抒情作品本身,是刹那间的灵感的果实,它能够震撼我们的整个人,使我们长时期不能忘掉它所留下的深刻的印象,但诵读它的时间却不能超过几分钟。抒情作品是诗人的刹那间的心情状态的果实,如果在诗人被新的情绪所控制之前,不把它移写到纸上,它就会一去不复返地消失干净。因此,任何一个诗人都不能写出这样一部漫长的抒情作品,这抒情作品尽管篇幅漫长,却是以感受的统一性,因而也是以思想的统一性见称的,因

---

① 此处系指普希金的诗《花朵》(1828)。

此,是丰满的、完整的,具有个性的;我们的感觉的感受能力,如果不被那些激发这种感受能力并施作用于智能的纷繁多样的概念和形象所支持,也不可能长时期发挥作用,而不致很快地疲塌下去。这说明了为什么普希金的抒情作品,跟他的前辈的抒情作品比较起来,毫无例外地都是非常短小的缘故。抒情作品的篇幅的漫长,通常是由下面两个原因所造成的:或者是因为诗人在同一篇作品里,从一种感受转变为另外一种感受,并且非用空泛的辞藻把这些转变联结起来不可;或者由于一种错误的、违反诗情的,尤其是违反抒情的倾向——那就是:企图训诲式地发挥某些抽象的思想。造成抒情作品漫长之弊的这两种缺点的十足代表人物,就是崇尚辞藻的哀诗作者拉马丁。虽然杰尔查文的同样这些缺点,有时由于强大才华的明亮闪光而得到补偿,可是像他的《攻克伊斯玛伊尔颂诗》这一类漫长的颂诗,就整体说来,是令人困倦得不堪卒读的;就连他的《瀑布》也是难于一口气读完的。至于讲到不朽的罗蒙诺索夫用以迷醉忠实的俄罗斯人的听觉①的诗体演讲词;至于讲到彼得罗夫的《庄严颂诗》里的浓艳辞藻和夸张笔法;至于讲到卡普尼斯特的按照柯香斯基②君修辞学法则来悼哭自己的损失和"厄运"的华而不实的高谈阔论;最后,至于讲到梅尔兹利亚科夫在大学典礼上朗诵的含有庆祝意义的、官腔官调的诗作③,那么,

---

① "不朽的罗蒙诺索夫用以迷醉忠实的俄罗斯人的听觉"一句,是取自卡普尼斯特的颂诗《罗蒙诺索夫》,略加修改而成的。卡普尼斯特的原诗如下:
　　这样,罗蒙诺索夫用清脆的竖琴,
　　伴奏着嘹亮的诗句,
　　迷醉了俄罗斯人的听觉和灵魂……
② 柯香斯基(卒于1831),著有有关修辞学及俄国文学的许多教科书。
③ 这里指的仅仅是梅尔兹利亚科夫的颂诗,而不是他的古诗新译和俄罗斯歌谣(这些作品大部分都是卓越的)。梅尔兹利亚科夫拥有诗情的天性,可是上世纪的修辞学和诗学却把他的头脑弄糊涂了。至于讲到罗蒙诺索夫,那么,这里指的仅仅是那些含有庆祝意义的颂诗,它们即使偶或有诗歌的闪光,也无法掩盖其篇幅冗长和玩弄辞藻之病。——原注

它们仅仅适合于用来发生催眠作用,使读者的灵魂沉入到难受的苦闷和萎靡不振的冷漠中去罢了。

抒情诗歌在生活和自觉的一切阶段上,在一切时代和时期里,都可以产生出来;可是,和叙事诗的情况相反,它的繁荣时期,是在一方面人民已经形成了主观性,而另一方面,又出现了积极的、散文式的现实的时候。然而,在直感认识的阶段上,叙事诗蓬蓬勃勃地、顺利地向前发展着,而抒情诗歌却还距离它的崇高使命很远,说实话,还处于艺术的范围以外。这便是所谓自然状态的或者说是民间的诗歌。

把抒情诗歌划分为科,要看主体对于他用来写成作品的一般内容抱有什么态度来决定。如果主体沉浸在普遍观照的气氛中,仿佛在这种观照中丧失了自己的个性,那么,就产生出赞美歌、酒神歌、圣歌、赞神歌。在这个阶段上,主观性似乎还没有自己的声音,而是整个儿彻底地献身于那庇护它的至高至圣的精神;在这里,还很少有独特化,普遍事物虽然被诗人的富有鼓舞力的灵感所贯串,但却或多或少还显得是抽象的。这是抒情诗歌的开端和最初一瞬,因此,举例说,卡里马库斯[①]和赫西俄德的赞美歌,品达的酒神歌,都带有叙事性质,夹杂叙述,大都以篇幅相当大的抒情长诗的样式出现。新时代的诗歌很难提供这一类抒情作品的范例。席勒的著名的《欢乐颂》过分浸透着自觉,因此,不能把它归入这一类,虽然从炽烈的、蓬勃的感情的奇特力量看来,它也是可以被称为赞美歌和酒神歌的。普希金的《酒神的庆祝》和《酒神之歌》,巴丘希科夫的《过酒神节的女人》都是从古代生活中汲取内容的。普希金的《给俄罗斯的诽谤者们》和《鲍罗金诺周年》虽然充满着蓬勃的、炽烈的、狂热的灵感,可是也不能被称为严格意义上的赞美歌或者酒神歌,因为在它们里面,诗人的个性表露得太显著了。

---

① 卡里马库斯(约前310—前240),古希腊诗人。

只有在古代作品中才能找到这一类作品的范例。

当诗人已经认识到自己,他凭着主观性自由地选取并囊括使他发生兴趣的题材的时候,便出现了颂诗。颂诗的题材本身可能具有某种实在的兴趣(生活、现实、认识的各种范围:国家,神和英雄的荣耀,爱情,友谊,等等);在这种情况下,颂诗具有着庄严的特色。虽然在这里,诗人整个儿沉溺于自己的题材中,但并不是毫不引起自己的主观性发生反省的;他保持着自己的权利,与其说是发展了题材,宁可说是发展了充满在这题材里面的灵感。普希金的短篇诗作,诸如《拿破仑》《致大海》《高加索》和《雪崩》,便是这样的。总之,必须指出:颂诗,这种介于赞美歌或酒神歌和短歌之间的中间体裁,也是我们时代所少有的;我们时代的诗人把吸引他的题材变为幻想,画面(例如莱蒙托夫根据高加索的题材写成了《捷列克河的礼物》);可是,他所最爱、最感到亲切的体裁还是短歌,而短歌的意义和本质是更为抒情的,更为主观的。颂诗包含着较多外在的、客观的东西,而短歌则是主观性的最纯粹的醇精。这说明了为什么普希金颂诗写得很少,而杰尔查文的强大的诗歌活动主要是在颂诗方面的缘故。杰尔查文的许多颂诗,尽管没有一贯的气势,艺术修饰很拙劣,形式循规蹈矩,或多或少带有雕琢辞藻的味道,但按照其时代风气说来,却可以作为抒情诗歌之一科——颂诗的范例。特别是下面的几首颂诗:《密且尔斯基之死》《瀑布》《致第一个邻居》《奥恰科夫被围时的秋天》《美惠三女神》《美的诞生》等。

纯粹的、无杂质的抒情诗因素出现在短歌(按这个字眼的最广泛的涵义来说,作为纯粹主观感受的表现来看)中。没有诗歌的创造力就难以表达的、如此不可理解地、如此特殊地在我们幽暗的内心滋生的所有那些数计不清、多种多样的神秘的东西,在这里,都摆脱了它们的独特化的状态,也就是说,摆脱了仅仅属于我的状态,生了幻想的翅膀,飞了出来。最后,除了这些完全个人的感受之外,主体还在抒情作品中表现了自己生活中的更为普遍的、更为自觉的事实,各种各样的冥想、见解、比较、思想,以及整个知识的客观储藏,等等。包括在这一类里的,除了短歌本身之外,还有十四行诗、绝句、抒情曲、哀诗、献诗、讽刺诗,最后,还有所有那些甚至很难赋以特殊名称的多种多样的诗。所有这些东西,连同短歌一起,构成着我们时代的独有的抒情诗歌。普希金的抒情诗歌的最优美、最恳挚的创作,便属于这些作品之列。举例说,这样的作品计有:《幽居》《未完成的图画》《复活》《太阳沉熄了》《我爱你们的幽深莫测》《能否原谅我那些连翩的幻想》《阴霾的白天消逝了》《恶魔》《荣誉的愿望》《在故乡的蔚蓝天空下》《十月十九日》《冬天的道路》《天使》《诗人》《回忆》《预感》《花朵》《夜影笼罩在格鲁吉亚的丘陵上》《你年轻的岁月》《冬晨》《我沿着喧闹的街道漫步》《给诗人》《工作》《玛董娜》《冬晚》《徒然的赐予》《箭毒木》《荒唐岁月消逝的欢乐》,及其他等等。从这张清单上可以看出,它们大部分没有标题,而是以第一行诗句为名的:这正是其内容像音乐感受一样难以明确说明的抒情作品的属性。作为馥郁香味,音乐性、轻快、透明的形式,温柔但却深刻而又刚强的感情的优美表现等等的范例,作为掺和着、彻底浸透着高贵主观性的纯粹的、无杂质的醇精的那抒情情调的本质的范例,我们要在这里征引一首普希金死后发表的诗:

　　去到遥远的祖国,
　　你抛别了异乡;
　　在永难忘怀的、悲伤的时刻,
　　我长久地在你面前哭泣。
　　我一双发冷的手,
　　竭力想留住你。
　　我埋怨着,央求不要打断
　　无端的离情别绪。

但你却从痛苦的接吻中
把自己的嘴唇移开；
你召唤我从阴暗的放逐地
走向另外一个地方。
你说：在相会的日子里，
在永远蔚蓝的天空底下，
在橄榄树和爱情的浓荫下，
我的朋友呀，我们会重新结合在一起。
真可惜，到了那地方，
晴空闪着蓝光，
河水在峭壁下荡漾，
而你就此长眠不起。
你的美貌，你的苦难，
消逝在尸灰瓶里——
还有会见时的接吻……
我还在等待这一吻：可你也把它带走了……①

这是心灵的旋律，灵魂的音乐，这旋律和音乐不能翻译成人类语言，但却包含着完整的故事，它的开端在地上，结局却在天上……

在献诗和讽刺诗中，诗人对题材的看法凌驾于感受之上。因此，这种体裁的诗在篇幅方面可以超过短歌和其他真正的抒情作品。然而，在献诗和讽刺诗中，诗人是通过自己感情的三棱镜来看题材，赋予自己的冥想和见解以生动的诗意形象；像通常所理解的那种教诲主义，在这里是不可能有其位置的。讽刺诗不应该是对于缺陷和弱点的嘲笑，而应该是激怒的感情的迸发和冲激，高贵愤怒的雷鸣和闪电。讽刺诗的基础应该是深刻的幽默，而不是欢快

---

① 普希金的诗《去到遥远的祖国》。

而又无伤大雅的机智。普希金的诗《致贵人》是献诗的卓越范例,诗人在这首诗里,以奇妙的艺术形象刻画了俄国的十八世纪,并且隐约指出了十九世纪的意义。至于讽刺诗,那么,我们不知道在俄文中有比莱蒙托夫的《沉思》和《别相信自己》更为优秀的范例。

哀诗是具有忧郁内容的短歌;可是,在我们的文学中,根据《垂死的塔索》的作者巴丘希科夫以来的传统,产生了历史的或者叙事的哀诗这种独特的体裁。诗人甚至通过充满忧郁的回忆的形式,把事件写进这种体裁的作品中。因此,这些哀诗的篇幅要比普通的抒情作品广阔些。巴丘希科夫的哀诗《在瑞典城堡的废墟上》,普希金的《安德烈·谢尼埃》,便是这样的东西;就连杰尔查文的《瀑布》也可以被称为叙事哀诗。然而,叙事哀诗也可以没有历史的内容,例如那首被茹科夫斯基精心翻译成俄文的格雷①的著名哀诗《乡村墓地》和巴丘希科夫的哀诗《友人的幽灵》。属于叙事作品之列的,还有民歌、短篇故事诗和抒情情诗。民歌是对于历史事件的悼念,或者干脆是具有历史内容的歌谣。民歌差不多就是叙事哀诗;不过,它要求非有看法和表现方面的民族性不可。我们可以在《先知奥列格之歌》和《彼得大帝的欢宴》里看到这两者的卓越范例。在短篇故事诗中,诗人选取某一幻想的、民间的传说,或者自己编造出这一类的事件。可是在这种体裁的作品中,主要的东西不是事件,而是事件所唤起的感受,以及事件使读者产生的思考。短篇故事诗和抒情情诗兴起于中世纪,因此,欧洲短篇故事诗的主人公是骑士、淑女、僧侣;内容是精灵的显现,黄泉之下的神秘力量;场景是古堡、寺院、墓地、幽暗的森林、战场。茹科夫斯基的卓越的翻译使我们熟悉了席勒、歌德、华尔特·司各特以及其他德国和英国诗人们的短篇故事诗。茹科夫斯基自己也写过几首卓越的短篇故事诗;其中最好的是那些不是从俄国生活中汲取内

---

① 格雷(1716—1771),英国诗人。

容的作品。特别出色的是《风神琴》和《阿喀琉斯》。普希金的《新郎》《淹死的人》和《恶灵》是俄国民族的短篇故事诗的最为卓越的范例。抒情情诗之所以异于短篇故事诗,是因为:其中抒情因素绝对凌驾于叙事因素之上,因而,抒情情诗在篇幅方面要比短篇故事诗小得多。茹科夫斯基通过他的诗意蕴藉的翻译,也使我们熟悉了这种体裁的抒情诗歌。

抒情情调是德国文学中占优势的因素。抒情诗歌和音乐构成着这个民族的艺术生活的最华美的花朵。席勒和歌德,是抒情诗歌的两个完整世界,它的两颗被无数大小不同的卫星和星球环抱着的太阳。英国的丰富多彩的文学,在抒情情调方面也并不逊于其他国家的文学,而在叙事诗歌和戏剧诗歌方面,它是超过一切其他国家的文学的。莎士比亚的十四行诗和抒情长诗(例如《维纳斯和阿多尼斯》),拜伦的长诗和短篇作品,华尔特·司各特的抒情长诗,托玛斯·穆尔、华兹华斯、彭斯、骚塞、柯勒律治、顾柏①及其他人的作品,构成着抒情诗歌的丰富宝库。法国人几乎没有抒情诗歌;至少,他们的抒情诗歌并不超出民间歌谣(带唱的通俗笑剧)之上。贝朗瑞是他们的独一无二的伟大抒情诗人,可是,他的那些节奏短促的作品,按其表现的民族形式说来,是不能翻译成其他任何语言的。除了他的短歌之外,值得注意的还有安德烈·谢尼埃的浸透着优美古代精神的哀诗和刚毅有力的巴皮爱的抑扬格诗句。

既具有精巧绝伦的形式而又能表现内在主观性的感情的真正的抒情诗歌,在我们这里,是从普希金开始的。关于他的作品本身,在这里只要指出它们是无价之宝就够了。他通过这些作品,吸引了我们整个文学以及陆续兴起的才士跟他跑,自从他出现之后,哀诗又兼短歌的这一类作品就变成了抒情诗歌的独一无二的体

---

① 顾柏(1731—1800),英国诗人。

裁:只有老头儿和渐近老境的人才还在声嘶力竭地唱他们的庄严颂诗。跟普希金同时出现的以及沿着他所指示的方向前进的才士们,现在已经完全定型化了,他们写得很少,或者已经完全搁笔不写;然而,他们中间有一些人是以卓越的才力见称,用他们优美的作品丰富了俄国的抒情诗歌。可是,任何一个人,都没有像莱蒙托夫那样,从他一出现的时候起,就显示了这样大的威力,这样丰富的幻想,这样精美的作品形式。他有一些抒情作品,在艺术优点方面是可以跟普希金的抒情作品较量一下高低的。我们还必须公正地指出,柯尔卓夫的强大才能是一个非常突出的现象。他创造了一种独特的、完全出于独创而不可模拟的诗歌体裁。固然,他的诗歌还在民间性这个魔术圈中转来转去,可是,他已经扩大了这个圈子,给他那些短歌和民歌的民间的、朴素的形式注入了从更为崇高的认识范围中得来的更为普遍的内容。

戏剧诗歌

戏剧把业已发生的事件表演成为仿佛现在正在读者或观众的眼前发生似的。戏剧是叙事诗和抒情诗之间的调和,单独地看来,既不是前者,也不是后者,而是形成着一个特殊的、有机的整体。一方面,戏剧中的情节发展,对于主体说来,不是隔绝的,而是恰巧相反,是从他那里引发出来,又回复到他那里去的。另一方面,主体在戏剧中的出场,却又跟他在抒情诗中的出场具有完全不同的意义:他已经不是感觉着并观察着的、凝聚在自身之内的内心世界,他已经不是诗人自己,而变成了那个由他自己的活动所组成的客观的、现实的世界中被观察的对象了;他被划分成为许多部分,变成了根据其作用和反作用而构成戏剧的那许多人物的总和。因为这样,所以戏剧不容许有关于地点、事故、状态、人物的叙事式的描绘,这些情况应该自己呈现出来,让我们进行观察。和长篇史诗比较起来,戏剧对于民族性的要求,要弱得多:我们在《哈姆雷特》里看到了欧洲,根据人物的精神和天性看来,是北欧,但却绝不是丹麦,并且,天知道事情是发生在什么时代啊。戏剧不能容许有任何抒情的流露;人物必须在行动中表露自己:这已经不是感受和冥想——这已经是性格了。通常在戏剧中被称为抒情段落的东西,仅仅指的是被激怒的性格的动力,性格中那种使言辞不由自主地显得特别高昂的激情;或者是登场人物的隐藏的、珍秘的思考,而那思考,是我们必须知道的,是诗人使他边想边念出来的。戏剧的情节必须集中在一个题目上,没有其他从属的题目。在长篇小说中,另外一个人物可以占一席位置,不是因为他实际参加到事件中,而是仅仅因为他是一个独创的性格;在戏剧中,却不应该有任何一个人物,在它的推进和发展的过程中不是必要的。朴素、简单和情节的统一性(也就是意味着基本概念的统一性)必须是构成戏剧的主要条件之一;在它里面,一切都必须朝向一个目标,一个意图。戏剧的兴趣必须集中在主要人物的身上,而戏剧的基本思想就表现在这个人物的命运中。

然而,这些话更适用于崇高的戏剧体裁——悲剧。我们在前面已经说过,悲剧的本质包含在心灵的自然爱好和道德责任,或者干脆是和不可克服的障碍之间的抵触中,也就是说,包含在这两者之间的冲突中,碰撞中。阴森可怖的事件的概念,不祥结局的概念,是跟悲剧概念结合在一起的。德国人把悲剧叫作悲惨演出,Trauerspiel,而悲剧也实在是一场悲惨演出!如果鲜血和尸体,匕首和毒药,不是它的经常不断的特征,那么,它却总是以心灵的珍贵、希望的破灭以及整个生活的幸福的丧失作为收场的。由此就产生了它那阴森庄严、巍峨宏伟的特点:命运在它里面支配一切,命运构成着它的基础和本质……抵触是什么东西呢?——那就是命运要人家为自己牺牲的这样一种无条件的要求。如果主人公战胜了心灵的自然爱好而有利于道德法则,那么,幸福就永别了,生命的欢乐和魅力也永别了！他变成了行尸走肉；他的特点，是让一颗深刻的灵魂发出无边的哀叹，他的营养料是苦难，他的唯一的出路若不是病态的自我摒弃，就是迅速的死亡！悲剧中的主人公如果遵循了自己心灵的自然爱好，那么，他就被自己认为是一个罪犯，成了自己良心的牺牲品，因为他的心灵就是道德法则在那里蔓生根须的一片土壤——你不能拔掉根须而不损伤心灵本身，不使它大量地流血。在抵触中，生活法则犹如尼禄①的诏令一样，凡是没有悼哭这位统治者的亡故的姊姊的人，他要下令格杀勿赦，理由是他们并不同情他的丧亲之痛，而对于那些悼哭他的亡故的姊姊的人，他也要下令格杀勿赦，理由是她被尊奉为女神，而为女神流泪这件事，只能够表示嫉妒她的福祉……然而，没有任何一种诗歌体裁像悲剧这样强有力地控制着我们的灵魂，用这样一种不可抗拒的魅力吸引着我们，带给我们这样一种无比崇高的享受。而在这根柢里，是包含着伟大的真理，最高的合理性的。我们深深地怜恤在战斗中牺牲或者在胜利中灭亡的英雄；可是我们却不知道，如果没有这牺牲，或者这灭亡，他就不能成为英雄，就不会通过他的个性，把永恒的、实体的力量，世界性的、并非转瞬即逝的生活法则实现出来。如果安提戈涅埋葬波里尼克的尸体，不知道这样做了之后，不可避免的死刑在等待着她，或者根本没有遭罹死刑的危险，那么，她的行为就将是善良的、值得称赞的，但却是普通的、绝不是英勇的行为。在这种情况下，安提戈涅就不会引起我们的全部同情，如果她立刻在一个偶然的机缘中死掉，我们也不会惋惜她的死亡；因为每时每刻在这地球上都要死掉千千万万人，如果每一个人的死亡都使我们为之惋惜，那就连喝一杯茶的工夫都不会有了！不，年轻而又美丽的安提戈涅的过早夭折之所以会震撼我们的整个存在，仅仅因为我们在她的死亡中看到了人类尊严的补偿，

---

① 尼禄（37—68），罗马皇帝。

普遍的、永恒的事物对转瞬即逝的、局部的事物的胜利,以及对之进行观察后会把我们的灵魂向上天提升、使我们的心灵因为感到崇高的欢乐而搏跳不已的这样一种丰功伟绩!命运选取了最高贵的精神容器,站在人类前列的最高尚的人物,体现着精神世界所赖以维持的实体力量的英雄们,来解决伟大的道德任务。伊斯美娜也是波里尼克的姊姊;她的一颗善良的、关切的心灵,一想到死去的兄弟所受到的耻辱,也感到万分同情;可是,在她身上,这种同情并不表现得比对于死亡的恐惧更为强烈些;而在安提戈涅看来,忍受凶恶死刑的折磨,要比忍受同胞兄弟的耻辱轻松些;她舍不得离弃那充满着希望和诱惑的年轻生命;她很不忍心割断吉美涅伊①的引诱,那种甜味是命运还没有让她有机会尝到的;可是,她决不恳求赦免、宽恕,她不摈斥咄咄逼人的死亡,反而赶快投入它的怀抱;因此,这两个姊妹之间的差别,不在于感情,而是在于感情的力量、能量和深度,正因为这样,所以其中的一个,是善良但却普通的人,而另外一个则是女英雄。如果在任何一部悲剧中抽掉了宿命的灾变,那么,你也就剥夺了它的全部壮伟的特点,它的全部意义,使它从一部伟大的作品一变而为平凡不足道的东西,首先对于你就会失掉它的全部令人神往的力量。

有时候,抵触可以包含在一个人的错误的处境中,而这是由于他的天性和那命运使他落入的地位之间的不协调所造成的。请读者回想一下华尔特·司各特的长篇小说《波思美女》里的一个主人公,一个民族的倒霉的首领,他虽然拥有骄傲的灵魂和强烈的热情,但在应该决定他那民族的命运的一次宿命战斗的前夕,竟对他的抚育者招认他是一个懦夫……哈姆雷特不是一个懦夫,可是他的内在的、喜欢观照的性格,生来不是为迎接生活的风暴,不是为了对恶习进行斗争和惩罚罪行,然而命运却召唤他来完成这个丰

---

① 吉美涅伊是希腊神话中的结婚之神。

功伟绩……他怎么办才好呢？如果逃避责任，人家不会知道，也不会指摘他；可是宇宙之大，难道除了棺材之外，还有另外一个地方可以让他避开自己的指摘吗？——于是可怜的哈姆雷特真的只能在坟墓里找到自己的避难所……命运在所有的生活道路上都守卫着人：一个青年，有时为了一霎时疯狂情欲的引诱，竟要付出自己一生的幸福作为代价，一想起那个被他的爱情所毁灭的牺牲物，就要痛不欲生……为什么会这样呢？因为道德法则的种子埋在他的灵魂里，已经深深地扎下了根，而一个渺小的、卑劣的人却能够心平气和地玩赏着他自己荒淫生活的果实，厚颜无耻地以被他毁灭的牺牲物为数之多来自夸……只有拥有高尚天性的人才能够是悲剧的英雄或者牺牲物：在现实生活本身中，情况正是这样！

偶然性，例如人物的意外的死亡，或者跟作品的基本概念没有直接关系的另外一种未能预料的情况，是不能够在悲剧中占有一席位置的。不应该忽视这个事实：悲剧是比其他诗歌体裁更为人工的作品。如果奥瑟罗迟一分钟扼死苔丝德梦娜，或者早些给敲门的爱米莉霞把门打开，一切就都可以解释清楚，而苔丝德梦娜也就得救了，然而悲剧可就完蛋了。苔丝德梦娜之死是奥瑟罗嫉妒的结果，而不是一件偶然的事情，因此，诗人有权利远离一切足以导致苔丝德梦娜得救的最自然的偶然性。苔丝德梦娜可以注意到那块导致她的毁灭的、她丈夫从她头上取下的手帕，正像她也可以不注意到它一样；可是，诗人却有充分的权利利用这个偶然性来适合自己的目的。他的这出悲剧的目的，不是想警告别人注意到盲目嫉妒的可怕的后果，而是要把盲目嫉妒描写成不是恶习，而是生活现象，并用盲目嫉妒的景象来震撼观众的灵魂。奥瑟罗的嫉妒自有其因果性和必然性，而这因果性和必然性就包含在那炽烈的天性、教养以及他的整个生活情况中：他对此既是有罪的，同时也是无罪的。这说明了为什么这个拥有伟大精神和强大性格的人不会引起我们对他的厌恶和憎恨，却只会引起我们对他的爱、惊奇和怜悯。世界性生活的和谐,被他犯罪的不谐和音所破坏了,可是,他却通过自愿的死亡恢复了和谐,以这死亡赎补了自己的沉重的罪愆——于是我们怀着和解的感觉,怀着关于不可思议的生命秘密的深刻沉思,掩上了这个剧本,而两个死后言归于好的幽灵就手挽着手浮现在我们迷醉若狂的眼光前面……只有当我们看不到必然性的时候,只有当作者故意让舞台上摆满死尸,流遍鲜血,借以取得效果的时候,死尸和流血才会激怒我们的感情。可是,谢天谢地,由于常常应用,这些效果已经丧失了全部的力量,现在引起的已经不是恐惧,而是哄堂大笑了。

在生活情况中,有某种不完美的、宿命的东西。生活是由俗众和英雄所组成的,这两个方面处在永恒的敌对状态中①,因为前者憎恨后者,而后者则轻视前者。生活中的每一个美好现象都必须成为自己优点的牺牲物。你刚刚读完罗密欧和朱丽叶夜间在花园里幽会的一场戏,在你的灵魂里就已经不由得产生了一种忧郁的预感……你说:"不呀,这种爱情,这种丰满的生活,不应该是地上所有的,这种人不应该是生活在人世间的!当所有其余的人连猜想都无从猜想这种幸福的可能性的时候,他们怎么能够生活得这样幸福呢?不呀,他们必须为自己的欢乐付出贵重的代价!……"说实在的,毁灭罗密欧和朱丽叶的是什么东西?——不是人们的凶恶、奸诈,而是他们的愚蠢和猥琐。凯普莱脱家族老夫妇俩不过是两个善良而庸俗的人:他们不能有任何超出自身之上的看法,他们根据自己的感情来判断女儿的感情,按照自己的天性来衡量女儿的天性——结果就把她毁灭掉了,等到为时已迟,他

---

① 别林斯基在本文中认为生活是由英雄和俗众所组成的,这二者"处在永恒的敌对状态中",这说明他在这一时期里的思想还带有唯心主义的显著痕迹。他在后期改变了这种看法,发挥了关于"天才"的革命学说,认为天才是新生倾向的代言人,人民群众的要求的表达者。参阅一八四六年的论文《论柯尔卓夫的生活和作品》。

们才恍然大悟,宽恕了她,甚至还夸赞她……真是痛苦啊!痛苦啊!痛苦啊!……

麦克佩斯的犯罪以及他妻子的恶魔般的天性,使人感到愤怒;可是,你如果问麦克佩斯,他是怎样实行他的凶恶行为的,他一定会回答说:"我自己也不知道";你如果问麦克佩斯夫人,她为什么生性这样惨无人道,她一定会回答说,她对这一点知道得和你提问题的人一样多,她遵循了自己的天性来行动,这是因为她没有另外一种天性……这便是只有死后才能够解决的问题,这便是命运得以发挥其威力的领域,这便是悲剧之所以为悲剧的症结所在……理查二世以他有损帝王尊严的行为,使我们对他产生恶感。可是接着,他的堂弟波林勃洛克窃夺了他的皇冠——于是在位时曾经是一个卑鄙皇帝的他,一旦失去王国之后,却变成了一个伟大的皇帝。他认识到自己的帝王之尊,身登极位的神圣性,他的权力的合法性,于是充满崇高思想的贤明的言辞从他嘴里滔滔不断地倾泻出来,他的行动显示出他拥有伟大的灵魂。你已经不仅仅是敬重他,而且对他崇拜得五体投地;你已经不仅仅是怜悯他,而且对他表示无限同情。幸福时猥琐,而在不幸时伟大——他在你看来是一个英雄。可是,为了把他的全部精神力量显示出来,为了使他成为一个英雄,他就必须尝尽患难之苦,终不免一死……这对于悲剧说来,是什么样的矛盾,多么丰富的题材,因而,对于你又是多么永无穷竭的崇高享受的源泉!……

戏剧诗歌是诗歌发展的最高阶段,艺术的皇冠,而悲剧则是戏剧诗歌的最高阶段和皇冠。因此,悲剧包含着戏剧诗歌的全部本质,囊括着它的一切因素,因而,喜剧因素也有权渗入到它里面去。诗歌和散文在人类生活中挽手并行,而悲剧的对象则是具有纷繁复杂的因素的生活。固然,悲剧仅仅把生活的崇高的、诗意的瞬间集中地表现出来,可是,这仅仅适用于悲剧中的男女主人公,却并不适用于其余的人物,这中间可能有恶徒、美德之士、蠢人和丑角,因为整个人类生活就是由英雄、恶徒、普遍性格的人、猥琐的人、蠢人们的冲突和相互影响所构成的。把悲剧分为历史的和非历史的两种,这没有任何真正的重要意义:任何一种的主人公同样都是人类精神的永恒的、实体的力量的实现。在新时代的基督教艺术中,人不是代表着社会,而是代表着人类出现的;悲剧是新艺术的皇冠,因而,皇帝理查二世,摩尔人奥瑟罗,贵族青年罗密欧,雅典市民泰门,都有同样的权利在悲剧中占据首要的位置,因为所有这些人同样都是英雄的缘故。这说明了为什么历史人物的失真在长篇小说中是比较不那么被容许的,可是对于悲剧说来,倒仿佛是从它的本质引发出来的它的不可剥夺的权利似的。悲剧作家想在一定的历史环境中表现他笔下的主人公:历史赋予他历史环境,如果这一环境的历史人物不符合悲剧作家的标准,他就有充分的权利按照自己的意思改变这个人物。在席勒的悲剧《堂·卡洛斯》里,菲里普被描写得完全不像历史介绍给我们看到的样子,可是,这丝毫也不减少这个剧本的优点,倒是增加了它的优点。阿尔菲爱里在他的悲剧①里刻画了真正历史上的菲里普二世,可是,他的作品却毕竟是无可伦比地低于席勒的作品。至于讲到卡洛斯王子,那么,把席勒悲剧里他的历史性格的失真看成是一件严重的事,是非常可笑的,因为堂·卡洛斯在历史上是一个过分微不足道的人物。歌德的随便态度吸引了许多人的注意,他把七十岁的哀格蒙特,人口众多之家的家长,写成了一个热血沸腾的青年,让他热情地爱上一个普通的姑娘:这种随便态度是理所当然的!——因为歌德想在自己的悲剧里刻画的不是哀格蒙特,而是一个陶醉于生活,同时又愿意牺牲生活来赎补祖国幸福的年轻人。悲剧中的每一个人物都不是属于历史,而是属于诗人的,尽管这个人物具有历史的名字。歌德的下面一段话是非常对的:"对于诗人说来,不存在任何

---

① 系指《菲里普二世》。

一个历史人物;他想刻画自己的精神世界,为了达到这个目的,就看中了某些历史人物,把他们的名字用在自己的作品里面。"①

至于讲到把悲剧分成幕,讲到幕的数目,那么,这一般是跟戏剧的外部形式有关的。悲剧可以用散文和诗来写;可是,把二者混合起来写,是更符合于戏剧的要求的,这就要看个别段落的内容的本质,也就是说,要看这些段落表现了生活的诗歌方面还是散文方面来决定。

戏剧诗歌是已经拥有成熟文明的民族,在其历史发展蓬蓬勃勃的时期中,才会有的。希腊人就是这种情况。他们的声誉卓著的悲剧作家有:埃斯库罗斯、索福克勒斯和欧里庇得斯。我们在前面已经指出了希腊戏剧的本质和特色,而《安提戈涅》内容的叙述,则向读者提供了事实,足以据此来核对我们的说法是否妥当。在新时代的民族中间,没有任何一个民族的戏剧获得过像英国人这样完备而且伟大的发展。莎士比亚是戏剧界的荷马;他的戏剧是基督教戏剧的最高的原型。在莎士比亚的剧本中,一切生活和诗歌的因素融合成为一个内容上辽阔无边、艺术形式上气势万千的活生生的统一体。它们包含着人类的一切现时,人类的一切过去和将来;它们是一切时代、一切民族的艺术发展的华美花朵和丰硕果实。你在它们里面可以看到优美而又锤炼的艺术形式,纯洁而又直率的灵感,以及反省式的沉思,客观世界和主观世界互相渗透,融合成为一个不可分割的统一体。如果讲到这位全世界诗人之王深知人心,忠于自然和现实,具有无限的、崇高的创作概念,那么,这就是意味着重复千千万万人已经说过不知多少遍的话。要确定他的每一部剧本的优点,这就等于是要写成一本卷帙浩繁的大书,而你尚且不能表达尽你所想表达的百分之一的意思,并且不能表达出这些剧本里面所包含的千百万分之一的意思。

---

① 引自《歌德对话录》。

继英国悲剧之后,占首要位置的是德国悲剧。席勒和歌德把它提高到了名震遐迩的程度。然而,德国戏剧却具有和莎士比亚作品完全不同的特色,甚至是不同的意义:这大部分若不是抒情戏剧,就是反省式的戏剧。只有在歌德的《葛慈·冯·伯利欣根》和《哀格蒙特》里,席勒的《威廉·退尔》和《华伦斯太》里,才能够看到直接创作的冲动。德国戏剧的意义是跟一般德国艺术的意义紧密地联系在一起的①。

西班牙戏剧不甚著名,虽然它不仅仅以一个戏剧名家的名字来自豪,诸如洛普·得·维加和卡尔岱隆。推源其故,恐怕是由于西班牙戏剧具有民族性,但还没有升到普遍的、世界性的内容。

法国文学史上辉耀着许多戏剧名家的名字。高乃依和拉辛,将近有两世纪之久,被认为是世界上第一流的悲剧作家,继他们之后,则有克雷比雍和伏尔泰。可是,现在非常明白:法国的戏剧诗歌史是属于服装、时装以及良好古老时代的风习的历史的范围,但却跟艺术史毫无任何共通之处②。在新的戏剧作家中,雨果有时也偶或闪露出杰出才禀的光华,但也不过如此而已。

我们的俄国悲剧从普希金开始,也以他来告终。他的《鲍里斯·戈东诺夫》是一部继莎士比亚戏剧之后应该占首要位置的作品。此外,普希金又开创了一种特殊的戏剧体裁,这种戏剧和真正的戏剧相比,正犹如中篇小说和长篇小说相比一样,他的作品《浮士德和靡菲斯特之间的场景》③《沙莱里和莫扎特》④《悭吝骑士》《人鱼》《石客》都是这样。在形式和篇幅方面来说,它们不过是戏剧特写,可是在内容及其发展方面来说,却是名副其实的悲剧。按

---

① 关于这一点,将在本书另外一个地方详细地谈及。——原注
② 别林斯基在他的后期文章中承认法国十七世纪的古典主义文学也具有其一定的历史意义。参阅《关于俄国文学的感想和笔记》一文。
③ 应为:《浮士德一景》。
④ 应为:《莫扎特和沙莱里》。

照独创性和独特性说来,它们不能跟任何其他作品比拟,可是,按照深刻的概念,以及证明存在着直接创作行为(它们就是从这里引发出来的)的艺术形式说来,它们的优点却只能用莎士比亚戏剧来加以衡量。在我们的时代里,一位伟大的诗人不可能专门是叙事诗人、抒情诗人或者剧作家:在我们的时代里,创作活动表现为诗歌的一切方面的总和;可是,伟大的艺术家们大部分总是从叙事作品开始,继之以抒情作品,而以戏剧来结束的。普希金的情况便是这样:甚至在他早期的长诗中,戏剧因素就已经显著地表现出来了,其中的许多段落形成了精彩纷呈的悲剧场景,特别是在《茨冈》和《波尔塔瓦》里。他后期的作品显示出,他已经坚决地转变到戏剧方面来了,他的那些"戏剧特写"只是创作更为伟大的作品之前的试笔罢了:以后的这些作品会是一些什么样的作品啊! 可是,正当他的天才完全成熟的时候,死亡夺去了他的生命——他的饱经忧患的阴魂带走了

> 神圣的秘密,对于我们说来,
> 就消逝了令人振奋的声音![1]

俄国文学中一切其他对于戏剧的尝试,从苏玛罗科夫起,一直到库柯尔尼克君都包括在内,仅仅有权在文学史中被提到(在那里,在适当的地方会谈到他们),而不是在美学史中被提到(在那里,只有艺术性的作品才有权受到注意)。

喜剧是跟悲剧完全背道而驰的戏剧诗歌的最后一个科。悲剧的内容是伟大精神现象的世界,它的主人公是充满着人类精神天性的实体力量的个人;喜剧的内容则是毫无合理必然性的偶然性,幻影,或者说是似乎存在而实际上并不存在的现实的世界;喜剧的主人公是脱离了自己精神天性的实体基础的人们。因此,悲剧所

---

[1] 引自《叶甫盖尼·奥涅金》第六章第三十七节。

产生的影响,是震撼灵魂的、神圣的恐怖;喜剧所产生的影响,则是有时欢乐、有时毒辣的笑。喜剧的本质,是生活现象和生活的本质及使命之间的矛盾。就这个意义说来,生活在喜剧中是作为对自己的否定而出现的。悲剧总是把主人公的事件中崇高的、诗意的瞬间集中在它情节的狭窄范围内,而喜剧主要是描写日常生活的散文,它的琐事和偶然性。对于诗歌说来,悲剧好比是太阳的转盘,当诗歌走到悲剧这一步时,就达到了自己行程的顶点,而当它转到喜剧方面时,就往下走了。对于希腊人说来,喜剧就是诗歌的死亡:阿里斯托芬是他们的最后一位诗人,而他的喜剧,就是永远丧失了的丰满生活以及从这种生活里产生出来的希腊美丽艺术的葬歌。可是,在新世界里,生活的一切因素都互相渗透,互不妨碍各自的发展,因此,喜剧对于艺术就不会具有那样可悲的意义:喜剧的因素进入了,或者说是可以进入一切诗歌体裁,喜剧能够和悲剧一起发展,甚至在艺术的历史发展方面走在悲剧前面。

真正艺术性的喜剧是以深刻的幽默作为基础的。仅仅从表面看来,诗人的个性在它里面隐而不见;可是,诗人对于生活的主观观照,作为 arrière-pensée①,还是直接地出现在喜剧里面的,我们在那些被描绘在喜剧里面的兽性的、丑陋的面孔后面仿佛看到另外一些美丽的、富有人性的面孔,我们的笑就不再带有欢乐的味道,而是带有苦楚和病痛的味道了……在喜剧里,生活被描写成它实际的样子,其目的正是使我们按照它应该有的样子来清楚地看到它。果戈理的《钦差大臣》是艺术性喜剧的无比卓越的范例。

艺术性喜剧不应该为了诗人预定的目的而牺牲其描绘的客观真实性:否则,它就会从艺术性喜剧一变而为教诲喜剧,像我们在下面还要谈到的这个名词涵义那样。可是,如果教诲喜剧不是由于想说俏皮话的天真愿望而写成,而是从被庸俗生活所凌辱的灵

---

① 法文:背后的思想。

魂中激发出来的,如果它的讥笑掺和着冷嘲热讽的激愤,它以深刻的幽默作为基础,而字里行间又流露出狂暴的、奋发的气势,总之一句话,如果它是一部经历痛苦而写成的作品,那么,它是抵得过任何一部艺术性喜剧的。不用说,这种喜剧不可能不是出于伟大才士手笔的作品;它的描绘可能以色彩的过分鲜明和浓烈作为特点,但却不会夸张到不自然和漫画化的程度;不用说,它里面的登场人物的性格必须是创造出来,而不是臆造出来的,他们的刻画必须具有一定程度的艺术性。我们看到,《智慧生痛苦》是这种喜剧的最高范例——这是出自天才作家笔下的一部高贵的作品,这是当看到猥琐的人们所构成的腐朽社会时,一种激越的、雷霆万钧的愤怒的猛烈而痛快的发泄,这些猥琐的人的心里透射不进一线阳光,他们按照古老时代的腐朽不堪的传统,按照庸俗而又不道德的规章生活,他们的卑猥的目标和微末的追求仅仅针对着生活的幻影——即官衔、金钱、诽谤、贬低人的尊严的种种行为,他们的冷淡无情的、死气沉沉的生活意味着一切生动的感情、一切合理的思想、一切高贵的冲动的死灭……《智慧生痛苦》无论对于我们的文学或者对于我们的社会说来,都具有伟大的意义。①

还有一种低级的喜剧,这种喜剧在塑造独创性格、正确描绘社会风习方面,可以上升到艺术性的高度,可是它不是以幽默,而是仅仅以喜剧性的欢乐作为基础的。按照其优点的不同程度,这种喜剧可以属于艺术的范围,也可以属于美文学的范围,摇摆于文学的这两个方面之间。在我们的文学中,找不到这种喜剧的范例。冯维辛的《纨绔少年》和《旅长》属于风俗描绘和讽刺的喜剧(就这个名词的通常意义来说)的范围。真正艺术性的喜剧绝不会因为

---

① 别林斯基在这里订正了他在二年前《智慧生痛苦》一文中对这部喜剧的片面的评价。他在一八四〇年十二月十一日给鲍特金的信里就对自己的文章表示了不满。本文中原来还有一段文字,直接地指出了这部喜剧的革命的、反农奴制的意义,可是遗憾的是,这段文字被检查官删去了。

其中描绘的社会风习已经改变而随之失去时效:《钦差大臣》和《智慧生痛苦》是不朽的。

戏剧诗歌还有一个特别的科,占据着介于悲剧和喜剧之间的位置:这就是真正所谓的正剧。正剧起源于传奇剧,传奇剧在上世纪是对当时夸张而不自然的悲剧采取反对态度的,生活在它里面找到了脱出死气沉沉的伪古典主义的唯一的避难所,正像在拉德克里夫、杜克莱-杜-美尼尔和奥古斯特·拉芳登的长篇小说里找到了脱出像《冈查尔夫·柯尔杜安斯基》①《卡德姆和加蒙尼》②等等之类炫耀辞藻的长诗的避难所一样。然而,这种源流仅仅是指"正剧"这个名称的科的,而不是类的名称而言,此外,还有指新时代的正剧(例如歌德的《克拉维果》)而言。莎士比亚永远走着自己的路,按照创作的永恒法典,而不是按照荒谬诗学的规则,写了许多作品,它们应该占据着介于悲剧和喜剧之间的位置,并且可以称之为叙事正剧。它们里面有着悲剧性的性格和情势(例如《威尼斯商人》);可是,它们的收场总是大团圆,因为宿命的灾变不是它们的本质所要求的。生活本身应该是正剧的主人公。可是,尽管正剧具有叙事的性质,它的形式却必须是高度戏剧性的。戏剧性不仅仅包含在对话中,而是包含在谈话的人相互给予对方的痛切相关的影响中。举例说,如果两个人争吵一件什么事情,这里还不但没有戏剧,并且也没有戏剧因素;可是,当吵架的人互相都想占对方的上风、力图损伤对方性格的某一方面,或者触痛对方脆弱的心弦的时候,当他们在争吵中表露出他们的性格,争吵的结果使他们处于一种新的关系中的时候,这就已经是一种戏剧了。可是,戏剧主要的一点是——没有冗长的叙述,并且要让每一句话在行动中表现出来。戏剧既不应该是单纯地抄袭大自然,也不应该是

---

① 法国寓言诗人弗洛连安所写的长诗。
② 黑拉斯科夫所写的长篇小说。

把个别的、纵然是美好的场景凑集在一起,却必须形成一个个别的、锁闭在己身内的世界,在这世界中,每一个人物都追求着自己的目标,仅仅为自己而行动,但同时却不知不觉地促进着这出戏的总的情节的发展。而这一点,只有当戏剧是从思想中产生并发展起来,而不是凭着推测拼凑起来的时候,才能够办到。

这便是诗歌的一切体裁。诗歌只有三类,再多就没有,也不可能有。可是,在上世纪的诗学和文学中,还曾经有过几类诗歌,其中特别重要的一类是教诲的或者训诫的诗歌。诗人往往在长篇累牍的长诗中教人以农业、畜牧业、天文学、数学,几乎连裁缝手艺也包括在内。这种体裁是在古代由于艺术的衰落而产生的。通常,当诗歌消失的时候,作诗法就要代替诗歌而兴起。

我们承认教诲诗歌的存在,不过不是把教诲当作诗歌的体裁看待,而是当作诗歌的特色看待,并且把它归到叙事类里去。照我们看来,"教诲的"这个字眼是表明属性和特色的用语,比方说,正像"客观的"和"主观的"一样。

我们认为教诲长诗的范例不是维吉尔的农艺学的长诗①,不是贺拉斯的 Ars Poetica②,不是布瓦洛的 L'Art poétique③,不是得里爱④的淡而无味的长诗,而是让·保尔·李希特的带有丰富幻想的囊括万有的观照及其诗意蕴藉的箴言。它们和艺术性诗歌作品不同的地方在于:对它们的基本概念的认识,在艺术家的灵魂里可能发生在创作行为之前;思想在它们里面是主要的东西,而形式似乎仅仅是用来表达思想的手段。它们和艺术性诗歌作品共通的地方在于:它们是从蓬勃而又炽烈的灵感发出的,而不是从僵死而又冷淡的理智发出的,它们从诗歌汲取了一切色彩,用形象,而不是

---

① "农艺学的长诗"云云,系指维吉尔的《牧歌集》和《稼穑诗集》。
② 拉丁文:《诗的艺术》。
③ 法文:《诗的艺术》。
④ 得里爱(1738—1813),法国教诲诗人。

用抽象的概念诉诸人的灵魂。凡是熟知让·保尔·李希特的《梦》和《毁灭》的人,就会懂得我们讲的是什么。对于那些不熟悉这位作家的人,我们且在这里摘引他的两篇小品:

"你爱我吗?"一个年轻人,在陶醉于爱情的纯洁欢乐的一刻,就是在那心心相印的一刹那,叫道。一个年轻的姑娘看了他一眼,一声不响。

"噢,如果你爱我,"他接着往下说,"你就说话呀!"

可是,她看了他一眼,说不出话来。

"是呀,我曾经是非常幸福的,我曾经希望你会爱我,现在一切都完了——希望和快乐!"

"亲爱的,难道我会不爱你吗!"她又一次重复了这个问题。

"噢,你为什么这样迟才吐露出这些纶音仙语来呢!"

"我刚才是太幸福了,我简直说不出话来;只有当你把你的悲痛传染给我的时候,我才重新恢复了说话的天赋……"

除夕夜,一个老头儿站在窗口,带着痛苦的、绝望的神情,望着静止的、永远晴朗的天空,然后再从那里望到沉寂的、洁净的、银装玉琢的大地,在地面上,现在没有任何一个人像他那样与欢乐和美梦无缘,因为他已经是一个行将就木的人了;他不再有年轻人那股活劲儿,已经两鬓如雪,他从生活的全部富藏中取得的只有迷误、罪行和病痛——虚弱的肉体、荒芜的灵魂、充满毒汁的胸膛和应该忏悔的年龄。青年时代的美好日子,像魅影一样,隐约在他眼前闪现,招引他重新回到那一个迷人的早晨,父亲第一次把他送到生活的十字路口,向右拐,沿着阳光普照的美德之路,一直通往充满着光亮和收获、充满着天使的、遥远的安静的乐土,向左拐,就引向罪恶的渊薮,引向流遍腐蚀人的毒汁、盘踞着蛇蝎、弥漫着阴暗的、窒息

369

人的蒸气的藏垢纳污的巢穴。

啊！毒蛇盘绕在他的胸前，毒汁粘满在他的舌尖：他现在才知道，他现在到了什么地方！

他麻木得失去了知觉，怀着说不出的悲痛，向天哀呼："还我青春来！我的父亲啊！重新送我到十字路口，让我选择另外一条路吧！"

可是，他的父亲和他的青春已经离开他很远了。他看见沿着沼泽飘动、在墓地上熄灭的磷火，说道："这是我那些热情奔腾的日子！"他看见从天上掉落、一边掉落一边发亮、最后粉碎在地面上的星星，他在心里说道："这就是我呀！"他的心染遍了鲜血，忏悔的毒牙就更深地咬到伤口里去。

亢奋的想象使他看到几个梦游病患者在屋顶上奔跑：风磨扬起翅膀，声势汹汹地要把他压成齑粉，魍魉鬼怪躲在荒凉的墓穴里，慢慢地变成了他的相貌。

正当他害怕得昏过去的时候，忽然从塔楼上传来了迎接新年的音乐，犹如遥远的教堂歌声一般。温柔的、安详的感情在他心里不禁油然而生。他向广阔地面四周的天际横扫了一眼；想起了自己青年时代的朋友们，他们都比他幸福、卓越，现在是地上的导师，幸福的孩子们的父亲，被上帝所赐福的丈夫；他回想着，接着喊道："哦！只要我愿意，我也可以像你们一样，安安稳稳地把这第一夜睡过去！——唉！我本来是能够过幸福日子的，亲爱的父母！我本来是能够执行你们的新年祝福和教言的！"

当他正在狂热地回忆青年时代的日子的时候，他仿佛觉得那个变成了他的相貌的魍魉鬼怪从墓地上站了起来：在除夕夜里使他看到未来的精灵的这种迷信，把这个魍魉鬼怪变成了一个活生生的青年。

他再也不能够看下去了；他闭上了眼睛；两行热泪从眼眶

里涌了出来,把雪块都给融化了;他叹息着——轻声地、伤心地、无感觉地叹息着:"只要把青春找回来,把它重新找回来!"

……到底把它重新找回来了,因为这仅仅是在除夕夜做的一场可怕的梦。他还是一个青年;不过——他的迷误可不是梦!——可是,他感谢上帝,他还年轻,还能够从肮脏的罪恶之路上往回走,重新走上通往丰富收获的乐土的阳光普照的康庄大道。

年轻的读者,如果你站在他那条危险的路上,那么,你及早回头吧!这场可怕的梦有一天将做你的评判人:你若到那时候才万分悲痛地叫道:"回来吧,美丽的青春!"——唉,青春可永远不会回来啦!

俄国文学拥有在作品的精神、形式和优点方面接近于让·保尔·李希特的作家。我们讲的是奥陀耶夫斯基公爵,并且是指他的这样一些作品,例如《贝多芬最后的四重奏》、*Operi del cavaliere Giambattista Piranesi*①、《即兴作者》、《幽灵的嘲笑》、《旅长》等等而言。这些作品中每一部的内容,都构成着人类精神现象,或者道德问题(在那个字眼的深刻意义上);它们以深刻的人生观和高贵的幽默作为基础,形式呈现出有鼓舞力的诗歌的色彩,思想强有力地抓住读者的灵魂,并且是显著而且明确地表达出来的。这些作品的情调是荒诞不经的,正像我们在这一类作品的相当不错的例子中所看到的那样。然而,即使是奥陀耶夫斯基公爵的中篇小说《咪咪公爵小姐》,尽管它的内容是从生活的散文中汲取来的,也还是属于我们所谓的教诲诗歌之列。它的目标是纯粹道德的;可是,这个目标是表露在生动的描绘、引人入胜的叙述、渗透着感情和灵感的思想中,而不是表露在冷淡的讽喻、道德箴言和老生常谈

---

① 意大利文:《骑士贾巴蒂斯塔·毕兰奈西的作品》。

的真理中,大家都承认这些真理是无可辩驳的,正像二加二等于四一样,可是大家都对它们感到厌烦,谁也不要听,就好比听到这样一些可观的真理一样,譬如对你说:你要是敞开着胸跑到冷空气里去,你就会着凉;要是在下雨天跑到街上去,就一定会淋湿。

为了尽可能把这一点向大家说清楚起见,我们在这里征引奥陀耶夫斯基的一篇作品,作为我们称之为教诲诗歌的这一类作品的例证。

舞会开得越来越热闹了;薄薄的烟雾飘荡在无数支暗淡下去的蜡烛上面,透过这层烟雾,颤动着花缎帷幔、大理石花瓶、金流苏、浅浮雕、圆柱、图画;氤氲的热气从美人裸露的胸脯上冒出来,当一对对男女好像从魔法师的手里挣脱出来,迅速地转着圈子,在你眼前晃过的时候,你有如逗留在阿拉伯的缺水的荒原上一样,常常有一阵阵令人窒息的热风向你扑面吹来;芬香扑鼻的鬈发越来越松散开来了;一团团白烟更加懒散地盘绕在灼热的肩上;摩肩接踵,人来人往,心也跳得更加快了;发红的脸贴近起来了;眼光变得更加懒洋洋,哄笑声和耳语声变得更加响亮;老头儿们从自己的座位上站起来,舒展一下软弱无力的四肢,在他们的呆滞的眼睛里,痛苦的嫉妒同对于过去的疯狂的回忆混杂在一起——于是一切都在一种淫荡的疯狂状态中旋转着,跳动着,狂乱不堪……

在小小的高台上,弓子在绷紧的琴弦上擦过,发出尖锐的音响,法国号角颤动着发出阴沉的声音,定音鼓的单调的音响听来有如讥讽的笑声。一位银发的乐队指挥,脸上浮着微笑,高兴得忘其所以,不住地加快着拍子,用眼光,用动作来唤醒疲乏的乐师们。

"可不是吗?"他不放下弓子,对我断断续续地说,"可不是吗?我说过,我会使舞会活跃起来——我履行了诺言。问题都在音乐上面——我不会编乐曲——音乐能使人从座位上站起来——它能使跳舞的人不由自主地陶醉若狂——在一些享有荣誉的音乐家的作品中,有一些地方是能产生奇怪的影响的——我精心挑选了一些这样的东西——一切问题全在这里——您听吧:这是当唐·璜嘲弄她时,唐纳·安娜的哀号;这是垂死的柯曼陀尔的呻吟;这是奥瑟罗开始听信自己的嫉妒时的表情,这是苔丝德梦娜最后的祈祷……"

乐队指挥还唠叨不休地向我列举了一切在优秀音乐家的作品中得到反映的人类痛苦;可是,我再也不去听他了——我在音乐中发现了一种古怪的、销魂蚀骨而又惊心动魄的东西,我发觉,每一个音响都结合着另外一个更为尖厉的音响,使人听到之后会浑身发冷,头发直竖;我留心谛听:这声音仿佛是一个饱受痛苦的婴孩的喊叫,或者是一个青年的狂暴的哀号,或者是一个伶仃孤苦的母亲的尖叫,或者是一个老头儿的发颤的呻吟,而这表现出各种各样人类苦恼的一切声音,在我听来,就仿佛是在一个无边无际的音阶中逐级排列着的、从初生婴孩的落地第一声啼哭直到垂死的拜伦的最后一个思想为止的乐调:每一个音响都是从受到刺激的神经里面迸发出来的,每一个曲调都是抽搐的动作。

这个可怕的乐队像乌云一样飘荡在跳舞的人们的头上,乐队发出每一个声音,都仿佛从云层中倾泻出响亮的愤怒的言辞;被痛苦所征服的人的若断若续的私语;低沉的绝望的絮语;跟新娘告别的新郎的剧烈悲痛;背信之徒的忏悔;获胜的捣乱者的喊叫;缺乏信心的人的嘲笑;天才的徒然无益的痛哭;受骗的伪善者的隐藏的悲伤;不被时代所承认的受难者的呻吟;把自己灵魂的瑰宝践踏在污泥里的人的哀号;长时期过着无味生活的人的病痛的声音;复仇的欢乐和愤恨的狂喜;歼灭者的陶醉;渴望的煎熬;咬牙切齿声,骨节咯咯声,哭声,叹声,笑声……这一切融合成一片疯狂的协和声,响亮地对大自然发出诅咒,对天命吐露着怨言;乐队发出每一个声音,都仿佛是从乌云中显露出被严刑折磨得痛不欲生的人的发青的脸,或是疯子的含有笑意的眼睛,或是凶手的发抖的双膝,或是被隐藏哀愁折磨致死的人的沉默不语的嘴;一滴滴血泪从乌云层滴到镶木地板上——美人们的花缎鞋就在那上面滑行着——一切仍然在一种淫荡的、冷淡的疯狂状态中旋转着,跳动着,狂乱不堪……

舞会一直开到深更半夜,早就起床为生活奔波的人们驻步在明亮的窗前,探头窥望里面晃动的人影。

我转得头晕眼花,疲乏不堪,被舞会上一种难堪的欢乐折磨得痛苦到极点,于是就从闷人的屋子里走到街上来,深深地呼吸了一口新鲜空气;晨祷的钟声消失在杂沓的车马喧声中,教堂的大门敞开在我的面前。

我走了进去;教堂里空落落的;只有一支蜡烛点燃在圣像前面,一位神父的平静的声音在拱门下面震响:他说出了爱情、信仰、希望的珍秘的言语;他宣告了赎罪的秘密,他讲到那个把全部人的痛苦萃于自己一身的人;他讲到关于神灵的崇高的冥想,精神世界,对别人的仁慈,人类的友爱的团结,对欺侮的忘怀,对敌人的宽恕,反对上帝者的枉费心机,人的灵魂的不断求得完美,在至高无上的命运面前的驯顺;他为已经宣布的和即将宣布的罪人们祈祷!

我冲到教堂的门廊上去,想拦阻那些如癫如狂的受难者,把他们的受尽折磨的心从淫荡的心窝里挖出来,借助于爱情和信仰的和谐之力,让这颗心从冷淡的梦境中惊醒过来,可是为时已经太晚了!——大家都已经穿过了教堂,谁都没有听到那位神父的言语……①

---

① 引自奥陀耶夫斯基的中篇小说《舞会》。

古代还有所谓记叙诗歌。卷帙浩繁的长诗被用来记叙著名的花园,地势,一年四季等等;①这种诗歌可以更适当地称之为统计诗歌。然而,这都是些不值一驳的废话。诗歌不是用记叙来说话,而是用图画和形象来说话的;诗歌不记叙、不抄袭对象,而是创造对象。

还有一种短嘲诗歌。我们在前面已经指出过古代人所看到的短嘲诗的意义。在我们的时代,这就是镶嵌在韵脚中的俏皮话,bon mot②。在上世纪里,短嘲诗曾经在一些其他诗歌体裁中间占据过可敬的位置;当时有些诗人非短嘲诗不写。现在,它却成了诗人的戏谑,再不然,就是他向别人所作的一种贬词。总之,它不属于艺术的范围,而是属于美文学的范围。

---

① 记叙诗歌,在古典主义时期里,被人认为是诗歌中的一个特殊的科。诸如得里爱的《花园》,圣·郎倍(1716—1803)的《四季》等,均属之。
② 法文:警句。

艺术的概念

艺术是对于真理的直感的观察,或者说是用形象来思维。

在这一艺术定义的阐述中包含着全部艺术理论:艺术的本质,它的分类,以及每一类的条件和本质①。

我们的艺术定义中特别使许多读者认为奇怪而感到惊奇的一点,无疑是:我们把艺术叫作思维,这样,就把两个完全对立、完全不相联结的范畴联结在一起。

实际上,哲学总是跟诗歌敌对,即使在希腊,诗歌和哲学的真正的祖国,一位哲学家②也曾把诗人们排斥于他的理想共和国之外,虽然起初曾经赠他们以桂冠。一般意见认为诗人具有使他们陶醉于当前瞬刻,忘掉过去和未来,为快感而牺牲实利的活泼的、热情的天性;对于被他们看得比道德更重要的享乐的贪得无厌、永不满足的追求;口味和意图方面的轻率、多变和无恒;以及永远把他们从现实引向理想,使他们为了美好的、无法实现的幻梦而忽视真正的当前欢乐的一种无边无际的幻想。相反,一般意见认为哲学家具有对于智慧的不懈的追求,而智慧便是群众所不能懂得、普通人所不能理解的最高的生之幸福;同时,又认为哲学家的不可剥

---

① 这一定义还是第一次见于俄文,在任何一本俄文的美学、诗学或者所谓文学理论著作中都找不到它,因此,为了使第一次听到它的人不会觉得它古怪、奇特和错误起见,我们必须详细解释包含在这一崭新的艺术定义中的全部理解,虽然许多东西在这里并不牵涉到艺术本身,或者在熟悉现代科学的人看来,会认为是不重要的,多余的,非常零细琐碎的。——原注

② 系指柏拉图。

夺的特点是——不可克服的意志力；奔赴唯一不变目标的锲而不舍的精神；慎重的行为；有节制的愿望；把实利和真实看得高于快感和迷恋的一种偏爱；在生活中取得持久可靠的幸福，认识到幸福的源泉包含在自身之中，在自己不朽精神的神秘宝藏之中，而不是在美妙尘世生活的空幻外表及其斑驳多彩之中。因此，一般意见把诗人看作偏心母亲的钟爱孩子，幸运的宠儿，娇纵的、淘气的、任性的、常常甚至是刁恶的，但更是迷人而又可爱的孩子；把哲学家看作永恒真理和智慧的严峻仆人，在言辞方面是真理的化身，在行动方面是美德的化身。因此，人们怀着爱情对待前者，即使被他的轻率所触怒，有时对他表示愤慨，那么，也一定在唇边浮着微笑；人们怀着仰慕、崇敬之心对待后者，隐约透露着忸怩和冷淡。总之，单纯的、直感的、由经验得来的认识，在诗歌和哲学之间看到一种差别，正像存在于生动的、热情的、虹彩一般的、展翅而飞的幻想和干巴巴的、冷淡的、精微的、严峻的、喜欢唠叨的理性之间的差别一样。可是，在诗歌和哲学之间划下一条鸿沟，犹如火和水、热和冷两不侵犯一样的这个一般意见，或者可以说是直感的认识，却也同时向诗歌和哲学指出了奔赴同一目标的相同的努力方向——即向往于上天。一般意见认为，诗歌具有一种超凡的力量，通过崇高的感觉，把人类精神向上天提升，它依靠一般生活的美丽的、鬼斧神工的形象在人们心里唤起这些感觉；一般意见又认为，哲学的任务在于通过同样崇高的感觉，使人类精神和上天接近起来，但它是依靠对于一般生活法则的透彻的认识来唤起这些感觉的。

我们在这里故意引证群众的单纯的、自然的认识；它是大家都能理解的，同时包含着一个深刻的真理，因而是完全被科学所确认和证明的。实际上，在艺术和思维的本质中，正是包含着它们的敌对的对立以及它们相互间的亲密的血肉联系，像我们下面所要看到的。

一切存在的东西，一切实有的东西，一切我们叫作物质和精神、大自然、生活、人类、历史、世界、宇宙的东西,都是自己进行思考的思维。一切现存的东西,一切这些无限繁复多样的世界生活的现象和事实,都不过是思维的形式和事实;因此,只有思维存在着,除了思维,什么都不存在。

思维是行动,而每一个行动都一定先得假定有运动。思维是辩证的运动,或者是思想的自身内部的发展。运动或者发展,是思维的生命和本质:没有思维,便不会有运动,却只会有初期生活原始力量的某种僵死的、停滞不动的、没有定向的持续,精神混沌状态的显形于外的图景,像一位诗人十分逼真地加以描绘的:

> 那是如漆的黑暗;
> 那是无底的空虚,
> 没有距离,没有边;
> 那是没有容颜的形象;
> 那是一个可怕的世界,
> 没有天空,光亮,星星,
> 没有时间,没有日和年,
> 没有神意,没有幸福和灾难,
> 没有生,没有死——像黄土永埋,
> 像海洋摸不着边,
> 黑暗沉重地压着,
> 停滞,昏黑,哑默无言。①

思维的起点,出发点,是超凡的绝对概念;思维的运动,包含在这概念根据逻辑学或者形而上学的最高(先验)法则从自身出发的发展中;概念的自身内部的发展,是它经历自己几个阶段的过程,我们在下面要举例来说明这一点。

---

① 摘自拜伦所著长诗《戚廊的囚人》俄译本。引文可能与原文有出入。

概念的从自身出发的,或者从自身内部出发的发展,用哲学的语言说来,是内在的。不考虑经验所能提供的一切外部补助手段和推动力,这是内在发展的一个条件;在概念本身的活的内容中,包含着内在发展的有机力量——正像一粒活的种子内部包含着它发展成为植物的力量一样——包含在种子内部的活的内容越是丰富,从它里面发展出来的植物也就越是强大,反之亦然;橡实和小小的松子可以发展成为雄伟的橡树和高耸云霄的巨大的松树,可是,恐怕要比橡实大五十倍,比松子大一千倍的马铃薯,却只能发展成为仅仅高于地面几寸的蔬菜瓜果之类。

思维一定先得有作为现象看的两个对立的精神方面,这两个方面在思维中达到调和、统一和同一:这两个方面便是主观的(内部的,思考的)精神和客观的(对前者说来是外部的,被思考的,也就是思维对象)精神。由此可以明白,思维作为行动来看,一定先得有两个互相对立的东西——思考的(主体)和被思考的(客体),如果没有理性的生物——人,便也不可能有思维。接着,人们就有权问我们:为什么说整个世界和大自然不过是思维呢?

思考的和被思考的——是同类的、同体的和同一的东西,因此,力求变成(werden)我们的行星的那原始物质的最初的运动,和有自觉的人的最后的理性的言辞,都是同一个实质,不过出现在其发展的不同阶段罢了。可认识的物质界是产生并形成认识的土壤。

显然,没有东西像大自然和精神这样互相对立而又敌对,同时也没有东西像大自然和精神这样互相接近而又同体。精神是一切存在的东西的原因和生命;可是,就它自己说来,它只是存在的可能性,却还不是存在的现实性;它要变成(werden)实际的存在,非呈现为我们称之为世界的东西不可,首先非变成大自然不可。

这样说来,大自然便是力求从可能性变成现实性的精神的最初阶段。可是,即使是精神走向实际存在的这第一步,也不是骤然达到的,而是逐步经过了许多阶段才完成的,而每一个阶段都标志着某种程度的创造。在居住地上的生物出现之前,先已形成了大地,并且不是骤然形成的,而是逐渐形成的,经过了许多变化,经历了许多激变,但务必使每一个接踵而来的激变都是大地趋向于完善的一步。① 一切发展的法则是:每一个接踵而来的阶段都比前一阶段高。我们的行星准备好了,于是从它的内部产生了组成大自然三大界的千百种创造物。我们看见它们处于无秩序的状态,纷乱厐杂的状态:鸟栖息在树梢,蛇在树根旁守候牺牲物,牛在树边吃草,等等。人的意志在一小块地方集中了最纷繁复杂的大自然现象,使北极的白熊跟生长在热带的狮、虎同居一处;在欧洲栽种美洲植物——烟草和马铃薯,在北方国家,靠暖房之助,繁殖四季如春的南方地带的甘美果实。可是,在这错综混杂、纷繁多样的一大堆印象中,只有人的眼睛会目迷五色,失去辨认的能力;人的理智却能够在这些现象中看出严格的一贯性,确定不移的统一性。人从繁复多样不计其数的大自然现象中抽象出它们的一般属性,达到对于类和属的认识——于是杂乱无章的景象就在他的面前消失,而变得有条不紊,秩序井然;千百件偶然现象变成了个别的必然现象,每一件现象都是发展着的超凡概念永远逗留在飞翔中的肉身化阶段! 多么严格的一贯性啊! 任何地方都没有跳跃——一个环节联结着一个环节,形成一条无穷的锁链,每一个后面的环节都比前面一个环节好些! 珊瑚树把矿物界和植物界联结起来;水螅——形似植物的无脊椎动物——用富有生趣的环节把植物界和动物界联结起来,而动物界是从千千万万仿佛从茎上缤纷落下的飞花似的昆虫开始,逐渐变为高级组织,直到似人非人的猩猩为止! 物各有其地位和时间,每一个接踵而来的现象仿佛都是前面

---

① 新荷兰(译者按:澳洲的旧称)至今还显得是一片没有得到发展的大陆。——原注

的现象的必然结果:这是多么严格的逻辑一贯性,多么确定不移的严整思维啊!接着,出现了人——于是自然界结束了,开始了精神界,可是,精神还是屈服于大自然,虽然由于对大自然的胜利,已经走向自由。他半像人,半像野兽,浑身盖满了毛,他的魁梧的身躯向前倾斜,下颚突出,小腿几乎没有腿肚,大脚趾叉开;可是,他已经不仅依赖膂力,并且也依赖聪明和思考:他的双手武装了起来,但用的不是简单的木杖,棍棒,而是缚在一根长棒上的石斧一类东西……我们在澳洲看到野蛮人划分成许多部落;他们吞吃同类——据生理学家说,造成这种可怕谬误的原因是在于他们的组织,这种组织要求把人肉当作食物,认为这会变成以人肉为生的人的血和肉。非洲的土人是懒惰的、如野兽一般的、愚钝的人,注定要遭受永远的奴役,在木杖和悲惨虐待下面工作。在美洲,只有周围岛屿上的一些小部落才有食人之风;大陆上有两个巨大的王国,秘鲁和墨西哥,它们是较高级组织的野蛮人所能够达到的最高文明水平的代表。在从较低的类走向较高的类,从低级组织走向高级组织的这种转化中,在精神力求找到自己,把自己看作自觉个性的这种无穷的追求中,有着多么严整的连续性,多么严格而确定不移的一贯性啊!接受了新的形式,仿佛对它感到不满足似的,但并不破坏它,却让它作为自身发展的肉身化的、永远连接在空间的阶段而保留下来,并且是作为自身发展的新阶段的表现接受这新形式的。美洲的可怜子孙,直到今天还仍旧是欧洲人最初发现他们时的那种样子。他们已经不再害怕枪炮,认为它是发怒的上帝的声音,甚至已经学会了使用它,可是他们自从那时候以来,毕竟还是一点也没有变得更文明些,我们必须在亚洲寻求人的本质的更进一步发展。只有在这里,创造才告结束,大自然充分完成了它的使命,让位于新的、纯粹精神的发展——历史。在这里,人类又分为许多种族——而高加索族是人类的花朵。种族和部族形成民族,家庭形成国家,每一个国家都不过是发展成为人类的精神的一个阶段,甚至每一个国家出现的时间都是跟抽象的或者哲学的思维的从自身发展出来的阶段符合的。适用于个人的同样的法则,也适用于人类:人类也有幼年时期,青年时期和成人时期。在神圣摇篮里,在亚洲,人类——大自然之子,手脚被襁褓裹缠着,信奉着传说的直感信条,生活在宗教神话中,直等到在希腊摆脱了大自然的监护,把暧昧的宗教信仰从象征提高成为诗意形象,用理性思想的光辉照亮它们。希腊人的生活是古代生活的花朵;是古代生活因素的结晶;是盛大的华筵,随之而来的便是古代世界的衰落。幼年时期结束了,临到了青年时期,主要是宗教的、骑士的、浪漫主义的、充满着生命、运动、猎艳冒险经历以及不可实现的事件的时期。美洲的发现,火药和印刷术的发明,是人类从青年变为成年的外部的推动力,而这成年时期一直继续到今天。每一个时代都发源于另外一个时代,每一个时代都是另外一个时代的必然的结果。

>探索伟大的秘密,
>
>在思虑中老去,
>
>一时代接着一时代,
>
>一去就不再回来;
>
>永恒讯问
>
>每一个时代:
>
>"结果怎么样?"
>
>每一时代都回答:
>
>"问我下面的一个时代!"①

人类的每一伟大事件都是在它那时代完成的,不早,也不迟。每一个伟大的人都完成他那时代的事业,解决他当时的问题,通过他的行动来表现他生长和发展的那个时代的精神。在我们今天,

---

① 引自柯尔卓夫的诗《伟大的秘密》。

不可能有十字军远征、宗教裁判或者某一个权威神父对全世界的统治；在中世纪，不可能有新市民社会每一个成员所享有的个人安全，新市民社会甚至包括它的最后一个成员都能获得的自由发展的机会，精神对大自然的这些伟大胜利，或者更正确点说，表现在几乎消灭了时空限制的蒸汽机上面的精神对大自然的完全征服。在我们今天，也可能有像哥伦布、查理五世、佛兰西斯一世、亚尔巴公爵、路德等人的组织，正像在任何时候都可能有一样；不过，它们如果出现在我们今天，它们就会发生完全不同的作用，作出完全不同的事情。

这样说来，从原始力量和生活要素的最初觉醒，从它们在物质中的最初运动，通过在创造中不断发展着的大自然的整个阶梯，一直达到创造的王冠——人为止；从人们最初结成社会，直到我们今天的最后一桩历史事件为止——这是一条绵亘不绝的发展的锁链，是一架唯一的从地上攀登天上的阶梯，如果不踏上第一级，就无法攀登更高的一级！在大自然和历史中占势力的不是盲目的偶然，而是严格的、确定不移的内部必然性，由于这内部必然性，一切现象都密切地联系在一起，在杂乱无章中出现了严整的秩序，在繁复多样中出现了统一，因此，才可能有科学。这赋予一切存在现象以根据和意义的内部必然性，这使现象一个接着一个出现，仿佛一个现象发源于另外一个现象的严格的一贯性和连续性，究竟是什么东西呢？这便是自己进行思考的思维。

大自然仿佛是精神变成现实，看见并认识自己的一种手段。因此，它的王冠是人，它以人为终结，它的创造活动以人为极限。市民社会是发展人类个性的一种手段，人类个性是一切事物的核心，在人类个性里面生活着大自然、社会和历史，重复着世界生活的一切过程，也就是大自然和历史的过程。这是怎么发生的呢？这是通过思维发生的，人靠了思维，通过自己，引出存在于他外部的一切事物——大自然，历史，还有他自己的个性，仿佛个性也是外来的、存在于他外部的东西似的。

精神在人的身上发现了自己,找到了它的充分的、直感的表现,在人的身上认识了作为主体或者个性看的自己。人是肉身化的理性,有思考的生物——这个称号使他区别于其他生物,成为万物之灵长。正像一切存在于自然界的东西一样,仅仅就他作为事实而直感地存在这一点看来,就已经可以说他是思维;可是,从他的理性活动看来,他就更加是思维了,因为在他的理性活动中,像在一面镜子里一般,重复出现着整个存在,整个世界及其一切物质的和精神的现象。这思维的中心点和焦点是他的我,他把我对立起来,或者说是跟我对立起来,并且在我上面反射出(反映出)一切他所思考的事物,不排除他自己在外。还没有获得任何概念,他已经生来就是进行思考的生物,因为他的天性本身直感地向他显示出存在的秘密,因此,一切幼年民族的原始神话都不是虚构,不是遐想,不是臆造,而是对于上帝和世界及其相互关系的真理的直感启示,这些启示不是以讽喻直接地发生作用于幼年时期的理智,而是通过幻想,首先诉于感情。这便是哲学定义上的宗教:对于真理的直感的理解。

在每一个幼年民族中都可以看到一种强烈的倾向,愿意用可见的、可感觉的形象,从象征起,到诗意形象为止,来表现他们的认识的范围。这是思维的第二条道路,第二种形式——艺术,它的哲学定义是:对于真理的直感的默察。我们立刻就要回到这个题目上来,因为它是我们这本书①的主要题目。

最后,充分发展并成熟的人,转入了最高级的和最后的思维领域——那便是纯粹思维,它摆脱了一切直感的东西,把一切提升为纯粹认识,并且依据在自己上面。

---

① 别林斯基生前曾经计划过写一本书,书名叫作《俄国文学的理论与批评教程》,本文原定即系该书《美学》一章中的一部分。

显然,以上所述,不过是同一个内容的三条不同的道路,三种不同的形式罢了,而那内容便是存在。无论如何,这三种思维——如果我们可以这样说的话——完全不是我们叫作先行于人的思维,叫作大自然和历史的世界的那种东西。实际上,这不是同一个东西,但同时又是同一个东西,正像幼年的人和成年的人不是同一个人,但后者毕竟不过是前者的新的、更高的形式罢了。

读者没有忘记,我们在对艺术下定义时用了"直感的"这个字眼;他们大概也看到,我们后来也常常用它。这个字眼的意义是这样重要,它代替了这么许多字眼,并且因此,它的经常使用是这样必不可少,使我们认为有责任,必须脱离本题,把它解释一下。

"直感的"这个字眼和由它孳乳而生的"直感性",取自德文(unmittelbar),是个最新的哲学术语。它表明着存在以及毫无任何媒介而直接发于自身的行动。我们举例来说明这一点。你如果根据思想方式,生活方式和行动的性质认识一个人,为了这些而爱他,尊敬他,那么,你并不是直感地认识他,因为他让你理解他,不是直感的,而是通过他的思想方式,生活方式和行动方式。你也可以这样让另外一个从来没有看见过他的人理解他,这另外一个人听了你的话,也可能对他怀有同样的尊敬和同样的爱情。可是,这里出现的不是整个的人,而只是他的投影,不是这个人本人,而是关于他的叙述。当你听见别人谈论这样一个人的时候,你的头脑里对于各种各样好的或是坏的品质或多或少具有一点明确的理解,但你的想象是空虚的,你的想象并不像镜子一般反映出任何生动的形象,让它自己为自己说话,或者证实人家对你谈起的关于他的话。这是什么意思呢?这是说明:正像关于一个人的叙述不能使人对他的外表具有明确的理解一样,关于他的好的或是坏的品质的描写,不管这些品质是怎样卓越不凡,也不能对一个人的个性提供生动观察的材料;他必须超脱于他的好的或是坏的品质之外,自己为自己说话。有一些人,包括好的和坏的,在我们的记忆里并不留下鲜明的痕迹，很快就烟消云散了。反之，也有另外一些人显然没有什么特别之处，不管是十分好的或是十分坏的品质，但头一眼看到他，他就永远镌刻在你的想象里。这在女人的容貌方面特别显而易见：一个闪耀夺目的美女，在你看来，常常远不如一个最朴素、似乎最普通的女人。这个或者那个人物之所以会产生分歧不同的印象，其原因无疑是在于这个人物本身，然而，这原因正像一切秘密一样，不是用言语所能说明的。例如有一个人，他大胆而活泼地讲到一切，巧妙而灵敏地让你知道他具有高贵的品质：照他说，他是仅仅生活在崇高而又美好的世界里，准备为真理奉献自己的生命；你听他谈话，发觉他有许多才智，甚至也不能否认他有感情；他对他自己所表示的意见，你觉得似乎是可信的，然而，你仍旧感到对他冷冰冰，他不能够引起你丝毫浓厚的兴趣。这是什么意思呢？当然，这是说明：你不自觉地感到在他的言辞和他本人之间存在着一种矛盾。你的理智赞许他的言辞，把这些言辞当作是足以据此评断他的材料，但他给你的直感的印象，却引起你对他的言辞的怀疑，把你从他身边推开。可是，现在再看另外一个人：他毫无任何抱负，这样单纯，这样普通；他讲的都是大家讲的话，天气啦、骏马啦、香槟酒啦、牡蛎啦，然而你头一次看见他，你就仿佛听任感情操纵，违背你的理智，认定这个人不是像他外貌所显示的，崇高的、理想的领域和各种深邃的生活秘密都可以向他暴露，于是，在你没有来得及注意这一点之前，他就勇敢而又坦率地，像对待自己的财产似的，占有了你的爱情和尊敬。这里又是那个同样的原因——这个人所给予你的直感印象的力量和威力，隐藏在他天性里的一切，都表现在他的动作上、姿势上、声音上、脸上、容貌的变化上，总而言之，他的直感性上。同样，有时候，灵智、审美和社交方面的精美雅致的修养，再加上动人的外表，也不能使我们对一个女人产生通常接近女人时会有的那种激动的、音乐般的感情，那种束缚住我们的虔敬之念；可是，一个没有受过任何教育，但天性是深刻而又淳厚的普通少女，只要悄悄地看你一眼,就能使你像遇到强烈的阳光一般,把你那大胆注视她的眼睛低下去了。由于同样的原因,你有时候对于最俏皮的机智,最聪明的嘲谑感到枯索无味,絮聒可厌,除了觉得它们自命滑稽,无聊透顶之外,丝毫也不觉得有任何滑稽可笑之处,可是,你听到另外一个人的一句什么话,看到他的一个什么动作,却不得不放声大笑,尽管他的言语和动作看来没有什么滑稽可笑之处,因此,当你对别人讲述他的一举一动,希望会产生无疑的效果的时候,你会出乎意外地发觉,这些言语和动作一点也不能吸引人,它们的全部迷人的力量包含在那个人的直感性里面。

　　构成每一个人个性的十分重要条件的这种直感性,也表现在一个人的行动中。往往有这种情况:我们的天性替我们发生作用,不等我们的思想或者我们的认识作为媒介参与其间,在看来不可能没有自觉思考而行动的时候,我们仿佛是本能地在行动着。例如有一个人,因为精神恍惚或者心思集中,没有看清楚眼前的一件什么东西,曾经碰伤得很厉害,或者有过碰伤的危险,以后每一次走过那地方,即使在夜晚,也要不自觉地侧身而过。这种行动是完全直感的。可是,那些体现着一个人的崇高生活的人类精神的直感行动,就更是卓越和显著得多。不管一个人的信念多么神圣而真诚,他的意图多么高尚而纯洁,可是要表达它们,或者把它们付诸实行,光靠信念的力量或者善良的渴望,还是不够的:要达到这一点,非有一种灵感激励的冲动不可,在这冲动里,一个人的全部力量混而为一,他的肉体本性渗透他的精神本质,反过来,精神本质又照亮他的肉体本性,理性行动变成了本能行动,反之亦然,思想变成了事实,人的理性的、自由的意志变成了直感的现象。历史为我们提供了人类精神力量甚至战胜自然法则的这种直感表现的一个惊人例证:克莱士[①]的儿子生来是哑巴,但当他看到一个敌兵

[①] 古代里底亚(小亚细亚)的国王。

没有认清什么人而要杀死他的父亲的时候,他忽然转动舌头,喊道:"兵士,别杀死国王!"可是,不管这个例子多么惊人,它也还算不得是直感理性的最高表现:只有在显露出其崇高精神天性和对于无限追求的一个人的自由而理性的行动中,才能够看到直感理性的无穷伟大意义。从一方面来说,整个人类历史不过是这种直感理性和理性直感的行动的一连串无穷的图画罢了,在这种行动中,个人的愿望和外部的必然性融成一片,意志变成了本能,对行动的渴望变成了行动本身。行动的直感性既不排斥意志,也不排斥认识,恰恰相反,它们越是参与其间,行动就越是崇高、有益和有效;可是,意志和认识本身,作为单独的精神因素,却决不转化为行动,不会在崇高的现实领域里开花结果,因为在这里,它们是跟包含旺盛的生产力的直感性相敌对的一种力量。大自然的起源和发展,一切历史及艺术现象,都是直感地完成的。

也许,许多读者会认为,"直感的"这个字眼跟"不自觉的"这个字眼,"直感性"这个字眼跟"不自觉性"这个字眼完全是含有同样意义的,他们也许会责备我们,不应该抱着徒劳无益的愿望,捏造出谁都不知道的新名词,使之风行一时,用来表达早就以大家熟知的字眼表达过的家喻户晓的旧观念,不应该抱着冬烘学究式的态度,钻牛角尖,作多余的解释,说许多不必要的离题万里的废话,那是不能澄清问题,却只会扰乱视听的。如果有这种情况,并且其原因不在于浅薄的读者匆遽地轻下断语,那么,当然,这些读者的责难不一定对,恐怕倒是因为我们没有把这个问题解释清楚。直感性中可能有不自觉性,但并非永远如此,并且,这两个字眼绝不是同一个东西,甚至也不是同义语。例如大自然是直感地,同时又是不自觉地产生的;历史现象,例如言语和政治组织的起源,是直感地产生,但绝不是不自觉地产生的;同样,现象的直感性是艺术的基本法则,确定不移的条件,赋予艺术崇高的、神秘的意义;可是,不自觉性不但不是艺术的必要的属性,并且是跟艺术敌对的,贬低艺术的。"直感的"这个字眼比"不自觉的"这个字眼囊括并包含更为广阔得多、深刻得多、崇高得多的意义：我们将在更进一步阐明艺术的概念的时候明确地证明这一点。

一切现象的直感性的条件都是灵感冲动；一切现象的直感性的结果都是有机体。只有灵感才可能是直感的，只有直感的东西才可能是有机的，只有有机的东西才可能是有生命的。有机体和机械，或者大自然和技艺，是两个互相敌对而矛盾的世界。一个是自由的，不断运动的，变化不停，色彩和色调变幻不可捉摸的，喧闹而响亮的，另外一个是死一般麻木呆滞的，奴性地正规而又无生气地确定的，带有虚假的光辉的，装扮出虚伪的生命的，喑哑而无声的。前一个世界的生动的、直感地产生出来的现象，又被叫作灵感激励的或是创造性的现象，而后一世界的现象，是机械性的东西，或者靠人的手造成的东西。当然，这不能按照字面来理解，不能把最初的激励精神的原因和媒介手段混为一谈：一切雕像和一切绘画都是靠人的手制成的，可是尽管如此，有一些雕像和绘画却是机械性的，是制作出来的，而不是创造出来的。

显然，一切被叫作创造出来的或者创造性的东西，是那些不能靠筹思、计算、人的理性和意志来产生的东西，这些东西甚至不能被叫作发明，却是靠大自然的创造力或者人类精神的创造力，直感地从无变为有，并且跟发明相对照，应该被叫作天启。

构成创造性作品和机械性作品之间的本质差别的有机体，显然是由它所产生的那个过程的产物。我们试把大自然和技艺加以对照，来说明这个问题。当发明钟表的人第一次在头脑里想到这个机器的时候，事情并不在这一刹那结束：且不说他在实现他的想法之前，必须进行许多思考和筹思，他还必须不断地用经验来检定它，在经验中力求补充他的想法。他创造了又破坏，撮合在一起，又拆散，因为总是发现有什么不够圆满的地方。他的这种发明行为中的主要精神原动力，是筹思、计算，对可能性的估计。他谨慎小心地,仿佛在暗中摸索似的一步一步前进,用头脑想,又用指头算。因此,他的发明不是一蹴可及的,却必须有精密科学的累年历代的成就,然后才能够臻于完美之境。当技艺想模仿大自然的时候,后者的力量和前者的无能就更是显而易见了。一个人想做一朵花——一朵玫瑰花。他为此取了一朵天然花,长时期地、仔细地研究它的一切细微末节——每一张花瓣,每一个折襞,颜色的变幻和浓淡,一般的形式,经过了许多筹思和计算,才用染有疑似天然色彩的薄纱剪裁和缝缀成他的花朵。说实在话,他的艺术是多么伟大:站在十步以外,你无法辨别假玫瑰花和真玫瑰花;可是,你走近去一看,就会看到冷冰冰的不动的死尸躺在瑰丽的充满生命的大自然创造物的旁边,你的感情就会因为看到僵死的赝造品而受到凌辱。你带着喜悦的心情和动作,抓住那朵迷人的天然花——谛视它,嗅它。它的叶子和花瓣排列得这样对称,这样均匀,这种准确性只能被我们的灵智所理解,却不能用我们的正确性远远不够的器械来测量,并且,每一张叶子和花瓣做得这样精致,这样绵密,这样无比完美,精雕细琢到无微不至的程度……它的颜色是多么瑰丽艳美,它有多少脉络,有多少浓淡色度,粉末是多么柔和而鲜艳……即使所罗门王①在他极盛时代也不曾穿过这样华丽的衣装啊!……再说,那香味又是多么芬芳馥郁,沁人欲醉啊!……可是,只要我们是从外部来凝视这朵玫瑰花,欣赏它的外观、颜色和香味,那么,假花也还可以和它比较比较,至少是对它的效颦之作,足以证明人的灵智具有独特的力量和威力;可是,难道一朵玫瑰花不过是如此吗?呵,不!这只是外部形式,是内在的东西的表现:这些奇妙的色彩是从植物的内部发出的,这迷人的香味是它的香油一般的呼吸……你往那里看一眼,看看这朵花的内部,于是假玫瑰花和它之间的任何比较,都将成为违反常识的荒谬的想法而不

---

① 古代以色列和犹太的国王。

攻自破。看呀,在娴雅地托着这朵华丽的花的绿色嫩茎的内部,包含着整个新世界:那是一间独立的生命实验室,从十分精致完美的脉络里流出生命的液汁,倾泻出不可见的精神的醇精……然而,大自然在这朵奇妙的花上面却花费了较少的时间,更为简单而便宜的材料,更谈不上有丝毫劳力、筹思或者计算:一粒小小的种子落到泥土里,于是从泥土里就长出了植物,绿叶蔽体,繁花满枝,迎春斗艳……一粒种子本身就已经包含了根、茎、美丽的叶子,华美的芬芳馥郁的花朵,植物的整个构造,连同它的全部形式和匀称的比例!可是,大自然在这里做了些什么呢?它在创造这朵花的过程中起了些什么作用呢?我们重复说一遍:它对这件事没有费过什么力。它现在平静地、毫不费力地重复着一劳永逸地创造出来的现象。可是,曾经有过一刹那,它工作得很繁重,竭尽全力,刻苦奋发……当万能的"须有万物"的声音①惊醒洪荒时代的混沌,从无转化为有,从可能转化为现实,概念转化为现象的时候,洪荒时代便已存在的那虚灵而无形体的神思就从一片虚无中变成了我们的行星,这行星长时期地忽而在洪水的海洋中,忽而在火焰的海洋中回转不已,一度曾经是海底的崇山峻岭、水和火的地下潜流、深不见底的大海、岛屿和湖泊、喷火的火山等等,都目击了这行星在变成现在这样子以前所经历过的种种可怕的激变,以及它所进行的伟大的工作(根据现在尚未完全形成的一大块大陆②看来,这工作现在还没有终结)。是的,这是一桩伟大的工作:大自然产生出一连串无穷的现象,每一个现象都是从黑暗的虚无跃向光辉生命的强大的、刹那间的和骤然的冲击。宇宙的大厦是宏伟而瑰丽的!蔚蓝的苍穹是多么匀称!太阳在那里是那么遵循严格次序,带着

---

① 这里指上帝。别林斯基在这一时期里受到黑格尔哲学的影响很深,他对宇宙形成的看法以及一些玄妙的术语都是从黑格尔哲学中取来的。
② 系指新荷兰(译者按:澳洲的旧称)。——原注

不变的规则性和谐和性,升起,又沉落,月亮和无数繁星在那里出现,又隐灭!然而,这些循环周转的圆圈和范围不是靠圆规规定的,没有预先画在一张计划图纸上,数学的计算也不能预先确定这些无穷的体积、重量和空间之间的无穷的关系。宇宙无边,星体不计其数,但它们都分成互相从属的区界,每一区界都是仿佛构成活的有机体的那整体的一部分,处在互相依存的关系中,而这构成单一整体的整个无边无际的空间,整个不可测量的体积,整个不可计数的数量,是从自身里面产生出来的,在自身里面包含着自己的法则,自己的永恒的、不变的数量和线条,以及自己的整体的全面蓝图。宇宙便是神思,而这神思是在洪荒时代就已经作为合理的可能性而恒久存在,通过具体化为形式,忽然变成了明显的现实。在它完备的存在中,我们看到两个看来似乎矛盾,但实质上是相近,并且相同的方面:精神和物质。精神是神思,是生命的泉源;物质是形式,思想没有形式就无法显现。显然,这两种因素是互为因果的:没有思想,一切形式都是死的,没有形式,思想只是可能有的东西,却不是实有的东西。在现象中,它们构成统一而不可分割的整体,互相渗透,互相消溶。它溶为一体的过程(具体化)是一个秘密,在这里,生命仿佛是从自己身边躲了开去,不愿意使自己目击自己的伟大的行为,自己的庄严的圣务。我们知道这过程有其必要性,可是我们只能够感觉或者观察到这一过程的神秘性。它是现象具有生命力的必要的条件,而它的结果是有机体,有机体的结果是特殊性,个别性和个性。

大自然的一切现象都不过是普遍事物的局部的和特殊的表现。普遍事物便是概念。概念是什么东西呢?照哲学的定义说来,概念是具体的理解,这理解的形式不是一种存在于它外部的东西,而是它的发展以及它本身的内容的形式。可是,既然我们不爱作哲学性的论述,那么,我们就试图尽可能不是抽象地,而是尽可能形象化地来向我们的读者说明这个问题。歌德所著《浮士德》的第二部里有一处地方,使我们对"概念"这个字眼的近乎真实的含义得以略窥门径。浮士德在答应皇帝把巴利斯和爱伦唤来以后,就去求助于梅菲斯特,梅菲斯特很不情愿地指示了他实行这个许诺的唯一可能的方法。他说:"女神们统治在难于接近的空虚中,那里没有空间,也没有时间:她们便是母亲。"——"母亲?"浮士德惊奇地喊道,"母亲,母亲,"他重复说,"这听来是十分奇怪……"——"女神们,"梅菲斯特继续说,"是你们凡人所不知的,我们不愿意称之为女神。你准备好了没有?没有锁和闩阻拦你;无边的空虚将席卷你。你懂得不懂得这种十足的空虚?"——浮士德向他表示了决心。梅菲斯特又继续说下去:"你如果在茫无涯际的海洋上浮沉,眺望这一片茫无涯际的荒漠,你就会在那里看到一浪逐一浪,你会在那里看到些什么;你会看见海豚在寂静大海的碧波上浮游;云彩、太阳、月亮、星辰会在你面前飘浮;可是在那空虚的、永恒空虚的远方,你却什么东西都看不见,你听不见自己的跫然足音,你将找不到可以依据的坚实地点。"——浮士德毫不动摇。他说:"我希望在你的无所有中找到一切(In deinem Nichts hoff ich dasi All zu finden)。"这以后,梅菲斯特把钥匙交给了浮士德。"跟着这把钥匙走去吧,"他对浮士德说,"它会引你去见母亲。"一听见"母亲"这两个字,浮士德又不禁浑身打战。"母亲!"他喊道,"这两个字像当头给了我一棒!这到底是什么字眼,会叫我受不了?"——"难道你这样偏狭,"梅菲斯特回答他说,"新字眼竟使你惶惑不安?"梅菲斯特后来指示了他一番,教他应该怎样开始他的奇妙的旅行,浮士德由于接触到魔法的钥匙,感觉有一股新的力量涌上心头,他一顿脚,就沉入无底的深渊中去了。剩下梅菲斯特一个人的时候,他说:"我有点担心,他能不能够回来?"可是,浮士德回来了,并且是成功地回来了:他从无底的空虚中带回来了宝鼎,这宝鼎是把寄形于巴利斯和爱伦身上的美召唤到现实世界中来所必不可少的东西。①

是的,"母亲"这两个字是可怕的,人们说出这两个字不能不感到一阵隐隐的战栗,仿佛这是那种神秘的字眼,月亮会因之变得惨白,死人会因之在墓窟里辗转反侧!……可是,沉入无边的空虚,见到"母亲",那就需要有更多的勇气!……可是,如果有人不战栗,不退缩,不在严重考验下束手待毙,他就会带着魔法的宝鼎回来,这宝鼎可以召唤久已死去的亡灵,给虚灵而无形体的思想裹上华美的肉体……这"母亲",便是原始的、洪荒时代的概念,这些概念肉身化为形式之后,就变成了大千世界和生活现象。生活不会使人望而生畏;却像含情脉脉、芙蓉如面柳如眉的美女一样,具有一种不可抗拒的魅力,把我们吸引过去——我们只得闭上眼睛,失魂落魄,投入她的怀抱——我们对她百看不厌,婉转依恋……可是,我们心头隐藏着一只破坏我们尽情欢乐的毛毛虫——这毛毛虫便是对知识的渴望。只要它微微一动,迷人的美女形象就渐次隐匿不见;毛毛虫长大起来,变成了一条吸食我们心里的血液的蛇,美女就完全消踪灭迹了,若要她回来,我们就必须把我们的视线从形式和色彩上面移开,转向没有生命和美的骨架。可是,我们不久连这一点也必须放弃,冲到无边的空虚中去,那里没有生命,没有形象,没有音响和色彩,没有空间和时间,那里没有东西让你停留视线,没有东西让你站稳脚步,那里主宰着一切存在的东西的是母亲——虚灵而无形体的概念,这概念便是产生一切的无所有,它是在世界形成以前就永恒存在的,时间从它那里展开,大千世界从它那里沿着无穷的道路前进……

这样说来,概念是生命的母亲,是它的本质的力量和内容,是

---

① 这包含有对《浮士德》的指示的一整段文字,是译者卡特科夫君对勒特谢尔(译者按:Heinrich Theodor Rötcher,1803—1871,德国批评家)《论艺术作品的哲学批评》一文所作的摘要,在这里被我们完全借用了。请参看《莫斯科观察家》一八三八年,第十八期第 187 页和第 188 页。——原注

生命波涛汹涌澎湃的永无穷竭的贮藏所。概念就其本质说来,是普遍的,因为它不属于一定的时间,或者一定的空间;当它转化为现象的时候,它就变成了特殊的、个别的、个性的东西。整个创造的阶梯,不过是普遍事物转化为局部事物,普遍现象转化为局部现象的过程罢了。我们的行星从普遍世界物质中产生出来,在它获得了它唯一的、特殊的形式之后,反过来,也变成了普遍的、本质的物质,不断地力求转化为无数生物。一堆堆无定形的矿物和石块,没有什么确定的形式,但它们却是具有纵然是低级的、外部的组织的特殊现象。它们中间有一些甚至组成了确定的、整齐的三棱形的形式,仿佛是从含有和它们同样的材料并为它们构成无形基础的某种土壤上生长出来似的。植物的组织是更高级的,一般说来,它们已经是高级的特殊性,虽然还没有达到个性的阶段。在每一株植物上面,根、茎、枝、叶,都是同样必要的,但树叶的数目是不固定的,摇落几张树叶,也并不能改变树木的特殊性;至于讲到树枝,那么,虽然它们……①

---

① 原文到此中断。

《亚历山大·普希金作品集》(选译)

第八篇 《叶甫盖尼·奥涅金》

我们承认：我们并不是毫无一点畏怯来对《叶甫盖尼·奥涅金》这样一部长诗进行批评的考察的。这种畏怯有许多原因。《奥涅金》是普希金最真挚的作品，他的幻想最钟爱的宠子，我们只能指出极少数的作品，在其中诗人的个性得到了充分、透彻和清晰的反映，像普希金的个性反映在《奥涅金》里一样。这里有他的全部生活、全部灵魂、全部爱情；这里有他的感情、观念、理想。评价这部作品，就等于在创作活动的全部幅度上来评价诗人本人一样。撇开《奥涅金》的美学价值不说，这部长诗对我们俄国人更具有巨大的历史和社会意义。从这个观点看来，甚至今天批评界可能在《奥涅金》里蛮有把握指为软弱或陈腐的东西，也都充满着深刻的意义和浓厚的情趣。我们感觉困难的，不仅因为我们自觉缺乏能力正确地评价这部作品，并且也因为必须在《奥涅金》的许多章节里既看到缺点，同时也看到优点。我们大部分读者还不能超脱抽象的、片面的批评，这种批评在艺术作品里只承认绝对的缺点或绝对的优点，却不理解有条件的和相对的东西正是构成绝对的东西的形式。这说明了为什么有些批评家天真地相信我们并不敬重杰尔查文，因为我们虽然把他看作有杰出才能的人，同时却不能在他的作品里面找到任何一部作品是十足艺术性的、十足能够满足我们时代美学口味的要求的,可是我们对《奥涅金》的意见在许多人看来,可能更会显得矛盾,因为从形式上看,《奥涅金》是一部高度艺术性的作品,而从内容上看,则它的缺点正是构成着它的最大的优点。我们整篇论《奥涅金》的文章将是这一思想的发挥。不管这种思想在我们许多读者初看起来是怎样地突兀。

首先,我们在《奥涅金》里看到的是俄国社会在其发展中最富有兴味的一段时间的诗情再现的一幅图画。从这个观点上看来,《叶甫盖尼·奥涅金》是一部在那个字的充分意义上的历史的长诗,虽然在它的主人公里面没有任何一个历史人物。这部长诗的历史价值尤其重大,因为它在罗斯是这种体裁方面的最初的、辉煌的尝试。普希金在里面不仅表现为诗人,并且是初次觉醒的社会自觉的代表:这是一种无法估量的功绩! 在普希金以前,俄国诗歌不过是欧洲缪斯的一个聪明伶俐而又善于模仿的学生罢了——因此,普希金以前的全部俄国诗篇都有点像习作和抄本,而不是独创灵感的自然流露的作品。甚至就是克雷洛夫这样一位坚实卓越,同时又富有俄国民族性的才能,他也有许多鼓不起勇气来摆脱的那被称为拉封丹的翻译者和模仿者的不值得羡慕的光荣。在杰尔查文的诗歌里,光辉地闪现着俄国语言和俄国灵智,但也不过是闪现罢了,终不免被修辞学式地接受过来的外国形式以及外国观念的海洋所淹没。奥捷罗夫写了一部俄国悲剧,甚至还是历史悲剧——《德米特里·顿斯柯伊》,但里面有这样多"俄国的"和"历史的"东西,同时也有这样多法国的或鞑靼的东西。茹科夫斯基写了两首"俄国的"故事诗——《柳德米拉》和《斯维特兰娜》;但前者是一首德国的(并且也是十分平庸的)故事诗的改写,后者虽然突出地写出了俄国圣诞节风俗和俄国冬景的真正诗意的图画,但同时它却整个儿渗透着德国的感伤和德国的幻想。巴丘希科夫的缪斯永远在异国的天空下飘游,从未在俄国土壤上摘采一朵鲜花。从这一切事实上都足以得出结论:俄国生活中没有也不可能有任何诗歌,诗人们必须骑着披加索斯①到异国去找寻灵感,不但到西方,而且到东方。可是,从普希金开始,俄国诗歌从胆怯的学生一变而为才华卓越、经验宏富的大师了。当然,这不是突如其来的,因为任何事情都不是一蹴可及的。在《鲁斯兰和柳德米拉》和《强盗兄弟》两部长诗里,普希金正像他的先辈们一样,也不过是一个学生,但不像他们似的仅仅在诗歌上,并且在对俄国现实进行诗的描绘的尝试上,也是一个学生。正因为是一个学生,所以在《鲁斯兰和柳德米拉》里,俄国的东西这样少,意大利的东西却那么多,而《强盗兄弟》则很像一出吵吵闹闹的传奇剧。普希金有一首故事诗《求婚者》,写于一八二五年。这也就是他发表《奥涅金》第一章的一年。这首故事诗无论在形式上还是内容上,都彻头彻尾浸透着俄国精神,比起《鲁斯兰和柳德米拉》来,更有一千条理由用下面这句话去形容它:

    这儿是俄国精神,这儿闻得到罗斯的气息。

  这首故事诗既然在当时没有引起过特别的注意,现在也几乎被大家所忘怀了,所以我们就从里面摘引出描写说媒的一场来看吧:

    第二天媒婆
    突然来到他家,
    夸赞娜塔莎美貌,
    对她父亲说道:
    "您有货,咱们有买主,
    一个好漂亮的小伙子,
    又神气,又活泼,
    不爱吵嘴,也不暴躁。

---

① 希腊神话中诗神(缪斯)所骑乘的飞马。

有钱,有势,又聪明,
不向任何人低头,
像贵族一样过日子,
什么都用不着操心;
讲完了就把礼物送上门:
狐皮、珍珠,
还有金戒指,
还有锦缎的衣服。

他昨天坐车去过,
在大门口碰见了她;
亲事就算说定了吧,带着圣像
把大小姐送上教堂!"
媒婆坐下吃点心,
伶牙俐嘴说好话,
可怜的大小姐,
心里乱如麻。

"我答应啦,"父亲说,
"乖乖地去吧,
我的娜塔莎,去到婆婆家;
一个人在闺房里太冷清,
不能一辈子做个老姑娘,
心肝别唱歌啦,
应该去找个窠儿,
来年好抱娃娃。"

这首故事诗从头到尾都是这样的!把所有的俄国民间歌谣加

在一起，其中俄国的民族性还不及这首故事诗包含得多！可是，我们不应该到这些作品里面去寻找渗透民族精神的诗篇的范例——公众没有对这首故事诗加以特别的注意，这不是没有理由的。忠实而生动地描绘出来的世界就因为这个世界的过分显著的特殊性，任何一个有才能的人都是容易达到的。何况这种世界是如此狭隘、渺小和简单，所以一个真正有才能的人是不会长久地去再现它的，如果他不希望他的作品变得片面、单调、枯燥，甚至庸俗，尽管它们也有许多优点。这说明为什么一个有才能的人通常对这类作品只尝试一次，最多两次：在他说来，这只是偶然的涉猎，是由于想在这方面试试自己的力量而引起的，却不是因为对于这方面有什么特殊的爱好。莱蒙托夫的《沙皇伊凡·华西里耶维奇、青年近卫兵和勇敢商人卡拉希尼柯夫之歌》在形式上不能超过普希金的《未婚夫》，但在内容上是远远地超过了它的。这是一部长诗，所有一切基尔夏·丹尼洛夫所搜集的英勇的俄国民间长诗和它比较起来都未免相形见绌。然而，莱蒙托夫的《歌》不过是才能的测验，小试笔头而已，显然，莱蒙托夫以后再也不会写这类的作品了。莱蒙托夫在这部长诗里采纳了基尔夏·丹尼洛夫的集子所能提供给他的一切东西：所以这方面每一个新的尝试将不得不是同样东西的重复——老调新弹而已。这一世界里的人们的感情和热情显得是这样地单调，这一世界里的人们的社会关系又是这样地单纯和简单，只需有大天才的一部作品就足以汲取净尽了。热情的错综多样，感情的无限细微的浓淡色度，人们的无限繁复的关系，包括社会的与私人的——这些才是生长诗的花朵的一片沃土，而只有高度发展着的或已经发展了的文明才能够培养出这样的土壤。像乔治·桑的 *Jeanne*① 这样的作品，只有在法国才可能产生，因为在那儿，包括错综复杂的因素的文明使一切阶层进入一种密切的、

---

① 法文：贞德。

电力似的交互影响的关系之中。相反,我们的诗歌却必须几乎专门到那种生活方式和习俗上最能代表发展及智力运动的阶级当中去寻找素材。既然说民族性是构成诗篇的最高价值之一,那么,毫无疑问,我们只能到这样的作品中——从彼得大帝改革后方始形成并接受文明生活形式的阶层为题材的作品中去寻找真正民族性的作品。可是,大多数公众直到现在还是对问题抱着另外一套理解。您如果把《鲁斯兰和柳德米拉》称作人民性的或民族性的作品——大家都会同意您,说这实在是一部人民性的、民族性的作品。人们更会同意您,假如您把任何一部作品都说成是人民性的作品,只要里面出现农夫、农妇、满脸胡子楂的商人和小市民,或者登场人物在简单的谈话中夹杂些俄国俗词俚语,再以学生背书的口气外加上一些关于人民性的美丽辞句,等等。那些比较聪明和有教养的人愿意(同时也是很有根据地)在克雷洛夫的寓言中发现俄国民间诗歌,甚至还打算(这就已经不这么有根据了)不仅在普希金的童话(《沙皇萨尔丹》《死公主和七勇士的故事》)中,并且也在(完全没有根据地)茹科夫斯基的童话(《长须沙皇贝伦岱和睡皇后》)中发现它。可是,如果您说,第一部真正俄国民族性的诗体长诗过去是、现在也还是普希金的《叶甫盖尼·奥涅金》,它比任何其他俄国民间作品包含了更多的人民性,那就只会有很少数人同意您,许多人甚至会觉得奇特了。然而,这是正像二乘二等于四一样的真理。它所以不被大家认作民族性的作品,那是因为许久以来在我们的头脑里有一种非常奇怪的意见盘踞着,以为穿燕尾服的俄国男人或者穿紧身胸衣的俄国女人就已经不是俄国人,俄国精神只能求之于粗饭、草鞋、劣等酒和酸白菜。在这场合,甚至许多所谓有教养的人也不自觉地跟俄国平民老百姓采取同样的见解,那些人是喜欢把每一个从欧洲来的外国人都称为德国人的。这便是担心我们大家都将日耳曼化的无谓恐惧的根源!一切欧洲民族,最初是在天主教的统一、宗教的(通过教皇)与世俗的

(通过神圣罗马帝国的君主)统一的影响之下,后来又在走向文明最高成果的同一追求目标的影响之下,像一个单一的民族一样发展起来的,然而,在法国人、德国人、英国人、意大利人、瑞典人、西班牙人之间,依旧存在着本质差别,正像俄国人不同于印度人一样。这是同一个乐器——人类精神——的弦索,但是这些弦的音量不同,每一根弦各自有其独特的音调,因此它们才能够奏出丰满和谐的和声。既然说,西欧各民族同样地都是起源于大部分曾经跟拉丁族交杂共居的庞大的条顿族,都在同一个宗教基础上,在同样的风俗习惯和同样的社会组织的影响下发展起来,都曾经继承过古代古典世界的丰富遗产,既然我们说,这样的西欧各民族,虽然构成一个接一个的大家族,但相互间仍旧显然是有所区别的,那么,我们难道能够认为在另一块土地上崛起,处于另一个天空底下,具有和任何西欧民族不同的历史的俄国民族,一旦采取了欧洲的服装和风俗以后,就会丧失其民族独创性,变得跟任何一个在肉体及精神风貌上彼此间又是迥然不同的欧洲民族完全毕肖酷似吗?……这是荒谬绝伦的话!再没有比这更愚蠢的想法了!造成种族和民族特殊性的首要原因,就在于它所占有的国家的土壤和气候:难道这个地球上许多国家在地质和气候方面是同样的吗?因此,要使欧洲风俗习惯和观念的压力能够夺去俄国人的民族性,首先就得把平坦的、草原性的俄罗斯大陆变成山地,把它广袤无垠的面积至少缩小十分之一(西伯利亚除外)。此外,还得做到许多根本做不到,只有玛尼洛夫之流百无聊赖时才幻想得出的事情。不仅如此:跟别的民族接触,就时时刻刻担心会失掉自己的独立自由,这样的一种民族是多么贫弱可怜啊!我们这些冒充的爱国作家,由于头脑简单,竟认识不到时时刻刻担心失掉民族性就是严重地污蔑了民族性。可是请问:如果彼得大帝不使俄国军队穿上欧洲服装,教给他们和服装相称的军事纪律,他们到什么时候才能成为常胜的军队呢?我们很自然地看到:一群乌合之众,由于战争不久以前使他们背离了茅舍和耕犁,武装窳陋,纪律更糟,溃不成军地从战场上仓皇败走;我们也同样很自然地看到,军容整肃的队伍即使在打了败仗时,也能在战场上壮烈牺牲,或者秩序井然地撤退。有些热心的斯拉夫派说:"瞧德国人吧——他们随便到哪里都是德国人,无论在俄国、德国或者印度;法国人也总是法国人,不管命运把他们抛到哪里;而俄国人呢,在英国就是英国人,在法国就是法国人,在德国就是德国人。"的确,这话是有些道理的,但这反而增添了俄国人的光彩,都不足以贬损他。这种善于适应任何民族、任何国家的品质,绝不仅仅是俄国有教养的阶层独有的品质,而是整个俄罗斯族、整个北方罗斯共有的品质。这种特性使俄国人跟一切其他斯拉夫族有所区别,恐怕也正是由于这一点,他才超过了他们。大家都知道,我们俄国士兵是惊人的、天生的哲学家和政治家,他们对任何东西都不会惊奇,他们把一切都看得十分自然,不管这一切跟他们的观念和习惯是怎样背道而驰。为了不要在这题目上扯得太远,我们只能简短地摘引莱蒙托夫关于俄国人善于适应生活在其间的那种民族的风俗习惯的惊人能力的一段话。"我不知道(《当代英雄》的作者说),这种灵智品质应该受到谴责呢,还是受到称赞,但它证明了一种无限的伸缩性,以及遇到恶是一种必要或者这种恶是无法消灭时就加以宽恕的健全常识的存在。"这里讲到的是高加索,不是欧洲;但一个俄国人到处总是一样的。粗鲁的德国人,骄傲矜持的约翰牛①,单凭他们的举止行动,就无法掩盖他们的出身;只有俄国人才仅次于法国人,能够在外表上看来仅仅显得是一个普通的人,额上并不刻出民族性的烙印或贴着护照。可是,决不能因此就得出结论说,俄国人既然在英国像英国人,在法国像法国人,他就哪怕一分钟能够当真变成英国人或法国人也好。形式和本质并不永远是一回事。采取好的形式

---

① 英国人的外号。

是无可非议的,但要摒弃本质却不像脱掉宽袍改穿燕尾服那么容易。俄国人中间有许多法国迷、英国迷、德国迷和其他各种"迷"。瞧瞧他们吧:无论从哪一个角度看,都是货真价实的英国人、法国人、德国人。如果他是一个英国迷,再加上有钱的话,那么,他的马匹都会变得英国化起来,跟班和马夫都像是刚从伦敦带来的,花园带有英国味道,能够面不改色地喝黑啤酒,爱吃煎牛肉和布丁,酷爱舒适,甚至拳斗也不比任何一个英国马车夫逊色。如果他是一个法国迷,那么,他穿得活像时装图画上的绅士,法国话讲得跟巴黎人一样流畅,用冷淡蔑视的眼光来看待一切,在必要时,认为彬彬有礼和谈笑风生是一种责任。如果他是一个德国迷,那么,他最喜欢为艺术而艺术,为科学而科学,耽于罗曼蒂克的幻想,蔑视群众,否认外界幸福,把内心世界冥想的乐趣看得高于一切……可是,让这些先生住到外国去——让英国迷住在英国,法国迷住在法国,德国迷住在德国,那时您再瞧吧,英国人、法国人和德国人是否会像您似的,乐意把这些英国迷、法国迷和德国迷认作自己的同胞……不,这些人是不会成为他们的同胞的,却只会成为贻人笑谈的话柄,变成大家轻蔑和好奇的目标。我们再说一遍,这是因为采取外来的形式和舍弃自己的本质是截然两回事。俄国人在外国是很容易被人认作他临时住下的那个国家的土著的,因为在街上、在旅店里、在舞会上、在长途马车里,是以貌取人的;但在市民的、家庭的关系中,在生活的个别特殊情势中,那就是另外一回事了:在这些地方,民族性不得不显露出来,每一个人不得不是他本国的子孙,异国的螟蛉子。从这个观点上说来,一个俄国人在俄国冒充英国人比在英国就容易得多。可是,个人还可能有些特殊的例外,民族却绝没有例外。那些历史命运同西欧命运息息相关的斯拉夫族可以作为证明:波希米亚四处被条顿族包围着,亘几世纪之久,它的统治者一直都是德国人;它跟德国人一起在天主教的基础上发展起来,并且在宗教复兴的言辞和行动上还超过了他们——可是结果怎样呢？波希米亚人直到现在还是斯拉夫人，直到现在还不仅不是德国人，甚至不完全是欧洲人……

我们上面所讲的一切是必不可少的题外话，为了驳斥一种毫无根据的意见：有人认为在文学问题上，纯粹的俄国人民性只能到那些以低微无教养的阶级的生活为题材的作品中去找寻。这种古怪的意见把俄国所有一切最优秀、最有教养的东西一概宣称为"非俄罗斯的"，由于这种草鞋粗服式的意见，结果，一出有村夫农妇出现的粗俗不堪的闹剧却被尊为民族性的俄国作品，而《智慧生痛苦》虽然也是俄国的，却绝不是民族性的作品：像《商人子弟们游逛马里诺丛林》这样一部低级庸俗的长篇小说，虽然写得拙劣，却是民族性的俄国作品，而《当代英雄》虽然写得卓越不凡，却只是俄国的，而不是民族性的作品……不，绝对不！我们终于到了应该用全部常识的力量，全部无情的逻辑的力量来反对这种意见的时候了！我们已经远离那种幸福的日子：那时文学中的假古典主义流派只容许上流士绅和有教养的阶层在文艺作品中出现，如果有时也容许平民在长诗、戏剧或牧歌中占一席地位，也得把他们弄得头光脸滑、衣冠楚楚，说一套不是自己的语言。是的，我们离开那种假古典主义时代已经很远了；可是，同样，我们也到了应该离开伪浪漫主义流派的时候了，这个流派喜欢用"人民性"字样，主张不仅在长诗和戏剧中描写下层社会的正直人，并且甚至还描写小偷和骗子，它设想真正的民族性仅仅包藏在粗服和烟熏的茅舍里，描写以喝醉酒的仆人在一场斗殴中打破了鼻子，这才是真正的莎士比亚笔法。——可是主要的是，在受过教育的人们中，甚至连近似人民性的任何征象也无法找到。最后，终于可以猜到，相反，俄国诗人只要在自己的作品里描写了有教养阶层的生活，可以显示自己是一个真正的民族诗人；因为，要在那种从前有一半被与它格格不入的外来形式所掩盖的生活中寻找民族的成分——要做到这一点，诗人需要巨大的才华，而且在内心中得是一个民族的诗人。"真正的民族性(果戈理说)不在于描写女人的无袖长衣,而在于描写人民的精神;一个诗人甚至在这样的时候——当他在描写完全不相干的世界,但却是用自己民族的自然性的眼睛、全体民众的眼睛来观察这个世界的时候,当他这样感觉和说话,他的同国人仿佛觉得这就是他们自己在感觉和说话"的时候,也是民族性的。对诗人而言,要参透民众心理的秘密——这就是说,不论在描写下等,还是中等、上等阶层的时候,都能够一视同仁。凡是只能够抓取粗犷的平民生活的显著触目色调,而不善于抓取有教养生活的比较细致、比较复杂色调的人,这个人永远也成不了伟大的诗人,更不大可能有权获得民族诗人的响亮称号。一个伟大的民族诗人不分轩轾地能使地主老爷和农民都说他们自己的话。如果一部从有教养阶层的生活中取材的作品不配称为民族的作品——那么这就是说,它在艺术方面也是毫无价值的,因为它不忠于它所描绘的现实的精神。因此,不但像《智慧生痛苦》和《死魂灵》这样的作品,就是《当代英雄》这样的作品也都既是民族性的,同时又是卓越无比的诗篇。

而第一部这样的民族性的艺术作品就是普希金的《叶甫盖尼·奥涅金》。年轻诗人企图表现俄国最欧化阶层的精神面貌的这种决心,非常清楚地证明他实在是,并且也深深地自觉自己是一个民族诗人。他理解到,叙事长诗的时代早就过去了,若要描写其中生活的散文深深渗透进生活的诗意这一现代社会,那么,需要的是长篇小说,却不是叙事长诗。他按照实际那样描写生活,而不是仅仅从中选取充满诗意的片刻;连同着全部的冷淡、全部的散文和庸俗一起来描写它。如果长篇小说用散文写成,那么,这种大胆还不十分令人惊奇;可是,用诗体写这样的长篇小说,并且是在俄文方面连一部用散文写的像样的长篇小说都还没有的时候——这种被巨大成功所证实了的勇敢,就不得不是诗人的天才的无可怀疑的证据。不错,俄文方面有过一部极好的(就当时来说)作品,有点像诗体的中篇小说:我们讲的是德米特里耶夫的《时髦的妻子》;可是《时髦的妻子》可以被人当作创作的俄国作品,同样也容易被人当作从法文自由翻译或改编过来的作品,仅仅由于这一点,它跟《奥涅金》之间就没有任何共同之点。如果普希金有一部作品跟德米特里耶夫优美机智的故事略有一些共同之点,那么,我们在上一篇文章里已经指出过了,这就是《奴林伯爵》,可是,即使在《奴林伯爵》里,相似点也绝不是在那部作品的诗的价值方面。《奥涅金》这一类长篇小说的形式是拜伦所创造的;至少,叙述的手法,描绘现实时散文和诗的交融,题外话,诗人的自问自答,特别是诗人在作品中过分显著的出现——所有这些都是拜伦所有的。当然,接受外来的新形式来适合原有的内容,跟自己发明这种形式,是截然相反的两回事;然而,把普希金的《奥涅金》同拜伦的《唐璜》《恰尔德·哈罗尔德》和《别波》比较起来,除了形式和手法之外,是什么共同之点也找不到的。不仅拜伦长篇的内容,甚至它们的精神,也都使它们不可能同普希金的《奥涅金》具有本质的相似之处。拜伦为欧洲而写欧洲,这样强大而深刻的主观精神,这种庞大、高傲、刚毅不屈的个性,他企求的不是描画现实人类,而是批判人类的过去和现在的历史。再说一遍,在这里是找不到丝毫相似的踪影的。普希金为俄国而写俄国——我们在这一点上:他忠于完全跟拜伦背道而驰的自己的天性,忠于自己的艺术本能,在写俄国长篇小说时,决不痴迷到写出任何拜伦式的东西来——在这一点上可以看出他独创而天才的才能的标志。他如果那样做了,俗众就会把他捧上天去;短暂但却煊赫的荣誉会是对他虚伪的 tour de force[①] 的报偿。可是,再说一遍:作为诗人的普希金是太伟大了,伟大到不屑一顾庸才如此艳羡的这种小丑式的业绩。他关心的不是要学像拜伦,而是要成为他自己,忠于那个奔赴到他笔下

[①] 法文:巧技。

的从前还未被动用和触及的现实。因此,他的《奥涅金》是一部高度独创的民族性的俄国作品。普希金的诗体长篇小说跟同时代的格里鲍耶陀夫的天才作品——《智慧生痛苦》①一起,给俄国新诗,俄国新文学奠定了牢固的基础。我们前面已经指出过,在这两部作品问世之前,俄国诗人们在描写同俄国现实毫不相干的题目时,还能算得上是诗人,等到描写俄国生活的世界时,就几乎不成其为诗人。例外只有一个杰尔查文,正像我们已经不止一次说过,他的诗歌辉耀着俄国生活因素的闪光;还有一个克雷洛夫;还有一个冯维辛——然而他的几部喜剧说明他只是俄国现实的才华卓著的誊写者,而不是创造性的再现者。格里鲍耶陀夫的喜剧,尽管有许多缺点,并且还是十分重大的缺点,但它作为强大才能的作品,深刻而独立的灵智的作品,却是破天荒第一部俄国喜剧,里面没有丝毫模仿性的东西,没有虚伪的调子和不自然的色彩,无论整体、细节、题材、性格、热情、行动、意见和语言——全都渗透着俄国现实的、深刻的真实。讲到《智慧生痛苦》里的诗句——那么,在这一点上,格里鲍耶陀夫使今后许久都不会再有俄国诗体喜剧出现了。必须有异常的才能,才能够继续格里鲍耶陀夫卓有成效地开始了的事业:只有亚雅克斯和奥德赛才拿得动阿琉斯的宝剑。同样的话也可以适用于《奥涅金》,虽然不同的是:有一些远不能同它相比的,但却十分卓越的尝试是由于它的诱发而产生的,《智慧生痛苦》则直到现在仍旧像海克里斯之柱似的耸立在文坛上,还没有人能够企及。一个史无前例的事实:在这个剧本出版②约莫十年前,它的手抄本就被整个读书识字的俄国背熟了!格里鲍耶陀夫

---

① 《智慧生痛苦》是在一八二三年以前格里鲍耶陀夫逗留梯弗利斯时写的,但写成的是初稿。回到俄国后,其中的一大段最早于一八二五年发表在《塔利亚》年鉴上。《奥涅金》第一章亦在一八二五年发表,那时普希金的这部长诗大概已经有好几章杀青了。——原注

② 《智慧生痛苦》在一八三三年出版单行本。

的诗句变成了俗谚和俚语;他的喜剧成为日常生活方面的比喻的永无穷竭的源泉,铭语箴言的取之不尽的矿藏,虽然我们不能证明克雷洛夫寓言的语言以至诗句对于格里鲍耶陀夫的语言以至诗句有直接的影响,但这种影响是无法一笔抹煞的:在文学的有机性的历史发展中,一切都是这样互相衔接、互相联系着的!赫姆尼哲和德米特里耶夫的寓言同克雷洛夫的寓言比较起来,就像只有普通才能的作品同天才的作品相比一样,可是克雷洛夫有许多地方还是有负于赫姆尼哲和德米特里耶夫的。格里鲍耶陀夫也是同样的:他没有学克雷洛夫,没有模仿他;仅仅利用了他的成果,沿着自己的路继续前进。如果俄国文学中没有克雷洛夫,格里鲍耶陀夫的诗句就不会这样流畅、自由、毫无拘束地具有独创性,总之,不会跨出这么远的一大步。可是,格里鲍耶陀夫的功绩还不仅局限在这里:他的《智慧生痛苦》同普希金的《奥涅金》一起,是名副其实的俄国现实诗情描绘的最初范本。在这一点上说来,这两部作品都给后来的文学奠定了基础,创立了产生莱蒙托夫和果戈理的学派。没有《奥涅金》,就不可能有《当代英雄》,正像没有《奥涅金》和《智慧生痛苦》,果戈理就不会感觉自己有充分的把握对俄国现实作这样深刻而真实的描绘。在《奥涅金》和《智慧生痛苦》之前风行一时的那种虚伪的描写俄国现实的方法,直到今天还没有从俄国文坛上消失。只需观看或者阅读一下两个俄国首都戏院里上演的新剧本就可以明白了。它们所表现的不过是歪曲了的法国生活,却偏要自称是俄国生活:其实,这无非是一些冠着俄国姓名的破损了的法国性格而已。果戈理对于俄国中篇小说有极大的影响,可是他的喜剧,正像《智慧生痛苦》一样,却是很孤单的。这就是说:忠实地描写与自己血缘相通的东西,我们眼前的东西,我们周围的东西,恐怕比描写外国的东西还要困难些。其所以困难的原因是:我们往往把形式视为本质,把时髦服装当作西欧主义;换句话说,往往把人民性和平民性混为一谈,以为凡是不属于平民的人,那就是说:他就不喝烈酒,而喝香槟酒,不穿深褐色的长襟外衣而穿燕尾服——就应该把他写成法国人,西班牙人或者英国人。我们有一些文学家,只善于或多或少忠实地摹写肖像,却不善于真正看清楚被画者的面貌:因此,这是不足为奇的,他们的肖像跟本人毫无相似之处,读了他们的长篇小说、中篇小说和剧本之后,你不由得要问自己:

他们画的是什么人的肖像?
他们从哪里听到这些谈话?
就算偶然同他们见面了,
我们也不想去倾听他们。①

这一类有才之士实在是贫乏的思想家;他们的理想是靠理智来发展的。他们不理解,每一个民族的民族性的秘密不在于服装和菜肴,而是在于所谓观察事物的方法。若要忠实地描写某一社会,首先就得理解它的本质,它的特性——而这一点,如果不对社会所依存的法则总和加以实际的认识和哲学的评价,是无法办到的。每一民族都有两种哲学:一种是学究气的,书本气的,郑重其事的,节制的,另外一种是日常的,家常的,普通的。这两种哲学或多或少,常常总是密切相关的;凡是想描绘社会的人,就得两者都熟悉,对于后者尤其非加以研究不可。同样地,凡是要想认识某一民族的人,首先就得在家庭的、日常的生活中来研究他们。例如碰运气和混得过这样的两句话,仿佛是无关宏旨的,但它们都非常重要,如果不理解它们的重要性,有时就不能理解一部长篇小说,更别说自己去写它了。正是对这一日常哲学的深刻的认识,才使《奥涅金》和《智慧生痛苦》成为独创的、纯粹俄国的作品。

《奥涅金》的内容是人所共知的,用不着把它细述。但为了理解

---

① 引自莱蒙托夫的诗:《杂志评论家、读者和作家》。

横亘在它根底里的思想起见,我们将用几句话把它讲一讲。一个在穷乡僻壤教养出来的、年轻的、耽于梦想的姑娘,爱上了一个年轻的、彼得堡的——用现在流行的话说——阔少,这人是厌倦了上流社会的生活,到自己村子里来消遣解闷的。她决定写一封充满着天真热情的信给他;他当面回答她说,他不能够爱她,认为自己不是为了"家庭生活的幸福"而生的。后来,为了一点细故,我们多情的女主人公的未婚妹夫连斯基叫奥涅金去决斗,被奥涅金打死了。连斯基的死使达吉雅娜和奥涅金分离了许久。幻梦破灭了的可怜的少女,经不起老母亲的哭泣和哀求,嫁给了一位将军,因为如果非嫁人不可,那么,无论嫁给谁,在她都是一样的。奥涅金在彼得堡又遇见达吉雅娜,简直认不出她了;她变得这么多,朴素的乡下姑娘和雍容华贵的彼得堡贵妇人之间一点相似之处也没有。奥涅金心里燃起了对达吉雅娜的热情;他写了一封信给她,可是这一回轮着她当面回答他说,她虽然爱他,但已不能属于他——这是为了贞洁而自豪。这便是奥涅金的全部内容。许多人曾经认为,并且现在还认为,这里一点内容也没有,因为长篇小说没有收场。真的,这里既没有死亡(不管是肺结核的死或者刀下的死),也没有结婚——一切长篇小说、中篇小说和剧本,特别是俄国作品的特殊的收场。再说,这里有着多少不通啊!当达吉雅娜是一个少女时,奥涅金用冷淡来回答她热情的自白,可是等到她变成了一个妇人时,却又爱得她要发疯,甚至还不相信自己是否能邀得她的青睐。不自然,不自然到极点!这个人又是一个多么不道德的家伙:他冷淡地把爱他的少女教训一顿,却不是一见钟情,照一般规矩,取得她双亲的祝福,跟她结为合法的夫妇,成为世界上最幸福的人。其次,奥涅金无缘无故杀死了可怜的连斯基,杀死了这个怀着黄金似的希望和虹彩般梦想的青年诗人,甚至也不对他一洒同情之泪,或者至少发表一篇动人的演讲,提到一下血迹斑斑的幽灵等等。许多"可敬的读者"过去以至现在便是这样,或者几乎是这样地议论奥涅金的;至少,我们听到了许多这样的议论,当时曾经使我们愤怒过,而现在只能使我们觉得可笑了。一位大批评家①甚至公然写文章说,《奥涅金》没有完整性,只是诗的废话,东拉西扯,什么也没有说出来。大批评家得出这样的结论,根据的事实是,第一:在长诗的结尾既没有结婚,也没有葬仪,第二:诗人用自己的话来证明这一点:

> 自从我在朦胧的梦境里
> 初次见到年轻的达吉雅娜,
> 和她一起还有奥涅金的时候起,
> 许许多多日子飞逝过去了——
> 那时我透过能起魔法的水晶,
> 我还无法很清晰地看明白,
> 一部自由体小说的远景。

大批评家没有想到,诗人凭着他的创作才能可以预先并不订计划而写成一部丰满而完整的作品,在长篇小说恰到好处地收场和结束时就打住——也就是当奥涅金向达吉雅娜表白爱情之后茫无所措的时候就煞住。可是,我们将在适当的地方再来论述这一点,同样地,我们也将谈一谈,整部长篇小说中奥涅金对达吉雅娜的关系不能再自然了,奥涅金完全不是一个恶棍,不是一个淫荡的人,虽然他同时也完全不是一个十全十美的英雄。普希金的伟大功绩之一,就是他使十恶不赦的坏蛋和十全十美的英雄不再风行一时,而代之以描写普通人。

我们在本文开始时说过,《奥涅金》是特定时期俄国社会的一幅忠于现实的诗情图画。这幅图画出现得很合时宜,就是说,它出现在能够据以临摹的东西——社会——业已出现的时候。由于彼得大帝改革的结果,在俄国应该会形成一个在生活方式上跟人民

---

① 系指纳杰日金对《叶甫盖尼·奥涅金》第七章的批评。

群众完全隔离的社会。可是,仅仅一个例外情势还不足以产生社会:要让这样的社会组成起来,必须有保障这种社会存在的特殊基础,必须有不但赋予它外部的统一,并且也赋予它内部的统一的教育。叶卡捷琳娜二世在一七八五年颁布诏书,规定了贵族阶级的权限和责任。这一情势给贵人——这个在叶卡捷琳娜二世治下达到了最高的发展,并且以文明开化闻名的独一无二的阶层,带来了一种崭新的性格。由于一七八五年诏书所掀起的一场道德运动的结果;继贵人之后,开始兴起了中等贵族阶级。我们说兴起,意思也是说形成。在亚历山大恩主治下,这个在各方面都非常优秀的阶层,它的意义越来越扩大,因为教育已经越来越普及到布满地主庄田的广大外省的每一个角落里。如此一来,就形成了这样一种社会:对于这个社会说来,生活的高贵的享受,作为正在萌芽的精神生活的标志,已经变成了一种不可缺少的需要。这个社会已经不能仅仅满足于狩猎、奢华和宴饮,甚至也不能仅仅满足于跳舞和打牌:他们讲法国话,读法文书,音乐和绘画在他们子女教育计划中已经成为不可缺少的项目。杰尔查文、冯维辛和波格丹诺维奇这些过去仅仅著文名于宫廷的诗人,到了这时候,也或多或少为这个正在兴起的社会所熟悉了。但特别重要的一点是——它有了它自己的文学,不再是滞重的、学究式的、书本子气的,却是更为轻快的、生动的、社会的和世俗的。诺维科夫出版了各种书籍和杂志,扩大了读者的嗜好和书籍买卖,借以造成了读者群,而卡拉姆辛则靠他的语文改革,他的作品的倾向、精神和形式,培养了文学的口味,造成了读者。到了这时候,诗歌才作为一种因素侵入到新社会的生活中去。美女丽姝和青年们成群结队地奔向丽莎池①,用一种感伤的眼泪去凭吊这个热情和痴恋的不幸的牺牲者。德米特里

---

① 丽莎池在莫斯科郊外,传为卡拉姆辛所作中篇小说《可怜的丽莎》里的女主人公殉身之地。

耶夫的充满着智慧、情趣、机智和优雅的诗有着跟卡拉姆辛的散文不相上下的成功和影响。它们所带来的感伤性和梦想性，虽然也有其可笑的一面，但对于年轻的社会说来，却是前进了一大步。奥泽罗夫的悲剧给这种倾向加添了更多的力量与光彩。克雷洛夫的寓言早已不仅被成人所阅读，就连孩子们也都能背诵如流。很快又出现了一位青年诗人①，他给这种感伤文学带来了深刻的感情、虚幻的梦想以及探索神妙不可知的领域的奇异的追求等等浪漫主义因素，把俄国缪斯介绍给德国和英国缪斯，使她们结合起来。文学对社会所发生的影响比我们普通设想的要大得多：文学借助于口味的联系，对生活崇高享受的追求，使各种不同阶层的人接近并且团结起来，这样就使阶层变成了社会。可是，话虽如此，下面的一点事实却是毫无疑问的：贵族阶级主要是社会的代表，同时主要也是整个社会教育的直接源泉。国民教育经费的增加，大学、中学、一般学校的设立，使社会日新月异地成长起来。从一八一二年到一八一五年为止，对于俄国说来，是一个伟大的时代。我们在这里不但讲的是俄国在这伟大时代里所拥有的外部的壮伟和光彩，并且也讲的是这一时代的结果——市民生活和教育方面的内在的成就。可以毫不夸张地说，俄国从一八一二年到今天，比从彼得统治时期到一八一二年经历得更多，进步得更快。一方面，震动全俄国各个角落的一八一二年唤醒了它的沉睡的力量，在它的里面发掘了新的、前所未知的力量源泉，在共同危险的感觉下，把斤斤于分散的私利、变得僵化了的个人意志，熔合成一个庞大的整体，激起了民族自觉和民族自豪，借这一切，作为舆论先驱的公众意见也应运而生了；此外，一八一八年对僵死的往古投以致命的打击：结果，游手好闲的贵族消失了——他们平静地生到世上，老死在本乡，从来没有越出过世袭领地一步；人跑不到的边远地区也跟着往

---

① 系指格里鲍耶陀夫。

古的摇摇欲坠的残迹一起迅速消逝了。另一方面,整个俄国以它常胜不败的军队为代表,直接跟欧洲相抗衡,走上胜利和凯旋的道路。这一切都有力地促成了新生社会的成长和巩固。在本世纪的二十年代,俄国文学从模仿走向独创:出现了普希金。他热爱几乎独一无二地体现着俄国社会的进步并且他自己也隶属在内的阶层,于是他决定在《奥涅金》里把这一个阶层表现给我们看,同时还要按照他所选定的时代,就是本世纪的二十年代,来表现社会。在这里,我们不得不惊奇俄国社会前进的速度:我们现在把《奥涅金》看成是一部时代离开我们很远的长篇小说了。我们觉得这一时代的理想和憧憬已经是如此陌生,它离开我们时代的理想和憧憬是如此遥远……《当代英雄》是一部新的《奥涅金》;才过了四年,毕乔林①已经不是一个现代的典范了。所以,就是在这种意义上,我们说:《奥涅金》的缺点本身同时就是它的最大的优点,这些缺点可以用一句话说完——"已经古旧了";可是,一切在俄国变动得如此迅速!这难道是诗人的错吗?诗人善于这样正确地抓住社会生活中特定瞬间的现实,这难道不是他的伟大的功绩吗?如果《奥涅金》里没有什么东西使我们今天感到陈旧或者落后于时代——这就是一个显然的标志,说明这部长诗里没有真实,描写的不是实际存在的社会,而是想象出来的社会:在这样的情形下,这还算是什么长诗,还值得我们来议论它吗?……

我们已经讲到了《奥涅金》的内容,现在我们来分析这部长篇小说的登场人物的性格。虽然长篇小说以它的一个主人公为名,但其实主人公不是一个,而是两个:奥涅金和达吉雅娜。在他们两人身上,应该看出在那个时代俄国社会的两性代表。让我们先来看前者。诗人从社会上层选取他的主人公,这样做是很对的。奥涅金绝不是一个贵人(因为只有在叶卡捷琳娜二世治下,才是贵

---

① 《当代英雄》里的主人公。

人的全盛时代):奥涅金是一个社交家。我们知道,我们的文学不喜爱上流社会和社交家的,虽然狂热地想描写他们,至于讲到我们,我们完全不是社交家,也不曾在上流社会中出入;但对于上流社会却并不怀有小市民式的偏见。当上流社会由普希金、格里鲍耶陀夫、莱蒙托夫、奥陀耶夫斯基公爵、索洛古勃①伯爵等作家所描写着的时候,我们喜爱上流社会的文学描绘,正如同我们喜爱以才能和知识为依据的其他各种社会,甚至非上流社会的描绘一样。只有在一种场合下,我们才不能容忍上流社会,就是当上流社会被那些对于点心铺和官吏客厅的风俗比对于贵族沙龙的风俗熟悉得多的末流文人所描写着的时候。让我们再申说一句:我们决不把上流气派和贵族主义混为一谈,虽然它们经常是连在一起的。不管你什么出身,抱有什么信念——上流气派总不会损害您,却只会使您有所改善。人们说:在上流社会中,生命消磨在琐事上面,最神圣的感情却牺牲在利害打算和繁文缛节之上。的确如此:可是难道在中等社会中,生命只消磨在大事上面,感情和理智不牺牲于利害打算和繁文缛节上吗?啊,不,决不!中等社会和上流社会唯一的区别在于:前者有更多的猥琐、野心、自负、装腔作势、渺小的名利观念、矫揉造作和伪善。人们说:上流社会生活有许多坏的方面。的确如此:可是难道非上流社会生活就只有好的方面吗?人们说:上流社会毁灭灵感,莎士比亚和席勒都不是社交家。的确如此:可是他们也不是商人和小市民——他们简单地只是人,正像身为贵族和社交家的拜伦所以有灵感,主要必须归功于他是一个人一样。这便是我们为什么不想模仿某些文学家,不想抱着偏见来看待可怕的无形怪物——上流社会的缘故,这也就是我们为什么非常高兴普希金把一个社交家选做长篇小说主人公的缘故。——这有什么不好呢?当时上流社会已经达到了发展的顶点:并且,上

---

① 索洛古勃(1863—1927),俄国诗人。

流气派也并不妨碍奥涅金去接近连斯基——这个在上流社会看来最古怪而滑稽的人物。的确，奥涅金跟拉林一家人在一起显得很有点别扭，可是这原因，更多的是由于教养，却不是由于上流气派。我们不否认，拉林一家人是很可爱的，特别在普希金的诗里就是如此描写的；可是，纵然我们根本不是社交家，却总觉得跟他们混在一起会不大自在，尤其因为我们无法参与他们关于狗窝、酒、割草、亲属等等的明智的谈话。上流社会在当时同一切其余的阶层隔开得这样远，凡是不属于这一社会的人，谈起它时，就会觉得像哥伦布发现新大陆以前欧洲人谈起地球反面的地方和亚特兰蒂斯①一样。所以，奥涅金从长篇小说的第一行起就被认为是一个不道德的人。这种意见直到今天还没有完全消失。我们记得曾有许多读者激昂慷慨地责备奥涅金不应该高兴叔父得病，又害怕自己不得不装扮出一副忧愁的亲人的面孔：

唉声叹气自己寻思：
恶鬼什么时候才把你抓走？

许多人直到现在还是对这一点非常不满。由此可见，《奥涅金》对于俄国公众在各方面是一部多么重要的作品，普希金把一个社交家选为长篇小说的主人公，这做的是多么对。上流社会人们的特性之一就是缺乏伪善——又粗野，又愚蠢，又善良，又恳挚的伪善。如果一个可怜的官员忽然发现自己是一个行将就木的、富有的、年老的叔叔的继承人，他将怎样流着眼泪，怀着怎样卑屈的亲切感来照顾这位叔叔，既然这位叔叔在整整一生中从未想到要看见或认识他的侄儿——在他们之间没有任何共通之点。然而，别以为这在侄儿方面是一种有算计的伪善（有算计的伪善是一切社会阶层的毛病，包括上流的与非上流的）；不，这个侄儿看

---

① 亚特兰蒂斯是假想的有史以前的岛屿。

417

到遗产即将到手而整个神经组织都发生了有益的震动,于是当真坠入了狂欢状态,对叔叔涌起一种火热的爱,虽然使他获得继承权的并不是叔叔的意志,而是法律。从而,这种伪善是善良的、真诚的和恳挚的。可是,叔叔如果忽然一下子治好了,那时侄儿的骨肉之爱将置于何地,假惺惺的哀愁将怎样忽然被真正的哀愁所代替,做着假戏的演员将怎样变为真情实感的人!让我们回到奥涅金上来吧。叔叔在各方面对于他都是陌生的。他们之间怎么能够有共通之点呢?一方面是奥涅金——

……同样地,
在时髦的和古老的大厅里,

另一方面是那位可敬的地主,住在僻远闭塞的乡村里,

有四十年光景,叱责女管家,
望望窗外,拍拍苍蝇。

有人会说:叔叔是他的恩人。如果奥涅金是田庄合法继承人的话,他算是什么恩人呢?在这里,所谓恩人不是叔叔,而是法律,而是继承权。被迫在对他完全陌生而不相干的人的病榻前扮演一个忧伤的、充满怜悯和情意的亲属的角色,你能设想他所属的地位吗?有人会说,谁逼他去扮演这样一个卑微的角色呢?说什么谁逼他?逼他这样做的是柔和的情感,人情。如果不管由于什么原因,你不得不去接待一位你同他交往时会感到不胜其烦的人,难道你不会被迫对他彬彬有礼,甚至和蔼可亲,虽然心里却在咒骂他让魔鬼抓去吗?奥涅金的言谈中流露出一种轻佻的嘲弄,这只是证明了智慧和坦率,因为在表达普通日常关系时没有矫揉造作的、笨重的严肃,这就是智慧的标志。而在社交家看来,这甚至并不总是智慧,往往还是一种风度,并且你不得不承认,是一种十分聪明的风度。相反,中等阶层人士的风度就是在一切他们认为重要的场合表露出太多各式各样深刻的感情。例如,大家知道,某夫人常常

在丈夫生前跟他吵架,巴不得丈夫早点归阴,她自己也非常清楚大家都知道这一点,她骗不了谁;可是,正因为这样,她格外大声地唉声叹气,哭哭啼啼,格外纠缠不清地逢人便诉说死者多么有德行,他给了她多少快乐,他的死使她遭受到怎样的不幸。不但如此,某夫人还准备把同样的话在一个仪表堂堂的绅士面前重复千百遍,可是大家都知道这个绅士就是她的情人。结果怎么样呢?——这个仪表堂堂的绅士和这个可怜无告的寡妇所有亲属、朋友和知交,全都扮出一副忧伤而愁苦的神气来倾听她的陈述,纵使有些人暗自窃笑,可是,另外一些人是会由衷地悲痛的。并且——我们再说一遍——这不是愚蠢,也不是有算计的伪善:这只是一种小市民的、平民的道德观念的原则。这些人从来没有想到问问自己和别人:

  可是你为什么这样愤怒?

不但如此:他们还认为提出这样的问题就是罪过,如果他们这样提出了,就会自己对自己哈哈大笑起来。他们决没有想到,如果有什么东西令人发愁的话,那就是大家如此热心而真诚地扮演着的、好意的、伪善的庸俗喜剧。

  我们想在这里插入一段小小的题外话,免得以后再回到同样的问题上来。为了证明普希金的《奥涅金》不仅在美学方面对于我们公众是一部多么重要的作品,它的那些现在看来已是陈旧的,甚至怯懦的模糊思想在当时也曾经显得是一种多么新颖勇敢的思想起见,让我们从中摘出下面一节来:

  哼!哼!高尚的读者,
  你的亲属全都好吗?
  且慢:也许你愿意
  要我告诉你,
  亲属是什么意思?

> 亲属就是这些人：
> 我们得亲昵他们，
> 爱他们，衷心地尊敬他们，
> 按照民族习惯，
> 圣诞节去拜访他们，
> 或是写封信去道贺，
> 让他们在一年剩下的时间里，
> 别尽说我们的不是……
> 那么，愿上帝祝福他们长生！

我们记得，这一节纯洁无辜的诗曾经引得大多数公众不去责备奥涅金，反而去责备诗人本人不道德。所以会引起这样的结果，除了我们刚才说的好意而诚恳的伪善之外，还会有什么别的原因呢？亲兄弟们为了争夺田产而打官司，常常互相对对方怀着仇深如海般的憎恨，那样的憎恨只有在亲属中间才会发生，在陌生人中间倒是不会有的。亲属权利往往不过是这样的东西：穷亲戚向富人摇尾乞怜，希望得到一点施舍，富人蔑视惹人厌烦的穷亲戚，竭力避开他；如果都是富人呢，那就互相嫉妒对方生活方面的成功；总而言之，这种权利就是干涉别人的闲事，提供无用的、无益的意见。不管你走到哪里，你如果是一个有性格、有人类自尊感的人，你就到处都会触犯亲属关系的原则。假如你想结婚，你先得征求意见：不征求意见——你是一个危险的梦想家，自由思想家，征求了意见呢，人家就会给你指定一个未婚妻；假如你娶了她而遗憾终生，人家会对你说：老弟，人生大事你原不该这么冒失；我不是早就说过的吗……假如你自己选择了对象结婚，事情就更糟。还有些什么亲属权利呢？还会少吗？譬如有一位类似罗士特来夫的绅士，如果你觉得他是一个陌生人，你甚至不会放他走进你家的马厩，害怕他会带累你的马匹道德沦丧；可是，如果他是你的亲属，你就会在你家的客厅和书房里接待他，让他到处以亲属的名义来玷辱。亲属关系给人以奔忙和消遣的最好借口：假定你碰到了什么倒霉事，你的亲属们就有了绝妙的机会，成群结队地来看你，长吁短叹，摇头晃脑，评论是非、出主意、提意见，教训责难，然后回去传作新闻，背后批评你，辱骂你——因为这是很明白的，人在倒霉中总是错的，特别在亲属们看来是如此。所有这一切对于任何人都并不新鲜；可是，糟糕的是：大家虽然明明感觉到，却只有少数人能够理解这一点：好意而诚恳的伪善的习惯往往压倒理性。有这样的一些人，如果亲属们扶老携幼来到京城而不在他家耽搁，他会非常生气。可是，如果真的在他家里耽搁下来，他又会不高兴；然而尽管背地里嘀咕，抱怨，向人诉苦，他当着亲属们的面又会大献殷勤，一定要他们答应，下次来时再住在他家里，并且以亲属的名义把他挤出自己的屋子。这是什么意思呢？这完全不是说：对于这些人说来，亲属关系作为原则而存在，而是说：它是作为事实而存在的：他们中没有一个人在内心里由于信念而承认它，但大家都由于习惯，由于不自觉和由于伪善而承认它。

　　普希金把亲属关系描写得像它存在于许多人中间的那样，像实际的那样，从而是正确的、真实的——于是人们就憎恨他，斥他为不道德；因此，如果他把某些人中间的亲属向你描写得不像实际的那样，就是说，如果是虚假的、不正确的，人们反而会赞扬他。那么，这一切不折不扣正是说明：只是谎言和假话才是道德的……好意而诚恳的伪善必然会引起这样的结果！不，普希金第一个说出了真实，这样做是非常道德的，因为一个人敢于首先把真实说出来是得有高贵的勇气的。而在《奥涅金》里，说出了多少这样的真实啊！许多东西现在显得不新颖，甚至也并不十分深刻，可是如果普希金没有在二十年前把它们说出来，它们现在还是会显得既新颖又深刻的。因此，普希金第一个把这些陈腐的、现在看来已经不深刻的真实说出来，这就是他的伟大的功绩。他很可以絮絮叨叨多谈一些更肯定、更深刻的真实，但这么一来，代表作品就会失掉真实性,到那时他虽然描写着俄国生活,却不会是俄国生活的表现。天才从来不超越时代,却总是仅仅能猜透这一时代不为大家所看到的内容和意义。

大多数公众完全否认奥涅金有灵魂和心灵,认为他是一个冷淡无情的人,一个天生的利己主义者。理解一个人,没有比这更错误而歪曲的了!不但如此,许多人还真心诚意地相信过,而且现在仍旧相信着:诗人自己想把奥涅金写成一个冷淡的利己主义者。这简直是有眼无珠。上流社会生活没有窒息奥涅金的感情,却只是使这些感情冷淡下来,变成无结果的情欲和琐屑的娱乐。请回忆一下诗人描写他跟奥涅金结识的那几节诗:

>摆脱上流社会沉重的积习,
>像他一样抛弃无谓的忙碌,
>我那时跟他交了朋友。
>我喜欢他的特点:
>*不由自主的幻想的沉醉*,
>*学也学不来的古怪*,
>*锋利的、冷峻的智慧*。
>我愤激,他愁闷,
>我俩都已熟知情欲的游戏,
>生活已使我俩厌倦,
>在我俩心里火苗已经熄灭,
>等待我俩的是盲目的
>命运之神和人们的恶意,
>正当我们生命的早晨。

>凡是生活过和思索过的人,
>心里不能不轻蔑人们,
>凡是感受过的人,

往日的幻影就来搅乱他；
他不再有迷恋，
回忆像蛇似的纠缠他，
悔恨咬啮他的心。
这一切往往给他的谈话
带来诱人的光彩。
起先奥涅金的毒舌
使我惶惑；但我后来听惯了
他的讥讽的争辩，
半带胆汁的戏谑，
阴沉的警句的恶意。

常常在夏天，
当涅瓦河上的夜空
透明而光亮，
镜子样光滑的水面
照不见狄亚娜①的容光的时候，
想起往年的缱绻，
想起逝去的爱情，
重又敏感、乐天起来，
我们默默地陶醉在
温柔的夜的呼吸里！
像睡梦中的囚徒
从监狱里被带进绿色的森林，
我们凭借着幻想，

---

① 狄亚娜是罗马神话里的月亮女神。每逢夏夜，由于北极光的照耀，彼得堡即使没有月亮也明亮如同白昼，故有"白夜"之称。

驶向年轻生命的起点。

　　我们从这些诗句中很清楚地看到,至少奥涅金不冷漠,不乏味,也不无情,他的灵魂里有诗歌,他根本不是一个普通的、平凡的人。对幻想的不由自主的沉醉,看到自然美以及想起往年的缱绻和爱情时所引起的浮想联翩和无忧无虑——这一切都说明他有感情和诗意,而不是说明他冷淡和乏味。问题仅仅在于:奥涅金不喜欢在幻想中浮沉,他感受的比讲的更多,不是对每一个人都推心置腹。愤激的心也是崇高天性的标志,因为一个怀有愤激的心的人通常不仅不满意别人,并且也不满意自己。普通人永远满意自己,如果万事如意,就也满意一切其余的人。生活不欺骗糊涂人;相反,生活把一切都给了他们,好在他们要求得不多:喝点、吃点,穿得暖和,还得有一些足以慰娱庸俗而琐屑的自尊心的玩意儿。对生活、对人、对自己生活的失望(只要失望是真诚而朴素的,不是用美辞丽句装潢起来的,不是装出淡淡的哀愁来给人家看的),只有那种要求"很多",却"任什么"都不能满足的人才会感觉得到,读者们该记得关于奥涅金书房的描写(在第七章里):这段描写表现了整个奥涅金。特别令人惊奇的是他嫌弃了所有的书,只除去两三部小说,

　　　这些小说反映了时代,
　　　也很忠实地
　　　描写了现代人,
　　　带着他那自私而冷酷的,
　　　沉醉于无穷尽的幻想的,
　　　不道德的灵魂,
　　　他在空虚的活动中沸腾着的
　　　愤激的心情。

　　有人会说:这原来就是奥涅金的肖像。也许是的;可是,这更

多的是说明了奥涅金道德的优越性,因为他到底在这肖像里认出了他自己,而这幅肖像是酷肖许多人的,虽然只有极少数人能认出自己,大部分人只是"偷偷地向彼得丢眼风"①而已。奥涅金并不顾影自怜地欣赏这幅肖像,却因为自己非常貌似本世纪的子孙而隐隐地感到痛苦。使奥涅金貌似这肖像的,不是天性,不是情欲,不是个人的迷误,而是时代。

他和连斯基——我们公众如此喜爱的年轻梦想家——之间的友谊,更有力地驳斥了奥涅金冷酷无情云云的臆测之调。奥涅金轻视人们,

> 但法则不是没有例外:
> 有些人他另眼相看,
> 虽然素不相识也尊重他们的感情。

> 他微笑着倾听连斯基:
> 诗人热烈的谈话,
> 那还经不起评断的智慧,
> 和永远激动的眼光——
> 这些奥涅金都觉得新鲜:
> 他竭力把冷言冷语
> 留在嘴唇边,
> 他想:我不应该妨碍
> 他转瞬即逝的幸福:
> 就是没有我,那时刻也会来临,
> 让他暂且活着,
> 相信世界的美满吧:
> 我们原谅青春时代的狂热,

---

① 一句俄国谚语,意为互相推诿。

>　　年轻的热情和年轻的疯话。
>　　他们之间老是发生论争,
>　　并且引起他们沉思:
>　　过去的人类的盟约,
>　　科学的成果,善与恶,
>　　古老的偏见,
>　　坟墓的宿命的秘密,
>　　命运与生命,被他们
>　　轮流地都谈到。

事实本身说明了一切:奥涅金这个人物骄傲的冷淡与冷酷,他傲慢不逊的无情,都是由于许多读者完全不能理解诗人如此忠实地创造了的性格而造成的。可是,我们将不停留在这里,却要把整个问题刨根究底。

>　　一个忧郁而且危险的怪人,
>　　是地狱还是天堂的创造物,
>　　这个天使,这目空一切的魔鬼,
>　　他是个什么东西——难道是个仿造品,
>　　一个不足道的幻影,
>　　或是个披了哈罗尔德式斗篷的莫斯科人,
>　　外国奇癖的注释,
>　　充满时髦词汇的辞典?……
>　　他是不是一首游戏的歪诗?
>　　…………………
>　　他还是依然故我呢,还是已经平静下来了?
>　　或者仍旧是个怪人?
>　　请问:他回来变成了什么样子?
>　　他要对我们扮演什么角色?

他现在是个什么？梅尔摩特①，
世界主义者，爱国分子，
哈罗尔德，教友派，伪君子，
还是卖弄别样的假面具？
或者干脆只是个好青年，
像全世界的人，像你我一样？
至少这是我的忠告，
丢弃陈腐的时髦吧。
他把大家迷惑得够长久了……
你认得他？"是，又不是。"
为什么你在议论他的时候
要如此地怀着敌意？
是不是因为我们总是无事瞎忙，
什么事情都要褒贬一番？
是因为热情的灵魂的漫不经意，
看到自命不凡的渺小人物，
或者加以凌辱，或者取笑他们？
是因为才智之士爱好舒畅，要把别人挤走？
是因为我们总喜欢
把清谈当作事实，
是因为蠢材又轻浮又恶毒，
是因为大人物把胡说八道看得重要，
是因为只有平庸
才适合于我们而不显得奇怪？
从小就显得年轻的人有福了，
及时成熟的人有福了，

---

① 英国作家玛杜林（1782—1824）的长篇小说《流浪人梅尔摩特》里的主人公。

他随着年龄增长，
逐渐学会忍受生活的冷酷，
他并不沉溺在古怪的梦里，
他不躲避上流社会的俗众；
他在二十岁上是个浪子或者好汉，
在三十岁娶了一房有钱的媳妇；
他在五十岁摆脱了
私人的和其他的债务；
他挨次平稳地弄到了
名誉、金钱和官位；
人们谈起他时总是说：
某某真是一个出色的人物。
但是想起来真是悲哀，
我们白白地虚度了青春，
我们每时每刻都辜负于它，
而青春也欺骗了我们：
我们的美好的愿望，
我们清新的梦想，
一个接一个飞快腐烂，
像秋天的败叶一样。
看见自己面前摆着一长串
单调的酒席这可难以忍受。
看待生活有如看待仪式，
跟在循规蹈矩的人群后面走，
心底里却并不对他们的
任何共同意见或热情表示共鸣。

  这些诗句是理解奥涅金性格秘密的关键。奥涅金不是梅尔摩特，不是恰尔德·哈罗尔德，不是恶魔，不是一首游戏的歪诗，不是时髦的奇癖,不是天才,不是大人物,却干脆只是个"好青年,像全世界的人,像你我一样"。诗人很正确地把到处寻求天才和奇才的风气称为"陈腐的时髦",我们再说一遍:奥涅金是一个好青年,但同时也不是一个平凡的人。他不愿做天才,也不想成为大人物,但生活的停滞和庸俗却使他感到窒息,他甚至不知道他要的是什么,企求的是什么;可是,他知道,而且清清楚楚知道,凡是沾沾自喜的庸人们如此满意,如此引以为快的东西,他是不需要,也是并不企求的。正因为这样,所以沾沾自喜的庸人们不仅宣称他"不道德",并且否认他有心灵的热情,灵魂的温暖,对一切善良而美好的事物有理解力。请想想奥涅金是怎样教养起来的你就会同意:既然他没有完全被这种教育所摧毁,可见他的天性实在太好了。他是一个优秀的青年,他像许多人一样被上流社会吸引过去;可是,他像只有极少数人能够做到的那样,不久就厌倦了、放弃了这种生活。他的心里闪动着一线希望——想在僻远静寂的乡间,在大自然的怀抱中苏生和重振;可是他不久就看到,改换地点并不能影响某些不可抗拒的、超出意志控制之外的情势的本质。

> 他有两天觉得这些很新鲜:
> 寂寥的田野,
> 阴暗的密林的清凉,
> 静静的小河的低语;
> 到了第三天——树叶、小丘和田野
> 就不再引起他的兴趣,
> 后来简直使他要瞌睡;
> 后来他清楚地看到,
> 在乡村里也是一样的气闷,
> 虽然这里没有大街,没有邸宅,
> 没有纸牌,没有舞会,没有诗文。
> 忧郁症一步也不放松地等待着他,

紧紧地跟在他后面,

像影子或是忠实的妻子一样。

我们已经证明了奥涅金不是一个冷淡、严酷、无情的人,但我们直到现在还避免用利己主义者这个词——既然感情的充沛和对美的向往是并不排斥利己主义的,那么,我们现在要说:奥涅金是一个饱受痛苦的利己主义者。利己主义者有两种。第一种利己主义者是一些没有任何僭越的或梦想的奢求的人;他们不懂得一个人怎么能够除了自己之外再爱上别人;因此,他们丝毫也不努力去掩盖对他们自己的热烈的爱;如果事情并不顺手,他们就变得瘦削,苍白,恶毒,下贱,卑劣起来,成了叛徒、诽谤者;如果一帆风顺,他们就变得肥胖,臃肿,满脸红光,快活,仁慈,不同任何人分享利益,但却乐于请客:不但是有利可图的人,就是对他们完全无利可图的人也都愿意款待。这是一些由于天性或不良教育所造成的利己主义者。第二种利己主义者几乎从来不是肥胖而满脸红光的;他们大多数是病弱的、永远感觉烦闷的人。他们到处奔波,寻求快乐,寻求排遣,但是自从他们失去了青春的诱惑之后,他们就再也找不到这两者的任何一方。这些人常常甚至会对善良的行动抱有热情,会有为同胞而造福的自我牺牲精神;但糟糕的是,他在善良中也想找寻快乐,找寻排遣,然而他们在善良中是只应该找寻善良的。如果让这些人生活在任何人都有机会靠自己的活动来达到真理和幸福的理想的这样一个社会中,那么,我们可以毫不迟疑地说,虚荣和琐屑的自尊心会窒息他们善良的因素,把他们变为利己主义者。可是,我们的奥涅金却不属于任何一类的利己主义者。我们可以把他称为迫不得已的利己主义者;在他的利己主义里面,我们应该可以看到古人叫作"fatum"①的东西 。良好的、有用的、有益的活动!奥涅金为什么没有去追逐它?他为什么不在里面寻

---

① 法文:命运。

求满足？为什么？为什么？——亲爱的先生们,因为一个空虚淡薄的人提出问题是比一个有见识的人回答问题更为容易的……

> 一个人住在自己的领地上,
> 只为消磨消磨时光,
> 我们的叶甫盖尼起初想
> 创造一种新制度。
> 隐居的圣人在他那偏僻的乡下,
> 用较轻的地租来代替了
> 自古相传的徭役的重担。
> 庄稼人都感谢命运的照顾。
> 但他的精于算计的邻居,
> 看到这方面包含着极大的危害,
> 在一旁可绷起了脸;
> 另外的一个奸诈地笑了一笑,
> 于是大家异口同声地说,
> 他是一个顶危险的怪人。
>
> 起初大家都坐车拜访他;
> 可是只要听到大路上
> 传来他们乡下马车的辚辚声,
> 他总是叫人牵来
> 一匹顿河种的骏马,
> 从后门悄悄地上马飞跑:
> 这种行为使邻人感到侮辱。
> 从此跟他断绝了交情。
> "我们邻居是个白痴,是个狂人,
> 他是个共济会会员;他只喝
> 一杯红色的葡萄酒;

> 他又不亲淑女们的手,
> 他总说是或不是,并不加一个敬语,'阁下'。"
> 这是大家一致的意见。

只有根据现实本身所指示的,而不是根据理论所指示的社会需要,我们才能够在社会里有所成就;可是奥涅金却同这些好邻居在一起,厕身在这些和蔼可亲的同胞中间,这能够干出什么呢?减轻农民的负担,对于农民当然是有重大意义的,可是在奥涅金说来,这还算不得什么。有一种人,只要干了一些好事,就扬扬得意地声张给大家知道,这样就一生都光彩了。奥涅金却不是这样的人;许多人认为重要而伟大的东西,在他眼里是一文也不值的。

机缘使奥涅金和连斯基相遇;经过连斯基的介绍,奥涅金认识了拉林一家。第一次访问后从他们那儿回到家里,奥涅金打起呵欠来;我们从他和连斯基谈话中知道,他把达吉雅娜认作了朋友的未婚妻,他在知道自己的错误之后,奇怪这个朋友怎么会做出这样的选择,他说,如果他是诗人的话,他会选择达吉雅娜的。这个漠不关心的、冷淡的人,只要不注意地随便去瞧上一两眼,就可以看出两姊妹之间的差别,——可是,火热的、狂热的连斯基却压根儿没有想到他的情人完全不是什么理想的、诗情的人物,却干脆只是一个美丽而朴素的少女,完全不值得为她去冒生命的危险,杀死朋友或者自己被杀死。当奥涅金按照习惯打呵欠——用他自己的说法——一点也不关怀拉林一家的时候,他的到来在拉林这一家里带来了一场可怕的内心的悲剧。大多数公众都非常惊奇,奥涅金接到达吉雅娜的信之后怎么会不爱上她,尤其奇怪的是,这同一个奥涅金,如此冷淡地拒绝了美丽少女的纯洁的、天真的爱情,后来怎么又会去爱上雍容华贵的上流妇人?的确,有值得惊奇的理由。我们对这问题不敢妄加断定,但不妨谈一谈。我们虽然承认这事实可能成为一个心理学问题,但却绝对不认为事实本身是值得惊奇的。首先,为什么爱,或者为什么不爱,或者为什么那时不爱,提出这些问题来,我们认为未免太专断一点。心灵也有它自己的法则——这是的确的,可是这些法则不是很容易就能构成整套系统化的法典的。天性的接近,精神上的共鸣和见解的一致,都能够,甚至应该在具有理性的人们的恋爱中起重大作用;可是,如果有人在爱情中抹杀纯粹自发的因素,本能的、不由自主的迷恋,心灵的癖好,正像那句有点平庸但却非常富有表现力的俄国俗谚所证明的:"宁爱撒旦,不爱苍鹰"——这人就是不懂得爱情。如果爱情中的抉择完全取决于意志和理性,那么,爱情就不成其为感情和情欲了。即使在最理性的爱情中也可以看到自发因素的存在,因为在几个同样值得爱的人中间只有一个被选中,而这个选择是基于不由自主的心灵的迷恋的。可是,也有这样的情形:看来是天造地设的一对,却始终彼此冷淡、每一个人都把感情向另外一个完全跟自己不相配的人倾吐。因此,奥涅金完全有权不爱少女达吉雅娜而爱上少妇达吉雅娜仍然不至于受到批评。在前后两种场合,他的行为既不能说是道德的,也不能说是不道德的。这就足够给他辩白了。可是,我们还要补充几句。奥涅金是这样地聪明、机警而又富有经验,这样透彻地理解人和人的心,他从达吉雅娜的信里不会不理解到,这个可怜的少女天生一颗渴求不幸之果的热情的心,她的灵魂像婴儿似的纯洁,她的热情天真得近乎幼稚,她一点也不像那些他如此厌倦了的、有着轻浮或虚伪感情的风骚女人。他被达吉雅娜的那封信深深地感动了:

> 少女梦幻般的语言
> 激起了他千万种思虑。
> 于是他想起了可爱的达吉雅娜的
> 苍白的脸,忧郁的神情;
> 于是他的心灵沉入
> 甜蜜的、纯洁的梦境。
> 也许,旧情的火焰

>一刹那占有了他的心:
>但他不愿欺骗
>一个天真灵魂的信任。

他在给达吉雅娜的信(在第八章里)中说道:他在她身上发现过柔情的闪光,可是,他不想相信它(就是说,强迫自己不去相信),没有放纵这可爱的习惯,也不想失掉令人厌烦的自由。可是,他如果体会到达吉雅娜的爱情的一面,那么,他同时也非常清楚地看到了它的另外一面。首先,被天真而美妙的爱情所吸引,迷恋到要对它负责的地步,这在奥涅金说来,就等于决心结婚。可是,热情的诗歌还能使他感兴趣,结婚的诗歌却不但不能使他感兴趣,而且还使他讨厌。诗人在奥涅金身上表现了许多自己的感情,他在讲到连斯基时,对这一点做过这样的解释:

>结婚的劳碌,愁伤,
>突然而来的冰冷的呵欠,
>他从来都没有梦见过。
>但我们,吃过许墨奈俄斯①之苦的人,
>在家庭生活里只看到
>一连串令人厌倦的图画,
>拉封丹味道的小说。

如果不是结婚,那就沉醉在梦幻般的爱情里——如果不说得更坏的话。但他对达吉雅娜理解得这样深切,甚至也不能想象一旦发生后一种情况,会不在自己心目中把自己的价值贬低。但无论怎么说,这种爱情对他的确没有多大诱惑力。这算什么话!他在热情中历尽沧桑,熟悉生活和人,心里还沸腾着一些不可思议的渴望,只有经受得起他讥讽的东西才能够吸引他,引起他兴趣——

---

① 许墨奈俄斯,希腊神话中婚姻之神,犹如中国的月下老人。

怎么能够设想像他这样的一个人会被少女梦想家的幼稚爱情所迷惑,他现在已经不能再像她一样看待生活了……并且,这种爱情将来会给他带来什么结果呢?他后来会发现达吉雅娜变成什么样子呢?或者她变成一个难以取悦的孩子,因为他不能像她一样幼稚地看待生活,幼稚地玩弄爱情,因此就一天到晚哭哭啼啼——你得同意,这是十分乏味的;再不然,变成这样的一个人,被他的优越性所慑服,虽然不理解他,对他却倾倒到这个地步,以致落到没有任何一点自己的感情,自己的目的,自己的意志,自己的性格,后一种情形比较安稳些,但却是更加乏味的。难道这就是爱情的诗意和幸福吗?……

为了连斯基的死而跟达吉雅娜离别之后,奥涅金失去了和人们的任何一点联系。

在决斗里打死了朋友,
没有目标,没有工作,
活到了二十六岁,
在闲暇无事里苦恼,
没有差使,没有妻子,没有事业,
什么事情都干不成。
一阵不安控制了他,
迫切希望换换地方
(一种令人痛苦不堪的特性,
少数人自愿背上十字架)。

一路上他来到了高加索,凝望着挤集在玛舒克矿泉周围的一群苍白的病人:

怀着痛苦的沉思,
在这愁苦的人群中间,
奥涅金用怅惘的眼光

> 望着那雾气弥漫的矿泉，
> 由于忧愁而感到苦闷：
> 为什么枪弹不打伤我的胸膛！
> 为什么我不是衰弱的老人，
> 像这个可怜的包税人一样？
> 为什么我不像图拉城的陪审员
> 中风躺下？
> 为什么我肩膀上
> 不觉得有一点风湿症？——唉，老天哪！
> 我年轻，生命在我身上很顽强；
> 我等待什么？苦闷，苦闷！……

　　什么样的生活啊！这就是诗和散文中写得那么多、许多人抱怨它，好像真的懂得它似的那种痛苦；这就是不穿厚底靴，不踩高跷，不披帷幕，不用辞藻装潢起来的真正的痛苦——这种痛苦并不常常夺去睡眠、胃口和健康，但因此却更要可怕得多！……晚上睡觉，白天打呵欠，看见大家都在张罗些什么，操心些什么——有人为钱，有人为结婚，第三个人为疾病，第四个人为贫穷和流血流汗的工作，看见周围有快乐，也有悲伤，有欢笑，也有眼泪，看到这一切而感觉自己对这一切是陌生的，正像流浪的犹太人一样，处在周围骚动的生活中，却感觉自己对生活是陌生的，朝夕期待着死，以为这是最大的解脱：这种痛苦不为大家所了解，但并不因此就少可怕一些……青春、健康、财富，外加还有才智和心灵：为了生活和幸福，他还需要什么呢？麻木不仁的俗众便是这样思考的，并且把这种痛苦叫作时髦的奇癖。奥涅金的痛苦越是自然，越是朴素，越是没有任何外部效果，就越是不容易被大多数公众所理解和认识。在二十六岁上，还没有领略生活的滋味，他就已经经历了这么许多艰辛，没有干成一桩事业，就这样地疲惫乏力，没有通过任何信念就达到了这样无条件的否定：这简直就是死亡！可是，没有喝干生活的苦酒,还命不该死:一种强烈而深刻的热情立刻唤醒了他的在苦闷中酣睡了的灵魂力量。在彼得堡,奥涅金在舞会上遇见了达吉雅娜,几乎不认得她了:她竟然改变得这样厉害!

> 她不慌不忙,
> 既不冷淡,也不多说,
> 没有盛气凌人的眼色,
> 没有强求成功的欲望,
> 没有这些小派的怪姿态,
> 没有追逐新奇的巧思……
> *她整个儿都是沉静而朴素,*
> 她是 Comme il baut① 的
> 一幅忠实的画像……
> ………………
> 谁都不能说她
> 美貌:可是从头到脚
> 谁也不能在她身上
> 找到那种在英国上流社会里
> 用一句风行一时的时髦话
> 叫作 vulga② 的东西。

达吉雅娜的丈夫则被诗人用两句诗如此优美而充分地从头到脚描画了出来:

> 一位跟她一起进来的将军
> 把鼻子和肩膀
> 抬得比所有的人都高——

---

① 法文:娴雅高尚的。
② 英文:庸俗。

达吉雅娜的丈夫把奥涅金介绍给她,说是自己的亲戚和朋友。许多读者在第一次读这一章的时候,预料达吉雅娜会啊呀一声大叫起来,当场昏倒,然后苏醒过来,照他们的意见,应该会扑过去吊住奥涅金的脖子。可是,对于他们是多大的失望啊!

> 公爵夫人看着他……
> 不管她心里多么紊乱,
> 不管她多么厉害地
> 又惊奇,又激动,
> 但她一点也没有表露出来:
> 她还是保持同样的风度:
> 她的鞠躬还是一样的文静。

> 一点不假!她没有心惊肉跳,
> 脸色也没有忽然变白或泛红……
> 她连眉毛也不皱一皱:
> 甚至也不抿紧嘴唇。
> 虽然他看得不能再仔细,
> 但先前的达吉雅娜的痕迹
> 奥涅金可再也找不出来。
> 他想找些话跟她谈谈,
> 但——但是不能。她问:
> 他来这里许久了吗,他从哪里来,
> 是不是从他们的家乡来的?
> 然后向丈夫转过
> 困倦的眼睛,一溜烟走掉了……
> 剩下他呆呆地站在那里。

难道眼前就是那个达吉雅娜,

在我们小说的开场,
在偏僻、遥远的地方,
他曾经面对面地,
以一片好心的教诲热忱,
把她训斥了一顿!
他还保存着她的一封信,
那里面倾诉着忠心,
写得直率而又天真,
就是那个姑娘……或者这是在做梦?……
难道就是那个在她顺从时
他曾经轻视过的姑娘,
现在对待他竟然
这样地冷淡,这样地放肆?

....

他怎么了?做着什么古怪的梦?
什么东西搅动在
淡漠而懒惰的灵魂深处?
悔恨?虚荣?或者
重新又是青春的烦恼——爱情?

....

达吉雅娜变得多么厉害!
她是怎样坚强地扮演自己的角色!
怎样快地习惯了
使人望而生畏的排场!
谁敢说柔情的少女
就是这位庄重而懒散的
舞会上的主持人?
他曾经激动过她的心!

她在漆黑的夜里，
当梦神还没有飞来的时候，
曾经童贞地怀恋过他，
抬起懒洋洋的眼睛望着月亮，
幻想总有一天，
跟他一起走完平稳的生活路程。

不分老幼都屈服于爱情；
但对于年轻的、童贞的心灵，
爱情的激发是有益的，
正像春天的豪雨对于田野一样。
在热情的雨露里，他们变得
鲜艳、清新、成熟——
旺盛的生命长出
艳丽的花朵、甜美的果实。
可是在荒芜的晚年，
在我们年龄的转折点，
枯死的热情却留下悲伤的痕迹：
正像寒冷的秋天的暴风雨
把草场变成沼泽，
把周围的森林变成光秃一片。

我们不属于超理想主义者之列，我们宁肯相信在最崇高的热情里也有琐屑感情的混杂，因此我们认为悔恨和虚荣在奥涅金的热情里是起着作用的。可是，我们决不能同意诗人下面的一种意见，这是诗人如此郑重地宣称的，并且在群众中间得到了热烈的反应，因为这是他们容易理解的：

人呵！你们都像

祖先夏娃一样：

已得到的东西不能吸引你们；

蛇不断地召唤你们

到它那里去，到神秘的树那边去；

必须给你们禁果，

否则对你们天堂也不是天堂。

我们把人类天性的优点想象得比较好，我们宁肯相信：人不是为恶而生，而是为善而生，不是为犯罪而生，而是为合理而合法地享受生活幸福而生的，他的追求是正当的，他的本能是高贵的。恶不是包含在人本身里面，而是在社会里面，既然这个被理解为人类发展形式的社会还没有达到理想境界，那么，我们在社会里看到许多罪恶原是无怪其然的。这也就说明了为什么在古代世界里被视为有罪的东西，在新世界里却被认为合法，反之亦然；为什么每个民族每个时代都有自己一套关于道德，关于合法与犯罪的看法。人类还远没有达到那样完美的境界，所有的人像同一族类的、赋有共同理性的人一样，对真实与虚伪，正确与谬误，合法与犯罪都能取得一致的理想，正像他们已经对于地球绕太阳旋转，而不是太阳绕地球旋转，以及对于许多数学定理取得了一致的理解一样。在那个时期来到之前，犯罪只是表面上的犯罪，而在根柢里，在本质上，只是对于某一法则的正确性与合理性的否认而已。只是有一个时候，父母把子女看作奴隶，以为有权强制他们最神圣的感情和愿望。现在，如果一个少女对于父母强迫她下嫁的仪表不凡的绅士感到厌恶，却热烈地爱上父母强迫她离开的人，于是她遵从心灵的驱使，决心嫁给她自己所选中的那个人，而不是用钱袋和官衔吸引了可敬的父母的那个人。难道能说她是一个罪人吗？没有东西比心灵更容易屈服于严格的外部条件了，也没有东西比心灵更需要无条件的自由了。即使说爱情的欢乐吧——如果爱情取决于外部条件，它还成什么东西呢？那就只等于是金丝笼里的夜莺或者云雀的歌唱。那种只承认心灵的权力与奇想的爱情的欢乐,是一种什么样的东西呢?——这是夕阳西沉时夜莺在溪边垂柳阴影下的庄严的歌,这是沉醉在生活的感觉中,忽而箭似的高飞,忽而从天空扑下,忽而抖动羽翼伫立着,像沐浴在蓝空中一般的云雀的自由的歌……鸟儿爱自由;热情是生命的诗歌与花朵。可是心灵如果失去了自由,热情还有些什么呢?……

奥涅金写给达吉雅娜的信充满着热情,里面已经没有讥刺,没有上流社会的稳重,没有上流社会的假面具。奥涅金明知他也许会引起恶意的嘲笑;可是,热情把他害怕被人耻笑、授给敌人话柄的恐惧压了下去。他发疯是有十足的理由的!照达吉雅娜的外表看来,我们可能设想达吉雅娜已经无条件地跟生活妥协了,她从心坎里崇拜人世间的偶像——如果真是这样,当然,奥涅金扮演的角色将是非常可笑而又可怜的。可是在上流社会里不能从外表上去相信任何一个人:在上流社会里大家都精通一套本领,能够在心痛欲碎的时刻脸堆笑容。奥涅金很有理由可以假定,达吉雅娜内心里还是依然故我,上流社会只是教会了她控制自己和严肃地看待生活的本领,跟小市民哲学家所设想的正好相反。一种高贵的天性是不会被上流社会所毁坏的;说到灵魂和心灵的毁灭,下层社会有着和上流社会一样多的机会。全部的差别是在形式上,而不是在本质上。现在,在奥涅金看来,达吉雅娜是怎样一个人呢?——她已经不是一个向月亮和星星倾吐衷曲,用马丁·查岱克的书来详梦的、沉醉于幻想中的少女,却变成了一个知道自己全部禀赋的真正价值,要求得多,同时给予得也多的妇人了。上流社会风度的光彩不得不在奥涅金的眼中把她抬高了:在上流社会中,也像在无论哪里一样,总是有两种人——一种人斤斤于形式,认为遵循形式就是生活的意义,这些人是俗众;另外一种人从上流社会中吸取关于人和生活的知识、现实的节度以及充分控制全部天赋的本领。达吉雅娜属于第二种人,上流社会贵妇的身份无非是把她作为好人的意义更加提高了。再说,在奥涅金看来,爱情不经过斗争是没有任何吸引力的,而达吉雅娜却不容许他轻易得到胜利。于是他就不顾一切投入了这场斗争,没有胜利的希望,没有利害的打算,怀着全部疯狂的真诚的热情——这种热情包含在他那封信的每一句,每一个字里:

> 不,只要时时刻刻看见您,
> 处处都跟在您后面,
> 用热恋的眼睛来捕捉
> 您嘴上的微笑,眼睛的顾盼,
> 长久地倾听您的声息,
> 用心灵体会您的全部完美,
> 在您面前痛苦地呆立不动,
> 苍白、憔悴……这便是幸福!
> ………………
> 但愿您能知道对爱情的渴望,
> 这是多么痛苦地折磨人,
> 爱情在燃烧——而理智不断地
> 抑制热血的沸腾;
> 我想拥抱您的膝头,
> 在您可爱的脚边痛哭,
> 然后倾吐出哀求、坦白、怨诉,
> 说出凡是能够表达出来的一切;
> 但是我不能不用假装的冷淡
> 点缀着我的言辞和眼光,
> 心平气和地说着话,
> 用平静的眼光凝视着您![1]……

---

[1] 在普希金的原作中此句应为:"用愉快的眼睛凝视着您"。

可是,这种火炽的热情对于达吉雅娜却一点也没有留下什么印象。通了几次信之后,奥涅金又遇见了她,在她的脸上竟看不到丝毫的骚乱、痛苦、斑斑的泪痕——所能看到的只有愤怒的痕迹……奥涅金整整一个冬天闭门读书:

可是怎么啦?他的眼睛在读书,
思想却飞得老远;
幻想、希望、悲伤,
深深地挤集在他的心里。
他在印好的字里行间
用心灵的眼睛读到
另外的字行。他整个儿
沉浸到里面。
那是亲切而辽远的往古的
一个秘密的传说,
是一些没有关联的梦,
威吓,流言蜚语,预言,
或者是长篇童话的生动的无稽之谈,
或者是年轻姑娘的信。
于是他渐渐地沉入
感情和思想的昏迷里,
想象在他面前
闪出眼花缭乱的景象。
一会儿他看见:在融化的雪地上,
一个青年不动地躺着,
仿佛睡在客厅里,
同时听见有人说:怎么?打死了!
一会儿他看见已经忘怀了的敌人,
造谣中伤者和奸恶的懦夫,

> 一群年轻的变心的女人，
> 一伙卑鄙无耻的伙伴；
> 一会儿是一座村舍——在窗口
> 坐着她……永远看见的是她！……

我们现在不想详述奥涅金和达吉雅娜会面以及向她表白爱情的一场，因为这一场里的主角是达吉雅娜，我们今后还有许多话要讲到她。长篇小说以达吉雅娜的拒绝来结束，于是读者就在奥涅金生命中最痛苦的一刻跟他永远分离了……这算什么呢？长篇小说在哪里？它的意义是什么？这种没有结尾的长篇小说算是什么？我们认为，有这样的一些长篇小说，其意义就在于它们没有结尾，因为在现实里也有着没有收场的事件，没有目的的存在，暧昧不明的、对任何人，甚至对自己都是不可理解的人物，总而言之，就是法国话所谓的 les etres manques, les existences avortees①。这些人常常赋有巨大的道德优点，巨大的精神力量；他们允诺得多，实行得多，或者一点也不实行。这是他们自己也做不了主的：这都是 fatum，它包含在像空气似的包围着他们，并且人无法从里面解脱出来的现实中。另外一位诗人②以毕乔林的名字给我们写出了另外一个奥涅金：普希金笔下的奥涅金以一种自我牺牲精神向厌倦投降；莱蒙托夫笔下的毕乔林跟生活做拼死的斗争，勉强想从生活中索取到自己应得的一份；走的路虽然不同，结果却是殊途同归：两部长篇小说同样地都没有结尾，正像两位诗人的生活和活动都没有结尾一样……

奥涅金后来怎么样了？他的热情是不是复活了，来承当一种新的、跟人类尊严更加符合一致的痛苦？或者是这种热情杀死了他的灵魂的全部力量，把他的苦闷变为枯死的、冷冰冰的麻

---

① 法文：无能为力的人，虚度的人生。
② 指莱蒙托夫。

木?——我们不知道,并且既然知道这个丰饶的天性没有得到发挥,生命没有取得意义,长篇小说没有取得收场,我们更何需乎知道这一点呢?我们知道得已经够多,所以再不需要知道其他什么了……

奥涅金是一个现实的性格,由于他没有丝毫空想的、梦似的东西,他只有在现实中,并且也只有通过现实才能够快乐或者悲哀。普希金在连斯基身上描绘了一个完全跟奥涅金性格背道而驰的性格,一个完全抽象的、完全同现实格格不入的性格。在当时,这是一种完全新奇的现象,这一类人当时确实已经开始在俄国社会里出现了:

> 怀着在哥廷根形成的灵魂,
> 他是康德的崇拜者和诗人,
> 他从雾气沉沉的德国
> 带来了学问的果实:
> 爱好自由的幻想,
> 热烈而且十分古怪的性情,
> 总是热情洋溢的言辞。
> ………………
> 他歌唱爱情,屈服于爱情,
> 他的歌明朗可爱,
> 像纯真的处女的思想,
> 像婴孩的梦,像月亮
> 在辽阔而澄静的天空中,
> 又像幽静哀婉的柔情的女神。
> 他歌唱别离和忧伤,
> 还有什么雾气缭绕的远方,
> 还有浪漫的玫瑰;
> 他歌唱那些遥远的国家,

> 在那里，长时期在寂静的怀抱里，
> 他曾经流过滚滚热泪：
> 还不到十八岁的年龄，
> 他歌唱生命的褪色之花。

连斯基无论就天性，就时代精神来说，都是一个浪漫主义者。不用说，这是一个能够理解一切优美而崇高的事物的人，是一个纯洁而高贵的灵魂。但同时，"他在心灵上却是一个可爱的无知者"，永远谈论着生活，却始终不理解生活。现实对他没有影响：他的快乐和悲哀只是他幻想的产物。他爱上了奥尔伽，可是他无须知道：她并不理解他，她出嫁之后会变成她的母亲的第二次修订版，嫁给诗人——她幼时的青梅竹马的伙伴，或者嫁给那个满意自己和自己骏马的枪骑兵，在她都是一样的？连斯基用优点和完美装潢了她，把她本来没有并且也毫不关心的感情和思想妄加到她的身上。奥尔伽是一个善良、可爱、快乐的人，她还像所有的"小姐"在她们还没有变成"太太"时一样地魅人，然而连斯基却从她身上看到她是仙女，小气仙，是罗曼蒂克的空想，丝毫也没有瞧出她是个未来的太太。他给拉林老人写了《墓碑上的情歌》，他忠实于自己，并且不带一点嘲弄，能在后者身上找到诗意的一面。奥涅金只想跟他开一下玩笑，他却认为这是出卖朋友，勾引，极度的侮辱。这一切的结果，导致了他预先在晦暗的、罗曼蒂克的诗句中歌颂过的死亡。我们一点不想为奥涅金解脱罪名，他，正像诗人所说：

> 不应该显得是
> 被偏见抛来抛去的球，
> 热情的少年，战士，
> 而应该是拥有荣誉和智慧的丈夫——

可是上流社会的和世俗的偏见的这种暴虐与专制是这样厉害，要求非有英雄气概的人跟它斗争不可。奥涅金和连斯基的决斗的细节描写,在艺术方面是登峰造极之作。诗人深爱在连斯基身上描写出来的这个典范,他在几节优美的诗中悼哭了他的逝世:

> 我的朋友们,你们哀怜诗人:
> 在满怀欢乐的希望的华年,
> 还没有为世界实现这种希望,
> 几乎还穿着孩子的服装,
> 就枯萎了!他那火炽热烈的激情,
> 崇高、柔和而勇敢的
> 年轻的感情和思想的
> 高贵的憧憬如今在何方?
> 还有,蓬勃爱情的向往,
> 对知识和工作的渴望,
> 对罪恶和羞耻的畏惧,
> 还有你们,衷心的梦想,
> 你们,非人世的生活的幻影,
> 你们,神圣的诗歌的梦幻都在何方!
>
> 也许他生来是为了世界的福利,
> 或者哪怕是为了荣誉;
> 他那沉默了的竖琴
> 可能奏出铿锵的
> 千百年不断的声音。
> 也许,在上流社会的阶梯上,
> 一个崇高的阶梯等待着诗人。
> 他的悲痛的幽灵,
> 也许随身带走了
> 神圣的秘密,于是我们,

再也听不到鼓舞的声音,
世世代代的颂歌,
各民族对他的赞美,
再也达不到他的坟墓这边。

也许可能这样:
平凡的命运等待着诗人。
青春的年龄过去了:
他灵魂的火焰会逐步冷却,
他会有许许多多改变,
跟缪斯分了手,结了婚;
住在乡下,幸福而且戴绿帽子,
会穿上一件棉长袍;
会真正认识生活,
在四十岁得上风湿病,
吃、喝、气闷、发胖、害病,
到了最后,在孩子们、
哭哭啼啼的女人和医生中间,
在自己的床上寿终正寝。

我们相信,连斯基一定会发生最后一种情形。他有许多好的地方,但最好的一点是,他年轻,死得很合时,可以保全他的名誉。他不是那种对他们说来活着就是发展和向前进的天性。他——再说一遍——是一个浪漫主义者,再不是什么别的。如果他继续活下去,那么,普希金除了在整整一章里把已经在一节里说得很充分的话详述一遍外,再也没法把他怎么办了。像连斯基这一类的人,虽然有着一切无可置疑的优点,但还是值得非议的,因为他们总不免蜕化为十足的俗物,否则,如果保持着原有的类型的话,那就变为这些陈腐不堪的神秘主义者和梦想家,这些人正像完美无缺的老处女一样地可厌,并且比起只是庸俗而没有矫饰的人来,更是任何进步的敌人。他们永远关在个人的小天地里,把自己看成宇宙的中心,于是冷静地看待世间的一切,硬说快乐存在于我们内心,我们应该用灵魂去追求天上的梦想,不要想到地上的扰攘,那里只有饥饿、穷困……连斯基们直到现在还没有绝迹;他们只是已经蜕化变质了。连斯基身上那种曾经这样美好而诱人的东西在他们身上已经再也找不到了;他们没有他的心灵的童贞的纯洁,他们有的只是竭力要装作伟大的那种自负和浪费纸墨的嗜好而已。他们都是诗人,充斥在杂志上的诗歌废料全是他们一手包办的。总之,这在现在是一些最讨厌、最虚浮、最庸俗的人。

说到达吉雅娜……可是,我们将在下一篇文章里讲到她。

一八四六年俄国文学一瞥

当前正是归结过去、为未来而筹划的时候。因此,谈到一八四六年的俄国文学——这就等于说,谈论关于俄国文学的现状,如果不接触它过去干了些什么,将来应当怎么样,这是不可能的。但是我们不想陷进历史的详情细节,因为这会把我们引向远处。我们这篇论文的主要目的,就是要使《现代人》的读者较早地熟知《现代人》对俄国文学的看法,从而也熟知这本杂志的精神与倾向。对这方面的纲领和声明我们什么都不说,它们还只是一种许诺。再说《现代人》的纲领,为了尽可能简短而要言不烦,只限于一些纯粹外表上的约许。这里所提出的论文连同在同一期杂志第二栏所发表的主编本人文章,就将是《现代人》第二个所谓内部的纲领,读者们在这个纲领里,可以在一定的程度上亲自检验许诺的执行情景。

假使有人要问我们,当前的俄国文学与众不同的特点是什么,那么我们将要回答说:它是和生活,和现实越来越紧密地接近了,它越来越接近成熟和壮大了。当然,这一类特征只属于才不久的、年轻的和不是自动而是经过模仿而产生的那种文学所有。独具一格的文学要经过好几个世纪而成熟起来,它的成熟的时代同时也是它的卓越不凡的作品(chef d'oeuvres)的数量丰富的时代。关于俄国文学却不能这样说。俄国文学的历史正像俄罗斯本身的历史一样,并不像其他任何国家文学的历史。而因此,它是一种唯一的、独特的景象,如果人们像观察欧洲其他任何一国的文学一样,去匆匆忙忙观察俄国文学,那这种景象立刻会成为古怪的、不可理解的、毫无意义的一页。正像当代俄罗斯一切生机勃勃的、美好的以及理性的东西一样,我们的文学也是彼得大帝改革的结果。固然,他并不曾关心过文学,他没有为文学的诞生做过什么事情,但是他关心文明,他把科学与教育的种子投放到俄罗斯精神的肥沃的土地中去。——尽管文学不在他的注意之中,但因此,却自然而然是彼得大帝的活动的必然的结果。顺便说一句,这也就是彼得大帝的改革的浑然一体的生命力之所在,这种改革产生了许多这一类他也许没有想到,甚至也没有预感到的东西。富有才气的和智慧的康捷米尔,他一半是模仿者,一半是改作者,他把罗马诗人的讽刺诗(主要是贺拉斯的)以及罗马诗人的那个模仿者和把罗马讽刺诗改写为针对法国风习而发的布瓦洛的讽刺诗改写成针对俄国风习的讽刺诗,康捷米尔的特点是多音节诗格、一半书卷气的、一半民间的语言——这种语言就它这种混合的本身来说,是一种当时受过教育的人群的语言。康捷米尔以及在他之后的特列奇亚科夫斯基,连同他的没有结果的学术研究,他的没有才情的勤劳,他的烦琐的教诲训导,他的想把如何写作正确的轻重音格律诗和摹古的六音步扬抑抑格的俄国作诗法融会贯通起来的失败的尝试,他的粗糙的音节和他的变本加厉粗糙地改造罗兰的作诗法——说明康捷米尔与特列奇亚科夫斯基正是所谓俄国文学的序文、前言。从第一位去世过去了一百零二年(他卒于一七四四年三月三十一日);从第二位去世过去了近七十七年(他卒于一七六九年八月六日)。在一七三九年,当二十岁的罗蒙诺索夫——这个俄国文学的彼得大帝——从德国国土上寄来他的著名的《占领霍京颂》的时候,如果本着公正持平之心,就应当把它看作是俄国文学的开端,那时候,特列奇亚科夫斯基还是在他的声誉的鼎盛的年月,还只是他称颂自己是"雄辩滔滔的教授和诗坛的灵智"才六年的光景;他还年轻,但是有病,衰弱,接近死亡,康捷米尔则还健在[①]。凡是康

[①] 康捷米尔当时三十一岁,特列奇亚科夫斯基当时三十六岁。——原注

452

捷米尔所做过的一切在图书世界中已经不留一点痕迹和影响;凡是特列奇亚科夫斯基所做过的一切,都是失败的——甚至包括他要在俄国作诗法中推行轻重音格律诗的尝试……因此,罗蒙诺索夫的颂诗在大家看来,它是用俄文以正确的韵律写作的第一种诗。罗蒙诺索夫对俄国文学的影响正像彼得大帝对俄国的影响一样。文学长时间沿着他给文学所指示的道路前进,然而,最后,却是完全摆脱了他的影响,走上了罗蒙诺索夫本人没有预见到,也没有预感到的道路。他给文学一种书本的和模仿的倾向,因此,这看来就是没有结果和没有生命的,从而是有害的和毁灭性的。这的确是事实,但是它一点也不缩小罗蒙诺索夫的伟大功绩,一点也不剥夺他称作俄国文学之父这个名称的权利。那些文学方面的古风旧习的信徒不都是同样如此议论彼得大帝的吗?① 应当说,他们的错误不在于他们议论了彼得大帝和他所创造的俄罗斯,而在于他们从这个结果中得出的结论。按照他们的意见,彼得的改革毁灭了俄罗斯的民族性,从而毁灭了任何一种生活的精神,因此,俄罗斯为了自我挽救,除了回到科希亨②时代的幸福的半宗法制的风俗习惯去以外,就没有其他的路。我们再重复一遍:他们尽管在原则上是对的,但结论却是错的,何况彼得大帝的改革所造成的俄罗斯伪造的、做作的欧洲精神,看起来,的确不过是没有内在内容的外表形式。但是难道关于罗蒙诺索夫的所有诗歌作品和讲演作品不能同样这么说吗? 就是这些人究竟为什么,究竟出于什么样的跟自己的观点的矛盾,竟会对罗蒙诺索夫的名字这样肃然起敬,并且对这个演说家不论在诗歌方面,还是在雄辩方面任何自由放肆的意见,都看作是一种犯罪而怀着奇怪的激怒? 这是不是因为,从他

---

① 斯拉夫派就是这样说的。
② 科希亨即科托希欣(约 1630—1667),俄国外交部的书吏,后逃亡至立陶宛、瑞典,为瑞典编写有关俄国的著作。

们这方面看来,不论在观察罗蒙诺索夫的时候,还是在观察彼得大帝的时候,都大大缺乏前后一贯性和互相呼应的逻辑性和健全的理性?

无论在文学中,还是在生活中,从别的地方、从外部割取来的内容从来就无法弥补其本身的、民族的内容的缺乏;然而外来内容可能逐步改造成为本身的内容,正像人从外部摄取食物,化为他的血和肉,从而支持他身上的精力、健康和生命。我们不想详细论述这对彼得所创造的俄罗斯以及罗蒙诺索夫所创造的俄罗斯文学究竟起了什么样的影响;然而,这在实际上究竟对它们发生过、发生着什么事情,这是历史事实,这是实实在在显而易见的真实。请将克雷洛夫的寓言,格里鲍耶陀夫的喜剧,普希金以及莱蒙托夫,尤其是果戈理的作品——把它们去同罗蒙诺索夫和他这一派作家的作品相比较,您就看不到在它们之间有什么共同之点,有什么关联,您以为,在俄国文学中一切都是偶然的——有才能的也罢,天才也罢;难道会有什么重要的偶然性,这难道不是幻景、不是梦想吗? 可是的确有这样一个时候,当时出现了这样的问题——我们到底有没有文学? 这看来不是奇谈怪论,许多人是从否定的意义上来解答这个问题的。假如站在评判欧洲文学史应有的基础上来评判俄国文学,这样的解答是自然而然的,并且是无可避免的。但是我们这个时代智力上最伟大的成就之一就是:我们到底理解了俄罗斯自有同欧洲任何一个国家的历史一点都不相像的历史,理解了应当根据俄罗斯自己的历史,而不是根据跟它毫无共同之处的欧洲民族的历史来研究它,来评价它。在对待俄国文学史方面也应当如此。如果把他们作为两个极端来比较,那么在我们上文所提到的作家和罗蒙诺索夫及他这一派之间的确并没有什么共通之点,也没有什么关联;可是只要您马上按着年代的次序来研究从罗蒙诺索夫到果戈理的所有俄国作家,那么在他们之间,在我们的面前就会出现活的血缘关系。那时候您就会看到,直到普希金为止,俄国文学整个运动就包含着力求——尽管是不自觉的——摆脱罗蒙诺索夫的影响,同生活、同现实接近,从而成为独立的、民族的、俄国的东西。既然黑拉斯科夫与彼得罗夫的作品没有被当代人视为优秀的作品,因此,这些作品在这一方面,你就看不到一点进步的东西——但在同时,进步却是在苏玛罗科夫,这个没有天才、没有口味、几乎是没有才能的,可是同时代人却把他看作是罗蒙诺索夫的劲敌的作家身上显现。苏玛罗科夫描写俄国风习的喜剧的一些尝试虽然并不成功,可是他的讽刺,特别是他的反对贪官污吏的天真而充满火气的反常行为的讽刺文,同时还有那些多少接触到他当时的现实的散文作品——所有这一切都证明了有一种努力要使文学同生活接近的愿望。在这一方面,那些已经丧失任何艺术的或者文学的情趣的苏玛罗科夫的作品值得研究。就像他的声名,开头并不是由于本身价值而受到赞颂,同样,后来受到贬低也是不公正的,但值得后代尊敬。甚至也不能将黑拉斯科夫和彼得罗夫看作是没有益处的现象:同时代人把他们看作天才,把他们捧上了七重天,从而他们都读了这些作家的作品,既然他们都读了,从而,这些作家就强有力地促进了这种写作和欣赏文学的口味在俄罗斯的传播。苏玛罗科夫的不像样的寓言诗在当时是算作典雅的东西,在赫姆尼采和德米特里耶夫的寓言故事中则是法国寓言的翻译,而这些寓言在克雷洛夫的寓言中后来却成为优秀的民族性的作品。杰尔查文,他是罗蒙诺索夫的模仿者,甚至对黑拉斯科夫和彼得罗夫都是温顺地毕恭毕敬,如果他不是一个独创的俄国诗人,那么他仅仅是个辞章家,他就会湮没无闻。他是得到大自然所赋予的伟大的诗的天才的,他所以无法写出独创的俄国的诗篇,是因为时间还没有到来,并不是因为还缺乏自然的力量和手段。俄语在那个时候还没有经过提炼,学究气和讲求辞藻的精神还在文学中占有主要地位;然而主要的,当时还只有国家生活,还没有社会,因为当时还没有出现社交生活,而只有宫廷,大家都看着宫廷,然而他们只知道隶属于宫廷的东西。没有社会活动,因此也没有社交生活,没有社会活动的兴趣,诗与文学没有地方取得内容,因此,诗与文学的生存并没有获得自己的支持,而是仰仗有势力、有声望人物的庇护,带有官方的性质。应当这样来看这个时代,将它和我们的时代作比较,但是不应当这样来观察这个时代,将这个时代同罗蒙诺索夫的时代相比较:因为这是一个相对有很大进步的时代。尽管在这时候还没有什么社会活动,但是正就是在这个时候,它已经诞生出来了,因为宫廷的豪华气派和教养在那个时候已经开始反映到中等贵族中间去,也就在那时候在这些贵族中,开始树立了我们现在所看到的那些风习。因此,除了在诗的天才上的巨大分歧之外,杰尔查文在他的诗篇的内容上对罗蒙诺索夫来说也有很大的优点,尽管他不但没有渊博的学识,而且也缺少教育。而因此,杰尔查文的诗篇从内容上来看要比罗蒙诺索夫的诗篇大大地多样化,大大地生动,大大地合乎人情。此中的原因不仅仅在于:罗蒙诺索夫比起这个天性上获得诗的天才的杰尔查文与其说是诗人,不如说作诗者更相宜,而且还在于大叶卡捷琳娜时代的社交生活比安娜和伊丽莎白时代的社交生活有比较大的成就。

也就是这个原因,叶卡捷琳娜时代的文学是绝对掩盖过它的以前时代的文学的。除了杰尔查文之外,在这一时期还有冯维辛——这是俄国文学中第一个富有才华的喜剧作家,这是一个直到现在为止人们不但很有兴趣研究他,而且把读他看作真正的享受的作家。俄国文学通过冯维辛这个角色甚至仿佛在同现实的接近上跨了巨大的一步:在这之后,就开始忙起了所谓轻松文学的问题,波格丹诺维奇曾以这种文学而煊赫过。到叶卡捷琳娜统治的末期,出现了卡拉姆辛,他给了俄国文学新的方向。我们不想议论关于他的伟大功绩,关于他对我们的文学以及通过文学对教育的伟大影响。我们也不想深入关于紧跟他而来的那些作家详情细节。我们要简短地说一说,他们中间每一个都在逐步摆脱罗蒙诺索夫所赋予我们的文学的学究气、修辞化的倾向,逐步使文学同社会、同生活、同现实相接近。请审视一下普希金皇村学校时期的诗歌,甚至在他本人所编订出版的作品集的第一部分的许多首诗中——在这些诗中您都可以看到从罗蒙诺索夫,到茹科夫斯基,包括巴丘希科夫,几乎所有他以前作家的影响。有赫姆尼采和德米特里耶夫作先驱的寓言作家克雷洛夫,所谓为格里鲍耶陀夫不朽的喜剧诗句的语言作了准备。由此可见,在我们的文学中到处都可以看到生气勃勃的历史的联系,新的是从旧的发展而来的,后来的东西要靠前头的东西来说明原因,没有什么东西是偶然地出现的。

"然而,"也许有人要问我们,"既然后来的作家们的主要功绩就是:使俄国文学逐步从罗蒙诺索夫的影响底下摆脱出来,从而,也就是:他们努力不像罗蒙诺索夫那样写作,那么,罗蒙诺索夫的重要功绩又在什么地方呢?这种矛盾难道并不奇怪吗——你们满怀尊敬地谈论那个你们自己就称之为辞章家的作家的种种功绩与天才?"

第一,罗蒙诺索夫在天性上一点不是一个辞章家,对这一点来说,他是太伟大了;人们把他当作一个辞章家不是取决于他本身的状况。他的著作分为学术的和文学的两类。我们把颂歌、《彼得利亚达》、悲剧,总之,他的一切诗歌创作以及歌颂之词归入后一类。至于他的学术著作,则是分为天文学、物理学、化学、冶金学和航海学,其中并没有华丽的辞藻,虽然它们是按照拉丁日耳曼式结构的长句子,把动词放在句末而写成的;但是他的诗作以及颂词却是充满华丽的辞藻。这究竟为什么?这是因为对他自己的学术著作来说,他是有现成的内容的,这种内容是他在德国的土地上依靠科学和著作而获得的,他没有必要期待或者去询问本国同胞。他依靠学术和著作所获得的东西发展了并且加强了他的天才。由此可见,他知道怎样写作,他不需要求助于华丽的辞藻。他无法从他同胞们的社会生活中找到他的诗篇的内容,因为在这里不仅是没有对这种生活的认识,也缺乏对它的追求,从而,也就没有任何一点智慧生活与精神生活的情趣,因此,他应当为自己的诗篇选取完全陌生但却是现成的内容,在自己的诗歌中表达不是由我们、不是由我们的生活,也不是在我们的土壤中提炼出来的感情、概念和观念。这就是说他不由自主地变成了一个辞章家,因为一种被充作自己生活概念的异己的概念在任何时候都是华丽的辞藻。在欧洲流行束腰长衣、无袖上衣、围巾帽、假发、直筒圆裙、俏皮膏、舞会、小步舞之类的时候,这种追求辞藻是更加厉害了。但是,除了理论家和幻想家之外,谁会说,欧洲服装和风习对俄国社会中的优秀部分,也就是所谓有教养的部分来说并没有成为民族的东西,而且丝毫不妨碍他做一个不仅是名称上的而且是真正的俄国人?我们说得再充分一点:在这一方面,不仅是对俄国社会中有教养的部分,而且就整体俄国人来说,凡是彼得以前时代的俄国生活中,一切概念、定义、言辞,现在都成为华丽的辞藻。假如我们的文官武职的官名都改为总督大臣、科长之类,普通百姓简直就什么都不理解。文学世界的实现也要感谢罗蒙诺索夫:所有借用黎民百姓名义的赝品现在都受到黎民百姓,也就是趣味不高的人的批判,同时那些最有才华的作家在这种门类方面的一切尝试都受到辞章家的否定。

"然而这究竟是什么样的奇迹,"有人会问我们,"从外表,从抽象的方面假借别人的名义,并且将它在本身的土壤上矫揉造作地改装一番,它究竟凭什么产生出有生命的、有机的果实来?"——我们在回答这一点上也要说原来已经说过的话:去解决这个问题,毫无疑问,这是很有意义的;但是我们与这种问题毫不相干,对我们来说,只消这样一说就足够了:现在所以这样,正因为从前就是这样,这是历史的事实,这种历史事实的翔实可靠,这是任何一个有眼睛能看,有耳朵能听的人都无法加以否定的。那种经过使俄国文学摆脱罗蒙诺索夫的影响之后表现了进步运动的作家丝毫也没有想到这一点;这一点在他们身上是不知不觉地发生的;时代精神因他们而得到提炼,他们就是这种时代精神的喉舌。他们高度崇敬罗蒙诺索夫为诗人,他们在他的天才的面前毕恭毕敬,努力去模仿他,但是他们却越来越离开他。这方面十分触目的例子——就是杰尔查文。但是由彼得大帝嫁接到我们的民族性的欧洲原则的生命力也就在这里,这种原则不是停滞的,僵立不动的,而是运动的,向前迈进的,发展的。假如罗蒙诺索夫没有想到按照和他同时代的德国诗人和法国抒情诗人让·巴蒂斯特·卢梭的榜样写作颂诗,没有想到按照维吉尔的《埃涅阿斯纪》的榜样写作他的《彼得利亚达》,在《彼得利亚达》里,除了长诗的主人公,彼得大帝之外他还把涅普土诺斯也作为剧中人,他把涅普土诺斯和半人半鱼怪以及挪伊阿德斯们①禁闭在寒冷的白海海底;假如,我们说,代替所有这些书本气的浅薄幼稚的荒唐想法,他能够转向我们的民众诗歌的本源——转向《伊戈尔远征记》,转向俄国童话故事(现在以基尔沙·达尼洛夫的编集本而著名),转向民间诗歌,并且在这些东西的纯粹的民间基础上得到它们的启迪、得到渗透,从而就能解决建立新的俄国文学大厦的问题:那时候会有什么样的结果呢?——这个问题看起来似乎是重要的,但是在实质上,却又是极其无聊的,正好像下面这一类问题:如果彼得大帝生在法兰西,而拿破仑生在俄罗斯那可怎么办,或者,假如冬天之后跟着来的不是春天,而干脆就是夏天等等,那又怎么样呢?我们可以知道过去有过什么,现在有什么,但是我们怎么能知道过去没有什么,现在没有什么呢?——当然,在历史的范围里,一切细小的、不足

---

① 涅普土诺斯(或译涅普顿),罗马神话中的海神;挪伊阿德斯,希腊神话中江河水泉中的女神。

称道的、偶然的事物可能不像已经发生的那种样子；可是那种对各民族的将来有影响的伟大事件，那么只能像已经发生的样子，不可能是其他，当然，这是在对它们的主要的意义上而言，而不是对它的详细表现而言。彼得大帝可能把彼得堡建造在现在是施吕瑟尔堡的地方，或者至少在稍微更上面一些的地方，也就是说离大海比现在更远的地方；也可以把雷瓦尔①或者里加建成新首都：偶然性、各种各样的情势在这一切之中起着很大的作用；但是问题的实质不在这里，而在于在海岸上建立新首都的必要性——这种必要性提供了我们更容易、更方便和欧洲交往的手段。在这个意义上，已经不存在什么偶然的东西，不可能既可以是这样，也可以不是这样，或者，可以不像原来那样的另外一种做法了。然而对于那些不承认伟大历史事件理性上的必要性的人来说，我们也许准备承认这个问题的重要性：假如罗蒙诺索夫是在民族的原则上创建俄国新文学的，那会产生什么结果呢？——我们对这个问题的回答是：从这一点上简直什么结果都不会有的。我们贫乏的民间诗歌的千篇一律的形式，去表现古老罗斯种族的、自然的、直接的、半宗法制的、范围有限的内容已经足够了；然而新的内容对它们是合不来的。在它们中间是不能容纳的。新的内容需要有新的形式。到那时候，我们的得救不决定于民族性，而是决定于欧洲精神；到那时候为了我们的得救，必须不去窒息、不去根绝（事情或者是不可能，或者是毁灭，如果是可能的话）我们的民族性，而是所谓暂时推迟（suspendre）它的前进与发展，以便把一些新的成分移植到它的土壤上来。而暂时这些成分和我们血缘相通的东西的关系，好像油之于水，自然，在我们这里，一切还是讲求辞藻——包括风习，包括它们的表现——文学。然而这里有一个通过同化（assimilation）过程的有机体接合的活的原则，就因为如此，文学要从僵死

---

① 雷瓦尔，即今之塔林。

的模仿性这个抽象的原则越来越向独创性的活的原则前进。但是我们最后还要等待果戈理的几种中篇小说译成法文的译本能够引起他们对俄国文学的惊奇的注意。——我们所以说惊奇的,是因为将俄国长篇和中篇小说翻译成外文的在这以前就已在进行,可是在外国,并未引起注意,引起的却完全是并不使我们愉快的对我们的文学的忽视,其所根据的原因就是,这些译成他们的文字的俄国中篇小说和长篇小说,相反,他们却认为是从他们的文字翻译过去的:它们是同整体的俄国事物以及独创性和独特性大为不同的。

卡拉姆辛使得俄国文学最终摆脱了罗蒙诺索夫的影响,但是根据这一点,不应该得出结论说,他已经完全摆脱讲究辞藻的毛病,而使文学变成民族的:他为了这一点做了许多事情,但是唯独没有做到这一点,因为距离这一点还是很远。俄国第一个民族诗人是普希金①:我们的文学的新时期就是从他开始的,他跟卡拉姆辛的对立要比后者对罗蒙诺索夫的对立还要大。卡拉姆辛的影响到现在为止,在我们的文学中还是明显的,能完全摆脱这种影响,这将是俄国文学方面前进了一大步。然而,这不仅不会丝毫地缩小卡拉姆辛的功绩,而且相反,只有更加显示它们的全部伟大之处:在作家的影响中的有害的东西就是过时、落后,为了不使这种影响继续获得控制机会,就必须使它在当时成为新鲜的、生气勃勃的、美的和伟大的。

卡拉姆辛的影响,对于文学方面,正像对艺术、诗、创作方面一样,现在已经不留一点痕迹了。在这方面我们的文学已经越来越

---

① 人们可能会向我们重提我们自己说过的话:不是普希金,而是克雷洛夫;但是须知道克雷洛夫只是一个寓言诗人,可是另一方面,却很难用同样一句话判定普希金究竟是一个什么样的诗人。克雷洛夫的诗篇是一种常识的诗篇,日常生活睿智的诗篇,这与其说是为了每一个诗歌之友,不如说可以从其中找到俄国生活的现成内容。何况克雷洛夫写作最好的因而也是最有人民性的寓言,已经是在普希金活动的时代,所以,这是后者对俄国诗歌所作的新的行动。——原注

接近成熟和壮大。我们的文章一开头就已经讲过关于成熟和壮大这番话。不能责备所谓自然派竭力讲求辞藻,其实这个词指的是自主地或者不由自主地歪曲现实,而把生活虚伪地理想化的意思。我们绝对不想这样说,凡是那些归入自然派的新的作家(不论是赞美他们还是批判他们)都是天才或者是不同凡响的才俊;我们远远离开这一类幼稚的诱惑。只有果戈理是例外,他在俄国创造了新的艺术,新的文学,而且,他的天才早就已经不仅得到我们这一批人的承认,甚至不只在俄罗斯境内,我们在自然派中看到相当不错的有才华的人,从非常卓越的到非常普通的。但是我们看到的文学本身的进步,不在于这些有才华的人,不是在于他们的数量,而是在于他们的倾向,他们的写作态度。有才能的人是任何时候都有的,但是他们以往是粉饰生活,把现实理想化,也就是描写不存在的东西,讲述什么荒诞不经的故事,可是他们现在可要按照真情实况来再现生活与现实。文学就从这一点在社会的眼里获得了重要的意义。杂志上的俄国中篇小说比翻译的小说更受人喜爱,这种小说光是由俄国作家所写还不够,而且必须描写俄国生活。如果没有俄国的中篇小说,那么任何一本杂志都不会获得成功。这不是出于贪欲,不是出于追求时髦,而是有深刻意义、深刻的基础的理性的要求,在这种要求中表达了俄国公众对自觉的追求,从而唤醒俄国公众的道德兴味与智慧的生活。这种时代——甚至任何外国平庸之才都比俄国任何有才华的人物高的时期已经一去而不复返了。俄国的公众不但能够对异己者出以公平之心,同时也已经能够尊重自己人,不论赞美,还是贬低,在他们都是同样冷漠的。然而俄国公众对良好的俄国中篇小说的关心,是超过对优秀的外国长篇小说的关心的,在这一点上可以看到俄国公众在这方面前进了巨大的一步。并且在这同一的时间之内,还能看到,外来事物虽然比自己的优越,但是自己的事物还是更符合心意,——这里并没有虚假的爱国主义,并没有偏狭的自私:这里只有对自我认识的高尚的、合法的追求……

　　人们责备自然派竭力从坏的方面来描写一切。按照惯例,这种责备在一种人那里是故意的毁谤,在另一种人那里则是真诚的抱怨。不管怎么样,这一类责备的可能出现只是证明,自然派,尽管它获得巨大的成就,它的存在并不久,人们对这一派还不怎么习惯,而且在我们这里,受到过卡拉姆辛教育的人还大有人在,他们从讲究辞藻中得到安慰,而真实却使他们伤心。当然,不能说凡是反对自然派的都是绝对错误的,而自然派在一切方面都是毫无瑕疵地正确的。然而要是自然派主要选择了否定的倾向,并且有片面的极端性,那么这中间有它自己的利益,自己的好处:一种要忠实地描写生活中的否定现象的习惯,就提供了这种可能性——一旦时间来到,需要忠实地描写生活中的积极方面时,就可以让这批同样的人们以及他们的追随者,不把生活的积极方面放在高跷之上,不加以夸张,总之,不以华美辞藻加以理想化,而是忠实地加以描写。

　　但是卡拉姆辛的影响在美文学的世界之外,还是十分触目的。这一点得到所谓斯拉夫派比较好的证明,在卡拉姆辛的眼里,伊凡三世比彼得大帝还高,彼得以前的罗斯要比新的俄罗斯还好。这就是所谓斯拉夫派的来源,但是我们在许多方面都认为斯拉夫派是十分重要的现象,而转过头来看,这种现象又提示我们的文学成熟、壮大的时期已经逼近了。在文学的幼年时期,凡是引起大家兴味的问题,甚至本身是很重要的,对生活也并没有什么实际的用处。所谓斯拉夫派,毫无疑问,接触的是我们的社会生活中最迫切最重要的问题。斯拉夫派是怎样接触这些问题的以及它对这些问题的态度如何——这是另外一个问题。但是首先,斯拉夫派正像任何一种这样的信念:甚至就在您根本不同意它的场合也能获得充分尊敬的一种信念。在我们这里,斯拉夫派分子为数是不少的,他们的人数越来越增加;这个事实也说明是有利于斯拉夫派的。

可以说,我们整个文学,和文学一起还有一部分读者,如果不是全部读者的话,都可以分成两个方面——斯拉夫派和非斯拉夫派。在谈到关于斯拉夫派所以出现的原因时,可以说出许多有利于斯拉夫派的话;但是,如果比较切近地去观察它,不能不看到,这种文学帮派的存在与重要地位纯粹是消极的,这种帮派的出现和生存并不是为了自己,而正是为了给命里注定要与之进行斗争那种观念作辩护与肯定。因此,去同斯拉夫派成员议论关于他们要求的是什么,这是没有什么意义的,何况他们自己也没有胃口去谈论和描写这一点,尽管从这一点作不出什么秘密事。问题在于,他们的主张中的积极方面就包含在所谓东方战胜西方这种暧昧不清的神秘主义的预感中,这种预感的脆弱无力已经由现实生活的种种事实暴露得非常清楚了,不论是全部联在一起,还是分开来看。但是他们的学说的消极方面之所以值得注意并不是在这一点:他们说了反对仿佛已经腐朽的西方(斯拉夫派绝对不理解西方,因为他们是用东方尺度来衡量西方的)的话,而是在于:他们说的是反对俄国的西方论,关于这一点,他们说了许多实际的话,对这些话你不能不同意,至少其中的一半,例如,关于俄国生活有某种两重性,从而,就缺乏道德上的统一;这剥夺了我们深刻地表现民族性格;而这种民族性格,应该说,却又是几乎所有欧洲民族都很显明的;这使我们变成一种能够很好地用法文、用德文、用英文来思想,但是却怎么也不能用俄文来思想的不伦不类者;所有这一切的原因在于彼得大帝的改革。这一切在一定程度之内是公正的。然而不能只是停留在去认识无论什么事实的公正上,而是为了希望切切实实找到跳出这种事实的出路的手段,应当去研究它的原因。斯拉夫派过去没有做过,现在也没有做成这件事;但是因此他们就促使他们的论敌们去做了,尽管没有做成。而这就是他们的真正功绩所在。在自我陶醉的幻梦里沉沉入睡,不论他们想的是什么——关于我们的民族的光荣也罢,或者关于我们的欧洲主义也罢,同样都是没有结果的和有害的,因为梦不是生活,而是关于生活的幻想;因此不能不对那个打断这样的幻梦的人说声感谢。事实上,在研究俄国历史的问题上,从来就没有采取过像最近时期所采取的那样一种严肃的精神。我们质询和盘问过去时代,要求它向我们解释当今的时代,并且提一提我们将来的时代。我们好像为了我们的生活,为了我们的意义,为了我们的过去和将来而吃惊,我们要想尽快解决这个伟大问题:干还是不干?这里的问题涉及的已经不是瓦兰人从哪个方向来——从西方,还是从南方,从波罗的海,还是从黑海,而是在于一种什么生气勃勃的、有机的思想能不能贯穿过我们的历史,如果能够贯穿过去,那么这是一种什么样的思想;我们对我们好像已经与之脱离的过去时代的关系究竟怎么样,以及我们仿佛与之有联系的西方的关系又是怎么样。这种忙碌而惊惶不安的研究的结果却是:第一,我们并没有怎样明显地脱离过去,像我们所设想似的,也没有同西方那么紧密地联结起来,像我们所想象似的。当一个俄国人在国外的时候,人们听他说话,对他感到兴趣,并不是在他真正欧洲式地议论关于欧洲问题的时候,而是在他作为俄国人而议论这些问题的时候,即使由于这个原因他的议论是错误的,偏颇的,受局限的,片面的。因此,他感觉到在那里必须赋予自己以民族性,由于没有更好的,就变成了一个斯拉夫派,即使只是为了在外国人的眼里多少表示一下,只是暂时的,甚至是不真诚的。从另一方面看,如果转向我们自己的真正的状态,用怀疑的眼睛和研究的态度来观察它,我们就不能不看到,那俄国的欧洲主义为了安慰我们,用白颜色和玫瑰红色来涂抹俄国人的缺点,但是根本无法把这些缺点完全抹去,在许多方面,这是多么可笑和可怜。在这方面出国旅行对我们是非常有益的,许多俄国人来到那边以后完全成为一个欧洲人,可是一回来,不知道怎么一来,却又出于同样的真诚的愿望变为一个俄国人。所有这一切究竟是什么意思呢?难道斯拉夫派是对的,彼得大帝的改革只不过剥夺掉我们的民族性,使我们变得不伦不类吗?难道当他们说我们应当恢复过去的那种社会结构,既不是戈斯托梅斯尔那个神话的时代,也不是那个阿历克赛·米哈伊洛维奇沙皇的时代(关于这一点在斯拉夫派成员之间还没有协调一致哩),这也是正确的吗?

不,这完全标志着另外一个问题,这就是说,俄罗斯已经尽量发挥了和度完了这改革的时代,改革在俄罗斯已经完成了它的工作,它已经为俄罗斯做了一切能够做而且应当做到的事情,现在对俄罗斯来说已经到了独立地从自己出发进行发展的时期了。然而,绕过、越过、跳过所谓改革的时代,回归到俄国以前的时代去,难道这也是独立地发展?光凭下面这一点来看,这样的想法也是可笑的:这好像是要改变一年四季的次序,使得春天之后来的是冬天,秋季之后是夏季,同样都是不可能的。这其实就是认为彼得大帝的现象、他的改革以及跟着而来的事件(也许,直到一八一二年为止,从这一年开始了对俄国来说的新的生活),认为它们都是偶然,是一种沉重的梦,只要一个人一旦醒来,睁开眼睛,马上就消失、消灭了。但是,只有像玛尼罗夫这样的老爷才会这样想。类似这样的事件在民族生活中是太巨大了,不可能是偶然的,民族生活可不是一只不结实的小艇,只要把桨轻轻动一下就能够给它以随心所欲的方向。与其去考虑什么不可能的东西,按照自己的如意打算,想对历史命运作妄自尊大的干预,远不如承认那无可反驳和无可估量的当前的现实,以它为基础进行活动,遵循理智与常识,而不是根据玛尼罗夫的幻想。我们所要考虑的,不是关于我们所不知道的那种变化,不是蔑视我们意志的东西,而是遵从至高无上的权威已经向我们所指示的道路,考虑关于自身的变化。问题在于,我们已经到了不再是好像,而是开始存在的时候,已经到了该像丢弃一种坏的习惯一样丢弃满足于言辞、把欧洲形式和外表当作欧洲精神的时候。我们还要再说一句:我们早就到了应该停止礼赞欧洲事物,只因为它不是亚洲事物的时候了,但是要爱它,尊敬它,并且追求它,只因为它是人性的,根据这个理由,一切欧洲事物,如果其中并没有人性的东西,那么,也像一切其中没有人性东西的亚洲事物一样,要被同样有力地摒弃。欧洲因素是这样众多地加进俄国生活中去、加进俄国风俗习惯去,因此我们根本不需要不断地转向欧洲,以便认识我们的要求;同时,根据我们已经从欧洲融会贯通的东西,已经足够来判断,我们需要的是什么。

再重复一遍:斯拉夫派在许多方面是对的;然而至少他们的作用是完全消极的,即使暂时之间有好处。他们的奇怪的结论的主要原因就在于:他们随心所欲超越在时间之前,将发展过程当作是它的结果,企图在开花之前看到果实,而且,一发现树叶味道不好,就宣布果实是腐朽的,还设想一座在望不到边的空间生长繁殖的庞大森林,竟可以移植到另一个地方,可以有另一种方法来抚育森林。按照他们的见解来看,这虽然不容易,但却是可能的!他们忘记了,彼得的新的俄国正像北美合众国一样年轻,俄罗斯的将来要比过去时代有更大的希望。他们忘记了,一种在过程的高潮时刻特别炫人眼目的常常正是那种在过程结束时应当消逝的现象,往往就因为这种现象而看不到在后来应当出现的过程的结果。在这方面,俄国同欧洲的古老国家是没有什么好比较的,欧洲的历史正好和我们相反,它们早就已经开花结实了。毫无什么疑问,俄国人把法国人的、英国人的或者德国人的观点融会贯通要比按照俄国方式独立自主地思考来得容易,因为那是一种现成的观点,不论科学还是同时代的现实生活都是同样容易使他熟悉这种观点,可是他在对待自己本人这方面来说,则还是一种谜,因为他的祖国的作用和命运对他来说还是一种谜,在祖国,一切都还是萌芽、胚胎,还没有什么明确的、已经发展的、已经形成的东西。当然,在这中间有一种令人悲哀的东西,但因此就在这同一事物中也有许多令人安慰的东西！橡树的成长是缓慢的，但因此它能长久生存。人天生希望自己的愿望能迅速实现，但是早熟是不可靠的：我们应当比别的人更相信这个真理。大家都知道，法国人、英国人、德国人，他们各有各的民族性，他们彼此之间却没有能力互相了解，可是俄国人却能一视同仁地了解法国人的社会性，英国人的长于实际活动，德国人的暧昧不明的哲学。一些人在这方面看到了我们优于其他一切民族；另外一批人却根据这一点得出关于彼得的改革在我们中间培养了一种缺乏性格的悲观的结论：因为，他们这样说，凡是没有自己的生活的人，此人就容易附和别人的意见，凡是没有自己的兴味的人，此人就容易依照别人的兴味去理解；可是附和别人的意志而生活——这并不是生活，去理解别人的兴味，这也并不是把人家的东西融会贯通。后面一种意见许多地方是对的，可是第一种意见也并不完全丧失其真实性，不管这种意见是如何傲慢。首先，我们要说，我们不相信那种丧失民族性，从而纯粹过着外表生活的民族可能会有强固的政治的和国家的存在。在欧洲有一个矫揉造作的国家，它由许多民族性胶合而成，可是谁不知道，它的强大与力量只是强弩之末？我们俄国人一点都不怀疑我们的政治的与国家的作用：在所有斯拉夫族中只有我们建成了巩固与强大的国家，不论是彼得大帝以前，还是在他以后，直到现在，都是光荣地不止一次经受住命运的严峻的考验，不止一次濒临毁灭的边缘，但总是能够从这毁灭边缘自我解脱出来，并且以后以新的更大的力量和坚强的样子出现。在那种与内在发展无缘的民族中，就不可能有这种坚强，这种力量。不错，我们是有民族生活的，我们的使命就是要把自己的话，自己的思想说给全世界听；但是这是些什么样的话，什么样的思想，关于这件事我们去忙碌还太早。将来我们子子孙孙不花费多少紧张的努力去猜测，就能认识这一点，因此，这种话、这种思想要由他们来说出来……因为俄国文学是我们这篇文章的主要对象，所以引用文学的证据就将是十分自然的。文学存在了总共只有这么一百零七年，但这期间在文学中已经有几种作品，外国人所以也感到兴趣，就只是因为这些作品他们觉得并不像他们的文学作品，从而是独创的、自成一体的，也就是俄罗斯民族的。然而这种俄罗斯的民族性究竟在什么地方，暂时还无法明确；对我们来说，我们暂时还能满足于，文学的种种因素已经通过苍白色彩和模仿行为而开始出现和显露，这些都是彼得大帝的改革使我们身历其境的……

至于说到俄国人用来去理解与他不同的民族的这种多面性，那么，在这方面，既包括他的弱处，又包括他的强处。所谓弱处，是说这种多面性确确实实得到他的避免了自己这个民族在兴趣上的片面性方面影响的真正独立性的许多帮助。但是可以很有把握地说，这种独立性只是帮助了这种多面性，可是未必可以多少有把握地说什么它产生了多面性。至少，我们觉得，去夸张——首先就是夸张所谓天生的才华这种因素这是过分大胆的。我们并不喜欢猜测、幻想，尤其害怕去作一些随心所欲的只有主观意义的结论，我们并不肯定这种说法是不可推翻的东西：什么俄罗斯民众天生注定要在自己的民族性中表达最丰富、最是包罗万象的内容，以及所谓在这方面就包含了俄国民众所以能够把所有异己的东西进行吸收与融会贯通的奇妙才能的原因之类；但是我们却敢于认为，如果类似这样的思想，作为并非出于自称自赞而说出来的话，则是不无根据的。

如果我们虚构了斯拉夫派所不曾想过的或者没有说过的任何问题，那要请斯拉夫派诸君原谅：如果他们要在类似的什么问题上对我们有所责难，愿他们把它看作是我们这方面普通的和非预谋性的错误。不管他们的见解，或者，按我们的说法，错误与迷惘怎么样，我们尊敬他们的来源。我们可以对在它的原则中任何真诚的、独立的与高尚的信念表示同情，虽然我们不但并不欣赏它，而且也看到其中有和我们的信念正相矛盾的东西。

469

真理在哪一边,时间会来判断,时间是一切智慧上与理论上的争讼的伟大而公正无私的法官。现今还剩下的作为斯拉夫派喉舌的那本杂志①,从前曾经对一切敌对倾向宣布过"不调和的敌意"。说到我们,我们有自己的明确的倾向,有我们在世界上所特别珍重的自己的信念,我们也准备竭尽一切力量来捍卫它们,同时向一切对立的倾向和信念进行斗争;但是我们所要捍卫的是我们的有价值的意见,而对于对立的意见,则是坚决地和平静地、不带任何敌意地进行斗争。为什么要有敌意呢?谁怀有敌意,谁就会动怒,谁动怒了,谁就会感到理亏。我们对于在我们的信念的一些主要的根据上做到正确是有自尊心的:我们没有任何需要去敌视和发怒,把观念和人物混为一谈,不去进行高尚的与可以允许的意见上的论争,却去从事个人的与自命不凡的毫无益处的与不体面的斗争……

在世界上并没有什么无条件地重要或者不重要的东西,可以同这一条真理一争的只有那些特殊的天性上爱好理论的人物,当事情还是范围在一般的抽象里的时候,他们是聪明的,一旦轮到要把一般应用到个别的范围里去,总之,进入现实世界去时,那么对他们的脑子是否正常立刻就会产生怀疑了。俄国的民间谚语关于这样的人们有一种说法:"他们的头脑稀里糊涂"——这种说法不但正确,而且也是思想深刻的,因为它从这一类人们身上要取走的既不是智慧,也不是理性,而只是指出他们的不正确的变幻莫测的行为,正像一部机器中两只本来是一个接一个而活动的已经损坏的齿轮,不遵守它们本身的职能,从而使整个机器不适于使用一样。因此,世界上的一切只是相对的重要或不重要、伟大或渺小、老或新。"怎么,"有人会对我们说,"连真理,连善行都是相对的概念吗?"——不,作为概念,作为思想,它们是无条件的、永恒的。

---

① 指《莫斯科人》。

但是作为体现,作为事实,它们却是相对的。真和善的概念得到了所有民族、所有世纪的承认。但是,一个只对一个民族,或者一个世纪的善,对于另一个民族,在另一个世纪往往却是虚伪和恶。无条件的或者绝对的判断方法是最容易的,但是因此也是最不可靠的;现在它被称为绝对的或者抽象的方法。再没有什么比给一个人在道德方面应当如何下定义更容易的了,但是也再没有比证明这个人为什么在实际上成了这样,而没有成为按照道德哲学所说的应当成为的那样更困难的了。

　　这就是我们在看来是最为平凡的现象中找到当代俄国文学成熟的标志所采用的观点。请您细看,细听,我们的一些杂志议论得最多的是什么?——关于民族性,关于现实。它们首先攻击的是什么?——是浪漫主义、幻想、抽象。在这些论题中,有若干在从前就已议论得很多,但是它们并不是这种意义,并不是这种作用。关于"现实性"的概念完全是新的;对"浪漫主义"在从前被看作是人的智慧的基本内容,人们在这唯一的浪漫主义中寻找一切问题的答案;关于"民族性"这个概念在从前只有文学上的意义,对生活方面并没有作任何运用。这个概念,如果您愿意那样说的话,就是现在主要也是用于文学的范围;但是区别在于:文学现在已经成为生活的回声。现在怎样判断这些对象,这是另一个问题。按照通常的说法:有一些比较好,另一些比较差,可是在下述这方面,则几乎一切都是一模一样的,就是:在解决这些问题上,他们都仿佛看到了自我拯救。特别是关于民族性的问题已经成为大家共同的问题,而且出现了两个极端。一种人把现在只有在平民阶层中还保存的古风旧习同民族性混为一谈,他们不喜欢别人当着他们的面不尊敬地议论没有烟囱的农舍和肮脏的木屋,议论萝卜和克瓦斯汽水,甚至议论不纯净的白酒;另外一批人认识到民族的崇高原则的必要性,可是却没有在现实中找到它,于是就忙着虚构自己的一套,并且用暗示向我们含混不清地指出温顺是俄罗斯民族性的表现。同第一种人去争论，这是可笑的，但是却要向第二种人指出，温顺，对于任何国家的人来说，在一定场合上，是一种十分值得称赞的善，温顺对于法国人也像对俄国人一样，对于英国人，也像对于土耳其人一样，然而单单这种善未必就能构成所谓"民族性"。更何况这种看法在理论方面也许是卓越的，可是却不能同历史事实很好相处。在我们的公国分封时期的特点与其说是温顺，不如说是自高自大与好斗成性。我们所以屈服于鞑靼人，不是由于温顺（凡是我们觉得是不光彩的东西，那么，对于其他一切民族来说也是不光彩的），而是由于无力——这种无力则是由于当时的政府体制所赖以立足的一种亲属的、血统的原则把我们的力量分散的结果。伊凡·卡利特是一个狡猾的，而不是一个温顺的人；而西蒙甚至就有"骄横者"的外号，这些大公都是莫斯科国种种势力的领袖。德米特里·顿斯科伊是用宝剑而不是用温顺向鞑靼人预告他们对罗斯的统治将要结束。伊凡三世和四世都获得"雷帝"的称号，他们是并不显示温顺的特点的。只有软弱的费多尔是常规的例外。何况，把温顺看作下述这方面的原因是令人奇怪的：一个渺不足道的莫斯科公国后来成为，首先是莫斯科王国，然后是俄罗斯帝国，并用双头鹰的羽翼掩映着作为它的财富的西伯利亚、小俄罗斯、白俄罗斯、新俄罗斯、克里米亚、贝萨拉比亚、利夫兰、爱斯特兰、库尔兰、芬兰、高加索。当然，从政府人员和私人方面来说，正像其他的德行一样，在俄国历史上也能找到那种令人震惊的温顺；可是哪一个民族的历史中找不到这种温顺，在温顺方面，某个路易九世究竟在什么地方比费多尔·伊凡诺维奇还逊色呢？……人们还谈到关于爱，把爱看作是只有斯拉夫族才赋有的东西，这却有损于高卢人、条顿人以及其他西方种族。在某些人身上，这种思想变成了真正的偏执狂，以至于从这"某些人"中有人甚至悲哀地坚决说：俄罗斯土地浸透的是眼泪，而绝对不是鲜血，正是这眼泪，而不是鲜血使得我们不仅摆脱了鞑靼人，而且也摆脱了拿破仑的入侵。① 然而,在这些话里,那种越出理性之外,后来却向往于同现实不相适应的体系、理论的崇高的思想方式是不是正确呢?……相反,我们却认为,爱是人类本性普遍具有的属性,它不可能专门属于一个民族或者种族所特有,正像呼吸、视觉、饥饿、口渴、智慧、言语一样……这里的错误是:他们把相对的东西当作绝对的东西来接受。那种奠定欧洲国家基础的掠夺制度,在那里马上发展为纯粹的法律的生活方式,在这种生活方式中,暴力和压榨本身并不被看作是一种专横,而是法律。相反,在斯拉夫人那里,曾经有一种从温和的与充满爱的封建宗法关系所产生的习惯统治过。然而这种封建宗法的生活方式是不是长时间继续下去,同时我们对它的理解是否可靠呢?还在诸侯分立时期之前,我们在俄国历史中所见到的,根本不是爱的特征,而是狡猾的首领,奥列格,严厉的长官斯维亚托斯拉夫,然后是斯维亚托波尔克(杀害鲍里斯与格列勃的凶手),挺身反对父亲的弗拉奇米尔的儿子们等等。有人说,这是瓦兰人带来的结果——而我们却要以自己的名义补充说,他们给崇尚爱的封建宗法制生活的歪曲行为打下了基础。在这样的场合究竟是为了什么而奔忙呢?在诸侯分立时期也是很少有相爱的时期,正像很少有温顺的时期一样;这不如说已经变成习惯的屠杀时期为好。关于鞑靼时期已经没有什么要谈的了:那时候伪善的与背叛的恭顺,要比相爱与真正的恭顺更需要。莫斯科王国时期以及跟着而来的时期、直到大叶卡捷琳娜统治时期的刑法、拷打、惩罚,又是打发我们到斯拉夫族史前的古代去寻找爱。作为民族的基础的爱究竟在哪里?爱从来就不是民族的基础,然而却有在部族中得到历史的——或者,说得更确切一点,得

---

① 这里暗示的是米·彼·波戈金在《莫斯科人》上的文章(一八四五年,第三期,《杂俎》栏,题为《赞美俄罗斯的古代》,第 27—32 页)。同样关于俄国民族是温顺的思想也在《外国人谈关于俄罗斯的意见》一文中表达出来(《莫斯科人》,一八四五年,第四期,第 4—48 页)。

到非历史的情势所支持的人的基础。情势改变了,封建宗法的习俗也改变了,作为生活中的一种生存方式的爱也随之而消失了。我们能不能回到那个时代去呢?如果这是那么容易,正好像老头子变成了青年,青年人变成了儿童,这为什么不可以呢?……

很自然,这一类极端也激发起了同它相对立的同样的极端。一种人陷身到虚幻的民族性里,另一种人为了人类的名义,陷身在虚幻的世界主义里①。根据后者的意见,民族性是因纯粹是外部的影响而产生的,它表现了民众身上的一切顽固不化、粗野、受本能支配、迟钝,而正好与全人类形成对立。他们虽然感觉到难以否定民众身上也有在他们看来与民族性正相对立的人类性的东西,但是他们还是把民众的不可分割的人格分成多数与少数两部分,把后面一种因素看成是和前面一种因素完全相反的东西。由于这样,他们就不断地攻击某一种两重性,他们到处看到这种两重性,甚至在根本没有这种两重性的地方都看到两重性,他们自己就落到了抽象的两重性的这种极端里。一些伟大的人物,依照他们的见解,是站在他们的民族性之外的,他们的所有功绩、所有伟大之处就包括在:直接挺身出来反对自己的民族性,同民族性进行斗争,对民族性战而胜之。请看这就是真正的俄罗斯的,而且在这方面是绝对的民族性的意见,这种意见却无法进入一个欧洲人的头脑!这种意见是直接从一种对彼得大帝的改革抱有错误的看法中产生出来的。按照在俄国的普遍的意见,彼得大帝似乎毁灭了俄国人的民族性。这种意见是属于这些人所有的:他们在种种习惯和偏见中看到了民族性,他们却并不理解,在这些东西中间的确反映着民族性,但是光是这些东西还绝对不能构成民族性。把民族

---

① 这里"虚幻的民族性"暗示的是斯拉夫派,"虚幻的世界主义"暗示的是批评家瓦·马伊科夫。瓦·马伊科夫曾在《柯尔卓夫的诗》一文中不指名地攻击了别林斯基。

的与人类的分成两个完全陌生的甚至是互相敌对的原则，这就是陷在最抽象的、最书呆子气的二元论里。

在人的身上，他的崇高的、他的高尚的现实性是什么东西构成的呢？——当然，是指我们叫作是他的精神的东西，也就是指其中表达了他的永恒的、不可磨灭的、必不可少的本质的感情、理性、意志而言。那么在人的身上那些称作低微的、偶然的、相对的、容易消逝的东西又是什么呢？——当然，是他的身体。谁都明白，我们从小就习惯于轻视我们的身体，正因为如此，我们长时间生活在逻辑的幻想中，我们很少理解身体。相反，医生要比其他人更加尊重身体，因为他比其他人更了解身体。这就是为什么有一种纯粹是精神上的疾病，有时却要通过纯粹是物质上的手段来治疗，或者相反。由此可见，医生尊重身体，但并不轻视精神：只因为他们并不轻视身体，因此就能尊重精神。在这方面他们有点像一个智慧的农学家，他不仅尊重从土地中所收获到的谷物的财富，而且也尊敬把它们生产出来的土地，甚至还尊重那肮脏的、不洁净的与臭烘烘的肥料，就因为它们能够加强土地的肥沃。——您当然十分重视人的感情？——这很好！——那么您也会尊重这一块在人的胸腔里跳动的、您把它叫作心的肉，它的跳动得或慢或快才正确地跟您的精神的每一个活动相呼应。——您当然非常尊重人的智慧？——这很好！——那么您也会怀着真诚的惊奇来观察脑子的细胞集体，一切智能上的作用，就从那里产生出来，智能作用就从脑子里通过脊椎骨、神经网络而传达到整个机体，神经网络是感觉和知觉器官的基本，这种神经充满着某一种稀薄到液体程度的东西，这样它就能够滑过物质的监视，并且并不受制于思辨。否则您就会因为人的身上这种没有原因的结果而感到奇怪，或者——还要更不好——您杜撰您自己的在自然中从来不曾有过的原因，并以这些原因而感到满意。那种没有生理学作为基础的心理学，正像不知道有解剖学的存在的生理学一样，同样也是不可靠的。当

475

代科学还不能以这种东西而满足:它要通过化学分析深入到大自然的秘密的实验室里去,并且通过观察胚胎(胚芽)而研究精神发展的物理过程……但是这是人的生理生活的内部世界;我们所不了解的它的一切隐秘活动的结果就是在人的脸上、在眼光中、在声音里,甚至在举动里显露于外。但是面孔、眼睛、声音、举止又是怎么一回事呢?岂不知这一切——无非是身体、外表,从而所有这一切都是容易腐朽的、偶然的、渺不足道的,因为须知道所有这一切都不是感觉、不是智慧、不是意志吗?——正是这样,可是须知道在所有这一切中我们却是看到并且听到了感觉、智慧,还有意志。在人身上最偶然的东西是举止,因为这些举止大部分取决于教育、生活方式,取决于人所生活在其中的社会;可是究竟为什么有的时候就是在一个庄稼人的粗野的举止中,您的感觉也能猜透他是一个您敢于相信的善良的人,而同时一个上流社会的人的优雅的举止有时却会促使您不由自主地对他有所防备呢?世界之上有多少人既有灵魂,又有感情,但是在他们中间每个人的感情都各有自己的特性,各有自己的特点。在这世界上有多少聪明的人,但是他们之中的每个人都有自己的智慧。这并不等于说,人们的智慧是各不相同的:在这种情形下,人们就无法互相理解;但是这是说,智慧的本身有其自己的个性。它的局限性是在这里,因此,一个天才的智慧总是不可计量地低于整个人类的智慧;但是它的真实性,它的现实性也就在这里。智慧没有血肉,没有面貌,智慧并不对血液起作用,同时也并不接受血液的对自己的作用,它是一种逻辑的幻想,一种僵化的抽象。智慧——这是包容在身体内的人,或者说得更正确一点,它是借身体而体现的人,一句话,它是人格。因此,在世界上有多少的人,就有多少的智慧,只有人类唯一有智慧。您看吧,在人类的天性上有多少精神上的特点:在一种人身上在心灵的深处未必能发现智慧,而在另一种人身上,心就好像附丽在脑子上;这种过分地聪明和能干,实际上不可能有所作为,因为他缺乏

476

意志;但是有一种人有严厉的意志和一个软弱的头脑,那么在他的行动中就会出现荒诞不经的东西或者邪恶。要一一列举这样的特点是不可能的,正像不可能一一列举各种不同的面孔一样:有多少人,就有多少张脸,要找两张完全相像的面孔要比寻找两张彼此完全相像的树叶还要更少可能……当您热爱一个女人的时候,您可不要说什么您是迷恋于她的智慧和内心的美的素质;否则,一旦人们向您指点另一个精神素质更高的人时,您就一定会转变爱情,为了新人,而丢弃自己的爱情的第一个对象,正像为了一本更好的书而丢弃一本好书一样。不能否定精神素质对爱情的影响,然而当爱一个人时,爱的是他的整个的人,不是把他当作一种观念,而是作为一个活的人来爱的;特别是爱他的既无法明确又叫不出什么名目的东西。确实,您怎么来明确和称谓,例如,他的脸部、他的声音的不可捉摸的表情及其神秘的变幻,总之,一切构成他的特点,一切使它不同于其他人,一切使得您——请相信我——更爱他的东西?否则,您又为什么要对着您所爱的人的遗体在绝望中哭泣呢?须知道,在他的身上,那种优秀的、高尚的,您在其中称作精神的与道德的东西并没有跟着他一起死去,而死去的只是粗鄙的物质的、偶然的东西。可是您却为了这种偶然的东西而痛苦地哭泣,因为回忆一个人的美好素质,不能代替一个人,正像一个饥饿得快要死的人,不会因为他回想起不久之前他曾经享受过的豪华的酒宴而感到饱足一样。我乐意同意唯灵论者的意见:我的比较是粗鲁的,但因此却是准确的,而这对我是主要的。杰尔查文说过:

    因此,我不会整个都死亡,但大部分
    却因为腐朽而离开我,我将活在后代之中。①

  我们没有什么话可以反对这种不朽的真实性,尽管它并不能

---

① 引自杰尔查文一七九六年所作《纪念碑》一诗。

安慰亲近诗人的人们；但是诗人在他的作品中留给后代的，如果不是自己的人格又是什么呢？如果他的人格不是比其他的人更伟大，他的人格不是占有优势，那么，他的作品就将是没有色彩的，苍白的。由于这个原因，每一个伟大诗人的作品就能表现为完全特殊的、独创的世界，因此在荷马、莎士比亚、拜伦、塞万提斯、华尔特·司各特、歌德和乔治·桑之间，只有这一点是共同的：他们都是伟大的诗人……

然而这个能够为感情、智慧、意志和天才提供现实性，没有它一切不是空洞的幻想，就是逻辑的抽象性的个性究竟是什么呢？我原本可以就这一点，读者，对您说许许多多话，但是我宁愿公开向您承认，越是生动地从内部观照自己个性的本质，我越是不大能够用言语来阐明它。这像生命一样，也是一种秘密：大家都看到它，大家都感觉到在生命的范围中的自己，可是没有一个人能够告诉您，它究竟是什么。这正像有一些学者一样，他们很了解自然界活动者的作用和力量，很了解电力、电流现象、磁性是怎么一回事，因此，一点都不怀疑它们的存在，然而还是不能说明它们究竟是怎么一回事。最奇怪的是，凡是我们能够就个性说的一切，都局限于这一点：这种个性在感情、理性、意志、善、美以及诸如此类永恒的和不会消逝的观念面前都将是微不足道的，但是倘没有这种个性，没有这种容易消逝的与偶然的现象，也就不会有感情、智慧、善、美，就像没有冷酷无情、愚蠢、缺乏性格、罪行、丑陋一样……

个性与人这一概念的关系，等于是民族性与人类这一概念的关系一样。换一句话来说：民族性乃是人类个性的本质。若是没有民族性，人类将是僵死的、逻辑的抽象物，没有内容的言辞，没有意义的声音。在对待这个问题上，我与其留在人文主义的世界主义者们的一边，倒不如转到斯拉夫派一边。因为后一种人如果犯了错误，那么他们还是人，还是活生生的人，可是第一种人即使说的是真理，也不过是某一种逻辑学的某一本著作……然而，幸运的是,我还是有指望留在自己的位置上,不必转到随便哪一边去……

人性是人所固有的东西,因为他是人,而人性所以通过人而表现出来,无非是第一,这根据他自己的个性,并且看这种个性能够如何把人性容纳在本身之中的程度,第二,根据他的民族性。一个人的个性是不同于其他人的个性的,也就因此只是人的本质的有限部分:没有一个人,不管他的天才如何伟大,光凭他自己,不但永远不能汲取生活的所有方面,甚至也无法汲取生活的某一个方面。一个人光凭他自己,不但无法代替所有的人(也就是说,使他们变成并不需要的人),甚至也无法代替任何一个人,不管此人在精神与智慧上怎样比他低;但是所有的人和每一个人都是所有的人和每个人所需要的。人类的统一与友爱就立足在这一点上。人只有在社会中才是坚强和安全的;而反过来,要使社会变得坚强和安全,它也必须有内在的、直接的、有机的联系——民族性。民族是人们结合的一种自然而然的结果,而并不是他们的产物:没有一种人能够创造自己的民族性,正像他也无法创造他自己一样。这说明了一切民族的血缘的、亲属的起源。人或者民族越是接近他的开始,就越是接近自然,越是成为自然的奴隶;那时候,他就不是一个人,而是孩子。不是民族,而是种族。人类在这一方面和其他方面的发展要看他从自然的直接性下解放出来的程度。各种不同的外在原因常常能促进这种解放;但是人类向民族的发展不是从外部,而是从他自己,而且在他身上始终是民族地表现出来。

老实说,所谓人类同民族性的斗争,这不过是一种修辞格,但是在现实中这种斗争是没有的。甚至在这种时候,当一个民族的进步完全是依靠向别的民族借鉴而实现,它也还是民族的。否则就不会有进步。到了一个民族屈服于和它格格不入的思想与习惯的压力之下,它本身没有力量用自己的民族力量把它们改造为本民族的本质的时候——那时候它在政治上就要灭亡了。在世界上有许多以"空虚"而出名的人；他们以别人的聪明作为自己的聪明，对随便什么事情都没有自己的意见，而是只管学习，只管注视世界上的一切。他们的空洞无物就在于：他们完全是借用别人的，他们的脑子并不把别人的思想消化一番，而是通过语言，按照他们把它接受时的原封不动的样子而传达出来。这是一批没有性格的人，因为一个人越是个性分明，他就越是能够把异己的东西改变为自己的东西，也就是说，在异己的东西上打上他自己的个性的烙印。一个人如果没有个性，那么民族也就没有民族性。这可以从以下事实得到证明：一切在人类历史中起过或者起着头等角色作用的民族，它就会显示过并且现在也显示出比较更深刻的民族性。您回想一下犹太人、罗马人，您再去看一看法国人、英国人和德国人。在我们今天，民族之间的仇恨、反感完全平息了。法国人已经不再仅仅因为某人是英国人而对他怀有敌意了，反过来，也是如此。相反，在我们今天，民族对民族之间一天比一天地越来越显露同情与爱。这种令人安慰的人道的现象，就是文明的结果。然而根据这一点绝对不应该得出这种想法，什么文明会磨平民族性，将一切民族都弄得彼此相似，好像两滴水一样。相反，我们今天主要是民族性强有力地发展的时期。法国人要求做一个法国人，要求德国人也要成为德国人。他们只有在这个基础上才感到兴趣。今天的一切欧洲民族正处于这样的相互的关系之中。但是他们之间还是毫不放松地互相借鉴，一点不害怕损害自己的民族性。历史告诉我们，只有那些精神上没有力量和卑微的民族才可能真正有这一类恐惧。古埃拉多斯①是它以前的古代世界的继承者。在它的组成部分中，除了主要的佩拉斯吉人②之外，还包括有埃及人、腓尼基人。罗马人号称把所有古代世界的人都接收进来，但他们

---

① 希腊语对希腊的称谓。
② 古代希腊人对公元前十二世纪前居住在希腊的前希腊民族的称呼。

依然还是罗马人。他们之所以毁灭,这不是出于外表上的借鉴,而是由于最后几个代表人物已经把古代世界的全部生活汲取净尽了,这个古代世界应该通过基督教和条顿族的野蛮人而更新。法国文学长时间奴气地模仿希腊和拉丁文学,天真地通过剽窃手段对它们掠夺——可是法国文学还是民族的法国文学。十八世纪法国文学的整个否定活动是从英国来的,但是法国人还是把它融化在自身之中,在它的身上打下它自己的民族性的印记。谁也不会想到从它们那里争夺法国文学独立发展的光荣。德国哲学来自法国的笛卡儿,但是并没有因此成为法国的哲学。

把民族划分成仿佛是多数与少数互相对立与敌视的两方面,这从逻辑方面来看也许是正确的,然而从常识方面来看却绝对是错的。少数总是把自己表现为多数,不论是在好的还是在坏的意义上。只把坏的品质归给民族的多数,而把好的方面归给少数,这是尤其奇怪的。只有按照路易十五时期的腐败的贵族来判断法兰西民族,法兰西民族才可能是好的!这个例子证明,少数可能把自己表现为不好的地方要比本民族的民族性的好的方面更多。因为这少数一旦把自己同多数对立,让自己作为脱离多数的个别的方面,和多数人格格不入的时候,它过的是做作的生活。我们就在和我们同时代的法国,在 bourgeoisie①——这个现在法国的统治阶层的面目中也可以看到。说到伟大的人们,他们主要是自己的国家的孩子。伟大的人物正像他的民族一样,总是民族的,因为他所以伟大,就在于他本身代表了自己的民族。天才同民众的斗争,并不是个人同民族的斗争,而左右不过是新与旧、思想同经验、理性同偏见的斗争。大众总是依靠习惯而生活,只有合乎他们的习惯的东西才认为是合理的、真实的与有益的。大众拼命地捍卫旧事物,这旧事物却是他们在一世纪或者不到一世纪以前曾经把它看作新

---

① 法文:资产阶级。

事物而同样忘我地反对过的。大众反对天才也是必要的：这从他们这方面来说,也是对天才的考验。如果他能够不顾发生什么事都能坚持自己的一套——那么他的确是一个天才,也就是说,在他本人身上拥有按他的祖国的命运而行动的权力。否则,任何一个饶舌家,任何一个梦想家,任何一个哲学家,任何一个小伟人,都将这样来对付民众,把他们当作一匹可以凭自己的意志和想象力任意驱使的马,时而指向这一边,时而指向那一边……

把民族自身进行自我分解,让自己得到新的观念的来源,这是没有任何必要的。一切新事物的来源都是旧事物;至少,由旧事物为新事物作了准备。在天才身上,使人震惊的与其说是新事物的灵活性,毋宁说是它在反对旧事物时的勇敢精神,从而在它们中间发生了殊死的斗争。在俄罗斯,实行革新的必要早在彼得之前人们就已感觉到了;国家的现状说明了这种必要性;但是只有彼得才能实行这种改革。为了达到这一点他根本不需要将自己置于同自己的民族敌对的关系中;而是,相反,需要了解它,爱它,认识同它有血缘相通的关系。只要在民众之间有可能不自觉地生活,那么在天才身上就有怎样去实行,怎样使之实现的必要。民众对一些伟大人物的关系犹如土壤对于土壤上所生长的植物。这里是统一的,不是分离的,不是两重的。因此,不管三段论法者(一个新词!)怎么样,对一个伟大诗人来说,除了成为一个高水平的民族诗人以外,没有更大的荣誉了,因为否则他就不会是一个伟大的诗人。评论家称之为人类的,那就是把它同民族性的对立起来的东西,其实在本质上是一种新事物,它从旧事物直接地而且合乎逻辑地产生的,尽管新事物是对旧事物纯粹的否定。当某一种原则的极端达到荒唐的程度时,那么从它这里唯一的出路就是转到相反的极端去。这在于个人和民族的本性。因此,任何进步、任何前进运动的来源,不是包含在民族的两重性中,而是包含在人类的本性中,正像其中也包含偏离真理、停滞不前与僵硬不变等的来源一样。

理论问题是否重要,这决定于这些问题对现实的态度。那些对我们俄国人是重要的问题,在欧洲那是早已经解决了,早就已经变成生活的普通真理了,没有一个人再对这些问题表示怀疑,没有人再就这些问题去争论。大家对这些问题都有一致的看法了。而且,更难得的是,在那里,这些问题是由生活或现实本身来解决的,或者,即使理论曾经参与这些问题的解决,那也是在现实的帮助之下。但是这一点丝毫不应当从我们手里夺走从事解决这些问题的勇气和欲望,因为,在我们自己还没有为自己解决这些问题的时候,尽管它们在欧洲都已经得到解决,我们从中还得不到任何好处。这些已经转移到我们生活的土壤里的问题依然如故,但也不完全相同,因此要求另外一种解决。——今天欧洲所关心的是一些新的重大的问题①。我们可以而且应当关心这些问题,密切注意这些问题,因为只要我们想做人,凡是属于人类的东西,没有一样是同我们无关的。但是在同时,若是把这些问题看作是我们自己的问题,这却是根本没有什么好结果的。在这些问题中我们只关心那些适合于我们的状况的问题,一切其他的问题都是我们陌生的,而且我们只能扮演一个为之激动不已的,堂吉诃德的角色。若是这样做,我们受到欧洲人的嘲笑要超过因此所博得的尊敬。在自己这一边,在自己心里,在自己周围——这就是我们应当找寻这些问题以及解决这些问题的所在。这种倾向是有成效的,虽然还不是最灿烂的。我们在当代的俄罗斯文学中看到这种倾向的萌芽,而在这种萌芽中我们还看到俄国文学的成熟和壮大的逼近。我们的文学在这方面已经达到这样的境界,我们的文学在将来的成功,它的前进运动并不取决于文学本身,而是主要取决于文学这个专业所能接触的那些对象的范围和数量。文学的内容的范围越

---

① 暗示在欧洲当时已在展开空想社会主义和共产主义思想的问题。

是阔大,文学活动的养料越是丰富,那么它的发展也越是迅速,越有成果。不管怎么样,文学虽然还没有达到它的成熟的时期,但是文学已经找到了、摸索到了所谓通向成熟的坦直道路——这一点正是它的伟大成就。

当代俄罗斯文学成熟的最明显的标志之一就是诗歌作品在俄罗斯文学中所起的作用。在从前,诗与粗劣的诗是我们的读者公众的消遣和安慰。它们的读者一再诵读这些诗,还把它们背熟,毫不吝惜金钱地购买这些诗,或者在本子上抄录下来。诗体写的长篇新作,长诗中的片段,在杂志或者年刊中发表的新诗——所有这一切都享受到了引起喧哗、议论、兴奋、争论等等的特权。诗歌作者的出现简直难以计数,他们的生长好像大雨之后的蘑菇一样。现在可不是这样了。诗歌比起散文来只起了次要的作用。人们读诗总好像带着点勉强,总好像心不在焉,毫不热情地称赞一番好的诗,而对于平庸的诗则是什么话都不说。写诗的作者一反过去所为,现在变得无比地少了。许多人根据这一点得出结论说,对于俄国文学来说,诗歌的时代仿佛已经过去了,诗歌简直就要在我们的眼皮底下隐匿不见了。相反,我们却在这一点上看到,与其说是俄国诗歌的衰落,毋宁说是胜利。是什么使写诗与读诗的癖好开头受到动摇,后来又被完全驱逐呢?——首先是果戈理的露面,然后在书刊中出现了普希金逝世后找到的遗作,而此外,又出现了莱蒙托夫。普希金的诗歌活动可以分为两个时期:在第一个时期里,普希金的诗是优美的,但还不是深刻的,还没有自成一体,别人还是可以照抄和模仿的;在第二个时期我们看到普希金的诗歌达到艺术上的成熟、深刻、坚强这个不可企及的高峰;这时已经是无法对它抄袭,对它模仿了。莱蒙托夫的才华,从他的初露头角的时候起,就引起公众对他的普遍注意,并且杜绝了任何人以及任何一种要向他抄袭和模仿的欲望。在这以后要达到诗的光荣就变得十分困难了,因为,那种在从前可以起出色作用的才华,现在不得不局限在一个比较谦逊的境地中。这就是说,读者公众对诗歌的鉴赏力已经变得更挑剔,要求更严格了,而这,当然是鉴赏力的成功,并不是衰落。现在需要新的普希金、新的莱蒙托夫,才能使一本诗作让所有的读者都感到兴奋,使整个文学行动起来。但是现在对于各位诗人来说,要想获得人们对自己的注意,博得荣誉或者声名,哪怕是有一丝高出于按照他们的才能实际上应当获得的注意、荣誉或者声名这个尺度,都是绝对不可能的。才华在现今总是会得到珍重,而且它的成就已经不再依赖于庇护者,也不再依赖于杂志上的追随者(假使他们还有什么东西会损害到它,那唯一只有沉默了,却不是赞美,而且也不是谩骂);这种才华会引人注目和珍重,但这无非是根据它的真正的价值——既不夸大,也不缩小。

在过去的一八四六年中,出版了格里高利耶夫君的、波隆斯基君的、利真达①的、普列谢耶夫君②的、尤利·查陀夫斯卡雅夫人③的诗集,威尔特曼君的《特洛央和安格里茨》有点像童话,它既不像诗,又不是有节奏的散文;经过米那耶夫君改写成长诗的《伊戈尔远征记》,在口味上已不是古代的,不是旧时的,而是不久以前长诗流行时候的口味了。这在实质上无非是用一些比较流利的诗句把相当简短和紧凑的《伊戈尔远征记》加以铺张或者把它淡化而已。假如米那耶夫君的尝试能得到读者公众的喜爱,我们将会感到高兴;然而,说一句老实话,我们是如此喜欢本来面目的《伊戈尔远征记》,我们在看到它的改作的时候,不能不产生不愉快的感觉。我们觉得,《伊戈尔远征记》根本不需要改动,不需要翻译,不需要改作,只要将诗中一些太陈腐的和不好懂的词汇换上比较新的、比较好懂的词汇,即使是从民间语言中摘取来的。我们

---

① 利真达(1824—1894),俄国诗人。
② 普列谢耶夫(1825—1893),俄国诗人。
③ 查陀夫斯卡雅(1824—1883),俄国女诗人。

上文说过米那耶夫君的诗句是流利的,对此我们还得补充一句:这些诗句同时又是用词华丽和充满激情的,而且与其说是诗篇,不如说是修辞学更好。米那耶夫君是《伊戈尔远征记》的热情的崇拜者;在他的眼睛里,这个诗篇几乎是超越包括从罗蒙诺索夫到莱蒙托夫的整个俄国诗篇之上。这一点在他对自己这个诗作的跋文中作了说明,这篇跋文加上了下面这样的天真的学究气的名称:《为好学不倦的少女和少男而作》的名称。

尤里·查陀夫斯卡雅夫人的诗几乎得到我们所有杂志的极口称赞。的确,在这些诗中,不能否认是有某种类乎诗的才华的东西。只不过可惜的是,这种才华的灵感的来源并不是生活,而是幻想,因此它对生活并没有任何关系,而且诗意也是贫乏的。但是,这是从查陀夫斯卡雅夫人作为一名妇女,她对社会的关系所产生的。请看这一段充分解释了这种状态的诗句:

忧愁的痛苦压迫着我,
在这个世界里我感到苦闷,朋友;
我对诬蔑、胡说八道已经腻烦——
那是男人毫无意义的谈吐。
女人的荒唐的言谈显得可笑,
她们的天鹅绒、丝绸是订购来的,
智慧和心灵空无所有,
还有美色也是涂上去的。
我不能忍受尘世的琐事,
但是我由衷喜爱上帝的世界。
然而永远使我感到亲切的是——
那星儿在高空闪光,
枝叶繁茂的树木喧闹作声,
天鹅绒般的草地一片翠绿,
溪流的水透明有光,

小树林中夜莺在歌唱。

由此可见,一个妇女为了避开社会或者对社会疏远,不受幻想的偏狭范围所拘束,不是为了享受在生活里看不到的东西,而是为了同生活搏斗,因而冲击生活——这需要格外多的胆略和英勇精神。查陀夫斯卡雅夫人并没有挑选这艰难的一步,而是心平气和地眺望着天空与星星。几乎在她的每一首诗中,她的眼睛都没有离开过天空与星星,但是她在那里并没有发现任何新东西。这不是那个在天上发现了海王星这颗行星的勒威耶①,在他之前谁也不知道有这颗行星。依照我们的意见看来,勒威耶比查陀夫斯卡雅夫人更像是诗人,尽管他没有写过什么诗。我们很乐意承认谁能发现我们接近于不近情理或者牵强附会;但是我们也还是要说,观察了天空,却没有在其中看到什么东西,除了有韵或者无韵的老生常谈之外——这就是拙劣的诗!假使我们时代的诗人对于最一般的物理的和天文的概念毫无所知,不知道把他的眼睛迷惑住的这种天蓝色的穹隆,在现实中并不存在,而只是他自己的、成为他所见的范围内一切物体的中心的视觉的产物,也不知道在那边,在他这样想去的高空,又空虚,又寒冷,并没有可供呼吸的空气,从这颗星到那颗星之间,最好的气球飞一千年也到不了……那么,他在天空又能看到什么明白确凿的东西来呢!也许这是大地的功绩:——在大地之上我们感到光明和温暖,在大地上一切都是我们的,一切都是我们感到亲切的和可以理解的,我们的生活,我们的诗就在大地之上……因此,谁要是背离大地,他就没法子理解它,这个人就不可能成为一个诗人,只可能在寒冷的高空,捕捉一些冰冷的和空洞的文句……

从我们所列举的在去年问世的诗集中,比其他诗作来得优秀

---

① 勒威耶(1811—1877),法国天文学家,他在一八四六年推算出定名为海王星的行星的轨道和位置。

的,是阿波隆·格里高利耶夫的《诗集》。至少,其中有切实可信的诗歌的闪光,这也就是说,这样的诗受到应有的关切是并不羞愧的。可惜的是,这样的闪光并不多见。格里高利耶夫君应该为这些诗感谢莱蒙托夫对他的影响;但是这种影响现在在他身上越来越消失了,而过渡到一种把自己始终关闭在暧昧的神秘的诗句中去的独立性里,一读到这种诗句,令人不由得会记忆起德米特里耶夫的讽刺警句:①

> 皮勃鲁斯使用真正的天神的语言歌唱,
> 凡人中间没有人能理解这是什么名堂。

这就是那种甚至不值得加以模仿的独立性!

但是一般来说,在过去一年间所问世的作品中,作为俄国文学真正收获的,却是柯尔卓夫诗集的出版。尽管这些诗已经在年刊和杂志中发表过和阅读过,它们却产生一种簇新东西的印象,这正是因为把它们编集在一起就使读者对柯尔卓夫的全部诗歌活动有了理解,它表现了某一种完整性。这本书是俄国文学的一种巨大的、经典性的收获,这种收获同那些短命的现象并没有什么共通性,甚至包括那些并不丧失其相对的价值,免得以后会被忘记,就当作新作而反复阅读的现象。在我们今天,诗的才华的无足轻重,这已是十分寻常的现象;为了使这种才华有所建树,不仅仅需要一般的才华,还需要一种具备独立自主的思想、对生活的热烈的同情、深刻理解生活的更大的才华。依靠杂志的推动,若干才能不大的人不管好歹按照自己那一套来理解,并且在他的书的标题页上放了题铭,证明他们的诗篇具有现代倾向的特点,而且还是像下面

---

① 这段讽刺警句不是德米特里耶夫所写,而是亚·亚·维雅赛姆斯基所写的《致皮勃里斯画像》(1810)一诗;维雅赛姆斯基的原诗是:
"不必争论,皮勃里斯是用众神的语言写诗,
但是凡人没有一个人能懂得它。"

这样的拉丁文题铭:Homo sum, et nihil humani a me alienum puto①。然而,不论是学术,不论是教育,不论是拉丁文题铭,甚至不论是对拉丁语的切切实实的知识都不可能向一个人提供大自然所没有给他的东西,而这一类诗人的所谓"现代倾向"始终不过是一种"被刺激所俘虏的思想"……

这就是只受过半截子教育的牲口商贩柯尔卓夫没有学问,没受过教育,却能找到方法,使自己成为一个不同凡俗的和独创的诗人的原因。他成了一个诗人,他自己也不知道所以然,他临死时怀着真诚的信念:即使他成功地写出了两三首还不错的歌谣,他仍旧还是一个平庸的和可怜的诗人……朋友们的兴奋和赞美没有对他的自尊起多少作用……如果他到现在还活着,他会第一次体会到去享受一种深信自身的价值的喜悦,然而命运却拒绝对他的痛苦和怀疑给予合理的奖赏。

除了在《关于柯尔卓夫的生平与作品》一文中已经就这个题目说过的以外——这篇文章就包括在他的作品集的版本里,我们不可能再就柯尔卓夫说什么话,因此,我们要请那些没有读到过它,但是很想知道我们对柯尔卓夫的才能以及他在俄国文学中的意义的意见的人读这篇文章。

至于那些不是单行出版,而是在去年不同刊物中发表的诗作,写得卓越不凡的有:屠格涅夫君的短篇《地主》(在《彼得堡文集》中)和长诗《安德烈》(在《祖国纪事》中);马伊科夫君的长诗《玛申卡》(在《彼得堡文集》中);莎士比亚的《麦克佩斯》,克罗宁堡君的以诗和散文翻译的译本。去年,出色的短诗,正像最近一段时间的一般状况一样,为数很少。其中最好的是属于马伊科夫君、屠格涅夫君和涅克拉索夫君所写的。

关于后者的诗我们原可以说更多的话,如果不是他与《现代

---

① 拉丁文:我是人,任何人性的东西对我都不是格格不入的。

人》的关系绝对妨碍这一点的话。①

这里顺便谈谈古典作品的诗歌译本。格里高利耶夫君翻译了索福克勒斯的《安提戈涅》(《读书文库》第八期)。我们的许多文学家沾上这样的习气:怀着神秘莫测的庄重态度谈论某些久已知晓的事件,并且满怀自信地执笔写作他完全陌生的作品。格里高利耶夫君在那篇为他的译本而写的不长的前言中解释,他需要随时"申述他对希腊悲剧的看法","但是,这种看法的特殊原则就是:希腊悲剧与古代希腊神秘宗教观学说有直接联系"。但是,这是中学低年级的孩子们都知道的。例如,请看这样的观念,在这一出《安提戈涅》中,出现了人生的两种原则的斗争——个人的权利和义务同共通的权利和义务的斗争,从而,"在《安提戈涅》中从古代形态的后面,吹来了另一种生活的预感"——这种概念完全属于格里高利耶夫君所有。我们也乐意准备对他这一点表示谅解。说到《安提戈涅》本身,那么,索福克勒斯这只"高雅的蜜蜂"未必能够从格里高利耶夫君这个匆促而成的、充满自负的和极不可靠的译本中认出自己来。庄严的古代的塞那尔诗体(六音步抑扬格)变成了一种文体粗犷的、不正确的散文,这种散文令人想起我们那些粗俗的戏剧作者的最新的"戏剧表演",悦耳的合唱,变成了空洞嘹亮的文字的堆砌,它们常常失去任何意义;关于每一个个别人物的古代的色彩,性格特征,这就都无从谈起了②。倒要问,

---

① 涅克拉索夫是《现代人》的出版人之一。别林斯基对这些年涅克拉索夫诗歌的评论,也包括在他的书简中。在一八四七年十二月七日写给卡维林的信中他写道:"……他现在的诗是如此高,他依靠他的卓越的才能,把他本人的自觉的和最好部分的思想加入诗中。"在一八四七年十一月十九日给屠格涅夫的信中,在赞扬涅克拉索夫诗的社会的机智时,别林斯基惊呼道:"这个人有一种什么样的才华呀!他的才华简直像把斧头!"

② 说到不计其数的失误,已经没有什么好谈了;按照格里高利耶夫的意见,Apec(Mapc)应当说作 Apec(Apec——阿瑞斯,希腊神话中的战神;Mapc——马尔斯,罗马神话的战神——译者注)云云。——原注

格里高利耶夫君究竟是为着什么,又是为了谁而勤劳写作的?难道是为了打消我们心中即使不是这样、本来就对古典的旧时代并没有太强烈的欲望?他对待这个古代的态度是轻率的……

关于单行出版的艺术散文部分,在过去一年中只出版了两本作品:《勃伦森林,彼得大帝统治时期最初几年的一个插曲》,札果斯金君的长篇小说,以及布特科夫君的《彼得堡高地》的第二部。

大家都看到,札果斯金君的新的长篇小说,既有他的过去的长篇小说中的拙劣之处,也有它的好的方面。这部新的作品,有一部分,我们已记不清在哪一处,是札果斯金君对自己的第一本长篇小说——《尤里·米洛斯拉夫斯基》的模仿。但是后一部长篇小说的主人公要比第一部的主人公更显得苍白,更加面目不清。关于女主人公更没有话要说了:这根本不是女人,至多不过是十七世纪末的一个俄国妇女。根据《勃伦森林》的开端令人想起过去一世纪的感伤的长篇小说和中篇小说。火枪兵百人长列夫欣风流浪漫地热恋上了一个人世所没有的少女,命运引导他在一个旅店中和她相见。从长篇小说的第一部分您就知道,贵族布伊诺索夫在勃伦森林里丢失了年幼的女儿,他带同他的由五十人组成的顺从听话的随从们在路途中曾在这里休息过。知道了这一点,您马上就猜得到,这个把列夫欣迷住的理想的少女就是布伊诺索夫的女儿,而同时您也就知道,长篇小说中接下去是什么,它的结束又是怎么样的。两个难分难舍的情侣的爱情,是用上一世纪平庸的长篇小说中的陈词滥调来表达的——这种文句在那本著名的《各种不同客套话如何写法指南》[①]还没有问世之前,怎么也不可能钻进十七世纪俄国人的脑子里去。这个长篇小说还有一个弱点,就是作者

[①] 本文在《现代人》上对这本书的名称用的是全称:《在德语中各种不同客套话如何写法指南,即领主与领主之间如何祝贺与如何慰问吊唁之词,以及其他在亲戚、友好之间的用语之类》。

有这样的倾向，作者对古风旧习，甚至是那些荒唐的、不文明的、野蛮的风俗习惯都感到欣喜若狂，并且因此不管合理不合理，却对当今时代的风俗习惯感到看不顺眼。但是这个缺点并不重要：既然作者把古代写得不真实、不可靠、很差劲，那么当然，他不可能使读者产生什么印象，除了感到无聊之外；同样的道理，如果他是一个有才能的作家，他按照其本来真实的面目来描写善良的古代——那时节他所达到的结果就会和他预期达到的截然相反，也就是说，他促使读者丢弃了他原来要他们相信的东西，或者相反。长篇小说中这些以卓越的才能写下的并且富有情趣的篇页，例如有：地方自治衙门和正教会执事令人尊敬的阿努弗利·特里方内契的一场；布伊诺索夫的管家讲的关于在七个保姆和五十来个家丁的眼睛下把他的女儿丢失的故事；而主要的是：那种鞑靼方式的仲裁法庭的场面——库罗达夫列夫老爷为仲裁者，两个庄稼人来找他告状，表现了古老风俗的全部魅力。札果斯金君这部新的长篇小说，除了优点之外，还得加上那些一般说来并不算坏的，有些地方还是出色地勾勒了分离教派的人物性格：安德烈·波莫里雅宁，年高德劭的巴甫努季，菲里普神父，头发厚密的老头以及库罗达夫列夫老爷，还有那个有地方独霸倾向的志愿的苦修士。但是比他们大家都描写得出色的是安德烈·波莫里雅宁。不能不感到可惜，札果斯金君在其长篇小说中，主要是用主人公苍白的和沉闷的爱情，而不是用这一深有意义的时代的风俗图画和历史事件来吸引读者的注意。札果斯金君这部新长篇小说的语言还是像他从前的长篇小说一样，到处是明朗的、朴素的、流畅的，有些地方还是鼓舞人的和生动的。

　　布特科夫君的《彼得堡高地》第二卷比第一卷更好，虽然就是这第一卷我们也没有找到不好的地方[①]。按照我们的意见，布

[①] 别林斯基对布特科夫的《彼得堡高地》第一卷的书评，发表在《祖国纪事》杂志第四十三卷第十二期第六栏，第 56—63 页。

特科夫君并没有写作长篇小说和中篇小说的才能,但是他始终恪守的就是他所创造的银版照相式的小说与特写这种特殊体裁的范围,做得非常好。这不是创作,不是诗,但是在这一点上,有他自己的创造,自己的诗。布特科夫君的短篇小说与速写之于长篇小说和中篇小说的关系,有如统计之于历史的关系,有如现实之于诗的关系。其中很少想象,但却有许多智慧和心灵;很少幽默,但却有许多嘲讽和机智,它们的源泉是富于同情的灵魂。也许,布特科夫君的才能是单方面的,并不显露有特殊的内涵;但是问题在于:可以有比布特科夫君的才能更多方面的和更大的才能,这种才能会令人想起时而这一位、时而那一位才能的存在,可是布特科夫君的才能并不使人想起随便什么人——他完全是自成一体的。他没有去模仿随便什么人,任何人不是出于被迫也不会去模仿他。这就是我们特别欣赏布特科夫君的才能并且尊敬他的理由。短篇小说,速写,笑话——您愿意怎么叫就怎么叫——布特科夫君本身都体现了某种特殊品类的文学。

我们感到极大满意地发现,布特科夫君在这第二卷中很少陷入漫画化,很少使用生硬的词汇,语言变得更准确、更肯定,在内容上比第一卷所写的所有这一套更加渗透着思想和真诚。这意味着进步。我们由衷希望,《彼得堡高地》的第三卷能够尽快出版。

我们在转到过去一年在文集和杂志中所出现的出类拔萃的作品时,我们的视线首先遇到的是《穷人》,这部长篇小说使作者在文坛上原本完全不出名的姓名突然获得了巨大的知名度。但是,关于这本作品在杂志上已经谈得很多了,关于这本作品进行新的详详细细的议论,对读者公众已经不可能引起多大兴味了。因此,我们不想太敞开地来议论这个题目。这样迅速地,这样飞快地建立光荣,像陀思妥耶夫斯基君的光荣的例子,在俄国文学中还从来不曾有过。陀思妥耶夫斯基君才能的力量、深度和独创性,立刻得到大家的公认,而更加重要的是,读者公众也立刻对陀思妥耶夫斯基君的才能显露出一种过度的要求,同时对他的不足也显露了过度的没有耐心,其实这种不足正是只有一个非同寻常的才能才会引发的特征。几乎所有的人都一致在陀思妥耶夫斯基君的《穷人》中找到一种令读者困倦的本领,甚至是引起他的兴奋的东西。于是人们把这一点归结为这样的特征:一种是拖沓冗长,一种是过度的丰富。的确,不能不同意,如果《穷人》能够将其篇幅至少减少十分之一,那么作者就会有先见之明,把长篇小说中重复同一意思的多余的句子和词汇清除掉——这本书就是一种无可挑剔的艺术品。陀思妥耶夫斯基君在第二期《祖国纪事》中发表了第二种长篇小说《两重人格(戈里亚德金先生的奇遇)》,交付关心他的读者公众来评判。尽管这个青年作家第一部处女作已经充分地为他铺平了通向成功的道路,但是应当承认,《两重人格》在读者公众中并没有获得什么成功。即使根据这一点还不能判断陀思妥耶夫斯基君的第二部作品是一本失败之作,同时更不能认为它没有任何优点,那么同样也不能认为读者公众的判断是完全没有根据的。在《两重人格》中,作者显露了创作上巨大的力量,主人公的性格是属于最深刻、大胆的和真诚的构思之列的——对这些,俄国文学只能表示赞美,在这个作品里,智慧和真诚是无穷的,艺术技巧也是如此;然而与此同时,也可以看到,令人震惊地,他不善于有效合理地掌握和支配自身的过剩的精力。在《穷人》中所有对一本初次试作可以原谅的缺点,在《两重人格》中就是荒谬绝伦的缺点了,所有这一切都归结为一点:由于无法驾驭过分丰富的才能的力量,这就决定了理性的尺度以及经过他深思的意念的艺术发展的限界。我们且举一个例子来试试解释我们的思想。果戈理是这样深刻地和生动地构思了赫列斯塔科夫这样人物性格的意念,他可以很轻而易举地使之成为另外整整十部喜剧的主人公。在这种喜剧里,伊凡·亚历山大罗维奇①虽然处于一种完全新的情势中,作为一个女婿,丈夫,一家之长,地主,老人之类,他会完全忠实于自己。毫无疑问,这些喜剧会像《钦差大臣》一样优秀,但是,已经不可能获得像《钦差大臣》一样的成功,而且与其说得到喜爱,不如说,很快就会遭到厌倦,因为老是鱼汤加鱼汤,即使台米扬②也会吃厌。一个诗人一旦通过他的作品表达了一种意念,那么他的事情也就完结。他由于害怕被这种意念弄得疲劳不堪,就应当离开它,让它得到安稳。对这同一个题目的另一个例子,就是:是不是留下已经被果戈理从喜剧中所删去的两场因为它们拖长了喜剧的进程的戏,比较好呢?同喜剧中其他任何一场相比起来,它们在价值上是不会比其他一场差的:那么为什么他要把它们删去呢?——因为他是高度掌握着艺术尺度的轻重分寸,他不仅知道从哪里开始,到哪里结束,而且能够把题材发展得不多不少,正是实际所需要的。我们知道,陀思妥耶夫斯基君已经从《两重人格》中删除了一段故事,一段很出色的故事,因为他本人感觉到,他的长篇小说要出来的话已经太长、太大了,同时我们也相信,如果能够将他的《两重人格》减少至少是三分之一,要毫不吝惜地丢掉一些好的东西,那么此时的成就应当是另一个光景。然而在《两重人格》中还有另一个根本的缺点:这就是他的幻想的情调。幻想在我们今天只有在疯人院才有地位,而不是在文学里,而且应该处于医生的管治之下,而不是由诗人管治。由于所有这些原因,《两重人格》只有为数不多的艺术爱好者给以青睐,在这一批人的心目中,文学不光是给人享受的对象,而且是一种研究的对象。读者公众不是由艺术爱好者组成的,而是由普通的读者构成的,他们只阅读他们直接喜爱的东西,而不去思考为什么他们会喜欢这本书,

---

① 伊凡·亚历山大罗维奇是《钦差大臣》主人公赫列斯塔科夫的名和父名。
② 克雷洛夫的寓言《杰米扬的鱼汤》中的人物。

如果这本书他一旦感到厌倦，他们就马上把它合上，他们也不动脑筋去弄明白，为什么这本书不合他们的口味。一种作品，它得到内行专家的喜欢，却不为大多数人喜爱，这部作品可能有它的优点；但是真正好的作品却是那种两方面都喜爱的东西，或者，至少是：前者喜爱它，后者也来读它，要知道，果戈理不是大家都喜爱的，但是大家都读过他……

在《祖国纪事》第十期中发表了陀思妥耶夫斯基君的第三部作品，中篇小说《普罗赫尔钦先生》。这部作品引起所有尊重陀思妥耶夫斯基君的才能的人一种不愉快的惊奇。这部作品中闪耀着巨大才能的明亮的火花，但是它们是在这样的浓密的黑暗中发光，它们这种光亮却无法让读者看到什么东西……我们多少觉得，不是灵感，不是自由而真诚的创造力产生了这个古怪的中篇小说，而是一种像……应该怎么说呢？——是故弄玄虚呢，还是标新立异……也许，这是我们犯了错误，可是究竟为什么中篇小说在这种场合会变得这样过分雕琢，这样矫揉造作，这样难懂，好像这是一种真实的但却是古怪的和乱七八糟的事件，而并不是诗的创作？在艺术中不可能有任何暧昧的和不可理解的东西；艺术作品之所以高于所谓的"真实的事件"，是因为诗人用他的想象的火焰来照耀他的主人公们的一切内心的细微变化、他们的行动的一切隐秘的原因，从他所叙述的事件中拍摄下一切偶然的东西，从而把它们作为一种十足的原因的不可避免结果的必然性展现在我们的眼睛之前。我们且不谈作者常常喜欢重复某一些用得比较成功的用词（例如：智者普罗赫尔钦！），这样就削弱了他的印象的力量，这已经是次要的、可以纠正的缺点。我们要顺便指出：果戈理那里就没有这种重复。当然，我们并不要求陀思妥耶夫斯基君的作品像果戈理的作品一样完美，但是我们总是认为，对一个有巨大才能的人来说，能够利用一个更大才能的榜样，总是十分有益的。

路冈斯基①的中篇小说《往昔中的未必可信事或曰未必可信事中的往昔》和格里戈罗维奇的《乡村》都是在《祖国纪事》中发表的,它们可以归入去年的轻松文学方面的优秀作品之列。这两部作品彼此之间都有一个共同的特征:它们不是作为中篇小说,而是作为日常生活习俗方面速写的、技法高超的风俗随笔而使人感到兴趣的。我们并不是说,路冈斯基的中篇小说本身并没有什么趣味;我们只是要说,中篇小说的离题旁涉以及点缀文字要比小说的浪漫情调的开端更有意思。例如,关于木头房子以及它的刻花窗子跟那小俄罗斯的茅屋相比较的优美的图画,要比整个中篇小说好得多,尽管这只是作为一个插曲插在小说中的,它同小说本体,小说的内容并无内在的联系。总而言之,在路冈斯基的中篇小说中,最使人感兴趣的是详细情节,在《往昔中的未必可信事或曰未必可信事中的往昔》里,除了中篇小说一般的情趣之外,令人感兴趣的局部细节尤其丰富,所谓中篇小说在这里不过是一个画框,而并不是图画;不过是一种手段,而不是目的。关于这一点还可以讲更多的话,但是既然我们很快就有机会就路冈哥萨克全部文学活动申述我们的意见,那么暂时我们就在这不多的几行文字里煞住。

关于格里戈罗维奇君我们现在要说,他一点都没有写作中篇小说的才能,但是对写作社会风俗生活的速写却拥有卓越不凡的才能,现在它在文学中获得一个名称,叫作风俗随笔。但是他却要把他的《乡村》写成中篇小说,他的作品的一切缺点就因此冒了出来。假使他能够局限于乡村农民生活风俗中外表上不相联结,但却散发着一种思想的图画,他就可以轻易地避开这些缺点。他的要窥视他的中篇小说女主人公内心世界的尝试也是并不成功的,概乎言之,他的从阿库林娜身上所描写出来的是一副相当苍白的和模糊不清的面目,而这正是由于他要力求把她写成一个令人特

---

① 路冈斯基或曰路冈哥萨克,是俄国作家及俄语大词典的主编达里的笔名。

别关切的人物的结果。还有在自然描写方面许多地方冗长拖沓、刻意求工、过度精致,也应该归之为中篇小说的缺点。但是当直接说到这些农民生活风习的速写本身——这却是格里戈罗维奇君的作品的光彩的方面。他在这里显露了许多观察能力和对事情的知识以及善于在朴实的、真诚而忠实的形象中,以卓越不凡的才能表达时而这一点、时而那一点。他的《乡村》是去年出版的优秀的艺术作品之一。

路冈斯基的文章《俄罗斯的庄稼人》,发表在《新居处》的第三编中,这篇文章充满深刻的意义,它突出显示了在叙述上的不同凡响的技巧,总而言之,此文是属于这个作家风俗随笔中的优秀之作之列的,他在这个文学体裁中的非凡的才能是没有敌手的。

从《读书文库》的第六本起开始连载了威尔特曼君的长篇小说《人海奇闻录》,它到去年这一本杂志的最后一本还没有结束。威尔特曼在他的新的长篇小说中几乎比他以前的作品显示出更大的才华,但同时他也在同样程度上显示他不善于驾驭他的才华。在他的《奇闻录》中聚集了多得要命的人物,在这些人物中有许多是用非凡的技巧勾画的;有许多惊人地忠实当代俄国生活世态的图画,但在同时也有一些不自然的人物、牵强的情势,还有一些常常要依靠 deus ex machina① 来解决的乱七八糟的故事情节的关键。在这部长篇小说中的所有优秀之点都得归功于威尔特曼的才华。毫无疑问,威尔特曼君是我们当今最卓越的才能之一。一切构成《奇闻录》中的弱点的,都是出于威尔特曼君有意要证明古老的风俗习惯比当今的风俗习惯优越。奇怪的倾向!我们一点都不是现代俄国社会风习无条件的崇拜者,我们看到它们的古怪和不足不下于其他人,我们也希望把它们纠正。正像斯拉夫派有它的理想一样,我们也有自己的对习俗的理想,我们希望为了这种习俗

---

① 机关一动,万事解决。

理想而把那种习俗改正，但是我们的理想不是在于过去，而是在于将来，并以现在作为基础。前进是可以的，后退可不行，不论过去时代怎样吸引着我们，它已经一去不复返了。我们准备同意这一点：一些年轻的商人按照新的方式大吃大喝，他们挥霍乱用父亲一辈积下的钱胜过他们自己所挣到的，我们同意，他们是比顽固地坚持旧时代的父亲一代更古怪和更荒唐。但是我们绝对不能同意，说他们的父亲一代并不古怪，并不荒唐。青年一代，甚至是商人，他们是他们这个阶层的过渡状态，从坏的过渡到较好的，但是这个较好的之所以较好，只是作为过渡的结果，可是它作为过渡的过程，与其说是它比旧事物好，当然，不如说它更坏。请您通过讽刺来纠正这些习俗，或者——比任何的讽刺更好，把它们忠实地描写出来，可是不要以旧时代的名义而行动，而要以理性和常识的名义而行动，不是为了幻想的、不可能向古代转化的名义而行动，而要为可能从现代向将来发展的名义而行动。一种偏爱，不管它向着哪里，向着旧时代也好，或者向着新事物也好，都干扰着对目的的达到，因为它会不由自主地把一个热衷于真理的并且按照最高尚的信念而行动的人引向撒谎。威尔特曼君在他的新的长篇小说中就是这样体现的。他赋予他的长篇小说的不道德的人物这样的色彩：仿佛他们所以不道德，都要怪新的风习的惠赐，要是他们生活在科希亨的时代，他们就会是最优秀的人了。至少，我们根据这一点：作者没有想到在什么地方用伪装掩盖他对古风旧习的同情，掩盖他对新事物的反感——我们认为自己有权作出这样的结论。举例来说，为了服从真理，他不偏不倚地指出商人查赫鲁斯季耶夫的惊人的财富的自然的原因；可是在同时，他又认为必须把这人置于塞里封特·米海伊奇的对立面，此人也是惊人地发了大财，但诚实和规矩，而主要的是因为，"他按照俄罗斯古老的风习而生活"。我们很想知道，我们的商人对这种完全靠自己获得巨大财富的乌托邦会说出什么来……按照威尔特曼君的意见，一个不幸知道了法语的俄国人,他是一个已经毁灭的人……你想一想,那些有智慧和才能的人怎么会没有偏见!……

长篇小说的主人公德米特里茨基——他是一个有点像新时期的万卡·该隐①的人物或者是法国人所谓 chevalier d'industrie② 的人物——这是作者十分容易做到的和一般说来技巧上容易刻画的人物。另一方面女主人公莎乐美·彼得罗芙娜,一种作为最新社会风习和法语知识的代表人物与牺牲品的不利的角色落到了她的身上,她是一个十足的童话式的人物。开头她是一个装腔作势的女人,一个冷漠的伪善女人,庸俗不堪的不高明的女伶,后来她却变成一个只可以见诸想象的最有热情的女人。长篇小说的情节是乱七八糟的;其中有多少人物,就有多少插曲,关于人物,正像我们已经说过的,不计其数。每当出现新的人物时,作者总是毫不客气地丢开男女主人公不顾,开始向读者叙述这个新人物的故事,从他降生的那天讲起,有的时候,还是从他的父母降生的那天讲起,直到他本人在长篇小说中出现的那天为止。这些插入进去的人物,大部分描写或者刻画得极具艺术性。长篇小说的进程十分富有情趣,在事件中包含有许多真理,但在同时也有许多不可置信的东西。当作者没有本领自然而然地解开一个情节的症结时,或者要开始一个新的情节时,在作者的笔下,总是出现 deus ex machina。这样的情景,例如,基辅省的地主菲里普·萨维奇的农奴诱拐莎乐美的一场,这是最没有根据的子虚乌有的牵强附会,从前某个时候有一个有才能的作家敢于这样做过。在德米特里茨基一生的事件中,这种神话般不可置信的故事特别多;他总是获得成功,他总是能够从最困难、最不利的情势中有利地解脱出来。他来到莫

---

① 当时有个叫马特维·科马罗夫的写过以俄国侦探万卡·该隐和法国骗子卡尔都施的故事为情节的粗俗小说。

② 法文:冒险家;骗子。

斯科,没有带什么证件,身上也只有十卢布钱,他却住在旅馆里,毫无顾忌地又吃又喝——可是突然命运给他派遣来了一个写书匠,他把德米特里茨基当作昨天租过这同一间房的那个文学作家,于是带他去自己的家,他建议就住在他的家里,给他钱用。所有这一切都是根据想要什么就有什么①的律令来实现的,可是根据我的请求,证明威尔特曼君在局部和细节上要比创造什么完整的作品有更大的才能,他对童话要比长篇小说有更大的爱好,证明,种种体系和理论对他的卓越的才能起了许多有害作用。

再提一提发表在《芬兰通报》上的风俗随笔《匈牙利人》,我们就结束我们对去年在艺术文学方面所呈现的所有特别出色的作品开出的清单。这份清单并不大②;有许多我们根本不想提到,这并不是因为,对许多我们没有讲什么话的作品,我们所看到的光是不好的方面,没有什么好的东西,而是因为我们认为只需要讲特别优秀的作品。

按照《彼得堡文集》的范例,在莫斯科出版了《莫斯科文学与学术文集》,这本文集尽管有斯拉夫派的倾向,它的本身还是包含了若干篇很有意思的文章,尤其是那篇署名为 M.3.K 的字母③的论《旅行马车》的文章。这篇文章的卓越不凡之处是:富有智慧的

---

① 按原文原意是"按梭鱼的命令",典出俄罗斯流行的童话故事。
② 这件事所以如此,有一部分是因为有许多美文学作品,尤其是中篇小说,本来应当在一本去年预定要出版的大型文集中发表。然而,由于《现代人》的关系,那位负责这本大型文集的出版的文学家认为最好把他这个工作放下,而把他搜集的文章交给《现代人》*。
　　* 这里所提的是名为《利维坦》(利维坦是圣经神话中的大海怪。——译者)的文集,原来约定别林斯基在一八四六年中编集出版,当时正是在别林斯基脱离《祖国纪事》之后。在别林斯基交给《现代人》的材料中有:冈察洛夫的《平凡的故事》;赫尔岑的《克鲁波夫医生》和《喜鹊贼》;库特里雅夫采夫的《没有晨光》;谢普金的《演员笔记》;卡维林的《古俄罗斯法律风尚一瞥》和其他。
③ 这三个字母是斯拉夫派尤里·萨马林的匿名。

内容和美妙的叙事技巧。

《法杰伊·布尔加林回忆录》（一生中所见所闻以及所经历的片段），其本身既不属于学术文章，又不算是诗歌作品，而是应该归于所谓轻文学之列的，有一种书是在许多方面都是很有意思和卓越不凡的。关于不久以前所出版的这部作品的第三部，我们在下文还要谈谈我们对它的意见，暂时只限于提一句。

马林诺夫斯基君的著作《医生笔记》，如果这些笔记能够更多地忠于他的美好的目的和更多地像笔记，而不是一种具有没有才气、没有能耐、没有技巧所写的不成功的长篇小说形式的通俗戏剧，我们本来应当将它归入与上述同样的作品门类去。

从纯文学作品转到学术著作或者严肃内容的著作的时候，我们要从去年在俄国史方面所作所为说起，我们顺便在这里说一句：《现代人》将要特别注意这个对象。除了历史方面的文章以外，我们的杂志并不对它的读者们应许对其他方面作全面的图书简介，它将对俄国史方面所有多少是优秀的著作发表评论。

《俄国文学史，主要是古代部分》——这是谢维辽夫君的三十三篇公开讲演（至此已有两卷问世），它是去年俄国学术著作的一种出色的现象。作者在这本著作中显示他对各类知识渊源都有简要的认识，总之，知识渊博，这种渊博可以同小心谨慎的德国的死啃书本者媲美。但是尽管如此，这本著作还是显示了有深刻而真诚的信念和最天真的认真态度的特点，不过这些并不会妨碍这个勤劳和可敬的教授以最不真实的样子来表现事实。只要想象一下那种条条框框的精神，还在研究事实之前就已经当作不可改易的真理接受的现成观念的魅力，对人的常识来说是一种多么可怕的力量，这种奇怪现象就将是十分容易理解了。这就是谢维辽夫君一定要把古代的和旧罗斯宗教作品看成是民族的俄罗斯文学，要把俄罗斯童话中的武士伊里亚·穆罗梅茨看成一种跟西班牙民族浪漫诗中的骑士英雄熙德共通的东西的原因……那个文涅林①不是把阿提拉②看成是一个斯拉夫人,而把法国的墨洛温王族看成是斯拉夫的мировой或者мíровой③(我们记不准确了)吗?……这证明,一个研究学术的先生也不免受到人类弱点的影响,他有时也会感染上那些不识字的最普通的人的同样的怪癖。也许,这是因为他们正像老百姓所说,他们读书读得过了头,头脑就变得糊涂了;也许,这是由于其他原因,我们就不知道了;我们只知道,条条框框精神和教条公式具有一种神奇的特征,它们甚至能够把最明智的哲人都弄得神志不清和充满幻想……但是,谢维辽夫君这本书是超出他的斯拉夫派倾向以外的,它有许多优点,是一座模范的勤劳与真诚的、虽然是片面的学术活动的丰碑。最重要的是书中所提供的注解,作者为之搜集了种种很有意义的事实,不过这些事实却特别顽强地拒绝为他所心爱的观念做证。谢维辽夫君的这本书还有一个卓越不凡之点,它促使四篇很有见解的批评它这本书的文章出现(在《祖国纪事》第五与第十二期,还有在《读书文库》《芬兰通报》中)。

《通史指南》第二编第二分册,这是罗伦茨教授的著作,它是在去年出版的,这本书也是可以归入俄国总的教材方面,而不仅是一年之间所获得的最辉煌成果之列的。这本书内容讲的是中世纪史。我们急切地等待这本优秀著作的续篇和结尾。

梯也尔的《执政时代与帝国的历史》出版了两种译本。还出版了裴凯尔④的《世界通史》的第六册。

---

① 文涅林(1802—1839),俄国斯拉夫派,民族学家,写有《论民间诗歌的特征》等著述。
② 阿提拉(?—453),公元四三四年起为匈奴人领袖,曾对东罗马帝国、高卢、北意大利进行毁灭性的征伐。
③ 此词在十八世纪的俄国意为"调停官"或"治安法官"。
④ 裴凯尔(1777—1806),德国历史学家。

《地球上所有民族的风俗、习惯和纪念物》——由谢苗和斯多伊科维奇所出版,书中有精美的插图和木刻装饰画,总之,印刷上的精致,使得当时在俄国出版的所有所谓高贵豪华的版本尽皆失色。本书的内容也和它的外表上的优点相配称,而且——所以赋予这本书以特殊的重要性的——不是翻译,而是两位俄国写作者的几乎是创作的著作,他们虽然利用许多外国资料,但却能够使它成为一种受同一的思想所激发的著作的优点。在已经出版的书中内容包括由丘特切夫君所撰写的对印度斯坦和斯多伊科维奇君所作的对印度支那的描写。他们还约许要在第二册描写中国与日本。

在去年的杂志中发表了许许多多有重要意义的学术内容的论文,有创作的,也有翻译的。属于前者特别可以指出的有:伊斯康德《自然研究通讯》的第七、第八封信;费·安·裴勒[①]男爵的《阿斯特拉罕省游牧与过定居生活的异族人》、《从历史的、地理的与统计的关系上看欧洲铁路》(见《祖国纪事》);斯·谢·库托尔加的《人的足和手》(见《读书文库》);乌莎科夫君的《蛇的生活与习惯》、《蜘蛛的生活与习惯》(见《芬兰通报》)。翻译过来的文章特别优秀的有:《奥列佛·克伦威尔》(在《祖国纪事》中)。洪堡的著名学术著作,已经译出并发表在《祖国纪事》中,书名为《科斯莫斯》,而发表在《读书文库》上的书名为《科兹莫斯》[②]。为了这两种杂志急急地介绍给俄国读者公众认识伟大科学家的著作——这本书在题材上是如此重要,而且写得通俗易懂——我们不能不给它们以公正的评价;但是这两种杂志未必已经达到它们的目的。洪堡此书叙述上的通俗纯然是德国的,从而,只有专门研究自然科学和天文学的人才能完全理解。在这方面,《北方蜜蜂》(第一七

---

① 费·安·裴勒(1821—1896),俄国外交家,作家,考古学家。
② "科斯莫斯"或"科兹莫斯"是"宇宙"的不同音译。

五至一八〇期)上所刊的论文:《亚历山大·洪堡和他的宇宙论(Kosmos)》要比两种杂志的翻译更为有益。我们不知道他们究竟是从什么地方翻译过来的,或者,是谁写了这篇文章,但是这篇文章不是致力于保守科学的秘密,而是比两本杂志上这本书的翻译更多而且更好地使人们认识洪堡这本书。在《芬兰通报》中译出了梯也尔的著名著作《诺曼人征服英国史》。这本书当然,并不是到处都是新的,除了俄国,因此,《芬兰通报》翻译这本书是值得赞扬与感谢的。

在最近一段时间,书、小册子以及专题论文出版得不少,当然,其中真正好的还是少见的,但是它们作为务实的文学倾向的见证还是重要的。例如,在去年出版了一些十分优秀的书,这些书我们只提一提书名,因为在杂志中关于这些书已经谈得不少了:《俄国地理协会公报》第一册;布都尔林君的《混乱时代史》第三编;茹拉夫斯基君的《统计学知识的来源与应用》;梅里尼科夫的《一八四三、一八四四及一八四五年的尼日戈罗德的市集》以及其他。特别愉快的是看到有相当多的图书、小册子和文章不仅涉及在技术意义上的农业经济,而且还涉及这个人数最多的阶级的生活风习的图画——这个阶级作为生气勃勃的和明智的生产力在农村经济方面起着如此重要的作用。斯·阿·马斯洛夫在《莫斯科通报》第一〇三期上发表的那篇优秀的文章《酷暑与粮食收割(莫斯科省夏日纪事)》特别值得注意。这一篇每一个人类之友应该为之而向可敬的作者表示祝福的优秀文章几乎在政府出版的所有期刊上都转载了。

我们没有谈到去年年底出版的几本优秀的书,这是为了《现代人》的《批评与图书简介》栏要从这几本书开始。但是首先要就我们的杂志这一栏说几句话。几乎在所有其他的杂志中批评与图书简介栏是分开的。这个栏目的写作者积七年艰苦的经验,终于明白,这样分开是不利的。所谓批评是指那种有一定内容,甚至它是不同于评论的特殊声调的文章。值得严肃评论的书,在我们这里出版的是这样少,我们有责任每个月必须在批评方面干一点类乎是一种繁重供应工作的事情,因为许多优秀的东西发表在杂志上。因此,为了向我们的读者公众介绍俄国文学中所有的或多或少值得注意的现象,我们一点都不关心,我们的分析究竟会变成什么样子——究竟是批评还是书评。让我们的读者各按自己的鉴赏力和理智来解决这一点。我们希望凭这一点为读者提供服务,并且使我们的杂志避免长篇大论和大肆铺张的毛病,这是在把批评一分为二地分成大的,或者索性就说是批评,和小的,或者索性就说是书评的时候有时是难以避免的。我们的评论正像上文所说的,将把注意力集中在多少是优秀的俄国的历史作品上;然后,首先它将把注意力集中于纯文学作品上;但是,在关于纯文学这方面,我们并不许诺对所有书都作图书简介,因为对于那种渺不足道的,甚至可以否定的书,依我们的意见,不值得花精力去写,也不值得去阅读。我们甚至以为这是我们的责任:为了尊重读者公众,也为了尊重自己,我们对那些平庸的写作匠所写的平庸的作品,将是默无一言地走过去。这批写作匠已经为自己获得可耻的声名,而且他们也打算按照生活的本来面目忠实地描写生活,可是代替这个,他们所忠实地描写的只不过是按照他们自己的面目,也就是说,按照他们的追求的整个卑微、偏狭、毫无才华、庸俗无聊和智力薄弱而描写的自己。而从另外一方面,由于并没有想具有百科全书般的认识上的无所不包的任何要求,我们不想对一些专门著作,不管它们多么精彩,说什么话,只要它们是超出我们的研究的范围之外的。

当然,在自己的杂志中,给农业经济划出一角地位,登载他人文章,同时通过别人的手,对这方面的著作作出评论,这是容易的;然而要这样做的话,主编人自己关于农村经济方面还必须知道比庄稼是在泥土中成长,而不是在水里成长更多的一些事情,否则他将不得不受别的同人们的掌握,由于他们的疏忽而代人受过,或者,也许受到愚弄,而读者公众只能在他的杂志的这一栏里看到一堆无用的东西……从我们这方面看,我们是把宁可少许愿,而要做得更好奉为准则的。关于那些轻松的和无足轻重的书,在我们这里将在《现代人》的小品文中,在《杂俎》栏中讲到,并且将随时为他的月刊提供一份所有的,无一例外在俄罗斯用俄语出版的书籍的完全的目录,目录上标明印刷者、开本、页数,甚至可能做到的话,还有定价。

尼古拉·果戈理与友人书简选粹

这简直就是自古以来用俄语写的东西中最古怪和最富有教训意味的书！公正不阿的读者一方面在其中发现了对人的骄傲的一种残酷的打击，但是从另一方面看，有关可怜的人的本性的颇为使人感到好奇的心理事实，却使读者认识丰富。……但是如果一个人在阅读这本书的时候，情绪交替起伏：一会儿是剧烈的忧郁，一会儿却是幸灾乐祸的喜悦——忧郁的是，一个有巨大才能的人也会像一个最平庸的人一样蹉跌，而喜悦的却是，凡是一切虚假的、牵强的、不自然的东西永远不可能自我掩盖起来，而总是受到自身的庸俗性的毫不留情的处罚……那就完全不正确了。这本书的意义并没有达到如此之悲哀的程度。在这里，问题还只是涉及艺术，其中最不幸的是艺术丧失了精英人物……

有多少的书都附有题铭，但这些题铭却与书并不投合，而且在这些题铭中一点也没有作出什么说明；可是在这一本非常需要题铭的书中，却又是什么题铭都没有！例如，这一个题铭：空虚之空虚，形形色色的空虚，或者用这一个：Du sublime au ridicul il n'y a qu'un pas①！……却是与这本书非常投合的。但是我们不打算议论其中所没有的东西，而要讲讲其中有的东西……我们从序文中可以看出，作者在已经病得濒临死亡时写下了遗嘱。所有这一切都是十分稀松平常的，随便哪个人都会发生这种事情。然而这里却有一件极其不平常、任何个人从来没有碰到过的事情。果戈理

---

① 法文：从伟大到可笑，只有一步。

的遗嘱是在书里发表的,其中并没包括家庭方面的细节——这些细节当然不会公开发表的,而是全部由作者同俄罗斯亲密的谈话所构成的……也就是说,作者说话,发号施令,俄罗斯就得侧耳倾听,并且答应去贯彻……但是,在这里,谈到的却是作为果戈理创作的一个顶峰来谈的、目的在于教诲、训谕以及对崇高心灵的抚慰而写的临别小说……然后宣布,作者已经将他的所有在他的手里还是原稿的作品都视为无益之物,付之一炬……除此之外,他请求他的朋友们出版他从一八四四年以来的书信,这也是为了有利于崇高的心灵……但是遗嘱的结尾原文的说法却是这样:

七、我立下遗嘱……但是我想起,我已经无法做到这一点了,我自身的权利遭到肆无忌惮的剥夺:我的一张肖像不经我的同意和许可就公开发表了。根据许多我不需要解释的原因,我不愿意这样做,我没有授予任何人去将此肖像发表的权利,在此之前跑来向我提出请求的所有书商我都加以拒绝了,只有在这样一种场合:如果上帝能够帮助我完成我终生为之聚精会神地从事的工作,而且完成得很出色,使得我的同胞都异口同声地说,我忠诚地完成了自己的事业,甚至他们很希望见一见这个这之前一直在默默地工作,不愿意徒有虚名的人的面容——我才能允许自己这样做。跟这件事相联系的还有另外一个事实:*我的肖像在这种场合,会出人意外地印数很多,这将使那个负责雕刻这幅肖像的艺术家获得一笔可观的收入*。这个艺术家在罗马已经好几年雕刻拉斐尔的图画《基督变容图》。他为了他的劳作,这个销蚀、吞噬他的许多岁月和健康的劳作牺牲了一切,他是如此完美地奉行现在将近结束的工作,这是其他任何一个雕刻家都还没有做过的。然而由于售价的高昂和鉴赏家为数不多的原因,他的版画不可能大量销售,从而酬谢他的一切心血;我的肖像可以帮他的忙。现在我的计划被破坏了:因为无论什么人的绘画,一经公开发

509

表，它就成为每一个经营版画和石印业务的人的私有财产了。但是，假如发生这样的事情，即在我死了以后，在死后出版的书信若是能获得某种社会效益（即使仅仅是社会效益的一种真诚的向往），而我的同胞也希望能看到我的肖像的话，那么我请求所有这方面的出版者能够慷慨地放弃他们的权利；并且还要请求对一切享有盛名的人的过分偏爱的读者，如果他们珍藏了我的一张随便什么照片，请求他们在读了这几行文字之后，马上就把这种肖像毁掉，尤其是那种制作得不堪入目和并不像的肖像，他们只应当购买那种标明约尔丹诺夫雕刻的肖像。如果能这样，那至少做了一件公正的事情。如果有一个经济宽裕的人，他不买我的肖像，却偏偏买了那张《基督变容图》的版画，那么这是更加公正的事了，这张画甚至连异国之人都承认是版画事业中的顶峰，俄国人的光荣。

我的遗嘱在我死后必须立刻在一切杂志和报纸上发表，这样可以不使任何一个人万一不知道这件事，在我的面前成为一个无辜的罪人，以至于需要来痛斥自己的灵魂。

果戈理君要求他的同胞们把现在所出版的这本《与友人书简选粹》连读好几遍，他还请求其中经济宽裕的人多买几本《书简选粹》分发给没有能力买书的人（第三页）……他准备到叙利亚，去参拜圣地，他请求所有他曾经得罪过的以及那些他不曾得罪过的人宽恕他……他尤其感到，在他的待人接物方面总有许多令人不快和难以接近之处。"这一部分是因为（他说）我回避与人接触交往，因为我感觉到，自己无法对人说出一番智慧的和必要的话来（空洞的和不必要的话，我可不想说），而在同时我认为，由于我的缺点多得数也数不清，我必须多少远离人群，多少作一些自我反省。这一部分是由于一种琐碎的自尊心，这种自尊心仅仅是我们中一些脱出污泥、走入人群，并且自认为有权目空一切地傲视其他人的人所特有的。"（第四至第五页）

在序文和遗嘱之后就是书信了。在这些书简中,作者把自己描写成一个在大病之后大彻大悟、内心中充满了爱、宽宏,尤其是谦恭精神的人物……它们的内容完全同这样的精神相呼应:这不是信,这宁可说是老师对学生的严厉的、有时甚至是威胁的训诫……他在开导、训斥、忠告、揭露、责备、宽恕等等。大家都带着问题来向他求教,他从来没有对谁不加答复的。他自己就说:"大家好像出于本能向我求教,要求我的帮助和忠告。"在这里,过了几行,他又说:"最近一时,我甚至收到我几乎从来就不认识的人们的来信,我逐一给他们去了回信,在从前我是不会这样做的。但是(?)我一点也不比别人更聪明。"(第一二一至第一二二页)接下去他解释,这种睿智他是从病中得来的。在另一封信中,他就经营方面给了朋友以忠告:"只要把它好生地弄清楚,你就不会吃亏了;有两个朋友已经来感谢我,其中之一是你也认识的 K﹡﹡。"(第一五九页)您看到吗,他是把自己看作好像 curé' du village① 一类的人物或者索性是天主教小世界中的神父……我们且来听听他的忠告,并为此而感到惊奇吧……

作者在一封写给一位太太的信中论述了妇女在社会中的重要性时,他向我们解释了在俄国巧取豪夺的主要原因。如果找到恶的原因——差不多就是找到对付这恶的药方。《书简选》的作者也找到这种药方……请听:官吏们受贿贪污的主要原因是"由于他们的妻子恣意挥霍,她们是如此迫切地渴望在大大小小的社交场合上炫耀卖弄,于是尽情向丈夫索取金钱。"(第十七页)……我们应当承认,我们被这个奇怪的发现着实吓了一大跳……但是,我们不会只停留在这一点之上,而是要继续前进:我们想而又想,终于想出这样的结果,如果这班官太太能够停止在上流社会里炫耀、出风头,那当然是好事,但是,如果她们除此之外,同时永远放弃这

---

① 法文:乡村教士。

种坏习惯——早晚喝茶或者咖啡,中午用午餐,还有另外一种与此相似的不良习惯,遮盖自己的胴体的,除了席纹布或者便宜的帆布以外还希求别的东西……那就更好了,这样一来,她们就根本没有必要向丈夫要钱,而丈夫们也不但根本没有必要收贿受赂,甚而至于连薪金都可以不取。……纠风正俗到此也就是完美之境了……只有那些所谓讲求实际的人才会不赞同这一套,他们不是凭一时的冲动,而是依靠常识和经验来理解一切的……他们可能这样说:在彼得大帝之前,我们这里并没有时装,妇女们深居闺中,可是贪污受贿却是大大高于现在……说不定,他们还要说,他们深切知道人类的本性和他们的弱点,他们认为,这是绝对不可能的:当另一种人凭着他们的资产,如果不能出风头,那就不如死的时候,要一种人消灭出风头的念头;假如达到财产方面的平等这是不可实现的梦想,那么在这个世界上就没有一种《书简》可以说服一个什么伊洛斯不想做一个克罗伊斯①,或者不去羡慕克罗伊斯,因为这是超越人类本性之外的,而为数不多的稀有的例外,在这里什么意义都没有。然而一个讲实际的人什么悦耳动听的话说不出呢,能够听信他们吗!要知道他们是从理智、悟性、经验和知识中汲取他们的思想的——这些都是尘世的、世俗的、邪恶的源泉!……这些人也许会对您说,健康的灵魂只能寄托于健康的身体中,只有没有患上神经错乱毛病的人才能正确地思索……塞住您的耳朵,不听那些自由思想,并且对那些胡话邪说的宣扬者吐唾沫(这是《书简选》作者喜爱的用语);请看作者就这一点说了什么:"啊,我们多么需要生一种疾病,在我从疾病中所得到的许多好处中,我只向您指出一件:要是没有这些疾病②,那我就会认为,我早就是我应该

---

① 克罗伊斯,公元前吕底亚末代国王,拥有巨大财富,伊洛斯是荷马作品中的乞丐。
② 在果戈理的原信中,在"要是没有这些疾病"之前,尚有"当今不管我是什么样的人,但是我毕竟比从前更好了"。

是的那种人了。更不要说,那种不断地推动俄国人作某种跳跃性活动的健康本身以及在别人面前显示一下自己的品性的愿望会促使我做出千百桩愚蠢事来。何况在当前,在这出于上帝的慈爱而赐给我的清醒的瞬间中,在最沉重的痛苦之中,有时候在我的脑子里会出现一种比先前那一套好得无比的思想,并且我亲自看到,现在在我的笔下流露的一切东西,都将要比先前的一套大大好得多。"(第二十六页)现在,不健康比健康更佳,这像二乘二等于四一样无可争辩:一个人在健康的时候,尤其是俄国人喜欢炫耀自己和目空一切,可是患病的时候,他终于清楚地看到,他先前干了一桩蠢事,现在他的神志清醒了,并且成为一个极好的英雄!在这里,他自己看到,他写得比先前好,假如整个社会对此看法完全相反,那他就要对整个社会吐唾沫,"你胡说八道,"他骂道,"傻瓜!……"您以为跟社会,尤其是跟上流社会不作兴这样说话吗?至少,在《与友人书简选粹》中除了把上流社会的人称为愚蠢的聪明人以外,不会称呼别的(第一四九页)。概乎言之,我们要顺便指出:我们那种谦逊而明智地给人以忠告的人不论对待自己的信徒弟子,不论对待从来没见过的陌生人,总是显露多少带有一种过分的东方式的真诚。"(他的)批评由于分析了暧昧如谜的最新文学作品而弄得疲沓和昏乱,无可奈何地只好扯到与此不相干的方面去,同时离开了文学问题,满纸胡说八道。"(第五十一页)因此,为了缓解这种痛苦,指引批评走上真正的道路,他写了一篇优秀的论文:《谈谈茹科夫斯基所译的〈奥德赛〉》——当然,这篇文章一点都没有胡说八道之处……然而还有更妙的呢:"德国的聪明人多么愚笨,他们都认为荷马只是一个神话,他的全部诗歌不过是民间叙事诗的一章一节。"(第五十页)据我们所记得的,坚持这种学说的主要人物就是沃尔夫教授[1],当然,他不是一个天才横溢的人,但是

---

[1] 弗·沃尔夫(1759—1824),德国语文学家。

很有学问,而且完全不是一个傻瓜……可是倒霉的是:歌德也有这种意见,歌德尽管也是一个德国人,可是不论在什么人的心目中,还从来没人把他当傻瓜……如果德国人知道在我们看来他们的歌德无非是一个傻瓜,他们会怎样来谈论我们呢!……然而,不管您怎么讲,事情总不得不如此,因为我们的作者既不懂沃尔夫和歌德如此熟谙的希腊文,也未必知道德语,而此外,他又不是按照理智,不是依据知识,而是听从灵感来判断:根据这一点人们应该得出结论,他是正确的,歌德的确是一个傻瓜……是的,这个问题是早就决定了的——歌德就是一个傻瓜!这里又何必对随便什么德国人过分客气呢!……但是,请看作者对于斯拉夫派所说的这种特别令人感到兴味的意见,这种意见显示了他的家长制的坦率精神的全部长处:

> 关于欧洲本源和斯拉夫本源的争论,正像你所说的,已经穿透进客厅里的这种争论,不过是显示我们已经开始觉醒,但是还没有完全醒透,因此,这就无足奇怪,他们双方都说了很多很多的胡话。所有这些斯拉夫派和西欧派——或者旧教派和新教派,或者说是东方派和西方派——他们实质上究竟是什么人,我还说不上来,因为暂时我总是觉得,他们不过是他们想做的那种人物的漫画而已。他们大家各自讲到同一种事物的两种不同的方面,他们怎么也没有料到,在他们相互之间根本不存在值得争论和对抗的地方。这一个人对一座建筑物走得过于贴近,因此只看到建筑物的一部分,另一个却又走得离开建筑物过分远,因此只能看到整个正面,却看不到各个部分。当然,在斯拉夫派和东方派一边,真理是更多一些,因为他们到底还是看到整个正面,从而他们谈的毕竟还是主要的东西,而不是关于各个局部。然而就在西欧派和西方派方面,也有其真理,因为他们十分详尽而又明确地描摹了耸立在他们眼前的墙;他们的错误只在这里:由于作为装饰用的这堵墙

的飞檐的遮挡,他们看不到整个建筑物的顶部,也就是它的头部,它的圆屋顶以及高处的所有东西。这里不妨向双方进以忠告:请这一方至少试一试暂时靠近一点,而请另一方稍微退远一点。但是他们并不同意这样办,因为他们的骄傲情绪使双方都失去了理智。他们每一方都相信自己是绝对地和肯定地正确的,而对方却是绝对地和肯定地错误的。斯拉夫派这一方相对更加自高自大:*他们都自吹自擂;他们之中每一个人都想象自己发现了美洲,他们找到一粒谷子就把它吹成了芜菁*。当然,他们由于这样的*顽固的自吹自擂*,终于激起欧洲派人士更加反对自己——欧洲派本来早就想作许多让步,因为他们自己已经开始听到以前许多闻所未闻的事情,但是他们还是顽强地坚持,他们不愿意向过分自吹自擂的人让步。

可是在另一处,作者关于同一个问题,却这样说道:

在我们这里,许多人,尤其是年轻人,现在过分地夸耀俄国人的英勇,他们根本不考虑在自身加深和培植这种英勇,而是以这英勇来向欧洲人炫耀宣扬:"你们瞧,德国佬:我们比你们强!"这种自吹自擂是危害一切的破坏者。它激怒了其他的人,同时也给自吹自擂者本身带来害处。假使你只管自吹自擂,那么已经做成的最好的事情也会变得一团糟。可是在我们这里,事情还没有做成,就先自夸起来了!一些未来的事也拿来炫耀一番!不,照我的想法,我宁愿暂时忍受由自己而造成的痛苦和忧伤,而不愿过于自信。

然而此刻我们要开始讲到作者对自己的信徒所进的忠告;必须把这种饶有趣味的话题告一结束。作者的一个朋友希图做一件前所未闻的大胆事:他决定用书面告知作者,根据他的意见现在是出版《死魂灵》第二部的最合适时间……这样的放肆大胆不能不对我们的作者的谦恭多少起了茫然不安的影响,于是他突如其来地向这个不知进退利害的冒失鬼作出如下犹如霹雳的回答：

如果你不是向我提出空洞的要求（你的信有一半都充斥这一类要求，这些要求除了满足某种无聊的好奇心之外，什么结果都得不到），而是搜集你自己的以及像你一样过着经验丰富、切实稳当生活的有头脑的其他人对我这本书的切切实实的意见，除此之外，再加上在你们的周围或者在全省所发生的各种事件和趣闻逸事，来证实或者否定在我的书中提到的每一件事，而在我的书中这类事每一页中总可以找到几十件；只有这样，你才算做了一件好事，而我也会对你由衷地感谢。我的眼界就会因此而开阔！我的头脑也将因此而清醒！我的事业也会因此而顺利！然而我请求做的事没有一个人执行。我的要求没有一个人认为是重要的，他们只尊重自己的；有的人甚至要求我做到什么真诚和坦率，可是他本人却并不明白他究竟要求什么。这种想预先知道的空洞的好奇心究竟为的什么，还有这种什么结果都不会有的急躁性，照我的看法是不是连你也开始感染上了？你瞧，在大自然中，一切都是依着次序和智慧并且按照浑然一体的法则而进行着的，而且一切都是合理地一个从另一个生发出来！只有我们，上帝才知道为什么，总是惶惶不安。老是焦虑急躁，老是好像在发高烧。喂，你有没有仔细戡量过你的话："现在非常需要第二卷"？难道我仅仅因为大家对我不满意，于是就像匆匆出版第一卷那样愚蠢地匆匆出版第二卷吗？难道我现在完全昏了头吗？这种不满意对我而言正是我需要的；一个人在不满意中就会多少对我提些意见。你从哪里得出结论，正是现在需要第二卷呢？你难道已经钻进了我的脑子里去了吗？你感觉到这第二卷的实质吗？按照你的意见，现在就需要第二卷，可是照我的想法，得过两三年，不能更早。但是就是到了那种时候还得同时顺便观察观察形势和时间。在我们两人中究竟谁更正确呢？是那个脑子里已经在酝酿这第二卷的人正确呢，还是甚至连如何构思这第二卷都并不知道的人呢？罗斯现在出现了何等样的古怪的风气！一个人自己侧身而卧，正经的事业懒得去做，却催着另一人，似乎他人有义务为了他这个侧身而卧的朋友的欢乐而任劳任怨。只要一发现多少有一个人在严肃地进行某种工作，大家就从四面八方来催促他，过后，一旦干出了什么蠢事，那么又来骂他说："干什么要这样性急？"但是我已经把你教训得够了。对你的聪明的问题我已经作了回答，甚至对你说了我至今没有对别人说过的话。不过，在读了我的自白之后，你可别以为我本人就是像我书中的人物那样，也是一个畸形怪物。不，我并不和他们相像。我喜爱善良，我寻觅它，我用善良来燃烧；但是我并不喜爱我的鄙陋，我并不像我书中的人物那样支持鄙陋；我也并不喜爱那些使我远离开善的卑劣行为。我跟这些卑劣行为进行搏斗，并且要继续搏斗下去，直到把它们消灭，上天会在这方面帮助我；至于上流社会的聪明人所说的一种废话，好像一个人只有在求学时代才能自己教育自己，这以后就是魔鬼也无法在自己身上作什么改变了，这种话是愚蠢的。这样一种愚蠢的想法只有在愚蠢的、上流社会人们的头脑里才可能形成。我已经把自己的许多恶习摆脱掉了，因为我把这些丑恶都转到了我的那些人物身上，我通过这些人物来嘲笑种种恶习，同时也促使其他人来嘲笑它们。我剥去了在它们之下一切恶习得其所哉的如画般的外衣和骑士的假面具，我将这种恶习同大家都看得清清楚楚的丑恶并列在一起，这样我就能摆脱掉许多恶习。当我在那个命令我到尘世上来，并且让我摆脱我的缺点的人面前反省忏悔的时候，我看到自己身上有许多恶习；然而它们已经不是去年那种样子了。神灵之力帮助我摆脱了那些恶习。我劝你别把这些话不当一回事，你在读完我的信以后，独自一人待几分钟,抛开一切事情,仔细审视一下自己,在自己面前检查自己的全部生活,这样就能够真正检验我所说的话的真伪。如果你能仔细辨味,在我的回答中就能找到对其他一些问题的回答。同时这种回答也能向你解释:为什么我到现在为止还没有给读者以令人安慰的表现,以及为什么没有挑选善人做我的主人公。他们不是凭空可以在脑子里幻想出来的。当你自己还没有哪怕是一点一滴跟他们相似,当你还没有获得永恒性的时候,还没有凭灵魂之力获得某些善良的品质的时候,你笔下写出的一切都将是僵死的,与真理有天壤之别。就说是虚构一场噩梦吧——我也不是凭空虚构出来的;是因为这些噩梦压迫着我自己的灵魂;凡是灵魂里所有的东西,都从其中抒发出来了。

下面的几节在许多地方都是很有趣味的:

普希金读到杰尔查文写给赫拉波维茨基的颂诗:
"让讽刺家为了言辞而把我吞噬——
为了行为而把我敬仰。"

的时候,他这样说过:"杰尔查文并不完全正确,诗人的言辞就是他的行为。"普希金的话是正确的。诗人在言辞的活动中,同样也像其他每个人在其各自的活动中一样,应当也是无可指责的。假使一个作家借口某些环境就是他的言辞所以不真诚,或者所以轻率,或者匆促慌张的原因,那么,任何一个徇私不公的法官也可以用自己的艰难的处境、老婆、家口庞大来为贪赃受贿和以法权做交易辩护了——总而言之,能够引用的理由难道还嫌不多吗?任何一个人都可能突然落在窘迫的境地中。假使一个作家说了什么愚蠢的话,或者什么荒唐的话,或者一般说,说得太不假思索和不成熟,后人可不会去关心,应该归罪于谁。后人也不会去辨别是谁推动作家这样做,是那个怂恿他进行过早活动的目光短浅的朋友呢,还是只为了自己的杂志的利益打算的杂志评论家?后人并不重视无论是干亲朋友,无论是杂志评论家,也无论是他自身的贫困以及艰难的处境,后人要加以责备的是他,而不是这一些因素。为什么你不坚持立场,反对这一切呢?你自己是应该体会到自己的称号的光荣的,你是应该能够把这称号看得比其他最有利的职位更加重要的。而且你这样做不是出于某种幻想的结果,而是因为在自身听到了神的呼召:因为除此之外,你还获得了比推动你的人们把问题看得更远、更广、更深邃的智慧!既然你已经获得做一个成人所需要的一切东西,为什么你还是一个孩子,而不是一个成人呢?总而言之,一个普通的作家可能会以环境为自身辩护,但不是杰尔查文,他至少没有把他的一半颂诗烧掉,这对他来说是太有害了。这一半颂诗出现了一种令人吃惊的现象,到现在为止,还没有一个人像杰尔查文在这些不幸的颂诗中那样,如此嘲笑了自己,嘲笑了他的最好的信念和感情的圣物。他在这里好像竭力要把自己随便涂抹成一幅漫画似的:凡是在他的其他作品中如此美好、如此奔放、如此充满灵魂的火焰的内心之力的一切,而在这里却变得冰冷、缺乏感情和勉强做作;而尤其糟糕的是,这里,重复着同样的措辞、用语,甚至同样的文句,这一切在他那些令人精神奋发的颂诗中拥有一种叱咤风云的气势,可是在这里简直可笑,正好像一个矮子穿上了巨人的铠甲,而且还是穿得很不整齐。现在,有多少人就根据杰尔查文的一些平庸的颂诗,就来对他下判断;有多少人怀疑杰尔查文感情的真诚,只是因为他们发现这些感情在许多地方的表现是软弱无力和冷酷无情的;至于对他的性格本身、他的灵魂的崇高,甚至他所坚持的那种司法的公正性,人们却说了多么轻薄不敬的闲话。而这一切都是他没有把应该烧掉的东西付之一炬的缘故。我们的朋友Π……①有一种习惯,他一发现一个著名作家无论什么文章,就马上把它们充塞到杂志里去,也不好好权衡,这究竟对杂志有利还是无利。他用杂志编辑的一般按语来保证这一切:"我们希望,读者以及后来之人为了这几行珍贵的文字会感激我们;一个伟大的人物,他的一切都是值得好奇的。"云云。这一切都是胡说八道。只有一种浅薄的读者才会感激涕零;可是如果从这些珍贵的文字中只是冷淡地重复已是尽人皆知的东西,如果从这些文字中无法使人体会到确是神圣的东西的圣物,那么,后代的人就会唾弃这几行珍贵的东西。一种真理越是崇高,就越是需要谨慎对待。不然的话,就会一下子变成老生常谈,老生常谈是没有人信仰的。一个不信上帝的人本身所造成的邪恶,反倒不如伪善者们或者甚至是那些敢于用亵渎神灵之口来传诵上帝的名字的实在有口无心的传教者所作的邪恶更厉害。出言吐语必须真诚。言语是上帝赐予人的最高的礼品。当作家还是被热情的迷恋、不满,或者愤怒,或者对某个什么人一种个别的不快情绪所摆布的时候——总而言之,当自己的灵魂还没有回复正常状态的时候,他最好还是不发什么言辞的好:这样硬挤出来的言辞,会使大家感到讨厌。那时候,即使抱有要行善的最纯正的愿望,也可能产生邪恶。我们的那个朋友Π……可以做证:他终生都是忙忙碌碌,他急着要同自己的读者共享,他把自己所掌握到的一切都向读者倾吐,也不去分辨这种思想在自己的头脑里是否已经成熟到可以让大家接近和理解的程度——总之,他在读者面前把自己的所有一切表现得不成体统。结果怎么样呢?读者有没有注意到在他身上十分频繁地闪耀的高贵而美

---

① "我们的朋友Π"系指彼·亚·普列特涅夫,他在当年(1837—1846)主编《现代人》时,在刊物上发表了好些这类文章。

好的热情的迸发？读者有没有从他那里接受他企图同他们共享的东西呢？没有。他们在他身上只注意到一个人首先可以看到的邋遢和粗糙，从他那里什么也没有接受过来。这个人三十年间好像蚂蚁一样工作和忙碌，整整一生他急于将一切他认为有益于俄国的文明和教育的东西传授给大家。但是没有一个人向他说一声谢谢；我没有遇到过一个感激涕零的青年人，他会说什么：他应当对他深表感谢，由于他的言辞的启发，使他看到新的观点，或者产生对善的美好的愿望。相反，我应当而且甚而至于要在这样一种似乎能够理解他的人们面前，争论一番，要为他的言辞的意图本身的纯洁性和真诚而辩护。我甚至很难说服随便什么人，因为他善于在大家面前把自己伪装起来，你绝对无法按照他的本来面目把他表现出来。作家拿言辞开玩笑，这是危险的。一语既出，要收回就来不及了！

我满怀喜悦地读了波戈金所写的对卡拉姆辛的颂扬之词。就慎重方面来说，不论从内部，还是从外表看，这都是波戈金的著作中一部比较优秀的作品：因为其中并没有他平常的粗鲁不文的气势和粗糙杂乱的、对他是非常有害的文体。相反，在这里，一切都是浑然一体的、深思熟虑的，并且作了井井有条的安排。他把卡拉姆辛的所有文章处置得这样明智，好像把卡拉姆辛整个儿都轮廓分明地显现出来，并且他通过自己的言辞来衡量和评估自己，让自己在读者的眼前栩栩如生。

然而在进行忠告方面成为珍品的是作者的三封信。在一封信里，他教导丈夫和妻子应该过相敬相爱的夫妇生活，我们惋惜的是，由于这封信的冗长，就剥夺我们将它的内容复述一遍的可能。这是奇迹，这是魅力，在俄语中还没有出现过类似的东西，在这些东西面前,甚至波戈金君的国外旅游笔记也都相形见绌了!……在另外的两封信中内容包括有十分奇怪的对地主的忠告,教他怎样来管好农民。在其中一封信里是关于乡村法院以及如何处罚的出色的忠告。按照作者的意见,既然在争论、怨诉、不满和诉讼中双方总是都有错,因此,他断言,法官办案时应该对双方都予处罚……"这种想法(他说),作为一种确定不移的信念,在我们的民众中间是到处都在流行的。以这种想法为工具,甚至一个脑子简单并不聪明的人也能在民众之中攫取权力,使争吵停止下来。只有我们这些上流人,没有听到这种想法,因为耳朵里已经塞足关于法权的那种空空洞洞的、欧洲骑士式的见解。我们不过是为了判断谁是谁非而进行争论;可是假使分析到我们的每一件案子的根底里去,那就可能得到同样的分母:这就是说,双方都有错,这样你就会看到,在普希金的中篇小说《上尉的女儿》中,那位镇守使夫人做得非常对。她派了一个副官去裁决一个巡警跟一个女人在澡堂里为了一只木桶而吵架的事件,她对副官作了如此的指示:去分析分析谁是谁非,但要对双方都给以处罚。"(第一八八页)

在另外一封信中,作者忠告地主,首先不是开玩笑地而是真诚地向他的农民表明,对他作为地主来说,金钱对他无足轻重。"吩咐那种坏蛋和酒鬼们要像尊敬村长、农庄管理人、神父或者甚至你自己一样尊敬善良的农民。要他们远远看到一个模范农民和主人时,所有的农民都从头上脱下帽子,大家都为他让路,如果有人胆敢对他做出什么不尊重的举动,或者不肯听从他的明智的话,那就当着众人的面严厉申斥一顿;要对这人说:'喂,你这张洗不干净的猪脸!你自己全身钻在煤渣堆里,脏得连眼睛都看不见了,可是你却不愿意去尊敬你应该尊敬的人!应该向他鞠躬,请求他使你头脑清醒一点;要是再不清醒——就给我像狗一样死掉。'"(第一五八至一五九页)

还有这个忠告也是很不错的:不要责打庄稼人,扇庄稼人耳光,算不得什么大本领,一个巡长、陪审官,甚至一个村长都会这样做;庄稼人对这种事已经习惯,他只是轻轻搔搔他的后脑勺而已。(第一六〇页)作者为此教导地主同庄稼人对骂……这究竟是怎么一回事?我们在何方?莫不是我们已经移居到上古时代去了吗?……

然而,这还不是一切。还有更好的哩:"你的关于学校的意见是完全正确的。教导庄稼人读书识字,为的是使他们有可能去阅读欧洲的那些博爱人士为老百姓出版的平庸空洞的书本。这实在是一种胡说八道。主要的是庄稼人根本就没有去做这件事的时间。在经过这样的劳动之后,任何一本书都钻不进他的头脑。——回到家里,他就睡下了,睡得很熟,简直像死过去似的。"(第一六二页)或者是闯到小酒馆里去,他也常常这样做。但是我们并不理解,根据什么作者如此描写,仿佛老百姓一看到随便什么印了字的纸页,就会像看到恶鬼一样,马上逃跑开去?我们的老百姓没有一个人喜欢法律文书,尤其是不通文墨的人;但是我们的老百姓并不害怕读书识字,相反,倒是喜欢读书识字,纷纷向它奔去,而不是望而却步。作者可以去请求他的一些朋友寄给他一份国家财务大臣先生在所有官方报纸上刊登的一八四六年的报告:他从这份报告中可以看到,在普通老百姓中那读书识字是怎样迅速地在俄罗斯扩展开来……如果他想在他住在德国各地时是那么赞美的俄罗斯住上一阵,并且仔细看看虽然他并不了解,但他却如此果断地下了判断的我们的普通百姓,那么他就会真正相信,读书识字的普及活动所以在普通百姓中获得迅速发展的成就,其根源就在于老百姓在读书识字中所体会到的对读书识字的深刻要求以及对于学问的强烈的追求……作者也会看到,一把大胡子的俄国农民为了保证自己的子弟读书求学是决不吝惜一切的,有的时候,就是再穷一点,也要罗掘一空地达到这个目标……的确,根据民间谚语来说,这就是对光明的爱,学问就是光明,而无知则是黑暗,这种爱就构成俄国的民众优秀的和最高贵的品质之一,——而这种品质却是到今天为止还没有被那些目光短浅的赞美和谄媚者从民众身上认识,而代替这个,他们却给俄国老百姓虚构了许多可以赞美的品质,而这些品质或者在他们身上根本没有的,或者正好是构成其黑暗一面的品质……

下面这一种特点是值得注意的:作者在书信的开头劝告地主要忠诚地、认真地向农民表示,金钱于他无所谓,也就是说他根本不需要它;可是他在信末却说:"你会像克罗伊斯一样富有起来。这和目光近视的人是针锋相对的,这种人以为地主的利益和庄稼人的利益是水火不相容的。"(第一六二页)……

作者写给茹科夫斯基的信是带有一种特殊色调的。下面就是这一类信的若干范例:

> 现在说到那一篇被你判了死刑的文章,也就是那篇题为《关于我国诗人的抒情诗》一文。首先应当感谢这死刑的判决!啊,我的真正的教导人和老师,这是我第二次得到你的搭救!去年,当我要把一篇描述俄国诗人的文章寄给普列特涅夫在《现代人》上发表的时候,是你的手把我拦阻住了;现在你再度把我的新的愚蠢的果实给摧毁了。只有你一个人又来阻止我,而所有其他的人不知道什么缘故,总是催促我。要是只听从我的其他朋友的话,我不知道要干出多少蠢事来。——因此,我要向你唱出我的感谢的歌。接下去可要谈到那篇文章的本身了。当我一想到,我到现在为止还是那么愚蠢,讲不出什么聪明一点的话来,我很惭愧。而特别愚蠢的是关于文学的意见和议论。一说到这方面,不知道为什么,我立刻变得浮夸、暧昧、愚蠢起来。我不只是凭头脑看到,而且甚至从内心中感觉到的我自己的思想,我都无力表达。我的心灵领会到许多东西,可是我却一点都不会把它们转述或者描写出来。我的文章的根据是正确的,可是我对每一种说

法的解释却惹来了矛盾。

那篇著名的文章:《论茹科夫斯基翻译的〈奥德赛〉》,现在以致 Н. М. Я……в① 的信形式在这本书中出现。下面就是这篇奇妙的文章的基本思想:

一、要翻译《奥德赛》,译者必须献出他的整个一生,翻译者在生活中必须经历过能够在心灵里唤起和平、和谐以及其他各种值得赞美的品质的各种不同的内部的与外部的事件。茹科夫斯基完全适应了这种"必需的"要求。

二、翻译者应该主要是一个基督徒,因为只有依靠基督教感情才能洞察和理解这位异教徒荷马。就这方面来说,茹科夫斯基超过了及格的水平。

附注:翻译者要不要懂得希腊文,茹科夫斯基究竟懂不懂这种语言,那么这作为一种世俗的、从而也是渺不足道的事情,作者只能保持沉默。

三、但因此,《奥德赛》的译本要比原作好得多。

四、由于普遍的冷淡与误解,这个译本对于我们现在是十分必要的。

五、《奥德赛》在我们这里,一般说,对一切人,以及个别说,对每一个人都产生了影响。

六、我们大家都要来读它:贵族、市民、商人、通文理的人和不通文理的人、普通士兵、奴仆、男女儿童。

七、希腊的多神教,也就是泛神论,并不能诱惑我们的庄稼人,他们只消搔搔后脑勺,立刻就弄明白,什么是真实,什么是虚妄。

八、《奥德赛》是一种对我们的文学起着良好影响的作品:我们的作家与批评家不再对它胡说一通。然而,主要的是——

九、《奥德赛》能纠正被欧洲的影响所败坏的我们整个的文

---

① 指尼·米·亚济科夫。

明，使我们返回到远古时代去，让我们年轻上三十个世纪左右……须知道这就是前进！……

"总而言之（作者说），《奥德赛》对于那种由于追求欧洲文化的完美而病入膏肓的人们是一种对症良药。《奥德赛》会使他们想起许多幼稚而美好的东西，这些东西（呜呼！）早就丧失了，但是人类必须把它们作为自己的合理的遗产为自己把它们找回来。许多人会把许多事情好好思索一番，而在同时，许多跟俄国的天性有血缘关系、从封建宗法制时代流传下来的东西也会在不知不觉间在俄国土地上面传播开去。依仗香气芬芳的诗歌之口，可以将随便什么法规和随便什么权力都振奋不起来的东西，传送到灵魂里去。"（第五十六页）作者在一封写给茹科夫斯基的信中说："你的《奥德赛》将给大家带来好处，这一点我可以向你预告。它使现代的人恢复朝气，他们本来因为生活与思想的混乱而疲倦，它会在他们的眼里重新出现许多他们以为是老朽的、对生活无用之物而加以抛弃的东西；它使他们返真归璞。"（第一二五页）

文学创作所引发的这一类伟大的而且是有益的改革，尤其必需，因为，用作者的话来说："今天一切都溶化了、松散了，每一个人都变成了垃圾和废物；让自己也变成一切（？）的可耻的踏脚板。最最空洞琐碎的环境的奴隶，今天真正意义上的自由，哪里也不再存在了。"（第一八五页）

这一切都蛮不错。然而在这里从我们的角度有两个温和的问题。普通老百姓会如何来读《奥德赛》？假定说，《奥德赛》并不是属于欧洲的博爱家们为老百姓而出版的书本之列；但是作者如此坚执地和严格地禁止我们的老百姓识字读书，他们又怎么有能力去读它呢？……或者是说只有"愚笨的"德国人才需要识字以便读书，而斯拉夫人，只要搔搔后脑勺，他就是不识字，也能够读懂一切书吗？……其次，如果出乎意料，果戈理君关于《奥德赛》对俄国人民命运的影响的神秘的预言完全破了产，而这个译本也像格

涅奇契的《伊利亚特》的译本一样,只为极小一部分人而存在,那又该怎么样呢?……那时候有人岂不要说:

　　　　山雀竭力要把荣誉创造,
　　　　可是大海并没有燃烧。①

但是这本书中最使人感兴趣的部分,却是《由于〈死魂灵〉而写给不同人士的四封信》。这四封信使得若干文学家——尤其是关心果戈理的文学声望的人感到高兴,沉入到欢忻激动里,变成真正幸福的人。这并不是秘密,因为他们急匆匆写出文字来表达自己的胜利之感,却是忘记了俄国的含意深长的谚语:匆忙招人笑,还有那在深长的意义上不下于此的法国谚语:bien rira qui rira le dernier②……从下面的摘引里,每个人很容易看出,正是在这些话里,使得敌视果戈理的才能的人欣喜若狂的。

　　您对有一些攻击《死魂灵》的文章的漫无节制的声调愤愤不平,是徒劳无功的。这自有其好的一面。有的时候也需要有心怀怨愤的人来反对自己。凡是受到美色所迷惑的人,他就对缺点视而不见,对一切都能原谅;然而,凡是心怀怨愤的人,都会竭力把我们身上的所有疮毒毛病挖出来,明白清楚地抖到外面,使你不得不看见它。真话是不大能够听到的,因此,只要能够听到哪怕是一丁点儿真话,那就可以宽恕任何不管是怎么样发出来的侮蔑性的声调。在布尔加林、森科夫斯基和波列伏依的批评中是有许多公正之处的,甚至也包括对我的忠告,叫我首先学好俄文,然后再动笔写作。的确,如果我不是急着把原稿付排出版,让原稿在自己手边留这么一年,那么,我以后自己也会看到,写得如此不成样子,绝对不应该

---

① 别林斯基引自克雷洛夫的寓言《山雀》。
② 法文:最后笑的人,笑得最好。

拿出去问世。对我而来的讽刺和嘲笑,正是我所需要的,尽管刚开始时听了心里很不痛快。呵!我们多么需要人家不断地猛击一掌,多么需要这种侮蔑性的声调,还有这种辛辣的、透骨彻腑的嘲笑!在我们的心的底层隐藏着多少各色各样卑微、琐屑的自尊心,苛细挑剔的、丑恶下流的虚荣心,因此就需要使用各种武器时时刻刻戳刺、冲击、鞭挞我们,而我们也应该每时每刻感谢冲击我们的人。

但是,我倒希望,更多的批评,不是从文学家方面来,而是来自操心于生活本身事务的人这一方面。这是多么不幸,除了文学家之外,在从事实际活动的人们中没有任何一个人有过反应。但在同时,《死魂灵》却引起了喧闹,惹来了许多怨言;由于嘲讽、由于真话、由于漫画,刺痛了许多人的伤疤,触到了大家每天都目睹的事物秩序。虽然其中漏洞百出,还有时代的错误,对许多事物明显的无知,许多地方甚至故意添上侮辱人的、刺痛人的话,也许有什么人会切切实实痛斥我一顿。在痛斥中开导我领悟我所祈求的真理。即使只有一个人发言也行!而这是人人都可以这样做的。而且还能够讲得更聪明一点!一个现任的官员,他可以在大家的面前,举出两三件实际发生的事件来清楚地证明我所描写的事件并不真实,从而比任何言辞更巧妙地驳倒我,或者就用这同样的办法来捍卫和辩护我所描写的事件的正确性。引用实际发生的事情要比空话连篇和文学上的清谈更能说明问题。就是一个商人、一个地主,总之,包括足不出户、安坐不动的人,或者在俄国地面上纵横来去的人,凡是知书识字的人都能够这样做。每一个人除了他自己的看法之外,置身在由他的职位、身份和教养所设定的在社会中的地位或者阶梯上,他还可以有机会,从这样的角度来观察同一个事物:就是除了他,其他任何人都无从看到的角度来观察。从《死魂灵》问世以后,全体读者可以写出一部有趣的让《死魂灵》无可比拟的另一本书。这本书不仅可以教导我,同时还可以教导读者们自身。因为,不必隐瞒,我们大家对俄罗斯都知之甚差。

即使只有一个人出来大声说句话也行!好像大家都已经死绝了,好像在实际上居住在俄罗斯的不是活的人,而是什么"死魂灵"。可是人们却申斥我不了解俄罗斯!仿佛我应当依靠神灵的力量非得通晓不管在俄罗斯哪一个角落发生的一切事情——不学习也能测知天下事!可是我,究竟用什么手段来通晓一切呢,作为一个作家,作家本身的身份决定我只能过一种坐着磨衣袖的隐居生活,何况又害着病,何况必须居住在远离俄罗斯的地方?我究竟用什么办法通晓一切呢?这些文学家、杂志评论家是不肯教导我的,他们自己就是隐居者,关在书房里的人。一个作家只有一个教师:他的读者。可是读者却是拒绝教导我。我知道,我没有完成应该做的事业,我该向上帝承担严重的责任,然而我知道,其他的人也将为我承担责任。我这话不是无的放矢。上帝会看到,我这样说不是无的放矢!

我有预感:在长诗中的一切抒情的离题旁涉将被人们理解得完全歪曲原来的意义。这些离题发挥是这样暧昧,是这样同那些在读者眼前通过的物象背离脱节,是这样同作品的风格与情态不相呼应,以至于不管是反对他的人,还是赞成他的人都陷于谬误。所有我提到作家的地方,凡是讲得含糊不明确的,一律算在我的头上;即使他们的解释有利于我,我也会为之脸红。我真是活该!一部作品纵使剪裁得并不差,但是却是随随便便用一些白线缝制而成,正像一个裁缝只是为了试样而缝成的衣服一样,那就怎么也不应该拿出去。我感到奇怪的只是,从艺术和创作技巧的方面对我的指责却很少。这是因为我的批评家们处在一种愤怒的状态中,同时他们不习惯观察作品的结构也干扰了这件事。应当指出,哪些部分在与其他部分的对比中是显得太冗长了,作家在哪些地方背叛了他自己,没有坚持他原来所采取的声调。甚而至于也没有一个人发现,书的后一半要比前一半写得更少提炼,其中有很大的漏洞,其中主要的、重大的情节倒被压缩了,节短了,而次要的、附带的情节却是铺张了;通篇作品的内在精神并没有突出的表现,而在人们的眼前晃来晃去的却是它的局部的和破碎的杂色片段。总之,可以把这种攻击作得更加切实有效,对我比现在所斥骂的还要骂得凶,骂得击中要害。

我要对你说,你既然是一个高明行家和深通人情世事的人,为什么也只会向我提出一些其他的人也会向我提出的空空洞洞的质疑?这种质疑有一半还是牵扯到未来的呢。你说这样的好奇心究竟有些什么意义?只有一个质疑是聪明的、而且是值得你一提的,我希望其他人也能对我这样做,尽管我不知道,我是否能够聪明地回答这个质疑。这个质疑就是:为什么我的最近一些作品的主人公,尤其是《死魂灵》中的,远远不是现实世界人们的形象,尽管他们本身是自成一格、完全不吸引人的人物,但是不知道为什么,他们倒是贴近灵魂的,好像有一种精神情绪参与到把他们创造出来似的?假使在一年之前,对这个问题我甚至对你都不好意思回答。而现在,我可以直白地把一切都说出来:我的主人公所以贴近灵魂,是因为他们是从灵魂里出来的;所有我最近时期的作品都是我自己的灵魂的历史。为了更加明白地说清问题,我要以作家的身份向你进行阐释。人们对我发了许多议论,同时分析了我的某一些方面,可是并没有阐明我的主要的本质。只有普希金一个人感觉到这件事。他经常对我说,还从来没有一个作家拥有这种天禀,能把生活的庸俗相表现得如此鲜明,善于把一个庸俗的人的庸俗相这样有力地勾勒出来,使得所有那些很容易在眼前滑过去的卑琐小事,会在大家的眼里大幅度闪耀出来。这就是在其他作家身上的确是没有的、只属于我一个人所有的特质。这种特质由于得到若干精神状态与它们相结合,在我的身上就变得更强烈地加深了。但是这一点我当时甚至对普希金都无力直言相告。

这个特质在《死魂灵》里以极大的力量凸现出来。《死魂灵》所以使许多人如此大惊失色,所以引起这样的喧闹声,并不是因为它们揭发了随便什么社会创伤或者内在的疾病。也不是因为它描写了恶人高奏凯歌,无辜者受苦这种令人震怖的画幅。根本不是这样的。我的主人公根本不是恶棍;我只要给他们中的随便什么人加上一个善良的特征,读者们就会同他们大家达成和解。然而连在一起的整个庸俗却把读者吓住了。读者所害怕的是,在我的笔下,庸俗的角色接二连三而来,一个比一个更庸俗,没有一种令人宽慰的现象,可怜的读者简直就得不到休息一下或者喘一口气的机会,而且在读完全书之后,看样子,正好像从一个令人窒息的地窖里走到光天化日之下一般。假使我描写的是神态生动的恶棍,人们是会立刻宽恕我的,然而我描写的是庸俗,他们就不会宽恕我。使俄国人感到害怕的,他的猥琐,要比他的一切犯罪和缺点更加厉害。这真是一种令人注目的现象!惊恐是合乎情理的!不论在哪个人的身上,如果对猥琐有如此强烈的厌恶,那么的确,在这个人身上,就会包含一切反对这种猥琐东西的力量,这就是我的主要的优点之所在。然而,我再重说一遍,假如这种优点,在我的身上,并不和我自己的精神状态以及我自身的精神历史结合起来,那么在我身上就不会发展到如此强有力的地步。在我的读者中,没有一个人知道,他嘲笑了我的主人公们,也就是嘲笑了我。

你们不要指责我,也不要得出自己的结论;你们会犯错误的,正像我的朋友们一样,他们根据我炮制了自己的作家的典范,按照他们自己的关于作家的思想方式,就来要求于我,要我投合他们所炮制的典范。上帝把我创造出来,并且并不向我掩藏我的天职。我所以降生于世根本不是为了在文学方面开创一个时代。我的事业简单而又切近:我的事业,首先,不仅是我,而且是每一个人都应当想一想的。我的事业就是心灵与恒久的生命的事业。而因此我的行动方式应当是持久的,我应当持久地进行创作。我没有理由要慌慌张张;就让其他人去慌张好了。临到应当焚毁的时候,我就焚毁。于是当真,我必须像应当做的那样去干,因为我不经祈祷,我是随便什么事情都不动手做的。

这就是所有最主要的东西,不过,我们要简约地从其中抽出最是根本的东西出来:

一、果戈理自己承认,他并不满意在这以前他所写作的一切东西,就因为这样,他焚毁了《死魂灵》第二部以及他的其他作品。Ergo①:果戈理才华的敌视者在这一点上是对的了,他们多年来一直认为他是一个没有才能、没有趣味的作家,是一个像保罗·德科克一样专门描摹下流、肮脏的图画的工匠。

二、果戈理自己同意,他的才能的特征就在于,善于把一个庸俗的人的庸俗相这样有力地勾勒出来,使得所有那些很容易在眼前滑过去的卑琐小事,会在大家的眼里大幅度闪耀出来。Ergo,这分明是一种渺小的和微不足道的才能……

三、果戈理庄重地宣布,他同意那些申斥他的作品的人,而不同意那些赞美他的作品的人。Ergo:赞美果戈理的人实际上是一

---

① 拉丁文:从而。

种文学上的宗派。这个宗派所以对他纠缠不已,就是为了贬抑那些真正的但却是他们所仇视的有才能的人。

四、果戈理自己说:"我所以降生于世根本不是为了在文学方面开创一个时代,而是为了拯救自己的灵魂。"Ergo:那些大声宣告他是新文学学派的领袖的人是在说谎。

五、果戈理自己承认,"在布尔加林、森科夫斯基和波列伏依的批评中是有公正之处的。甚至也包括对我的忠告,叫我首先学好俄文,然后才进行写作",以及"如果不是急着把原稿付排出版,让原稿在自己手边留这么一年,那么,以后自己也会看到,写得如此不成样子,绝对不应该拿出去问世",等等。Ergo:除了《近乡夜话》之外,果戈理所写的一切东西都是胡说八道,一点都不值得注意……

类似这样的结论,只有对于从而得益的人,才可能是正确的和合乎情理的。如果有人以为,只要是一篇杂志文章就能够在一切方面说服我们时代的读者,读者只相信书刊上的东西,而自己什么都看不清,什么都不理解,这种人是大错特错了。而因此有的人就要想说服人家相信,果戈理的光荣是立足在某个文学宗派的大吹大擂的鼓噪上的,他们为了自身的私利,需要把果戈理抬高。善良的俄国读者就相信了这个宗派的话,开始争购果戈理的作品,当剧场里上演《钦差大臣》的时候,剧场里就是座无虚席……不仅如此,上面所举的文学宗派甚至还能使法国读者,这之后还有整个欧洲的读者信服果戈理的天才……所有这一切都是欺骗、胡吹瞎扯、伪造作假,因为就是果戈理本人也是否定自己的作品和自己的荣誉的……单单是这样吗?……可是这跟我们有什么相关呢?——当我们赞美果戈理的作品的时候,我们不会去向他问询,他关于自己的作品是怎么想的,而是按照这些作品所产生的印象而进行评论的……这样,就是现在我们也不会向他发出征询,他现在究竟要怎么样教我们来思考他的以前的作品以及他的《与友人书简选粹》。

既然社会已经承认他的作品的价值,我们究竟有什么需要去知道他并不承认这些作品的价值呢?这是这样一种事实——事实的真实性连他本人都没有力量加以否定的事实……不,反对果戈理的才能的诸位先生,你们要想庆祝胜利未免过早一点,你们过去没有获得过这种胜利,将来也不会获得这种胜利!正是现在,果戈理的作品要比从前更为畅销,并且要比以前更为人所爱读,正是现在人们对他的评价将比过去更高了,因为在现今,对读者来说,他主要就是作为过去的体现而存在的……

但是我们且把恶意非难者放在一边,又要转到我们的作者头上。当然,在他承认自己的错误以及承认在敌人的攻击很有道理这种谦逊中,包含着许多崇高的、使他获得特殊的荣誉的东西;然而,如果更单纯地看问题,也就是说,不是从自尊心方面来看,而是从问题的本身方面来看,那么我们就可以看到,作者如果不是去作各种各样的承认,而是参考那些不无道理的责备,把《死魂灵》第二部修改完善后付印出书,这样做应该更加好得多……同样的话一部分也可以用到《书简选粹》但绝非《与友人书简的精选》上:这个本子如果出版可能显得更加通顺、更加得体、更加完整,总之,可以说……然而,显而易见,在口头上显示谦逊总要比在实际上尽劳致力容易得多……

我们还不能不举出另外一种特点来。请听作者在他的书中的某一处是怎么说的:"自从彼得一世皇帝使用欧洲文明的炼狱来洗净我们的眼睛,把完成事业的一切手段和武器交到我们手里以来,几乎已经过去一百五十年了,但是到今天为止,我们这个区域还是如此荒芜、忧郁和毫无人烟,我们周遭的一切人还是那么得不到容身之处,还是那么阴沉沉的模样,正好像我们到现在为止还是没有自己的家,还是没有站在自己的家的屋檐下,而是彷徨无依地站在什么地方的大路上,我们从俄罗斯得不到如兄似弟的热情的、亲切的接待,而是碰到一个冷冰冰的、被暴风雨笼罩的驿站,在那里总能见到一个对每个人都是无动于衷的驿站长,他总是给人一句冷酷无情的回话:'马匹没有!'"(第一三六页)作者把这一点归罪于我们,归罪于我们是有理由的。但是作者在这一本书的另一处却是这么说的:"真使我们感到害臊,直到现在为止欧洲人还在向我们指出他们的一些伟人,可是这些伟人却并不比我们这里不是伟人的人更聪明;但是这些人在他们身后至少还是遗留下一种牢固的事业,可是我们虽然做了一大堆的事情,但其结果所有这些事却像灰尘一样,随同我们一起从地面上消失无踪。"(第一九二页)接着,我们读到了这样的文句:"如果使用描写冯维辛传记这样的文笔来刻画整个叶卡捷琳娜皇朝时期,由于这是个非凡丰富的时代,以及由于不平凡的人物与性格的不平凡的冲突,现在我们看来几乎是荒诞无稽的时代了,那么几乎可以肯定地断言,欧洲不可能给我们写出就价值来说与此相等的历史著作来的。"(第二三七至二三八页)读者,对这同一本书中不同地方三段不同的摘录,您有什么想法?

请看作者还有一种古怪逻辑的标本:他说,不论是冯维辛的普罗斯塔科娃,不论是塔拉斯·斯科季宁,不论是普罗斯塔科夫,还是米特罗方身上,没有人能够认出他们是俄国人,并且,在同时,人人都体会到,在任何一个其他地方,不论是在法国,还是在英国,都无法形成这样的人物(第二四七至二四九页)……在这里,你要怎么理解就怎么理解吧!……

现在的问题是:为什么要写这整本的书?

这也是很难说清的,正像作者为什么要写出下面几行一样:"现在我们多么需要在众目睽睽之下,公开吃一下耳光!"(第一九二页)

从这本书中可以抽出什么样的结论呢?

当然,在这种场合,每个人都会各各按自己的一套办法去做,于是在研究问题的时候,有多少人,就会得出多少条结论。说到我们，我们从这本书中得到的是这样的结论：一个被大自然创造而为艺术家的人，将会是不幸的，如果他不满意自己原来的道路，而冲上了一条他所陌生的道路，他就会是不幸的！在这条新路上等待他的是无可躲闪的摔跌，在这以后，要再回到原来的道路上就不大有可能了……临到这里，我们不知道为了什么，忽然回想起了克雷洛夫的这几句诗：

> 如果让鞋匠烘糕饼，
> 　　让糕饼师傅做鞋子，
> 　　事情就会非常糟糕。
> 　　这样的事情人们已看到好几百遭，
> 凡是喜欢干外行事的人，
> 他永远比其他人更顽固，更荒唐：
> 　　他宁愿把一切事情都弄糟，
> 　　　　宁愿成为
> 世人嘲笑的对象，
> 　　却不甘心向受人尊敬、懂行的人求教，
> 　　或者听取合理的忠告。①

我们的脑子里又想到从《与友人书简选粹》这本书中所抽出来的其他一些结论；但是……如果这样，我们的文章就会显得太冗长了……

---

① 摘自克雷洛夫的寓言诗《梭鱼与猫》。

给果戈理的一封信

您在我的文章中看出我是一个怒气冲冲的人,您只说对了一部分:用这个形容词来表达我在阅读您的书时把我引进去的境界来说,还是过于软弱,过于温和了。可是,您断言,这是由于您对于崇拜您的才华的人发表了实际的、并非完全是谀扬的评语,这就完全不对了。不,这里有一个更为重要的原因。自尊心受到侮辱,只要一切问题都局限在这里,我在理智上还是能对这个问题保持沉默不语的,然而到得真理与人的尊严受到侮辱,这却是不能忍受的:在宗教的庇护下和鞭子的防卫下把谎言和不道德当作真理和美德来宣传,这也是难以使人沉默的。

不错,我曾经以一个和其祖国血缘相连的人用来爱祖国的希望、声誉、光荣以及爱祖国在其自觉、发展与进步的过程中的伟大领袖之一的全部热情爱过您。而您在失去得到这种爱的权利以后,至少,在暂时之间,无法保持心境的平衡,这您是有足够理由的。我所以这样说,并非因为我的爱是对伟大才能的褒奖,而是因为在这一方面,我代表的不是一个人,而是许多人,其中的绝大多数,不论是您,还是我都没有亲自见过,而反过来说,这绝大多数人也从来不曾见过您。我没有能力使您稍微了解您的书在所有高尚的心灵里激起的愤慨,也没法使您稍微理解您的一切敌人,包括非文学方面的敌人——乞乞科夫们、罗士特来夫们、市长们……以及您熟知他们的姓名的文学上的敌人,当远远看到这本书问世的时候所发出野蛮欢忭的叫喊。您亲自看到,甚至就是那些看来跟您的书气味相投的人,也从您那本书前退避开去,即使这本书是根据深刻而真诚的信念所写出来的,它还是必然会使读者产生同样的印象。假如大家(只除去少数人,我们应当把他们看看清楚,不要因为他们的恭维而高兴非凡)把这本书当作一种为了借上天的方式以求达到尘世的目的的巧妙的但却粗野无礼的诡计,那么,在这一点上,只能归罪于您。这件事一点也不必奇怪,值得奇怪的倒是您觉得这是奇怪的事。我以为,这是因为您只是作为一个艺术家,而不是作为一个有思想的人来深刻地了解俄罗斯,而您在那本荒唐无稽的书里想扮演一个有思想的人的角色却是失败的。这不是因为您不是一个有思想的人,而是因为多年以来您已经习惯于从您那美丽的远方来眺望俄罗斯;可是谁都知道,再没有什么比从远方来看我们竭力想要看清楚的那些事物更容易的了,因为在这个美丽的远方,您完全生活在一种与它隔绝的世界中、生活在自身之中、自己的内部或者生活在一群心境和您相同而又无力反抗您的影响的单调的小圈子里。因此,您就不会发觉:俄罗斯看到它的得救之道不是在于神秘主义,不是在于禁欲主义,不是在于虔信主义,而是在于文明、开化和人道的进步之中。俄罗斯需要的不是教诲(这种教诲她已经听够了!),不是祈祷(她已经把它们背诵得够多了!),而是在人民中间唤醒多少世纪以来一直埋没在污泥和垃圾中的人类的尊严的感情,争取那不是遵循教会的学说而是依照常识与正义的权利和准则,并且严格地尽可能促使它们的实现。可是代替这一方面,俄罗斯却呈现这样一个国家的一种可怕的景象:在那里人们贩卖人口,甚至连一个美国农场主所狡猾地利用的、说得如此斩钉截铁的所谓黑人不是人那样的辩护都不必有,在这个国家里,人们称呼自己不是用名字,而是用绰号:万卡、瓦西卡、斯焦什卡、巴拉什卡;此外,在这个国家里,不但人格、名誉、财产都没有保障,甚至连治安秩序都没有,而只有各种各样的官贼和官盗的庞大的帮口!今天在俄罗斯最紧要的和最迫切的民族问题,就是消灭农奴制度,取消肉刑,尽可能严格地去实行至少已经有的法律。关于这一点,甚至政府自己都感觉到了(政府深切知道,地主们是怎样对待农民的,后者每年要把前者杀死多少人)。他们的那种优待白皮肤黑人的怯生生的、毫无效果的不彻底措施,还有用三鞘皮鞭取代单鞘皮鞭这种滑稽可笑的更迭,就是其明证。

这就是俄罗斯在其凄凉的睡梦中惊惶不安地思索着的一些问题。就是在这一个时候,一个伟大的作家通过他的奇妙艺术的和深刻真实的创作强大有力地促进俄罗斯的自觉,让俄罗斯有机会像在镜子里一样,看到了自己——可是现在他却带着这本书而出现,他在这本书中借基督和教会的名义教导野蛮的地主向农民榨取更多的钱财,教导他们把农民骂得更凶……这难道不应当引起我愤慨吗?……即使您有意要谋害我的性命,使我对您产生的仇恨也不会比这几行可耻的文字使我产生的仇恨更深……而且,您还要别人相信您的那本书的倾向是真诚的!不,如果您真正的充满基督的真理而不是魔鬼的教义——那时候在您的新书中就根本不会是这样的写法。您会对地主说,他的农奴是他的基督兄弟,既然是兄弟就不能是哥哥的奴仆,因此,他就应该给他们以自由,或者至少在享受农民的劳动成果时,尽可能考虑到他们的利益,在自己的良心深处自觉地认识到过去在对待他们中自己的错误。

说到那一句话:"哎,你这张洗不干净的猪脸!"您是从一个什么罗士特来夫、一个什么梭巴开维奇口里听来的,您把它向世人传播,把它看作是有益于农民、教诲农民的一大发现吗?——他们所以不洗脸难道不是因为相信主人的话,不把自己当作人吗?还有,您从普希金的中篇小说中那个愚蠢的婆娘的那句话里①:不论是无辜的还是有罪的都应当吃一顿板子,找到您的关于俄国民族的司法和惩罚制度的理想的观念。的确,在我们的国家里常常是这

---

① 在普希金的《上尉的女儿》的第三章里,上尉的太太在解决一个军曹与婆娘的争吵时,就说过这样的话。

样干的,虽然,更加频繁的是无罪的人挨揍,只要他拿不出钱来赎罪,而在这种场合,又有另一种俗谚:无罪的罪人!这样的一本书竟会是艰苦的内心过程、崇高的精神启示的结果!这不可能!或者是您生病了——那您得赶快就医,或者……我不把我的想法说到底!……

鞭子的说教者,无知的使徒,蒙昧主义和顽固专横的拥护者,鞑靼人生活风习的歌颂者——您这是想干什么!看一看您的脚下吧——您正站在无底洞的边沿上……您是将正教教会作为这一类教义的靠山,这一点我还能理解:教会一直是笞刑的支柱以及专制主义的帮凶,可是在这里您为什么去打扰基督呢?您在基督和一个什么教会——尤其是正教教会之间又找到了什么共同之点呢?基督第一个向人们传播关于自由、平等、博爱的教义,并且通过殉教精神印证了和巩固了他的教义的真实性。这种教义只有在教会还没有举办起来,并且还没有当作正统精神原则的基础的时候,它才是人类的救星。教会是一种僧侣们的组织,因此他们只能是不平等的拥护者、权力的阿谀逢迎者、人与人之间博爱的敌人和迫害者,一直持续到今天还是这样。可是基督教言的意义已经得到上一世纪哲学运动所揭示。这就是为什么一个什么伏尔泰能够以讽刺为武器在欧洲扑灭宗教狂热和愚昧无知的火焰,当然,他是比您的一切神父、都主教、大牧首更是基督之子,基督的骨之骨,肉之肉!难道您不知道这件事吗?要知道,现在,这对于任何一个中学生都不是什么新鲜的事情啦……因此,难道是您,《钦差大臣》和《死魂灵》的作者,把俄国教会的丑恶的神父们放得比天主教神父们还高,真心实意地、发乎内心地歌颂这些人吗?就算是您不知道后者在从前的什么时候还干过一点什么事情,可是前者却除了充当世俗政权的仆从和奴隶之外,却是从来没有干过什么好事;可是,难道您是真的不知道我们的神父们是落在使俄国社会和俄国民众的普遍的蔑视之中吗?俄国的民众讲的是什么人的卑鄙无耻的故事？讲的就是关于神父、神父的老婆、神父的女儿以及神父的长工的故事。俄国的民众把什么人称作孬种,大肚种马？神父们……神父之在罗斯对所有俄国人来说,不就是饕餮、贪欲、下贱和无耻的化身吗？好像这一切,您都闻所未闻？真是奇怪之至！按照您的意见,俄国的民众是世界上最笃信宗教的,这真是谎话！宗教性的基础就是虔诚,崇敬,畏惧上帝。可是一个俄国人一面搔着身上的痒处,一面呼叫上帝的名字。俄国人是这样来议论圣像的：用得着,拿来祈祷,要是用不上——拿来盖瓦罐。

请您再仔细地看看,您就会看到,他们在天性上本来是彻底无神论的民族。在他们的身上还有许多迷信,可是却并没有笃信宗教的痕迹。迷信会跟着文明的成就而消失,可是笃信宗教则是要和他们长久相伴。法兰西就是一个活的例子,在那里,就是到现在,在那些开明的、有教养的人中,还有许多真诚的天主教徒,在那里,许多人在背离了基督教之后还是顽强地崇奉某一种上帝。俄国人民就不是这样的；神秘的狂热不是他们的天性；对这一点来说,他们有太丰富的常识,智慧上的明朗与坚定,俄国人民历史命运前程远大,似乎也就在这里了。笃信宗教的精神甚至就在僧侣中间也并没有生根,因为只有几个以冷漠的禁欲主义的观照相标榜的例外的个别人物,是什么东西都证明不了的。我们的大多数的神父还只是以肥大的肚子、烦琐的教诲以及野蛮的无知见称。与其去责备他们宗教上的狭隘和狂热,倒不如去赞美他们刻板的在信仰上的漠不关心。在我们这里,笃信宗教只见于那些分离教派的身上,他们就精神方面来说是和他的人民大众大相径庭的,而在人数上在人民面前又是那么微不足道。

我不打算絮絮叨叨谈论您那俄国民众同他们的主子之间的亲密关系的赞歌。我要直言不讳说：这种赞歌不会在随便什么人那里引来同情,甚至反而在其他一些方面,在倾向上和您非常接近的人们的眼里把您贬低。说到我个人,我听凭您的良心去斟酌是否去欣赏专制政体的神圣的美(这种政体既安适又有益),只不过您得继续有分寸地从您那美丽的远方来观照:太近了,这个政体就不那么美丽和安全了……现在我只指出一点:当一个欧洲人,尤其是一个天主教徒,被宗教情绪控制的时候,他就会成为邪恶的政权的揭发者,正像那揭发了地上的无法无天的专横的犹太人的先知一样。可是在我们这里事情却是相反:一个人(甚至一个正常的人)只要患上精神病医生叫作 religiosa mania① 的疾病,那么他立刻就会对地上的上帝比天上的烧更多的香。甚至还会做得更为过头一点,要是没看到这会败坏他在社会中的名声,真会让地上的上帝为了他曲尽犬马之劳而奖励他……我们俄国人,真是骗子的兄弟!……

我还记得,在您的那本书里,您是当作一个伟大而无可争辩的真理而斩钉截铁地说,读书对普通百姓不但没有什么好处,而且肯定有害。对这一点,我应当怎样对您说呢? 如果您在把这意见写到纸上去的时候您不知道您说的是什么,愿您的拜占庭上帝原谅您的拜占庭思想。然而,也许,您会说:"就算我犯了错误,我的一切思想都是谎言,可是为什么要剥夺我的犯错误的权利,不相信我犯错误是出于真诚呢?"因为——我来回答您——这一类倾向在俄国早就不是新鲜事。甚至在不怎么长久之前,已经由布拉巧克②以及他的一伙人所尽情发挥过了。当然,在您的书里,要比他们的著作更多智慧,甚至是才华(虽然不论前者还是后者在其中都并不十分丰富),但是因此他们却以更大的毅力和更大的彻底性发挥他们和您共同的教义,大胆地达到它的最终结论,把一切都奉献给拜占庭上帝,一点东西都不留给撒旦,可是您却打算在拜占庭上帝和撒旦的面前同时上香点烛,这样您就落入矛盾之中,例

---

① 拉丁文:宗教狂。
② 布拉巧克(1800—1876),《灯塔》杂志的主编人。

如,您捍卫普希金、捍卫文学和戏剧,只要您还要保持那种首尾一贯的正直之心,那么,按照您的观点看来,所有这一切一点都不能拯救灵魂,只能大大促使灵魂的毁灭……谁的头脑能够容纳这样的意见:说果戈理同布拉巧克是一道同风的呢?您未免把自己在俄国公众的舆论中的地位放得过于高,以致俄国公众不能相信您这一类信念是真诚的。凡是在傻瓜眼里是自然而然的事情,不可能在天才的人眼里也是如此。有一些人一直有这样的想法,您这本书是神经错乱到近于彻底疯狂状态的结果。可是他们很快放弃了这种结论——很清楚,这本书的写成,不是一天,一星期,一个月,也许,是一年,两年,或者三年;从其中可以看到联系,从漫不经意的叙述中可以看出一种深思熟虑,在对当政掌权者的歌颂之中称心如意地安排了虔诚的作者的尘世上的地位。这就是为什么在彼得堡传播开这样的一种传闻,您写这本书,其目的似乎是要充当皇太孙①的太傅。还在这以前,您给乌瓦罗夫的那封信,在彼得堡早就为大家所知道,在信中,您忧心忡忡说,您那关于俄国的作品受到人们的曲解,接着,您对自己以前的作品表示了不满,并且宣布,只有到了自己的作品将能获得沙皇的满意的时候,到那时候,您才会对这些作品感到满意。现在,您自己来下判断吧:您这本书使得您在公众眼里,降低了您不仅作为作家,特别是作为一个人的身价,这有什么可以奇怪的呢?

据我所知道的,您看来并不完全了解俄国的读者公众。读者公众的性格取决于俄国的社会情势。在这个社会中,一种新锐的力量沸腾着,要冲决到外部来,但是,它受到一种沉重的压力所压迫,它找不到出路,结果就导致苦闷、忧郁、冷漠。只有单单在文学中,尽管有鞑靼式的检查,还保留有生命和进步。这就是为什么在我们这里作家的称号是这样令人尊敬,为什么甚至是一个才能不

---

① 皇太孙,即指亚历山大三世,当时他的父亲亚历山大二世还是皇太子身份。

大的人在文学上这样容易获得成就。诗人的头衔,文学家的称号在我们这里早就使肩章上的金银线和五光十色的制服黯然失色。而这也就是为什么,在我们这里,任何一种所谓自由倾向,甚至即使是才能贫乏的人的,都特别受到大家普遍的关注,这也就是为什么一些不管是真诚地还是不真诚地,把自己奉献给正教、专制政治、国粹的伟大的才能,他们的名声立刻就会下降。普希金就是一个显著的例子,他不过是写了两三首忠于君皇的诗,并且穿上宫廷侍从的制服,他就突然失去民众的爱戴!如果您真的认为您的书之所以垮台,不是由于它的恶劣的倾向,而是由于您似乎向大家和每个人说出了尖锐的真理,那您就大大地错了。就算是这样,您对于写作上的同行可以这样设想,可是您怎么可以将读者公众归到这一个范畴里去呢?难道在《钦差大臣》和《死魂灵》里您向读者公众所诉说的还不够尖锐,真理和才华还更少,真相还不够辛辣吗?旧派人物的确对您恼恨得要发疯,然而《钦差大臣》和《死魂灵》并不因此而消灭,可是您那本最新的书却可耻地钻进地底下去了。读者公众在这里是正确的:他们把俄国作家看成是他们的唯一的领袖,使他们不受专制政治、正教和国粹主义摆布的保卫者和救星。因此他们总是准备原谅一个作家写得不好的书,却永远不能宽恕一本极为有害的书。这证明,在我们的社会中已经存在一种清新的、健康的感觉,尽管它还处在萌芽状态之中,而同时,这也证明:这个社会是大有前途的。如果您爱俄罗斯,您就应当同我一起庆幸您的那本书的垮台!

我并非不是带着若干自满的感情告诉您:我觉得,我是稍微了解俄国的读者公众的。您的那本书使我担心:它可能对政府当局、对审查制度产生很坏的影响,但绝不会对公众起什么影响。当彼得堡散布一种传说,说是政府打算把您的书印刷好几千本,并以最低廉的价格出售,我的朋友们都因而垂头丧气;可是当时我却对他们说,不管怎么样,这本书不会取得成功,人们很快就会把它忘却。

实际也的确是这样,今天大家所以还记得它,是因为大家的文章都提到它,而不是由于书的本身。的确,在一个俄国人身上,尽管还不发达,但是其真理的本能却是深刻的。

您的改宗,也许,可能是真诚的,但是您这种把关于改宗的事情昭告公众都知晓——这却是最大的不幸。对我们的社会来说,天真而善良的时代早就已经过去了。我们的社会已经理解,随便在哪里祈祷都是一样的,只有那种在其心胸中从来没有基督或者已经把基督丢失掉的人,才会到耶路撒冷去寻找基督。凡是看到别人的痛苦,他也感到痛苦,看到别人受到压迫而感同身受的人,在他的心胸里就有基督,他没有必要再步行到耶路撒冷去。您所宣扬的温顺,首先并不新鲜,其次,一方面显示您的极度的骄傲,另一方面又反映出您的人的尊严的最为可耻的屈辱。这种要做到某种抽象的完美、在温顺上高出于任何人之上的想法,可能就是骄傲或者智力低弱的结果——在这两种情形下,就会不可避免地导致伪善、假仁假义、中国作风。何况,在您的书里,您放纵自己不但卑劣而肆无忌惮地谈论别人(这不过是不礼貌而已),而且还如此这般谈到自己——这就已经是丑恶了;因为一个人如果打了近邻的耳光,激起了愤怒,那么一个人如果打了自己的耳光,就只会激起轻蔑了。不,您只是受到了蒙蔽,而不是受到什么启迪;您既不理解我们这个时代基督教的精神,也不理解其形式。从您的书里散发出来的,并不是基督教教义的真理,而是对死亡、魔鬼和地狱的病态的恐惧!

而且,这算是哪一种语言,哪一种文句?"今日众人均变为尘芥与褴褛。"——难道您以为,说众人来代替每一个——这就是用圣经体来表达了吗?一个人把整个身心都投在虚谎里,那么智慧和天才就会弃他而去——这是一个多么伟大的真理。如果您在您的书上不放您的名字,如果您把这本书中谈到您本人是一个作家的段落都删去,那么,什么人还会想到,这种不干不净、浮夸的单词和文句竟是《钦差大臣》和《死魂灵》作者的作品呢?

至于说到我个人,我要向您重复说一遍:您认为我的文章只是由于您把我看作您的批评家之一于是加以评论使我感到愤慨而所作的表示,您这是完全错了。假如仅是这一件事使我发怒,那么我只会对这一点作出不满的反应,而对其他一切都会表现得心平气和、不偏不倚。可是这却是事实:您对您的崇拜者的评论糟上加糟。我理解有时候有必要对一个笨蛋猛击一掌,这个蠢东西对我的恭维和欢呼只会把我弄得可笑,但是这种事要真做到可并不容易,因为,依照某种人道原则来看,甚至就是对付那种虚伪的爱情,若是以仇怨来报答,也总是不妥的。然而您所指出的人物,纵使不是以才智卓越著称,到底也不会是愚不可及的人。这些人在激赏您的作品时,说不定,他们所表现的惊叹会远过于对这些作品的实事求是的分析,但是不管如何,他们对您的热诚是出于一种纯粹的和崇高的动机,您根本不应该把他们出卖给他们和您的共同的敌人,而且还要指责他们别有用心地歪曲您的作品的意义。当然,您是受到您那本书的主要思想的迷惑才这样做的,而且没有经过深思熟虑,可是维雅赛姆斯基,这个贵族社会的公爵,文学中的奴才,却发挥了您的思想,对您的一些崇拜者(从而,也特别对我)发表文章进行私人告密①。他这样做,大概是为了感谢您,您把他这个拙劣的押韵编诗匠抬高成为伟大的诗人,我记得,好像是为了他的那首"委顿的、好像在地上拖着走的诗"②。所有这一切都并不妥当。至于您是否只不过等待时机,到了那时,您会给您的才能的崇拜者以公正(您怀着一种骄傲的谦逊给过您的敌人以公正),这我

---

① 这里是指维雅赛姆斯基的《雅寿科夫——果戈理》(刊《圣彼得堡通报》,一八四七年,第90—91页)。维雅赛姆斯基认为果戈理的这本书对于从一切借果戈理之名以掩盖其暴露根本秩序的人是"需要的"。别林斯基在这里公正地认为,这几乎是对他而发的私人告密。
② 别林斯基在这里引用的是果戈理《与友人书简》中《俄国诗歌的本质究竟是什么,它的特点又是什么》一章中的一句:"……维雅赛姆斯基这首渗透着辛辣的和令人压抑的俄罗斯的忧虑的滞重的、好像在地上拖着走似的诗"。

546

就不知道:我不能,是的,我承认,我也不想知道。在我的面前就是您的书,可是这不是您的意图:我读了您的书,而且读了一百遍,除了其中原来有的,我还是不能从其中找到别的什么东西,而其中原来有的东西,却深深地激怒了和侮辱了我的灵魂。

如果让我尽情抒发我的感情,这封信很快就会变成一本厚厚的大书。我从来没有想过要就这个题目写信给您,虽然我心里渴望这样做,虽然您也曾在刊物上公开声言,只要所指的是一点真理,所有的人都有权不拘礼节地给您写信。居住在俄罗斯,我不可能这样做,因为当地的"施彼金们"①拆看别人的信件不光是为了个人的畅快,还出于职务上的责任,为了告密。今年夏天开始的肺病把我驱赶到了外国,同时从 N② 把您写给我的信转到萨尔茨堡来,而我今天就要同安年科夫一起从萨尔茨堡经美因河畔法兰克福到巴黎去。这封出乎意外地收到的您的来信使我有机会向您倾吐由于您那本书在我的心里所郁积下来的一切反对您的话。我不会吞吞吐吐,我不会故弄玄虚,这不是我的天性。就让您或者让时间本身向我证明,我对于您的结论是错误的。我对此首先感到高兴,而决不会对我向您讲过的话感到后悔。在这里涉及的不是关于我的或者您的个人的问题,而是一种不但比我,甚至比您还要远远高得多的事物:在这里问题涉及的是关于真理、关于俄国社会、关于俄罗斯的问题。

这就是我的最后的结论:您曾经不幸带着一种骄傲的谦逊否定了您那些真正伟大的作品,那么,现在您应当带着真诚的谦逊否定您的最近的这本书,用一些能使人想起您的往昔的新作来赎取这本书出版带来的沉重罪过。

新历一八四七年七月十五日,于萨尔茨堡。

---

① 施彼金是果戈理的《钦差大臣》中的邮政局长。
② "N"据考证,系指涅克拉索夫。

一八四七年俄国文学一瞥

第 一 篇

时间与进步——小品文作家们——进步的敌人——外来辞在俄语中的应用——二十年代一些年鉴对俄国文学的年度概观——格列奇君一八一四年俄国文学概观——我们时代的概观——自然派——自然派的起源——果戈理——对自然派的攻击——对这些攻击的审视

当那些会使日常事情的进程发生某一种剧烈的改变,并使它急急掉头转向另一个方向发展的重大事件长时期没有出现的时候,那么所有的一年一年看来彼此总是非常相似的。新年不过是作为日历上约定俗成的节日来祝贺而已,人们觉得,整个变化,过去一年所带来的整个新东西,就是他们每个人又都大了一岁——

咱们的老祖母们异口同声说:
咱们的一年一年过得多么快呀!①

但是,一个人只要回头看一下,从记忆中重温几个这样的年头,那么,他就会看到,从那个时候开始,所有事情都有点不同于从前那样了。当然,在这儿,每个人都有他受到他本身生活中的种种

---

① 《叶甫盖尼·奥涅金》第七章第四十四节。

大事所决定和制约的自己的日历,自己的柳斯特拉①,奥林匹亚特②,十年,一年,一个时代,一个时期。就因为如此,一个人说:"最近二十年间这一切变化是多么大呀!"对第二个人来说,这是十年间所发生的变化,而对第三个人来说,却是在五年间发生的了。这种变动究竟包含了什么意义,并不是人人都能说得明确的,但是每个人都能体会到,从某个时候起,的确发生了某一种变化,仿佛连他也不是从前那个人了,连其他的人也不是像从前的了,就是这世界上最为平凡的事情的规律和进程也并不完全是原来的了。于是一种人抱怨说,一切都变得糟糕了;而另一种人则是兴高采烈说,一切都变好了。当然,这里的所谓好与坏,大部分取决于每个人的个人情势,每个人都把自己这个人置放在事件的中心点,而把人世上的一切都归到这一点上来:只要他感觉到事情变坏了,他就以为所有事情对于所有的人都变坏了,反过来也是如此。然而这样理解问题的是大多数人,是群众;而那些在生活世事的日常进程的变化中能够观察和思考的人则相反,他们不仅看到他们本身的状况单方面的改善和贬降,而且还看到社会的观念和风俗习惯的改变,以及由此而来的社会生活的发展。对这些人说来,发展是前进,因而就是改善,是成功,是进步。

在我们这儿的小品文作家现在已经增加得很多了,而且,因为他们有责任每一周在报纸上评说彼得堡的天气经常很坏,就自认为是深刻的思想家和崇高真理的发布人,我们的小品文作家极不喜欢进步③这个词,因此就使用只能去同咱们的通俗笑剧作家共享那无可争辩的和煊赫光辉这份荣耀的挖苦话去攻击这个词。这些爱挖苦讽嘲的正人君子究竟为什么要如此特别热衷于排斥进步

---

① 古罗马每五年举行一次人口普查,事后举行大祓,这里作为"五年"的代用词。
② 古希腊每隔四年举行一次竞技会,两次竞技会之间的四年,即称为"奥林匹亚特",这里作为"四年"的代用词。
③ 俄文原文"nporpecc"本是外来语。

这个词呢？其原因是多种多样的。这一个人所以不喜欢这个词，是因为在他还年轻和多少可以理解这个词的时候，他还从来没有听见过这个词。第二个人讨厌这个词是因为这个词不是由他引进使用，而是由另外一批人引进，他们虽然不写小品文，也不写通俗笑剧，但是他们在文坛上却有这样的影响，使他们能够引进使用新词。而第三个人所以嫌恶这个词，是因为它没有得到他的同意、他的许可和顾问就马上使用起来，但是他坚信，没有他的预闻，在文坛上任何重要的事都是不应当干的。在这些正人君子中有许多喜欢赶时髦的人很想发明一些新事物出来，可是从来也没有获得成功过。他们的确发明过，可总是牛头不对马嘴。他们的所有新发明总是沾染有 чаромутие① 的毛病，而引起人家的哄笑。但是这时候只要有什么人说出一个新思想，或者使用一个新词语，他们大家就会这样想：如果不是有人抢在他们之先，不是因此而夺去他们一次标新立异的机会，他们一定也会想出这同一种新思想，这同一个新词来的。在这些正人君子中也有一些人，他们还没有过完一个人还可能学习一番的时代，并且按他的年龄来说他还能理解进步这个词的意义，他所以没有达到这一点，是出于其他"并不取决于他们个人情势"的原因。但是尽管我们尊崇这些写作小品文和通俗笑剧的先生，尊崇他们那已经获得证实了的非常出色的挖苦嘲弄的本领，我们却不敢同他们进行争论，因为我们害怕，这一仗力量太悬殊了，当然，这是就我们而言……进步还有一种特别的敌人——这种人越是深切理解进步的意义和目的，越是对这个词感到剧烈的憎恶。这里，已经不是对这个词的憎恶，而是憎恶这个词所表达的观念，借这个没有罪过的词发泄对这个词的意义的不满情绪。他们这些人总是想说服自己，也说服其他人：停滞总是比前

---

① чаромутие，这是俄国语言净化论者希什科夫所创议的新词，以代替外来语 магия（即英语的 magic，魔法）。但这个词后来并未流行，通行的仍是 магия 一词。

进好,旧事物总是比新事物好,倒退的生活才是一种充盈着幸福和道德的真正的生活。他们也承认——虽然内心是痛苦的——世界总是在变动,它从来也不会长时间在精神冬眠状态中停留不动,但是他们在这一点上却看到人世上一切罪恶的原因。我们不去同这些先生展开争论,也不提出任何反对他们的证据和理由,我们将只不过是说,这是中国人①……这样的称呼要比种种研究和议论更能解决问题……

进步这个词自然会遭到俄罗斯语言净化论者对它的特别的仇视,他们为了一切外来词儿而义愤填膺,把它们看作祖国语言正统派中的异端邪说,或者分裂。这一类净化派有它们合理的和实际的依据,但是虽然如此,它却导致最极端程度的片面性。若干老的作家并不喜爱当代俄国文学(因为当代文学远远走在他们的前面,他们既然远远落在当代文学之后,因此就丧失了在当代文学中多少起一些显著作用的任何机会),他们借净化论作掩护,反复不断地断言说,在我们这个时代,美丽的俄罗斯语受到千方百计的歪曲和丑化,尤其是因为把外来语引入到俄语中来。可是谁又不知道,净化论者对于卡拉姆辛时代也是说过一模一样的话呢?因此,我们的时代在这里蒙受了一场彻头彻尾的冤枉,假如它真有像人们所揭发的罪过,那么也绝不会比它以前其他任何时代更大。假如在俄罗斯语言中使用外来词是一种罪恶,那么这也是深深植根奠基于彼得大帝的改革的必然的罪恶,这个改革让我们熟悉许多在这以前我们还是完全陌生的概念,我们还没有找到自己合适的词来表达这种概念。因此,使用现成的外国词来表达陌生的概念这是完全必要的。在这些外来词中有一些至今还没有翻译过来,也没有被取而代之,这样它们就在俄罗斯语词典中取得公民籍。

---

① 由于交通与语言等的阻隔,别林斯基对中国历史的了解显然比较少,在这方面难免受当时西欧观点的影响。这里用"中国人"作比喻,显然是不确当的。

大家对这些词都习惯了,大家都理解这些词了;为什么要把这些词都赶出去呢？当然,一个普通老百姓不会理解 инстинкт, эгоизм①,但这不是因为这些是外国词,而是因为这些词儿所表达的概念是他们的智慧所陌生的,就是 побудка, ячество② 对于普通百姓来说丝毫不比 инстинкт, эгоизм 更明白。普通百姓并不理解那些超出他们的世俗生活概念的狭隘范围的许多纯粹俄国词的含义,例如 событие, современность, возникновение③ 等等,而同时却很能理解那些同他们的生活风习相关的,或者同他们的概念并不陌生的外国词,例如:пачпорт, билет, ассигнация, квитанция④ 等等。至于对受过教育的人来说——信不信由你——инстинкт 要比 побудка、тгоизм 要比 ячество、факт 要比 бытье⑤ 更明白,更容易理解。然而有一些外国词经过考验,而且在俄语中取得公民权,同时也有一些其他的词随着时间的流逝,却被俄国词成功地取而代之,其大部分还是重新构造的。有人说,特列奇亚科夫斯基引进了 предмет⑥ 这个词,而卡拉姆辛则引来了 промышленность⑦。以这样的俄国词成功地代替了外国词,为数很不少。我们首先要说,当已经有了同外国词旗鼓相当的俄国词,还要去使用外国词,这既凌辱了常识,也有损于健康的口味。例如,再没有比使用 утрировать 这个词而不去使用 преу величивать⑧ 更荒唐和更愚蠢的事情了。每一个时代,俄国文学都以外国词充斥而出名;当然,我们这个时代也未能免俗。而且这种情形还不会很快告一段落:同那些和我们相异

---

① 两词前为"本能",后为"自私"。
② 两词前为"起床号",后为"个人主义"。
③ 三个词的意思分别为"事件""现代性""发生"。
④ 以上外来语为"护照""票券""钞票""收据"。
⑤ 两词的意义都是"事实"之意。
⑥ 对象。
⑦ 工业。
⑧ 两词都是"夸张"之意。

的土壤上提炼出来的新观念相认识,总是会给我们带来一些新词。然而越是继续下去,这一点也会越来越不显眼,因为在这之前我们突如其来认识了一大堆我们那时还是陌生的概念。我们同欧洲的接近越是成功,那么我们所陌生的概念的积储将会越来越变得枯竭,对我们来说的新词将只限于那些对欧洲本身来说也是新的词。到那时候,很自然,借用外来词就会变得平稳地和悄悄地进行,因为我们将不再追随欧洲,而是要与欧洲齐头并进了,更不必去说,就是俄罗斯语言随着时序的推移,也将越来越得到提炼、发展,变得更加富有韧性和更加明确。

没有疑问,那种没有必要也没有充分根据,却偏爱使用许多外来词,把俄国语言弄得五光十色,这种偏爱是违反常识,违反健全的口味的,但是这种偏爱损害的可不是俄罗斯语言,不是俄罗斯文学,而是那种被这种偏爱所控制的人。但是还有一种相反的极端,也就是说,一种漫无节制的净化论,它也会产生同样的后果,因为两种极端常常异途同归。语言的命运并不取决于这一位或另一位的任性武断。语言自有其可靠而忠实的保护人:这就是它本身的精神,本身的灵性。这就是为什么在许许多多引进来的外国词只有小部分能够继续留下来,而其余的都自行消失了。新造的俄国词也隶属于同样的规律:有一些词继续保存下来,另外一些消失不见了。那些为了表达陌生的概念而构想得不成功的俄国词不但不见得比外国词好,而且绝对比它坏。有人说,不需要对 прогресс 这 个 词 构 思 新 词, 因 为 现 有 的 успех[①]、поступательное движение[②] 等等的词儿十分满意地把进步一词表达出来了。我们对这种说法不能同意。所谓进步仅仅是指从其本身所发展出来的因素而言。就是那些根本没有成功、没有收获,甚至没有前进一

[①] 成功。
[②] 前进运动。

步的,也可能是进步,而且相反,有的时候进步可能倒是失败、倒台、向后退。这就正是说要从历史的发展来看问题。在各个民族和人类生活中,常常出现不幸的时代,整整几代人在这些不幸时代中为了以后几代人作出了牺牲。度过了艰难的岁月,从恶事之中产生了善。进步这个词显示了科学术语的全部肯定性和准确性。而在最近时期它已变成一个流行的词了。大家都在使用进步这个词,甚至是攻击这个词的人也都在使用它。因此,只要还没有出现可以完全取而代之的俄国词,我们将一直使用着 nporpecc 这个词。

任何一种有机的发展都是通过进步来实现的,只有拥有自己的历史的才得以有机地发展,而只有其每一种现象正是前一种现象的必然的结果,并且又得到它的解释的才能够有历史。假如设想有这样一种文学,在这种文学中时不时有卓越不凡的作品问世,但这种作品并无任何内在的联系和依存关系,它们是依靠外来的影响、模仿效尤而产生的,这样的文学就不可能有历史。它的历史,不过是图书目录而已。进步这个词对这样的文学是不相适应的,即使出现了什么新的也许还是什么卓越不凡的作品,但其中却没有进步,因为这种作品既没有扎根于过去时代,也不会在将来结出果实。时间与年代在这里一点意义也没有:它们可以自顾自毫无什么改变地过下去。可是在历史地发展的文学中,事情就不是这样了:在这种文学里,每年总能带来一些什么东西——这一点什么,就是进步。然而并非每一年都能明白地看到和断定这种进步;这种进步常常要在以后才表现出来。然而在一定的期间,例如在每年年底对文学的完整过程、文学的收获、文学的财富,或者它的贫乏作一次概观,无论如何,总是有益的。这样的概观对今天来说并非没有益处,而对将来的文学史家来说也是一种重要的参考资料。

发表关于过去每一年文学活动的概观,从一八二三年起,就在我们这里习以为常了。玛尔林斯基在当时负有盛名的年刊①上作出了榜样。从这一年起,年度的文学概观在年刊里,在持续十年之间,简直就没有中断过。在一些杂志中,这种年度概观却并不多见,可是在最近时期,这类概观也在一本著名杂志中发表了,并且已经连续七年之久。过去一年的《现代人》杂志的批评栏开始发表一八四六年的俄国文学概观。它每年新年的第一期上,都将包括过去一年文学活动的概观。

这一类概观,随着时间的流逝,将成为真正的文学编年史,成为文学史作者的重要参考资料。我们此刻所讲到的关于年刊上的概观,现在可以充分满足我们对往昔的缅怀,尽管它总共不过是开始于二十四年之前!我们的文学是如此迅速地前进!然而那篇发表在一八一五年《祖国之子》上的格列奇君所写的《一八一四年俄国文学概观》,散发着一个多么遥远、多么深邃的往古时代的气息!在寥寥可数的黯淡的篇页中,就列举尽了一八一四年所有学术和文学方面的收获与宝物。这一年因为出版了几种优秀的重要的著作,的确值得人们的注目,例如:应当感谢尼·彼·鲁缅采夫伯爵的关怀而得到出版的《俄罗斯国家文件与条约汇编》;李赫特的《俄罗斯医学史》以及杰斯图尼斯所翻译的《普鲁塔克生平》。然而在所谓美文学方面却又暴露出多么极度的贫乏!帕利岑先生所翻译的德利尔的长诗《花园》,希赫马托夫公爵的叙事长诗《村民》,杰尔查文的诗歌《基督》,希赫马托夫公爵的《沉思中之夜》以及多尔戈鲁科夫公爵的《对命运的沉思》。所有这些带有教训意味的长诗在当时是特别流行的,现在却已被看作是违反诗意的东西,并且已经被人们完全忘记了。这以后,格列奇君曾经在概观中提到亚历山大·伊兹梅洛夫的寓言和童话,以及某一个阿加法的

---

① 指一八二三年出版的《北极星》。当时十二月党人别斯土日夫(玛尔林斯基)在年刊上发表了论文《旧文学与新文学一瞥》。

寓言的出版,而在结束语中还讲到克雷洛夫的寓言在杂志上发表的情况。一切都在这里了!这位概观的作者曾经指出,在十九世纪头五年所出版的作品要比在这以前的十年中所出的还要多,但是由于当时的政治情势,从一八〇六年到一八一四年间,俄国的文学运动几乎完全停顿下来。在一八一二年下半年到一八一三年上半年期间,凡是不谈到当时所发生的事件的话题的,不仅没有出版过什么,而且连一页都没有写过。"最后,在一八一四年,"概观的作者说,"作为给前几年的所有紧张努力与辛勤劳作以完美结局的一年,把诗和雄辩奉献给自己伟大的君主的尊严与光荣的俄国文学,重新转回到那种永远平坦和有安全保障的和平的道路上来。在这一年中有许多在我们的文学编年史中不应该被忘记的作品和译作。"这段话有一部分是不错的,只不过并不适用于诗情作品……值得注意的是:作者一方面承认,他的概观的若干门类内容是贫乏的,可在同时他又为了一八一四年在彼得堡和莫斯科各只出版了一本长篇小说(两本都是从德文翻译过来的)和两本中篇历史小说,把它们当作俄国文学的成就而感到欢忻鼓舞。他那时并没有想到,长篇小说和中篇小说马上就要站在各种诗情体裁的领先地位,他本人到一定时候也会写出《德国旅行记》和《黑妇人》。然而我们的文学,或者说得更确当一点,我们的读者公众还有一个突出的特征。关于这种特征,抱歉的是,现在不能说它还透发出旧时代的气息:在一八〇九年至一八一三年间出了俄文本与德文本的克鲁森施坦恩的著名的环球旅行记,还有一八一二年出了俄文本与英文本的吕西扬斯基的环球旅行记,在俄国——概观的作者说——每种所出售的还不满两百本,可是在同时,克鲁森旋坦恩的旅行记在德国已经出了第三版,吕西扬斯基的书在伦敦两星期之内就售出一半。

年度概观所以能在年刊中问世是由于批评精神开始产生的结果。一个批评家在动手写作特定一年的文学概观时,有时就从概观俄国文学的全部历史开始,在那时写作这种概观既十分容易,又十分困难。说它容易,是因为这种概观一切都局限于由概观作者个人的口味好恶所表达的任性随意的论断;说它是困难的,或者,说得更贴切一点,使人感到意兴索然的是,因为这是一种零敲碎打的工作,必须毫无遗漏地一一列举在所概观的这一年的范围里,在各种杂志和年刊中分别发表的东西,包括创作和翻译。可是,从美文学这方面来看,当时在各种杂志和年刊中究竟发表了一些什么东西呢?大部分是从短小的史诗、长篇小说、中篇小说、戏剧之类中摘选下来的零星片段,完整的作品大部分是并不存在的,一个片段在写作的时候对如何写作完整的还没有任何打算。对于这些乌七八糟的东西都必须提到一下,并且说出自己的意见,因为当时正是所谓浪漫主义刚刚创始之时,一切都是新鲜的,一切都是饶有兴味的,一切都被看作是重大的事件——如像一种包括二十诗节的长诗的片段,还有哀歌,还有对拉马丁的一首什么诗第一百回的仿作,华尔特·司各特的长篇小说的翻译以及一个什么封·德·斐尔德的长篇小说的翻译。

就这一方面来说,现在写作概观已经大大改善了。现在已经到了不是随便什么从印刷机下来的东西都算是文学的时候了,现在我们已经得到许多磨炼,对许多东西都已熟知其详,并已习以为常了。当然,像《董贝父子》①这样的长篇小说的翻译,就是在今天也还是文学中的不同凡响的现象,概观作者无权把它忽略过去而不加注意;然而另一方面对于苏②、仲马以及其他法国作家长篇小

---

① 《董贝父子》是狄更斯的作品。俄译发表于一八四七年的《祖国纪事》上,同时作为《现代人》的附册。别林斯基在同年十二月写信给安年科夫说:"您读过《董贝父子》吗?如果没读过,赶快读一遍。这是奇迹。狄更斯在这部长篇小说以前所写的所有东西都是苍白软弱的,仿佛完全是另一个作家写的。这部作品是如此优秀,我怕说:在我的头脑里没有容纳这部长篇的位置。"

② 苏,即法国作家欧仁·苏。

说的翻译,现在层出不穷地出版,已经不再能算是什么文学现象。这些小说都是匆促写成的,它们只是为了有利可图的销路,这些东西所以能使这一类文学的爱好者得到享受,当然,是与口味有关,但不是属于审美的口味,而只是像某一种人以抽雪茄为乐事,另一种人却以嗑胡桃为享受一样……我们今天的读者公众已经不是从前的读者公众了。批评家的任性专横已经无法扼杀一部优秀的书,却给一部坏书开拓出路。法国的长篇小说在我们的杂志里到处可见,还出版了单行本;不论哪一种场合,这些作品都获得大量读者。但是光凭这一点,绝对不能对读者公众的口味作出断然的结论。许多读者拿起大仲马的长篇小说是把它当作童话来读的,他们事先就知道它是怎么一回事,他们所以阅读它是为了在阅读的时候用荒诞不经的冒险故事让自己轻松一下,然后永远把它忘得精光。当然,这也没有什么坏处。一个人喜欢荡秋千,另一个人喜欢骑马,第三个爱游泳,第四个嗜好抽烟,而除此之外,还有许多人喜欢读读写得精彩的荒唐无稽的童话。因此,翻译的长篇小说和中篇小说已经不再能遮蔽创作小说的光芒了;相反,读者公众的一般口味却是坚定地厚爱于创作,因此,只有一种极端,也就是说,在这一体裁的创作的作品缺少的时候,才会迫使杂志编辑们不得不主要刊载翻译的长篇小说和中篇小说。读者公众这种口味倾向一年比一年地越来越鲜明和肯定了。在对待创作作品的态度上,名字的魅力完全消失无踪;当然,一个响亮的名字就在今天也能吸引每个人去阅读新的作品,可是,只要这部新作中唯一的优点就是作者的名字,那么没有一个人会对它表示惊喜的。一些平庸的、贫乏的作品会无声无息地消失不见,它们是自然而然地死亡的,不是由于受到批评家的打击。这样一种文学情势是同大约二十年以前文学所处的情势大为不同的,今天的批评也应当适应这种情势。在给文学活动进行年度总结的时候,现今不必去注意作品的数量,也没有必要害怕读者公众如果没有批评家的指点,就会无从知道,什么是好的,什么是糟的。甚至也没有必要专门去议论每一部大致不错的作品,深入详细去分析它的所有的美和缺陷。今天这种注意力只应当专门倾注于一些在肯定的或者否定的意义上特别杰出的作品上。在这里,主要的任务就在于指出在一定的时期内文学的主导倾向,共同的特征,并且在文学的种种现象中探索那种鼓舞和推动文学的思想。只有这样,才能够做到即使还不能断言,那么至少是暗示,过去的一年究竟把文学推动到了什么程度,文学在其中实现了什么样的进步。

从实际上看,一八四七年在文学上并没有显示出什么新的特色。有若干老的期刊以革新的姿态出现,甚至有一份新的报纸;在去年度的美文学方面,比起它以前的几年来说是特别丰富的,出现了几个新的名字,新的有才华的人,以及文学的各个部门的活动家。但是那种因自己的问世而给文学史造就一个时代、给文学一个新倾向的熠熠发光的卓越超群的作品,却一本也没有出版过。这就是为什么我们说,从实际上看,去年一年在文学方面并没有显示出有新的特色的理由。文学走的还是它以前的路,这条路既不能算新,因为它早就显示了它的大概面貌,也不能说旧,因为还是在并不太久以前这条路才向文学打开——就是稍微早于某人①第一次说出"自然派"这一个词之前的时候。从这个时候起,在每一个新的一年里,俄国文学都以更加坚定的步伐向新的倾向前进。已经过去的一八四七年,在这一方面要比它之前的几年特别出色,不论就忠于这个倾向的作品的数量和举足轻重来说,还是就这种倾向本身巨大的明确性、自觉性和力量以及这种倾向在读者公众中所获得的巨大的信赖来说。

自然派,今天已经站在俄国文学最重要的地位上。我一点不

---

① "第一次说出'自然派'这个词的"是布尔加林在一八四六年《北方蜜蜂》一八四六年第二十二期上。

是因为什么偏私的迷恋而把事情夸张,我们可以说,公众,就是说,大部分读者,都是支持它的:这是事实,而不是推测。今天,整个文学活动都集中在杂志中;哪一些杂志享有巨大的声望,拥有最广大的读者,对于公众的意见最有影响,而不是因为发表了自然派的作品?哪一些长篇小说和中篇小说,读者读起来特别感到兴趣,而它们却不属于自然派?或者,不如说,公众是不是阅读不属于自然派的长篇小说和中篇小说呢?哪一种批评对公众的意见享有巨大的影响,或者,不如说,哪一种批评同公众的意见和口味比较一致,而不是站在自然派的立场上反对修辞学派批评的?而另一方面,人们无休无止地议论、争辩的,人们不断地激烈攻击的,不是针对自然派,又是针对什么呢?一些彼此之间并无什么共通点的派别,攻击起自然派来却是互相呼应、声调一致的,拿自然派本来就没有的意见、自然派头脑中从来没有想到过的意图,硬栽到它的头上,曲解自然派的每一句话,曲解它的每一个行动,时而是怒气冲冲地把自然派臭骂一通,有的时候甚至忘记了礼貌,时而又几乎是声泪俱下地将它控诉。在果戈理的那些与他势不两立的敌人之间,在已被击败的修辞学倾向的代表人物之间,在所谓的斯拉夫派内部,究竟有什么共通之处呢?——什么都没有!但是斯拉夫派一面承认果戈理是自然派的奠基人,同时却又去和前者相呼应,用一模一样的声调、一模一样的词句、一模一样的论据攻击自然派,并且认为,必须和新的盟友有所区别,虽然只不过是在逻辑的不彻底性上,就由于这一点,他们拿果戈理是按照一种什么"内心净化的要求"而写作的为根据,纠斗自然派,把这作为果戈理的功绩。对这一点我们还要补充说,那个对自然派满怀敌意的派别,它没有能力想象出一部多少可以算是优秀的作品,从实际上证明,遵循一些和自然派所坚持的截然相反的规律也能写出好作品来。他们在这方面任何尝试只能加快自然主义的胜利和修辞学派的崩溃。有几个反对自然派的人看到这一点,就试图用自然派作家来反对自然派。例如:

有一张报纸认为,可以借布特科夫先生来消除果戈理的威信。

在我们的文学中,这一切一点都不新鲜了,已经不止发生过一次,将来也会再有。卡拉姆辛第一个在当时刚刚产生的俄国文学中划分了界线,在他之前,在一切文学问题上,假使也有分歧和争论的话,它们不是因意见和信念不同,而是因特列奇亚科夫斯基和苏玛罗科夫那些卑微、浮躁的自尊心而产生的。然而以往这种一致,只不过证明了当时所谓的文学是没有生命的。卡拉姆辛第一个给文学以生命,因为他使文学从书本转向生活,从学校转向社会。那时候自然也出现了派别,开始了笔战,叫嚷之声蜂然而起,说是卡拉姆辛和他这一派毁灭了俄罗斯语,损害了善良的俄罗斯风俗习惯。于是那种曾经怀着一种急躁不安的,尤其是毫无结果的紧张情绪反对过彼得大帝的改革的俄国顽固的旧传统,又在反对卡拉姆辛的人身上借尸还魂了。然而大部分人都站在正义的一边,也就是说,站在才能与现代道德要求的一边,反对者的叫嚷被卡拉姆辛的崇拜者的颂歌所压下去了。一切都在他的周围结合起来,一切都从他身上获得了意义和重要地位,一切,甚至包括反对他的人。他是英雄,当时文学上的阿喀琉斯。但是这一切惊惶不安比起由于普希金在文坛上出现而掀起的暴风雨来,又算得上是什么呢?这种事大家都还历历在目,所以不需要对它再多唠叨。我们只想说,那些反对普希金的人在他的作品里看到所谓俄罗斯语言,俄罗斯诗歌的败坏,这种败坏不但对公众的审美鉴赏力——今天还有人信以为真吗?——就是对社会道德,也有一种不容怀疑的损害!!为了避免重提一些不愉快的旧事,我们不想把每件事都解释一遍,但是假如有人向我们要求这些东西,我们将随时准备提出书面的证据。在一篇评论《奴林伯爵》的文章中,人们责备普希金达到无耻程度的无礼[①]!现在重读这篇批评文章,你就会不

[①] 这篇文章是纳杰日金写的,发表在一八二九年的《欧洲通报》上。

知不觉地忘记这是什么时候写下的,为什么而写;就好像这是一篇此刻刚刚写的、反对今天的自然派的某一部作品的文章;使用了今天在攻击自然派时所采取的一模一样的用语、一模一样的论据、一模一样的方法。

在我们的文学的一切时期里,任何反对前进运动的人几乎总是用同样的词句,反复说着相同的话,这到底是什么原因呢?

这个原因就包含在应当找出自然派的根源来的那个地方——就是在我们的文学史中。而这历史就从自然主义开始:第一位世俗的作家就是讽刺作家康捷米尔。别看他模仿了拉丁讽刺作家,模仿了布瓦洛,他却仍旧能保持自己的独创性,因为康捷米尔是忠于自然,从自然出发来写作的。遗憾的是,他所选择的体裁的呆板雷同,语言的粗糙和缺乏提炼,采用了和我们的诗歌不相适应的音节韵律,就迫使康捷米尔不可能成为俄国诗歌的榜样和立法者。这个角色被交给罗蒙诺索夫来担当。然而康捷米尔毕竟是一个有非凡才华的人物,因此,他作为俄国诗坛的第一代人,还不能把他从俄国文学史中剔除出去。因此,我们既不歪曲事实,也不牵强附会,有权这样说:俄国诗歌从它一开始,假如容许这样说的话,就是顺着两条彼此互相平行的河床而向前流动,它们越是流下去,越是时常汇合成一股洪流,随后,又分成两股,一直到我们今天它们又汇合成一条大河为止。通过康捷米尔,俄国诗歌表现了对于现实,对于如实的生活的追求,让力量立足在忠于自然的基础上。通过罗蒙诺索夫,俄国诗歌表达了对理想的追求,把自己看作是一种神圣而高翔的生活的神谕者,一切崇高伟大事物的代言人。这两种倾向都是合理的,但两者都不是从生活而来,而是从理论、从书本、从学校而来。然而康捷米尔对待事物的态度,却使第一种倾向更具真理与现实性。在杰尔查文这个天才人物身上,这两种倾向就经常合流在一起,他的几首颂诗:《致费里察》《达官》《在幸福中》,恐怕就是他的最好的作品——至少,无可怀疑,比起他的几首庄严的颂诗有更多的独创性,更多的俄国味。在赫姆尼采的寓言和冯维辛的喜剧中则反映着按时间上说来应是以康捷米尔为代表的那种倾向。他们的讽刺已经很少陷于夸张和漫画化,而是随着日益充满诗意而越来越自然了。在克雷洛夫的寓言里,讽刺就完全变成艺术的事物了;自然主义成为克雷洛夫诗歌中的鲜明独特的特征。这是我们的诗坛中第一个伟大的自然主义者。但是因此他也是第一个被申斥为描写"低级的自然"的作家,尤其是为了他的寓言《猪》。请看吧,克雷洛夫的那些动物多么自然:这是具有鲜明的性格的真正的人,而且还必然是俄国人,不是其他任何什么人。那么他的寓言的那些登场人物,不就是俄国庄稼人吗?这难道不是自然性的极致吗?可是当今再也没有人无论为了那只"不顾惜那张嘴脸,把整个后院都翻掘了一遍"的猪,还是为了他在寓言里描写了庄稼人,还迫使他们用最有庄稼人本色的风格讲话,去责备克雷洛夫了。人们可能说:这是寓言,这是一种特殊体裁的诗歌。但是美的规律难道不是对它的一切体裁都是适用的吗?德米特里耶夫也写过一些寓言,偶然作为点缀,也把庄稼人写进寓言里去,然而他的寓言尽管有他的不可否认的优点,可是却丝毫都显不出自然性的特点,而他的庄稼人在寓言中所说的却是一般的并非专属于某一个阶层的语言。其所以有这种分歧的原因是:德米特里耶夫的诗歌,不论是在寓言,还是在颂诗中,都是从罗蒙诺索夫发展而来,而不是从康捷米尔而来,他坚持的是理想,而不是现实。罗蒙诺索夫的理论是以正如欧洲人所理解的古代理论作为立脚点的。卡拉姆辛和德米特里耶夫,尤其是后面一位,是用十八世纪法国人的眼睛来看艺术的。大家知道,当时的法国人把艺术看作不是人民生活的表现,而是社会生活,而且只是属于上流社会、宫廷社交生活的表现,他们还把礼节看作是诗的主要的和先决的条件。就为此,他们所写的希腊和罗马英雄们都是披戴假发而行动,对女主人公必称:madame①! 这种理论深深地进入俄国文学中,而且我们接着看到,它的影响的痕迹直到今天还没有完全消除掉。

奥泽罗夫、茹科夫斯基和巴丘希科夫继续了由罗蒙诺索夫为我们的诗歌所开拓的倾向。他们都是忠于理想的,然而在他们的作品中这种理想却是越来越缺少它的抽象性和修辞学格调,越来越同现实相接近,或者至少是力求这种接近。在这些作家的作品中,尤其是后面两位所写的,他们所说的诗的语言已经不光是官场气的兴奋,而是也表现那种不是来源于抽象的理想,而是来源于人的内心,人的灵魂的激情、感觉和追求。末了终于出现了普希金,普希金的诗歌对他的所有前辈诗人诗歌的关系,等于成就之于追求的关系一样。在他的诗歌里,俄国诗歌两条本来是分开地奔流的河川汇合为宽阔的洪流。俄国人的耳朵在复杂的和声里也能听到纯粹的俄国人的声音。尽管普希金的最初一批诗作主要还是具有理想的和抒情的性质,但是现实生活的成分已经进入他的诗歌。这一点从他的大胆中可以得到证明,在那个时候实在使大家吃惊:他引进长诗中去的,不是古典的意大利和西班牙强盗,而是俄国强盗,他们手里拿的不是短剑和手枪,而是大刀和链锤,还迫使强盗中的一个在说胡话的时候讲到鞭子和令人恐惧的刽子手。茨冈人的宿营地,在一些大车的轮子之间搭成的破篷帐,会跳舞的熊,驴背吊篮里的赤身露体的孩子们,这对于血腥的悲剧事件来说,也是前所未闻的场景。但是在《叶甫盖尼·奥涅金》之中,理想已经进一步让位给现实,或者,至少是这两者汇合成为一种新的、介乎两者之间的事物。本着公正之心来说,这部长诗应当看作是为我们时代的诗歌打下基础的作品。自然性在这里不再表现为讽刺,不再表现为滑稽突梯,而是忠实地再现包括一切善与恶、包括一切日

---

① 法文:夫人。

常生活琐事的争吵的现实。在两三个被写得诗意化,或者说有点理想化的人物的周围,也描写了一群不是怪物、不是一般规律例外而让人发笑,而是构成社会的大多数人的普通人。所有这一切都包容在用诗体写作的长篇小说中!

在这个时期里散文体的长篇小说又有什么作为呢?

散文体小说花了全力要接近现实、接近自然性。请回顾一下纳列日内、布尔加林、玛尔林斯基、札果斯金、拉舍奇尼科夫、乌萨科夫、威尔特曼、波列伏依、波戈金的长篇小说和中篇小说。要判断他们中间哪个做得更多,谁的才华更高,这里可不是地方;我们这里谈的是关于他们大家的共同的追求——使小说同现实接近,使小说成为忠于现实的镜子。在这些尝试中有一些的确是十分出色的,但是虽然如此,这些尝试总是反映出既努力追求新的,又离不开旧道故辙的过渡时代的气息。全部的成就在于:尽管坚持古风旧习的人号啕痛哭,在长篇小说中还是出现了各种等级的人物,而作者们也竭力模仿每一种人的出言吐语。那个时候是把这一点称作民族性。然而这种民族性过分透射着假面具的味道了。低等的俄国人就好像是乔装改扮的贵族老爷,而贵族老爷仅仅在姓名上同外国人有区别。要使描写俄国风俗习惯、俄国的生活动态的俄国诗歌永远摆脱和它们相违相异的外来的影响,这就必须有得天独厚、才华横溢的人。普希金为了这一点而作了许多事情,然而,终结、完成这个事业的却要依靠另一个天才。在一八二九年的《北方之花》上,发表了普希金的标题为《历史长篇小说第四章》的长篇小说《彼得大帝的黑奴》的片段。这个短短的片段真是自然派的最高峰!在如此狭小的框子里却包容了彼得大帝时代生活风尚的如此宽广的图景!然而,令人惋惜的是,这部长篇小说一共只写了六章和第七章的开头(普希金去世后才全文发表)。

从《密尔格拉得》、《小品集》(一八三五年)和《钦差大臣》(一八三六年)发表以后,果戈理的声名大盛,对俄国文学起了强有力的影响。从果戈理才能的崇拜者对这位作家所表达的全部意见中,最为突出的而且比较接近真理的意见,恐怕应该是属于这样一个人的:这个人根本不是果戈理的崇拜者之列的,他仿佛是由于一种突如其来的灵感,他自己也不明白究竟为什么,一时竟然脱离他整整一生都信守不渝的故道旧规,对果戈理说出了像下文这样的褒辞:

> 果戈理的所有作品都表达了他的自信,对独创精神的追求,对从前的知识、经验和榜样似乎怀有蓄意的、讥讽的轻视,他仅只阅读一本自然的书,仅只研究现实世界;因此他的理想是过分地自然和朴素到赤裸裸地步;按照他的作品中一个人物,伊凡·尼基福罗维奇的话来说,他们是赤条条地呈现在读者之前。他的创造物的美始终是新颖的、朝气勃勃的、令人惊叹的;他的错误简直教人反感(!);他似乎已经把历史忘记了,他像古人一样,开创了一个艺术的新世界,使艺术从虚无堕落到毫无掩饰的(?)混乱(?!)状态;因此,他的艺术似乎不知道,也不理解羞耻是怎么一回事;他是一个不知道历史,也没有见到过艺术的范例的伟大艺术家。①

在这篇充满抒情的混乱的褒辞里,作者不由自主地、不自觉地道出了果戈理天才最典型的特征——使他同一切俄国作家区别开来的独创性和独立性。这是凭一时的冲动偶然地作出来的,这一点可以从作者将果戈理和——您猜是什么人?——库柯尔尼克先生!!——等量齐观而得到证明;还有,这篇褒辞中古怪而矛盾的单词和一些说法也足以证明,一个人在情绪激动之中,即使只是在刹那之间,要脱离他的生活的常规故道也是做得到的。应当补充说明一下,作者是一个从事理论的,他的一生就在编辑和教授各种

---

① 引文摘自瓦西里·普拉克辛所著《俄国文学史研究入门》,圣彼得堡,一八四六年版,第406页。

各样修辞法和作诗法中度过,可是这一类东西也正像同一类这样的书一样,从来也没有教会过怎样好好地写作,而是把许多人越弄越糊涂。这就是在果戈理的作品中那种完全脱离学校教规与传统的超然性与独立性特别使他感到震惊的原因。一方面他不得不把这一点归功于果戈理,而另一方面,他又不得不因为这同样的东西而责难果戈理。因此,他从果戈理的作品中看到"几乎是令人反感的错误",以及"艺术的毫无掩饰的混乱状态"。要是您去问他,这是一些什么样的错误,那我们相信,他首先就会提出那个看门人用指甲掐死臭虫(在《死魂灵》中)这件事,他用这件事斩钉截铁地断言果戈理"不知道历史,也没有见到过艺术的典范"。但是,果戈理大概比这个批评他的人更明白,欧洲那个最负盛名的画廊里,作为无价之宝保存着伟大的牟利罗①的一幅画,这幅画表现了一个男孩子聚精会神和仔细审慎地干一件那个看门人在睡眼蒙眬中碰巧地干过的事情。

然而,为什么许多人在开初心平气和地、没有任何敌意地、真诚和善良地认为果戈理不过是一个滑稽有趣的,但却是平庸和并不重要的作家,可是临到其他一些人对果戈理表示过分热烈的赞美,他在舆论方面迅速争取到重大的意义以后,他们就按捺不住发火呢——不管怎么说,理论上和学派上的影响实际上是其主要原因之一。在实际上,卡拉姆辛的倾向在当时不管它如何新鲜,它却说明它是以法国文学作为典范的。无论茹科夫斯基的全部谣曲,包括它们的阴暗的色彩,包括它们的那个坟墓和尸体,它们的古怪怎样使人惊心动魄,然而在它们的背后却都可以认出德国文学中那些杰出作家的姓名。就是普希金本人,一方面,有他的那些前辈诗人为他准备了条件,他的最初试作就带有这些前辈诗人轻微的

---

① 牟利罗(1618—1682),西班牙宗教画家。代表作有《赴埃及途中的歇息》《吃葡萄的儿童》。这里所提的画大约是《街童》。

影响痕迹,而另一方面,他的革新行动又可以从欧罗巴整个文学运动中、从伟大的权威——拜伦的影响中得到解释。然而,说到果戈理,他却并没有榜样可以遵循,不论在俄国文学中,还是在外国文学中都没有先驱。一切理论、一切文学传统都反对他,因为他与它们是相悖的。若要理解他,就必须把它们这些东西从头脑里彻底清除掉,完全忘记它们的存在,——可是,这对许多人来说,就等于经历一次脱胎换骨,先死然后重生。为了把我们的意见说得更明澈,我们得要看一看,果戈理之于俄国其他诗人究竟处于一些什么样的关系之中。当然,就在普希金那些描写了与俄国人世界迥然不同的图画中,毫无疑问,也可以有俄国的因素,然而有谁把这些因素给指出来呢?例如,怎么来证明,像《莫扎特与萨里耶利》《石客》《吝啬的骑士》《迦鲁勃》这些长诗只有俄国诗人才写得出,其他国家的诗人就无法写出来?关于莱蒙托夫也可以同样这样说。果戈理的所有作品,都是专门奉献给描写俄国人生活的世界的。果戈理在这再现包括其所有真实性的生活的艺术上,还没有敌手。果戈理绝对不会因为出于对理想的爱,或者为了随便哪种先入之见,或者由于已成习惯的偏私而对生活加以柔和化,加以粉饰,例如,普希金在《叶甫盖尼·奥涅金》中就把地主生活给理想化了。当然,果戈理作品的纵贯全局的特征是否定,为了做到生动和充满诗意,这种否定应当以理想的名义而进行,而这种理想就在果戈理那里也正像其他所有俄国诗人一样,并不是自己的,或者换一种说法,不是土生土长的,因为我们的社会生活还没有形成,还没有确立,从而把理想给予文学。但是不能不同意,由于果戈理作品的出现,已经绝对不能再提这样的问题:怎样来证明,它们只能由俄国诗人来写,其他国家的诗人却无法写?描写俄国的现实,而且写得这样惊人地准确和真实,当然,只能由俄国诗人来写。我们文学的民族性在目前主要的是表现在这一方面。

我们的文学是自觉思想的成果,它是一种革新,它从模仿开始。但是它并没有在这一点上停顿下来,而是持续努力追求独创性与民族性,从讲究修辞力求转变为自然、天然。这种标志出获得出色的和持续的成就的追求,就构成了我们的文学理论的意义和精神。我们可以直截了当地说:这种追求在任何一个俄国作家笔下,都没有达到像果戈理这样的成功。这只有在使艺术彻底转向现实,排除任何理想,才能完全实现。为了达到这一点就必须将全部注意力转向人群,转向大众,去描写平常普通的人们,而不是去描写那些常常诱使诗人陷于理想化的、让自己带有异国印记的逸出一般规律的愉快的特殊例外。从果戈理这方面来说,这是伟大的功绩,可是受过老派教育的人却认定这是对艺术规律所犯下的弥天大罪。他通过这一点,使人们对艺术的看法完全改变过来。你可以把诸如"粉饰自然"这类陈旧老朽的定义套用到俄国诗人的每一种作品上去,虽然有点儿勉强;然而对于果戈理的作品,却不可能这样做。对果戈理适用的是另外一种艺术定义:艺术是再现包括其全部真实的现实。在这里,问题的关键在于典型,而理想在这里不是理解为装饰(从而是谎话),而是理解为:作者为了呼应他通过他的作品所要发挥的思想,把他所创造出来的典型人物——在其中安排妥当的相互关系。

艺术在我们今天已经超越了理论。旧的一套理论已经失去它的全部声望地位。甚至受过它们开导的人,也不再听从它们,而是去信奉旧观念和新观念的一种可怕的混合。例如,他们之中有一些人,以浪漫主义的名义否定了旧的法国理论,首先提供了引人入胜的先例,在长篇小说中描写下等阶层人物,甚至一些恶棍,并给他们起上伏罗夫金们、诺日夫们①的名字,然而在这之后,他们在一批不道德的人物之外,又描写了普拉夫陀留波夫们、布拉戈特伏

---

① "伏罗夫金"的含义是"贼";"诺日夫"的含义是"刀子"。

罗夫们①等等道德高尚的人物而为自己开脱。在第一类场合中可以见到新观念的影响,而在第二类场合中,却可以看到旧观念的影响,因为按照旧诗学的配方,在几个笨伯之外,至少得放上一个聪明人,写了几个坏蛋,必须至少搭上一个好人。然而,在这两种场合中,这些脚踏两只船的人完全忽略了主要的方面,也就是艺术,因为他们没有料到,他们的那些好人和有罪的人,都不是人,都不是有性格的人,而不过是抽象的善与恶的讲究修辞的拟人化。这最有力地说明了,为什么理论、规则对他们来说比事实、本质更为重要,而后两者是他们无法理解的。但是即使是有才华的人也不免经常受到理论的影响,甚至天才横溢的人也是这样。果戈理是少数能够避开随便哪种理论的任何影响的人之一。果戈理善于理解艺术,并对其他诗人的作品表示叹赏,然而他仍然遵循大自然慷慨地赋予他的深刻而忠实的艺术本能,走自己的道路,并不接受其他人的成功的引诱而去模仿他们。这一点,当然,并不会使他获得独创性,而是使他有可能保持而且充分表现独创性,而独创性本来是他的人格的属性和本性,从而,像才华一样,这也是自然所赐予的。正因为这一点,在许多人心目中,他好像是一个从外面来到俄国文学中间的人一样,而实际上他正是俄国文学以前的一切发展所要求的俄国文学的必然的现象。

　　果戈理对我国文学的影响是巨大的。不仅是一切年轻的有才能之士都投身到他所指点的道路上来,就是若干已经颇有声名的作家,也都离开原来的路,走到他的同一条道路上来。于是反对者企图加以贬低而称之为自然派的学派就从这里出现了。在《死魂灵》以后,果戈理没有写过什么作品。今天在文学舞台上活跃的只有他的学派。一切责备和非难以前都是针对果戈理而发的,现

---

① "普拉夫陀留波夫"的含义为"爱真理的人";"布拉戈特伏罗夫"的含义为"起好作用的人"。

在则是变而为直指自然派了,如果还有人对他粗暴无礼,那是这一派别的缘故。责备自然派的是些什么罪状呢?责备之点并不多,它们始终都是那么一套。人们最初攻击这一派,是为了它好像老是在诋毁当官的人们,在自然派对这个阶层的生活方式的描绘中,有的人是真诚地,有的人是有意地看到这是一种用意恶毒的漫画。有一段时候,这种责备申斥之声是静止下来了。今天责备自然派作家是为了他们喜爱描写下等人,让庄稼人、看门的、马车夫变成他们的小说中的主人公,喜欢描写饥寒交迫的穷人以及常常是各种各样伤风败俗行为的藏身之所的贫民窟。为了使新作家感到羞耻,这些责备者激昂慷慨地指出了俄国文学的黄金时期,他们援引了为自己的作品挑选了神圣而高贵的对象的卡拉姆辛和德米特里耶夫的名字,还引用了如今它的美雅已被忘却的那首哀感顽艳的短歌:《百花中我最爱玫瑰》作为范例。我们倒要向他们提醒一下:第一部卓越不凡的中篇小说是卡拉姆辛所写的,小说的女主人公是那个被一味模仿法国的花花公子引诱上钩的可怜的丽莎……然而,他们会说,那里一切都是正派而纯洁的,而莫斯科近郊的农家姑娘一点也不比受过良好教育的名门淑女逊色。现在我们终于接触争论的原因所在:在这里,可以看到,错误根子在旧诗学。旧诗学大概也允许写写庄稼人,但是他必须穿上戏剧服色,表露一种与他们的生活风尚大相径庭的感情和见解,并且用一种没有一个人会说的、农民尤其不会说的语言讲话——也就是用装潢着 сим(此)、оны(彼)、кои(何者)、таковы(如此)这一类词汇的文学语言说话。十八世纪法国作家笔下的牧童和牧女变成如何描写俄国的农民和农妇的现成的与美妙的典范——还有比这更好的吗?把全部都搬过来,这样您就有了饰有蓝色和粉红色带子的草帽,发粉,美人痣,鲸骨架筒裙,紧身胸衣,卷边裙,高跟红皮靴之类。只有在语言上还能守住本国的文学习惯,因为法国人从来不喜欢在交谈中使用已经不使用的过时的词汇。这纯粹是俄国人的习气。

在我们这里即使是第一等有才能的作家都爱用 6рег（河岸）、младость（青春）、перси（胸）、очи（眼睛）、выя（颈）、стопы（脚）、чело（额）、глава（头）、глас（声）之类的所谓"崇高文体"的用语。说得简单一点：旧诗学是允许您去描写一切您乐意描写的东西的。但是它规定必须将您要加以描写的对象藻饰彩绘成人们怎么也认不出您究竟要描写什么。遵照旧诗学的这种严格的律令，一个诗人可以比德米特里耶夫所褒美的画匠叶弗列姆还要做得更妙，叶弗列姆能够将阿尔希普描绘成西陀尔，路加写成库席玛①；而诗人却可以按照阿尔希普画出这样的肖像，它不但不像西陀尔，而且也不像人世上的什么东西，甚至也不像一块泥。自然派却遵循和它完全相反的规律。它所描绘的人物同现实中他的范本的逼真酷肖还不是自然派全部内容，但却是它的第一个要求。不贯彻这一个要求，作品中就无法出现什么上好的东西。要求是苛刻的，只有才华横溢的人才能加以贯彻！在这种情形下，那些在从前即使没有才华也能在诗坛上有所作为而获得成就的作家，怎么能不喜欢和不尊敬旧诗学呢？当自然派把他们无力做到的那种写作方法介绍了进来，他们怎么能不把自然派看作他们的最可怕的敌人呢？当然，这只是指在这一问题上自尊心受到干涉的人们而言；然而也能够找到许多这样的人，他们由于受到旧诗学对他们的影响，出于真诚的信念而不喜欢艺术的自然性。这些人还特别忧心忡忡地抱怨，今天艺术已经忘记自己的以前的使命。"从前，"他们说道，"诗歌教诲读者，娱乐读者，促使读者忘怀生活中的艰难痛苦，只向读者描绘令人愉快和滑稽可笑的图画。以前的诗人也会描写贫

---

① 俄国诗人德米特里耶夫写过一首《画像题赞》（1791），中间写道：
"看呀，咱们的土著画家叶弗列姆！
他描绘人物本领堪称奇妙，
他的画笔在凡人身上任意挥舞，
阿尔希普画成西陀尔，路加变成库席玛。"

穷的画面,但是这种贫穷是整洁的、清白的,是表现得朴素而又高尚的;而在小说的结尾,经常会出现一个多情的太太或者姑娘,一对富足的和高贵的父母的女儿,要不然就是道德高尚的年轻人,这个人为了他或者她的心而在本来是贫穷和饥寒交迫的地方移入了满意和幸福,于是一种感恩戴德的眼泪沾湿了恩人的手,而读者也会不由自主地取出细麻纱手帕举向眼睛,并且体会到,他变得更善良、更富于感情了……可是现在!——请看现在写的是什么呀!——穿着树皮鞋和粗布衣,身上经常发出下等白酒气味的庄稼人,从衣服上突然间弄不清是男是女来的半人半马怪的女人。贫穷、绝望和淫乱的藏垢纳污之所的贫民窟,要到那里去必须通过污泥没膝的院子;一个什么酒鬼——法院的文书或者是被解雇撵走的神学院出身的教师——所有这一切都以可怕真实的赤裸裸本相从自然中摹写下来,如果你读了这种东西,那么夜晚等待你的就是噩梦一场……"旧诗学熏陶出来的德高望重的信徒们就是这样,或者几乎是这样说的。实质上他们所抱怨的无非是:诗歌为什么不再无耻地假话连篇,从童话故事转变为并不总是令人愉快的生活实事,为什么诗歌不再是使得孩子活蹦乱跳或者沉沉入睡的音响玩具。真是奇怪的人,福星高照的人!他们能够终其一生都做孩子,甚至在衰老之年都做一个少不更事的未成年者,而且他们还要求大家都要像他们一样!你们去读你们的陈旧的童话吧,不会有人来打扰你们,让其他人去干属于成年人的事情吧。你们需要谎话,而我们需要真理;让我们毫不争吵地分手吧,你们不需要我们的一份恩典,我们也不需要你们的赏赐……然而有另外一种原因妨碍这种友好的分手——这就是自以为是一种美德的自私精神。实际上,您去设想一个生活有保障,可能,还是个富有的人;他刚刚吃完一顿美味可口的午餐(他有优秀的厨师),他手里端着一杯咖啡,坐在一把舒服的伏尔泰式的安乐椅里,面对着烧得旺旺的壁炉,他感到温暖和安适,一种高贵的感情使他变得愉快起来,于是他拿起一本书,懒洋洋地翻了几页,突然他的眉毛同眼睛揪在一起,微笑从他的红红的嘴唇上消失,他激动、不安、愤慨起来……这是有道理的!书上告诉他,世界上不是所有的人都生活得像他这样好,告诉他,还有这样的贫民窟,全家人裹着破衣烂衫,冷得发抖,也许,他们在不久以前还是过得不错的,告诉他,人世上还有这样的人,他们一出生就命中注定饱受贫穷之苦,他们把最后一个戈比花在下等白酒上,并非总是因为他们好逸恶劳,懒惰,而是由于绝望。于是我们的那些运气好的人就感到不自在,感到自己的舒适实在是一种可耻。一切过错都由于这一本下流可恶的书:他拿起这本书是为了得到快乐,可是结果却读出了忧郁和烦闷。滚它的蛋!"书本应当让人轻松愉快;我本来就知道,在生活中有许多痛苦的和阴暗的事情。假如我读书,就是为了把这种事忘记掉!"他这样叫道。——那么,亲爱的,好心肠的寻欢作乐的人物,为了你的安逸,书本就得撒谎,不幸的人就得忘记自己的痛苦,饥饿的人就得忘记自己的饥饿,痛苦的呻吟应当变成音乐的声响传入你的耳朵,免得败坏你的脾胃,免得破坏你的好梦……现在请您设想另外一个愉快读物爱好者的同样如此的处境吧。他需要开一次舞会,日期已经临近了,可是金钱还没有着落;他的管家尼基塔·菲陀雷奇不知怎的钱寄晚了。可是今天,钱终于收到了,舞会可以举行了;他嘴上叼着雪茄,愉快而满意地躺在沙发里,由于没事可以干,他就懒洋洋地伸出手去拿一本书。又是这一套同样的故事。这本该死的书告诉他关于他的尼基塔·菲陀雷奇的功勋,他是一个无耻的奴才,他从小就习惯于奴颜婢膝地为别人的情欲和奇想怪念作牵线人,他娶的老婆就是主人父亲过去的情妇。可是所有安东的命运和前途,却就交托在他这个对任何人的感情都是格格不入的人的手里……坏透顶的书,滚它的蛋!现在请您再设想一个在这样舒适的环境里的人,在童年时代,他光着腿走路,他当过信差,可是到了将近五十岁的时候,他不知怎么一来弄到了官位,拥有"一小注财产"了。大家都在读书,他当然也得读书;可是他在书里发现了什么呢?——自己的经历,而且还是叙述得那么准确,尽管他的一生中的隐蔽的经历,除了他本人以外,对大家都是秘密,任何一个故事编纂家都无从打听到……于是他已经不是激动,简直是发疯了,并且怀着一种庄严的感情,用这样一套议论来缓和自己的愤懑:"请看,今天是怎么写作的!你看自由思想已经泛滥到什么程度!难道从前是这样写作的吗?稳重、流畅的文体,描写的都是温柔的或者崇高的事物,读起来心境愉快,不会受到什么伤害!"

有一种特别的读者,他们出于贵族精神的感情,甚至不喜欢在书本中见到通常不懂礼貌和优雅风度的卑下阶级的人物,他们不喜欢肮脏和贫穷,因为这些是同奢侈的沙龙、贵夫人的小客厅和密室大相径庭的。这些人提到自然派时总是带着一种自视甚高的轻蔑,嘲弄的微笑……这些憎恶"下贱的黎民",将"下贱的黎民"看得比一匹好马还低贱的封建贵族老爷,究竟是些什么人呢?您可不要急匆匆地从纹章汇编中或者到欧洲宫廷里去查问他们的来历,您找不到他们的纹章的,他们也没有到过宫廷,即使他们见过上流社会,那也不外乎是从街上,透过灯火明亮的窗户,就窗帘和帷幔所许可的范围,看上几眼而已……他们没有法子拿祖先来夸耀;通常,他们或者是官吏,或者是具有贱民出身家谱的新贵族:什么祖父当过管家,叔父是个包税商人,而有的时候,也说到祖母是一个烤圣饼的女工,姑母是一个小贩。作为本文的作者,认为在这里有责任向读者声明,责备近亲的出身低贱,这可绝对不是他的习惯,而且这跟他的整个信念是断然矛盾的,他自己也绝对不可能以出身名门而自傲,他也绝对不耻于承认这件事。然而他考虑——大概他的读者也会同意他的意见——再没有比从乌鸦身上拔下孔雀毛,向它证明它就是隶属于它妄想加以蔑视的族类的,更使人高兴的了。一个普通身份的人并不就是因为他的出身普通而变成一

575

只乌鸦;使他变成乌鸦的,不是出身,而是他的本性。正像在各种不同出身中都有鹰,同样在各种不同出身中也都有乌鸦;但是,当然,只有乌鸦才会拿孔雀毛装扮自己,以孔雀自居而扬扬得意。这样,为什么不告诉乌鸦,它只是乌鸦呢?在我们今天,蔑视下等阶层绝对不是上等阶层的罪恶;相反,这却是暴发户的通病,是无知的产物,是感情和见解的粗俗的结果。一个聪明的又有教养的人,就是沾染这种毛病,他也从来不会把它显露出来。因为这不合乎时代精神,因为如果把这种毛病暴露出来,那就等于是尽着乌鸦的嗓门哇哇乱叫而露出原形。我们觉得,不管伪善怎么可恶,然而在这种场合,这甚至比乌鸦的做作要好些,因为这证明有智慧。一只孔雀在其他的鸟类之前,骄傲地展示它的华丽的尾巴,这只能显示它是美丽的动物,而不是聪明的动物。对于那只狂妄自大地炫耀借来的盛装的乌鸦,该怎么说呢?这种狂妄自大正是缺乏智慧的表现,它主要是下等阶层的恶习。倘若不是在比最低的下等阶层稍稍高出一头的社会阶层里,又到哪里去发现更多的装腔作势和狂妄自大呢?追本溯源,这里更多的是由于粗野无知。您请看,奴仆们怎样深深地看不起乡下人,其实乡下人在各个方面要比他们好得多,高贵得多,富有人性得多!在仆人身上这种骄傲是从哪里来的呢?他沾染了主子的坏习气,就自认为他比乡下人更有教养。一些粗野无知之徒往往把外表上的漂亮当作有教养的表现。

"让文学里的乡下人泛滥成灾,这又是何苦呢?"某一类的贵族高声叫道。在他们的眼睛里,作家无非是一个工匠,你向他定制什么,他就给你干什么。他们的头脑里没有想到,一个作家在选择写作对象时,是并不接受跟他格格不入的意志的支配,甚至也不接受他本人的专横任性的左右,因为艺术有其自身的规律,不尊重这一规律,就无法好好写作。艺术首先要求,一个作家要忠于自己的本性、自己的才华、自己的想象。如果不是由于诗人的本性、性格、才华,又用什么理由来解释一个作家喜欢描写欢乐的东西,另一个作家却喜欢描写阴郁的场面呢？凡是爱上一件事物并对它感到兴趣的人，他就比较深地了解这件事物，他既然了解得比较深，他就会比较深地把它描写出来。这就是对一个因为选择对象而受到责难的诗人的最合理的辩护。只有那种对艺术毫不理解、粗暴地把艺术同工艺混为一谈的人才会不满意这种辩护。自然是艺术的永恒的范本，而自然界最伟大和最高贵的对象则是人。难道乡下人不是人？——可是在一个粗野而没有教养的人身上有点什么令人感兴趣的地方呢？——怎么会没有？——他的灵魂、智慧、良心、热情与习癖——总之，凡是有教养的人所有的他也都有。可以说，后者要比前者更高；可是难道一个植物学家只关心经过艺术上改良的园艺作物，而轻视它的田野里野生的原型吗？难道在解剖学家和生理学家心目中，澳大利亚野蛮人的机体构造不如已开化的欧洲人的机体那么有意义吗？在这方面，艺术究竟在什么基础上区别科学呢？而接下去，您要说，有教养的人要高于没有教养的人。在这一点上不能不同意您的意见，但并不是无条件的，当然，最为空虚无聊的上流社会的人也无比地高于乡下人，但是在什么方面呢？仅仅是在社交教养方面，但是这一点也不妨碍某个乡下人，例如，在智慧、感情、性格方面高出于他。教养仅仅是发展人的精神力量，而不是赋予这种力量；赋予人以这种力量的是自然。何况大自然在分派它的极其珍贵的礼品的时候，是盲目地行动的，它并没有去分辨什么阶层……假如在有教养的阶级中出现了比较多的卓越不凡的人，那是因为在这里有比较多的有利发展的条件，而完全不是因为大自然在分发礼品时对下层阶级比较吝啬。"从一本描写苦命人喝得烂醉如泥的书里，可以学到一点什么东西呢？"——这些中等地位的贵族阶级的人这样说道。——怎么不能够？——当然，学到的不是上流社会的应对礼仪，也不是优美的风度，而是在某种一定环境中的人的知识。一种人喝酒是出于懒惰，出于糟糕透的教养，出于性格上的弱点，而另一种人则是由于不幸的生活环境，也许，他在这方面也许是一点罪也没有的。这些事例，在这两种场合，观察起来都是富有教益意义并且令人感兴趣的。当然，对一个摔倒在地的人，轻蔑地转过身去不理不睬，要比向此人伸出手去，给以安慰和帮助，容易得多，正像以道德的名义，对他进行严厉的责备，要比满怀同情与爱，设身处地去体察，深刻研究他的堕落的原因，甚至当他在自己的堕落中显露负有许多罪责的时候，仍旧把他作为一个人而对他加以怜悯容易得多一样。人类的救世主来到这世上是为了所有的人的；他不是去召唤贤智的和有教养的人，而是召唤智力和心灵都非常简单的渔夫担当"人类的渔猎者"，他寻找的不是富有和幸福的人，而是贫穷的、受苦的、堕落的人，给有的人以安慰，给有的人以鼓励，使他得到苏醒。那肮脏的褴褛掩盖不住的身体上的溃疡糜烂的疮毒，并没有使他的充满爱和仁慈的眼睛感到受辱。他是上帝的儿子——满怀同情之心爱抚人们，同情陷于贫穷、污秽、耻辱、淫荡、恶习和行凶作恶中的人们；他允许本身问心无愧的人向淫荡女人投以石块，让铁石心肠的法官老爷感到害臊，向堕落的女人说出安慰的话——一个罪有应得的在处罚他的刑具上快咽气的强盗，只要一刹那间有忏悔的表现，就能听到他说出的宽恕与和解的话……而我们则是人的儿子，我们却只打算爱我们的兄弟当中的和我们同等的人，而背弃下等阶层的人，正像回避众所唾弃的人一样，背离倒下的人，像回避麻风一样……是一种什么德行和功绩给了我们这样的权利？这不是等于说正是缺乏任何一种德行和功绩吗？……然而爱情和友爱的神圣之词响彻于世界，这可不是无缘无故的。凡是过去属于神职人员的责任，或者少数特选人物的德行，现今，这已经变成社会的责任，现在这不仅是德行的标志，而且也是个人有教养的标志。您看，在我们的时代，到处都在热烈关心下层阶级的命运，各处的私人慈善事业都在改变为公共的慈善事业，到处都在建立一些组织健全、资金充实的社团，从而在下层阶级中传播文化，资助匮乏和遭受苦难的人,遏制和预防贫困和它的无可避免的后果——不道德与伤风败俗。这种如此崇高、如此富于人性、如此充满基督精神的公共运动,却遭到以崇拜麻木而保守的宗法家长制的人为代表的信徒们的激烈抵制。他们说什么在这里起作用的是时尚、爱好、虚荣,而不是仁爱。就算这样吧,但是,究竟在什么时候、什么处所在人类改善的活动中没有这些卑微琐碎的冲动的参与呢?然而怎么可以说,这一类冲动才可能是这些现象的原因呢?怎么可以设想,这些以身作则地来吸引群众的现象的主要发端者,不是由一种更可贵更崇高的冲动所鼓动的呢?当然,对那些投入慈善工作不是出于对近旁人的爱,而是出于赶时髦,出于模仿,出于虚荣的人的善行,是不必感到什么奇怪的;然而这在对社会的关系上说来却是一种善行,因为它使社会充满这样一种精神,它让一些空虚无聊的人的活动都指向于善!这难道不是新时代的文明、智慧、启蒙思想和教育的成就的令人极其欢乐的现象吗?

在文学中,难道可以不反映这种新的社会运动,难道可以不在这永远是社会的表达者的文学中反映出来吗!在这方面文学所起的作用似乎还要更大一点:文学本身不仅是反映了这种倾向,还要促使这种倾向在社会中的成长,不仅是不落后于它,还要更加超越过它。这种作用是否有价值,是否高贵,这就无须多说的了;但是那种没有纹章的贵族正是为了这一点而攻击文学。我们觉得,已经充分说明这些攻击是从哪一种源头来的,它们还有什么价值……

现在我们还需要提一下那种以纯艺术的名义——这种纯艺术认为艺术本身就是目的,本身之外,不承认还有任何目的——他们从美学的观点攻击现代文学和一般的自然主义。在这种想法中是有一些根据的,但是把它夸张了,这一眼就能够看出来。这一种想法纯粹属于德国来源;它只能在好内省、多思索以及爱冥思苦想的民族中产生出来,它绝对不可能出现在它的舆论向一切人提供积极活动的广阔园地的崇尚实际的民族中出现。纯艺术究竟是什么东西,这连它的拥护者都不是真正知道其所以然。因此,这在他们那里无非是一种理想,而在实际上是并不存在的。在实质上,这种纯艺术论不过是一种坏的极端转变为另一个坏的极端而已,也就是说,从艺术是惩恶扬善的、是教训人的、冷漠的、枯燥的、僵死的转向另一极端——它的作品无非是命题作文的修辞练习罢了。毫无疑问,艺术首先应当是艺术,然后才可能是一定时代的社会精神与倾向的表现。一首诗,不论它包含了怎么美好的思想,不论这首诗对当代的问题作出多么强烈的反应,如果其中并没有诗意,那么其中就不可能有美好的思想,也没有任何问题。我们在其中可以见到的,不过是执行得糟透的美好的意图而已。说到长篇或者中篇小说,如果其中并无形象和人物,没有性格,没有什么典型性,那么,其中所叙述的一切东西,不管它如何忠实地精心地从自然中摹写下来,读者在这里却找不到任何自然的东西,看不到什么忠实地刻画的、巧妙地把握到的东西。在他的眼睛里,一些人物彼此之间将会互相混杂起来;在叙述中他只看到各种莫名其妙的事件混乱地纠缠在一起。破坏艺术规律不可能不受到惩罚。为了忠实地摹写自然,光是会写也就是说,仅仅有驾驭一个誊录生或者文书的本领,这还不够。还必须通过他的想象,把现实中的现象表达出来,赋予它们以新的生命。一份很好地和忠实地叙述的、带有传奇色彩的审判案件,这可不是长篇小说,它只能充作长篇小说的材料,也就是说,给予诗人以写作长篇小说的机缘。然而要写作一部长篇小说,他应当从思想上深入这一案件的内在本质,去猜透促使这些人物如此行动的隐秘的内在的动机,抓住那构成这些事件范围核心的案件的着力点,赋予这些事件一种统一的、充分的、完整的、自成一体的意义。只有诗人才能做到这一点。好像没有比忠实地描写一个人的肖像更容易的事。然而有的人尽其毕生之力在这一绘画门类方面进行练习,可还是不能把一个他所熟悉的人的面容描写成功,使别人也一望而知,这是谁的肖像。能够忠实地画好一幅肖像,这已经是一种独具一格的才华,可是事情并不就在这点上结束。一个平常的画家会把您的朋友画成一幅十分相像的肖像画,这种相像在您不可能不是一下子就认出这是谁的肖像的意义上是不会受到丝毫怀疑的,然而您还是不能对这幅肖像画感到不满意,您会觉得,它好像同真人相像,但又好像同真人不相像……然而如果让特拉诺夫或者勃留洛夫照着同一个真人画肖像画——那您就会感觉,就是一面镜子也远远不能像这幅肖像画似的,这样把您朋友的形象忠实地再现出来,因为它不只是一幅肖像画,而且还是一种艺术品,这个艺术作品所抓住的不仅是外表上的相似,而且还抓住真人的整个灵魂。因此,忠实地摹写现实只有富有才华的人才能做到,不管这一作品在其他方面怎么微不足道,可是它越是以忠于自然而令人吃惊,它的作者的才华就越是无可怀疑。并非一切都是以忠实于自然而宣告完事,尤其是诗歌——这是另一个问题。在绘画中,根据这一门艺术的特征与本质,单是能够忠实地摹写自然的才能,常常就可以充当有非凡才能的标志。在诗歌之中,这就并不完全是这样。不善于忠实地摹写自然,不能成为一个诗人,但是光有这种能耐,要成为诗人,至少是卓越的诗人,也是不够的。人们通常说,忠实地从自然摹写一些恐怖的对象(例如:凶杀、处死之类),是毫无意义和毫无艺术性的,那只能引起厌恶,而不能带来享受。这种说法不仅不公正,而且是错误的。杀人或者处死的场景是一种其本身不会提供什么享乐,而且读者在一个伟大诗人的作品中得到享受的不是杀人,不是处死,而是诗人用来描写某一个场景的技巧,从而,这种享受是审美的,而不是混杂了不由自主的恐怖和厌恶的心理上的东西,而一份伟大的功勋或者爱情的幸福,它们所提供的享受则要复杂得多,因此比较完整,既有审美上的也有心理上的享受。一个没有才华的人永远也不会忠实地描写杀人或者处死,尽管他有上千次机会去研究现实中的这个对象；他能够做到的一切，就无非是多少算是正确地把它描绘一番，但是他永远也不能画出一幅忠实的图画来。他的描绘说不准会引起一种强烈的好奇心，却不是一种享受。如果没有才华，他却放胆去描绘这种事件的图画，他永远只能引起一种厌恶，但是这不是因为他根据自然作了忠实描绘，而是由于正好相反的原因，情节剧可不是戏剧正剧的图画，剧场效果可不是感情的表现。

然而，我们一方面完全承认艺术首先应当是艺术，可同时却还是认为，那种以为艺术是一种生活在自己小天地里、同生活的其他方面没有什么共同点的、纯粹的、与世绝缘的东西的想法，是一种抽象的、幻想的想法。这样的艺术是任何时候和任何地方都不存在的。毫无疑问，生活一分再分地分成各有其独立性的许多方面；但是这些方面又通过活跃的方式彼此融合在一起。在各方面之间并没有深刻地划开的界线。不管您将生活如何分割，生活始终是统一的，完整的。人们常常说：科学需要智慧和理性，创作需要想象，于是就认为这样就把问题彻底解决，从而可以将它束之高阁了。可是难道艺术可以不需要智慧和理性吗？而学术没有想象也可以过得去吗？这是不对的！事情的真相是：在艺术中，想象起着积极的和先导的作用，而在科学中则是智慧与理性起着这样的作用。当然，也会出现这样的诗歌作品，其中除了想象的强烈的闪光之外，其他就什么都看不见了，然而这根本不是艺术作品的普遍规律。在莎士比亚的作品之中，你就不知道是什么东西更使你感到惊异——是创造的想象的丰富呢，还是那无所不包的智慧的丰富？有几种学术研究，其中不但不需要想象，有了这种能力反而会起危害的作用；可是绝对不能对一般的学术都这样说。艺术是现实的再现，是好像重新创造的世界：艺术能不能成为一种孤立的、与一切跟它格格不入的影响完全隔绝的活动呢？诗人作为一个人，作为一种性格，一种天性，概乎言之，作为一种人格，难道可以不在作品中反映出来？当然，不，因为同自己毫无什么关系地描写现实现象这种才能的本身——这又是诗人的天性的一种表现。然而就是这种能力也是有它的限度的。莎士比亚的人格就通过他的创作而明澈地透射出来,尽管看起来他对他所描写的世界好像是无动于衷似的,正像那个时而拯救、时而去毁灭他笔下的人物的命运之神一样。而在华尔特·司各特的长篇小说中,你不能不看到,作者与其说是一个自觉地广泛理解生活,宁可说是一个在才能上非常卓越的人,一个在信念和习惯上同于托利党人、保守分子和贵族的人。诗人的人格并不是什么绝对的、孤立不群的、不接受任何外来影响的东西。诗人首先是人,然后是他的祖国的一个公民,他的时代的儿子。民族和时代精神对他的影响不可能比对其他人少。莎士比亚是古老而愉快的英国的一个诗人。就是这个英国在短短的几年中间突然变成一个严肃的、严厉的、充满狂热的国家。清教徒运动对莎士比亚后期作品起了强有力的影响,在他后期作品上打上了阴沉忧郁的烙印。由此可以看到,莎士比亚如果晚生二十年左右的话,他的天才可能依然如故,可是他的作品就会变成另一种样子。弥尔顿的诗歌明显的是他的时代的产物,他自己也并没有预料到这一点,他通过那个骄傲而阴沉的撒旦这个人物写出了反抗权威的颂词,尽管他原来考虑的完全是另外一套。历史性的社会运动是如此强有力地影响着诗歌。这就是今天审美的批评之所以会被排除在外的缘故,因为它只想同诗人和他的作品打交道,而并不关心诗人写作时的地点和时间,也不注意促使诗人走向诗的舞台、对他的诗歌活动起了影响的情势,这样审美批评就失去它的一切威信,而成为无用的东西。人们说,派别精神、宗派主义会损害诗人的才能,败坏他的作品。这不错!因此,他不该成为可能命里注定只有朝生暮死短暂生命、注定要无影无踪地消失的某一派系的喉舌,而应该成为整个社会引以为珍秘的那种思考的,也许他本人还不明朗的追求的喉舌。用另外一些话来说:诗人应当表现的不是特殊的和偶然的东西,而是给他的整个时代添上色彩和意义的共同的和必要的东西。他究竟怎样在这意见矛盾的一片混乱中看到其中真正表现了他的时代精神的追求呢？在这种场合中，唯一可靠的引导者，首先可能是他的本能，一种模糊的、不自觉的感觉，这种感觉常常是天才本性整个力量所在。他似乎不顾社会舆论，违背一切既存的概念和常识，碰运气走下去，但在同时又是一直朝着应当走的地方走去，于是很快，甚至原来曾经比其他人声音更响亮地反对他的人，不管他愿意不愿意，也都跟着他走，他们已经无法理解，怎么可以不沿着这条路走。这就是为什么有一些诗人当他还是朴实地、本能地、不自觉地遵奉他的才能的暗示去走的时候，他是坚强有力的，并给整个文学以新的方向，只要一旦开始思考，并且陷到哲学的沉思的时候，那么看吧，他①就会摔跤，还能怎么样！……一个勇士突然变得浑身乏力了，正好像那个失去了头发的参孙②一样，于是——他，本来是走在大家的前面的，现在他远远落在后头了，落在从前曾经是他的论敌而现在是新的同盟者的人群中，跟他们一起来反对自己的理想事业，但是这已经迟了：事业获得成功不是由于他的意志，归于失败也不是由于他的意志——这事业站得比他高，社会现在需要它胜过他本人……一个本来才华横溢的诗人却要去做一个蹩脚的说教者，这看起来多么痛苦、可怜和可笑！……

　　在我们的时代，艺术和文学比过去任何时代更是社会问题的表现，因为在我们的时代，这些问题已经变成普遍的、大家都能理解的、都比较明朗的问题，变成大家头等感兴趣的问题，成为比起其他问题来更为主要的问题。当然，这不能不改变艺术的一般倾向而对它不利。这样一来，那些很富于天才的诗人，由于倾力去解

---

① 这里讲的是写了《与友人书简选粹》的果戈理。
② 典出《圣经·旧约·士师记》，参孙是以色列的大力士，力大无穷，后被同居女人趁他熟睡，剃去头发，他便浑身无力了。

决社会问题,现在有的时候会写出使读者感到吃惊的作品,这些作品的艺术价值和作者的才能很不相称,或者至少只在局部上显示一点才能,整个作品却是差劲的、拖沓的、萎靡的、沉闷的。请您回想一下乔治·桑的一些长篇小说:*Le Meunier d'ngibault*、*Le Péché de Monsieur Antoine*、*Isidore*①。然而就在这里,所以糟糕的也不是由于社会问题的影响,而是由于作者要以乌托邦来代替既存的现实,从而迫使艺术去描写只存在于作者的想象中的世界。这样一来,除了那些可能有的性格,除了大家所熟知的人物面目之外,他也描写了一些幻想的性格,一些从来没有的人物,于是他的长篇小说就和童话交混在一起,自然的东西被不自然的东西所掩盖,诗歌同修辞学混同起来。可是光根据这一点还不能判定艺术所以堕落的原因。就是这位乔治·桑在 *Le Meunier d'Angibault* 之后写了《杜吉林诺》,而在《伊西多尔》和 *Le Péché de Monsieur Antonie* 之后写了《吕克莱齐亚·弗洛里安尼》。当代社会问题的影响败坏艺术的情形可能在低等才能身上很快显露出来,但是即使如此,也只是暴露作者没有本领区别存在的与并不存在的、可能的与不可能的,尤其是偏爱情节剧,偏爱矫揉造作的效果。在欧仁·苏的长篇小说中有什么特别优秀的地方呢?——从其中首先可以看到受当代问题影响的当代社会的忠实的图画。那么这些败坏到教人没有兴致读下去的长篇小说的弱点又是什么呢?——那是夸张,追求情节、效果、像罗道尔夫王子②这种难以相信的性格——总之,所有虚假的、不自然的、做作的东西——而这一切绝对不是由于当代问题的影响而产生的,而是由于缺乏才能,仅有的才能只能抓取局部,而对整体作品就永远无法驾驭。从另一个方面看,我们可以举出狄更斯的长篇小说,这些长篇小说是如此深刻地对我们的时代充满真

---

① 这些作品译名为:《安吉堡的磨坊》《安东尼先生的犯罪》《伊西多尔》。
② 欧仁·苏长篇小说《巴黎的秘密》的主人公。

诚的同情，而这丝毫也不妨碍它们成为优秀的艺术作品。

我们已经说过，纯粹的、与世隔绝的、无条件的，或者如一些哲学家所说，绝对的艺术是任何时候、任何地方都没有的。如果设想有什么类似这样的东西的话，那只有在艺术是当时社会上有教养部分的人所特别专注的主要兴趣的那个时代的艺术作品。例如十六世纪意大利派的绘画就是这类作品。这些绘画的内容看来主要都是宗教方面的；然而这大部分都是海市蜃楼，而在实际上，这种绘画的对象就是为美而美，主要是这个词的造型的或者说古典意义上的美，而很少是浪漫蒂克意义上的美。我们且举拉斐尔的圣母像为例，这是十六世纪意大利绘画的 chef d'oeuvre①。哪个人能不记得茹科夫斯基谈到这件奇妙作品的文章，哪个人不是从年青时代起就按照这篇文章来形成本人对这一作品的见解的？从而，哪一个人会不作为无可怀疑的真理而相信，这一作品从主要方面来看是浪漫主义的，圣母像的面容是一种非尘世之美的最高理想，只有通过内心的观照才能发现其奥秘，而且连这也只有在达到升华之境的灵感稀有的刹那间出现的感觉？……这篇文章的作者不久之前见到过这幅画②。因为他不是绘画方面的行家，他不容许自己对这幅美妙的名画说三道四，企图去阐释它的意义和它的价值的境界；但是现在问题既然只涉及他个人的印象以及关于这幅画的浪漫主义的或者非浪漫主义的性质的问题，因此他觉得可以容许自己就这方面说几句话。茹科夫斯基这篇文章他已经好久没有读了，也许，已经有十年以上了。然而在这之前，他曾以全部热烈的迷恋、年轻人的全部信仰把此文一读再读，简直可以把它背诵出来。因此他是怀着预期的熟悉的印象走向这幅名闻天下的画

---

① 法文：杰作。
② 别林斯基曾在特累斯顿画廊里见过拉斐尔的这幅圣母像，当时他出国治病。他在一八四七年七月七日写给鲍特金的信中提到过这件事。

的。他长久地注视这幅画,他离开了,转过去观赏其他的画,他又再次走近这幅画。尽管他对绘画了解得多么少,他在下述这方面的第一个印象却是绝对的和明确的:他马上就感觉到,看了这幅画以后,已经很难去理会其他绘画的价值,并且对这些画感到兴趣了。德累斯顿画廊他去过两次,两次他都只观看这幅画,甚至在看着别的画或者什么都不看的时候都是如此。而现在只要一想到这幅画,它好像就立刻出现在我的眼前,记忆几乎取现实而代之。然而越是长久地全神贯注地观看这幅画,当时和嗣后越是多多地思索这幅画,那么你就越来越相信,拉斐尔的圣母像同茹科夫斯基指名是拉斐尔的作品而描写的圣母像——是彼此之间并没有什么共同性的、没有什么相似之处的两幅完全不同的图画。拉斐尔的《圣母像》是严格的古典主义的形象,丝毫也没有浪漫主义的东西。她的脸表现出那种独立地存在的东西,脸上并不从随便哪种道德表情方面借助其魅力。相反,在这张脸上,你什么也看不出来。圣母的脸也像她的整个体态一样,充满一种无法用言语表达的高贵和威严。这是对本身的崇高地位和她个性的尊严充满自觉的上帝的女儿。在她的眼神里,有一种严肃的、克制的东西,并没有慈悲和仁爱,但也没有骄傲和轻蔑,取代所有这一套,却有一种不能忘掉自身伟大的谦逊。这似乎可以叫作 idéal sublime du comme il faut①。然而无可捉摸的、神秘的、朦胧的、闪烁不定的——一句话,凡是浪漫主义东西,这是连影子也没有的。相反,在一切方面,是那样一种清晰的、明朗的确定不移,完美,那样一种轮廓的严格的准确、逼真,除此之外,还有那样一种运笔的高贵和典雅!在这幅图画里,那种宗教的直观只在圣子的脸上表现出来,只不过这种直观也只是当时的天主教所特有的。而在婴孩的姿态中,在他伸向站在前面的人(指看画的观众)的双手上,在眼睛的张大的

---

① 法文:典雅的崇高的理想。

瞳仁里，可以看到愤怒和威吓，而在稍微翘起的下嘴唇上，却露出一种傲慢的蔑视。这并不是宽恕和仁慈的上帝，这也不是为尘世上罪孽赎罪的羔羊——这是厉行审判与惩罚的上帝……由此可见，就是在圣婴身上也没有什么浪漫主义的东西；相反，他的表情是如此简单、明确，是如此可以捉摸到，你一下子就可以明白地理解你看到的东西。只有在显露出非凡的理性表情的以及沉思地观照上帝的出现的天使们的脸上才可能找到浪漫主义的东西。

在希腊人中寻找所谓艺术是非常自然的。不错，作为艺术的基本要素的美，几乎就是这个民族的生活中的主要成分。因此，希腊人的艺术比其他任何艺术更接近所谓纯艺术的理想。然而尽管如此，在希腊人的艺术中，美与其说是内容本身，毋宁说是一切内容的基本形式更好。内容是宗教、是市民生活向他们提供的，但它总是常常处于美的明确的优势之下。从而，就是希腊艺术的本身也只是比其他更接近于抽象艺术的理想，但是却不能把它称为抽象的，也就是说，独立于民族生活的其他方面的艺术。通常人们常常援引莎士比亚，尤其是援引歌德作为自由的、纯艺术的代表；然而这是一个未经仔细考虑的说法。莎士比亚是一个最伟大的创作天才，主要是一个诗人，这是没有什么怀疑的；然而谁要是在莎士比亚的诗里看不出丰富的内容，看不出它们所提供给心理学家、哲学家、历史学家、当政人物等等的教训和事实是一种取之不尽的宝藏，那么他是太不理解莎士比亚了。莎士比亚通过诗歌传达一切，但是他所传达的远远不止属于诗歌一方面的东西。一般说来，新艺术的特征是内容的重要性超越形式的重要性。而古代的艺术却是内容与形式的平衡。引歌德为例要比引莎士比亚为例更难令人满意。我们要用两种例子来证明这一点。《现代人》去年发表了歌德长篇小说 Wahlver wandschaften① 的译文。在罗斯有时候在刊

---

① 德文：《亲和力》。

物上也议论了这本小说;而在德国,它是获得极度的崇敬的,在那里已经写了一大堆文章和专著。我们不知道,俄国的读者究竟对它喜欢到什么程度,甚至是他们究竟喜欢不喜欢它:我们的事情就是介绍俄国读者认识伟大诗人的这部卓越的作品。我们甚至以为,与其说读者公众会喜欢,倒不如说会使他们大吃一惊。在实际上,这里的确有许多东西值得吃惊!有一个姑娘抄写一份管理田产的报告,长篇小说的主人公发现,在她的抄写中越是抄下去,她的笔迹和他的笔迹越是相像。"你这是爱着我啦!"他一边叫道,一边冲过去搂住她的脖子。我们再重复说一遍,这样的特征不但是我们的读者,就是其他任何国家的读者也不能不感到奇怪。然而对德国人来说,他们却是一点也不会感到古怪的,因为这是被忠实地概括的德国生活的特征。这样的特征在这部长篇小说中可以找到很多;许多人也许以为:整个长篇小说无非就是为了这样的特征而写……这难道不是说明,歌德的长篇小说是在德国社会的影响之下写出来的,而在德国之外就会显出古怪得很不寻常吗?当然,歌德的《浮士德》无论在哪里,都是伟大的创造。人们最喜欢用它来指明这是除了自己个人所特有的规律之外,绝不受其他什么规律支配的纯艺术的典范。然而要请令人尊敬的纯艺术的骑士老爷原谅,浮士德就是它当代的德国整个社会生活的完整的反映。在其中表达了上世纪末和本世纪初的德国的整个哲学运动。难怪黑格尔学派的信徒们在他们所作的讲演和哲学论文中不断地援引《浮士德》中的诗句,同时也难怪歌德的《浮士德》的下半部中不断地陷进在抽象的观念上常常是暧昧的和不可理解的讽喻里。这里,什么地方有纯艺术呢?

我们看到,就是希腊的艺术也只是比较其他一切艺术更接近于所谓纯艺术的理想,然而并没有完全将它实现。至于最新的艺术呢,它始终是远远离开这个理想的,而时至今日离开这个理想是更加远了。但是新艺术的力量也正就在这里。艺术本身的利益不能不让位于对人类来说应是更为重要的利益,艺术高贵地承担起为这些利益服务的担子，成为它们的发言人。然而它丝毫不会因此而终止其为艺术，而只不过是取得新的特征。从艺术手里夺走这种为社会利益服务的权利——这不是把艺术抬高，而是把它贬抑，这样就等于是剥夺它的最生气勃勃的力量的本身，也就是说，想使艺术成为某种放荡逸乐享受的对象，成为空闲无聊的懒鬼的玩具。这甚至等于是杀害艺术，我们今天绘画界的可怜的处境正好是一个证明。这种艺术仿佛没有注意到它的四周沸腾的生活，对一切充满生机的、当代的、现实的事物闭起了眼睛，这种艺术一味到已经丧失生机的过去时代寻找灵感。从那里攫取现成的理想，其实人们早就对这种现成理想感到冷淡，谁也不关心这种理想，它再也不教人感到温暖，再也唤不起人们活跃的同情之心。

　　柏拉图认为，把几何学应用到手艺上去，这是对科学的贬低与亵渎。这种想法所以在这样一个慷慨激昂的理想主义者、浪漫主义者，在社会生活是如此朴素而不复杂的小共和国的公民身上，是可以理解的。可是在我们今天它甚至算不上是什么天真而荒唐的怪想。人们说狄更斯通过他的那些长篇小说在英国促进了各学校机构的改善，过去这些学校是完全立脚于残酷无情的鞭笞以及野蛮地对待孩子们之上的。这里我们倒要请问，如果狄更斯在这种地方是作为诗人而行动的，这又有什么坏处呢？他的长篇小说难道因此在审美方面就变得差了不成？这里显而易见是误解：人们看到，艺术同科学并不是同一件事，但是他们没有看到，它们的区别完全不在内容，而只是在于表现这一特定内容的方法。哲学用三段论法讲话，诗人则是用形象和图画，但它们两者讲的都是同一件事。政治经济学家以统计数字装备自己，对读者或者听众的理智起作用，证明社会中某一个阶级由于某一种原因已经有了许多改善呢，还是越来越见恶化。诗人则以生动而鲜明地描绘现实而装备自己，对他的读者的想象起作用，在忠实的图画中显示，社会中某个阶级的处境是否真正有了许多改善，或者由于某一种原因而变得更坏了。一个是证明,一个是显示,但两者都是在于说服,只不过一个用的是逻辑的论据,一个是用图画。可是前者只有少数人听取和理解,后者则被大家所听取和理解。社会的最崇高与最神圣的利益就是一视同仁遍及于社会的每个成员社会本身的福利。走向这种幸福境界的道路,要靠自觉,而艺术能促进这种自觉,它并不比科学逊色。在这里,不论是科学还是艺术,都是必不可少的。科学无法代替艺术,艺术也代替不了科学。

对真理的拙劣的、错误的理解,不可能消灭真理本身。假如有的时候,我们看到,有些人,甚至是聪明的和心地善良的人,大自然虽然并没有赋予他们诗的才情的任何火花,但是他们却妄想通过诗的形式来叙述社会问题,根据这一点,绝对不能得出结论说,这样的问题是同艺术格格不入的,并且要毁灭艺术的。假如这些人要为纯艺术服务,他们的失败还要更来得显著。例如,现在已被遗忘的长篇小说《潘·波达斯多里奇》①就是写得很糟的,这本书已经出版了十年以上,它是怀着值得赞扬的目的而写的——描绘表现白俄罗斯农民状况的图画;但是它毕竟还不是完全没有益处的,尽管它极其沉闷,但有的人还是把它读完了。当然,假如作者能够把他的长篇小说的内容以一个观察者的笔记或者简评的形式叙述出来,不去唐突诗歌,他可能更容易地达到他的高尚的目的;然而如果他要去写作纯诗情的长篇小说,他就不大容易达到他的目的。现在,许多人都迷恋上所谓"倾向"这个魔法般的词儿;人们以为,一切问题完全取决于它,他们并不理解,在艺术世界里,第一,如果没有才华,任何倾向都是一文钱也不值的;第二,这倾向本身不仅是应当在头脑里存在,而且首先应当在作者的内心里、血液里存在,首先应当是感情、本能,然后才可能是自觉的思想,对作者来说,这种倾向也应当像艺术本身一样地生发出来。一种思想——

---

① 《潘·波达斯多里奇》为马萨尔斯基著的长篇小说。

不论是读到的或者是听到的，也许还是能正确地理解的，但如果没有经过本人的天性所参透，没有打上您的人格的烙印，它不只是对诗来说，就是对一切文学活动来说都是一笔死的资本。不管你如何来摹写自然，不管你如何把现成的思想和用心良好的"倾向"添加到您的摹写中去，假如在您的身上并没有诗的才华——那么您的摹写就不会使任何人想起那原型来，于是思想和倾向仍然只是一般的修辞学的论点了。

现在，两者之中必有其一：或者是自然派的作家所表现的充满着对现实的真实性与准确性的社会生活风尚的若干方面的图画，因此，在这样的场合中，它们是由才能所产生的，其本身带有创作的烙印；或者相反，那么它们就无法吸引人和说服人，并且没有一个人能在其中看到有与现实丝毫相似之处。这一流派的敌对者们就是这样议论它们的；可是这样一来就必然出现这样的问题：这些作品为什么一方面在大多数读者公众那里获得如此的成功，而另一方面，又能够把自然派的敌对者们有力地激怒到这种地步呢？岂不是只有中庸之才才能享受令人艳羡的威信——既不使任何人激怒，也不给自己树立敌人和反对者？

一种人说，自然派毁谤社会，它故意把社会贬低，今天另外一批人对此又补充说，自然派在这方面对普通百姓特别有罪。后面一种申斥出于自然派的恶毒的毁谤者之口，似乎有矛盾：其中有一些人使用莫里哀所表扬的茹尔丹先生①的小市民贵族的观点来责备自然派过分同情普通平民，而另一些人则责备自然派对平民有隐藏的敌意。我们已经得到过机会，详细而又周密地驳斥过这种指责，并且，证明它完全没有根据，太不体面（在《答〈莫斯科人〉》一文中），在我们的好心善意的先生还没有想出新的东西，来支持那使他们获得特殊声誉的责难以前，我们关于这件事没有什么新

---

① 莫里哀的喜剧《小市民贵族》中的主人公。

的话要说。因此我们只就另一种责难说几句话。有一种人说(这一次说得非常公正),自然派是由果戈理奠定基础的;另一些人部分地同意这个意见,同时又补充说,法国的狂飙文学(约在十年之前夭折以终)要比果戈理对自然派的产生起的作用更大。类似的责难真是荒唐透顶:所有的事实都是绝对反对这种责难的。如果追本溯源起来,那我们要说,这种责难或者是出于礼貌上禁止说出来的那些并不光彩的原因,或者是出于他们根本不理解文学是什么东西而产生的。后面一种原因可能性更大。尽管这些绅士先生为拯救艺术而尽力,然而这一点也不妨碍他们对艺术一无所知。在我们这里,哪一些法国文学作品被派作狂飙文学的呢?雨果早期的长篇小说,尤其是他的著名的 Notre-Dame de Paris①,苏,仲马,尤里·若宁的《死的驴子和被绞死的女人》。事情不是这样的吗?当作品的作者本人也已选择新的倾向之后,今天谁还记得这些作品呢?这些并没有丧失它们这一类优点的作品的主要特征是什么呢?——夸张,情节曲折,不自然的效果。在我们这儿,这样一种倾向的代表只有玛尔林斯基,而果戈理的影响则是彻底结束了这种倾向。这种倾向同自然派有什么共同之处呢?而今天带有这样一种倾向的作品甚至是连稀少的试作都见不到了,除非是经常到亚历山大剧场看戏的人们所欣赏的描写西班牙热情狂的戏剧。假如一些庸才和无才之辈有时候尝试——这种情形也是罕见的——模仿法国长篇小说而博得成功,那模仿的也是比狂飙文学还要更荒唐、更是胡说八道的新东西。不久以前在一本杂志中所发表的长篇小说《投机家》②就是属于这一类尝试之一,其中就充斥了荒诞无稽的坏蛋,说得更正确一点——恶棍以及不可能发

---

① 法文:《巴黎圣母院》。
② 《投机家》为彼·彼·苏霍宁(1821—1884)所写的,这篇小说发表在《读书文库》,一八四七年第八十三至八十五期。

生的经历，但是到了最后结束时却能从其中引向最纯洁无瑕的道德上去。然而自然派同这一类作品又有什么关系呢？这一类作品，无论从哪个方面看，同自然派一点关系都没有。

比所有这些责难更正确的是这个事实：俄国文学通过自然派作家为代表，已经走上了一条真正的和坚实的道路，转向一种灵感与理想的独创的源泉，从而变成既是现代的又是俄国的文学。看来，俄国文学已经无法离开这条道路了，因为这是一条走向独创的、从一切异己的和不相干的影响下解放出来的坦直大道。我们这样认为绝对不是说俄国文学从此永远停留在现在这样的状态中；不是的，它还要前进，还要改变，然而只是它永远也不可能不忠于现实，不忠于自然。我们丝毫也不会被俄国文学的种种成就迷了心窍，绝对不想把它的成就夸大。我们十分清楚地看到，我们的文学现在还在追求的道路上前进，还没有达到目标，我们的文学刚刚建立起来，但还没有建立完善。我们的文学的全部成就目前还只是归结为这一点：我们的文学已经找到自己的正确道路，它不必再继续摸索了，而是每一年以越来越坚定的步伐在这条道上继续走下去。今天我们的文学还没有一个领袖，它的那些活动家并不是第一流的天才，但是它已经有它自己的性格，能够不指靠帮助，顺着它自己已经清晰地看清楚的道路走。在这里，我们不由得想起《现代人》的主编人在去年这本杂志的第一册上所说的话："在我们的文学中，代替我们的文学所欠缺的强大有力的天才，已经凝集着并且包容着所谓继续发展和活动的至关重要的因素。正像我们上文所说的，我们的文学已经是一种非常明确的现象；在我们的文学中对自己的独立性和自己的使命已经有了自觉。它已经是一种正确地组织起来的、积极的，并且通过充满生命的脉络同各种各样社会需求和利益交叉纠结起来的力量，它不是一颗从陌生的世界偶然飞来的使人群感到惊奇的流星，不是无意中闯入脑海，以新的和不可测知的感情在刹那间使人震惊的孤独天才思想火花的闪光。在我们的文学方面,今天没有什么值得特别注意的地方,但是有我们的整个文学。不久之前,我们的文学还像刚刚从冰冻的地壳下解脱出来的我们的五光十色的原野,在山上的某些地方冒出了绿草,在冲沟里还有那和污泥混杂在一起的泛黑的雪块。今天我们可以将它同被春色点缀的田野相比:尽管绿色还没有以其闪闪发光的色彩示人,它的有一些地方还是苍白的,还并不茂盛,但是绿色已经到处都可以见到了;一年中的美好时节正在临近。"

我们以为,在这一点上就包含着进步……

假如我们也注意一下我们今天俄国文学的另外一些方面,那么,我们所抄引的话的公正性就会变得更加明朗。——在这些方面,我们能够看到一种同诗歌中我们所谓自然主义相呼应的现象,也就是说,同样,既追求真实性、现实性、真理,也厌恶幻想和幻影。在科学中,抽象的理论、先验的假设、对体系的信赖,一天比一天地丧失其威信,而让位于实际的以事实知识为立足点的倾向。当然,科学在我们这里还不是扎根很深,然而就在科学身上,也能看到它朝独创性转变的趋势,也就是说独创性首先应当在俄国科学的范围里、在俄国历史研究的范围里开始。在俄国历史的一些事件中,在这以前是在西方历史研究的影响之下进行解释的,现在已经加上了为俄国历史所特有的生活要素,俄国历史已经是按照俄国的方式来解释了。就是在当代俄罗斯生活风尚的研究方面,也可以发现,同样也在转向特别和我们的俄国生活有密切关系的问题,同样也在努力按照自己的方式解决这些问题。为了证明这一点,我们要将去年无论在哪一方面所出现的一切值得注意的问题分析一下。但是这一篇分析将是《现代人》下一期特别长的专文的题目了。

第 二 篇

长篇小说与中篇小说在今天的意义——去年优秀的长篇

小说与中篇小说以及现代俄国美文学作家们的特点：伊斯康德、冈察洛夫、屠格涅夫、达里、格里戈罗维奇、德鲁日宁——陀思妥耶夫斯基君的新作《女主人》——Т. Ч. 夫人的《旅行随笔》——涅鲍尔辛几篇关于西伯利亚金矿的短篇小说——鲍特金君的《西班牙书简》——去年优秀的学术论文——优秀的批评论文——谢维辽夫君——斯米尔金君的俄国作家全集

长篇小说和中篇小说现在已经站在一切其他体裁的诗情作品的领先地位了。其中包括所有的美文学，因此，一切其他作品，在它们的面前好像是一种特殊的、偶然的东西。这方面的原因是在作为诗情作品的一种体裁的长篇小说和中篇小说的本质之上。在长篇和中篇小说里，虚构同现实的交融，艺术描写与朴素但必须是忠实摹写自然的结合，比起其他任何体裁的诗歌，是更贴切、更合适的。长篇小说和中篇小说，甚至是描写最平凡的和最庸俗的生活风情的散文，也可能是艺术的极境、最高的创作的表达者；而从另一方面看，若是只反映生活中的特选的、崇高的一刹那，那就会丧失任何一种诗情，任何一种艺术……这是最宽广的、无所不包的诗歌体裁；在这种体裁里，一个有才华的人感到自己无限地自由。在其中联结了诗歌的一切其他的体裁——抒情诗可以作为作者在他所描写的事件中抒发感情，戏剧性可以作为特定的人物的出言吐语变得更加明朗突出的手段。至于离题旁涉、激发议论、教诲训导，在其他诗歌体裁所不习惯使用的，可是它们在长篇和中篇小说中却取得合法的地位。长篇和中篇小说能够提供作家在发挥他所特有的才华、性格、鉴别力、倾向等等方面充分宽广的天地。这就是最近时期长篇小说作家、中篇小说作家如此之多的原因。因此，今天的长篇小说和中篇小说的范围大大拓展了：除了中篇小说中的最低档的和比较轻快的形态、那早已在文学中存在的"短篇小说"之外，那种所谓日常生活的，社会生活风情各个方面的素描特写也在文学中取得了公民权。末了，还有同任何一种虚构都完全

不同、只能按它们所传达的现实事件的忠实与精确的程度而受人重视的回忆录,这种回忆录,假如写得很好,也可以自成一体,似乎可以成为长篇小说方面的最后一个环节。在幻想的虚构与实际存在之物的严格的历史的描写之间,究竟有什么共同性呢?——怎么会没有呢?——叙事的艺术性!把历史学家称为艺术家,这不是无缘无故的。在那作家只管拘泥于史料与事实,只应当致力于尽可能忠实地再现这些事实的场合,艺术(在艺术这个词的真正意义上)还有什么用武之地?然而问题也就是在这里,要忠实地再现事实,光依靠博学是不可能的,还得有想象。史料中所包含的历史事实,无非是一些石块与砖头,只有艺术家才能利用这些材料建造起优美的房屋。我们已经在本文第一篇中说过:如果缺乏创造才能,要忠实地摹写自然也是不可能的,正像要创造一种和自然相似的虚构一样。让艺术同生活接近,让虚构同现实接近,在我们这个时代,特别在历史长篇小说中表现出来了。从这里只要再跨出一步就可以达到对回忆录的真正的看法,在回忆录中性格与人物的速写起着如此重要的作用。如果速写是充满生气的,吸引人的,那就是说,它们不是抄袭,不是摹写——不是那种始终是苍白的、什么东西都不表达的东西,而是人物和事件的艺术的再现。人们所以珍重梵·迪克①、提香②、委拉斯开兹③的肖像画,根本不去关心这些肖像是从谁的身上摹写下来的,它们是作为画像,作为艺术作品而受到珍重的。艺术的力量就是这样的:一张本身并无什么卓越不凡之处的脸,通过艺术就获得了大家都同样感到兴趣的普遍的意义,一个在活着的时候没有引起什么注意,出于艺术家的好心,艺术家以他的画笔给了他以新的生命,于是世世代代的人都

---

① 梵·迪克(1599—1641),法国艺术家。
② 提香(1490—1576),意大利画家。
③ 委拉斯开兹(1598—1660),西班牙画家。

来观看他！在回忆录中,在短篇小说中以及在各种各样的摹写自然中,也莫如此。在这里,作品水平的高下是取决于作家才能水平的高下的。于是您在书本里会去欣赏一个您不想在随便什么地方见到他的,也许您一向知道他是一个最空虚、无聊的人。一些过时的美学家斩钉截铁说:"诗歌不应当是绘画,因为在绘画之中,整个问题的关键在于忠实地描写在某一个瞬间所把握住的对象。"然而如果诗歌要着手描写人物、性格、事件——一句话,生活图画的时候,那么理所当然,在这样的场合中,诗歌承担起了一个画家一模一样的责任,这也就是说,要忠于它要加以再现的现实。这一种忠实,是诗歌的第一个要求,第一个任务。如果他不是一个画家,那么这就是一个很明显的标志:他也不是一个诗人,在他的身上根本没有才能。然而诗歌不应当仅仅是绘画。——这又是另外一个问题,对这一点你不能不同意。在诗人的图画里,应当有思想,这些画所产生的印象应当对读者的头脑起作用,应当对读者的所见所闻的某一个生活方面指出某一种方向——要做到这一点,长篇小说、中篇小说以及同一种类的作品,就是最合适的诗歌体裁。在这一类体裁的名分下,特别胜任的事情就是描写社会的图画,就是对社会生活作诗的分析。

在过去的一八四七年中,优秀的长篇小说、中篇小说和短篇小说特别丰收。按照它们在读者们中间所获得的巨大的成功来说,那么在它们中间,最首要的位置毫无疑问应当是属于这两部长篇小说:《谁之罪?》和《平凡的故事》,这也就是我们所以把我们对去年的美文学概观从它们开始的原因所在。

伊斯康德君作为一个写了显示有卓越超群的智慧、才华、机智、对事物的独到的见解和独具一格的表现能力的不同文章的作者,早已经为读者公众所熟知了。但是他作为一个长篇小说作家,引起俄国读者公众特别注意他的新才能,还只是从去年开始的。诚然,在《祖国纪事》中他发表过两篇记叙艺术方面的试作:《一个青年人笔记》(一八四〇年)和《一个青年人笔记续篇》(一八四一年)。根据这些轻松的速写的忠实与生动来判断,从其中已经可以预先猜到作者是一个未来的才华充沛的长篇小说作家。《平凡的故事》的作者冈察洛夫君——他在我们的文坛上是一个全新的人物,但是他在文坛中已经占有一个显著的位置。是不是因为这两部长篇小说——《谁之罪?》和《平凡的故事》——几乎是在同一个时期问世的,而且彼此分享着非凡成功的光荣,人们不仅是把两部作品连在一起议论,而且还将它们彼此作比较,仿佛这是同一类现象?有一本杂志不久以前宣布伊斯康德的长篇小说是一种高水平的艺术作品,同时,又对冈察洛夫君的长篇小说表示不满意,其根据是:在后一作品中找不到前一作品的优点。① 我们在分析这两部长篇小说时,也打算把它们放在一起谈,但这不是为了证明它们的相似,这是两种本质上完全不同的作品,要在它们中间寻找相似点,这是连影子都找不到的,——而是为了通过它们之间相互对比来正确地勾勒它们中每一方的特点,从而说明它们的优点和不足之处。

　　认为《谁之罪?》作者是非凡的艺术家,这就是说,还根本不理解他的才能。诚然,他拥有忠实地传达现实现象的杰出的才能,他的勾勒是明确而深刻的,他的图画是明朗的,一下子就投入你的眼目中,然而甚至就是这些品性证明的是,他的主要力量不是在创作,不是在艺术性,而是在于深刻地感受的、充分地认识,并加以发挥的思想。这种思想的威力,主要是他的才能的力量;而忠实地掌握现实现象的艺术手段则是他的才能的次要力量。假如夺走他身上的第一种力量,那么第二种力量要独自对特定现实起作用就不可能了。这一类才能并不是什么特殊的、绝无仅有的、偶然的事物,不是的,这样的才能正像纯艺术的才能一样,也是非常自然的。

---

① 这种意见来自格拉霍夫所写的《一八四七年俄国文学》一文中。

他们的活动构成一种特殊的艺术天地,在这个艺术天地里,想象居于次要的地位,而智慧则居于首要的地位①。人们很少注意到这种差别,因此在艺术理论中就出现了可怕的混乱。有人企图把艺术看成是一个自成一体的睿智的中国,有一条截然分明的界线把它和最严格的意义上所有不属于艺术的东西分隔开来。然而这些界线与其说是事实上存在,倒不如说是在推测中存在。至少,你不可能像在地图上指出各国间的界线似的,用手指把它们指出来。随着艺术向这一条界线或那一条界线的接近,它也会逐渐失去原来的一些本质,却去接受所接近的那种艺术的本质,因此,代替原来彼此分隔开来的界线,出现了双方互相妥协的方面。

艺术家的诗人比一般人所想的更是一个画家。在对形式的感觉中,包容了他的全部天性。在创造能力方面同大自然的永恒的较量——是他的最崇高的享受。抓住一个包括其全部真实性的特定的对象,促使它去表现生活,这就是他的力量、胜利、满足、骄傲。

---

① 别林斯基早在一八四六年四月六日,由于《祖国纪事》发表了长篇小说《谁之罪?》第一部,在给亚·伊·赫尔岑的信中详尽地发挥了这个想法。"好吧,你,我的兄弟,"别林斯基写道,"我要感谢你对《谁之罪?》的间奏曲,我根据它彻头彻尾相信,你是我们文学中的一个伟大人物,不是一个业余爱好者,不是游击队,不是无所作为的骑手。你不是一个诗人:说这一点是可笑的;然而要知道伏尔泰不仅在《亨利颂》中,而且在《贡第德》中都不是一个诗人,可是他的《贡第德》却能够在千载万年间同许多伟大的艺术作品决一胜负,并且它已经超越许多并不伟大的作品,还将继续超越它们。对一个艺术天性而言,智慧消融在才能之中,消融在创造的想象中,因此,作为诗人,在他们的创作中,他们有非凡巨大的智慧,但作为一般的人看,他们却是有局限的,几乎是愚蠢的(普希金、果戈理)。至于你,相反,主要是一种富有思想、富有自觉的天性——才能和想象消融在智慧里——这种智慧是生气勃勃的,不是接种过来,也不是书里读来,而是你的天性原来就有的,并且得到人道主义的倾向所温暖和所谓融化的。你有极其多的智慧,多到使我奇怪,为什么一个人竟能拥有这么多的智慧……而且这样的才能也是必不可少的,它的益处并不下于艺术才能。假如你能够在十年之中写出三四部如此充实和如此有分量的作品,那么你就会是我们文学中的伟大的名字,你不仅是要列入俄国文学史,而且也将列入卡拉姆辛的历史。你会对现时代产生强大的和良好的影响。"

然而诗是高于绘画的,诗的范围要比任何其他艺术的范围更宽广。因此,当然,诗歌不能只限于绘画这一方面,但关于这一点我们已经谈过了。然而不管他的创造力中的其他能唤起兴奋和惊奇的优秀品质怎么样,他的主要力量到底还是在诗意的绘画中。他具有这样的能力,能迅速理解生活的一切形式,立刻转移进一切人物,转移进一切个性,而要做到这一点,他不需要经验,不需要研究,有的时候,只要一个暗示,或者迅速的一瞥就已经足够。给他两三个事实,他的想象就能重建起一个包括一切条件和关系、包括它所特有的色彩和色度的完整而独立的、自成一体的生活世界。例如,居维埃就掌握依靠科学的帮助,根据从地下发掘出的骨头,达到在头脑里重现这骨头所属的那种动物的整个有机体的艺术。然而这里是受到科学所启发和帮助的天才在起作用;而诗人则是主要依靠自己的感觉,自己的诗的本能而进行描写。

  我们在开头已经讲过的,我们把长篇小说《谁之罪?》的作者也包括在内的另外一类诗人,他们能够忠实地描写的只是不知道为什么特别使他们的思想感到震惊以及他们特别熟悉的生活方面。他们并不理解,只是为了忠实地表现现象而去忠实地表现现实现象也是一种乐趣。他们既没有愿望,也缺乏耐心去进行这种按他们的意见是无益的劳动。他们认为重要的不是对象,而是对象的意义,他们的灵感的迸发,只是为了通过忠实地表现对象,使得对象的意义在大家的眼睛里变得明白清楚和可以捉摸得到。因此,在他们的作品里,一个明确的和清楚地自觉的目的是放在一切之首的,而诗歌只是达到这个目的的手段。因此,他们的才能所能达到的生活世界是受他们内心深处的思想、受他们对生活的看法所决定的;这是一个不受惩罚他们就无法摆脱的魔力圈,也就是说,他们得失去充满诗情地忠实地描写现实的才能。只要从他们身上夺走这种令人鼓舞的思想、迫使他们放弃他们对事物的看法,那么他们就再也没有什么才能,可是另一方面,那艺术家的诗人的才能,只要生活在他的周围运动,不管这是什么样的生活,那么这种才能永远和他同在。

作为伊斯康德灵感的来源的内心深处的思想——有的时候在忠实描写社会生活现象时这种思想几乎把他提高到艺术性的高度,它究竟是什么呢?——这就是指受到偏见、无知所贬黜,受到不是对同胞亲人的不公正,就是对自己本人自愿的一种歪曲所折辱的关于人类尊严的思想。伊斯康德所写的所有长篇和中篇小说,不管他写了多少,其主人公从前是、将来永远是同一样的:这就是作为一般的、类的概念上的人,在人这个字的最宽广的内容里,在它的意义的全部神圣性中的人。伊斯康德主要是一个人道主义的诗人。因此,在他的长篇小说里人物无穷无尽,其中的大部分都是精雕细刻的,但是并没有男主人公,也没有女主人公。在第一部里,在引起我们的兴味的涅格罗夫夫妇之后,他向我们描写了克鲁齐菲尔斯基和柳邦卡这两个长篇小说人物。而作为两个部分的结合部的插曲中的主人公,他写了别尔托夫,然而别尔托夫的母亲和他的日内瓦籍的家庭教师却几乎比别尔托夫本人还要更多地引起读者的兴味。在第二部里,男女主人公是别尔托夫和克鲁齐菲尔斯卡雅,在她身上,最初长篇小说的那个令人猜测的标题《谁之罪?》,它的主要思想到这时才算充分揭开。但是我们应当承认,在长篇小说中这种思想却不大能够引起我们的兴味。这正像长篇小说的主人公别尔托夫是整个长篇小说中最失败的人物一样。当克鲁齐菲尔斯基成为柳邦卡的夫婿的时候,克鲁波夫医生对他说:"这个新娘跟你不是一对,不管你怎么说,这对眼睛,这种脸色,这种有时掠过她的脸部的抖动,都说明她是一只还不知道自己的力量的虎崽;可是你,你究竟是什么呢?你是一个新娘;兄弟,你是一个德国女人;你倒成了妻子——这犯得着吗?"在这些话里,奠定了长篇小说的结构。按照作者的意图,这种结构应当从结婚开始,而不是以结婚为结束。作者让我们和别尔托夫相识以后,就领着我们走进这对年轻夫妇的安乐窝,这种安宁的家庭幸福生活他们已经享受了四个年头;但是读者只要一想起那个怀疑论者的医生身上那种神谕的阴暗的预言,他就会不由自主地等待:在克鲁齐菲尔斯基的家庭幸福生活中,作者会在图画本身向他们指出未来不幸的萌芽与开始。克鲁齐菲尔斯基的确没有娶到妻子,而是出了嫁。他的妻子比他高得多,因此跟他太不相称。他因为有了她而感到最充分的幸福,这是自然的,然而要她也安于这种幸福,不做惊惶不安的梦,醒着时决不想入非非,这却是并不自然的。她的丈夫作为一个赤子般纯洁和高贵的人,而且,他还把她从父母的家庭地狱里救出来,她可能是尊敬甚至也爱自己的丈夫的;但是,这样的爱情能够满足这样的女人,能够去充实她的天性上的越是模糊不定、越是不自觉,就越是痛苦的那些要求、那些希望吗?她认识了别尔托夫之后,很快就转变为爱情,本来只应该让她睁开眼睛认清她的处境,在她身上唤起自觉,她同像克鲁齐菲尔斯基这样的人不可能获致幸福。然而作者并没有这样做。

思想是美的,充满着深刻的悲剧意义。这种思想吸引了大多数的读者,同时扰乱了他们去注意别尔托夫和克鲁齐菲尔斯卡雅之间的整个悲剧的爱情的故事是叙述得很得体的,十分得体的,甚至很灵巧,然而却一点也没有艺术化。这里在叙述上很见功夫,可是一点找不到生动的、诗意图画的痕迹。思想拯救了而且帮助了作者:他依靠智慧正确地理解他的登场人物的处境,然而他只是作为一个深明事理的聪明人,而不是作为诗人把这种处境传达出来。正像一个很有才气的演员,有的时候他承担一个跟他的手法和才能根本不相合的角色,他到底还是聪明地和灵巧地扮演了这个角色,没有把它演砸了,但只不过没有把它演活。角色的思想并没有丧失掉,剧本的悲剧意义弥补了主要角色在执行上的欠缺,而观众不会马上察觉到他只是受到吸引,并没有得到满足。

顺便说一下,这一点可以用下列事实来证明:在长篇小说的第二部里，别尔托夫的性格被作者随心所欲地改变了。开头的时候，这是一个渴望作出一些有益活动的人，可是由于高贵的日内瓦梦想家受了错误教育这一原因，他并没有找到这种活动。别尔托夫知道许多事情，而且他对一切问题都有一般的理解，然而他却完全不知道唯一可以进行有益活动的社会环境。所有这一切，作者不仅说出来，而且被作者极有功力地表现出来。我们觉得，除此以外，作者还可以稍稍点出他的主人公所以能够一点都不干实际活动，除了所受的教育之外，还有被财产所大大败坏的天性。一个生而富有的人他还应当禀赋有从事某项活动的特殊天分，免得游手好闲地度过一生，免得由于无所事事而闷得发慌。但这种天分在别尔托夫身上却是根本看不到的。他的天性是非常丰富的，而且是多面性的，然而这种丰富性和多面性并没有什么扎得很深的根。他有许多智慧，但这种智慧是静观的、理论性的，它们不能深入到对象的内部去，而是从对象身上滑过去。他能够理解许多东西，几乎包括一切，但是这种同情和理解的多面性却妨碍了这样的人把所有的力量都集中在一个对象之上，把他的全部意志都倾注在这个对象之上。这样的人永远竭力想要活动，尝试寻找自己的出路，但当然，永远找不到它。

由此可见，别尔托夫是命中注定要为了对活动的渴望永远满足不了而心神不宁，同时为了无事可做而忧闷。作者富有技巧地向我们传达了他做官当差，后来是做医生、当演员时的失败的尝试。假如不能说作者已经充分刻画了和解释了这个性格，那么，这在他的笔下到底还是刻画得很不错的、很清楚的、很自然的人物。但是在长篇小说的最后一部分里别尔托夫却突然变成一个现实无法向他提供相应的活动天地的一种崇高的、天才的人物……这已经完全不是我们以前是这样熟知的人；这已经不是别尔托夫，而是一个像彼巧林这样的人物了。当然，正像每一个扮演自己这个角色的人一样，以前的别尔托夫要好得多。他同彼巧林的相似，对他来说,是极其不利的。我们不懂,作者为什么离开自己的路,走上一条陌生的道路!……作者这样做难道要把别尔托夫抬到克鲁齐菲尔斯卡雅一样的高度吗?真是多此一举!对她来说,他就是处于他以前同一种状态,她也同样会感到兴趣的,在那种时候,他站在不幸的克鲁齐菲尔斯基一旁就像是一个站在侏儒旁边的巨人。他是一个成年人,是一个完全成熟的男人,至少在智力上,在对生活的看法上,可是克鲁齐菲尔斯基,由于他以他的高贵的幻想取代了对人们和生活的真正理解,他就是在从前的别尔托夫的一旁也无非是个由于患病而抑制了他的发育的儿童而已。

相反,那克鲁齐菲尔斯卡雅在长篇小说第一部里要比下一部里有趣味得多。你不能说在那里她的性格已经深刻地勾勒出来了,但是她在涅格罗夫家的处境却是深刻地刻画出来了。她在那里,保持沉默,不发一言,没有行动,她令人敬重。读者对她猜测,尽管他们几乎没有听到过她的只言片语。作者在描写她的处境时显露了他的非凡的才艺。只有在她的日记的片段里,作者才放她自己说话。但是我们不能完全满足于这种自白。除了利用女主人公们的日记来介绍读者认识女主人公们这种手法——这是一种古老、陈旧和虚假的手法——之外,柳邦卡的笔记未免显露一点伪作的味道,至少,不是每个人都相信这些笔记是女人所写的……显而易见,就在这里,作者也越出了他的才能的范围。对于长篇小说结尾关于克鲁齐菲尔斯卡雅的一个片段,我们也要说同样的话。作者在前后两种场合,无非是能够巧妙地避过他的力量所不能胜任的课题而已。概乎言之,柳邦卡自从变成克鲁齐菲尔斯基太太之后,她就不复是一个性格、一个人物,却变成一种颇见功力地和聪明地发展的思想。她和别尔托夫是作者唯一没有写成功的本来应该写好的两个人物。然而就在他们身上,作者那种能把大多数读者的兴趣一直维持到底,使他们震惊、感动的灵巧和才艺,却是令人惊叹的,而任何其他的人,纵使具有他的才能,若是没有他的智慧和对事物的正确看法,那就只能显得可笑。

由此可知,不应该在别尔托夫和克鲁齐菲尔斯卡雅悲剧爱情的描写中找寻伊斯康德长篇小说的价值。我们看到,这完全不是什么描写,而是诉讼事件熟练的叙述。概括说来,《谁之罪?》其实不是长篇小说,而是一连串写得很有功力的,而且就是以作者没有从诗意上加以发展的思想从外表上巧妙地结合为一个整体的传记。然而在这些传记中也有内在的联系,尽管它们与别尔托夫和克鲁齐菲尔斯卡雅之间悲剧的爱情没有任何关联。这就是那种深深地在这些传记的基底扎下根的思想,这种思想赋予小说的每一个特色、每一个词以生命和灵魂,赋予它这种使读者不问其对作者同情还是不同情,有教养还是没教养都同样不可抗拒受到影响的说服力和吸引力。这种思想在作者身上就是感情,就是热情;总而言之:从他的长篇小说中可以看到,这种思想既构成他的生活的激情,也构成他的长篇小说的激情。不管他说的是什么,不管他离题多么远,他从来不会忘记这种思想,他总是不断地回到它这里来,这种思想仿佛不由分说地自动在他的笔下出现似的。这种思想是同他的才能连在一起的;他的力量就在其中;如果他对它冷淡,跟它断绝关系——他就会突然丧失他的才能。这究竟是什么样的思想呢?这就是当看到人们故意地,而大多数是无意地凌辱那个不被承认的人的尊严时所出现的痛苦、病态,这就是德国人所谓人道性(Humanität)。凡是觉得这个词所包含的思想无法理解的人,在伊斯康德的这部作品里可以找到它的最妥善的解释。关于这个词本身,我们说,这是德国人根据拉丁语 humanus 而造出来的,它的意思就是人性。这里,这个词和动物性这个词处于正相对立的位置。假如一个人同人们交往,像一个人在对待亲人、对待兄弟那样自然,他的行动就是人道的;而在相反的情况下,那就是和兽性不分彼此了。人道性是一种博爱,但是它是通过自觉和教育而得到发展的。一个人去培育一个贫穷的孤儿,不是出于一种算计,不是出于夸耀,而是出于要做善事——收养一个不幸的孤儿,好像是亲生的儿子,然而在这同时,又让这个孤儿感到他是他的恩人,在他身上花费了不少,等等,这样的一个人当然可以获得善良、有道德、仁慈的人的称号,然而绝对不是一个人道的人。他的身上有许多感情、爱,但是在他身上,它们没有被自觉所发展,而是被包裹在一种粗糙的硬皮里。他的浅陋的智慧也没有料到,在人的天性中有一些应当小心地对待的纤细而柔弱的弦,不要使一个尽管已经具备一切幸福的外部条件的人,却仍旧受到不幸,或者,不要使一个人粗野化、庸俗化,其实,在比较人道地对待他之下,他可能变成一个正直的人。然而在人世上又有多少这样的慈善家,他们折磨,有的时候甚至毁灭一个他们向他倾注恩情的人,而并没有任何不良的意图;有的时候,他们还是热烈地爱他们,真诚地希望他们万事如意,可是后来,他们却是好心善意地大吃一惊:代替感恩戴德和尊敬,报答他们的是冷淡、无视、忘恩负义,甚至仇恨和敌意,或者,在他们所收养的人中,出现了恶棍,而从前他们给过这些人最道德的教育。有多少父亲和母亲,他们的确是按照自己的方式爱着自己的孩子们,但是他们却认为不断地训导孩子们应当把感谢自己的双亲给他们生命、衣服、教育作为神圣的责任!这些可怜的人他们没有想到,他们这样做是自己把自己的子女剥夺了,把这些子女当作是出于慈善的感情而收养的什么养子养女和孤儿们。他们安静地在所谓孩子应当爱自己的父母这个道德原则上做梦打盹,可是后来,到了衰老年代,他们却感慨系之地重复那陈腐的格言,说什么从孩子们那里除了忘恩负义之外,其他什么都没有盼望到。甚至就是这种可怕的经验也没法从他们的冻僵的脑子上剥下冰冻的硬皮,也没有促使他们最终理解:人的心是按照它自己的规律而行动,它不愿意,而且也不可能承认任何其他的规律;以责任和义务作为基点的爱是一种与人的天性相背离的、超自然的、幻想的、不可能的和虚妄的感情;爱只能用爱来取得,爱不可能像一件我们有权应该取得的东西似的去要求,但是任何一种爱应当赢得,爱必须争取——不管从什么人那里都一样——或者得之于比我们高的人,或者得之于比我们低的人,或者是儿子得之于父亲,或者是父亲得之于儿子。您去观察一下孩子们吧,常常会碰到这样的事:孩子看待他的母亲非常冷淡,尽管她是亲自给他喂奶的,可是,一朝他醒过来,看不到那个总是寸步不离待在自己身边的保姆,他就会大声哭叫起来。您看到没有:孩子——这是天性的最充分、最完整的表现。他只把爱献给一个真正向他证明自己的爱,为他而摒绝一切欢乐,好像用一根铁链把自己和这个可怜而柔弱的小生命锁在一起似的人。

人道性和尊崇崇高的社会地位、等级丝毫没有矛盾;然而它与除了对恶棍和骗子之外随便什么人的蔑视是绝对冲突的。人道性乐意承认人们的社会的优越性,然而这种优越性不是光从外表来看,而更多的是从内部来看。人道性不仅不强迫带有粗野举止的下层阶级接受使他们很不习惯的礼仪,甚至禁止这样做,因为这样对待会使他处于尴尬的地位,迫使他怀疑对方是在嘲笑他,或者有不良意图。一个人道的人会用不使对方感到生硬和粗暴的礼貌去对待比他低下、发展得比较粗野的人,但是他决不允许对方在他面前贬低自己的人的尊严,不让对方对自己卑躬屈节,不把对方叫作凡卡、凡纽哈以及诸如此类像狗的诨号一样的名字,也不轻轻地扯弄对方的胡子,表示自己对他仁慈的关怀,让对方露出下贱的微笑,奴颜婢膝地对他说:"您为什么这样抬举我?……"当人们不尊重其他人的人格尊严时,人道性的感情就受到了凌辱,而当人连自己的人格尊严也不尊重的时候,那就受到更大的屈辱和损害。

就是这种人道的感情构成所谓伊斯康德作品的精神,他就是这种精神的启示者和辩护人。他所引向舞台的人物都不是坏人,甚至大多数都是好人,他们折磨和迫害自己和其他人,常常不是怀有邪恶的念头,而是怀着良好的企图,不是出于恶意,更多的是由于无知。甚至是他的那些由于感情的下流和行为的卑鄙而受到人们疏远的人物,在作者的心目中,主要也是他们本身的无知以及他们所生存其中的环境的牺牲品,而不是因为他们的邪恶的天性。他描写的是不属于法律所管辖的、大多数人理解为情理的和道德方面的行为的罪行。他笔下的恶人是很少的:迄今为止所发表的三个中篇小说中,只有在《喜鹊贼》中描写过唯一一个恶棍,但是就是这样的一个恶棍,许多人现在也准备把他算作最善良和最有道德的人。伊斯康德运用得如此挥洒自如的主要武器,就是嘲讽,这种嘲讽常常被作者提高到尖刻讽刺的地步,但是常常也会显露为一种轻快的、和谐的以及非常善意的玩笑:您可记得那个善良的邮政局长,他几乎有两次要打倒别尔托夫,开头出于忧伤,后来出于欢乐。他是这样好心善意地擦擦自己的手,欣赏着这突如其来的行动的成功,并且认为"在这世界上可找不到有这种残酷心肠的人,他竟然能够有力量因这种玩笑而申斥他,不请他吃上一餐"。然而在这个丝毫不使人感到愤慨而是感到好笑的特征中,作者仍旧忠于他的珍爱的思想。在长篇小说《谁之罪?》之中,所有涉及这种思想的地方,都显示了忠于现实、叙述上的技巧熟练的特点,这一切都胜过任何赞美。长篇小说的辉煌的方面和作者才能的胜利就是体现在这里,而不是在别尔托夫和克鲁齐菲尔斯卡雅的爱情上。我们在上文已经说过,长篇小说——这是由一种思想将彼此联系起来的但却是无穷地多样的、深刻地忠实的和有丰富的哲学意义的一连串传记。在这里,作者完全是在自己的范围之中。就在那聚精会神描写别尔托夫和克鲁齐菲尔斯卡雅的悲剧的爱情中,除了最可尊敬的卡尔普·康特拉季奇,他的机智果断的妻子玛丽亚·斯捷潘诺夫娜和他们的小名称作瓦瓦的可怜的女儿瓦尔瓦拉·卡尔波夫娜——这些作为插曲加到这里来的传记之外,在这一部分本身中还有什么更好的呢?克鲁齐菲尔斯基和柳邦卡在长篇小说中什么时候最令人感到兴味呢?——是在他们住在涅格罗夫家里,受到周围的一切所折磨的时候。这样的一些情势作者是比较熟悉的,因此他能够把这些情势以高超的技巧描写出来。别尔托夫本人什么时候最使人感到兴趣呢?——是在我们读了他所受到的错误的和虚伪的教育那段故事,以及后来想给自己找一条生活之路的失败的尝试的这段故事的时候。这也是包括在作者的才能的范围里的。他主要是哲学家,但同时多少也是个诗人,他就利用这一点,用寓言借喻的方式阐述自己对生活的见解。他的优秀的短篇小说《克鲁波夫医生的著作——精神病概说以及特别是它的传染性的发展》可以作为这一点比较更合适的证明。作者在这一篇里没有一个细节、没有一句话是超越他的才能的范围之外的。因此,他的才能在这里要比其他著作有更大的明确性。他的思想还是依然如故,可是这种思想在这里却包含有嘲笑的调子,使一种人觉得十分欢欣和好玩,另外一些人感到悲伤和痛苦。只有在描写那个斜视的廖夫卡——这个使任何一个艺术家都会获得光荣的人物时,作者才是严肃正经地说话的。不论就思想方面,还是就执行方面来说,这绝对是去年最好的作品,尽管它在读者中没有产生特殊的印象。然而在这种场合中读者是正确的:在长篇小说《谁之罪?》中以及在其他一些作家的作品中他们都可以找到对他们十分亲切的,因此也是他们最需要的和最有益的真理,而后面一些作品也包含着与上述第一种作品同样的精神、同样的内容。概乎言之,如果责备作者片面单调——那就是根本不理解他。他所忠实地描写的只能是他的真诚的思想所能支配的世界;他的技巧纯熟的勾勒是以天赋观察力以及对现实的特定方面的研究作为基础的。作者在天性上是容易感动的和有很强的感染力的人,在他的记忆中保持了许多还在童年时代就使他震惊的形象。这就很容易明白,他所描写的人物,本质上并不是纯粹幻想的人物,主要是技巧纯熟地制作的东西,而有的时候,就是完全从现实中取得的、彻头彻尾改写过的东西。我们已经说过:他主要是一个哲学家,只有在不大的程度上是个诗人……

《平凡的故事》的作者在这一方面却和他处于完全相反的地位。他是诗人,是艺术家——此外就什么都不是了。他对他所创造的人物既没有爱,也没有憎,他们没有使他欢欣,也没有令他恼怒,他无论对这些人物、无论对读者都没有给予随便什么道德教训,他仿佛在想:谁陷于不幸,谁就去承当,这跟他可没有关系。当今所有作家中只有他一人,只有他一个人接近纯艺术的理想,可是一切其他作家离这个理想却有不可计量的距离——而且他们就是这样而获得成功。当今的所有作家除了才能之外,都还有另外一手,这另外一手是比才能本身更为重要,而且构成他的力量;可是冈察洛夫君,则除了才能之外,就没有什么了;现在他比任何一个人更是一个诗人、艺术家。他的才能并非第一流的,但却是坚强有力的,卓越不凡的。描写妇女的性格的非凡精湛的才艺是他的才能的一个特点。他从来并不自行重复,他塑造的女人从来不会与另一个女人类同,作为肖像来看,都是卓越不凡的。在粗野而凶恶但却自有一套温柔感情的阿格拉芬娜同梦想家和神经质的上流社会妇女之间,究竟有什么共通之处呢? 其中每一个人按各自的特点来说,都是技巧纯熟的、艺术性的作品。年轻的阿杜耶夫的母亲和娜坚卡的母亲都是老妇人,两个都非常善良,两个都非常爱自己的孩子们,两个都同样地损害了自己的孩子,此外,两个都是愚蠢的人,都是庸俗的人。但是虽然如此,这两个人物却是完全不同的:一个是旧时代外省的太太,她除了家务琐事之外,什么书都不读,什么都不理解;总之,她是那个恶毒的普罗斯塔科娃太太的善良的孙女;另一个则是京城的太太,她读一点法国书,除了琐碎的家务之外,什么都不理解,她是那个恶毒的普罗斯塔科娃太太的曾孙女。在描写这样一些已经丧失独立性和独创性的平凡而又庸俗的人物时,有时候更能显示其才能,因为要标志出他们的随便什么特点是最为困难的。在这个活泼、轻佻和稍稍有点狡猾的娜坚卡和外表上安静,然而内心却是一团火的丽莎之间,究竟有什么共通之处呢?长篇小说主人公的婶母是一个顺便勾勒出来的插入式人物,然而这是多么美的女性!她在长篇小说第一部结束的一场里是多么出色!我们不想详细谈论作者描写男性人物的精湛技巧;关于女性人物我们却不能不提一下,因为迄今为止她们在我们的甚至是第一流的有才能的人笔下也很少写得成功的;女性,在我们那些作家笔下,或者被写成装腔作势的多愁善感的人物,或者写成是一个穿着裙子,用书本上的文句说话的教会学校学生。冈察洛夫君笔下的女人,是活的、忠实于现实的创造。这是我们的文学中的新事。

我们现在转到长篇小说中两个主要男性人物——青年阿杜耶夫和他的叔叔彼得·伊凡内奇上。谈到前面一位时,不能不对后者多少说几句话,因为他依仗他的对照从而更加清楚地烘托出长篇小说主人公的色度。人们说,青年阿杜耶夫的典型已经陈旧了,人们还说,这样性格的人物在罗斯已经不存在了。不,这样性格的人物并没有消逝,而且永远不会消逝,因为使他们得以产生的并非总是由于生活的环境,有的时候也在于他们的天性本身。在罗斯,他们的族祖就是弗拉奇米尔·连斯基,而他又是沿着一条直线从歌德的维特继承而来。普希金在我们的社会中第一个发现有这样一种天性的存在,并且把他们指点出来。随着时间的推移,他们将会有所改变,但是他们的本质将始终都是这种样子……青年阿杜耶夫来到彼得堡的时候,他是幻想着他的叔父要怎样欢欣地拥抱他,他的叔父已经被他神化了,而他的叔叔也会由于他而极度兴奋。他在一家小旅店中住下来,他害怕叔叔要向他发火,为什么他不是直接上他那里去。叔叔冷淡的接待把他的外省人的梦想给粉碎了。到这个时候为止,青年阿杜耶夫与其说是一个浪漫派人物,还不如说主要是一个外省佬。当他听到叔叔把柴耶士查洛夫叫作笨蛋,把乡间的戴一朵黄花的姑妈叫作笨婆娘,他们曾经给他写过一封极其愚蠢的信,阿杜耶夫甚至不愉快地吃了一惊。外省人在对待他们的亲朋好友方面,往往是十分可笑的。在一些小城镇里,生活是单调、狭隘、琐碎的,大家彼此都知道,如果他们之间并没有敌意,那么一定是处于最温柔的友谊之中。介乎中间的关系简直就没有。这个青年人就是从小城来到京城,想找到自己的幸福的;一切人都关心他,送他上路,希望他获得一切幸福,恳求他别把他们忘记了。他在京城里终于成为很有阅历的人,家乡的小城在他的眼睛里已经变成一片模糊的幻景;在新的印象、新的朋友、关系、兴趣的影响下,他早就已经忘记他在童年时期是那样亲切地了解的人们的名字和面容,他只记得那些最接近的人,就是他们在他的心目中也还是当他离开他们的时候的那种模样,可是须知道,从那个时候起,他们都已起了变化。他根据他们的书信看到,他同他们没有什么共通之点;他写回信给他们时,特意模仿他们的声调,模仿他们的见解;这就不值得奇怪,他写给他们的信越来越稀少,最后,终于完全停止写了。想到一个亲戚或者一个朋友要到京城来,他吓得就像居住在边境城市的人,在战争时期想到敌人要顺道冲过来一样。在京城人们不理解遥隔两地互不见面的爱情;在这里,人们认为爱情、友谊、交情、相知,都应当得到直接交往的维持,可是分离、不在场就会使它们冷却下来,乃至毁灭;然而在外省,人们所想的,却是完全相反;由于生活的单调,在那里人们对爱情和友谊的追求特别发达。在那里人们喜欢结交每一个人,互相干扰,不给对方安宁——被看作是神圣的责任。如果一旦有什么亲戚和朋友不再来打扰他,他反而认为自己是世界上最不幸、最屈辱的人。假如有一大帮亲戚忽然来拜访一个居住在小城镇的外省人,把对方的小屋子挤得像满装鲱鱼的木桶一样,他在外表上显示出不知道有多么高兴,他满脸堆笑奔走忙碌,款待这一大帮人,可是内心里却是一心一意地咒骂这帮人。然而假使这一帮人下一次试试不去他的家里,他就永远也不会原谅他们这样做。外省人古老质朴的逻辑就是这样的!有的时候,一个外省人就根据这种逻辑,带同他的全家人,为了办理一些事情而来到京城。在京城里,他有一个亲戚,这个亲戚离开他的故乡有二十年左右,他早就把他的所有亲戚和朋友完全忘记了。我们的外省人展开他的双臂,带同他应当设法安插到学校去的可爱的孩子们以及特地来观赏首都的时装商店的可敬的夫人,投奔到他这里来。于是响起了啊啊、哎哟、呼喊声、吱吱声、尖叫声。"我们直接上您这儿来啦,我们不敢在旅馆里多耽搁!"首都的这个亲戚脸色发白,他不知道该怎么办,该怎么说;他好像一个被敌军占领的城镇的居民,有一群打家劫舍的敌方士兵冲进了他的家抢劫似的。而就在这个时候,对方却已经详细向他宣告,他们多么爱他,他们怎样记得他,他们怎样不停地谈到他,并且他们怎样指望他,他们相信,他一定会帮他们把科斯坚卡、彼坚卡、费坚卡、米坚卡安排到士官学校里去,再把玛申卡、萨申卡、柳博奇卡和塔涅奇卡送到专科大学去。首都的亲戚看出,他究竟是毁灭呢还是得救完全决定于这一刹那间,于是他鼓起勇气,抱着一种冷淡的殷勤向这群不速之客解释,他绝对没有法子让他们住在自己家里,他的房子光是自己一家人住就已经拥挤不堪,关于进士官学校或者专科大学,孩子们只有根据考试、根据章程规定才能被接纳进去。如果没有空额,或者孩子比规定入学的年龄大或者比它小,或者是考试过不了关,任何请托说项在这里都无济于事,何况像他这样一个无足轻重人物的说情,再加上他总是在其他部门里供职,并不认识教育机构的任何当官的人物。失望已极的外省人气得发昏地离开了他,激烈地攻击首都人的自私自利和道德败坏,而说到他的亲戚时,把他看作是一个怪物。可是在实际上,他也许是一个十分正经的人;他的全部过错就在于,他不愿意让他的住房变成乱七八糟的市集,剥夺他在自己家里任何独处的快乐,剥夺他在他的书房的寂静中专心处理一些公务,每天晚上在自己家里接待客人,或者是他所接近的人,或者是他在供职上是有益的和必要的人的任何方便,这样一来,他就不想克制自己,不想为了这些同他完全不相投合的、他甚至不愿意同他们保持普通朋友关系的人而使自己遭受重大损失。可是在同时,这批外省人士就他们本身来说,也是善良的人,甚至还不是愚笨的人,他们的整个错误是在于:他们出发来到京城的时候相信,除了宏伟、壮丽以及现代化的商店之外,还能够在首都找到有同样的风俗、同样的习惯和见解的自己的城镇。他们依照自己的口味爱好奢华和壮丽,尽管他们缺乏真正口味,只要手头一有钱,他们马上千方百计地准备装饰他的大厅堂和客厅;关于书房,他们并没有什么概念,他们也不知道,书房是派什么用场的;卧房和育儿室在他们那里总是最肮脏的房间;他们对于拥挤和狭窄都不当一回事。舒适这个概念对他们来说是不存在的,他们习惯于拥挤,他们像俗话所说:在拥挤中越活越有劲。他们喜欢同一切人打交道,并且正像彼得·伊凡内奇所说,在夜深时分还要做夜宵吃。根据他的侄儿的见解,这种特点正是俄国人的一个美德。可是彼得·伊凡内奇却绝对不同意这种说法。"这儿扯得到什么美德,"他说道,"在那儿为了排遣烦闷,对随便什么坏蛋也都来者不拒;欢迎光临,要吃多少就吃多少,只要想点随便什么来让我们消遣消遣,把时间打发过去就行,让我们好好看看你,不管怎么样,总有新变化;供应吃喝,我们决不吝啬,这一点在我们这儿是无所谓的……令人讨厌的美德。"彼得·伊凡内奇说得未免尖刻了一些,然而并不是完全没有理由。的确,外省人的亲热好客,主要是以无所事事、游手好闲、烦闷无聊和相沿成习作为立足点的。对首都人们的力量他们不是以地位、不是以关系、不是以影响,而是以官阶来衡量的,并且他们由衷地相信,只要他真正是一个四等文官,那么此人一定是一个无所不能的人物,只要这个人说一句话,就可以马上让您赢得一场已经拖了五十年的官司,把您的几个孩子安排到学校里去,让您得到一个美差肥缺,得到官职和勋章。如果拒绝他们的某一个要求,尽管您是全心全意希望将它实现,但是您是心有余而力不足——那您便是世界上一个最不道德的人,骄傲狂妄,目空一切,看不起外省人。可是外省人的第一个美德就是,不论在谁的面前都不骄傲,并不拒绝与随便什么人交朋友,并且准备为所有一切人奔走效劳。诚然,无论在什么地方都找不到这样的自高自大、扭捏作态,这样对上司、官位、头衔的尊崇;然而这种对社会和平与协调有危害的罪恶习惯,在那里却因为见到一个虽然只比他高一级的人物他就缩成一团,而在同时在官阶比他低的人面前却决不贬损自己的身价——这种善良的道德素养而得到缓和。然而这种美德也在首都盛行,尽管采取的是比较微妙的形式。可是在外省,这却是带着真正的田园式的天真风格而进行的。"喂,兄弟(一个富裕的地主或者一个重要的官员对一个穷地主或者一个穷官讲),你是根本把我忘记了呢,还是对我不满意,或者是我没有好好款待你;可是,我在餐桌上好像总是给你准备好杯盘的,你这打诨的小丑!"这个可怜虫稍微有点不好意思,在庇护人面前保持恭恭敬敬的姿态;嘴里含混不清地说着抱歉的话;可是在他的眼睛里却闪耀着满意的光辉:他知道,哪里有愤怒,哪里必有仁慈,有时候申斥要比抚爱表现更多的爱。"那么,好吧,上帝宽恕你,现在咱们吃饭去,午饭准备好啦。"于是两个人都感到心满意足;这一个细致地奉行了宗法家长制好客的规矩,向一个穷光蛋表示了仁慈,另一个则是乖乖接受了一个在他的眼睛里是如此重要人物的仁慈,而且比起完全跟他相等的人们的社会来,他不但更喜爱他那穷乡僻壤的贵族社会,甚至也喜爱比他还低微的社会,因为当他在大人物面前卑躬屈膝、在比他低微的人们面前趾高气扬的时候,他才感到自己的优越。当然,上面所说的话现在绝对不是要把它们归到一切外省人头上去:到处都有有教养、聪明和庄重的人,但是他们在哪里都是少数,而我们讲的却是大多数。人受周围环境的直接影响是这样强大,就是最优秀的外省人也不免沾染一些外省人的偏见,可是只要一到京城,这种偏见一下子就消失不见了。

在这里一切都使他们奇怪,一切都和他的家乡大不相同。在乡下,生活是单纯的,门户大敞着;任何时间都可以互相拜访,用不到通报,这个邻居可以到那个邻居家串门;在前室里不是阒无一人,就是在肮脏的长板箱①上,或者躺着一个没有刮胡髭的仆人,或者是一个衣衫褴褛的小童。他所以睡觉是因为实在无事可做。尽管他周围的垃圾和恶臭可以供他打扫两天。一个客人来到客厅里,那里却什么人都没有;在会客室里也是空无一人;他走到卧室里去——突然响起了尖厉的"哎哟!"声;客人在一种惬意的惶惑中说了句:"对不起。"慢慢地退到会客室去,这时有一个什么人跑了过来,对他的来访表示非凡的高兴,于是这两个人都为了这有趣的遭遇而大笑起来。可是在这儿首都,一切都是关锁的,到处都装有门铃,到处免不了问一句:"您有什么贵干?"然后是,或者不在家,或者身体不舒服,或者是:"他正忙着,请原谅!"就是一旦接见了,那么,当然是彬彬有礼,不过却是无动于衷的、冷淡的,一点没有热情,既不邀你吃早餐,也不请你用午餐……

但是我们且转到《平凡的故事》的主人公去。他是一个态度和蔼、很有礼貌的人,尽管他相信,他的叔叔会欣喜若狂地接待他,把他安顿在自己的公馆里,可是一种朦胧的感觉还是让他在旅馆中住了下来。如果他对所有切身相关的事情有认真思索的习惯,那么他就该好好想一想促使他住进旅店,而不是直奔叔叔的公馆的这种朦胧的预感,很快就该明白没有任何理由去盼望叔叔除了客气的冷淡之外还有其他接待的方法,而且他也没有什么权利要求住在叔叔的公馆里。然而糟糕的是:他总是习惯于思考关于爱、友谊以及其他种种崇高的与遥远的事物,因此,出现在叔叔跟前的只是一个彻头彻尾的外省佬。叔叔的充满智慧与常识的语言对他

---

① 一种充长凳用的板箱。

什么都解释不了，而只能在他身上引起一种沉重而悲伤的印象，使他产生一种浪漫派的痛苦。他是一个三重的浪漫派——天性、教养和生活情势上都是浪漫派，但其实，这些原因中只要有一个就足够使一个正常的人变得晕头转向，干出许多蠢事来。有些人认为，他以及他的那些非物质关系的物质的表征和其他非常幼稚的行为，并不完全是信而有征的，尤其是在我们的时代。我们不想争论，也许，在这种意见中也有部分的真理，可是问题在于：要寻找年轻阿杜耶夫性格的完整的描写，可不是在这里，而是在他的恋爱的经历里。在恋爱中他是整体的人，在恋爱中他是不少与他像得像两滴水的，而且确确实实生活在这个世界上的人的代表。我们对于这个已经并不新鲜，但到底还是很有意义的品种——这个浪漫精神的小动物，就是属于这一品种——说几句话。

这是一个天性上富于神经质感觉的人种，他们常常发展到病态的激怒(susceptibilité)的程度。他们很早就显露对一些模糊不清的感触和情绪有灵敏的理解力，喜欢追踪这些东西，观察它们，并把这叫作是享受内心生活。因此他们非常富于幻想，或者喜欢独处，或者喜欢待在他们可以与之谈谈自己的感触、情绪和思想的特选的朋友的圈子里，尽管他们的思想是那么少，而他们的感触和感情却是那么丰富。概乎言之，他们的心灵机能是得天独厚的，但是这种机能的活动却是纯粹被动的：其中有的人懂得许多东西，可是没有一个人能够干出、创造出什么名堂来；他有几分是音乐家，有几分是画家，有几分是诗人，甚至在必要的时候，他也有几分是批评家和文学家，然而所有这些才能在他身上都是这样的：他无法利用它们来获得荣誉或者名声，甚至也无法获得平庸的内容。在他身上，在所有智慧能力里面，空想和幻想得到强烈的发展，可是这不是诗人可以利用它来创造的那种幻想，而是促使人重视享受生活幸福的幻想，而不愿享受生活的现实的幸福。他们把这个称作是过一种下贱的人群所无法达到的崇高的生活，他们翱翔高飞，而下贱的人群则是在下面伏地爬行。他们在天性上是善良的,富于同情心的,也乐于作舍己为人的活动;可是在他们的身上,幻想却凌驾于理智和心灵之上,因此,他们很快就发展为自觉地蔑视所谓"庸俗的常识——这种照他们的意见来说,讲求物质的、粗鄙的和不足称道的人们的品性,对这些人来说,崇高与美是不存在的";他们的心在本能和追求中不断地受到他们的意志所强制,在幻想的控制下,爱,很快就会枯竭,于是他们就变成可怕的自私自利者,变成专制暴君,他们自己也没有注意到这一点,倒反而极为认真地相信,他们是最有爱心和乐于自我牺牲的人。因为他们在童年时代就以他们的才能的早熟与迅速发展使人惊异,不论是他们的优点,还是他们的弱点,都给他们的同一辈人以强烈的影响,在这些人中,有些人比他们大大高得多,这就很自然他们在早年就受到赞扬,他们自己也自视甚高。大自然本来就已经赐予他们远远超过为了保持人的生命平衡所必需的自尊;轻易的和不花力气的辉煌成就更加把他们的自尊提到不可置信的程度,这有什么可以奇怪的呢?然而这种自尊在他们身上向来是经过隐蔽伪装的,他们甚至一点不怀疑它在自己身上的存在,只是真诚地把它看作是对光荣、对一切伟大、崇高与美的事物的天才的追求。他们长久以来沉醉在三种神圣的思想:荣誉、友谊和爱情。其他一切对他们都是不存在的;这,按照他们的意见,都是受鄙视的人群的所有物。各种各样荣誉对他们都是同样有魅力的。在开头,他们长久地摇摆,不知道应该挑选什么道路达到光荣。他们的脑子里根本不会想到,凡是自以为他有本领去从事所有光荣事业的人,这个人其实什么事情都干不了,就是最伟大的人们也只有首先作出了什么真正伟大的和天才的事情来之后,才会认识自己的天才,而且也不是根据自己的认识,而是根据人群的赞扬和兴奋的欢呼才知道的。如果有什么军事上的光荣吸引他们,他们就十分想成为一个拿破仑,只不过必须在这样的条件之下:就是一开始就得让他指挥一支尽管人数不多,比如说就算十万人吧,使他们马上可以开始建立一连串辉煌的胜利。文官的光荣也同样吸引着他们,但是必须有这样的条件:应当让他们马上就成为大臣,并且立刻动手来改造国家(在他们的头脑里总是有现成的各种各样改革方案,只消坐下来抄写出来就是)。然而人们的妒忌却使得这些天才人物无从作天才的跳跃,并且要求每一个人应从开端开始他的事业,而不是从结束开始,要实干,而不是只在口头上证明自己的天才,如此一来,天才们不得不转向另一些走向荣誉的道路。他们有时候也去抓抓科学,但是并不持久:这种枯燥乏味的东西,必须花许多精力钻研,做许多工作,对心灵与想象并无什么哺养价值。剩下来还有艺术;但是选择哪一门艺术呢?建筑、雕塑、绘画和音乐,不花上艰苦的与持久的劳动,任何一个天才都不会有什么成就,而且,对于浪漫气质的人尤其糟糕和难受的是:在开头纯然是物质的和机械的劳动。剩下来还有诗歌——他们真是竭尽全力扑上去,但是,尽管还没有干出什么名目来,却已经在他们的幻想里用诗歌荣誉的火焰般的光环装点着自己了。他们的主要的谬误还不在于那种荒唐的信念,什么在诗歌中只需要才能和灵感,谁只要是生而为诗人的人,他就什么都不需要学习,什么都不需要了解。凡是真正有巨大才能的人,他就会尽他的才能的力量迅速理解这种想法是荒唐的,他就会开始研究一切,倾听并观察一切。不是的,他们的最致命的谬误在于:他们相信自己的诗的天赋,正像相信一种不可移易的真理一样,他们就同这种不幸的思想连生在一起,因此,如果在这一点上陷于失望,对他们来说,就等于是对自己和对生活丧失信心,并且在如花之年就变成一个龙钟的老人。这就是我们的浪漫主义者所以执笔而为诗,并且在诗里诉说一些很久以前已经由伟大的诗人或者渺小的诗人,或者根本不是诗人的人说过的话。他在其中歌颂自己的并没有体验过的痛苦,谈论自己的什么朦胧的希望,其实,从其中只能看到,他自己也不知道他要的是什么;他向同胞兄弟展开火热的怀抱,要把全人类一下子都揽到自己的胸口,或者痛苦地抱怨,人群对他所施的兄弟般亲切的拥抱冷冷地转过身去。可怜虫并不理解,坐在书房里,不知道为什么突然之间由于他自身一种对人类的疯狂的爱而兴奋激动起来,至少要比在一个重病人的床边度过一个不眠的夜晚轻松得多。通常浪漫主义者是把感情看得非常重的,他们以为,只有他们才天生有强烈的感情,而其他的人是缺乏这种感情的,因为他们并不把自己的感情喊出来。感情当然是人的天性中的重要的一面,但是并非所有的人在生活中的行动一直都是与自己的深刻而强有力的感觉能力相一致的。有时也会碰到这样的事:有的人的感情越是强烈,越是会毫无感情地生活:他们由于读了诗歌,听了音乐,看了长篇小说或者中篇小说中生动地描写别人的贫穷生活而流泪,可是他们对于就在他们眼睛前面出现的现实的苦难却是冷漠无情地视而不见。① 另外一个德国人出身的管家含着欢乐的眼泪向他的敏辛②朗读席勒写给劳拉的那封兴奋激动的书简诗,可是读完最后一行诗后,却怀着不下于此的满意的情绪去鞭笞庄稼人,为了他们胆敢向他们的仁慈的老爷胆怯地暗示,他们根本不满意管家对他们的福利的父亲般的照顾,因为只有管家一人才能从这里面捞到油水,可是他们却越来越瘦了。我们的浪漫派的诗歌是平稳的、出色的,甚至并不缺乏诗的磨炼;尽管其中有相当的修辞的水分,但是到处都可以看到感情,甚至有时也闪耀着思想(别人思想的回声)——总之,可以看出这里有一种接近于才能的东西。他的诗发表在杂志中,许多人称赞这些诗;如果他和他的诗出现在文学的过渡时期,他甚至可以获得巨大的名声。然而文学的过渡时期对这样的诗人是特别致命的:他们在短时期煞有其事地博得的声名,也会在同样短促的时间

---

① 本文在《现代人》发表时,原稿中有七行半文字被检查官删去。
② "敏辛"是德国妇女常用的名字,这里是代替"妻子"一语。

内,干脆就是由于空无所有而消失了;开头,是停止赞美他的诗,后来,是不再阅读,临末,就是不再发表了。可是年轻的阿杜耶夫却未能享受到哪怕是一刹那的甚至是虚假的声名:他写出诗的时间以及他的聪明的直言不讳的叔叔都不容许他这样做。他的不幸不是在于他没有才华,而是在于一种半才能代替了他的才能,在诗歌中这种半才能其实比无才无能还要糟糕,因为它吸引人的只是一种虚假的希望。您应该记得,他是怎样为自己的诗歌天分而失望的……

友谊也来要求浪漫主义者付出昂贵的代价。任何一种感情要使它成为真正的感情,首先应当是自然的和单纯的。友谊有的时候靠天性接近而发生,有时候也由于天性上的对立而产生;但是不管怎么样,友谊是一种不由自主的感情,正因为它是自由的;制约感情的是心灵,而不是智慧和意志。朋友不能寻找,像寻找干活时的包工头一样,朋友也是无从挑选的;朋友是偶然地和不知不觉地结成的;习惯与生活情势让友谊得到巩固。真正的朋友并不以他们同气相求的联结相标榜,也并不喋喋不休地议论友谊,并不借友谊之名互相提出什么要求,而是彼此尽力为对方做能够做到的事。也发生过这样的事例:一个朋友不能忍受他的朋友的死亡,紧随朋友之后,他也死去了,另外一个人由于朋友的溘然去世而由一个快乐的人变成一个终生忧郁寡欢的人;第三个人他悲痛,伤感,同时也得到安慰,假使他长久地保持着记忆,那么这种记忆除了悲伤之外,同时也伴有愉快,他是去世者的真正的朋友,尽管他本人没有因为他的去世而死亡,也没有因此发疯,没有变成一个忧郁症患者,而是在朋友不在之后,还能找到使自己在生活中成为一个十分幸福的人的力量。友谊的程度和性质取决于朋友们的品格;这里,主要的,就是不要在交往中有什么勉强的、不自然的、兴奋激动的东西,没有什么类似义务与责任的东西,相反,有一种人也准备为了朋友作出天知道是什么样的自我牺牲,以便能对自己说,而有的时候也是对其他人说:"请看我对友谊就是这样忠诚的!"或者:"你看我就是这样结交朋友的!"浪漫主义者就非常崇拜这种友谊。他们是按照事先设计好的纲领来结交朋友的,在这个纲领里仔细规定了友谊的实质、权益和责任;他们只不过没有跟自己的朋友签订协议罢了。他们需要友谊只是为了使世界感到震惊,并且向世界证明,一些伟大的天性在友谊之中怎样迥然不同于普通平凡人,不同于群众。他们之所以向往于友谊,这与其说是出于在年轻人身上是如此强烈的同气相求的要求,倒不如说是出于要求身边有一个人可以跟他不断地谈谈宝贵的自我。如果用他们那种崇高的文体来表达,朋友就是他们向之倾吐最神圣、最真诚的感情、思想、希望等等的最珍贵的容器;然而在实际上,在他们的眼里,朋友不过是他们倾倒他们的虚荣的污水用的大盆。因此,他们并不理解友谊,因为他们的朋友很快就暴露出都是一些忘恩负义之辈、变节分子、怪物,于是他们更加强烈地憎恶那些不打算理解他们也不想尊敬他们的人……

爱情要求他们付出更昂贵的代价,因为这种感情要比其他感情更生动更强烈。通常爱情给分成许多种类和形态;所有这种分类大部分是荒唐的。因为进行这种分类的是那种擅长幻想和议论爱情,而在实际上却是不会恋爱的人。他们首先把爱情分成物质的或者肉欲的,以及柏拉图式的或者理想的两种,他们蔑视前面一种而歌颂后面一种……确实有这样一批粗野的人,他们只是热衷于爱情的动物式的享受,甚至并不关心美和青春;然而甚至这样的爱情,不管它如何粗野,它还是比柏拉图式的爱情好,因为它比后者更自然:后者只有对东方的妻妾的保护人才是好的……人不是野兽,但也不是天使,他应当不是动物式地,也不是柏拉图式地去爱一个人,而是人性地去爱。不管人们如何把爱情理想化,然而怎么能够不看到,天赐予人们这种美妙的感情,既是为了他们的幸福,同时也为了人种的繁殖与延续。爱情的种类是如此之多,正像人在地球上是很多的一样,因为每一个人都是按照自己的气质、性格、见解等等而爱的。任何一种爱情,只要它是在心里而不是在头脑里进行,就其本身来说,都是真诚的和美的。然而浪漫主义者却特别偏于头脑中的爱。一开头,他们设计了一个爱情的纲领,然后去寻觅一个与他相称的女人,要是找不到的话,那就暂时先随便爱一个人:他们用不着吩咐自己去爱,要知道,在他们那里一切都是由头脑来做的,而不是由心灵。他们需要爱情不是为了幸福,不是为了享受,而是为了在实际上证明自己的崇高的爱情理论是多么正确。他们是按照文本而爱的,唯恐背离这一个纲领的一段一节。他们主要关心的是,能在爱情中出现伟大,在任何一点上都不能降低到同普通人彼此相似的程度。但是在青年阿杜耶夫对娜坚卡的爱情中却有如此真诚的和生气勃勃的感情;天性使他的浪漫主义暂时保持沉默,但是并没有将它制伏。他本来可以长久地幸福,但实际上只有一刹那,因为是他自己把一切都败坏了。娜坚卡要比他聪明,而主要的是比他更单纯、更自然。她好像一个任性而顽皮的孩子,她是通过心灵,而不是通过头脑来爱他的,她没有理论,而对所谓"天才"也没有什么要求;她在爱情中只看到光明的和欢乐的一面,她爱起来,好像是在闹着玩,她撒娇、卖弄风骚,还以她的任性来逗弄阿杜耶夫,可是他爱得却是"痛苦而沉重",正好像拉着一辆重车爬山的马匹,拼命喘气,浑身都是湿淋淋的。他是一个浪漫主义者,也是一个冬烘学究:在他的眼里,轻浮、戏谑就是对神圣与崇高的爱情的亵渎。他一方面爱,另一方面却想成为一个戏剧英雄。他很快就对娜坚卡把自己的话都唠叨完了,不得不重复讲老话,可是娜坚卡却要他不仅占有她的心,而且也要占有她的智慧,因为她是热情的,敏感的,渴求新事物;一切习惯的和千篇一律的东西很快就使她厌倦。可是就这一点而言,阿杜耶夫是世界上一个最无能的人,因为他本人的头脑正在沉沉入睡,好梦未醒之中:他把自己看作是一个伟大的哲学家,他不是思索,而是幻想,是大白天说梦话。他既然对他的爱情对象抱着这样的态度,那么任何一个竞争对手对他来说都是危险的,就算这个对手比他更差,只要这个人不像他一样,此人就会对娜坚卡具有新鲜的魅力。就在这当口,突然出现了一个受过极为出色的教育的人,一个伯爵。阿杜耶夫考虑自己在对待此人的态度上要像一个真正的英雄,就为了这样,他的一举一动就好像是一个愚笨的、没有什么教养的顽劣儿童,从而把全盘事情都败坏了。叔叔给他作了解释——可是已经迟了,对他来说已经毫无益处了——在所有这些变故中,罪魁祸首就是他一人。这个天性上怪诞而且偏狭的不幸的殉道者在对娜坚卡最后一次解释中以及后来同叔叔的谈话中显得多么可怜!他的痛苦是难以忍受的,他不能不同意叔父的理由,然而他还是无法以现在的观点来理解问题。怎么样!要他堕落到诡计多端的地步吗?他之所以去爱,是要以自己的巨大热情使自己,并使世界感到惊异,尽管这世界并不想去关心他,也不想去关心他的爱情!按照他的理论,命运应当送一个像他一样伟大的女主角给他,可是命运却派来一个轻率冒失的小姑娘和一个没有心肝的妖媚的女人来!娜坚卡在不久之前在他的眼里还是一个比一切女人都站得高的女人,可是现在突然比她们一切人都低下了!假使不是这样令人悲伤,那么这一切真是十分可笑的。一种虚假的原因正像真实的原因一般,会产生这样一种折磨人的痛苦。但是他终于逐渐地从阴暗绝望转向冷淡的萎靡不振,于是像一个真正的浪漫主义者一样,开始拿"他的装饰打扮的悲哀"来炫耀、来卖弄了。过了一年,就是他也瞧不起娜坚卡了,他说,在她的爱情中没有一点英雄精神和自我牺牲精神。对婶母向他提出的这个问题:他要求女人的究竟是什么样的爱情?他回答道:"我要求在她的心里占据一个头等重要的位置;我所爱的女人除了我之外,不应当再去注意并看到别的男人;所有别的男人在她的眼里都应是不可忍受的;只有我一个人比所有的人都高超,都美(说到这里,他挺了挺身子),都好,都高贵。每个一刹那,如果不是同我一起消度,她就丧失了这个一刹那;她在我的眼睛里,在我的谈话里汲取幸福,而不知道其他;她应当为我而牺牲一切:令人鄙薄的利益、算计,竭力摆脱来自母亲、丈夫的专横的束缚,只要有必要,就出奔到世界尽头,能够坚韧不拔地忍受一切贫乏,到最后,还能蔑视死亡——这才是爱情!"

这种胡言乱语和一个东方专制暴君对总管太监所说的话很相似:"如果在我的姬妾中有一人在睡梦中叫出一个不是我的男人的名字,你马上把她塞进袋子,扔进大海!"可怜的幻想家深信,在他的话里表达了热情,只有半神的人物才有能力达到这种热情,凡夫俗子是无法达到的;可是其实,这里所表现的无非是最不受拘束的自尊心,以及最可厌的自私自利而已。他需要的可不是情人,而是奴婢,对这种人他可以逞着自己的自私和自尊的任性胡来,不受惩罚地折磨她。在他向女人提出这样的要求之前,他应该先问问他自己,他自己究竟有没有能力偿付出这同样的爱情;感情要他相信,他是能够做到的,可是在这种场合之中,无论是感情还是智慧,都是不可信赖的,只能依靠经验。然而对于浪漫主义者来说,感情在解决一切生活问题上是唯一纯朴无邪的权威,但是即使他有能力对付这种爱情,那么对他来说,这应当只是他害怕爱情,并从爱情之前逃跑开去的原因,因为这不是人类的爱情,而是彼此之间互相折磨的兽类之爱。爱情要求自由;相爱的人有时互相向对方献身,有时候也要求专属于自己。阿杜耶夫要求永恒的爱情,他并不理解,爱情越是奔放、热烈,越是接近诗人的爱情的理想,它就越是短命,越是冷淡得快,转变为一种冷漠无情,有时候就变而为厌恶。而相反,爱情越是平静、安宁,也就是说,越是散文化,它就越是能持久:习惯在其一生中不断地巩固爱情。充满诗情的、热烈的爱情——这是我们的生命、青春之花;只有少数人才能体会这种爱,一生之中只有一次,虽然,这以后,有的人还能再爱几次,但这已经不是这么一回事了,因为正像一个德国诗人所说,生命的五月之花只开花一次。莎士比亚在他的悲剧的结局中让罗密欧和朱丽叶死亡这不是毫无因由的:如此一来,他们作为爱情的英雄,作为对爱情的颂赞仪式,将永远保留在读者的记忆中;如果让他们活下来,他们可能向我们表现为一对幸福的夫妇,他们坐在一起,他们打着哈欠,有的时候还要口角几句,在这中间根本就不会有诗意。

然而命运给我们的主人公派来了这样的女人,也就是说,像他一样,也是一个被宠坏了的、心和脑子都不正常的人。开头,他沉浸在幸福里,他忘掉一切,丢开一切,每一天,从早晨到夜晚都厮守在她的身边。他的幸福究竟包含在什么东西之中呢?包含在关于自己的爱情的谈话中。于是这个热情的年轻人,他和一个爱他的,而他也爱着她的年轻美貌的女人坐在一起,脸既不泛红,也不发白,也不因为这令人困倦的欲望而弄得神魂颠倒;谈论谈论他们相互间的爱情他已经满足了!……但是这是可以理解的:一种对理想主义和浪漫主义的强烈的偏爱几乎总是证明性格的缺乏;这样的人是无性的,正像植物界里的隐花蕈一样,我们理解这种对女人的抖抖索索的、怯生生的仰慕,在这种仰慕里,并不含有任何狂妄的欲念,然而这并不是柏拉图精神:这是富有生气的、处女的爱情的最初一刹那——这不是缺乏热情,这是热情还害怕作自我表达。初恋就是从这点上开始的,但是,在这一步上停止不前,这正像要求终其一生都保持其童稚状态,跨着竹竿当马骑,同样也是可笑而荒唐的。爱情有它自己的发展规律,自己的年龄,正像花朵、正像人的生命一样。爱情有它自己繁荣的春天,有它炎热的夏天,最后,还有对一种人是温暖、光明、果实累累,对另一种人却是寒冷、腐朽、不结果实的秋日。可是我们的主人公却并不想知道心灵、自然、现实的规律,他给它们制定了自己的规律,他目空一切地把现实世界看作是幻影,而把由他的幻想所创造的幻影当作是真实地存在的世界。他无视实际可能,却顽固地要把爱情的最初一瞬间终生保持下去。但是他向塔法耶娃倾心吐露内心秘密,很快使他感到厌倦。他考虑提出结婚以扭转大局。既然考虑这样做,那么本应该赶快进行,可是他只是想到已经这样决定了,而实际上他是仅仅需要一个新的幻想对象。就在这时候,塔法耶娃的缠绵的爱情已经开始使他感到十分厌烦,于是他开始以最粗暴的和最令人难堪的方式折磨她,因为他已经并不爱她了。在这样做以前他已经开始理解,自由在爱情中并不是什么坏东西,在心爱的女人那里消度光阴是令人愉快的,而同样,遇到兴致好的时候,顺着涅瓦大街走一遭,同熟人朋友共进一顿午餐,或者同他们一起欢度一个夜晚,这也是颇为惬意的事,何况此外,在谈情说爱中也不可以把差事扔下不管。他使用最野蛮的手段折磨这个可怜的女人,他把其实绝大部分应该由他承担的造成这种不幸的全部罪过都倾倒在她的身上,最后,他铁下心来告诉自己说,他并不爱她,他已经到了应该和她了结的时候了。这样一来,他的愚不可及的理想便被经验所彻底粉碎了。他亲眼看到他在他终生所梦想的爱情的面前是无能为力。他清楚地看到了自己根本不是英雄,而是一个比他所蔑视的人还差的最普通的人。他虽然妄自尊大却无品质,苛求而缺乏依据,傲慢而没有实力,自命不凡、喜欢吹嘘而没有功绩,他不顾情义,自私自利。这一发现好像巨雷一样轰击着他,可是并没有促使他找出同生活的和解之路,走上真正的道路。他陷入了一种僵死的冷漠里,下决心要为自己的渺不足道而向自然和人类进行报复,同时跟那个畜生般的科斯佳科夫搅在一起,沉醉在他其实对之并没有什么欲望的空洞无聊的玩乐里。他的最后一次恋爱故事是肮脏不堪的,他企图把一个可怜的热情的姑娘毁灭掉,这不过是因为他感到烦闷,他在这种谋害中甚至不能用色情肉欲的疯狂发作来为自己辩护,尽管这是很拙劣的辩护,尤其是要达到这一步还有其他比较更直接和更正直的路可以走的时候。姑娘的父亲给了他一顿对他的自高自大来说是最惨痛的教训:姑娘的父亲扬言要狠狠揍他一顿,我们的英雄在绝望之余,想投入涅瓦河自尽,但他胆怯了。他的婶婶拉他去参加一个音乐会,使他回想起了旧梦,引发他向婶婶和叔叔作了公开的承认。在这种场合,他把自己所遇到的一切不幸,都归咎于叔叔。叔叔就自己来说,在某些地方也的确是大大的错了,可是他在这里完全忠于自己,不曾撒谎,也不曾装假,而是根据信念讲他想到了什么和感到了什么;如果他的话对他的侄子没有起有益的作用,而是起比较有害的作用——在这一点上应该归罪于我们的主人公的受局限的、病态的和有害的天性。他其实是这样的一种人,他有时候也看到了真理,可是当他向这个真理奔去的时候,不是达不到它,就是越过了它,因此,总是只在它的近旁转悠,而无法深入这个真理。他从彼得堡来到乡间,他通过文辞和诗句对彼得堡作了清算,然后读了普希金的诗"野蛮人的艺术家挥动无精打采的画笔……"。这些绅士没有一刻能够离开独白和诗句——这样的唠叨鬼。

他好像一具活尸似的来到乡间;他的精神生活完全处于麻痹状态了;他的外貌改变得十分厉害,母亲好不容易把他认出来。他对待她彬彬有礼,但却是冷漠的,什么都没有向她透露,什么都没有解释。最后,他终于理解,在他和她之间已经没有什么共同之点,如果他向她解释他的头发为什么变得稀少了,她就会像叶夫绥和阿格拉芬娜那样来理解这件事。母亲的爱抚与迎合很快就成了他的沉重负担。他的童年所度过的地方勾起了他的旧梦,于是他开始悲悼这些旧梦的一去不返的丧失,还说什么幸福是在错觉与幻影之中。这是所有优柔寡断、软弱无力、不彻底的天性的共同见解。看来,那经验已经充分告知他,他的一切不幸都正是因为他沉醉于错觉与幻影之中而产生的:他想象他有巨大的诗的才能,实际上他什么诗的才能都没有,他想象,他是为了一种英雄的、自我牺牲的友谊以及巨大的爱情而生的,实际上在他的身上什么英雄精神和自我牺牲的精神都没有。这是一个普通的,但根本不是一个鄙俗的人。他是一个善良的、仁慈的和并不愚蠢的、并没有丧失教养的人;他的一切不幸都是因为这个原因而发生的:他尽管是个普通的人,却想扮演一个非凡的角色。谁在年轻时候没有幻想过,谁没有在错觉里沉醉过,谁没有追逐过幻影,同时谁没有在其中失望过,而且谁没有为了这些失望而付出发乎内心的战栗、忧郁、冷淡的代价,谁在后来不是尽情地嘲笑它们呢?然而这种生活与经验的实际的逻辑对于一个正常健康的天性是有益的:他们就因此而得到发展,在精神上得到了壮大;而浪漫主义者却由于这种逻辑而灭亡……

当我们第一次读到我们的主人公在他的母亲死去以后写给婶婶和叔叔的信——信中充满内心的平静和健全的理性的时候,这封信却使我们觉得非常古怪;但是我们却对自己把信作如此的解释:作者是要把他的主人公以后再一次打发到彼得堡去,让他以新的愚蠢行为来相称地结束这种堂吉诃德式的生涯。长篇小说的第二部就以这封信来结束。尾声是在主人公第二次来到彼得堡以后第四年开始的。彼得·伊凡内奇上场了。这个人物被引到长篇小说中来不是为了表现他自己,而是为了同长篇小说主人公相对照,从而把主人公更好地衬托出来。这使整个长篇小说添上了若干说教的色彩,对这种色彩许多人不无根据地责备作者。然而作者就在这种地方也善于证明他是一个有非凡才能的人。彼得·伊凡内奇并不是一种抽象的观念,而是有血有肉的人物,是用大胆、奔放、忠实的画笔整个地勾勒出来的形象。作为一个人,人们议论他,或者是过分的好,或者是过分的坏,这两种情形都是错的。一种人要在他的身上看出某一种理想,看到可以仿效的榜样;这是一种实际的、理智的人。另外一种人却在他的身上看出几乎是一个恶魔:这是一种幻想家。彼得·伊凡内奇就其本身来说,是一个很好的人;他聪明,十分聪明,因为他深切了解他所缺乏的也是他所轻视的感情和热情;他在本质上是一个没有诗情的人,但是他却比他的侄儿要好上千百倍地理解诗歌,这个侄儿从普希金最好的作品里千方百计仅能搜集一些辞藻家和修辞学家的著作里所能搜集的玩意儿。彼得·伊凡内奇是个自私自利的人,天性上冷淡,他不可能有什么慷慨大度的行动,然而,他不但并不凶恶,而且还是非常善良的。他正直、高尚,不是伪君子,不是口是心非者,你可以信赖他,他不会允诺他无法或者不想做的事情,可是一旦允诺了,他就一定做到。总而言之,他是一个真正的正派人,上帝保佑,这样的人越多越好。他按照自己的天性和常识给自己设定了一种不可移易的生活准则。他并不凭这些准则而骄傲,也并不因此而自称自赞,但是却认为它们是绝对正确的。的确,他的实际哲学的法衣是用坚韧耐穿的材料缝制成的,这件法衣能够保护他抵御生活中的苦难。然而等到他活到腰酸背痛、头发花白的时候,他却突然发现在他这件法衣上有裂口——虽然只有一处,可是这个裂口却是够大的时候,他是感到多么震惊和恐慌。他没有特意为他的家庭幸福而操心,但是他相信,他有把握说他的家庭状况是立足在巩固的基础上的,——可是突然他看到,他的可怜的妻子正是他的睿智的牺牲品,看到,他毁灭了她的一生,他在寒冷而压抑的气氛中把她窒息死了。

　　这对于一个实际的、成为常识楷模的人是一种什么样的教训!由此可见,除了常识之外,人还需要少些其他什么东西!可见在极端的边缘,命运总是首先守候着我们。可见,热情对于人类天性的丰满完整来说也是不能缺少的,把只有我们能够得到满足的幸福强加在别人身上并不总是能逃过惩罚的,但每个人只有在同自己的天性相适应时才能是幸福的。彼得·伊凡内奇狡猾而细心地算计,要在妻子没有察觉到的场合占有她的见解、信念和爱好,引导她走上生活的道路,可是却让她以为她是自己走上这条道的;然而他在这样算计时犯了一个重大的错误:尽管他十分聪明,他没有想到,要达到这个目的,他必须挑选一个对任何热情、任何爱情和同情都是无动于衷的,冷漠的、善良的、萎靡不振的妻子,最好是空虚，甚至是有点愚蠢的妻子。然而这样的人，按照他的自尊心来说，他是不愿意娶她为妻的；在这样的场合中，他根本不应当结婚娶妻。

彼得·伊凡内奇从头到尾，都是得到非常忠实的描写的；可是长篇小说的主角，我们在尾声里就认不出来：这根本是一个虚假的、不自然的人物。这样的蜕变之所以能够发生，对他来说，只有在这种时候，当他是一个清谈家和辞藻家，总是重复别人的话，不了解这些话的意思，把他从来就没有体会过的感情、兴奋和痛苦贴在自己身上的时候，也许才有可能；然而年轻的阿杜耶夫，这是属于他的不幸，在他的谬误和荒唐中常常是过分的真诚。他的浪漫主义是包含在他的天性之中。这样的浪漫主义者永远不会成为一个切实有为的人物。作者有权，与其让他到彼得堡去获得有利可图的美差，娶一个有巨大陪嫁的妻子，还不如迫使他隐居在穷乡僻壤，在冷淡和懒惰中度过一生更好。如果作者能使他成为一个神秘主义者、宗教狂、教派信徒，这就更好。然而更加妥当和更加自然的是，作者让他变成，例如，一个斯拉夫派。这样，阿杜耶夫就会依然忠于自己的天性，继续他的旧的生活，同时还想到，他已经不知道前进得多少远了，其实，在实际上，他只不过是把他的幻想家的旧旗帜移置到新的土壤上而已。从前他梦想光荣、友谊、爱情，而现在他就可能梦想民族和种族，梦想上帝让斯拉夫人得到爱情，而让条顿人得到仇恨，梦想在那戈斯托梅斯尔时代斯拉夫族拥有高度的、可以充作全世界榜样的文明，梦想当今的俄罗斯也正在向这个文明迅速前进，只有盲目的、囿于偏见而冷酷无情的人才会看不到这一点。可是所有明眼的、想象丰富的人早就把这一点看得清清楚楚。到那时候主人公就完全变成当今的浪漫主义者了，谁的头脑里都没有想到，有这种习气的人现在已经不存在了⋯⋯

作者所构思的长篇小说的结局把这整部优美的作品的印象给败坏了，因为这结局是不自然的、虚假的。在尾声中只有彼得·伊凡内奇和利查维塔·亚历山大罗芙娜始终都是不错的;说到在尾声中小说的主人公,那我们还是不读为妙……这样一位有强大才能的人怎么会陷到这样奇怪的错误里去?是他无法驾驭他的对象吗?绝对不会有这种事!作者受到想在他所陌生的土壤上——在自觉的思想的土壤上——试一试自己的力量的愿望所吸引,于是他就不再是一个诗人了。在这里特别清楚地揭示了他的才能与伊斯康德的才能的区别:后者就是在与他的才能并不合拍的现实范围中,都可以凭他的思想之力脱出困境;《平凡的故事》的作者所以会犯下重大的错误就是因为他在一时之间离开了直观才能的指引。在伊斯康德那里,思想总是冲在前面,他预先知道,他写什么和为什么而写;他以惊人忠实的文笔描写了现实场景只是为了用自己的话把它说出来,并发表他的判断。而冈察洛夫君描写那些形象、性格、场景,则是为了满足自己的要求和欣赏自己的描写才能。发表意见,作出论断,并从中抽出道德结论,作者把这些事情都交给他的读者。伊斯康德图画的特点,与其说是描写的忠实与笔触的精细,倒不如说是他对他所描写的现实有深刻的知识,这种知识在事实的真实上是胜过诗的真实的。在文体上吸引人的与其说是充满诗情,不如说是充满智慧、思想、幽默和机智——这些因素总是以其独创和新颖而令人惊异。冈察洛夫君才能的主要力量——始终是笔调的优美和精致,描绘的逼真,甚至在描写琐细的与不相干的情景时也会出其不意地落入诗情的境界,例如:在年轻的阿杜耶夫的文稿放在壁炉里燃烧的过程的诗意的描写。在伊斯康德的才能中,诗是第二个动因,而主要的动因则是思想;而在冈察洛夫的才能中,诗是第一个而且是唯一的动因……

尽管尾声写得并不成功,或者,说得更妥当一点,是遭到败坏的,但是冈察洛夫君的长篇小说仍然是俄国文学中的出色的作品。顺便说一下,语言的纯粹、正规、轻快、流畅自如,是他所特有的优点。冈察洛夫君的小说在这方面不是印刷出来的书,而是生动的即兴作品。有几个人抱怨叔叔和侄儿之间的谈话冗长和令人困倦，然而对我们来说，这些对话却是属于长篇小说的优秀方面。在这种长篇小说里并没有不切合实际的抽象的东西；这不是一场学术辩论，而是一种生动、热情、戏剧化的争论，其中每一个登场人物作为一个人，作为一个性格，都表现了自己，捍卫了自己的所谓精神实质。虽然，在这种类型的谈话中，尤其是当长篇小说带上轻浮的、说教的色调的时候，哪怕是有才华的人都会在这上面蹶跌的场合，而冈察洛夫君却是特别值得推重，他福至心灵地解决了一个本身十分困难的课题，他能够在很容易变作一个说教者的时刻，仍旧保持自己是个诗人。

现在轮到我们来谈谈屠格涅夫君的《猎人故事》。屠格涅夫君的才能同路冈斯基（达里君）的才能有许多相似的地方。这一位和那一位的真正的特长就是对俄国生活和俄国人的风貌动态的细致的描写。屠格涅夫君是从写作抒情诗开始他的文学活动的。在他的短诗中有三四首写得很不差，例如：《旧式的地主》《谣曲》《费奇亚》《芸芸众生之一》，然而这些诗歌所以能得到成功，或者是因为其中根本没有抒情成分，或者是其中主要的不是抒情成分，而是对俄国生活的暗示。屠格涅夫君的抒情诗本身就是完全缺乏抒情诗才能的。他写了几种长诗。其中的第一种长诗——《帕拉莎》发表时，由于流畅的诗句、愉快的嘲讽、对俄国自然界的忠实的图画，而主要是——由于对地主的生活方式的详情细节的成功的风俗素描受到公众的注目。然而下面这个事实却妨碍了这一首长诗获得持久的成功，作者在写作长诗的时候，根本没有去考虑关于风俗素描的问题，而是一心想写作对这种诗歌体裁他缺乏独立才能的真正意义的长诗。因此，在长诗中一切优秀的地方，只是偶然地意外地一闪而过。后来他又写出了长诗《对话》；其中的诗句铿锵有力，有许多感情、智慧和思想；然而这种思想好像是别人的、借来的，因此，在第一次读长诗时甚至能令人喜爱，可是却没有胃凡内奇和利查维塔·亚历山大罗芙娜始终都是不错的;说到在尾声中小说的主人公,那我们还是不读为妙……这样一位有强大才能的人怎么会陷到这样奇怪的错误里去?是他无法驾驭他的对象吗?绝对不会有这种事!作者受到想在他所陌生的土壤上——在自觉的思想的土壤上——试一试自己的力量的愿望所吸引,于是他就不再是一个诗人了。在这里特别清楚地揭示了他的才能与伊斯康德的才能的区别:后者就是在与他的才能并不合拍的现实范围中,都可以凭他的思想之力脱出困境;《平凡的故事》的作者所以会犯下重大的错误就是因为他在一时之间离开了直观才能的指引。在伊斯康德那里,思想总是冲在前面,他预先知道,他写什么和为什么而写;他以惊人忠实的文笔描写了现实场景只是为了用自己的话把它说出来,并发表他的判断。而冈察洛夫君描写那些形象、性格、场景,则是为了满足自己的要求和欣赏自己的描写才能。发表意见,作出论断,并从中抽出道德结论,作者把这些事情都交给他的读者。伊斯康德图画的特点,与其说是描写的忠实与笔触的精细,倒不如说是他对他所描写的现实有深刻的知识,这种知识在事实的真实上是胜过诗的真实的。在文体上吸引人的与其说是充满诗情,不如说是充满智慧、思想、幽默和机智——这些因素总是以其独创和新颖而令人惊异。冈察洛夫君才能的主要力量——始终是笔调的优美和精致,描绘的逼真,甚至在描写琐细的与不相干的情景时也会出其不意地落入诗情的境界,例如:在年轻的阿杜耶夫的文稿放在壁炉里燃烧的过程的诗意的描写。在伊斯康德的才能中,诗是第二个动因,而主要的动因则是思想;而在冈察洛夫的才能中,诗是第一个而且是唯一的动因……

尽管尾声写得并不成功,或者,说得更妥当一点,是遭到败坏的,但是冈察洛夫君的长篇小说仍然是俄国文学中的出色的作品。顺便说一下,语言的纯粹、正规、轻快、流畅自如,是他所特有的优点。冈察洛夫君的小说在这方面不是印刷出来的书,而是生动的即兴作品。有几个人抱怨叔叔和侄儿之间的谈话冗长和令人困倦,然而对我们来说,这些对话却是属于长篇小说的优秀方面。在这种长篇小说里并没有不切合实际的抽象的东西;这不是一场学术辩论,而是一种生动、热情、戏剧化的争论,其中每一个登场人物作为一个人,作为一个性格,都表现了自己,捍卫了自己的所谓精神实质。虽然,在这种类型的谈话中,尤其是当长篇小说带上轻浮的、说教的色调的时候,哪怕是有才华的人都会在这上面蹶跌的场合,而冈察洛夫君却是特别值得推重,他福至心灵地解决了一个本身十分困难的课题,他能够在很容易变作一个说教者的时刻,仍旧保持自己是个诗人。

  现在轮到我们来谈谈屠格涅夫君的《猎人故事》。屠格涅夫君的才能同路冈斯基(达里君)的才能有许多相似的地方。这一位和那一位的真正的特长就是对俄国生活和俄国人的风貌动态的细致的描写。屠格涅夫君是从写作抒情诗开始他的文学活动的。在他的短诗中有三四首写得很不差,例如:《旧式的地主》《谣曲》《费奇亚》《芸芸众生之一》,然而这些诗歌所以能得到成功,或者是因为其中根本没有抒情成分,或者是其中主要的不是抒情成分,而是对俄国生活的暗示。屠格涅夫君的抒情诗本身就是完全缺乏抒情诗才能的。他写了几种长诗。其中的第一种长诗——《帕拉莎》发表时,由于流畅的诗句、愉快的嘲讽、对俄国自然界的忠实的图画,而主要是——由于对地主的生活方式的详情细节的成功的风俗素描受到公众的注目。然而下面这个事实却妨碍了这一首长诗获得持久的成功,作者在写作长诗的时候,根本没有去考虑关于风俗素描的问题,而是一心想写作对这种诗歌体裁他缺乏独立才能的真正意义的长诗。因此,在长诗中一切优秀的地方,只是偶然地意外地一闪而过。后来他又写出了长诗《对话》;其中的诗句铿锵有力,有许多感情、智慧和思想;然而这种思想好像是别人的、借来的,因此,在第一次读长诗时甚至能令人喜爱,可是却没有胃口再读第二遍。在屠格涅夫君的第三首长诗——《安德烈》中有许多优秀的东西,因为有对俄国生活风尚的许多忠实的素描;可是整个长诗又是并不成功,因为这是一个爱情故事,描写爱情却不是作者的才能所专长的。女主人公写给长诗男主人公的信,又冗长又拖沓,在这封信里,感伤情绪超过了激情。概乎言之,屠格涅夫君在这些试作中显示了才华,然而这种才华总还不是怎样稳定的、明确的。他又在中篇小说中作了尝试:他写了《安德烈·科洛索夫》,其中对人物性格以及俄国生活有许多优秀的素描,然而,作为中篇小说,从整体上看,这个作品还是显得有点古怪、言犹未尽、粗糙,很少的人会注意到,其中还有好的东西。可以看出,屠格涅夫君找寻了自己的道路,但是还是没有找到它,因为这不是不问任何时候、不问是谁都能够很容易和很快找到的。此外,屠格涅夫君还写了一种诗体小说《地主》,这不是长诗,而是地主生活的风俗素描,您乐意的话,也可称之为滑稽短剧,但是不知道为什么这种滑稽短剧要比作者的所有长诗都远远好得多。流畅的充满讽刺意味的诗句、愉快的嘲讽、画面的逼真,与此同时还有整个作品从头到尾的一贯性——这一切都证明屠格涅夫君已经找到他的才能的真正的体裁,掌握到自己的东西,并且完全放弃写诗也是没有什么理由的。在同时还出版了他的散文体小说——《三肖像》,从其中已经可以看出,屠格涅夫君就在散文中也找到他的真正的路。最后,终于在去年的《现代人》的第一册中发表了他的短篇小说:《霍尔与卡里内奇》。这篇在杂录里发表的不长的短篇小说在读者中所获得的成功,却是作者所没有料到的,这促使他继续写他的猎人故事。他的才华在这里完全表现了出来。显然,在他的身上没有进行纯创作的才能,他无法创造这样一种有性格的人物,把这些人物就放在使得长篇小说或者中篇小说从而自然而然形成的相互关系中。他能够描写他所看到过和研究过的现实,假如乐意,还能把它创造出来,但是要根据既存的、现实所提供的材料。这可不是简单的摹写现实,现实并不把什么思想给予作者,而是引导他、推动他所谓去接近这种思想。他根据自己的理想,改造了他所取得的现成的内容,这样一来,在他的笔下就写出了这样的图画,它比那让他获得写作这幅图画的动机的现实事件更生动、更加感人,并且充满思想;要达到这一步,在一定程度上就必须有诗的才能。诚然,有的时候他的全部能耐就归结为这一点:他只要把他所熟知的人物和亲眼看见的事件忠实地传达出来就成,因为在现实中有时候会出现这样的一些现象,只要把它们移写到纸上,它们就会具有艺术构思的一切特征。然而要达到这一点,也必须有才能,这种才能也应当有程度高下之分。在这两种场合,屠格涅夫君都掌握了十分卓越的才能。他的才能的主要特征可以归结为这一点:他未必能成功地创造出一个他在现实中没有遇见过类似的人物性格。他始终应当立足于现实的土壤之上。为了追求这种艺术体裁,他的天性赋予他许多手段:观察的才能、忠实地和迅速地理解和评价一切现象的本领、本能地猜透这种现象的原因和结果,这样一来,当调查不大能够弄清楚问题的时候,可以猜测和想象之助,补充知识储存的不足。

小小的短篇《霍尔与卡里内奇》所以获得如此巨大成功,这并不奇怪:作者在小说里从那在他之前从来没有人接触过的方面接触到民众。霍尔以及他的求实的能力和求实的天性、他的虽然粗放但却坚实而明朗的智慧,还有他对"娘儿们"深深的鄙视以及强烈地不喜欢卫生和整洁——这是一种在对庄稼人极其不利的环境中善于给自己创造重要的作用的俄国农民的典型。但是卡里内奇却是一个更鲜明、更完整的俄国农民的典型:这是普通老百姓中充满诗情的天性。作者是怀着什么样的同情和善意向我们描写他的主人公们,作者是怎样善于促使读者全心全意地爱上这些人物的啊!在去年的《现代人》中发表的全部猎人故事一共七篇。在这些故事中,作者让他的读者们熟悉了外省生活风尚的各个不同方面，熟悉了各种不同身份和地位的人。他的所有短篇小说并不是都有同等的优点：有的好一些，有的差一点，但是其中没有一篇不是饶有趣味的，不是吸引人的，不是富有教育意义的。《霍尔与卡里内奇》迄今为止，还是不失为所有猎人故事中的最好的一篇；其次是《庄园管理人》，再其次则是《独院小地主奥夫夏尼科夫》和《账房》。不能不希望屠格涅夫君还会写出整整几卷这样的短篇小说来。

尽管屠格涅夫君的短篇小说《彼得·彼得罗维奇·卡勒塔耶夫》是在去年《现代人》的第二本上发表的，而且不属于猎人故事之列，但是这也是带有莫斯科背景的纯粹俄国性格的、技巧娴熟的风俗世态素描。作者的才能在其中也像在猎人故事的优秀小说中那样完整地表现出来。

我们不能不提一提屠格涅夫君描写俄罗斯大自然的图景的非凡的技巧。他不是作为一个浅薄之徒，而是作为一个演员而爱上大自然，因此他从来不是努力只从它的诗意的外表上来描写，而是按照他见到的那样来描写它。他的图画一直都是忠实的，您一直都能从其中认识我们亲爱的俄罗斯的大自然……

格里戈罗维奇君把他的才能专门用来描写下层阶级民众的生活。在他的才能中也有许多和达里君的才能相似的地方。他也一直是坚定地站在深切了解和研究他们的现实的土壤上；但是他最近的两种作品《乡村》(《祖国纪事》一八四六年)，特别是《苦命人安东》(《现代人》一八四七年)却是远远地超出风俗世态素描的境界。《苦命人安东》这不仅是中篇小说，而且更是一种一切都忠实于基本观念、一切都归结到这个基本观念、情节和结局都是从事件本质深处自由地发展出来的长篇小说。尽管整篇小说的外表总是围绕着庄稼人丢失马匹这件事转，尽管安东只是一个普通的农民，他根本不是个精明而狡诈的人，但他是一个毫无疑问的真正的悲剧人物。这个中篇小说是令人感动的。在读完这篇小说之后，在脑子里会挤塞着忧郁的和沉重的思想。我们衷心希望,格里戈罗维奇君能沿着这条道路继续前进。凭着他的才能在这条道路上可以预期许多东西……同时希望他不要被不怀好意的人的谩骂弄得困惑起来;这些绅士对于正确地阐明才能的境界,却是有益的和必要的,越是有一大帮人跟在成功后面追逐,越是说明这种成就巨大……

在《现代人》去年最后一期中发表了俄国文学中一个簇新的人物德鲁日宁君的中篇小说《波林卡·萨克斯》。在这一篇中篇小说中许多地方显露了思想的还不成熟,夸张,萨克斯这个人物多少有点理想化;但是尽管这样,在中篇小说中却有这么多的真实,这么多的内心的温暖和对现实生活的正确的自觉的理解,这么多的才能,在这种才能中还有那么多的独创性,使得这一中篇小说立刻引起大家普遍的注意。中篇小说的女主人公的性格写得特别有声有色——可见作者深切了解俄国的妇女。今年所发表的德鲁日宁君的第二个中篇小说,肯定了第一篇中篇小说所提示的关于作者才能的独创性的意见以及可以向他预期他在将来的作为。

去年最出色的中篇小说应该是达里君的中篇《巴维尔·阿历克谢耶维奇·伊格里维》(《祖国纪事》)。卡尔·伊凡诺维奇·冈诺鲍别尔和骑兵大尉谢洛赫瓦斯托夫,作为人物性格、作为典型,是属于作者手笔中技巧最成熟的素描。这篇小说中所有人物都刻画得很好,尤其是柳邦卡的敬爱的父母;但是年轻的冈诺鲍别尔和他的友人谢洛赫瓦斯托夫——他们是天才的创造。这些典型是许多人在现实生活中非常熟悉的,可是艺术还是第一次接受他们并介绍他们同整个世界愉快地认识。这个中篇小说不仅以细节和局部情节使得读者喜爱,一如达里君的大部分中篇小说;作为中篇小说来看,小说从整体上几乎都是经得住推敲的。我们所以说几乎,是因为对于中篇小说的主人公来说是悲剧的事件,对读者会产生一种突如其来和不可理解的印象。一个男人是这样热爱着一个女人,他为了她什么都肯做;而她,看样子也是那么爱他;她的放荡的丈夫死掉了,一个朋友受到爱情的希望的鼓舞,赶忙跑到国外去同她会面,却看到她已经嫁给其他的人。问题在于:作者不想给他的小说染上让读者能够看到那种自然而然结局的色调。伊格里维是一个胆小和害羞到可笑地步的人,就为了这一点他让两个坏蛋把他的爱人从他的手里抢走。他在她吃尽夫妇生活的痛苦的时候,他作为一个温和有礼与气度高贵的人,而一点不是作为一个情人去接近她:就因为如此,她原来对他的一种畏缩、惶惑的感情,很快就变而为感激、尊敬和惊奇,最后,变成了崇拜;她把他看成了朋友、兄长、父亲、仁慈的化身,正因为这样,她就没有把他看成为一个情人。这样一来,小说结局就是可以理解的了,同样也是可以理解的还有那伊格里维,终其整个余生变成了一个神经错乱的小丑。

在去年的《读书文库》中连载了威尔特曼君的《从生活之海中所取得的经历》,直到这本杂志今年的第二期上才登完。既然这部长篇小说好像是在一八四六年开始的,那我们已经有过机会谈论它了。因此现在只是重复说一遍,在这部作品里,长篇小说和童话、不可靠的和可靠的、可能的和不可能的混杂在一起。例如,长篇小说的主人公德米特里茨基,利用那个好像故意长得跟他十分相似的年轻商人这个傻瓜的证件和衣服,扮作儿子模样,来到这人的父亲那里。他灵巧地扮演了他的角色,不论父亲、不论母亲以及全家没有一个人有一分钟对假冒的儿子起过疑心。这个冒充者娶了有钱人家的新娘,在新婚之夜,他听到真儿子到场了,他马上带着充作妻子陪嫁的一大捆钞票逃出这个他人之家,第二天他就扮演一个匈牙利富商的角色,在莫斯科上流社会出现。这真是不可思议!然而,作者尽管把他的人物放在一种难以置信的地位,他还是生动地描写了他们的经历。可是在长篇小说中那种并不牵强做作的地方,作者的才能还是得到有利的发展。例如,那个真儿子的行状描写得就很真实,他一直想投身在他的"好爸爸"的膝下,可是他怎么也下不了这个决心,因为他害怕敬爱的父亲会一下子结果他的性命。这一段情节充满着真实性,能够引起兴趣的对现实的深刻认识。在威尔特曼君的长篇小说里这样优秀的插曲是很多的。刻画商人、市民和普通老百姓的生活风习是他最为得心应手的。他的最差劲的是描写上流社会的图画。例如:在他的笔下,那个上流社会青年恰罗夫扮演了重要的角色,他的整个上流社会的风度,就是在于对他所有的朋友和相识者,都是说:畜——生,丑——八怪!……尽管威尔特曼君的长篇小说有很多怪癖,或者也可以这么说,有荒乎其唐的地方,但是这到底是一部优秀的作品。

  现在我们要提一提若干并不那么出色的作品。在《祖国纪事》中曾经发表过涅斯特罗耶夫君的中篇小说《斯鲍耶夫》。小说中以巨大的艺术力描写了一个莫斯科官员的家庭内部的生活。小说特别独创地、精细地描写了伊凡·基里洛维奇的可怜的妻子安娜·伊凡诺夫娜的性格。无意中打碎一面大镜子导致读者不由自主的恐惧。作者富有技巧地暗示这个可怜的家庭能够向那个可敬的一家之主期待点什么。然而这不过是中篇小说的后景;小说的主要方面是以斯鲍耶夫和九等文官的女儿奥尔伽的爱情为基础的,概乎言之,是以描写这两个人物独特的性格为主的。然而中篇小说的这个主要方面写得并不成功。男主人公与女主人公的个性写得很不自然,这不是说这样的人不可能在世界中生存,而只是因为中篇小说的作者没有把他们写好。作者在中篇小说的开头自己说过,他的中篇小说是由别人的中篇小说引发出来的,这就不必奇怪,转借来的思想很少能获得成功。在结尾作者许诺,应当有一个新的中篇小说作为第一个中篇的结局:这种样子的许诺也是很少会取得成功的……在《现代人》中还发表了同一作者的中篇小说——《没有黎明》。中篇小说的思想是美好的,它预示中篇小说可以得到比它现在得到的还要更大的成就;推其缘故,我们认为是这个事实:中篇小说中的次要人物多多少少都写得很成功(女主人公丈夫的性格甚至写得很见功力),但同时那女主人公的性格在他的笔下却是极为苍白的。这个人物是萎靡不振的、消极的、对压迫她的环境的势力不做任何反抗;这个人物能够唤起读者对她的什么同情吗?那个波林卡·萨克斯就不是这么一回事了!教育把她变成了一个小孩子,然而生活经验却在她身上唤起了自觉,同时让她变成一个女人。她在垂危时写信给一个女朋友说道:"你的兄弟睡在我的脚边,要从我的眼睛里猜测出我的愿望,这是白费心机的。我没法子爱他,我没法子理解他,他不是男人,而是孩子。对于他的爱我未免太老了。这个他是一个人,他是一个彻彻底底的男人,他的灵魂又伟大又宁静……我爱他,永远爱他。"

接下来我们还得提一提关于斯塔沃琴①的《一个人的手记》(《祖国纪事》)、关于某一个不知名的作者的短篇小说《基留莎》②,还有关于屠格涅夫君的《犹太人》,从而来结束我们所列举的去年一年在长篇、中篇和短篇小说方面的多少是优秀的作品的批评的归纳。然而我们还应当对陀思妥耶夫斯基君的中篇小说《主妇》说几句话,这篇作品非常出色,但是根本不是在我们在此以前所说的那种意义上。如果在小说之下署名的是一个没有名气的名字,我们就不会就这篇小说说一句话。中篇小说的主人公是一个叫作奥尔敦诺夫的人;他全神贯注地从事科学的研究;至于是什么科学——关于这一点,作者可没有对他的读者讲清楚,尽管在这一次读者的好奇是十分合情合理的。科学不仅对人的意见,而且对人的行为打上烙印:您想一想克鲁波夫医生吧。从奥尔敦诺夫的言论和行动中一点看不出他是在研究随便什么科学;但是从中可以猜测到他在拼命研究希伯来神秘哲学,研究巫术——总之,

---

① 斯塔沃琴为作家阿·德·格拉霍夫的笔名。
② 《基留莎》为巴·华·安年科夫所作。

是魔法。可是须知这不是科学,却是彻头彻尾的胡说八道;但是科学可也在奥尔敦诺夫身上打下烙印,也就是说,科学将他变成一个好像伤残的和神经错乱的人。奥尔敦诺夫在某个地方遇到了一个商人之妻的美妇人;我们不记得作者是否关于她的牙齿的颜色说过什么话,但是为了让中篇小说添上大量的诗意,她的牙齿应当是例外地洁白的,她跟一个穿着商人的服饰并且留着大胡子的上了年纪的商人手挽手同行。在他的眼睛里包容着这样多的电气、流电、磁力,使得有的生理学家可能向他提出,他乐意花大价钱,要他偶然提供纵使不是眼睛,那么至少提供闪电似的、炯炯有神的眼光,作为科学观察和试验之用。我们的男主人公立刻就热爱上了商人之妻。尽管有那想入非非的商人的含有磁力的眼光和有毒的微笑,他不仅知道他们住在哪里,而且依靠某种命运之力,强行钻进他们的家宅,并且占了一个专用的房间。于是这里就开始了一些令人好奇的场面:商人之妻说出了一通荒唐的话,对这种话我们连一个词儿也听不懂,而奥尔敦诺夫一边听着她的话,一边不断地陷于昏厥。这时候那商人时常用他那种火辣辣的眼光和恶毒的微笑插进来说话。他们彼此之间说了什么话,为什么这样挥手、扮鬼脸、声音颤抖、发呆、昏迷、随后又恢复知觉——我们可绝对不知道,因为根据所有这一套冗长的激动的独白,我们连一个词儿都没法理解。不仅是这部应当是令人很感兴味的中篇小说的思想,甚至意义,只要作者还没有对他的新奇古怪的想象的奇妙的谜发表必要的说明和解释,那么对我们的理解力来说,现在是、将来也是一个秘密。这究竟是怎么一回事——是滥用才能呢,还是才能的贫乏——是这种才能想作超出力量的提高,因而害怕走通常的道路,同时要为自己找一条什么不平凡的道路?我们并不知道;我们只感到,作者是要尝试让玛尔林斯基同霍夫曼和解,因而添加进一些新花样的幽默,然后再浓浓地涂抹上一层俄国民族性的油漆。这就不必奇怪出现一种现在令人想起本世纪二十年代时节曾以此来取悦读者的季特·科斯摩克拉托夫①的幻想小说的稀奇古怪的东西。在这整个的中篇小说中你找不到任何一个单纯的和活的语词或者语句;完全都是刻意求工、牵强附会、装腔作势、弄虚作假的一套。这算是什么样的文句:奥尔敦诺夫受到一种从不知道的甜蜜而顽强的感情所鞭挞;他走过了一个机智的手艺高超的棺材匠的面前;他把自己所心爱的人叫作小鸽子,并且问她,她从哪一个天空飞到他这个天空来的;但是,这已经够啦,我们害怕,如果热衷于这个中篇小说这些古怪文句的摘引,就不会有个尽头的时候。这究竟是什么玩意儿? 真是古怪的东西,不可理解的东西! ……

去年出版的艺术文学书籍的单行本中,出色的只有 Т. Ч.②的《旅途随笔》。这是一本小巧的、印刷精美的书本,它出版于敖德萨;作者是女性;在任何一方面都可以看出这个特点,尤其是对事物的看法。有许多发乎内心的温暖,许多感情,这是一种并非总是能够理解的,或者说是过分女性化地理解的生活,但从来不是刷得白白的、不是涂得血红的,不是夸张的、歪曲的生活,叙述动人,语言优美,这就是 Т. Ч. 夫人的两篇短篇小说的价值所在。第一篇短篇小说《老题材的三种变体》尤其使人感到兴味。一个已是成年的姑娘热爱上一个男孩子。后来就不知道他的去向,她则嫁给一个善良而规矩的男人,然而她对此人并不感到有什么特殊的感情。突然她遇到了现在已经成为阿历克西斯的廖里亚。双方产生了一种特殊的关系,这种关系的结局只是热情的接吻、充分的表白,但是爱情并没有战胜女主人公身上的责任感,由于她的坚决的要求,促使阿历克西斯后来离开她。后来,她陪着有病的丈夫出国作温泉治疗。她在国外收到她的一个女友的来信,她从这封信里得知,

---

① 季特·科斯摩克拉托夫,当时一个俄国作家,杂志编辑。
② "Т. Ч."为俄国女作家阿娜斯塔西雅·马尔科夫娜·马尔钦柯的笔名。

阿历克西斯狂热地爱着她,这封信使她感到强烈的波动。有一次,当她重读这封信,并且思念阿历克西斯的时候,她突然听到隔壁她的丈夫居住的房间里有一阵奇怪的声音。她奔进去看——看到自己的丈夫几乎昏迷过去了;原来,他的危重的肺痨病发作了。他在稍稍有点好转以后,就对她说,他很快就会死去了,感谢她对他的关心和看护,他感到欣慰的是他还不是没有财产留给她,他还劝她改嫁,因为她还年轻,漂亮,他们又没有子女。按照所有陷于狂热的女人的习惯,她恐怖地拒绝了这后面一个建议。接着良心上的谴责就来折磨她。不可能有别种结果:她的丈夫快死了,而且感谢她对他的爱和关心,可是她在这个时候却想着别的人,爱着别的人。可怜的女人差点要把她的秘密向垂死的丈夫和盘托出,幸而她一时昏厥了过去,阻止了她这个多余的和荒唐的自白,因为它只能使得这个善良而高贵的人在最后时刻受到伤害。这就是一个狂热女子的人生哲学!……女主人公的丈夫终于死了;当她见到阿历克赛·彼得罗维奇的时候,她三十五岁了;他已经结了婚,他在为功名利禄而奔忙。我们的女主人公在见到他的时候好不容易才压制了自己的激动;然而他对她却显出一种冷淡的客气。在这样的场合,她对这个恶棍男人完全绝望了,于是痛苦地哭泣起来。怎么啦!他完全忘记啦!你又叫他究竟记得什么呢?接吻吗?还是许多男人在一生之中不止一次地经历的没有结果的、一开始就归于破灭的爱情纠葛呢?男人们在生活中的兴趣是多方面的,因此,他只能记得比一次接吻更为重要的历程。女人们呢则是另外一码事:她整个儿专为爱情而活着,而且,她们越是不得不把内心的感触掩藏起来,她们的内心感触也越是强烈。女人们特别倾心于不会产生什么严重后果的、不需要任何冒险的、不需要任何牺牲的爱情纠葛,她们可以在内心中背叛丈夫,而在形式上还是忠于自己的誓言——满足于爱情的要求——神圣地奉行社会所加在身上的责任。第二个中篇小说的女主人公是一个家庭女教师,她是那种幻想压倒心灵的女人中的一个,应当从头脑向她实施攻击,也就是说,首先用什么东西使她惊奇、兴奋、激起好奇——这东西倘不是美,那便是丑,不是睿智,就是愚蠢,不是庄重,就是怪诞,不是善行,就是罪恶。有一个生得难看而又并不爱她的人竭力追逐她,还有一个高尚而又俊美的男人也热情地爱上了她。她了解他们两者的身价的高低,她好像飞蛾投火似的奔向第一位的怀抱。中篇小说描写得很不错,可是显而易见:女主人公并没有引起人们对她特别的同情,因此,第一个中篇小说要比第二篇更使人喜欢。在这两个中篇中都可以看到才能,要是这种才能好好发展下去,对这种才能可以指望有更好的结果。

关于外国优秀的长篇小说方面,在《现代人》以及在《祖国纪事》中译载了《卢克莱西亚·弗洛里安尼》①(在我们的杂志中已经议论过它了)以及现在还在连载的《董贝父子贸易商行》;等到这一部把狄更斯所有以前的作品远远抛在后面的优秀的长篇小说的俄文译文全部发表以后,我们要就这部小说议论一番。

笔记或者往事的回忆录也是属于文学作品范畴的。在《现代人》中曾经刊登了两篇很有意思的这种门类的文章:……某君的《演员笔记》以及Л君的《生于瑞士的俄罗斯作家伊凡·菲里普波维奇·威尔涅特》②。在这里我们要提一下涅鲍尔辛君的一篇在内容和写作上都是很出色的也很有意思的文章:《关于西伯利亚金矿的故事》,这篇东西在《祖国纪事》的杂俎栏里连载了很长时间。鲍特金君的《关于西班牙书简》(发表于《现代人》),是一篇俄国文学中没有意料到的令人愉快的新事物。西班牙对我们来说还是一片未知的土地。政治新闻只能使每一个要对这块土地有所

---

① 《卢克莱西亚·弗洛里安尼》为法国作家乔治·桑的作品。俄译者克罗涅贝格曾在《现代人》中发表过有关此书的评介文章。
② 某君指谢普金,他是当时的著名演员;《生于瑞士的俄罗斯作家伊凡·菲里普波维奇·威尔涅特》为署名Л字母的尼·亚·梅尔古诺夫所写的。

了解的人越来越糊涂。《关于西班牙书简》作者的主要功劳在于：他对一切现象都是目睹，他不受那些散见于书籍、杂志和报纸上的关于西班牙的现成的判断所左右；从他的书简中您可以体会到，他先是大量地观察、倾听、问询、研究，然后对这个国家组成自己的理解。因此，他对西班牙的观点是簇新的、独创的，尽量向读者保证，他是忠实的，保证他所见识的不是虚幻景象，而是实际存在的国家。那令人神往的叙述更提高了鲍特金君的书简的价值。《寄自马里尼街的书简》①曾经遭到某一些读者的几乎是不满意，尽管大多数读者对其表示了赞赏。的确，作者在判断关于现代法国的现状的时候不由自主地陷于错误，他过分狭窄地理解 bourgeoisie 这个词的意义，他对这个词的理解只是有钱的资本家，而把这个阶级中的人数最多，因此也就最为重要的群众本身排除在外……但是虽然如此，《寄自马里尼街的书简》还是有许多生动的、吸引人的、有趣的、智慧的和忠实的东西，你不可能不是满意地来读这些书简，甚至来读许多不能对作者表示同意的地方。在这一类内容驳杂、可是在形式上多半属于艺术文学栏的文章中，我们还要加进伊斯康德的《旧题新论》（刊于《现代人》），费利君的《故事集》（同上）；布特科夫君译自古葡萄牙文的《费尔南多·孟德查·宾托葡萄牙漫游记，本人所写并于一六一四年出版》以及米尼埃的作品《安东尼奥·彼列斯和腓力二世》（刊于《祖国纪事》）。

在去年，我们的杂志中优秀的学术文章尤其丰富。我们要在这里举出最重要的几篇。在《祖国纪事》中有：《无产阶级与英法两国的赤贫现象》（三篇）；德·马·彼列伏施契科夫②的《关于太

---

① 《寄自马里尼街的书简》的作者为赫尔岑。
② 德·马·彼列伏施契科夫(1788—1880)，俄国数学家，天文学家，莫斯科大学教授。

阳系的物理与天文学研究》;《北美合众国》(三篇);德·马·彼列伏施契科夫的《亨克与勒威耶的发现》;安·巴·查勃洛茨基的《粮价波动之原因》。在《现代人》中,有康·德·卡维林①的《对古代俄国司法状况之我见》;谢·谢·乌瓦洛夫伯爵②的《埃琉西斯秘密宗教研究》;谢·米·索洛维约夫的《加里西亚皇达尼尔·罗曼诺维奇》;李特莱③的《生理学的重要性及其成果》;阿·萨维奇④的《关于新行星——海王星如何发现的通俗普及讲话》;《四世纪时的君士坦丁堡》;布尼雅科夫斯基⑤。院士的《对观察科学的成果,尤其是统计学达到深信无疑的可能性》;亚·阿法纳西耶夫⑥的《彼得大帝统治时期的国家经济》(两篇);弗·米留金⑦的《马尔萨斯及其反对者》;尼·弗罗洛夫⑧的《亚历山大·封·洪堡和他的宇宙》(两篇);尼·沙金⑨的《爱尔兰》。在《读书文库》中连续登载了大半年的、标题为《海军大尉扎果斯金在俄属美洲的旅行与发现》的十分奇妙的文章,如今改用另一名称出版了单行本。

卡维林君的文章《对古代俄国司法状况之我见》和查勃洛茨基君的文章《俄国粮价波动之原因》,毫无疑问,是去年学术类作品中最卓越的现象。还有《圣彼得堡新闻》所刊登的波罗辛君的几篇文章,从某些方面来说,也是非常卓越的。

---

① 康·德·卡维林(1818—1885),俄国法学家,法学史家,莫斯科大学副教授。
② 谢·谢·乌瓦洛夫伯爵(1786—1855),俄国国民教育大臣,科学院院长。
③ 李特莱(1801—1881),法国学者,法国实证主义哲学家孔德的信徒。
④ 阿·萨维奇(1810—1883),俄国天文学家,科学院院士。
⑤ 布尼雅科夫斯基(1804—1889),俄国数学家,科学院副院长。
⑥ 亚·阿法纳西耶夫(1826—1871),莫斯科大学法学系学生,《现代人》《祖国纪事》的特约撰稿人。
⑦ 弗·米留金(1826—1855),俄国经济学家,法学家,《现代人》特约撰稿人。
⑧ 尼·弗罗洛夫(1812—1855),俄国地理学家。
⑨ 尼·沙金(1814—1873),俄国诗人,翻译家。

我们现在不在这里再一一列举去年以单行本出版的著作,因为这些著作的大部分都已经在《现代人》的批评栏和书评栏里有过分析了,而其余的也在去年《现代人》七月号和十二月号所附的《图书新闻》中提过名了……

去年的批评文章中,评论下述一些书的比较优秀:波戈金君的《历史批评片段》;《米·波戈金关于俄国史的研究、评论和讲演》;《莫斯科大学附属历史和古代俄国史皇家协会讲演》;格里高利耶夫君的《俄国的犹太教派》;斯米尔金所出版的《冯维辛作品集》(刊于《祖国纪事》中)。这后面两篇文章除了内在的和外表的优点以外,特别令人感到兴味的是:它们是一个至今为止还没有在其他地方发表过东西的作者所写的。在杜德什金①君的文章中可以看出他对本学科的丰富知识,他很好地利用了对发展过程的历史研究的成果,从而来解释一个特定时代的文学作品。通常,开头写的一些论文的主要缺点就是冗长和唠叨;有的时候在这种论文中对于那本他所评论的书几乎并没有说出什么名堂,但是却讲了许多有时还讲得不错、更多场合却是与它要分析的书籍完全不相涉的、文不对题的话。杜德什金君却善于避免这种缺点;可以想见,当他执笔为文的时候,在他的头脑里已经有了成熟的内容,他能驾驭自己的思想,不容它随意乱奔,或者时而引他向这一边,时而引向另一边,而是始终使它紧扣某一特定的论题,因此,该开始的地方开始,该结束的地方结束,出言吐语极有分寸,从而让读者充分熟知他所写到的论题。我们不可能将去年在《现代人》发表的批评文章都一一讲到;写出这些文章的几位作者与这本杂志的亲密关系不允许我们这样做。因此,我们只限于提到下面几篇文章:克隆涅堡君的《乔治·桑最近几部长篇小说》;格拉诺夫斯基君的《一八四七年法国和德国的历史著作》;论布托夫斯基君所

---

① 杜德什金(1820—1866),俄国杂志编辑,批评家。

阳系的物理与天文学研究》;《北美合众国》(三篇);德·马·彼列伏施契科夫的《亨克与勒威耶的发现》;安·巴·查勃洛茨基的《粮价波动之原因》。在《现代人》中,有康·德·卡维林①的《对古代俄国司法状况之我见》;谢·谢·乌瓦洛夫伯爵②的《埃琉西斯秘密宗教研究》;谢·米·索洛维约夫的《加里西亚皇达尼尔·罗曼诺维奇》;李特莱③的《生理学的重要性及其成果》;阿·萨维奇④的《关于新行星——海王星如何发现的通俗普及讲话》;《四世纪时的君士坦丁堡》;布尼雅科夫斯基⑤。院士的《对观察科学的成果,尤其是统计学达到深信无疑的可能性》;亚·阿法纳西耶夫⑥的《彼得大帝统治时期的国家经济》(两篇);弗·米留金⑦的《马尔萨斯及其反对者》;尼·弗罗洛夫⑧的《亚历山大·封·洪堡和他的宇宙》(两篇);尼·沙金⑨的《爱尔兰》。在《读书文库》中连续登载了大半年的、标题为《海军大尉扎果斯金在俄属美洲的旅行与发现》的十分奇妙的文章,如今改用另一名称出版了单行本。

卡维林君的文章《对古代俄国司法状况之我见》和查勃洛茨基君的文章《俄国粮价波动之原因》,毫无疑问,是去年学术类作品中最卓越的现象。还有《圣彼得堡新闻》所刊登的波罗辛君的几篇文章,从某些方面来说,也是非常卓越的。

---

① 康·德·卡维林(1818—1885),俄国法学家,法学史家,莫斯科大学副教授。
② 谢·谢·乌瓦洛夫伯爵(1786—1855),俄国国民教育大臣,科学院院长。
③ 李特莱(1801—1881),法国学者,法国实证主义哲学家孔德的信徒。
④ 阿·萨维奇(1810—1883),俄国天文学家,科学院院士。
⑤ 布尼雅科夫斯基(1804—1889),俄国数学家,科学院副院长。
⑥ 亚·阿法纳西耶夫(1826—1871),莫斯科大学法学系学生,《现代人》《祖国纪事》的特约撰稿人。
⑦ 弗·米留金(1826—1855),俄国经济学家,法学家,《现代人》特约撰稿人。
⑧ 尼·弗罗洛夫(1812—1855),俄国地理学家。
⑨ 尼·沙金(1814—1873),俄国诗人,翻译家。

我们现在不在这里再一一列举去年以单行本出版的著作,因为这些著作的大部分都已经在《现代人》的批评栏和书评栏里有过分析了,而其余的也在去年《现代人》七月号和十二月号所附的《图书新闻》中提过名了……

去年的批评文章中,评论下述一些书的比较优秀:波戈金君的《历史批评片段》;《米·波戈金关于俄国史的研究、评论和讲演》;《莫斯科大学附属历史和古代俄国史皇家协会讲演》;格里高利耶夫君的《俄国的犹太教派》;斯米尔金所出版的《冯维辛作品集》(刊于《祖国纪事》中)。这后面两篇文章除了内在的和外表的优点以外,特别令人感到兴味的是:它们是一个至今为止还没有在其他地方发表过东西的作者所写的。在杜德什金①君的文章中可以看出他对本学科的丰富知识,他很好地利用了对发展过程的历史研究的成果,从而来解释一个特定时代的文学作品。通常,开头写的一些论文的主要缺点就是冗长和唠叨;有的时候在这种论文中对于那本他所评论的书几乎并没有说出什么名堂,但是却讲了许多有时还讲得不错、更多场合却是与它要分析的书籍完全不相涉的、文不对题的话。杜德什金君却善于避免这种缺点;可以想见,当他执笔为文的时候,在他的头脑里已经有了成熟的内容,他能驾驭自己的思想,不容它随意乱奔,或者时而引他向这一边,时而引向另一边,而是始终使它紧扣某一特定的论题,因此,该开始的地方开始,该结束的地方结束,出言吐语极有分寸,从而让读者充分熟知他所写到的论题。我们不可能将去年在《现代人》发表的批评文章都一一讲到:写出这些文章的几位作者与这本杂志的亲密关系不允许我们这样做。因此,我们只限于提到下面几篇文章:克隆涅堡君的《乔治·桑最近几部长篇小说》;格拉诺夫斯基君的《一八四七年法国和德国的历史著作》;论布托夫斯基君所

---

① 杜德什金(1820—1866),俄国杂志编辑,批评家。

著《国民财富或曰政治经济学原理》(米留金君所作三篇);卡维林君论谢·索洛维约夫所著《留里克家族的诸侯之间的关系史》。此外,我们还得指出,《现代人》还经常充分报道关于俄国史方面一切杰出现象。但是同时《现代人》还应当承认,由于一些不受编辑部支配的原因,在批评方面它不能完全响应读者公众所期望的。可是在今年,它打算大大地充实完善和发展这一栏目。

俄国批评今天已经立足在比较强固的基础上:这不只在杂志中可以见到,由于越来越发展的鉴赏力和教育的结果,也可以在读者公众中见到。这应当极其有利于批评本身的发展。批评已经成了受社会舆论所评判的事业,而不是什么同生活没有联系的书本上的事情。现在已经不是每个人只要想干批评,就能成为一个批评家,不是每一种意见只要发表出来,就能被人所接受。宗派上的偏颇已经不可能扼杀一本好书,而让坏书得到出路。当今在批评中,经常可以听到关于信念的话,连根本没有信念的人们至少也竭力遮遮盖盖装得有信念的样子。在批评中所表达的意见的斗争,证明俄国文学只是迅速地向成熟前进,但是还没有达到它。当然,到处有这样一种人,他们仿佛天性上生来就喜欢触犯一切人,对什么人都要挑剔,对什么人都毁谤,不断地引起争论、喧闹、詈骂。除了没有什么力量能够压制的天性倾向以外,还有一种容易激怒的自尊心以及完全跟文学没关系的渺小的个人的利害关系促使他们这样做。这一种随便到哪里都不可避免是祸害的人们,甚至也有他们的有益的方面:这些人自愿地承担起在社会面前扮演斯巴达人强迫希洛人①在他们的孩子面前所扮演的角色……但是又奇怪又可悲的是:那些和这些人并没有什么共通之点,似乎是站在他们所尊重的信念的基础上的人,此外,还有那些以他们的社会地位、

---

① 在古代斯巴达国家处于奴隶地位的农民。

年岁、声望应当给文学作出优秀的榜样和应当尊重礼仪的人,却和这些人保持同一种腔调。请看几个最新鲜的例子。

在去年第一期《祖国之子》上发表了一篇关于谢维辽夫君讲演的评论①。在这篇文章中说出并且证实了谢维辽夫君的劳作是"一座以云朵构成的美丽的城堡,一个向后倒退的迷人的乌托邦"。这多半是针对讲演的理论部分而发的;对于事实部分书评则认为都是拼凑起来的东西。《祖国之子》的书评作者隐匿了他的姓名,然而却隐匿不了他的渊博学识和对拜占庭与保加利亚史料的熟悉。因此他这篇文章是对谢维辽夫君起了如此强烈的影响,使他直到一年以后才能对这篇文章作出回答。

对谢维辽夫君的攻击越是激烈,那么应当期望于他的答辩的价值也越是高。谢维辽夫君是不是这样做了呢?首先,他是对《祖国之子》的批评家隐匿姓名表示不满,仿佛这里问题的关键是在于姓名,而不是关于学术、不是关于思想、不是关于信念似的。大约就是由于这种令人恼火的匿名使他感到不满的影响吧,谢维辽夫君竟然没头没脑地突然攻击起纳杰日金君来。他讽刺地把纳杰日金君称为"这位学问渊博的大人","这个才华盖世的语言学家",嘲笑纳杰日金关于斯拉夫语方言的意见,他一点没有料到他的阿提斯之盐②和斯拉夫的粗盐实在太相像了。倘使别人的意见您觉得不对头,您可以而且应当把它驳倒;但是必须做到,第一要言之有理,第二要尊重礼貌。谢维辽夫先生不应当忘记他是一个学者,在俄国文学中他至少享受了二十载的声名,所有这一切都督促他必须充当年轻的文学家们的积极的而不是消极的楷模。谢维辽夫君不妨回想一下,纳杰日金君是他大学里的同学,并且跟他一样,也是一个教授。然而谢维辽夫君完全丧失那成为一个深得科

---

① 这是指尼·伊·纳杰日金的文章。
② "阿提斯之盐"的本意是指微妙的俏皮话。

学和生活经验所启发的人的力量所在的文学上的心平气和;相反,他在文学中却是焦躁不安和大惊小怪的,因此,他常常陷于一个刚刚离开学校的课堂而投身到文学活动中来的年轻小子所特有的那种极端和失误里。请看还有一个例子,谢维辽夫君在谈到某一个原来是《祖国纪事》的同人而现在则为《现代人》工作的人①时,竟然说此人"背叛了《祖国纪事》的旗帜"! 这种文句难道不是我们已经说过的那种焦躁不安和激怒状态的结果吗? 难道谢维辽夫君自己相信自己的话? 不是的,他想的是去刺痛论敌,但是他忘记了要用真理把论敌刺痛,而不是依靠虚张声势。他所讲到的那个人所干的事情是十分自然的:他认为对自己来说,把自己的文章放到另一家杂志去发表,这更妥当和更好,而且他完全有这个权利,因为他并不认为自己是牢牢固定在任何一本杂志上。还有一种得到许多人一再重复的想法:仿佛果戈理背弃了他以前的作品就使我们落在一种狼狈不堪的境地,因为我们不知道该怎么办——这也是属于谢维辽夫君这一类昏话之列的。在这本书问世的一年多来,我们在已经不止一次谈到关于果戈理的作品时所抱的态度和我们在他这本书出版之前谈到关于它们时的态度并无什么不同。概乎言之,我们经常赞扬的是果戈理的作品,而不是赞扬果戈理本人。我们为了作品本身而赞扬这些作品,而不是为了它们的作者而赞扬它们。他以前的作品在我们看来也还是跟从前一样,我们没有必要去了解今天果戈理对他以前的作品是怎么想的。谢维辽夫君的最有病态的胡话却是对伊斯康德而发的:谢维辽夫君对这位作者的精神上极度不安的态度促使他竟然采用根本不是文学上的腔调;他从长篇小说《谁之罪?》中抄引了所有他硬要认为是歪曲俄语的文句和语词。这些文句和语词中有一些的确值得批评,但是大部分只能证明谢维辽夫君不喜欢伊斯康德。我们很不理

---

① 即别林斯基本人。

解,谢维辽夫君究竟如何找到时间来进行只有那个有得天独厚记忆力、深通雄辩术以及作诗法的奥秘的教授那种孜孜不倦精神才配去干的琐屑!假如有什么人灵机一动想把谢维辽夫君的下面这样的长句子摘抄下来,那会怎么样呢:"现在有一个并不理解古代俄国生活的真正意义的俄国人,在他看来,只是一种纯粹的拜占庭式的、带有某种神秘色彩的、理论上的卖弄,'甚至还是琐屑的抽象的思维',其实就是那种本身包含了最质朴、最崇高的真理的东西,因此,这除了说明这个俄国人毁坏了同俄国民众生活的根本基础的联结,在抽象的人格之中离群索居,从它的狭隘的框子里只能看到自己的幻影,而看不到实际,此外就不可能有其他了。"然而在这样的长句中我们不可能看到俄罗斯语的歪曲,却只能看到谢维辽夫君语言的歪曲,当然,在这一方面,对伊斯康德这样一个有影响的作家,应当更严格一点;但是在这琐屑上找茬子,左右不过是暴露了这主要不是出于对俄罗斯语言和文学的爱,而是出于对论敌的仇恨,到得无法找到他的投枪的时候,他就拿起发簪或者别针远远地威吓他的论敌。

在去年,批评界的注意力主要是被《果戈理与友人书简》所吸引去了。可以说一句,就只是由于那些议论这本书的文章,才使人们持续到现在还记得这本书。反对它的文章中比较出色的一篇是尼·菲·巴夫洛夫所写。巴夫洛夫在他写给果戈理的几封信中,从他自己的观点向果戈理指出他没有忠于自己的原则。思想的精细入微、辩才的灵活巧妙,再加上高度优美的文笔,使得尼·菲·巴夫洛夫的书简在我们的文学中显示一种典范的和十分独特的现象。假如全部问题只终止于这三封信,这倒是大为可惜的!

我们的著名的书商斯米尔金先生通过他所出版的俄国作家的书,给俄国批评界提供了并且还打算继续提供更多的劳作与服务。他已经出版了罗蒙诺索夫、杰尔查文、冯维辛、奥泽罗夫、康捷米尔、赫姆尼采、穆拉维耶夫、克尼亚日宁和莱蒙托夫的作品。有一张报纸谈到了波格丹诺维奇、达维陀夫、卡拉姆辛和伊兹梅洛夫的作品很快就能问世的消息。这张报纸还很有把握地说,在这些书之后还将出版卡拉姆辛的《俄国国家史》,女皇叶卡捷琳娜二世的著作,苏玛罗科夫、黑拉斯科夫、特列奇亚科夫斯基、柯斯特罗夫、陀尔戈鲁科夫公爵、卡普尼斯特、纳希莫夫、纳列日内的作品,此外,他还在着手取得茹科夫斯基、巴丘希科夫、德米特里耶夫、格涅奇契、赫密尔尼茨基、沙霍夫斯基和巴拉廷斯基作品的出版权。可供批评界工作的真够多!容许每个人发表自己的见解,不必去担忧其他的人所想的不像他那样。对其他人的意见应该有容忍的雅量。不能强制所有的人都只有一种想法。您可以驳倒别人的同您相左的意见,但是您可不要仅仅因为这些人的意见跟您敌对而凶暴地去迫害他们;不要竭力在文学关系以外威逼他们落到对他们极不利的角度去。这是一种很拙劣的盘算:您为了争到您的意见更大的天地,因此,您也许就会丢失这些意见的任何立脚点。

关于别林斯基

诽谤追迫他:
他听取激励的话语,
不是在甜蜜的赞美声里,
而是在粗野的憎恶的喊叫里。

....

周围的人都诅咒他,
只有当看到他尸体时,
才懂得他做了多少事情,
他怎样在爱中仇恨!

——涅克拉索夫

别林斯基短促的一生并没有点缀着许多不平凡的外部事件。

他一八一一年六月一日生于斯维亚堡。父亲是一个舰队医生,一八一六年退职后回到故乡谦姆巴尔(边查省)当一名小小的县医,全家便在那儿住下了。别林斯基寂寞的童年便是在谦姆巴尔度过的。

县医经常要验伤,诊视内外病症,因为职务上的关系,地方官、警务当局家里有人害了病,请他去,也少不得要去尽一趟义务。别林斯基的父亲是一个博览群书的人,再加上秉性耿直,不善于吹拍逢迎,所以辜负了这个本来可以作为进身之阶的县医职位,弄得处处碰壁。不久穷愁交迫,喝起酒来,就成了一个暴躁而反常的人。

别林斯基母亲是舰队长官的女儿,嫁给了边僻小城里小小的县医,心里是抱着老大的委屈的,她时常抱怨这门楣不当的婚事。她完全不能理解丈夫的痛苦,总是责怪他无能、昏庸、不能赚钱。别林斯基时常看见父亲和母亲大声地吵架。母亲不喜欢照管孩子,时常到邻家去串门,出去了就把孩子交给女工看管,女工为了孩子不要吵,就打他,用被褥蒙他。

这样一个荒凉闭塞的小城,周围的人全是些警官、地痞、恶霸,充满着谎言与愚昧,争权夺利,互相欺诈。别林斯基通过父亲的关系认识了许多社会的不义,往后他对恶势力疾恶如仇的态度便是从这时候培养起的。正像医生要把病人的脓疮割治一样,难道能够说,这医生不爱人类吗?别林斯基的战斗是由他巨大的热情来支撑的,要不是这样热情而坚强的性格,要不是坚持不懈地为善而奋斗的决心,他早就会在艰苦的环境前面低头,不可能完成他在短促的一生中所完成的那么多事情。

他沉思而早熟,不合年龄地获得了沉静的性格,在那种混乱的生活里,他唯一的安慰就是读书。果树园里的向日葵伸过了矮篱笆,低垂着浓密的枝条,从大门到台阶有一块三角形的小花园,里面种着金合欢、野樱树和蔷薇花。幼小的别林斯基躲开了人间的争吵,一个人捧着书,在那儿消磨了许多寂寞的黄昏。

一八二二年他进了谦姆巴尔县立学校,这时他已经读了许多书,写了许多自认为不比茹科夫斯基差的诗。他智力的早熟使他在幼年的同伴中间显得非常突出,一位前辈作家拉舍奇尼科夫有一篇文章记述了和他初次会晤的情形,拉舍奇尼科夫那时是边查省立学校的校长,有一次到谦姆巴尔去视察,在那儿第一次遇见了他:

> 在我举行考试的时候,夹在一群学生中间,一个十二岁的学生站在我面前,他的外表第一眼就吸引了我的注意。他的前额生得很端正,眼睛里闪耀着超越年龄的智慧;又瘦又小,

可是脸上显得比身材显示的老些。他严肃地望着……他对于一切向他提出的问题回答得这样快,这样轻便,这样坚定,仿佛是向问题猛扑过去,像兀鹰扑向掠获物似的(因此我就给他起了个绰号叫"鹰"),并且大部分是用自己的话回答的,加添了许多甚至不见于教科书的话——这证明他读了许多课外书籍。我对他特别感兴趣,接连不断地跟他谈了一个又一个题目,我得承认,我是想把他打倒……孩子终于胜利地摆脱了困难……我问这孩子是谁,"维萨里昂·别林斯基,这儿一个县医的儿子。"——人们告诉我。我吻了别林斯基的前额,怀着满腔温暖祝贺他,立刻从图书馆寄售处要了一本书来,在封面上题了几个字:因功课成绩优良赠给维萨里昂·别林斯基。

特别引起我们注意的是他那时只有十二岁,却已经杂乱地读了那么多书,知道了那么多事情,他善于用自己的头脑思索,不被机械的课程所限制,不喜欢人云亦云地随声附和。

一八二五年别林斯基升入了边查中学。

他在边查中学是一个不惹眼的学生。他不像一般人所理解的天才那样,是个什么仪表非凡的人物。他身材不高,背微驼,病态地瘦削,胸部凹陷,脑袋下垂,脸好像害病似的,有着宽阔的额头和一双生动的喜欢探究的眼睛。他的动作笨拙不灵活,给人一种滞重之感。他不端正的脸,夹杂在别的孩子秀丽的脸中间,显得严峻而苍老。

住在学校里的学生,时常有家长来探望,可是别林斯基家里从来没有人到边查来看过他。他看来是没有女性照顾的,不修边幅,衣服破了也不缝补。他是一个可怜的被遗忘了的孩子,可是他的眼光和行为是大胆的,好像说明他不需要任何人的帮助和庇护。

他在功课方面的发展是不平衡的,凡是他觉得有兴趣的可以驰骋想象的功课,他就竭尽全力以赴,在这些功课方面显示出特别的才能与聪慧,而对于一些刻板的玄学的研究,他就漠不关心地加以蔑视。然而总的来说,他的功课是杰出的。当他到了高年级的时候,有时老师缺席了,他就代教俄国文学,他有很好的记忆力,能够背出许多诗句来,使同年辈的人大为吃惊。他逻辑学也读得很好,因此得到了"哲学家"的绰号。

憧憬独立活动的青年被文学的爱好吸引了去,因此越来越对中学的功课不感兴趣了。他在一八二九年就离开了边查中学,到莫斯科去,进了莫斯科大学。

十二月党人起义失败后刚过了三年,大学行政的腐败自然是想象得到的,别林斯基疯狂的求知欲在那儿也不能得到满足,教授先生们的庸俗陡然在他心里引起蔑视。可是地下火是扑不灭的,每一次暴力压迫都为未来的高潮积蓄力量,和当局的昏庸倒退相反,大学里的一群青年学生却充满着朝气,他们聚集在一起,讨论政治、宗教和艺术等问题,暗地里传诵着雷列耶夫、波列查耶夫和普希金被查禁的诗的手抄本。别林斯基一下子就被卷进这个火热的旋涡里去了。

同时,他的文学见解也渐渐地成熟了。从前中学里的老师波波夫到莫斯科来见到了他,在逗留的三天里和他朝夕相聚,他许多精辟独到的言论使老师非常吃惊。他们在一起读着那时刚刚出版的普希金的《鲍里斯·戈东诺夫》,别林斯基在五音节无韵诗里体会到了无穷的诗意和魅人的旋律,而那在当时是被斥为"散文"的。当他读到立陶宛边境小酒店的一场主妇和一群流浪汉的谈话,搜查,格利戈里从窗口跳出去的时候,书从他的手里掉落了,差点没把坐的椅子摔坏,他兴奋地喊道:"写得真生动;我看见他是怎样跳出窗子去的!……"

他也尝试了创作,就是几乎给他带来杀身之祸的攻击农奴制的剧本《德米特里·卡里宁》。他把童年时代熟识的一些人物的影子写进了剧本里,借着一个农奴知识分子,地主的私生子,把记忆中谦姆巴尔那一段痛苦的生活经历重现出来,沉痛地写出了抗议农奴制的檄文。自从拉吉舍夫写了《从彼得堡到莫斯科旅行记》以来，还从来没有一部作品像《德米特里·卡里宁》这样对农奴制提出愤怒的抗议的！他不知好歹地拿去给审查委员会审查，希望出版，拿到稿费可以吃得好一点，他经济上非常拮据，常常是有一顿没一顿。审查委员会就是由莫斯科大学里一批反动的教授所组成的，结果自然是不能通过，他们把这部作品斥为伤风败俗之作，威胁着要把作者充军到西伯利亚去。反动当局早就看出这个不妥协的青年的危险性，决不能容忍他再在大学里待下去，终于在一八三二年秋天把别林斯基开除了，又不肯直说出原因，还要假充正经，给他加上"才力贫弱"的莫须有的罪名。堂堂的大学里玩出这些假冒伪善的公理把戏，虚构诬陷的鬼蜮伎俩，凡有良心的人没有不愤恨填膺的，可是一些卑鄙无耻的文氓就抓住这点作为借口，以后一直讥笑他是一个"没有读毕业的大学生"！

从大学里被"斥退"出来之后，别林斯基失去了一切生活手段，连一点微薄的公费也得不到了。他不得不向生活展开了残酷的斗争。家教、抄写、写报屁股文章，翻译法文……他什么工作都做。可是他一点也不气馁，对未来充满了信心。他写信回家，总是说：

不管受到多少命运的打击，可是我还没有流过一滴眼泪……

不但不抱怨我的不幸，反而为之高兴：我从自己的经验里知道，不幸正是一所最好的学校。未来吓不倒我。

他过的是一种难以想象的非人生活。因为没有钱买柴火，他写文章常常被莫斯科隆冬的严寒所打断，常常站起身来，呵着冻，像狼似的来回踱着。有一次拉舍奇尼科夫去看他，房间里那种萧然四壁的光景使这位前辈深受感动。拉舍奇尼科夫把他的住所戏称为"花楼"：

  他的花楼可真漂亮!下面生活和工作着铁匠们。到他那儿去,必须爬上肮脏的楼梯,他斗室旁边是一家洗衣店,不断飘来湿衣服和臭胰子的气味。怎么能够呼吸这样的空气啊,特别是像他那样肺弱的人!……我不来讲他房间里的最贫乏的陈设,房门是不关的(虽然主人没有在家),因为里面没有东西可偷。一个仆人也没有;他大概就吃邻人的伙食。我心痛极了……我赶快从几分钟内就包围了我,浸透我衣服的发臭的蒸气中逃出去,三脚两步跑到清新的空气中,这才从我在这位已经向俄国宣布了自己姓名的文学家简陋的寓所里所目击并感觉到的一切里面稍微舒了一口气!

  巴纳耶夫描写他们初次会见的情形也很生动,巴纳耶夫起初设想别林斯基一定住在高楼大厦里,门前一定是车水马龙,如果不坐一辆顶漂亮的马车去是不会被接见的,哪知结果竟大出意外,在一种完全不同的境遇里会见了一个完全不同的人。他那时已经从"花楼"搬到"地窖"里来了:

  他住在仿佛离尼基塔大街不远的一条狭小而荒僻的胡同里,在一幢陷没在地底的木造平房里,窗户几乎和砖砌的、狭窄的人行道相并。

  当我的四马马车开到这房子门口时,房子整个儿震动了起来,在这荒僻而静悄的胡同里传出了这样震耳的轰响,使别林斯基从沙发上跳了起来,愠怒地甚至是憎恨地奔向窗前去——据他后来微笑着告诉我。自有这胡同以来,还从来没有传出过这样大的轰响。

  我走下马车,脖子都涨红了。在这一刹那,我痛苦地感觉到我的四马马车以及车子所发出的轰响是失礼的,可是已经迟了。

  我窘得不得了,带着一颗停止搏跳的心到长满杂草的院落里去,胆怯地敲打低矮的门……

门开了,在我面前站在门口的是一个中等身材的人,年约三十光景,瘦削,苍白,有一张不端正,但却严厉而聪明的脸,不尖的鼻子,一双灰色的富有表情的大眼睛,浓密的、金色但不很淡的头发披在额前,穿着纽子歪扣的长长的大礼服。

他的脸部表情和所有动作令人有神经质和不安的感觉。

我立刻猜出,站在我面前的就是别林斯基……

这时候他已经参加纳杰日金主编的《望远镜》工作了,可是生活条件还是没有改善。有人介绍他去当某富翁的私人秘书,这人喜欢写文章,用"作家"的头衔出风头,其实是一个不学无术的家伙,私人秘书的责任就是替他修改各种不成样的"作品"。别林斯基一口答应了下来,因为想利用幽静的环境自己做点事,除了支取微薄的薪水之外,还可以利用富翁馆藏丰富的图书馆。可是过了没几天就干不下去了,觉得这样下去非牺牲自己的信念和独立性不可,于是在一天早晨就用手帕包了全部的财产出走了,重又回到自己贫乏简陋的"家"里。

为了解决生活问题,他也曾写过一本《俄文文法基础》,希望被采用为教本,这样就可以得到一笔相当大的收入。虽然在内容和编纂方面超出了当时同一类的文法书,可是别林斯基这个希望又落了空。后来他又在测量学院教过俄国文学。他在生活上作过种种的挣扎,从来没有一个时期得到过充分的喘息。

朋友们把他称作"狂暴的维萨里昂",真是再恰当不过了。他永远被生活追逼着,他不像朋友们有优裕的生活环境,系统化的学术训练,大学也没有毕业,他不懂外文(法文水平很差),可是他也有一层超越同辈的好处,就是他更少玄学架子,不被细节迷惑,因而能更单纯地突入事物的本质。他不是学者或专家,他最恨的是抓了芝麻丢了西瓜的烦琐迂腐的治学方法,可是观察之深又岂是专家学者所能及得到的!关于这点,赫尔岑有一段很精当的评论:

别林斯基完全摆脱了各种影响,而我们在不能抗拒的时候是会屈服于这些影响的……别林斯基研究学问从哲学开始,并且已经是当他满二十五岁的时候了。他带了严重的问题和热情的追求来接近学问。在他看来,真理和结论既不是抽象的东西,也不是智力的玩弄,而是生与死的问题;他摆脱开一切外来的影响,抱着大的真诚投身到学问里面;他不想从分析和否定的火焰中抢救什么,非常自然地发言反抗吞吞吐吐的决断、胆怯的结论和气馁的让步。

别林斯基敌人的话说得也对。伐捷姆斯基说他是"不能在广场上暴动才来从事文学"的。

有人责备他缺乏悠闲冲淡的意境,偏狭,过激,文字冗长,不够推敲锤炼……这正是从各种角度反映了批评者自己不同的错误的看法。有人自命风雅,卖弄聪明才气,有人用辞藻鱼目混珠地代替文学的真实,有人看轻信仰或者根本没有任何信仰,这样,自然就不能体会别林斯基战斗的文学特色了。别林斯基战斗者的气魄充分地表现在文字里面,因此他就不能够保持冲淡平静,不能够做到从坏里也挑出好来说一下的虚伪的公正,没有闲情逸致去做文字上的推敲,这些如果也是"缺点",那么这也是构成别林斯基整个人格的有机的东西,除掉这些就不成其为别林斯基的。

一八三四年十一月,在《望远镜》附出的周刊《杂谈》上发表了第一篇有分量的长文《文学的幻想》。在这篇文章里,他站在历史的观点上对过去到现在为止整个文学运动的发展试行了总结,那气势之磅礴,见解之深刻是从来没有过的。我们读过许多人写的文学史,所看到的只是一些素材的堆砌,四平八稳的议论,充其量不过是对原作软弱无力的注释而已,别林斯基这篇文章,不是什么鸿篇巨著或学者考据,可是我们从中却对历史上各个作家获得了明确的认识,这是别人无论怎样广征博引卖弄博学也不能满足我们的。其次,他第一个把文学批评提到了空前未有的高度,然而这也不是什么凭空捏造出一种理论来,如果要找寻文学ABC,创作秘诀之类,在这篇文章里是一点影子也找不到的,代替这些,我们却看到他摧枯拉朽地击败了各种错误的文学见解,这样就很自然地引导我们对文学有了正确的看法。

年轻批评家这头一篇文章使当时整个腐朽的文坛震动了起来,接着他又写了一系列精心杰构的文章,同样地洋溢着新鲜泼辣的气息。他的文学见解在代表现实主义的果戈理的创作里面获得了最生动的表现,他热情地写了许多文章来颂扬和阐发果戈理的作品,而正是这些作品被古老的修辞学派斥为"挖脓疮的劣作"的。在另一方面,他把权威和偶像所立脚的台架拆毁,把以前文坛引以为荣的一切都推到泥污里去,大言壮语的玛尔林斯基和音调铿锵的别涅季克托夫以前可以用金箔虚饰欺骗读者,现在却从偶像地位跌下来,显出了庸俗的真面目。他好像闯进了一间霉气氤氲的房间,把里面什么东西都翻倒过来了。

这样的大变革,是那些还被偏见俘虏着的人不能一下子就接受的。屠格涅夫曾经讲到他开始读到攻击别涅季克托夫的文章时是怎样地生气,一个小批评家居然敢把大家称颂的偶像骂得一钱不值,可是慢慢地就觉察到,别林斯基并不是标新立异,故发惊人之论,过去大家的一套看法是不正确的,别林斯基不过是首先站到现实主义的立场上来看问题,所以他的驳斥能够那么坚定而有力。

慢慢地,别林斯基的意见就形成了一种巨大的力量,主宰了当时的文坛。莫斯科的餐饮店里经常放着新出的报纸和杂志供人阅览,成为青年集会之所,青年们在那儿抢读着别林斯基的文章,只要一出现别林斯基热情而大胆的文章,就被大家贪婪地"吞吃"掉了。

从一八三六年末到一八四〇年这段时期,是一般来讲别林斯基经历深刻的精神危机的时期,他崇拜黑格尔,相信黑格尔哲学"与现实和谐"的命题。可是战斗者雄厚的气魄,使他和现实生活保持着密切的联系,始终没有被死的玄学所压倒。经过了一八一二年胜利的卫国战争,同时也经过了一八二五年十二月党人暴动的失败,一方面是民族意识的高扬和人民的觉醒,另一方面是尼古拉一世最野蛮黑暗的统治:别林斯基就是在这时代矛盾中寻求解决矛盾的途径。只有失掉了战斗力的人才会玩弄些哲学术语,以此沾沾自喜,而别林斯基的情形是完全不同的。他从现实生活的矛盾出发,为了解决矛盾而展开战斗,这就绝不是任何"与现实和谐"的黑格尔哲学所能容纳的。他那种与腐朽制度搏击的精神不可避免地使他舍弃一切没有生命的玄学的讨论,不可避免地使他和向前的现实"和谐",而和反动的现实斗争。因此,他在哲学思辨方面所发的言论可能是错误的,平庸的,可是这一切都不要紧,对于一个依据现实发展做独立思考的伟大的人物,一些琐碎的哲学概念绝不能局限他整个的精神存在。错误的逻辑平面的命题可能在某种程度上障碍了他的思想,却绝没有伤害他从现实出发的、实践当时俄罗斯人民群众革命要求的、基本的战斗精神。主要就是因为他不是一个单单玩弄哲学术语的侏儒,他把人民的愿望、要求和斗争看得比任何东西都重要!

如果我们不是那么偏狭地来判断一个人,不在思想和哲学术语中间画全等号,而是考虑到具体矛盾的展开,那么我们可以看到,他在这个时期写给朋友的信里就讲到过他的独立性:

> 当问题涉及艺术,特别是它的直接的理解,或者所谓美学感觉,或者是对于典雅事物的接受能力的时候,我是勇敢而大胆的,在这一点上我的勇敢和大胆甚至达到了这种地步,就是黑格尔的权威也不能加以约束……

历史的事实也说明了这一点。别林斯基在这个时期先后完成了辉煌的战绩,如果忽视了他思想发展上生根于现实的东西,如果按照浅薄的理解,认为他完全向冷淡的哲学命题投降,那么,他文章里那种直到今天还使我们觉得非常亲切的现实意义就成为完全不可解释的了。赫尔岑为了哲学问题和他争吵了许久,在这特定的问题上,后来他自己也承认是错误的,但是在思想的深度上别林斯基还是远远地超出于赫尔岑之上。许多文学史家也都承认,如果把同样的两篇文章,赫尔岑的《彼得堡与莫斯科》和别林斯基的《莫斯科与彼得堡》拿来加以比较,那思想力之高下是一眼就可以看出来的,赫尔岑还有一些贵族教养成为他思想上的负担,别林斯基却是最了解俄国现实斗争的,所以能够干净爽快地和反现实的世界主义思想划清界限!我们敬佩赫尔岑,可是更爱别林斯基!

和现实结合起来就形成一种不可征服的力量,这力量使他能够超越逻辑概念上的障碍向前进!他不是一个把别人的思想拿来当作孔雀毛插在自己身上的变节者,他说:

> 我改变信念,这是有的,可是我改变,只是把戈比换成卢布!

别林斯基在文坛上完全是另一类型的人。他没有一般大文豪那种光彩的外表,惊人的谈吐,诗人所必不可缺的一打以上的浪漫史。巴纳耶夫的文学回忆录里有一章记述他结婚,可是我们在里面只找到寥寥几个字:"一八四三年十一月十二日与奥尔洛娃结婚。"

他是一个很严肃,甚至可以说很枯燥的人。有些人设想他雄于辩才,隽语风生,见面后往往就会大失所望。可是当有人触犯到他所最宝贵的信念的时候,他就再也按不住愤怒!他面颊上筋肉抽动起来,声音变得断断续续,捧着咯血的胸向论敌猛扑过去,这时候他的言辞是诗情而富有说服力的,思想发挥了最高度的明确性。

由于热情而负责,他树敌甚多。公开的对别林斯基的攻击是容易揭穿的,论敌最恶毒的一种战法,就是不正面跟他做理论上的辩驳,却把一切化为人事纠纷,例如说他树立小集团,吹捧朋友等等,仿佛他们倒最公正,俨然是正义的化身一样。如果相信了这些话,那就是正中了他们的诡计,削弱了战斗。别林斯基在最早的《文学的幻想》里就说过对待敌人不能宽容:

> 难道对智能生活处之淡然的人能够懂得,一个人可以把真理看得比礼貌更重要,为了爱真理,情愿受到敌视和迫害吗?……告诉……一个文学贩子,他侮辱了他所从事的文学和信赖他的善良的人们……我跟你们说,在这一切里面,是有着不可描摹的愉快,无边的痛快的!

他主要是通过具体的个别的人物看社会,以活的战斗经验来引证。讲究空泛原则的人自然不能够懂得他,因为他们首先就不能用心灵感受他所传布的真理,在他们心里信仰的火焰已经熄灭。

别林斯基对真理负责的态度,绝不同于施行人身攻击,旧文人那种装疯作癫的狂态和打击别人来抬高身价的自私和他是绝对无缘的。相反地,文学贩子如布尔加林之流说他玩弄权术,颂扬果戈理是为了树立小宗派,企图把一场严肃的思想斗争变为琐屑无聊的人事纠纷,却正暴露了他们自己卑劣的嘴脸。把这种无赖战术无情地揭露出来,让大家认识到他们的真面目,不正是非常必要的吗?

认为他偏执成见,凡是不合他意的人就一概予以打击,这是完全没有根据的。他固然具有明辨是非的敏锐感觉,可以很容易地发觉对方的错误,可是只要对方有一点点好处,他总是宽恕地把缺点都容忍了。相反地,他对待自己的错误却是一点也不肯马虎的,有一次他写文章谈到梭罗古勃的一篇小说,事后发觉措辞有点小漏洞,他立刻写了一篇长文更正,其实这种小漏洞很容易文饰过去,自己不说出来,别人也不容易发觉的。这样一来,反而让论敌抓住把柄,说他意见摇摆不定了。他就是这种脾气,不论对己,对人,总是直率无隐地把心底里的话都说出来,不喜欢用外交辞令或躲躲闪闪的遁词。

待人接物的虚心、慈爱,和对待真理的坚决、不妥协,构成了别林斯基性格的两方面。他的慈爱不是油滑的敷衍,而是建筑在对真理的执着上面的。

他从来没有从权威者的高处来看任何一个朋友,没有任何一次让任何一个人感觉到他的优越性,他不但不像敌人中伤他所说的自高自大,相反地,他总是在每一个人身上找到好的一面,甚至把这些加以夸大。

他没有自私的打算,甚至连最低的生活条件都不加以考虑。巴纳耶夫有一段文字说明他不善于做物质打算的性格:

> 我在近二十年来的文坛上从来没有遇见过比别林斯基更无私和正直的人。一谈到工作酬报,他就惶惑不知所措,脸涨得通红,立刻把任何对自己最不利的条件都答应下来。
>
> "您连这样的条件都答应,不怕糟蹋自己?"朋友们责备他。
>
> "有什么办法呢?"他微笑着回答,"一谈到钱,卑劣的懦怯就克服了我。我开始总是坚决而又勇敢,给自己设定一个数目,想道:不行啦,再比这个数目少,我决不干,可是一谈起公事来,我就胆怯了。这样的坏脾气!"

除了在《望远镜》的一段时期比较好些外,一八三八年起为《莫斯科观察家》工作以后,他一直是办杂志的老板们的"摇钱树",赚钱的工具。《莫斯科观察家》出版人斯捷潘诺夫对他的剥削是残酷的,这从别林斯基和巴纳耶夫的通信中可以看出来,他好几次写信给住在彼得堡的巴纳耶夫要求介绍到《祖国纪事》去工作:

> ……简单明白地说吧:一张印刷纸值多少钱? 可是主要

的一点是:没有二千卢布,我徒步也走不出边界去;我负着将近这个数目的债,加之我穿得破烂,像个乞丐。除了克拉耶夫斯基君之外,请您也跟别人谈谈,自己去谈,或通过旁人:我可以把自己出卖给任何人,从森柯夫斯基到(去你的,什么家伙!)布尔加林——只要谁钱给得多,同时不拘束我的思想和表现方法,总之我的文学良心就行,这对于我是如此可贵,在全彼得堡也找不到近似的数目可以购买它。如果事情到了这地步,有人对我说:要求信念的独立与自主,你就该饿死——那么,我还有足够的力量情愿饿死,也不愿活活地让可耻的狗吃掉……有什么办法——我天生是这样的脾气。

这封信的末尾又补上几句:

此外,我在《祖国纪事》里甚至准备负责划样、校对及诸如此类的事,只要能够对这一切付以和劳力相应的代价。钱!钱!而我是能够工作的,只要给我以我的工作。

那措辞之迫切,可以想见当时是处于怎样一种窘迫的情况!

他的身体一天比一天坏,时常病倒在家里,如果不是碰巧朋友借给他十卢布,连买药的钱都没有了。

这样挨到一八三九年下半年,终于离开莫斯科到彼得堡的《祖国纪事》工作。《祖国纪事》的出版人克拉耶夫斯基是一个出名的吸血鬼,文化市侩,所以到了彼得堡之后,别林斯基所身受的剥削不但没有减轻,反而变本加厉起来。克拉耶夫斯基根本不理解别林斯基的真才能,不过是看中了这廉价劳动力,所以才请他来合作。又把包工头的一套办法应用到文学"企业"上来,把每一期的文章都包给别林斯基,并且还恶毒地不准用别林斯基的名字发表,这样他就可以把别人的成功攫为己有,让别林斯基一辈子做他的牛马。

每到月底的几天,是别林斯基最忙的时候,朋友去看他,总看见他在手不停挥地赶稿子。有一次有人看到他激动地一边在房间里踱着,一边挥着右手。

"您怎么了?"有人问他。

"手写得麻了……我一口气不站起来写了八小时。人家说只能怪我自己不好,不该挨到月底才写。也许这也是对的,可是您瞧呀,天,给我送来了多少书……并且是些怎样的书:字母教本、文法、详梦书、卜占书!我必须每本书都给它写上几句!"

撇开物质的剥削不说,还有这样的精神磨折!最后,连不计较物质待遇的别林斯基也忍受不住了,他写信给朋友说:

> 我是漫画中的普罗美修士,《祖国纪事》是悬崖,克拉耶夫斯基是那只兀鹰。我的脑汁绞干了,才能变钝了。
>
> 这还不仅因为他吝啬稿费,除了付给我之外,还得付给别人一笔稿费写这样的评论,却更是因为要使我忘记我是酵母、盐,我是他那本杂志的生命,要我相信我只是一个不按工作的质而是按量取酬的打杂活的……我什么没有给他写,什么书没有分析啊,又是关于建筑(并且还是拜占庭的建筑呢!),又是关于医学。他把我变成了江湖术士,骗子,他的一条狗,骑着到他胜利的耶路撒冷去的一只驴子。

他给《祖国纪事》工作前后达七年之久,事实上是《祖国纪事》的灵魂,是它缺少不得的一部分,然而却拿最低的待遇,受到冷眼和蔑视,被当作一个呼之即来挥之即去的"打杂活的"。如果真像论敌所诬蔑的,他是一个钩心斗角培植私人势力的阴险的人,会这样吗?当时的文人,有的编时髦刊物赚钱,有的升作官府红人,许多朋友都变节了,而别林斯基却始终坚持着战斗,这难道是"偏激""刻薄""性情傲慢"所能解释的吗?

他最后退出了《祖国纪事》,克拉耶夫斯基把他恨得要命,到处造谣,说他才力衰退了,写不出东西来了。可是谣言不久就不攻自破,接着他又在涅克拉索夫编的《同时代人》上发表了许多在本身发展上说来也是登峰造极之作。

一八四七年春末,肺病又发作了,在朋友的帮助之下,他到国外去疗病。六月里,病势好转了,朋友都劝他在国外多住些时候,可是他在异国总觉得住不惯。一般人到了旖旎风光的巴黎,就如鱼得水地逛得非常起劲,他却不然,每逢有人指点给他看名胜古迹,他总是非常淡漠,一谈到路易十六被斩首的广场,他就想到《塔拉斯·布尔巴》里奥斯塔普被处死刑的场面去了。他是一个真正的爱国主义者,心总是牵挂着祖国的命运,在同年九月,他迫不及待地又回到彼得堡。第二次病又复发了,延到一八四八年五月二十六日早晨,终于弃世长逝,享年仅三十七岁。

他在生前说过这样的话:

我们生活在可怕的时代,我们必须受苦,好让子孙们活得像样些。我将死在杂志岗位上,吩咐在棺材里,在头旁边放一本《祖国纪事》。我是文学家,我带着病痛的,同时是愉快而骄傲的信念这样说。俄国文学是我的生命和我的血。

他就是这样默默地工作了一生,用挤出来的血哺育了下一代!

别林斯基遗下给我们十几卷作品,自从第一篇《文学的幻想》以来,思想力与艺术力、政治价值与美学价值的有血有肉的结合就一直成为他文章最大的特色。因此,最不可宽恕的错误是把他的文学活动划分为前后两个时期,认为前期是主张为艺术而艺术的。不可否认,早期的文章仍被包裹在黑格尔唯心论哲学的气氛里,可是如果不探究实际,凭空要求他作超越时代的豪语或者根据表面的名词对他遽下断语,那是不会得出公正的结论来的。他的伟大不在于建立什么哲学体系,而在于深刻地了解现实,通过复杂具体的战斗喊出了俄罗斯人民的自觉之声。车尔尼雪夫斯基说得对:别林斯基"根据预感一开始就是一个现实主义的宣传家"!

他在《文学的幻想》里解释艺术的使命和目标是"用言辞、声响、线条和色彩把大自然一般生活的理念描写出来,再现出来",这种用语的奇特可能引起人的误会,可是只要不是断章取义挑剔毛病的人,就一定会明白,这和宣传为艺术而艺术是不同的,因为他接着就写道:

> 诗人……比谁都更需要使灵魂纯净而贞洁;因为只有熏香沐浴,具有大丈夫的智力和婴儿的心的人才能够踏入它(物质的与精神的本性)的圣殿……

他很明确地指出,永恒理念的表现就是"善与恶、爱与自私之间的斗争",这和脱离现实斗争的艺术至上主义有什么共通之点呢!相反地,他正是非常强调作家必须有强烈的爱憎,把全部生命浸润在作品里面,反对用轻薄的心情去接近文学。

他又说"诗歌除了自身之外没有目的";这恐怕是有些人误解他的最主要的根据了。其实他这样说,是要求作家参加现实斗争,要从内心里把真实的感觉写出来,作品要有内在的统一性,而不是从外部把思想当作标签似的贴上去。他反对教条主义,反对在肯定人物头上画出崇高的光圈的浪漫派写法,认为"只是描写事物,或议论事物,而不是感觉事物",这样的作品就不会永存在记忆里。

他在《论俄国中篇小说与果戈理的中篇小说》里把这一点说得更清楚了。他认为创作是:

> 无目的而又有目的,不自觉而又自觉的。

为什么说是有目的、有自觉的呢?因为创作不是什么文字游戏,里面必然表现了作者的思想、企图和愿望。为什么又说是无目的、不自觉的呢?因为艺术家首先必须是一个人,他应该首先去生活,去战斗,思想、企图和愿望在他必须化成血肉,就是说,等到提起笔来写作的时候,这些东西已经不再是单纯的目的和"材料",

而是达到了"血管里出来的都是血"的境地。反之,如果抱着冷静的人工的计划写作,用概念公式代替具体复杂的创作实践,那样的作品一定是反现实的。作者自己没有在现实里得到感动的作品,必然是冷淡的,不能感染人的。他强调创作过程的"朦胧性",并不是否定现实,否定法则,相反地,却正是在最具体的意义上要求表现现实,所反对的只是教条主义把客观界的逻辑规律设想得那样简单,所以他说:

……典雅法则从来不可能显出数学的精确性,因为它们以感情为根据,在那些没有典雅感受力的人看来,永远仿佛是不合法则的。

我们千万不能因为他说了对于有典雅感受力的人"仿佛"是不合法则的……这样的话,就望文生义地武断他是鼓吹观念主义的艺术论的复活。诗人首先得是公民,对的;诗首先得是诗,这也同样的是对的! 只有深刻地表现了生活矛盾的作品,才能够发挥战斗效能,才能够影响人们的思想与感情,所以他说:

……只有有才能的人(就是说描写了复杂具体的现实真实的人)方才能够在自己的作品中是道德的!

认为他早期宣扬过纯艺术,这是对他最恶毒的诬蔑,对他思想发展最愚昧的无知;同样地,认为他后期光辉的战斗只是停留在反对纯艺术上面,事实也没有那样简单。他在最后一篇文章《一八四七年俄国文学一瞥》里非常雄辩地驳倒了纯艺术的谬论,可是这是作为"劝善惩恶的、教训的、冷淡的、死的"文学的"另一极端"来反对的,说得最明显的是下面一段话:

……在艺术世界里,第一,如果没有才华,任何倾向都是一文钱也不值的;第二,这倾向本身不仅是应当在头脑里存在,而且首先应当在作者的内心里、血液里存在,首先应当是感情、本能,然后才可能是自觉的思想,对作者来说,这种倾向也应当像艺术本身一样地生发出来。一种思想——不论是读到的或者是听到的,也许还是能正确地理解的,但如果没有经过本人的天性所参透,没有打上您的人格的烙印,它不只是对诗来说,就是对一切文学活动来说都是一笔死的资本。

这是多么精辟的意见!就是在一百多年以后的今天看来,仍旧可以感到它的力量。不错,思想必然会表现在作品里,但这必须是具体的思想,是流注在作者血液里的"受到人格的印证"的思想。

别林斯基便是这样通过反对修辞派、浪漫派、道德教诲主义和冷淡的客观主义的斗争而把现实主义的口号提出来的。他驳斥一切浮夸、矫揉造作、堆积辞藻、歪曲现实、"理想"化、大言壮语、填塞抽象的道德律、追求外形的华美等倾向。代替追求外部效果,他要求朴素;代替矫揉造作,他要求自然;代替写崇高的例外的英雄,他要求写典型人物;代替夸张,他要求有节奏感和幽默感;代替空中楼阁的幻想,他要求生活的真实。可以说从来没有人把文学的战斗任务像别林斯基那样鲜明而突出地提出,是他,把文学从当时的一切形形色色谬论的泥坑中挽救出来,发挥了真正现实主义的精神!

文字挑剔最极端的表现,便是不问文章内容怎样,具体的历史环境怎样,脑子里先存了一套流行的术语,然后根据这套术语去衡量作品。在这样的截长补短的尺度下,别林斯基在《给果戈理的一封信》里用宗教之名反对反动的宗教偏见,自然也坐实了他未能摆脱迷信的罪名。在文字挑剔者看来,事情非常简单,别林斯基信里所表现的那种反对专制和愚昧的火热的感情,那封信在当时俄罗斯革命群众中间所起的鼓舞的作用等等都可以不问,单单因为他没有直接发挥无神论,没有采用流行的说法,就证明他的思想是陈旧落伍的。可是事实上,他所说的宗教就是"信仰"的同义语,列宁论到这封信时也丝毫没有批评他思想落后,却只是称它为"未经审查的民主主义出版界最优秀的作品之一",显然认为它是四十年代革命俄罗斯的宣言。列宁典型的分析给我们指出了别林斯基在当时革命运动中的伟大意义,而文字挑剔之徒却徒然显出了冬烘先生佛头着粪批改典籍的无聊而已!

对别林斯基还有一种挑剔,就是说他常常在文章里嘲骂群众,说什么群众是庸俗口味的代表等等,证明他自高自大,孤芳自赏,没有把人民大众放在眼里。这又是老调重弹了,在这之前就有人根据几乎同样的理由责备过普希金的。其实他所说的群众是应该加括号的,就是普希金在《致诗人》里所蔑视的,在《答一个匿名的人》里深恶痛绝地拒绝他们同情的那些"冷淡的群众",换句话说,就是那个偏要扼死人民群众的声音来维持自己不合理统治的垂死的阶级。别林斯基没有把文学看成高人雅士的清玩,他是通过具体的文学斗争来争取社会进步的。这又使我们想起列宁对他的分析,列宁在《做什么》里早就肯定了别林斯基是俄国社会民主党的前辈。当资产阶级理论家企图歪曲别林斯基的革命性,攀引他为同道,说他仅仅表现了知识分子心情的时候,列宁又在《论路标》里驳斥道:

> 原来如此。农奴反对农奴制的心情显然是"知识分子的"心情。从一八六一年到一九〇五年广大人民群众反对整个俄国生活体制里农奴制残余的抗议和斗争的历史,显然是"纯粹的噩梦"。我们这些聪明而有教养的作者难道认为别林斯基在给果戈理的信里所表现的心情是不依赖农奴的心情的吗?我们政论的历史是不依赖人民群众对农奴制压迫残余的愤怒的吗?

让那些诬蔑说别林斯基蔑视群众的人回味一下列宁的话吧,列宁深刻的分析和他们粗暴的论断有什么共通之点呢?

别林斯基的文章是最生动的,但又是为技巧至上论者或相信文字拜物教的人所不能理解的。有人认为脱离了斗争也能够写出好文章来,仿佛文字本身有一种魔力,写文章有一种"秘诀"似的,因此抛开了别林斯基的基本精神,大言不惭地批评他文字粗糙,却不知道决定作品内容价值的,正是作者敢于深入现实斗争核心的战斗精神和他的无私的人格。别林斯基从来没有摆出文学家的架子,想写什么藏之名山的经世名文,相反地,他的文章总是"即兴之作",带着浓烈的论战味道。然而文章的生命不也正就在这些地方吗?把文学当作智力游戏的人能够满篇文章从头到尾充满着警句、字谜,叫读者目不暇接,觉得琳琅灿烂,当时你会被这种"匠心"所惊倒,可是再拿这类文章和别林斯基的论文一加比较,你就会看到,这之间的区别正像散发自然芬香的奇花异葩和纸扎的花朵之间的区别一样!只有怀着真诚的感情的人,述说信念时才会那么有力地使人受到感动,技巧论者抱着玩世不恭的冷淡态度,无论他怎样挖空心思在技巧上面用功夫,结果只能做到死的堆积辞藻而已。

让内心的韵律引导你的文章!文体就是灵魂!

拿这两句话赠给别林斯基是最适当的。他何尝没有博闻强记的能力和丰富的历史知识?可是这和腐儒把知识当作装璜点缀是不同的。他何尝不懂得风趣,严肃得连一句笑话也不说?可是这和油腔滑调的插科打诨也是不同的。读他的文章,一点也不觉得是在读冷静的分析,他的文字富有极大的感染力,而在攻击论敌的时候,又能嬉笑怒骂都成文章,那种泼辣的笔锋,机智而带诙谐的口吻,带来一种深刻的幽默感,随时会把读者的情绪紧紧地抓住。他把理论文章写成了战斗的诗!

一九五二年六月

"外国文艺理论丛书"书目

第 一 辑

书 名	作 者	译 者
柏拉图文艺对话集	〔古希腊〕柏拉图	朱光潜
诗学	〔古希腊〕亚理斯多德	罗念生
古代印度文艺理论文选	〔印度〕婆罗多牟尼 等	金克木
诗的艺术(增补本)	〔法〕布瓦洛	范希衡
艺术哲学	〔法〕丹纳	傅 雷
福楼拜文学书简	〔法〕福楼拜	丁世中 刘 方
波德莱尔美学论文选	〔法〕波德莱尔	郭宏安
驳圣伯夫	〔法〕普鲁斯特	沈志明
拉奥孔(插图本)	〔德〕莱辛	朱光潜
歌德谈话录(插图本)	〔德〕爱克曼	朱光潜
审美教育书简	〔德〕席勒	冯 至 范大灿
悲剧的诞生	〔德〕尼采	赵登荣
艺术与现实的审美关系	〔俄〕车尔尼雪夫斯基	周 扬
卢那察尔斯基论文学	〔苏联〕卢那察尔斯基	蒋 路
小说神髓	〔日〕坪内逍遥	刘振瀛

第 二 辑

| 狄德罗美学论文选 | 〔法〕狄德罗 | 张冠尧 等 |

书　名	作　者	译　者
雨果论文学	〔法〕雨果	柳鸣九
德国的文学与艺术	〔法〕德·斯太尔夫人	丁世中
萨特文论选	〔法〕让-保尔·萨特	施康强
论浪漫派	〔德〕海涅	张玉书
新科学	〔意〕维柯	朱光潜
美学原理　美学纲要	〔意〕克罗齐	朱光潜　等
托尔斯泰论文艺	〔俄〕列夫·托尔斯泰	陈　燊　等
别林斯基文学论文选	〔俄〕别林斯基	满　涛